平治物語

全訳注

谷口耕一
小番 達

講談社学術文庫

目次

凡例 7

上巻 15

凡　例

一、本文庫は一般の方々に『平治物語』を楽しんでいただくことを目的としている。そのため、わかりやすく読めることを旨とした。

一、底本・対校本

（1）本書の底本には、蓬左文庫所蔵本（所蔵番号一〇一／二／九。略称、蓬・蓬左本）を使用した。底本は三冊組であり、巻表示は「巻第一（第二・第三）」となっている。本文庫に収載するにあたって、「上（中・下）」と改めた。

（2）校合には同系統の次の諸本を用いた。

天理図書館所蔵本（略称、天・天理本）・静嘉堂文庫所蔵和学講談所旧蔵本（＝松井簡治氏旧蔵本、略称、和・和学本）・静嘉堂文庫所蔵玄圃斎旧蔵本（略称、玄・玄圃本）・宮内庁書陵部所蔵本（略称、書・書陵本）・学習院図書館所蔵天正二十年松尾監物奥書本（略称、監・監物本）・阪本龍門文庫所蔵本（略称、竜・竜門本）【以上を総称して蓬左本系列と称する】、金刀比羅宮所蔵本（略称、金・金刀本）・内閣文庫所蔵本（略称、内・内閣本）・学習院図書館所蔵（二）本（略称、学二・学二本）【以上を総称して金刀本系列と称する】、静嘉堂文庫所蔵残闕本（略称、静残・静残本）・彰考館所蔵鎌倉康豊本（略称、康・康豊本）・彰考館所蔵半井本（略称、半・半井本）・内閣文庫所蔵半井本【以上を総称して半井本系列と称する】。以上十三本は全文を対校した。

（3）半井本は、彰考館所蔵本をもって代表させ、内閣文庫所蔵本は参考にとどめた。
（4）本文を整定するにあたっては、前記対校本のほか、次の諸本をも参照した。
陽明文庫所蔵本（略称、陽明本）、学習院図書館所蔵九条家旧蔵本（略称、九条本）、京城大学所蔵本（略称、城大本）、東京大学国語研究室所蔵本（略称、東大本）、彰考館所蔵京師本（略称、京師本）、河野真一記念館所蔵京師本、彰考館所蔵元和本（略称、元和本）、静嘉堂文庫所蔵八行本（略称、八行本）、彰考館所蔵杉原本（略称、杉原本）、宮内庁書陵部所蔵古活字本（略称、古活字本）。
（5）京師本は彰考館所蔵本をもって代表させ、河野真一記念館所蔵本は参考にとどめた。

一、章段・章段名・段落・改行
（1）各章段の区切りは日本古典文学大系本（同じ四類本系統の金刀本を底本とする）に従ったが、新たに「序」を独立させた。
（2）底本には章段名は記されていない。読みやすさ、検索の便を考えてつけたものである。
（3）本書における章段名は、日本古典文学大系本の章段名に従った。ただし下巻の「頼朝青墓に下著の事」は「青墓」を「奥波賀」に改めた。
（4）底本には改行は施されていない。適宜、段落を区切り、改行を施した。
一、底本を翻刻するにあたって、次の方法によった。

（1）本文はできるだけ忠実に底本によることとしたが、底本の誤り・独自異文・脱文と思われるところは改めた。
（2）底本には特別な場合を除いて、句読点・濁点の類はないが、私意によって、これらを補った。
（3）底本を改めるにあたっては、「校訂注」欄に注記した。なお「校訂注」欄の見出しは、本文の表記にかかわらず、濁点および漢字、かな表記も含め、底本のままとした。
一、底本は漢字ひらがな交じり文であるが、読みやすさを考え、かなを漢字に改め、漢字をかなに改めたところがある。
（1）漢字を別の漢字に改めたり、漢字をかなに改めるなど、本文を改変するにあたっては、「校訂注」欄に注記した。
（2）かなを漢字に改めるにあたっては、底本のかなを丸括弧につつんでルビとして残した。
（3）底本には促音便・撥音便を欠いているところがある。読みやすさを考え、カタカナ小文字で「ッ」「ン」を補った。
（4）使用する漢字は通行の字体に統一をはかったが、底本のままとした場合がままある。合字、簡略字なども通行の漢字に直した。
（5）底本に多く見られる「玉（ふ）」は断ることなく「給（ふ）」に改めた。
一、かな遣いは、歴史的かな遣いに統一したが、その場合底本本来のかなは、丸括弧につつんでルビとして残した。
一、ふりがなを振るにあたっては、次のように処理した。
(1)底本はほとんど附訓を欠いているが、ごく一部に(特に上巻の最初の部分に)後の書き込みと見られるカタカナによる附訓がある。この附訓は断ることなくすべて削除し、それをも参考にしてルビをつけた。また必要に応じて「校訂注」欄にその旨注記した場合がある。
(2)漢字については、読み誤りを防ぐに必要と思われるもの、現代と読みの異なるものを中心に、歴史的かな遣いでふりがなを施した。
(3)接続助詞「て」につづく動詞の連用形に音便形を採用するか否かの判断は、単純に当該箇所の諸本の読みの多いほうに従った。
(4)会話・心中思惟には「 」をつけた。
(5)「御」の読みは、能うかぎり拠りどころを求めたが、一部類推によったものがある。
一、現代語訳は、それのみで物語が理解できるように、できるだけわかりやすい訳を心がけた。時には言葉を補った場合がある。
一、「語釈」の欄には、必要と見なした語句の読み、意味、出典・解釈などについて記したが、特に必要と考えられる場合以外は、最初に出現した場所に注をつけ、重出の場合は「→(章段名)」で、注をつけた場所を示した。
一、「校訂注」の欄には、本文を改変するにあたっての必要事項、理由、および本文にかかわる特徴的な事項を記した。その場合、本文に傍記した数字によってその注記の場所を示した。

一、「補注」欄は、ほとんどの場合、「語釈」の欄に書き切れなかった注釈、出典、および考証などを記した。

一、現代語訳・語釈・解説に使用する固有名詞（特に人名・地名）は、諸本により、あるいは底本内においても、表記に異同があるため、底本の表記にかかわらず、能う限り信頼すべき資料に見える漢字を使用した。

一、全体を通じて、校訂注、補注、引用文中の割注およびルビは〈　〉につつんで表記した場合がある。

一、変体漢文の引用文は煩雑になるので、書き下し文の形で引用し、注記した。

一、引用文においては、読みやすさを考慮し、漢字を通行の字体に直し、濁点・句読点・括弧等を補い、句読点を改めた場合がある。漢文については返り点を補った。

一、各章段の解説は主に小番達が担当し、その他の部分は主に谷口耕一が担当した。

一、引用書の書名には略称を用いたものがある。

伊京＝伊京集『節用集』　『伊呂波』＝『伊呂波字類抄』　『色葉』＝『色葉字類抄』　易林＝易林本『節用集』　『公卿』＝『公卿補任』　黒本＝黒本本『節用集』　『今昔』＝『今昔物語集』　『盛衰記』＝『源平盛衰記』　『尊卑』＝『尊卑分脈』　『大文典』＝『ロドリゲス大文典』　『著聞集』＝『古今著聞集』　天正＝天正本『節用集』　『日葡』＝『日葡辞書』　『平家』＝

『平家物語』＝『平治』＝『平治物語』『保元』＝『保元物語』『邦訳日葡』＝『邦訳日葡辞書』饅頭＝饅頭屋本『節用集』『名義抄』＝『類聚名義抄』『朗詠集』＝『和漢朗詠集』『和名抄』＝『和名類聚集』

平治物語

上巻

平治物語　上

序

【本文】

昔より今に至るまで、王者《わうしや》の人臣を賞[1]《しやう》ずるに、和漢の両国《りやうごく》を訪《とぶらふ》に、文武《ぶんぶ》の二道をさきとす。文をもッては万機《ばんき》の政《まつりごと》をたすけ、武をもッては四夷《しい》の乱《(みゐ)みだれ》をしづむ。されば、天下《てんが》をたもち、国土をを《(お)》さむる謀《(はかりこと)》[2]、文を左にし武を右にすとこそ見えたれ。譬《たと》へば人の手の如し、一《ひとつ》も闕《かけ》ては有《ある》べからず。

公政人儀良《やや》重し。天下の安楽爰《ここ》に見《(み)》えたり。四海風波の恐《おそれ》なく、夫《それ》末代の流《ながれ》に及《およん》で、人奢《おごり》ては朝威《てうゐ》を蔑《ないがしろに》如し、民たけくしては野心をさしはさむ。よく用意有《ある》べきか。尤《もつとも》忠賞《ちうしやう》せらるべき者[3]は、勇敢《ようかん》の輩《ともがら》也。唐の太宗文皇帝は、鬚《ひげ》を切《きり》て薬に焼《(や)》[4]き功臣に給ひ、血を含み疵《きず》を吮《すう》て戦士《せんじ》を撫《なで》しかば、心は恩のために使《(つか)》はれ、命《いのち》は義に依《よつ》て軽《かろ》かりけり。身を殺《ころさ》む事をいたまず、死を[5]いたさむ事をのみ思へりとぞ承る。我《われ》と手を下《くだ》し、よく戦《たたかひ》をなさねども、人に志を顕《あらは》せば、必《かならず》帰《き》すといへり。鶏国《けいこく》の明王《めいわう》は、みづから手を下《(くだ)》し外祖《ぐわいそ》が恥を[6]雪《きよ》め、周の武王は旧苔《きうたい》・旧臣が跡を尋《たづね》て生涯の名を銘《めい》に刻《きざむ》。

【現代語訳】

昔から今に至るまで、王者が臣下を報賞するにあたっては、日本・中国両国の先例を調べてみると、文武の二道を先としている。文によっては国王の政治を助け、武によっては四方の外敵を鎮定する。それゆえ、天下を保持し、国土を統治する国策は、文を左にし、武を右にするものと思われる。譬えるならば、人の手のようなものである。一方が欠けてもなりたっていかない。

国家の政治と、国民の道義心が、武よりもやや大切であった。天下の安楽はここにあると見えた。四方の海は、風も波も立つ恐れがなく、そもそも末代の流れに及んで、人はおごり高ぶって朝廷の威光をないがしろにし、民は猛々《たけだけ》しくなって身の程をわきまえない過大な望みを抱く。よく用心をしておくべきであろうか。もっとも、その忠誠を報賞されるべきものは勇敢な人々である。唐の太宗文皇帝は、自分の鬚を切ってそれを焼き、薬にして功労のあった臣下に与えた。また、自ら家臣の血を口に含み、傷口を吸って戦士をいたわったので、人々は、恩顧に報いるために心を捧げ、義を貫くために命を軽んじた。自分の身を殺すことになっても気にとめず、死にいたるとしてもそのことばかりを願ったと聞き及んでいる。自ら手を下して戦いができなくても、人に志を示せば、人は必ず従うといわれている。鶏国の明王は自分で手を下して外祖の恥をすすぎ、周の武王は苔むした墓や、過去の忠臣達の遺跡を訪ねて、その一生の名誉を銘に刻んで顕彰した。

【語釈】 **○昔より**　流布本系諸本はこの前に、序章を増補したとみられる一段落を載せる。↓解説。**○王者**　「Vŏxa」（『日葡』）。**○文武の二道**　「Bunpu（文武）すなわち　Bunto, buto　学問と武道と、または、学問と武芸と」（『邦訳日葡』）。↓補注一。**○万機の政**　帝王自らが行う政務。**○四夷**　軍記物語においては、東国の武士を中心に、朝廷に服属しない四方の朝敵という程度の意味に使われることが多い。**○文を左にし武を右にす**　直接の出典は未詳。『司馬法』「天子之義」に「文与レ武左右也」とある。↓補注二。**○譬へば人の手の如し、一も闕ては有べからず**　『帝範』下「崇文」に「文武二途、捨レ一不レ可」（『管蠡抄《かんれいしょう》』にも引く）、『義貞記』に「文武ニ分テ其徳如二天地一。一欠テハ治レ国事有ベカラズ」とある。**○公政人儀良重し……**　「人儀」は「仁義」の当て字。本来、公政仁義がやや重視されるべきであるが、「末代の流に及で」「勇敢の輩」が「尤忠賞せらるべき」世になったということである。↓補注三。**○四海風波の恐なく**　天下に災害・危難の生じる恐れもなく、の意。「四海」とは天子の統治する天下のこと。一天四海に同じ。「風波」とは天下に生じる災禍のこと。天下の政が正しく行われているときは、国土が豊かで、寒暑の狂いもなく、兵乱も飢饉もないとされていた。**○末代**　時代が下って人情や道徳が衰えた世。淳素・淳朴の世と対比される。**○蔑如**　「如蔑〈ナイガシロ〉」（黒本本等）。**○忠賞**　忠義な臣下の功績に対して与えられる報賞。**○唐の太宗文皇帝**　唐の第二代皇帝李世民（在位六二六年～六四九年）。高祖李淵の子で、父を助け、唐朝を樹立するのに功績があった。賢臣を登用し、学問・文学を奨励し、その治世は貞観《じょうがん》の治と称えられた。廟号を太宗、謚号を文武皇帝という。「上（太宗）雖下以二武功一定中禍乱上。終以二文徳一綏二海内一」（『十八史略』）。その言行は『貞観政要』に記しとどめられ、後代の為政者の必読書とされた。　○**鬚を切て薬に焼き……**　出典は『白氏文集』巻三「七徳舞」、「剪レ鬚焼レ薬賜二功臣一。李勣嗚咽思レ殺レ身」。「七徳舞」は太宗の七つの徳を称えたもの。この逸話は『貞観政要』巻二「任賢」、『旧唐書』巻六十七「李勣《りせき》伝」に見える。太宗が高句麗を攻めたとき、病を受けた李勣に、自分の鬚を切って、薬にまぜて与えたという史実を詩にしたもの。本文に見える功臣とは李勣（五九四年〜六六九年）のこと。なお、太宗の鬚が立派であったことは、『酉陽雑俎《ゆうようざつそ》』巻一、あるいは杜甫の詩「贈汝陽郡王李璡」に見られる。　○**血を含み疵を吮て……**　出典は『白氏文集』巻三「七徳舞」、「含レ血吮レ瘡撫二戦士一。思摩奮呼乞レ効レ死」。この逸話は『貞観政要』巻六「論仁惻」、『旧唐書』巻百九十九「高麗伝」、『冊府元亀《さつぷげんき》』巻百三十五、『資治通鑑《しじつがん》』巻百九十七「唐太宗」に見える。↓補注四。　○**心は恩のために使はれ……**　出典は『朗詠集』巻下「述懐」、「専諸荊卿之感激、侯生予子之投身、心為レ恩使、命依レ義軽」。『朗詠集』に「後漢書文」と注するように、『後漢書』「朱穆伝」の「情為レ恩使、命縁レ義軽」という一節に由来する。↓補注五。　○**身を殺む事をいたまず……**　『白氏文集』巻三「七徳舞」に「思レ殺レ身……乞レ効レ死」とある。「凡生二武略之家一、携二弓箭一之習、不レ痛レ殺レ身、偏思レ至レ死者、勇士所レ執也」（『吾妻鏡』建久三年十二月十一日条）。　○**我と手を下し……**　『白氏文集』巻三「七徳舞」の「不二独善戦善乗一レ時、以レ心感レ人、人心帰」による文であろう。この「人心帰」を「人必帰」と見たものか。「譬バ上剛ト云ハ、我ト力ヲ尽シ手ヲ下サザレドモ、易敵ヲシタガヘル也」（『義貞記』）。　○**鶏国の明王**　大金国の完顔阿骨打《ワンヤンアクダ》を指すか。↓補注六。　○**周の武王**　西伯昌（文王）の子。殷の紂王を討伐して即位、鎬京に都し国を周と号した。その勇武を称えられた。「旧苔・旧臣が跡を尋て生涯の名を銘に刻」という事跡未詳。↓補注七。　○**旧苔**　古くから残っている苔。ここでは苔に覆われた古い墓を指すのであろう。　○**旧臣**　古くからの家臣。ここは周の武王が倒した殷の忠臣、商容・比干・仇生らを指すとの説がある。↓補注七。

○**生涯の名を銘に刻**　旧臣達の一生涯の事績を顕彰した、という意。

【校訂注】1賞するに　底本「賞し」。和・書・内・学二・金・半により改めた。　**2文**　底本「父」、右に「文イ」と傍書。他本に従い「父」を「文」に改め傍書は削除した。　**3者は**　底本「者なり」。和・玄・監・半に従い改めた。　**4功**　底本「切」。意改。　**5いたさむ**　底本「いたまむ」とあり、「ま」の右に「さ」と傍書。他本に従い「ま」を「さ」に改め傍書を削除した。　**6雪め**　底本・監・学二「雪む」。天・和・玄・書・金に従い「む」を「め」に改めた。

【解説】『平治物語』全体の「序」にあたる部分である。ここでは、文武二道の兼備が強調されている。中国の文献を見ると、「文武二道」にも二つの意味がある。一つは個人としての文武兼備、もう一つが国家の政策（帝王の心がけ）としての文武兼備である。次の章段に登場する藤原信頼は、「文にあらず武にあらず、能もなく芸もなし」と揶揄《やゆ》されている人物で、文武を兼備しないどころか、そのいずれも備えていない無能な人物として造型されている。文武二道を説くこの序文は、その意味で信頼批判への伏線となっていることは間違いない。

しかしこの「序」は、「王者の人臣を賞ずるに、和漢の両国を訪に、文武の二道をさきとす」とあるように、国家の政策（帝王の心がけ）としての文武兼備を説いていることに注意しなければならない。実際、この「序」に言及されている人物は、唐の太宗文皇帝、鶏国の明王、周の武王であり、いずれも帝王である。特に、唐の太宗については模範的な帝王とされ、賢相・名将を用い太平の世を実現したため、その治世は貞観の治と称えられた。その経世の書『貞観政要』は帝王学の必読書とされ、我が国でも広く愛読された。この「序」が「王者」の心がけを述べたものであることは明らかであろう。

この序文の意図を見抜き、その姿勢をさらに強調したのが流布本系諸本の「序」である。古活字本には、四類本には見えない次のようなくだりがある。

ひそかにおもんみれば、三皇五帝の国をおさめ、四岳八元の民をなづる、皆是うつはものをみて官に任じ、身をかへりみて禄をうくるゆへなり。君、臣をえらんで官をさづけ、臣、をのれをはか（っ）て職をうくるときは、任をくはしうし成をせむること、労せずして化すといへり。かるがゆへに舟航のふね海をわたる、必橈楫《どうしゅう》の功をかり、鴻鶴のつる雲をしのぐ、かならず羽翮《うかく》の用による。帝王の国をおさむ、かならず匡弼《きょうひつ》のたすけによると云々。国の匡輔はかならず忠良をまつ。任使其人をうるときは、天下をのづからおさまると見えたり。

この一段落は一類本にも存在せず、「昔より今に至るまで」という文との接続も悪く、流布本系諸本独自の増補と考えられる。しかし、この流布本系諸本に見られるこの一段落は、同時に増補とみなされる、

又讒佞《ざんねい》の徒は、国の蠹賊《れいぞく》なり。栄花を旦夕にあらそひ、勢利を市朝にきほふ。その諂諛《てんゆ》のすがたをも（っ）て、忠賢の、をのがかみにある事をにくみ、其奸邪の心ざしをいだひて、富貴のわれさきたらざる事をうらむ。是みな愚者のならひ也。

と相まって、「文にあらず武にあらず、能もなく芸もなく、只朝恩にのみほこ」った信頼の謀反と、同時にそのような人物を寵愛し登用した帝王への批判として、きわめてわかりやすい序文となっていると言えよう。

古活字本に見える、これらの増補部分はほとんど全面的に『帝範』の求賢篇・審官篇によってい

る。流布本系諸本の増補が全面的に『帝範』に依拠しているように、流布本系諸本の序文は帝王論であり、帝王としての心がけを説いたものである。それは四類本の「序」にも同じく言えるであろう。「文にあらず武にあらず、能もなく芸もなし」と揶揄された信頼を寵愛し、結果的に平治の乱を招いてしまった後白河院への批判とならざるをえない。

信頼・信西不快の事

【本文】
近来《[1]きんらい》、都に権中納言兼中宮 権大夫《ちうぐうのごんのだいぶ》右《う》衛門督《ゑもんのかみ》藤原《ふじはらの》朝臣《あそん》信頼《のぶより》卿《のきやう》といふ人おはしけり。是《これ》は人臣の祖、天児屋根尊《あまつこやねのみこと》の苗裔《べうえい》、中 関白《なかのくわんぱく》 道隆《[2]みちたか》の八代の後胤《こういん》、播摩三位《はりまのさんみ》基隆[3]の孫、伊与《いよの》三位忠隆の子也けり。

文にあらず武にあらず、能もなく芸もなし。たゞ朝恩にのみ誇り、父祖は年闌齢傾《としたけよはひかたぶき》て わづかに従三位《じゆさんみ》までこそ至《いたり》しか、是は后《きさき(のみや)》 宮の宮司《みやづかさ》、蔵人頭《くらうどのとう》、宰 相 中将《さいしやうのちうじやう》、衛府督《ゑふのかみ》、検非違使別当《けんびゐしのべつたう》より纔《[4]わづか》に三ケ年《さんがねん》が間に経上《へあがり》て、年《(とし)》廿七にして、中納言、右衛門督《うゑもんのかみ》に至《(いた)》れり。一《いち》の人の御子息《ごしそく》の外《ほか》は、凡人《はんじん》にとりてはかゝる例《れい》未《いまだ》なし。昇進かゝはらず、奉禄も亦《また》思《おもふ》が如し。

又、家に絶《たえ》て久《ひさし》き大臣の大将《だいしやう》に望《のぞみ》をかけて、大方《おほかた》おほけなき振舞をす。みる人《ひと》目を 驚《おどろか》し、聞人《きくひと》耳を 峙《そばたて》り。微子加《びしか》にもすぎ、安禄山《あんろくさん》にも越《こえ》たり。余桃《よたう》の罪を恐れず、たゞ栄花にのみ誇《ほこり》けり。

【現代語訳】

最近のこと、都に、権中納言兼中宮権大夫右衛門督藤原朝臣信頼卿という人がおいでになった。この人は、人臣の始祖、天児屋根尊の末裔、中関白道隆の八代の子孫、播磨三位基隆の孫、伊予三位忠隆の子であった。

仁徳があるわけでもなく、武勇にすぐれているわけでもなく、もって生まれた才能もなく、身につけた芸もない。ただ単に帝の恩顧のお陰をこうむり、父や祖父は、年老い年齢を重ねて後、わずかに従三位まで至ったものの、これは后宮の宮司、蔵人頭、宰相の中将、衛府の督、検非違使別当よりわずかに三年の間に次々と昇進し、二十七歳にして中納言・右衛門督に至っていた。摂関家の御子息のほかは、凡下の者にとっては、このような例はかつてなかった。通例のきまりに関係なく昇進し、俸給もまた思いのままであった。

また、家に絶えて久しい大臣の大将に望みを掛けて、ほとんど身の程知らずの振る舞いをした。見る人は目を驚かし、聞く人は耳をそばだてた。微子瑕よりもひどく、安禄山以上であった。余桃《よとう》の罪という、むかしの弥子瑕《びしか》の先例をも恐れず、ただ栄華にのみ誇っていた。

【語釈】 **○権中納言**　中納言は太政官の次官。従三位相当。正官と権官とがあった。政務を議定し、天皇への奏上、天皇からの宣下を伝達した。**○中宮権大夫**　中務《なかつかさ》省に属した中宮職の長官。権大夫は、納言、参議、三位以上の者が兼ねることが多い。**○右衛門督**　右衛門府の長官。左右衛門府は大内裏の各門の警護、巡検、入出の儀礼などの事にあたった。○**藤原朝臣信頼卿**　忠隆の三男。保元三年八月権中納言、十一月右衛門督、保元四年二月中宮権大夫。↓解説。○**天児屋根尊**　中臣（藤原）氏の祖神。天孫降臨に従ったという五部神の一。○**苗裔**　末裔。後胤とほとんど同じ意味であるが、苗裔と後胤とが併記されるときは、より始源に近いところに苗裔を当てる。○**中関白道隆**　天暦七年（九五三）～長徳元年（九九五）。藤原兼家の一男。道長の兄。一条天皇中宮定子の父。永祚二年（九九〇）五月八日に三十八歳で関白になり、同月二十五日に摂政。長徳元年四月六日四十三歳で薨《こう》じた。町尻殿と号す。○**播摩三位基隆**　承保二年（一〇七五）～天承二年（一一三二）。家範の一男。非参議、従三位。天承二年正月出家。同年三月二十一日（『公卿』。『中右記』は十九日）薨。五十八歳。播磨守には、大治四年（一一三〇）に任ぜられている。「播摩」は「播磨」が正字。○**伊与三位忠隆**　康和四年（一一〇二）～久安六年（一一五〇）。修理大夫基隆の一男。十歳で丹波守となり、諸国の守を歴任した。久安四年（一一四八）従三位（非参議）。四十九歳で薨じた。伊予守には天承元年（一一三一）と永治元年（一一四一）の二度任じられている。「伊与」は「伊予」が正字。○**文にあらず武にあらず**　人徳もなく、武勇でもなく、の意。○**后宮の宮司**　皇后宮職のこと。信頼は皇后宮権亮、皇后宮権大夫を歴任している。○**蔵人頭**　蔵人所の長官。蔵人所は宮廷の行事や太政官との連絡にあたった役所。重職であり、蔵人頭は、殿上においては位階にかかわらず、侍臣の上に着席した。また参議に欠員が生じた場合は、必ず蔵人頭より任じることを通例とした。○**宰相**　参議のこと。太政官に置かれた。大・中納言に次ぐ重職。朝政に参画し議定にあたった。○**中将**　近衛府の次官。左右近衛府は宮中の警護にあたった役所。○**衛府督**　兵衛府の長官。左右兵衛府は内裏の警護、行幸の護衛を任務とした。○**検非違使別当**　検非違使庁の長官。検非違使庁は京中の非違を検察するとともに裁判を司った役所。○**一の人**　摂政関白の異称。「又執柄必蒙二一座宣旨一。故称二一人一」（『職原鈔』）。○**凡人**　摂関・清華以下の人。「凡夫」の意のときは「ぼんにん」、「摂家以外の貴人、清華以下の人」の意のときは「はんじん」と読む。「凡人〈ハムジム〉」（『名目抄』）。○**昇進かゝはらず**　官位の昇進には、通常、一定の年限、昇進の順序があるが、その年限、順序にかかわらず昇進したことをいう。○**家に絶て久き**　『尊卑』によると、信頼の家系では、中関白道隆の内大臣、左大将が最後である。ただし権中納言であった信頼が、大納言を飛び越えて、大臣になることはあり得ない想定であり、四類本にはそのような基本的な知識が欠けている（日下力氏）。○**微子加**　「弥子瑕」が正字。春秋時代の人。衛の霊公の寵愛にまかせ、霊公の車を無断で使ったり、霊公に食いさしの桃を与えたりしてほめられたが、寵衰えて後、それを口実に罪せられた。「衛大夫蘧伯玉賢、而霊公不レ用。弥子瑕不肖、反レ任レ之」（『蒙求《もうぎゅう》』五〇九話。他に『孔子家語《こうしけご》』「困誓篇」、『韓詩外伝』、『史魚黜殯《しぎょちゅつひん》』などにも同様の文が見える）。↓補注八。○**安禄山**　七〇五年?〜七五七年。中央アジア系の出自であり、塞外民族のことばに通じていたため唐の玄宗に寵愛され、武将として昇進した。七五五年、楊貴妃の又従兄国忠と対立、契丹と結んで兵を挙げ、翌年帝位について、国を大燕、自らを雄武皇帝と号した。子慶緒を除こうとして、慶緒に殺された。『新唐書』巻二百二十五に伝が載る。○**余桃の罪**　弥子瑕が寵愛にまかせ、衛の霊公に、おいしいからと食べさしの桃を味見させたが、寵が衰えて後、それを口実に罪せられたことをいう。↓補注八。

【校訂注】　**1近来**　底本「近〈ノ〉来〈ロ〉」。「このごろ」と読ませるものと思われる。傍書を削除した。底本監・半以外の諸本はいずれも本文あるいはルビに「きんらい」とある。読みはこれに従った。**2道隆**　底本「隆」の右下に「公」と傍書。他本に従って傍書を削除した。**3の**　底本ナシ。他本により補った。**4縿**

に　底本「終〈ワツカ〉に」。半「僅」。底本の誤写と見て、学二・金の漢字表記に従って「纔に」と改め、附訓を削除した。

【解説】　藤原信頼は藤原北家中関白道隆の子孫に当たる。道隆は関白兼家の一男、父兼家と弟道兼の間の関白であり中関白といった。道隆の子孫は関白の家系ではあったが、藤原北家の主流が道隆の弟道長に移って以降、信頼の家系では、道隆の孫経輔の正二位権大納言が最高で、信頼の祖父基隆は従三位修理大夫、父忠隆は従三位大蔵卿が極位極官であった。「父祖は年闌齢傾てわづかに従三位までこそ至しか」とあるとおりである。信頼の兄たちも、一男隆教は従五位下左兵衛佐、二男基成は従五位上陸奥守である。三男である信頼も普通に昇進していった場合、公卿にはなれず、せいぜい四位で終わる立場であったろう。

しかし信頼は、保元二年（一一五七）三月二十六日に二十五歳で右近衛権中将、同四月二十六日従四位上、同八月二十三日正四位下、同九月十九日左近衛権中将、同十月二十七日に蔵人頭、翌保元三年二月三日に皇后宮権亮、二月九日正四位上、二月二十一日に参議、同五月六日従三位、五月二十一日に左兵衛督、八月一日に皇后宮権大夫、八月十日に正三位権中納言、十一月八日に検非違使別当、十一月二十六日右衛門督、保元四年（一一五九）二月二十一日中宮権大夫に任じられている。「年廿七にして、中納言、右衛門督に至れり」とあるとおり破格の昇進であるが、その昇進の間隔の短さも特筆ものであろう。平治元年時点で、公卿で信頼より年少の者は、藤原基実十七歳、藤原基房十六歳、藤原実定二十一歳の三人に過ぎない。基実は現職の関白、基房は前関白忠通の二男。実定は権大納言・右大将公能の子であり、後白河院の中宮忻子、および近衛天皇の皇后多子の兄に当たる。この三人が別格であったことを思えば、「一の人の御子息の外は、凡人にとりてはかゝる例未なし」との論評も的を射ていよう。「年闌齢傾てわづかに従三位までこそ至しか」と言われた忠隆の子としては、その昇進は異例ずくめであった。『平治』が言うように、信頼の破格の昇進には後白河院の寵愛があったことは確かであろう。

【本文】

[1]其比《そのころ》、少納言入道信西《しんせい》といふ者あり。山井三位永頼卿《やまのゐのさんみながよりの》六代の末葉《ばつえふ》、越後守季綱《すゑつな》が孫、鳥羽《とばの》院《ゐん》の御宇《ぎよう》、進止《しんじ》の蔵人《くらうど》真兼《さねかね》が子也。儒胤《じゆいん》をうけて儒業《じゆげふ》を伝へずといへども、諸道を兼学して、諸事にくらからず。九流《きうりう》を渡《わたつ》て百家《はつか》に至る、当世無双《ぶさう》の[2]洪才《こうざい》博覧也。

後白川上皇《ごしらかはのしやうくわう》の御乳母《おんめのと》紀伊二位《きのにゐ》の夫たるによッて、天下《てんが》の大小事を執行《とりおこなひ》、絶《たえ》たる跡を継《(つ)》ぎ、廃《すたれ》たる事を興す。世を淳素《しゆんそ》にかへし、君を堯《げう》・舜《しゆん》に至《いた》し奉る。延喜・天暦の[3]二代にも越《こえ》、義懐《ぎくわい》・惟成《ゐせい》が三年にも過《すぎ》たり。記録所《きろくじよ》を置《(を)》き、訴訟を評定《ひやうぢやう》して理非を勘決す。聖断《せいだん》に私《わたくし》[4]なかりしかば、人の愁《うれへ》なかりき。大内《おほうち》は久《ひさし》く[5]修造《しゆざう》なくして、殿舎傾危《でんじやけいき》し、楼閣も荒廃せり。牛馬《ぎうば》の牧《まき》、雉兎《ちと》の栖《すみか》と成《なり》たりしを、信西、一両年が間に修造[6]して、遷幸なし奉る。外《ぐわい》墎《かく》・中部《なか(の)へ》・大極殿《だいこくでん》・豊楽院《ぶらくゐん》・諸司《しよし》・八《はち》[7]省《しやう》・朝所《あいたんどころ》、雲のたゝりかた、花の欀《はゆき》、大廈《たいか》の構《かまへ》、成風《せいふう》の功歳《とし》を経ず。民の歎《なげき》[8]もなく[9]不日《ふじつ》に成《なり》し事、不思議にぞ覚えける。詩歌管絃は[10]を《(お)》り〱にしたがひ相《あひ》催し、宮中の儀式、昔に替らず。万事の礼法ふるきが如し。内宴の相撲《すまう》の節《せち》、絶《たえ》て久《ひさし》き跡を継《(つ)》ぐ。

かくて保元三年八月十一日に御位《おんくらゐ》を去《(さ)》らせ給ひ、第一の御子《みこ》にゆづりまゐ《(い)》らせさせ給ふ。二条院《にでうのゐん》の御事《おんこと》なり。然《しかる》間《あひだ》信西が権勢いよ〳〵重《(をも)》くして、飛鳥《とぶとり》も落《おち》て草木も靡《なび》く程なり。

【現代語訳】

そのころ少納言入道信西という者がいた。山井三位永頼卿の六代の末流、越後守季綱の孫、鳥羽院の御代の進士の蔵人だった実兼の子である。儒家の血筋をうけて、儒業には携わっていなかったものの、様々な学問を兼学して、様々な事柄に通じていた。学問は、学術九派にまたがり、諸子百家に及んだ。当時並びない広才博覧の人であった。

後白河上皇の御乳母紀伊二位の夫であったため、天下の大小事を執行し、絶えた跡を継続させ、廃れたことを復興した。世を質素・純朴の時代に返し、主君を尭・舜のような聖天子になしてさしあげた。聖代である延喜・天暦の二代にも越え、義懐・惟成が政務をとった三年間よりも優れていた。記録所を設置し、訴訟を審理し、理非を審判した。後白河天皇の裁定には個人的な思惑がはたらかなかったので、庶民の愁えもなかった。大内裏は長らく修理することもなく、殿舎は倒壊の危険にさらされ、楼閣も荒廃していた。牛や馬の牧場、雉や兎のすみかとなっていたのを、信西は一、二年の間に修理をして、天皇をお移し申し上げた。外郭・中重・大極殿・豊楽院・諸司・八省・朝所、雲の栭《たたりかた》、花の欀、大廈の構えなど、年を経ずして落成した。人々の苦しみもなく、短期間になしとげたことは、思いもかけないことと思われた。詩歌・管絃の遊びは、決められた折々に開催し、宮中の儀式も昔に変わらず、なにごとにつけ、作法・しきたりも昔どおりであった。内宴の折の相撲の節も、絶えて久しくなっていたのを再興して引き継いだ。

このようにして、保元三年八月十一日、後白河天皇は退位なさって、第一の御子に位を譲り申しあげなさった。二条院の御事である。そうしているうちにも、信西の権勢はますます強大になって、飛ぶ鳥も落ち、草木も靡くほどである。

【語釈】　○**少納言**　嵯峨天皇の時、蔵人所を設置して以後、単に鈴印のことを司る職となった（『職原鈔』）。　○**入道**　俗人が剃髪して出家した者。寺院等に入らず、俗世間にとどまっている者も多かった。　○**信西**　嘉承元年（一一〇六）～平治元年（一一五九）。俗名藤原通憲。天養元年（一一四四）に三十九歳で出家した。↓解説。　○**山井三位永頼**　承平二年（九三二）～寛弘七年（一〇一〇）。藤原尹文の四男。木工頭、中宮権亮、皇太后宮権大夫、七ヵ国の受領を歴任し、長保六年（一〇〇四）従三位まで進んだ。寛弘二年出家、同七年薨。邸宅を山井殿といい、山井三位と号した。　○**末葉**　末孫。末流。「Batyô」（『日葡』）。　○**越後守季綱**　生没年未詳。藤原実範の子。大学頭、右衛門権佐、三河、備前等の守を歴任、従四位上に至る。頼朝の母方の祖父季範は、季綱の甥にあたる。　○**鳥羽院**　康和五年（一一〇三）～保元元年（一一五六）。堀河天皇の第一皇子。大治四年（一一二九）以降、天皇三代、二十八年間にわたって院政を行った。保元元年七月崩、五十四歳。長子崇徳天皇の位を奪い、近衛天皇、次いで後白河天皇を擁立したことから、その死が保元の乱の一因になった。　○**進止の蔵人真兼**　応徳二年（一〇八五）～天永三年（一一一二）。『尊卑』は「実兼」。季綱の子。進士、蔵人、文章生などを歴任。天永三年四月に卒、二十八歳。「進止」は「進士」が正字。○**儒胤**　儒家の血筋。ただしここでいう「儒」とは必ずしも儒教の学者に限るわけではなく、単に学者というほどの意味。音儒、算儒などもあった。○**儒業**　家業の学問のこと。信西の祖父季綱は大学頭、父実兼は進士（文章生）であり、ともに儒官に就いている。○**儒胤をうけて儒業を伝へず**　「依レ入二他家一、不レ遂二儒業一不レ経二儒官一。長門守高階経敏為レ子改姓」（『尊卑』）とある事情による。○**諸道**　道は、文章道《もんじょうどう》、明法《みょうぼう》道、明経《みょうぎょう》道、陰陽《おんよう》道などの「道」をいう。信西の南家は文章道の家であり、例えば明経道は中原・清原両家、陰陽道は賀茂・安倍両家に固定されていたので、南家の儒業を伝える限り、建前上、兼学はできなかった。○**九流を渡て百家に至る**　「渡る」は「流れ」の縁語。「九流」は古代中国における学術九派の総称。『漢書』「芸文志《げいもんし》」に、九流百八十家の具体名が載る。「百家」は、諸子百家というように、実数ではなく、多くの思想家、学派を意味する。『続古事談』第五「諸道」に「頼隆ハ……百家九流ヲクヾレル者ナリ」、『耀天記』に「其ノ撰漸ニ積テ百家九流ニモアマリ」などとあるように、九流百家（百家九流）は定型句。○**洪才**　大きくすぐれた才能。ここではその持ち主。厚才、広才、宏才、宏材、弘才、鴻才とも書く。「Cózai 知恵と才知のあること」（『邦訳日葡』）。○**後白川上皇**　大治二年（一一二七）～建久三年（一一九二）。鳥羽天皇の第四皇子。二条天皇、高倉天皇、以仁王《もちひとおう》、式子内親王らの父。五代三十四年にわたって院政を行った。建久三年三月崩。六十六歳。○**乳母**　母親代わりに、子供に乳を飲ませ養育する女性。その子の監督者の立場にあった。○**紀伊二位**　生年未詳～永万二年（一一六六）。藤原兼永の娘、朝子。「従二位朝子。紀伊二位。少納言入道信西室。……後白河院御乳母」（『尊卑』）。紀伊守兼永の娘で、従二位に至ったので紀伊二位と呼ばれた。保元二年（一一五七）に後白河天皇即位による八十島詣での祭使として選ばれた（『兵範記』同年十一月二十七日条）。従二位になったのは、保元四年正月二十一日（『山槐記』）。信西とは遠い縁戚にあたる。後白河院の乳母であり、紀伊二位の死後、遠忌のたびに、後白河院は紀伊二位建立の私坊、法住寺の清浄光院に臨幸した（醍醐寺文書三〇五号「僧正成賢置文案」、『大日本古文書』）。○**絶たる跡を継ぎ、廃たる事を興す**　出典は『文選《もんぜん》』「班固両都賦序」の「以興レ廃継レ絶、潤二色鴻業一」。『本朝文粋《ほんちょうもんずい》』巻六の大江匡衡《まさひら》の詩や、『応保二年叡山衆徒披陳状』に載せる「請特蒙天裁被停止権僧正慈円辞退当山座主職状」、「後白河院院宣」（高野山文書『宝簡集』四六八号、『大日本古文書』）など、公文書にも見える表現。○**淳素**　素直で飾り気のないこと。『江談抄《ごうだんしょう》』第二に「寛和二年之間。天下政忽反二淳素一」とある。聖天子といわれた尭・舜の時代がそうであったという。「Xunso」「Xunsoni」（『日葡』）。○**尭・舜**　尭・舜ともに中国古代の聖天子。『貞観政要』巻十「論慎終」に「魏徴対曰、……然自レ古帝王、初即レ位者、皆欲三励レ精為レ政、比二跡於尭舜一」とある。○**延喜・天暦の二代**　延喜は醍醐天皇の時の年号（九〇一年～九二三年）。転じて醍醐天皇を指す。天暦は村上天皇の時の年号（九四七年～九五七年）。転じて村上天皇を指す。延喜・天暦の治と称された。聖代とされ理想視された。『本朝文粋』巻六「請兼任弁官左右衛門権佐大学頭等申佗官替状」に「近訪二延喜天暦之故事一遠問二周室漢家之遺風一」、『神皇正統記』「村上」項に「ヨロヅノタメシニハ延喜・天暦ノ二代トゾ申侍ル」など、その治世を称える文言は多い。↓補注九。○**義懐・惟成が三年**　花山天皇即位の永観二年（九八四）八月より、退位の寛和二年（九八六）六月までの三年をいう。物価の統制、庄園の整理などに努力し、天下の政治を淳素に返したという。↓補注一〇。○**記録所**　後三条天皇の時、庄園濫置の弊害を除去するために設置した役所。庄園の券契の理非を勘決して記録した。後三条天皇の崩御とともに消滅。また天永二年（一一一一）にも設けられた。保元元年十月二十日に設置された記録所は、主に国司と庄園領主との係争の裁定にあたった。「Qirocujo」（『日葡』）。↓補注一一。○**大内**　大内裏。『愚管抄《ぐかんしょう》』第五に「大内ハナキガ如クニテ、白河・鳥羽二代アリケルヲ」と記すように、当時大内裏は荒廃していた。　○**外壖**　大内裏の外回りを囲んだ囲い。　○**中部**　「なかのへ」と読む。内裏の外郭とその内側。中重・中隔・中衛・中戸とも。「中重〈ナカノヘ〉」（『名目抄』）。↓補注一二。　○**大極殿**　大内裏の南の正面にあった、朝堂院の正殿。天皇が政務を見、賀正、即位等の大礼を行った。　○**豊楽院**　大極殿の朝堂院の西にあった建物。節会、競馬、相撲等が行われた。　○**八省**　太政官に置かれた八つの中央行政官庁の総称。中務・式部・治部・民部・刑部・兵部・大蔵・宮内省のこと。「はちしやう」と読む（西本願寺本『運歩《うんぽ》色葉集《いろはしゅう》』）。　○**朝所**　大内裏太政官庁の内、東北隅に置かれた殿舎。儀式などに際し参議以上の者が列席して会食した。「あいたんどころ」と読む（『倭訓栞《わくんのしおり》』）。　○**雲のたゝりかた**　柱の上にある肘木《ひじき》。その形が雲をかたどってあるので、美称として形容したもの。『宴曲集』巻二に「玉楼金殿に錦を飾るもてなし雲の栭《タヽリカタ》甍を並べたりやな」と見える。「栭。タキリカタ、タ、リカタ。一云ヒチキ。梁上柱也」（『伊呂波』）。↓補注一三。　○**花の欀**　花のように美しい垂木のこと。　○**大廈の構**　大きな建物。高大な宮殿の様をいう。　○**成風の功**　普請すること。落成すること。『荘子』「徐無鬼篇」の「郢人堊慢㆓其鼻端㆒、若㆓蠅翼㆒、使㆓匠石斲㆒之。匠石運㆑斤成㆑風、聴而斲㆑之、尽㆑堊而鼻不㆑傷、郢人立不㆑失㆑容」にもとづく。　○**不日に**　幾日もたたないうちに。『詩経』「大雅・霊台」に「庶民攻㆑之、不㆑日成㆑之」とあるのに由来する。↓校訂注9。　○**内宴**　嵯峨天皇の時に始まった宮中の私宴。唐の太宗の旧例にならったものという（『公事《くじ》根源《こんげん》』『年中行事秘抄』『河海抄』十三）。『日本後記』弘仁三年二月十二日条にその由来が記されている。正月二十一日を通例としたが、二十一日から二十三日の間に子日があれば、その日に行った（『柱史抄』上）。長元以後絶えていたが、保元・平治には行われた。仁寿殿で、文人に題を賜り、詩を作り、天皇の前で講じた後、宴席が設けられた。↓補注一四。　○**相撲の節**　諸国より強力の者を召し集めて、宮中で行った天覧相撲の行事。保元三年の相撲の節は、忌月のため六月二十七日、二十八日に催された。「スマヒ」（『和名抄』『名義抄』）、「すまふ（う）」（黒本本・伊京集等）。↓補注一五。　**○保元三年八月十一日**　『兵範記』保元三年八月十一日条に「今日可レ譲二位於皇太子一」、『百錬抄』同日条に「譲二位於皇太子一」とある。　**○二条院**　康治二年（一一四三）〜永万元年（一一六五）。後白河院の第一皇子。久寿二年（一一五五）九月二十三日皇太子、保元三年十二月二十日即位。その詳細は『兵範記』『保元三年番記録』『二条院御即位記』に記される。永万元年六月退位、七月二十八日崩。二十三歳。乳母に源光保の娘保子（阿波局）、源師仲の娘師子（坊門局）がいる。関白基実を重用し、後白河院に相談することなく政務を行ったため、院方との対立を引き起こし、宮中に院政派・親政派が生じ、平治の乱の一因となった。　**○飛鳥も落て草木も靡く**　『盛衰記』巻十六「三位入道芸等」に「養由弓ヲトレバ鴈列ヲ乱リ、飛鳥忽ニ地ニ落ル勢アリキ」とあるように、養由が弓を持つだけで飛鳥も地に落ち、風が吹けば必ず草木を靡かせるように、あたるべからざる勢いのある様をいう。『説苑《ぜいえん》』巻一「君道」に「夫上之化レ下、猶二風靡レ草」とあり、同巻五「貴徳」に「上之変レ下、猶二風之靡レ草」などとある。我が国のものでは、『今昔』巻十ノ一に「皆人、風ニ靡ク草ノ如キ也」、『盛衰記《じょうすいき》』巻一「禿童《かぶろ》」に「人ノ従ヒ付事ハ、吹風ノ草木ヲ靡スガ如ク」、『太平記』巻十六「将軍自二筑紫一御上洛事……」に「只吹風ノ草木ヲ靡スニ異ナラズ」、同巻十八「比叡山開闢事」に「宛如三吹風靡二草木一」、絵巻『若みどり』に「たとへば吹風に草のなびくがごとく也」、絵巻『武家繁昌』に「たとへばふく風にくさのなびくがごとくしたがひつきにけり」などと見える。

【校訂注】　**1其**　底本「厥」。天「又その」。その他の諸本すべて「其」もしくは「その」。改めた。　**2洪才**　底本「漢才」。底本は「漢」と「洪」とを読み誤ったもの。監・半に従って改めた。　**3の**　底本ナシ。天・

竜・内・金・学二・半により「の」を補った。　**4なかりしかは**　底本「なかしかは」とあり、「か」と「し」の間に「ツ」を傍書。半に「無セシカハ」とあるほかは、諸本すべて「なかりしかは」とあり音便形をとらない。傍書を削除し「り」を補った。　**5修**　底本「條」にミセケチ、右に「修」と傍書。　**6造**　底本「道」にミセケチ、右に「造」と傍書。　**7省**　底本「省」の字の「目」の部分が「日」となった字体の右に「省」と傍書。　**8も**　底本「をも」。他本に従って「を」を削除した。　**9不日に成し**　底本「不日成し」。底本のままでも「不日になりし」と読むことは可能であるが、天・竜・内により「に」を補った。　**10おり〱にしたかひ**　底本「おり〱にしたかひに」。底本は「折々にし、互ひに」と誤読したものらしい。他本に従って「に」を削除した。

【解説】「文にあらず武にあらず、能もなく芸もなし」と揶揄された藤原信頼とは対照的に「当世無双の洪才博覧」と評される信西（藤原通憲）の出自、事績がここで語られる。これらの文言に象徴されるように『平治』はほぼ一貫して信頼を否定的に、信西を肯定的に評価し、形象化するスタンスをとる。

幼くして父実兼を亡くした信西は、高階経敏の養子となり、高階重仲女《むすめ》を娶《めと》る。鳥羽院、待賢門院璋子に出仕し、それぞれの判官代を務めていた。少納言に補された天養元年（一一四四）に高階姓から藤原姓に復した後、出家する。

信西の出た藤原南家の家系は「南家儒」（『職原鈔』上）と言われ、『故実拾要』第八に「日野家南家式家菅家江家ハ儒門也」、『百寮訓要抄』「大学寮」の項に「以上紀伝〈南家菅家などの儒也。史書を相伝す〉」とあるように紀伝道（文章道）の家柄で、『左伝』『公羊伝《くようでん》』『穀梁伝《こくりよう》』『史記』『文選』『漢書』『後漢書』『国語』『戦国策』『資治通鑑』『爾雅《じが》』などを伝授した。こうした環境にあった信西の博学ぶりは、例えば、『今鏡』第三「内宴」に「かの少納言（通憲）唐の文をも博く学び、やまと心もかしこかりけるにや、天文などいふ事さへ習ひて、才ある人になむ侍りける」と天文道にも及んだという。『本朝世紀』『法曹類林』『日本紀抄』など信西が直接的あるいは間接的に関わったとされる書物が多数存在する。

さほど高い官職ではない少納言にありながら信西が政界で活躍し得た要因は、その博識とともに後妻に迎えた後白河天皇の乳母、紀伊二位（藤原朝子）の存在もある。乳母の夫すなわち乳父として後見役となった信西は後白河天皇即位を画策し、これを成し遂げ、さらに保元の乱に勝利するといよいよ政治の実権を掌中に収める。「天下の大小事を執行、絶たる跡を継ぎ、廃たる事を興す」施策は、本文に見える記録所設置、大内造営、宮中行事再興（内宴は約百二十年ぶり、相撲節は約三十年ぶり）以外に保元元年（一一五六）閏九月十八日の所謂新制七ヵ条（荘園整理令）、同年十一月十八日の兵仗制止令（京中における武器携行禁止）の発布・施行がある。『平治』はこのような「世を淳素にかへし、君を尭・舜に至し奉」った施策が醍醐・村上両天皇の「聖代」や花山天皇の下での藤原義懐《よしちか》・惟成《これしげ》による善政をも超えたものと評価する。

こうした中、保元三年八月十一日に後白河天皇から守仁《もりひと》親王（二条天皇）への譲位が行われる。この譲位については『兵範記』保元三年八月四日条「御譲位間事云々、近日俄其儀出来歟、唯仏与レ仏評定、余人不レ及ニ沙汰一歟」の二人の「仏」を信西と美福門院藤原得子とし、両者の会談によって決定されたとする指摘がある（五味文彦氏）。そこには親王の養母である美福門院の意向が強く働いたとみられるが、この譲位によって後白河院政が開始され、権臣信西の力はより強固なものとなった。その結果、寵臣信頼そして二条天皇親政派との対立が必然的にもたらされることとなる。

【本文】

かゝる処に、信頼・信西二人《しんせいふたり》が中に、いかなる天魔が入《いり》かはりけん、不快に聞えけり。信西、信頼を見《(み)》ては、「此者《このもの》世にあらば、朝家をも傾《かたぶけ》まゐ《(い)》らせ、国土をも乱[1]さんずる者也。いかにもして亡さばや」と思《おもひ》けれども、うちたえ頼むべき者なければ、おもひ煩《わづらひ》てためらひ居たり。亦《また》、信頼、信西を見《(み)》ては、「此者《この(もの)》我《わが》ために怨《あた》をむすばんずる者也。いかにもしてうしなはば《(こ)》や」と互《たがひ》に心をぞ懸《かけ》たりける。

【現代語訳】

こうしているところに、信頼と信西二人の心の中に、どのような天魔が入り替わったものであろうか、二人の仲が険悪だと世間に噂が立った。信西は信頼を見ては、「この者が権勢を得るならば、朝廷を滅ぼし申し上げ、天下をも乱す恐れのある者だ。なんとしても滅ぼしたいものだ」と思ったけれども、まったく頼るに足る者もいないので、思い悩んで決しかねていた。また、信頼は信西を見ては、「この者は、自分に対して敵意を抱く恐れのある者だ。なんとしても亡きものにしたい」と、互いに機会をねらっていた。

【語釈】　○天魔　四魔のひとつで、人の心にとってかわり、仏道の障碍をなし、人心を悩乱し、知恵を鈍らせ、善根を妨げる。軍記物語や室町時代の物語類にあらわれる天魔は、単に仏道の障碍をなすのみならず、多く人の心に入り替わって、信じがたい行動をとらせるものとされる。現代語の

「魔がさす」の「魔」と同じ。↓補注一六。○**不快**　不和。○**うちたえ**　下に否定語をともなって、全く、少しも、の意を表す。○**怨をむすばんずる**　「怨を結ぶ」とは、敵意を抱くこと。復讐心を抱くこと。

【校訂注】　**1乱さんする**　底本「みたし候する」。監に「みたし候はんする」とあり、底本は「はん」もしくは「ん」が脱したものと判断される。しかし監を除くと、他本には「候」という語がなく、底本は信頼の動作に丁寧語を使用する点で本文上の問題があると思われる。比較的近接する半に「乱ラムスル」とあるところを見ると、この「ら」を「候」と読み誤り、「乱候むする」とする本文が存在した可能性が考えられる。学二「乱〈みた〉さんする」、金「乱〈みだ〉さむずる」、天・玄「みたさうする」とあり、「乱らんずる」、「乱さんする」あるいは「乱んする」とあるのが本来であったと推測される。今、底本に「みたし」とある点を考慮し、「乱さんする」とする本文をとった。表記は学二本により、ルビを省いた。

【本文】

有時《あるとき》、上皇《しやうくわう》信西を召《(め)》して、「信頼が大臣[1]の大将《だいしやう》に望《のぞみ》をかけ申すはいかに。家重代《いへぢうだい》にあらねども、折《(おり)》により時にしたがひゆるさるゝとこそ聞食《(きこしめ)》されれ」と仰下《おほせくだ》さるれば、信西、「すは、世の損ぜんずる瑞相《ずいさう》よ」と思ひ、畏《かしこまつ》て申《まうし》けるは、「信頼が大臣[2]の大将に成候《なりさうら》はんには、いづれの者か望《のぞみ》をかけず候《さうらふ》べき。君の御政《おんまつりごと》は、まづ司召《つかさめし》をもッて先とす。叙位・除目《ぢもく》に僻事《(ひがごと)》だに出来《いでき》候《さうらひ》ぬれば、上《かみ》は天心に背《そむき》、下《しも》は人望に背かる。故中御門《なかのみかどの》中納言家成卿《いへなりのきやう》を大納言になしたく思食《おぼしめし》、[3]故院《こゐん》申させ給ひしか共《ども》、『諸大夫《しよだいぶ》の大納言になる例、絶《たえ》て久しく成《なり》ぬ』とて、終《つひ》になされでやみ候《さうらひ》き。年の始《はじめ》の御書《ごしよ》には、『大納言家へ』とあそばされたりければ、家成卿拝見して、『誠になされまゐ《(い)》らせたるにもまさりたる御志《おんこころざし》のかたじけなさよ』とて、涙をながしけるとぞ承る。亦、故阿古丸《こあこまる》大納言宗通卿《むねみちのきやう》を大将になしたく思食《おぼしめし》し、白川院《しらかはのゐん》申させ給ひしかども、寛治《くわんぢ》の聖代御《せいたいご》ゆるされもましまさず。水碧潭《へきだん》なりといへども[4]山に並ぶ事なし。古木《こぼく》高しといへども天に及ぶ事なし。なからむ例を当代《たうだい》におこなはせ給ひ、謗《そしり》を後代《こうたい》までのこさせ給はん御事《おんこと》、口《くち》惜《(お)》しかるべく候』とて、宿所《しゆくしよ》に帰り、人の奢《おごり》ひさしからずして亡《ほろび》し事を申さむため、安禄山《あんろくさん》を絵にかきて、大《おほき》なる三巻《さんぐわん》の書を作《つくつ》て献《まゐら》せたり。是を叡覧《えいらん》ありしか共《ども》、信頼が寵愛いやめづらにぞ聞えける。

信頼、信西が御前《ごぜん》にて申《まうし》ける事をもれきゝ、やすからぬ事に思ひ、伏見源中納言師仲卿《ふしみのげんぢうなごんもろなかのきやう》をかたらひ、所労とて、つねは伏見《(ふしみ)》に籠居して、馳引《はせひき》、越物《こしもの》、馬《むま》の上にて敵《てき》に押《(を)》しならべ、引組《ひつくん》で落《おつ》るやう、武芸の道をぞならひける。是《これ》は偏《ひとへ》に信西を亡《ほろぼ》さむための謀《はかりこと》也。

【現代語訳】

あるとき、後白河上皇は信西を召し寄せて、「信頼が大臣の大将になりたいと望みをかけ申すことはなんと思うか。信頼の家は、代々大臣の大将の家柄ではないが、折に従い、時に応じて許されるものだと私はお聞きになっている」と仰せ下されたので、信西は、「大変だ、世の中が損なわれる前兆だ」と思い、畏《かしこ》まって申し上げたことは、「信頼が大臣の大将になりましたならば、どのような者でも（大臣の大将に）望みをかけないではいないでしょう。君主の御政務は、まず官位任命をもって最重要の事とする。叙位や、除目《じもく》に不法が生じましたならば、上は主上の御意向に背き、下は人々の期待にお背きになる。故中御門中納言家成卿を大納言になしたくお思いになって、故鳥羽院が進言なさったけれども、近衛天皇は、『諸大夫が大納言になる例は、絶えて久しくなっている』と言って、とうとうなされないで沙汰止みになってしまいました。年の初めの御書には、『大納言家へ』とお書きになったところ、家成卿は拝見して、『実際に大納言になしていただいたよりもまさった御志のありがたさよ』と言って、涙を流したと聞き及んでおります。また、故阿古丸大納言宗通卿を大将になしたいとお思いになって、白河院が上申なさったけれども、堀河天皇は御許可なさいませんでした。水は青い山と同じく青い淵をなしたとしても、山に並ぶことはないし、古木はいくら高くそびえても、天に届くことはない。前例のないような事を今の世に行われて、非難を後の世までお残しなさるような御事は、残念なことでございます」と言って、自宅に帰り、人が、慢心久しからずして滅んだことを申し上げるため、安禄山を絵に描かせて、大きな三巻の書を作って献上した。後白河上皇はこれを御覧になったけれども、信頼への寵愛は、ますます尋常でないという風評であった。

信頼は、信西が上皇の御前で申し上げたことを漏れ聞き、腹立たしいことと思い、伏見源中納言師仲卿を味方に引き入れ、病気と称しては、いつも伏見にひき籠り、馳引、越物、馬の上で敵に押し並べて組んで落ちるやり方など、武芸の技を訓練した。これはひとえに信西を滅ぼすための計略であった。

【語釈】○**大臣の大将**　大臣と近衛大将とを兼任すること。「Daijinno daixŏ」（『日葡』）。○**重代**　先祖から受け継ぐこと。ここでは先祖代々大臣の大将に任命される家柄をいう。○**聞食さるれ**　自称敬語。絶対敬語。天皇など、自身の行動に敬語を付して表現することがある。○**すは**　なんと。驚いたときに発する語。○**司召**　秋の除目をいう。ただしここは単に官位任命の意。信西の一男俊《とし》憲《のり》の編という『貫首秘抄《かんじゆひしよう》』に「叙位除目事。公事中第一之大事只在二于此一」と、同様の認識が見える。○**叙位**　位階を与えること。○**除目**　春と秋に定期的に行われた官職任命の儀式。春の除目を県召《あがためし》といい、地方官が任命され、秋の除目を司召といい、在京諸司の官吏が任命された。「ぢょもく」とも。「Iojomocu」「Giomocu」（『日葡』）。○**僻事**　道理にはずれた事。「Figacoto」（『日葡』）。○**天心**　天皇の意向。ここでは二条天皇を指す。○**故中御門中納言家成卿**　嘉承二年（一一〇七）～仁平四年（一一五四）。参議藤原家保の三男で、成親の父。鳥羽院の寵臣であった。検非違使別当、中納言、正二位に至る。中御門東洞院に宿所があった。仁平四年五月七日に出家、同二十九日（『台記《たいき》』『兵範記』による）に四十八歳で薨じた。「天下無双幸人也」（『台記』仁平四年五月二十九日条）、「天下事一向帰二家成一」（『長秋記』大治四年八月四日条）、「所帯第一中納言也」（『兵範記』仁平四年五月七日条）など、家成の権勢を伝える記録は多い。○**故院**　鳥羽院のこと。○**諸大夫**　本来四位あるいは五位を極位とする家柄の者をいう。「諸大夫〈ショダイブ〉」（易林本）。↓補注一七。○**故阿古丸大納言宗通卿**　延久三年（一〇七一）～保安元年（一一二〇）。右大臣藤原俊家の子。幼少の時から白河院に養育され、阿古丸大納言といった。寛治八年（一〇九四）参議・中将、承徳二年（一〇九八）権中納言。以後右衛門督、検非違使別当を兼ね、天永二年（一一一一）に権大納言に任じ、保安元年（一一二〇）に正二位権大納言、民部卿、中宮大夫の現職のまま薨じた。『今鏡』第六「旅寝の床」に「白河院の御おぼえにおはしき」とあり、『中右記』保安元年七月二十二日条に、宗通の略伝を記した後、「此人、容体頗勝レ人、心性誠叶レ時。上皇被三仰二合万事一。仍天下之権威傍若無人也。家累二宝貨一、富勝二衆人一。就中子孫繁昌、只如レ任レ意也」と、白河院の寵愛ぶりと宗通の権勢を伝える。　○**白川院**　天喜元年（一〇五三）～大治四年（一一二九）。後三条天皇の第一皇子。延久四年（一〇七二）十二月受禅、同二十九日即位。応徳三年（一〇八六）十一月に譲位した後、堀河・鳥羽・崇徳三代四十三年間にわたって院政を行った。北面がもうけられたのはこの時代である。　○**寛治の聖代**　「寛治」は堀河天皇の時の年号（一〇八七年～一〇九四年）。「寛治の聖代」は堀河天皇。承暦三年（一〇七九）～嘉承二年（一一〇七）。白河院の第二皇子。応徳三年（一〇八六）十一月二十六日受禅、同十二月十九日に八歳で即位、嘉承二年（一一〇七）七月十九日に二十九歳で崩じた。「聖代」は理想の治世の意であるが、転じてすぐれた帝王を意味する。在位二十二年の間、政務に精励し、非理には厳格な態度で臨み、「末代の賢王」（『続古事談』第一）と称えられている。→補注一八。　○**水碧潭なりといへども山に並ぶ事なし……**　出典未詳。あるいは『遊仙窟』の「向上《みあぐれば》則有二青壁万尋一ナル、直下《みおろせば》則有二碧潭千仞一」を踏まえた表現か。『太平記』巻五「大塔宮熊野落事」には「向上《カウジヤウトミアグ》レバ万仞《バンジン》ノ青壁《セイヘキ》刀《ツルギ》ニ削《ケツ》リ、直下《チヨクカトミオロセ》バ千丈ノ碧潭《ヘキダン》藍《アヰ》ニ染《ソ》メリ」と、『遊仙窟』を下敷きにした文が見える。また『陸奥話記』に「東南帯二深流之碧潭一　西北負二壁立之青巌一」という対句が見えている。これらを参考にすれば、「水」は眼下に広がるものを象徴し、「山」は眼上に屹立《きつりつ》するものを象徴している。「碧潭」は青緑の色をたたえた深い淵。同じ青い色をしてはいるが、眼下に広がる水は高くそびえる山に並ぶことはなく、古木はいかに高くても天に到達することはない、の意。幸若舞曲『伏見常盤』に、「谷の古木は高しといへども、峰の小松に陰さゝず」と見える。**○安禄山を絵にかきて**　↓解説・補注一九。**○御前**　後白河上皇の御前。**○伏見源中納言師仲卿**　永久四年（一一一六）～承安二年（一一七二）。村上源氏、権中納言師時の三男。天承二年（一一三二）従五位下に叙され、侍従、左近衛権少将、右近衛権中将、蔵人頭、右中将などを歴任。平治元年には正三位、権中納言であった。平治の乱に一旦解官されたが、永万二年（一一六六）に本位に復し、散位のまま従二位まで進んだ。伏見源中納言と号す。「またの年〈永暦元年〉の春、師仲の源中納言とかや衛門督に同じ心なるとて、東の方へおはすと聞きはべりき」（『今鏡』「すべらぎの下」）。**○伏見**　京都市伏見区深草。恐らく師仲の宿所であろう。**○馳引**　馬を走らせながら弓を引くこと。↓補注二〇。**○越物**　馬で障害物を跳び越えること。乗馬の訓練のひとつ。金刀本等「逸物」とあるが、見取りによる誤りであろう。

【校訂注】　**1大臣の大将**　底本「大臣〈ノ〉大将」。傍書の「ノ」を削除し、他本に従って、本文に「の」を補った。**2の**　底本ナシ。他本により補った。**3故院**　底本「故院に」。天・和・玄・書・金・半に従って「に」を削除した。**4山に**　底本「山は」。他本に従って「は」を「に」に改めた。

【解説】　『平治』はその「序」で文武兼備を強調していたが、その文武を支える要職である「大臣の大将」を「文にあらず武にあらず、能もなく芸もな」き信頼が望み、これを後白河上皇が受け入れようとしている。それは物語が主張する理念と真っ向から対立するものであり、その意味で信西の心中思惟「すは、世の損ぜんずる瑞相よ」の文言は物語が抱く危惧の念とも解することができよう。

信西は、後白河上皇を説得するため、正当性を欠く寵臣人事を行おうとした鳥羽院に対して近衛天皇が諌め、また白河院に対して堀河天皇は受け入れなかったという先例を語り、さらに驕りゆえに滅びた安禄山の絵を献上した。しかし、上皇は全く意に介さず、信頼への寵愛は尋常ならざるものがあったとの噂が立つ。勿論、安禄山は信頼になぞらえているが、上皇諌言部分に置かれた対句「水碧潭なりといへども山に並ぶ事なし。古木高しといへども天に及ぶ事なし」の「水」「古木」を信頼に、「山」「天」を大臣の大将の家柄に喩えて、その分に非ずと信頼を難じているのである。

信西の作った「長恨歌」の絵に関する記事が『玉葉《ぎょくよう》』建久二年（一一九一）十一月五日条に載る。

抑長恨歌絵相具天、有二一紙之反古一。披見之処、通憲法師自筆也。文章可レ褒。義理悉顕。感歎之余、写二留之一。其状云、

唐玄宗皇帝者、近世之賢主也。然而、慎二其始一棄二其終一。雖レ有二泰岳之封禅一、不レ免二蜀都之蒙塵一。今引二数家之唐書、及唐暦、唐紀、楊妃内伝一、勘二其行事一、彰二於画図一。伏望、後代聖帝明王、披二此図一、慎二政教之得失一、又有二厭離穢土之志一、必見二此絵一。福貴不レ常、栄楽如レ夢。以レ之可レ知歟。以二此図一永施二入宝蓮華院一了。于レ時平治元年十一月十五日、弥陀利生之日也。

沙弥在判

此図為レ悟二君心一、予察二信頼之乱一、所二画彰一也。当時之規模、後代之美談者也。末代之才士、誰比二信西一哉。可レ褒可レ感而已。

平治の乱勃発まで二十日余り前の日付をもつ信西自筆の「一紙之反古」が伝える「聖帝明王、披二此図一、慎二政教之得失一」の部分と『玉葉』の記主藤原兼実の「此図為レ悟二君心一、予察二信頼之乱一、所二画彰一也」の言葉から絵の作製目的が後白河院への諌言にあることは明らかであろう。また、『玉葉』寿永三年（一一八四）三月十六日条には兼実のもとを訪ねてきた大外記清原頼業の語るところとして以下の一節が記述される。

先年通憲法師語云、当今〈謂二法皇一也〉、和漢之間少二比類一之暗主也。謀叛之臣在レ傍、一切無二覚悟之御心一。人雖レ奉レ悟レ之、猶以不レ覚。如レ此之愚昧、古今未見未聞者也。

ここでの「謀叛之臣」を信頼とするならば、これを近侍させることへの危険性を全く悟らず、また「人雖レ奉レ悟レ之」の「人」を信西自身とするならば、長恨歌絵の献上を含めた諫止をも聞き入れない後白河院を「暗主」「愚昧」の語を用いて痛烈に批判している。『玉葉』が記述する二つの記事からは、信西による後白河院批判が物語の「序」で叙述される帝王批判（序の【解説】）と重なり合うように思われる。

信頼信西を亡ぼさるる議の事

【本文】

子息侍従信親《のぶちか》とて十一歳に成《なる》を、太宰大弐《ださいのだいに》清盛の聟《むこ》になして平家をかたらはばやと思はれけれども、一類《いちるい》国を給《たまはっ》て恨《うらみ》残らず。その上、信西が子息播摩《はりまの》中将成憲《なりのり》を聟に約束したるなれば、事あしかりなんとて思ひ返す。

「左馬頭《さまのかみ》義朝こそ、保元以後平家に世のおぼえ劣《(をと)》ッて恨《うらみ》[1]ふかかんなれば、かたらはばや」[2]と思《(おも)》ひ、義朝を呼《よび》[3]よせ、たのむべきよしをの給へば、「命を捨《すつ》ることなりともたのまれ奉るべし」と深く契りてぞ帰りける。今上の御外戚《ごぐわいせき》新大納言経宗《つねむね》、別当惟方卿《これかたのきやう》をも語《かたら》ひ、亦《また》院の御《ご》寵臣たる越後《ゑちごの》中将成親《なりちか》をも語《かたら》はれけり。

【現代語訳】

信頼は、子息の侍従信親といって十一歳になるのを、大宰大弐清盛の婿にして、平家を味方に引き入れようと思われたけれども、平家の一族は諸国を賜って不満も残っていない。その上、信西の子息播磨中将成憲を婿にすると約束したということなので、都合が悪いであろうと考え直した。

「左馬頭義朝こそ、保元以後、平家より世間の処遇が劣っていて、不満の念が深いだろうから、味方に引き入れよう」と思い、義朝を呼び寄せ、頼りにしている由をお話しなさったところ、「命を捨てることであったとしても、頼まれ申し上げよう」と、深く約束をして帰った。二条天皇の御外戚新大納言経宗・別当惟方卿をも味方に引き入れ、また後白河院の御寵臣である越後中将成親をも味方に引き入れなさった。

【語釈】　○**侍従**　中務省の官人で天皇に近侍し、その職務を補助した。金・内・学二・半は「新侍従」。　○**信親**　従五位下、侍従（『尊卑』）。清盛の聟となっていたが、平治の乱に際して信頼のもとに帰されたという（『古事談』第四）。　○**太宰大弐**　大宰府の次官。九世紀以後、親王が帥《そつ》（長官）に任じ、権帥《ごんのそつ》が実質的な長官を務めた。権帥がいない場合は大弐が代わった。九州諸国および対馬・壱岐の行政管理、外交、防備にあたった。「Dasai」（『日葡』）。　○**清盛**　元永元年（一一一八）～治承五年（一一八一）。桓武平氏。刑部卿忠盛の一男。父忠盛の海賊追捕の功績により従四位下、保元の乱の功績により播磨守。保元三年八月十日大宰大弐となり、平治の乱を迎えた。乱の当時四十二歳。○**播摩中将成憲**　保延元年（一一三五）～文治三年（一一八七）。信西の三男。保元三年八月十日播磨守兼左中将に転任。平治の乱当時は、二十五歳であった。『愚管抄』巻五「二条」条に「当時ノ妻ノキノ二位ガ腹ナルシゲノリヲ清盛ガムコニナシテケルナリ」とある。永暦元年十二月に成範と改名。読みは「しげのり」が正しい。○**事あしかりなんとて思ひ返す**　↓補注二一。○**左馬頭**　左馬寮の長官。左右馬寮は御所の御厩《みうまや》の馬、馬具、諸国の御牧の馬の管理を職掌とした。○**義朝**　保安四年（一一二三）～永暦元年（一一六〇）。清和源氏。六条判官為義の一男。仁平三年（一一五三）三月二十八日に下野守（『兵範記』）。保元の乱の折に、敵方に立った父為義をはじめ弟たちのほとんどを失った。保元の乱の勲功により右馬権頭に任ぜられ、昇殿を許された。後、左馬頭に転じたが、清盛との比較上、不満を抱いていた。○**今上**　二条天皇。○**外戚**　母方の親族。「外戚〈グワイセキ〉」（伊京集・黒本本等）、「外戚〈ゲシヤク〉」（伊京集・天正本等）、「外戚〈ケセキ〉」（増補『下学集』）。○**大納言**　太政官の次官。天皇に近侍して政務に参画し、大臣不在の時は代わって政務を行う。○**経宗**　元永二年（一一一九）～文治五年（一一八九）。大納言藤原経実の四男。久安五年（一一四九）参議。権中納言、中納言を経て、保元三年（一一五八）二月に権大納言。平治の乱当時は、正二位権大納言、四十一歳であった（『公卿』）。姉（妹）懿子《いし》が二条天皇の母にあたるため天皇に信任され、天皇親政派を形成して院政派の信西に対抗した。大炊御門《おおいのみかど》左大臣と号す。○**別当**　検非違使庁の長官。検非違使庁は主として、洛中の治安維持に当たり、後には訴訟・裁判をも執り行った。『古事談』第一に「鳥羽院仰云、検非違使別当ハ、兼二六ケノ事一之者任之官也。所謂重代、才幹、成敗、容儀、近臣、富裕云々」とある。また『職原鈔』下には「補二大理一之人可レ備二七徳一。所謂、譜第・器量・才幹・有職・近習・容儀・富有云々」とある。○**惟方**　天治二年（一一二五）〜没年未詳。民部卿藤原顕頼の二男。保元三年（一一五八）八月参議、平治元年十月検非違使別当。平治の乱当時、従三位、参議、検非違使別当、左兵衛督、三十五歳であった（『公卿』）。惟方の姉が信頼の母に当たり、他のもう一人の姉妹がその妻でもある（『尊卑』）。諸大夫の家柄であるが、『職原鈔』下に、父顕頼を諸大夫の別当の初めとする。母俊子（九条尼三位）が二条天皇の乳母であったため二条天皇即位とともに破格の昇進を遂げ、経宗とともに天皇親政派を形成した。　**○院**　後白河上皇。　**○越後中将成親**　保延四年（一一三八）〜安元三年（一一七七）。藤原家成の三男。久寿二年（一一五五）越後守、保元三年（一一五八）右中将、同四年越後守重任。平治の乱当時、正四位下、右中将、越後守、二十二歳であった（『公卿』）。姉妹の一人が平重盛の妻であり、もう一人の姉妹も信頼の妻であった。保元四年正月三日に正四位下に昇進したが、信頼の譲りによるもので、両者の密接な関係が窺える。

【校訂注】　**1ふかかんなれは**　底本「ふかきなれは」。ここでは推定・伝聞の意味を含むのが適切であろう。蓬左系に属する書・和、比較的近い本文をもつ半、および金刀本系統に属する内・金とも「ふかかんなれ」を共有するので、書・和の「ふかかむなれは」を採った。　**2かたらははや**　底本「かたらはや」。他本にしたがって「は」を補った。　**3呼**　底本「啈」にミセケチ、「呼」を傍書。

【解説】　本文に、「左馬頭義朝こそ、保元以後平家に世のおぼえ劣ッて恨ふかかんなれば」とあるが、義朝が保元の乱の論功行賞に不満を抱いていたことは確かであった。保元の乱の中心となって戦ったのは義朝であり、乱平定の戦功も義朝が第一であった。しかしその代償はわずかに正五位下、右馬権頭任官と昇殿を許されたにすぎなかった。しかも義朝は、この乱で敵方となった父為義をはじめ、幼い弟を含め兄弟のほとんどを失い、大きな犠牲をも払っていた。一方の清盛は、側面の大将軍ではあったものの、ほとんど中心的な役割を果たすことはなかった。にもかかわらず、その恩賞として昇殿を許され、正四位下、播磨守に至った。その後、保元三年（一一五八）には大宰大弐に任ぜられ、弟教盛《のりもり》は左馬権頭、大和守となり、昇殿を許された。同じく弟の頼盛《よりもり》も昇殿を許され、安芸守、常陸介、三河守を歴任した。また弟経盛《つねもり》も安芸守、常陸介を歴任している。清盛の一男重盛《しげもり》は中務権大輔、左衛門佐、遠江守、二男基盛《もともり》は大和守、淡路守に任じられた。平家一門がこのように次々と昇進していく一方、義朝はその後も、右馬権頭から左馬頭に転じただけであった。平家と源氏とに対する恩賞には明らかな差別があった。これらの処遇には信西の意向が強く反映していたようである。平治の乱が勃発した平治元年（一一五九）までには、源氏は平家に大きく水をあけられていたのである。義朝がこの一連の人事に恨みをいだいていたことは間違いないであろう。

　義朝はこのような孤立状態から抜け出すために、信西の子息是憲《これのり》を婿にとり、信西と姻戚関係を結ぼうとしたようである。しかし信西は、自分の子は学者であるといってこれを断り、ほどなく清盛の娘と子息成憲《しげのり》との婚姻を決めてしまった（『愚管抄』）。このことも義朝の信西と平家に対する恨みにつながったはずである。

　信頼が義朝と手を組もうとはかった背景を、『平治』は「一類国を給て恨残らず。その上、信西が子息播磨中将成憲を聟に約束したるなれば、事あしかりなんとて思ひ返す」とし、平家一門と組んで信西を倒そうとしたが、実現不可能なので、次善の策として義朝と組んだと描いているが、義朝が信頼と組むことを即断した背景には、このような義朝と平家・信西とのあいだの確執、平家と信西との連携による義朝への無言の圧力などがあったのである。

【本文】

かやうにしたゝめめぐらして、隙《ひま》をいつやと伺《うかがふ》程に、平治元年十二月四日、大宰大弐《だざいのだいに》清盛は子息重盛相具《あひぐ》して、年籠《としごもり》と心ざし、熊野へ参詣せられけり。此《この》隙《(ひま)》にと思ひければ、信頼、義朝を呼《(よ)》びよせ、種々《しゆじゆ》に引出物《ひきでもの》をして、「一日《ひとひ》、御辺《ごへん》に申し《(こ)》信西《しんせい》が事はいかに。上《うへ》には善政を行[2]様《おこなふやう》には申せども、我方様《わがかたさま》の事どもをば、四方山《(よも)やま》の事有《あり》[1]といへども、火をも水に申《まうし》なす。君もしろしめされたれ共、次《ついで》なければ御《おん》いましめもわたらせ給はず。子息ども或《あるいは》中・少将に至り、或《あるいは》[5]七弁《しつべん》に相並ばせ、何の不足さに信頼を[3]打《うつ》べき。支度《したく》するよし告《(つ)》げしらする[4]者あり。清盛は熊野参詣の跡なり。信西をうしなひ、其後《そののち》平家を亡し、天下《てんが》の政《まつりごと》、御《ご》辺《へん》と[6]信頼と執行《とり》はんに、上《うへ》する者《(もの)》有《ある》べきか」との給へば、義朝申されけるは、「保元に一門兄弟亡び果《はて》、たゞ一身になりて候へば、平家もいぶせく[7]存《ぞんじ》候。よく候」[8]と申されければ、信頼悦《よろこび》て、いか物作りの太刀《たち》二振《ふたふり》、みづから[9]取出《とりいだ》してひかれけり。亦《また》、黒き馬の同じやうなる二疋《にひき》に鏡鞍《かがみくら(を)》おきてひかれければ、義朝申されけるは、「合戦は勢《せい》にはよらず、謀《はかりこと》によると申伝《まうしつたへ》て候へども、頼政・光保・光基・末実等を始《はじめ》て、源氏共あまた申《まうす》旨ありと承《うけたまはり》候。たのませ給へ」と申《まうし》て出《いで》られければ、頼政・光保・光基・末実等を[10]呼《よび》よせて、頼むべきよしの給へば、「一門の中の大将と憑《たのみ》て候《さうらふ》。義朝したがひ奉り候《さうらふ》うへは背き申《まうす》に及ばず」とて帰りければ、信頼いよ〳〵悦《よろこび》て、年比《としごろ》日来《ひごろ》構《(かま)》へ《(を)》おかれたる札《(さね)》よき鎧五十両、おつさまに義朝の許《もと》へさしつかはす。

【現代語訳】

このように、周到に準備を整えて、機会がいつあるかとねらっているうちに、平治元年十二月四日、大宰大弐清盛は子息重盛を相伴って年籠りをしようと志し、熊野へ参詣なさった。この隙にと思ったので、信頼は義朝を呼び寄せてさまざまな贈り物をし、「過日、おぬしに申し上げた信西のことについて、どう思われるか。表向きには善政を行っているように言ってはいるが、この私に関する事どもを、いろいろな事があるとはいっても、火をも水と言いくるめて申し上げている。上皇も御存じあそばしているけれども、適当な機会もないので御処罰もなさらない。子息どもは、ある者は中・少将に昇進し、ある者は七弁に相並ばせ、なんの不足があって、信頼を討とうというのか。その準備をしているということを告げ知らせる者がいる。清盛は熊野参詣にでかけた後だから、信西を殺し、その後に平家を滅ぼし、天下の政治をおぬしと信頼とで行うとしたら、上に立つ者はあるはずがあろうか」とおっしゃると、義朝が申し上げなさったことは、「保元に一門・兄弟をすっかり失って、ただ一人になっておりますので、(信西のみならず)平家の事をもうとましく思っております。いいでしょう」と申されたので、信頼は喜んで、厳物作りの太刀を二振、みずから取り出してお贈りなさった。また黒い馬で、同じような二匹に、鏡鞍を置いてお贈りなさったところ、義朝が申したことは、「合戦は勢力の多寡にはよらず戦略によると申し伝えてはおりますが、頼政・光保・光基・季実等をはじめとして、源氏どもは多く心に含むところがあると聞き及んでおります。お頼みなさい」と申し上げて退出なさったところ、信頼は頼政・光保・光基・季実等を呼び寄せて、頼みたい由をおっしゃったところ、「源氏一門の大将と頼りにしております義朝が従い申し上げました上は、お断り申し上げるわけには参りません」と言って帰ったので、信頼はいよいよ喜んで、数年来常日頃用意しておかれた札のよい鎧を五十領、追いかけるように義朝の許に差し遣わした。

【語釈】○**隙**　よい機会。好機。○**十二月四日**　『平治』のほか徴すべき史料がない。○**重盛**　保延四年（一一三八）～治承三年（一一七九）。清盛の一男。中務少輔、左衛門佐を歴任。平治の乱当時、正五位下、左衛門佐、遠江守、二十二歳であった。『愚管抄』巻五「二条」によれば、越前守基盛と淡路守宗盛と侍十五人が随行し、重盛は同行していなかったらしい。○**年籠**　年の暮から年初にかけて、神社仏寺に参籠すること。○**熊野**　熊野三山（本宮・新宮・那智）をいう。京都からの参詣は、淀川を舟で下り、窪津から熊野街道沿いに田辺に行き、そこから中辺路《なかへち》を通り、本宮に参詣の後、街道もしくは熊野川を下って、新宮に参詣、新宮より舟で那智に向かった。那智から再び山越えの路を本宮に出て、往路を逆に戻った。↓補注二二。○**御辺**　同輩を呼ぶのに用いる代名詞。○**火をも水に申なす**　「白を黒に言いくるめる」に同じ。讒言《ざんげん》をなすこと。○**君**　後白河上皇。○**次**　「ツイデ（序・次）好機会、または、折」（『邦訳日葡』）。○**中・少将**　近衛府の次官と三等官。近衛府↓上「信頼・信西不快の事」。『公卿』によれば、成憲は左中将、脩憲《ながのり》は左（右イ）少将。○**七弁**　大弁二人、中弁二人、少弁二人に加えて、権中弁もしくは権少弁一人を加えての総称（『職原鈔』上）。『公卿』『弁官補任』によれば、俊憲は権左中弁、貞憲《さだのり》は右中弁であった。「七〈しつ〉弁〈べん〉」（キリシタン版『落葉集』）。**○保元に……**　保元の乱の後、父為義《ためよし》をはじめ、義朝の弟はことごとく斬られた。生き残ったのは、志田三郎先生《せんじょう》義憲《よしのり》・新宮《しんぐうの》十郎行家と、大島に流された鎮西八郎為朝《ためとも》のみである。**○いか物作りの太刀**　いかめしく見えるような形をした太刀という。↓補注二三。**○鏡鞍**　銀または真鍮などの薄い金属で張った鞍。**○合戦は勢にはよらず、謀による**　出典未詳。『新唐書』巻百三十六「李光弼伝」に「光弼用㆑兵。謀定而後戦。能以㆑少覆㆑衆」とあるものによるとの指摘がある（柏尾武氏）。あるいは『貞観政要』巻九「議征伐」に「彊弱之勢、在㆓今一策㆒」とあるものによるか。↓補注二四。**○頼政**　長治元年（一一〇四）～治承四年（一一八〇）。清和源氏。兵庫頭仲政の一男。保延二年（一一三六）蔵人、久寿二年（一一五五）兵庫頭。平治の乱当時は従五位上、兵庫頭。平治の乱後、従三位まで昇進したが、以仁王の挙兵に応じて、宇治で敗死する。歌人でもあった。**○光保**　生年未詳～永暦元年（一一六〇）。清和源氏。出羽守光国の三男。岐阜県土岐市の住人。検非違使、左衛門尉。昇殿を許されていた（『尊卑』『土岐系図』）。仁平四年（一一五四）一月二十三日に出雲守（『兵範記』）。位は従四位上まで進んだ（『山槐記』久寿二年（一一五五）十月二十三日条）。娘の鳥羽院土佐局（保子）は、二条天皇の乳母であり、その縁で光保も出世したという（『今鏡』「すべらぎの下」）。『尊卑』に「平治乱与㆓同〔藤〕信頼卿㆒」とあり、『土岐系図』にも「平治乱党㆓信頼卿㆒。永暦元年十一月坐㆑事配㆓流薩摩国㆒於川尻被㆑誅了」とある。諸本、他の章段では「光泰」。**○光基**　生没年未詳。清和源氏。美濃源氏の一族。出羽判官光信の一男。「蔵人。従五下。伊豆伊賀守。使。左衛門佐。叙留。保元乱候㆓内裏㆒」（『尊卑』）。**○末実**　「季実」が正字。生年未詳～平治元年（一一五九）。文徳源氏。周防守季範の子。「左衛少尉。保延六四三。使宣。仁平三正廿八。使。従五下。平治元年正廿六叙留」（『尊卑』）。

『保元』では周防判官と呼ばれている。『尊卑』に「保元元八二停任。是少納言入道信西天王寺参詣共事、依レ令ニ辞退一中沙汰之籠居」とあり、信西に対する意趣があったらしい。子季盛は、平清盛の養子であった。諸本他の章段では「末真」。○札　鎧を威《おど》すための革または鉄の小さい板で、これを重ねて糸もしくは革で威した。○おつさまに　後を追うように、の意。「追様〈ヲツサマ〉」（易林本）。

【校訂注】　**1と**　底本「共」にミセケチ、「と」を傍書。　**2ろ**　底本虫損。他本により補った。　**3打へき～4あり**　底本「誅へき支度するや覧慥に告しらする者有」。監を除く諸本に従って改めた。表記は学二により、ルビを省いたものによった。　**5熊野参詣**　底本「熊野へ参詣」。他本に従って「へ」を削除した。　**6頼**　底本「西」にミセケチ、「頼」と傍書。　**7存候**　底本「存候覧」。天・玄・書・監は底本に同じ。ここは謙譲語を使用している点からいっても「存じ」の主語は義朝。内・金・学二・半に従って「覧」を削除した。　**8と**　底本「なと」の「な」に「そ」を傍書。「よく候ぞと」と改めたものらしい。天・玄・書「なと」。監・内・金・学二・半に従って「な」およびその傍書を削除した。　**9取出して**　底本「取出し」。他本により「て」を補った。　**10呼**　底本「哱」にミセケチ、「呼」を傍書。

【解説】　信西討滅の機会を窺っていた信頼は、熊野参詣による清盛らの都不在を好機として、改めて義朝を呼び寄せる。与力を求める信頼の発話を陽明本は以下のように叙述する。

　信西、紀伊二位の夫たるによッて、天下の大小事を心のまゝにせり。子共には官加階ほしいまゝに申あたへて、信頼が方様をば火をも水に申なし、讒佞《ざんねい》至極の入道なり。此者、ひさしくあらば、国をもかたむけ、世をもみだるべき災ひのもといなり。君もさは思しめされたれども、させるつゐでなければ、御いましめもなし。いさとよ、御辺ざまとても、始終いかゞあら

んずらむ。よく〳〵はからはるべきぞ

信西が他人をそしり、上の者にへつらう「讒佞至極の入道」であり、その独善的、利己的な振舞いが国家の存亡、延《ひ》いては義朝の存亡にも関わってくるのだと説く。これに比して、底本における発話は信頼個人に関わる問題に終始している。特に「子息ども或中・少将に至り、或七弁に相並ばせ、何の不足さに信頼を打べき」の一文からは、自分とは異なり、信西が多くの子息を持ち、然るべき官職に就けていることへの不満、嫉《そね》みを読み取ることができよう。『尊卑』によれば、信頼の子息は本章段冒頭に記される信親のみ、信西には「中・少将」の成憲・脩憲、「七弁」の俊憲・貞憲【語釈】参照）を含め十五名の子息がいる。この点と『愚管抄』の「大方信西ガ子ドモハ、法師ドモ、、数シラズオホカルニモ、ミナホド〳〵ニヨキ者ニテ有ケル程ニ、コノ信西ヲ信頼ソネム心イデキテ（中略）義朝ト一ツ心ニナリテ、ハタト謀反ヲオコシテ」の一節の内容を合わせ考えるならば、底本が記すように信西へ向けられた信頼の憤懣《ふんまん》の一端には後継者をめぐる問題もあったと推測される。

信頼の誘いに対する義朝の返答は、底本では保元の乱以降の源氏の凋落《ちょうらく》から平家への不快感に言及するのみである。陽明本では「六孫王より義朝までは七代なり。弓矢の芸をもつて叛逆のともがらをいましめて、武略の術をつたへて、敵軍のかたきをもやぶり候き」と源氏の系譜と武家としての功績を述べ、保元の乱以降の凋落した状況に追い打ちをかけるような清盛の策略があろうことは自覚しているとし、好機であれば「当家の浮沈をもこゝろみ候はん事、本望にてこそ候へ」と結ぶ。陽明本は源氏の「家」を意識した叙述態度をもっていることがわかる。

三条殿へ発向付けたり信西の宿所焼き払ふ事

【本文】

[1]九日の夜《よ》の子《ね》の刻に、信頼・義朝数《す》百騎にて、院の御所三条殿《ごしよさんでうどの》へ押《(を)》しよせ、信頼御前《[2]ごぜん》へ参《(まい)》りて[3]申されけるは、「信頼を討《[4]うつ》べき者有《ある》よし告《つげ》知《(し)》らする者候間《さうらふあひだ》、東国の方《かた》へ落《おち》行かばやと存《ぞんじ》候。幼少より御不便《ごふびん》を蒙候《かうぶりさうらひ》つるに、都のうちを出《いで》候はん事、行空《ゆくそら》もおぼえ候《さうらふ》まじ」と申されければ、上皇《しやうくわう》、「何者が汝《なんぢ》をば討《[5]うた》んと申《まうす》ぞ」とて、あきれさせ給ふ御様《[6]おん(さま)》也。

伏見源中納言師仲卿《ふしみのげんぢうなごんもろなかのきやう》、御車《おんくるま》をさしよせて、召《(め)》さるべきよし申せば、信頼、「まことに御不便なりとの御気色《ごきしよく》にて[7]候《(こ)》はば、とう〳〵召《(め)》さるべく候」と申間《まうすあひだ》、上皇取《(と)》りあへさせ給はぬ御有様《おんあり(さま)》《(い)》にて、御車に召《(め)》されけり。佐渡式部太夫《さどのしきぶのたいふ》重成《しげなり》、御車の前後を守護し奉り、大内《おほうち》へ御《ご》幸《かう》なしまゐらせて、一品御書所《いつぽんごしよどころ》に押《(を)》しこめ奉る。

【現代語訳】

九日の夜、子の刻に、信頼と義朝は数百騎の軍勢で後白河上皇の御所三条殿へ押し寄せ、信頼は上皇の御前に参上して申されたことは、「信頼を討とうとする者がある由を告げ知らせる者がおりますので、東国の方へ落ちて行こうと思っております。幼少より御愛情をお掛けいただきましたのに、それを振り切って都の内を出ますことは、旅の途中、後ろ髪を引かれる思いをすることでしょう」と申し上げなさったところ、上皇は、「何者がおまえを討とうと申しているのだ」と、当惑なさっている御様子である。

伏見源中納言師仲卿が御車を差し寄せて、御乗車なさるべき由を申し上げたところ、信頼は、「本当に気の毒だとの御意向でございましたら、早く早く御乗車なさってください」と申すので、上皇は取る物も取りあえずというご様子で、御車にお乗りになった。佐渡式部大夫重成が御車の前後を守護し申し上げ、大内へ御幸なし申し上げ、一本御書所に押し籠め申し上げた。

【語釈】 **○九日の夜の子の刻**　平治元年十二月九日午後十二時頃。現代でいえば十日の午前零時頃。**○院**　後白河上皇。**○三条殿**　三条烏丸《からすま》にあった御所。後白河上皇は平治元年八月十六日の高松殿焼亡の後、この御所に移っていた。「三条烏丸御所」（『二代要記』）、「三条烏丸殿」（『著聞集』六八九話）。**○御不便**　御いつくしみ。御愛情。**○伏見源中納言師仲卿**　↓上「信頼・信西不快の事」。**○佐渡式部太夫重成**　天承元年（一一三一）～平治元年（一一五九）。清和源氏。八嶋冠者重実の子（『尊卑』）。近江守（『尊卑』）。『兵範記』仁平二年（一一五二）正月二十三日条に民部大夫とあり、保元元年（一一五六）七月十三日条には式部大夫とあるので、恐らく保元元年七月十一日の除目で式部丞に任ぜられたのであろう。平治の乱の時は、従五位下、式部丞、二十九歳であったと思われる。八嶋あるいは佐渡式部大夫と号した。中「義朝奥波賀に落ち著く事」も参照。↓補注二五。**○式部太夫**　「太夫」は「大夫」が正字。五位で式部丞の任にあるものをいう。式部丞は式部省の三等官。式部省は大学寮と散位寮とを管轄し、文官の名帳・考課・選叙・位記・礼儀・禄賜・学校・課試などの人事一般を扱った。○**一品御書所**　「一本」が正字。世間に流布する書籍を一本ずつ書写して保管しておくところ。しかし実際には斎院恂子（上西門院）あるいは斎院禧子の御所として使用され（『中右記』大治四年（一一二九）二月十四日条、同長承二年（一一三三）四月十八日条等）、また行事の折の事務所として使用され（『中右記』大治四年九月十六日条等）、あるいは後白河天皇が行幸し一泊し（『兵範記』久寿二年（一一五五）十月二十日条）、あるいは作文会の会場になる（『玉葉』嘉応二年（一一七〇）八月十五日条）など、単に書庫の機能のみを備えていたわけではなく、御所としての使用に耐えうる建物であった。正安三年（一三〇一）十月までは存在が確認できる（『大嘗会御禊節下次第』）。『愚管抄』に「コノ御車ニハ重成・光基・季実ナドツキテ、一本御書所ヘイレマイラセテケリ」、『百錬抄』に「（十二月九日）奉㆑移㆓上皇上西門院〈統子〉於一本御書所㆒」とある。

【校訂注】　**1九日の夜の**　底本「九日夜の」。監・半・学二を除く諸本により「の」を補った。　**2御前**　底本「御所」。金・半を除く諸本に従って改めた。　**3申され**　底本「申」。監・半を除く諸本により「され」を補った。　**4討**　底本「誅」。自身を「うつ」ことに関して、信頼自身の発話に「誅」という漢字を使うことに問題がある。金・学二「討べき」、半「可打」とあり、「討」に改めた。　**5討ん**　底本「誅ん」。「討」に改めた。　**6御**　底本ナシ。内・金・学二・半により補った。　**7候はゝ**　底本「候」。天・監・内・金・半により「はゝ」を補った。　表記は天による。

【本文】

信頼・義朝、「御所《ごしよ》に火をかけて、防者《ふせくもの》あらば討《うち》とれ」との給ひおい《（ひ）》て馳《（は）》せ出《いで》ぬ。兵《つはもの》、四《し》面《めん》にうッ立《たつ》て御所に火をかけたれば、上下《じやうげ》[1]の女房達周章《あわて》さわい《（はひ）》で出《いで》られけるを、散〴〵《さんざん》に射《し》[2]ければ、火を遁《（のが）》るゝ者は矢をのがれず、箭《や》を遁るゝ者は火をのがれず、箭をまぬかれんとする者は井《ゐ》にこそ多く入《いり》[3]にけれ。下は水に溺れ、中は人に押《おさ》れ、上は猛火《みやうくわ》[4]もえかゝりければ、命の助《（たす）》[5]かるべき事をえず。

御所には、左兵衛尉《さひやうゑのじよう》大江家仲・右兵衛尉平泰忠五十余騎にて防き戦ひけれ共、物の数《（かず）》ならず。程なく討《うた》れしかば、家仲・泰忠両人が頸《くび》を取《（と）》ッて大内《おほうち》[6]へ馳参《はせ（まゐ）》り、待賢門《たいけんもん》[7]にうッ立《たて》て、おめきたるばかりにて、し出《いだ》[8]したる事はなし。

【現代語訳】

信頼と義朝は、「御所に火をかけて、防ぐ者があったら討ち取れ」と言い置かれて馬を馳せて出て行った。兵士どもが四面に立って御所に火をかけたので、上下の身分の女房たちがあわて騒ぎ脱出なさったのを、はげしく射たので、火を逃れた者は矢を逃れず、矢を逃れた者は火を逃れず、矢を免れようとした者は井戸に多く落ちこんだのであった。井戸の下の者は水におぼれ、中程の者は人に押しつぶされ、上の者は猛火が燃えかかったので、命の助かるはずもなかった。

御所には、左兵衛尉大江家仲・右兵衛尉平康忠が五十余騎で防ぎ戦ったけれども、物の数でもなく、まもなく討たれたので、家仲・康忠両人の首を取って大内裏へ馳せ参り、その首を待賢門に打ち立てて気勢を上げただけで、特になにか事件を引き起こすということはなかった。

【語釈】 ○火をかけて　『百錬抄』に「十二月九日。夜。右衛門督信頼卿。前下野守義朝等謀反。放二火上皇三条烏丸御所一」とある。 ○上下の女房達　女房の身分には、上臈《じょうろう》・小上臈・中臈・下臈・得選・采女《うねめ》・刀自《とじ》などがあった。 ○火を遁るゝ者は……　このあたりの文章は、『将門記』の「屋ニ蟄レテ焼カルル者ハ、烟ニ迷ヒテ去レズ、火ヲ遁レテ出ル者ハ、矢ニ驚キテ還リ、火中ニ入リテ叫喚ス」に似る。また、金刀比羅本『保元』上「新院御所各門を固めの事……」に為朝の言葉として、「火をのがるるものは矢をのがるべからず、矢をのがるゝものは火をのがるべからず」ともある。 ○井　井戸。「平治元年十二逆辞（乱カ）信頼卿院参日、候二仙洞一 殁レ井死」（『尊卑』藤氏真作流「惟章」の注）という具体例が見える。 ○猛火　激しく燃えさかる火。「miŏqua」（『ことばのやわらげ』『日葡』）。 ○左兵衛尉　左兵衛府の三等官。兵衛府↓上「信頼・信西不快の事」。 ○大江家仲　生年未詳～平治元年（一一五九）。『兵範記』及び『山槐記』保元三年八月十日の除目に「左兵衛尉大江家仲」とあるが、世系等未詳。 ○平泰忠　「康忠」が正字。生年未詳～平治元年（一一五九）。豊前守平量忠の子。滝口（『山槐記』久寿二年十月一日条）。左兵衛少尉（『兵範記』保元二年十月二十七日条除目）。大和国にあった信西所有の庄園、藤井庄の預所（『平安遺文』二九二五号）であった。なお、量忠・康忠ともに『尊卑』に名を載せない。↓補注二六。 ○待賢門　大内裏の外郭十二門の一。東面する上東・陽明・待賢・郁芳門の北から三番目の門。左右五間のうち、扉部分が三間。上東門を除く三門の真ん中にあたるため中御門ともいう。門前から東へ中御門大路が通じる。

【校訂注】 **1の** 底本ナシ。他本により補った。 **2射** 底本「討」。天・玄以外の諸本は「い・ゐ・射」。誤写と見て改めた。 **3けれ** 底本「けり」。「こそ」の結び「けれ」とあるべき。他本に従って改めた。 **4猛火** 底本「猛火に」。他本に従って「に」を削除した。 **5の** 底本ナシ。監を除く諸本により補った。 **6大内** 底本「内裏」。天・東大本「大里」。内・金・学二・九条本・八行本はこの部分脱文、他の四類諸本および半・京師本・杉原本・城大本に従って改めた。 **7う立て** 底本「う立」。監は底本に同じ。玄「うちたち」。その他の諸本により「て」を補った。ここは「うつたちて」「うつたてて」両様に読めるが、取った首を長刀などに貫き、門の前に立てて気勢を上げたととるのがよいであろう。 **8し出したる事** 底本「し出し事」。他本により「たる」を補った。

【解説】 合戦絵巻の傑作の一つとされるのが『平治物語絵巻』(『平治物語絵詞』とも)である。鎌倉時代の成立とみられるこの作品は『三条殿夜討巻』(ボストン美術館蔵)、『信西巻』(静嘉堂文庫美術館蔵)、『六波羅行幸巻』(東京国立博物館蔵)の三巻が現存、摸本として『六波羅合戦巻』・『待賢門院合戦巻』(ともに東京国立博物館蔵)など、また複数の断簡が残っている。

『三条殿夜討巻』は、まず事態を聞きつけて三条殿へ馳せ集まる公卿らの周章狼狽の様子を描く。次に燃え上がる三条殿内部に移り、うず巻く炎と黒煙の下、凄惨な殺戮《さつりく》の場面となる。そこには、大江家仲と平康忠であろう二人の男の頸を掻くシーン、駆け回る騎馬武者に逃げ惑う女房たちや折り重なるようにして井戸を埋める死体の姿を描き出している。最後には、目的を遂げて三条殿をあとにする一団の描写となる。まず、討ち取った二つの頸を薙刀《なぎなた》に貫き掲げ持つ武士を先頭とする集団、それに続いて後白河院の乗った牛車を囲繞《いじょう》する武士の隊列のゆったりとした歩みの様子が描かれる。

さて、『平治物語絵巻』の詞書は、陽明本的本文を基調としつつ、金刀本的本文も取り込むかたちで形成されたとされる（日下力氏）。この点について本段に関わる記事から二、三の例を以下に示す。

夜討ちが行われた時刻を底本（四類本系統）は「子の刻」とするのに対して『三条殿夜討巻』の詞書と陽明本は「丑の刻」とする。また。底本は三条殿から一本御書所へ向かう牛車に後白河院だけが乗車したと読めるが、詞書と陽明本は上西門院も同行したとする。夜討ちの具体的な時刻に関しては史料等で確認することはできないが、『百錬抄』平治元年十二月九日条には「奉レ移二上皇上西門院於一本御書所一」とあり、『愚管抄』巻第五「二条」では「御車ヨセタリケレバ、院ト上西門院ト二所ノセマイラセタリケルニ、信西ガ妻成範ガ母ノ紀ノ二位ハ、セイチイサキ女房ニテアリケルガ、上西門院ノ御ゾノスソニカクレテ御車ニノリニケルヲ、サトル人ナカリケリ」と上西門院とともに紀伊二位も同行したとする。

三条殿へ押し寄せた信頼の後白河院に対する発話の冒頭に底本は「信頼を討べき者有よし告知らする者候間、東国の方へ落行かばやと存候」、詞書は「信頼をうたるべきよし承れば、東国の方へまかり候なむず」と近似した一文があり、発話の末尾に底本は「都のうちを出候はん事、行空もおぼえ候まじ」、詞書は「都をいで候なん事こそ心うく候へ」と同趣の詞章を置くが、いずれも陽明本にはない。また、猛火を避け、武士の放つ矢からも逃れようとした人びとが底本では「井にこそ多く入にけれ」、詞書が「井にぞおほくおち入ける」と近接した本文になっているものの、陽明本は「井の中へこそとび入けれ」と両者に比べてやや距離のある詞章となる。

【本文】

其日《そのひ》の丑《うし》の刻に、信西《しんせい》入道が姉小路西洞院《あねがこうじにしのとうゐん》の宿所へ押《(を)》寄《(よ)》せて火をかけたれば、女《をんな》[1]・童部《わらんべ》あわ《(は)》てまどひ出《いで》けるを、信西が姿をかへて出《いづ》らんとて、打《うち》殺し、切《きり》殺《(ころ)》し、散〱《さんざん》に責《せめ》ければ、上下《じやうげ》のきらひなく、命の助《(たす)》かる事をえず。

【現代語訳】

その日の丑の刻に信西入道の姉小路西洞院の宿所に押し寄せ、火をかけたので、女・子供があわてて迷い出たのを、「信西が姿を変えて脱出するのだろう」と思って、打ち殺し斬り殺し、はげしく攻撃したので、身分の上下にかかわらず、命の助かることはなかった。

【語釈】　**○丑の刻**　十日午前二時頃にあたる。　**○姉小路西洞院**　姉小路と西洞院大路の交差するあたり。　**○童部**　子供。　**○きらひ**　区別。

【校訂注】　**1女童部**　底本「女の童部」。監は底本に同じ。ここを「をんな・わらはべ」と解釈するか「めのわらはべ」と解釈するかで本文が変化する。火を懸けられて逃げ出すのが女の子供だけであるはずがなく、ここは信西が変装をしたと怪しまれるに足る女と子供の両者とすべき。金・学二・半「女童部」とあるのに従って「の」を削除した。

【本文】
保元以後は、世もしづまり治《をさまり》て、甲冑《かつちう》をよろひ、弓箭《きゆうせん》を帯《たい》する者《(もの)》もなかりき。お《(を)》のづから持《もち》てありきしにも、馬《むま》に負《おほ》せ車に積《(つ)》みて、人目をこそ忍びしに、今は物具《もののぐ》したる兵《つはもの》ども京中《きやうぢう》に充満せり。「こはいかに成《なり》ぬる事共《ことども》ぞや」とさわ《(は)》ぎあへり。

【現代語訳】
保元以後は世も鎮まり治まって、甲冑を身につけ、弓箭を帯する者もなかった。ときたま持ってゆく者も、馬におわせ車に積んで人目をはばかったのに、今は武具に身をつつんだ兵士どもが京中に充満している。都の人々は、「これはどうなってしまった事だ」と騒ぎ合っていた。

【語釈】○保元　保元の乱のあった保元元年（一一五六）。○甲冑　兜と鎧。○弓箭　弓と矢。
○物具　武具。鎧兜。「物具する」は軍装すること、武具を身につけること。

【解説】前段に続き、『三条殿夜討巻』詞書・陽明本・底本の本文関係をみてみる。冒頭部分を詞書は「同寅剋に信西が姉小路西洞院の宿所追捕して火を放つ」、陽明本は「同夜の寅の刻に、信西が姉小路西洞院なる宿所を追捕してやきはらふ」とほぼ同文の関係にあるが、底本では「丑の刻」、「宿所へ押し寄せて火をかけたれば」の部分が異なる。一方、底本末尾近く「物具したる兵ども京中に充満せり。こはいかに成ぬる事共ぞや」とあり、詞書の「禁中も京中も軍兵みち〳〵たり。こはいかになりぬる事にか」に近いが、陽明本は「所〻の火災によつてあたりの民もやすからず、こはいかになりぬる世中ぞ」と武士達で溢れる京中の様子に言及しない。

さて、平治の乱が勃発して、武装した武士達が京中に充満したことに対して、当惑した京の人々の声が記されているが、ここに述べているように、保元元年十一月には、京中の兵仗が宣旨によって制止された（『百錬抄』）。『今鏡』第三「大内わたり」に、保元の乱後の後白河天皇の治世を称えて、「千代に一度澄める水なるべし」と評したあと、次のような一節がある。

弓矢などいふ物、あらはに持ちたるものやはありし。物に入れて隠しなどしてぞ、大路をば歩きける。都の大路どもなどは鏡の如く磨き立てて、つゆきたなげなる所もなかりけり。末の世ともなく、かくおさまれる世の中、いとめでたかるべし。

というものであるが、この一節は、『平治』のこの文章と呼応した記述となっている。

なお、『太平記』巻十二「兵部卿親王流刑事付驪姫事」に「大乱ノ後ハ弓矢ヲ裹テ干戈袋ニストコソ申スニ」とある。これらは、ともども、『詩経』周頌「時邁」に「載戢二干戈一載櫜二弓矢一」とあるのを踏まえたものであろう。

信西の子息尋ねらるる事付けたり除目の事幷びに悪源太上洛の事

【本文】

明《あく》れば十日、大政《だいじやう》大臣・[1]左右《さう》の大臣・[2]内大臣以下《いげ》、公卿殿上人《くぎやうてんじやうびと》参内《さんだい》して僉議《せんぎ》あり。少納言入道信西《しんせい》が子共《こども》尋《たづね》らる。播摩《はりまの》中将成憲《なりのり》は、太宰大弐《ださいのだいに》清盛の聟なれば、「もしや助《(たす)》かる」とて、六波羅《ろくはら》へおはしけるを、宣旨《せんじ》とて内裏《だいり》よりしきなみに召《(め)》されければ、清盛は[3]熊野参詣の跡なり、一門の人々力及ばで出《いだ》されけり。博士判官坂上兼成《さかのうへのかねなり》行向《ゆきむか》ひて、請取《うけとり》て内裏へ[4]参る。事の子細を尋聞《たづねきき》て、やがて兼成[5]にあづけらる。権右中弁《ごんのうちうべん》定憲もとどりを切《きり》、法師に成《なり》て傍《かたはら》[6]に忍ばれたりけるを、宗判官《そうはうぐわん》[7]宣澄《のぶずみ》尋出《たづねいだ》して、内裏へ参《(まい)》れば、是も[8]宣澄にあづけらる。

【現代語訳】

明ければ十日、太政大臣・左右大臣・内大臣以下の公卿殿上人が参内して、公卿僉議があった。少納言入道信西の子息どもが捜索された。播磨中将成憲は大宰大弐清盛の婿だったので、「あるいは助かるかもしれない」と思って、六波羅へおいでになったのを、宣旨といって、しきりに召喚なさったので、清盛は熊野参詣の後でもあり、一門の人々は力及ばず差し出された。博士判官坂上兼成が出向いて受け取り、内裏へ参上する。事情を細かく聞いて、そのまま兼成に預けられた。権右中弁貞憲は髻を切り、法師になって、人目に付かないところに隠れていたのを、宗判官信澄が探し出して内裏へ参上したところ、これも信澄に預けられた。

【語釈】 ○**大政大臣**　藤原宗輔《むねすけ》のこと。承暦元年（一〇七七）～応保二年（一一六二）。権大納言宗《むね》俊《とし》の二男。保安三年（一一二二）参議。中納言、大納言、右大臣を経て、保元二年（一一五七）太政大臣。平治の乱の折は、従一位、太政大臣、八十三歳であった。平治二年に太政大臣を退き、応保二年に八十六歳で薨じた。「号㆓京極太政大臣㆒。世云㆓蜂飼大臣㆒」（『公卿』）、「号㆓堀川又京極㆒」（『尊卑』）。太政大臣は太政官の長官であり、令制上の最高官であるが、公事に関わることは稀であった。適任者がいない場合は欠員としたので則闕《そつけつ》の官といった。「Daijōdaijin」（『日葡』）。○**左右の大臣**　左大臣は藤原伊通《これみち》。当章段に後出。右大臣は藤原基実《もとざね》。康治二年（一一四三）～永万二年（一一六六）。法性寺《ほっしょうじ》関白忠通《ただみち》の一男。仁平二年（一一五二）に十歳で従三位に叙され、左中将に任ぜられた。参議、権大納言を経て、保元二年（一一五七）に正二位・右大臣、翌三年に父忠通の後を継いで関白となる。平治の乱の折は、正二位、関白、右大臣、十七歳であった。以後、永暦元年（一一六〇）に左大臣、永万元年（一一六五）に六条天皇の摂政となり、翌年七月に二十四歳で薨じた。六条殿、梅津殿、中殿と号した。左大臣は太政大臣不在の時、太政官の首席として政務を統括した。右大臣は左大臣に次ぐ地位。左大臣同様、天皇を補佐し政務を行った。○**内大臣**　藤原公《きん》教《のり》。康和五年（一一〇三）～永暦元年（一一六〇）。太政大臣実行《さねゆき》の一男。長承二年（一一三三）参議。中納言、権大納言を経て、久寿三年（一一五六）左大将、保元二年（一一五七）内大臣。平治の乱の折は正二位、内大臣、左大将であるとともに、信西の設置した記録庄園券契所の長官をも務めていた。五十七歳。内大臣は左右大臣の下、太政官の政務を司った。○**公卿**　太政大臣・左右内大臣を公といい、大納言・中納言・参議、三位以上の朝官を卿という。あわせて、公卿といった。○**殿上人**　三位以上の者、および四位以下の者で、清涼殿の殿上の間に昇殿を許された者をいう。「Tenjōbito」（『日葡』）。○**僉議**　公卿僉議、公卿による衆議。○**播摩中将成憲**　↓上「信頼信西を亡ぼさるる議の事」。○**六波羅**　京都市東山区松原町付近。平家の本拠地で、清盛以下の居宅が立ち並んだ、伊勢から伊賀・奈良を経て都に入る所に位置した。清盛の祖父正盛《まさもり》が基礎を築き、忠《ただ》盛《もり》の時一町となり、清盛の代に至って四町四方に殿舎を拡大して、一族の屋敷百二十余宇が立ち並んだという（『平安遺文』一七八一号）。延慶本『平家』巻七「平家都落ル事」に詳しい。○**宣旨**　天皇の命を伝える文書の一形式。ここでは二条天皇の勅命という意。○**博士判官**　博士はここでは明法博士を指す。『職原鈔』に「明法博士〈相二当正七位下一〉明法道之極官也。中古以来、坂上中原両流為二法家之儒門一」とある。判官は検非違使庁の三等官。検非違使尉のこと。「尉。称二之判官一。……中古以来坂上中原両家為二法家一必任レ之」（『職原鈔』）。検非違使庁↓上「信頼・信西不快の事」。○**坂上兼成**　永久二年（一一一四）～応保二年（一一六二）。読みは『坂上系図』に「かねしげ」。大判事明兼の子。「大判事、明法博士、使、左少尉。応保二年五月九日卒。年四十九。詞花集作者」（『坂上系図』）。「防鴨河主典少志」（『平安遺文』二五七六号）、「修理右宮城主典」（『兵範記』同保元元年（一一五六）十月十三日条）などと見える。保元二年正月二十四日右衛門尉（『兵範記』）、同年四月二十六日に判官（同）に任官。平治の乱当時は明法博士、検非違使尉、四十六歳であった。保元の乱の戦後処理にあたって藤原忠実《ただざね》を預かっている（『兵範記』保元元年七月十四日条）。○**権右中弁**　弁官局の事務官。弁官局は太政官の事務局にあたる。庶務を取り扱い、宣旨・官符などの発布、官庁との連絡に当たった。○**定憲**　生没年未詳。『弁官補任』『兵範記』に「貞憲」。信西の二男。仁平四年（一一五四）正月二十三日の除目に従五位上。保元三年（一一五八）八月右少弁。蔵人、権左少弁を経て、平治元年（一一五九）閏五月権右中弁（『弁官補任』）。○**宗判官宣澄**　「信澄」が正字。惟宗《これむね》氏。生没年未詳。世系等未詳。判官は検非違使庁の三等官。信澄の名は、『兵範記』保元二年（一一五七）五月三十日条に「右衛門尉惟宗信澄、被レ下二検非違使宣旨一了」、『山槐記』保元三年八月二十五日条に「六位三人……惟宗信澄」、保元二年七月十七日条に「領送使検非違使信澄」と見える。　○**もとどり**　髪を頭の頂に集めて束ねたもの。まげ。「本鳥」と当てることが多い。

【校訂注】　**1左右の大臣**　底本「左右〈ノ〉大臣」。傍書を削除し、天・玄・書・竜・内・半により「の」を補った。　**2内大臣**　底本ナシ。半を除く諸本に従って補った。　**3熊野参詣**　底本「熊野へ参詣」。他本に従って「へ」を削除した。　**4参る**　底本「参り」。半を除く諸本に従って改めた。　**5あつけらる**　底本「あつけけり」。監・半を除く諸本に従って改めた。　**6忍はれたり**　底本「忍ひたり」。尊敬語「る」を含まないのは監と底本のみ。半および他本に従って改めた。　**7・8宣澄**　底本は「澄」を「隥」とする。上「信西の子息遠流に宥めらるる事」でも、澄憲の「澄」の字に同じ字体を用いる。半・金の漢字表記に従って「澄」とした。

【本文】

やがて除目《ぢもく》行《(をこな)》はれて、信頼[1]はもとより[2]望《のぞみ》を懸《かけ》たりしかば、大臣の大将《だいしやう》を兼《かね》たりき。左馬《さまの》頭《かみ》義朝[3]は播摩国を給《たまはり》て播摩《はりまの》左馬頭とぞ申《まうし》ける。兵庫頭《ひやうごのかみ》頼政は、伊豆国を給《たまは》る。出雲守光泰は隠岐国、伊賀守光基は伊勢国、[4]周防判官《すはうのはうぐわん》末真《すゑざね》は河内国、足立《あだちの》四郎遠元《とほもと》は右馬允《うまのじよう》になさ[5]る。鎌田《かまだの》次郎は兵衛尉《ひやうゑのじよう》に成《なり》て政家と改名《かいみやう》す。今度[6]の合戦にうち勝《(か)》たば、上総国を給《たまはる》べき由の給ひけり。

【現代語訳】

直ちに除目が執り行われて、信頼は元々から望んでいたことなので、大臣と大将を兼任した。左馬頭義朝は播磨国を拝領して、播磨左馬頭と申し上げた。兵庫頭頼政は伊豆国を拝領し、出雲守光保は隠岐国、伊賀守光基は伊勢国、周防判官季実は河内国、足立四郎遠元は右馬允に任命された。鎌田次郎は兵衛尉になって政家と改名する。今回の戦に勝ったならば、上総国をいただける由を（信頼が）言われた。

【語釈】　○**除目**　大臣以外の諸官職を任命する行事。　○**左馬頭義朝**　『愚管抄』巻五「二条」に「スデニ除目行ヒテ、義朝ハ四位シテ播磨守ニナリテ、子ノ頼朝十三ナリケル、右兵衛佐ニナシナドシテアリケルナリ」とある。　○**播摩国**　「播磨」が正字。現在の兵庫県の一部。保元の乱の戦後処理にあたって、義朝が右馬権頭に任ぜられて不満を抱いていた時、清盛の任ぜられたのが播磨守であった。平治の乱当時は、信西の子息で、清盛の聟であった藤原成憲が守であった。　○**伊豆国**　現在の静岡県伊豆半島。平治の乱の折の国守は平義範《よしのり》。頼政は平治の乱のはるか後、承安二年（一一七二）に伊豆守となっている。　○**隠岐国**　現在の島根県隠岐諸島。平治の乱の折の国守は源雅範か。　○**伊勢国**　現在の三重県の一部。伊勢平氏の本貫の地。平治の乱当時の守は平正時。　○**河内国**　現在の大阪府の一部。　○**足立四郎遠元**　生没年未詳。古活字本「遠基」。『参考平治物語』は藤原氏魚名流、足立藤九郎遠兼の子とする。『尊卑』に安達藤九郎盛長の甥とし、「号二豊嶋一。左衛門尉」と注記。出自については、武蔵国造の後裔で足立郡司武蔵武芝の子孫であるともいい、足立郡（東京都足立区を中心とした地域）を本拠とした領主であった。足立右馬允と号する。遠元は鎌倉時代には藤原氏を称し、左衛門尉に任ぜられ（『吾妻鏡』建久元年（一一九〇）十二月十一日条）、公文所の寄人《よりうど》として活躍した。**○右馬允**　右馬寮の三等官。馬寮↓上「信頼信西を亡ぼさるる議の事」。**○鎌田次郎**　正清のこと。保安四年（一一二三）？～永暦元年（一一六〇）。秀郷流藤原氏。鎌田権守通清《みちきよ》の子。左兵衛尉となり、鎌田兵衛と号する。義朝の乳母子であり、妻は長田庄司忠致《ただむね》の娘であった。祖父助道が源頼義、父通清が為義、正清が義朝に仕えるなど、三代にわたる源氏相伝の郎従であった。↓補注二七。**○上総国**　現在の千葉県の一部。平治の乱の折の国守は源中賢か。

【校訂注】　**1は**　底本「か」。他本に従って改めた。　**2望を懸たりしかは**　底本「望懸しかは」。蓬左系の諸本は「のそみをかけたりしかは」とある。天・和・玄・書・半に従って「を」と「たり」を補った。　**3は**　底本ナシ。他本により補った。　**4周防**　底本「周坊」。改めた。　**5なさる**　底本「なる」。他本により「さ」を補った。　**6の**　底本ナシ。監は底本に同じ。その他の諸本により補った。

【解説】　三条殿夜討の翌日、十二月十日に公卿僉議が開かれたとし、成憲が坂上兼成、貞憲が惟宗信澄の預かりという処遇となる。陽明本と古活字本は信西の子息、俊憲・成憲（「重憲」と表記）・貞憲（同「定憲」）・脩憲（同「修憲」）・是憲（同「惟憲」）ら五名の解官を記述し、陽明本はその中の貞憲を除く四名の処遇に言及する（古活字本は底本とほぼ同様の記述）。成憲は藤原成親の預かりとなり、俊憲は出家、脩憲は惟宗信澄、そして是憲は藤原惟方がそれぞれ預かることとなる。貞憲の処遇が記されないのは、『弁官補任』に「十二月十日解官。依二父信西縁坐一也。其後出家。依レ有二死去聞一不レ処二流罪一」（傍線部：山科家本「兵死聞」）と貞憲死亡説があったことによるか。

次に、夜討に加わった武士たちに官職が与えられる。まず、信頼が念願の大臣と近衛大将を兼任したとある（古活字本も同じ）。しかし、この兼任記事以降も物語における信頼の官職名は「右衛門督」で統一されていること、また『公卿』などにも該当する記述がないことから大臣・大将任官は物語の虚構と考えてよいであろう。この後、義朝以下が続くが、陽明本には「去九日の夜の勧賞」として、底本にみえる頼政・光保・光基・季実・足立遠元の名は記されず、重成（任信濃守）、頼範（任摂津守）、頼朝（任右兵衛佐）がみえる。頼朝については、『公卿』文治元年（一一八五）の尻付《しづけ》（公卿となって最初に掲載される際、それまでの官歴を記した部分）に「同（保元四年＝平治元年）十二月十四日任右兵衛権佐」とある。この記事を踏まえれば、源氏の武士が任官されたのは、夜討直後の「九日の夜」ではなく、十四日となる。

【本文】

義朝の[1]嫡子鎌倉悪源太《かまくらのあくげんだ》義平は、母方《ははかた》の祖父《おほぢ》三浦の許《もと》に有《あり》けるが、都に騒《(さは)》ぐ事ありと聞《きき》て、鞭《むち》を打《うつ》て馳上《はせのぼり》けるが、今度[2]の除目《ぢもく》に参《(まい)》りあふ。信頼大《おほき》に悦《よろこび》て、「義平此《この》除目に参《(まい)》りあふこそ幸《さいはひ》なれ。大国《たいこく》[3]か小国《せうこく》か、官も加階《かかい》も進《すすむ》べし。合戦も又よく仕《つかまつる》べし」との給へば、義平申《まうし》けるは、「保元に伯父《をぢ》鎮西《ちんぜいの》八郎為朝《ためとも》を、宇治殿《うじどの》の、御前《おんまへ》にて蔵人《くらうど》になされければ、『忩々《そうそう》なる除目かな』と辞し申《まうし》けるは理《ことわり》[4]かな。義平に勢《せい》を給《たまは》り候へ。阿部野《あべの》に懸向《かけむかひ》て平家を待《(ま)》たむ程に、清盛は熊野参詣より下向《げかう》なれば、浄衣《じやうえ》ばかりにてぞ候[5]はんずらん。真中にとり籠《こめ》て攻《(せ)》めむ程に、甲斐《かひ》なき命を助《(たす)》からんとて、山林へぞ逃籠《にげこもり》候はんずらん。其時追《そのときおひ》つめ〳〵とらへて、首《かうべ》を刎《はね》て獄門にかけ、其後《そののち》信西をも亡し、世もしづまり治《をさまり》てこそ、大国も小国も、官も加階も思ふごとくに進み候はんずれ。見《(み)》えたる事もなきに、かねて成《なり》て、なにかし候《さうらふ》べき。たゞ義平は東国にて兵 共《つはものども》によび付《つけ》られて候へば、本《もと》の悪源太にて候はん」とぞ申《まうし》ける。信頼の給《たまひ》けるは、「義平が申 状《まうしじやう》、荒儀《あらぎ》也。阿部野まで馬《むま》の足《(あし)》つからかして、なにかせむ。都へ入《いれ》て、中に取籠《とりこめ(う)》討たむずるに、程や有《ある》べき」との給ひければ、皆[6]此儀《このぎ》にしたがひけり。ひとへに運のきはめにてぞ有《あり》ける。

【現代語訳】

義朝の嫡子鎌倉悪源太義平《よしひら》は、母方の祖父三浦の許にいたのだが、都に争乱があると聞いて、鞭を打って馳せ上ったが、今回の除目に参り合わせた。信頼は大いに喜んで、「義平がこの除目に参り合わせたことは幸いなことだ。望みは大国か小国か、官職も位階も進めてやろう。合戦にもまたいい働きをしてくれ」と言われたので、義平が申し上げたことは、「保元の合戦の時、叔父鎮西八郎為朝を、宇治殿が自分の御前で蔵人に任命なさろうとしたところ、『なんとあわただしい除目だ』と言って、御辞退申し上げたことはもっともなことだ。義平に軍勢をお預けください。阿部野に駈け向かって平家を待つならば、清盛は熊野参詣からの下向なので、浄衣だけでありましょう。真ん中に取り囲んで攻撃するなら、助かるはずのない命を助かろうとして、山林へ逃げ籠りましょう。その時、追いつめ追いつめ捕らえて、首をはねて獄門に懸け、その後に信西を滅ぼして、世も鎮まってからなら、大国も小国も、官職も位階も思うとおりに進みましょう。合戦の帰趨《きすう》もはっきりしないのに、あらかじめなっても何になりましょうか。ただ義平は、東国で兵士たちにいつも呼ばれていますので、元々の悪源太で結構です」と申し上げた。信頼が言われたことは、「義平の申すことは思慮の足りない意見だ。阿部野まで馬の足を疲れさせに行って何になろう。都に入れて中に取り囲み攻撃したら、たいして時間もかかるまい」と言われた。人々は皆この意見に従った。ひとえに運の尽きであった。

【語釈】　**○鎌倉悪源太義平**　永治元年（一一四一）～永暦元年（一一六〇）。義朝の一男。母は橋本の遊女とも、朝長の母（修理大夫範兼の娘とも大膳大夫則兼の娘とも）に同じともいう。左衛門少尉。鎌倉悪源太と号す。平治元年に十九歳という。↓補注二八。　**○三浦**　三浦義明《よしあき》のことであろう。寛治六年（一〇九二）～治承四年（一一八〇）。桓武平氏。三浦庄司義次《よしつぐ》（継）の子。三浦介。祖父為継《ためつぐ》が八幡太郎義家に従って後三年の役に従軍しているので、相伝の郎等である。『平安遺文』二五四八号に義朝の麾下《きか》として名が見える。『吾妻鏡』治承四年（一一八〇）八月二十七日条に、行年八十九とあるから、平治元年には六十八歳であった。　**○大国か小国か**　望みの国は大国か、小国か、の意。『職原鈔』に、各国を大・上・中・下国の四等に分けている。底本には「大国か小国か」とあるが、『職原鈔』には「小国」という区分がない上、望みの国を尋ねるのに「小国か」はありえない。四類本はすべて「せうこく」もしくは「小国」とあるが、恐らく転写の際、「しやうこく（上国）」に「小国」を当ててしまったものであろう。「Daicocu」「Taicocu」（『日葡』）。　**○官も加階も**　官職も官位の昇進も。「Quancacai」（『日葡』）。　**○保元に**　金刀比羅本『保元』中「白河殿へ義朝夜討ちに寄せらるる事」に「左大臣殿、為朝蔵人たるべき由おほせ行はれければ、為朝あざ笑て、『物さはがしき除目かな』とつぶやく〳〵大炊御門へ向けり」とある。○**鎮西八郎為朝**　保延五年（一一三九）?〜安元二年（一一七六）?　六条判官為義の八男。九州に住んで鎮西八郎、筑紫八郎と号した。保元の乱に父為義の陣に参じ、兄義朝と合戦、敗北の後、近江国の山寺で佐渡兵衛尉重貞に捕らえられた。その勇を惜しまれ、肩を抜かれて伊豆大島に流罪となったが、安元二年（一説に三年）三月六日工藤介茂光に討たれた。平治の乱の折は、伊豆大島で生存していた（『尊卑』）。『保元』の主人公的人物。○**宇治殿**　宇治左大臣藤原頼長。↓上「叡山物語の事」。下の「の」は主格をあらわす。○**阿部野**　安部野とも。現在、大阪府阿倍野区。天王寺の南、住吉に至る一帯。○**浄衣**　白い衣であつらえた狩衣《かりぎぬ》。「浄衣〈ジヤウエ〉〈神事時多用レ之〉」（『名目抄』）。○**獄門**　朝敵の首を見せしめのために掛け置いた牢獄の門。実際には門前の樗《おうち》の木にかけた。↓上「信西の首実検の事」。○**見えたる事**　合戦の帰趨。はっきりした決着。↓補注二九。○**悪源太**　「悪」は気性の激しさや、剛勇を表す接頭語。悪左府頼長、悪七兵衛景清、悪禅師全成などがいる。義平は義朝の一男であるので源太と呼ばれた。○**荒儀**　「儀」は「議」の当て字。「配慮の行き届かない、向こう見ずな言動」という意。

【校訂注】　**1の**　底本ナシ。監・半は底本に同じ。その他の諸本により補った。　**2の**　底本ナシ。天・和・書・内・半により補った。　**3か**　底本ナシ。天・監・内・金・学二・半により補った。　**4かな**　底本「なり」。監を除く諸本に従って改めた。　**5候はんすらん**　底本「候らん」。和・玄・書・内・金・半に従って改めた。　**6皆**　底本「力なく皆」。監は底本に同じ。その他の諸本に従って「力なく」を削除した。

【本文】

大宮《おほみや(の)》大臣伊通《これみち》公、其比《そのころ》左大将《さだいしやう》にておはしけるが、[1]才学《さいかく》優長にして、御前《ごぜん》にても常にを《(お)》かしき事を申されければ、君《きみ》も臣も大《おほき》にわらはせ給ひ、御遊《ぎよいう》もさむる程也。「内裏《だいり》にこそ武士どものし出《いだ》したる事もなくて、官加階をなさるなれ。人を多く殺したるばかりにて、官加階をならんには、三条殿《さんでうどの》の井《ゐ》こそ人をば多く殺したれ。などその井は官はならぬぞ」とぞわらはれける。

【現代語訳】

大宮大臣伊通公はそのころ左大将でいらっしゃったが、才能も学問も人並み以上に優れておいでで、二条天皇の御前でも、いつも人を笑わせるようなことを申し上げていたので、主上も臣下も大いにお笑いになり、管絃の遊びもしらけるほどであった。「内裏では武士たちが手柄になるようなこともしていないのに、官職や位階にあずかったという話だ。人を多く殺しただけで官職や位階にあずかるとしたら、三条殿の井戸こそ多く人を殺したではないか。どうしてその井戸は官職にあずからないのだ」と言ってお笑いになった。

【語釈】　○**大宮大臣伊通公**　寛治七年（一〇九三）～長寛三年（一一六五）。阿古丸大納言藤原宗通《むねみち》の二男。保安三年（一一二二）参議・右兵衛督。中宮権大夫、権中納言、大納言などを経て、保元

元年（一一五六）内大臣、翌年左大臣。永暦元年（一一六〇）太政大臣。平治の乱当時は、正二位、左大臣、六十七歳であった。近衛大将の任官歴はなく、左大将は誤り。母方の祖父顕季《あきすえ》・父宗通はともに白河院の寵臣。伊通は、『中右記』大治四年（一一二九）閏七月四日条に、ひとり古風な巻纓《かんえい》で参入したことが記されるなど、復古思想の持ち主で、経宗・惟方等、二条天皇親政派の参謀格であったという。『大槐秘抄』の著作がある。九条大相国、大宮大相国《だいしょうこく》と号した。↓解説。○**才学優長**　才能・学問が優れていること。『今鏡』第六「弓の音」に伊通を評して、「詩など作り給ふ方、いと能くおはしけり。手も能く書き給ひけり」とある。○**御前**　二条天皇の御前。

【校訂注】　**1か**　底本ナシ。学二を除く諸本により補った。

【解説】　除目の折に悪源太義平が東国から駆けつける記事は、陽明本に無く、後補されたものとみられる。語釈・補注に記したように、この記事は『保元』と関連性をもち、義平の人物形象や物語における機能が為朝のそれに類似している。『保元』で為朝が夜討を主張するものの悪左府頼長はこれを聞き入れず、その結果敗北する。ここでは阿部野へ打って出て清盛勢を迎え撃とうという義平の進言を信頼は拒絶する。この信頼の判断がどういう結末を招くかは「ひとへに運のきはめにてぞ有ける」の一文によって早くも明かされてしまう。

前段の三条殿夜討の場面では、武士の放つ矢と迫り来る炎から逃げ惑う女房たちが折り重なるようにして井戸で命を落としたとあったが、伊通の発話はこれに加わった武士たち、ひいては謀反を主導した信頼に対する痛烈な皮肉であることはいうまでもない。この伊通という人物は辛口の諧謔《かいぎゃく》を得意とするところがあったらしい。『今鏡』第六「弓の音」に、籠り居給へりし折も、御幸など見給ひて、「百大夫変じて、百殿上人になりにけり」など宣ひ、また「籠りゐたるは苦しからねど、世に交ろはまほしきことは、人のいたく烏帽子の尻の高くあげたるに、うなじのくぼに結ひてむとも思ふなり」など、世に似ぬやうに宣ひけり。また信頼の衛門の督、武者おこして後、除目行へりし、見給ひては、「など井は官もならぬにかあらむ。井こそ人は多く殺したれ」など、かやうのことをのみ宣ふ人になむおはしける。

と本段の一節と通じる文言も見える。また、『平治』下「経宗・惟方遠流に処せらるる事同じく召し返さるる事」にも逸話が載る。『盛衰記』巻三十四「法皇御歎並木曾縦逸付四十九人止官職」に「時人、昔コソカルノ大臣ハ有シニ、今モカルノ大臣オハシケリトゾ笑ケル。加様ノ事ハ大宮大相国伊通コソ宣ヒシニ、其人オハセネ共又中人モ有ケリ」とあって、軽口が話題になったときには、引き合いに出されるほど有名であったようである。

信西出家の由来幷びに南都落ちの事付けたり最後の事

【本文】

去程《さるほど》に、かの信西《しんせい》入道と申《まうす》は、南家《なんけ》の博士《はかせ》、長門守高階《たかしなの》経俊が猶子《ゆうし》也。大業《たいげふ》も遂《とげ》ず、儒官にも入《いら》ず、非重代《ひぢうだい》なりとて弁官《べんぐわん》にもなされず、日向守通憲《みちのり》とて、何《なに》となく御前《ごぜん》にて[1]召仕《めしつかは》れけるが、出家の心ざし有《あり》し事は、御所《ごしよ》へ参《(まい)》らんとて鬢《びん》をかきけるに、鬢の水に面像《めんざう》を見《(み)》れば、「寸《すん》の頸《くび》、剱《つるぎ》の先《(さき)》にかゝりてむなしくなる」[2]といふ面像あり。大《おほき》[3]におどろき思ひけるが、宿《しゆく》願有《ぐわんある》によッて熊野参詣す。

切部《きりべ》の王子の御前《おんまへ》にて相人《さうにん》に行《ゆき》あひたり。相《さう》じていはく、「御辺《ごへん》は諸道の才人《さいじん》かな。但《ただし》『寸の頸釼《つるぎ》の先《(さき)》にかゝッて露命《ろめい》を草上《さうしやう》にさらす』といふ相あるはいかに」[4]といひて、行末は知《(し)》らず、こしかたをば一事《いちじ》も違《(たが)》へずいひければ、「通憲もさ思ふぞ」とて、[5]身の毛もよだつ。「扨《さて》それをばいかにしてか遁《のが》るべき」といへば、「いさ、出家してもや[6]遁《(のが)》れむずらん。それも七旬《しつしゆん》にあまらば[7]何《いか》があらんずらん」とぞいひける。

下向して[8]御所《ごしよ》へまゐ《(い)》り、「出家の心ざし候《さうらふ》が、日向《ひうがの》入道とよばれんは無下《むげ》にうたてしう覚《おぼえ》候。少納言を御免《ごめん》[9]を蒙《かうぶり》候《さうらは》ばや」と申《まうし》ければ、「少納言は[10]一《いち》の人《ひと》も成《なり》なんどして、左右《さう》なくとり下されぬ官なり。いかゞあらんずらん」と仰《おほせ》られけれども、様々《やうやう》に申《まうし》ければ、御ゆるされを[11]蒙《かうぶ》りて、やがて出家してんげり。

子息共《ども》[12]或《あるい》は中・少将に至らせ、或は七弁《しつべん》にあひならばせ、ゆゝしかりしが、墨染《すみぞめ》の袖に身をやつし、今は露の命さへのがれがたし。昨日《きのふ》の楽《たのし》み今日《けふ》の悲《かなし》み、諸行無常はたゞ目《(み)》の前に顕れたり。「吉凶は[13]糺《あざな》へる縄《なは》のごとし」といふ本文《ほんもん》あり。すこしもたがはずぞ見えし。

【現代語訳】

ところで、かの信西入道と申し上げる方は、南家の博士の家柄で、長門守高階経敏《つねとし》の養子である。家業である文章道の大業にもならず、学者の就く官職にも就かず、先祖代々の家柄ではないという理由で弁官にもなされず、日向守通憲といって、何となく鳥羽院の御前で召し使われていたが、出家の意志が出てきた理由は、院の御所に参上しようと鬢をなでつけていたとき、鬢をぬらす水に顔の相が映ったのを見ると、「喉笛一寸ばかり上のところが剣の先にかかって死に至る」という相が映っていた。ひどく驚いて思案していたのだが、前々からの念願があって熊野へ参詣する。

切部王子の社前で、人相見と行き逢わせた。信西の人相を判じて言うことには、「貴殿はあらゆる分野の学問に堪能な才人ですな。ただし、『喉笛一寸ばかり上のところが剣の先にかかって、露のようにはかない命を草の上にさらす』という相が現れているのはどうしたことだ」と言って、将来のことはわからないものの、過去のことを一事も違えず言い当てたので、「通憲もそう思うぞ」と言って、身の毛もよだった。「さて、それをどのようにして逃れたらいいのだろうか」と言うと、「さあどうでしょう。出家でもしたらあるいは逃れられるかも知れません。それも七十歳を越えたならば、何ともならないでしょう」と言った。

参詣から帰洛し、鳥羽院の御所に参上して、「出家の念願がございますが、日向入道と呼ばれるとしたら、みじめで情けなく思われます。少納言をお許しいただきたいと思います」と申し上げたところ、「少納言は摂関家の者もなったりして、そう容易に下されることのない官職だ。どうしたものだろう」とおっしゃったが、言葉を尽くして申し上げたところ、御許可をいただいて、すぐに出家したのであった。

子息達は、ある者は中将や少将に昇進させ、ある者は七弁に相並ばせ、押しも押されもせぬ状態であったが、墨染めの衣の袖に身をやつし、今は露のようにはかない命さえ逃れることがむずかしい。昨日の楽しみはうって変わって今日の悲しみになる、諸行無常はただ目の前に現れているのである。「吉凶は糾える縄のごとし」という故事がある。少しも異ならないと見えた。

【語釈】　**○去程に**　さて。ところで。「去」は当て字で「さある」の意。話題を転じる場合に使われる。**○南家**　藤原氏四家のひとつ。不比等《ふひと》の一男武智麻呂《むちまろ》の流れをいう。南家と式家が学者の家柄として続いた。**○博士**　ここは学者の意。広く学問に通じた人。南家は菅原氏とともに紀伝道（文章道）を伝えた。**○長門守高階経俊**　筑前守経成の子。正四位下、長門守（『尊卑』）。名は『尊卑』に「経敏」、『高階氏系図』に「経俊」と作る。**○猶子**　養子のこと。また伯父・叔父が自分の子とした甥。「Yūxi」（『日葡』）。**○大業**　文章道の大業。大学寮の寮試を経て、擬文章生となり、式部省の省試を経て文章生（進士）となる。このうち推挙を受けたものが文章得業生《もんじょうとくごうしょう》（秀才）となり、さらに方略試という試験に合格したものが大業になった（藤木邦彦氏「平安時代後期の大学制度について」『日本全史3古代Ⅱ』）。大内記、大学頭、文章博士は大業でないと任命されなかった。『尊卑』の信西の注に「依レ入二他家一不レ遂二儒業一、不レ経二儒官一」とある。**○儒官**　儒者が任ぜられるのを原則とする官職。↓上「信頼・信西不快の事」の「儒胤」「儒業」。**○重代**　先祖から代々、ある一つの官に就いてきた家柄。**○弁官**　太政官の要職で、左右の弁官局があった。太政官の庶務を処理し、太政官関係の文書をすべて取り扱った。「名家譜代任レ之」（『職原鈔』上「弁官」項）とある。信西の家系は名家でも譜代でもなかったので、信西以前は弁官にはなれなかった。「弁官〈ベングワン〉」（『名目抄』）。**○鬢をかきけるに**　「鬢を掻く」とは耳の上の鬢を水で濡らした上で、櫛で掻き撫でて、形を整えること。**○面像**　顔の相。人相。**○寸の頸、釼の先にかゝりてむなしくな**

る　喉笛一寸ばかり上のところが剣の先にかかって命を失う、の意。後々、信西が頸を取られることになる伏線となっている。出典未詳。　**○切部の王子**　和歌山県日高郡印南町切目にあった王子。切目王子ともいう。王子は熊野権現の末社で、九十九王子があったという。中でも切目王子を含む五躰王子が特に崇められた。「切目といふ所はうしろは山、まへは海にて風景たぐひなき所なり」(『国阿上人絵伝』巻二ノ十二)。　**○草上**　ここでは露の縁語で草上というのと同時に、志賀楽の山中での死を暗示する。　**○七旬**　七十歳。「しつしゅん」(『小枝の笛物語』)。↓補注三〇。　**○御所**　鳥羽上皇の御所。　**○無下に**　「みじめに、同情の念を催すほどに、また、無法に」(『邦訳日葡』)。　**○一の人**　摂政関白をいう。「執柄必蒙二一座宣旨一。故称二一人一」(『職原鈔』上)。　**○左右なく**　容易には。たやすくは。『百官和秘抄』に少納言について「名家の人も儒者も誰もなる也。譜代の者任ずるなり。故実なき人はならぬ事なり」とある。　**○中・少将**　↓上「信頼信西を亡ぼさるる議の事」。　**○七弁**　↓上「信頼信西を亡ぼさるる議の事」。　**○墨染の袖**　僧衣。黒く染めた衣の袖。　**○昨日の楽み今日の悲み**　出典未詳。　**○諸行無常**　『大般涅槃経《だいはつねはんぎょう》』の「諸行無常、是生滅法、生滅滅已、寂滅為楽」による。釈迦が入滅に臨んで唱えたという句。一切の万物は、常に変化し、生じては滅ぶのがきまりである、の意。　**○吉凶は糺へる縄のごとし**　人間の幸・不幸は、ないあわせた縄のようなもので、表裏してやってくる、の意。「吉凶如二糾纆一、憂喜相紛繞」(『文選』巻二十、孫子荊「征西官属送二於陟陽候一作詩」)、「夫禍之与レ福兮何異二糾纆一」(『文選』巻十三、賈誼「鵩鳥賦」・『史記』「賈生列伝」)、「吉凶ハ糺ル縄ノ如ク、哀楽時ヲ易タリ」(『太平記』巻二十九「将軍親子御退失事……」)。その他、『鶡冠子《かっかんし》』「世兵」にも用例がある。　**○本文**　古典籍などの典拠となる文句。漢籍のものをいう。

【校訂注】　**1召仕れ**　底本「召され」。他本に従って「さ」を「仕」に改めた。　**2面像**　底本「面想」。監・半も「面想」。しかし底本は直前に「面像」とあり、この部分では漢字表記をもつ金・学二・監・半とも底本に同じ。したがって「想」を「像」に改めた。　**3おとろき**　底本「おとろきて」。他本に従って「て」を削除した。　**4といひて**　底本「とて」。玄「もいひて」、天・内・金・学二「と云」とあるので、系統の近い和・書・監・半に従って「いひ」を補った。　**5身の毛もよたつ**　底本「身の毛いよたつ」。天・玄「みのけよたつ」、監「身の毛よたち」とあり、和・書・内・金・学二・半とも「身のけもよたつ」（和）とある。これらの諸本に従って「い」を「も」に改めた。　**6のかれむすらん**　底本「のかれむ」。他本により「すらん」を補った。　**7何か**　和「なか」、玄「なにか」、天・東大本「いかゝ」、内・金・学二・八行本「何とか・なにとか」とある。本来、半のように「何アランスラン」とあったのであろう。天・東大本に従って「何か」を「いかか」と読む。　**8御所**　底本「御所様」。他本に従って「様」を削除した。　**9を**　底本ナシ。監のみ底本に同じ。他の諸本に従って「を」を補った。　**10一の人**　底本「一の仁」。改めた。　**11蒙りて**　底本「蒙りき」。内「かうふつて」、金「かうふりて」、学二「蒙〈かうぶり〉て」とある。この語句の使用される前後の文章は、すべて助動詞「けり」が使用されており、「き」の使用例がない。半や東大本にも「蒙り」とあるので、底本の「き」を「て」に改めた。　**12或は**　底本「或」。直後に「或は」とあるので、脱字とみて「は」を補った。　**13糺へる縄**　底本「糺縄」。内「あさなへるなは」、金・学二「糺而縄〈あざなへるなは〉」とある。半は「糺ル縄」。この場合も「あざなへる」と読むのであろう。内・金・学二・半に従って「へる」を補った。

【解説】　信西の出家の契機を「寸の頸、鉞の先にかゝりてむなしくなる」という自身の相を認め、熊野参詣の途次に出会った人相見も同様の判断を下したこととする。これは自身の最期をも予見する異能の人物としての信西像を強調する意図によると思われる。

信西と親交のあった藤原頼長の『台記』によると、通憲（信西）には康治二年（一一四三）八月二十五日に出家する意向があったが、周囲、とりわけ鳥羽法皇が許可しなかったようである（八月四日・五日・二十五日条）。その結果、およそ一年後の天養元年（一一四四）七月二十二日に出家を遂げる。『台記』同日条には「今日、少納言通憲出家云々、余深痛レ之」とあり、また『本朝世紀』同日条は「今日、少納言通憲出家〈三十九。件人、拝二任少納言一之後、改二高階一復二本姓藤原一。依二氏神祟一云々。多年之素懐云々〉」（任少納言、改姓↓上「信頼・信西不快の事」）とする。「多年之素懐」の出家を望むようになった理由については、『台記』康治二年八月十一日条に、

参上、入レ夜逢二通憲一相共哭。令二通憲吹一レ笙。欲レ帰、命レ余云、臣以二運之拙一、不レ帯二一職一、已以遁世。人定以為下以二才之高一天亡上レ之、弥廃レ学。願殿下莫レ廃。余曰、唯敢不レ忘レ命。涙下数行。

とあり、この記事に取材したとされる『続古事談』第二「臣節」十六には、

入道、出家の心付て後、院にて、宇治左府のいまだわかくおはしけるに参会て申ていはく、「をのれは出家のいとま申て、已に法師になり侍りなんず。それにいたましき事のひとつ侍るなり。才智、身にあまりぬるものは、遂に不運なりと人の申て、学問をものうくせんずる事のかなしきなり。君は摂録の家に生て、前途にたのみおはします。かならず学問才智を極て、しかも人臣の位を極させ給て、をのれ故、人のおこしたらん邪執を、やぶりてたまへ」と申されければ、つらくとかほをまもりて、御目に涙をうかべて、詞はなくてうなづかせ給けり。

とある。両記事の通憲の発話からは、学問に励んで卓越した才智を備えているものの、官途がはかばかしくないという現実が出家の動機となったと理解できる（角田文衞氏）。『続古事談』の「君は摂録の家に生て……」の記述に留目するならば、才智だけでは如何《いかん》ともしがたい出自という問題が立ちはだかっていたとも言えよう。

【本文】

九日[1]の午刻《むまのこく》に、信西《しんせい》、「白虹《はつかう》日を貫《つらぬく》」と云天変《いふてんぺん》を見《(み)》て、夜《(よ)》さり御所へ夜討入《ようちいる》べしとは知《(し)》らず、天変の事に御所へ参りたれば、折節《をり(ふし)》御遊《ぎよいう》なれば、かたはらなる持仏堂に御経《おんきやう》読《よみ》て居たりけるに、香《かう》の火とびて読《(よ)》み奉る経の字[2]二《に》行《がう》焼《やけ》給ふ。猶《なほ》火飛《とび》て衣《ころも》の袖焼《やけ》にけり。信西大《おほき》に驚《(おどろ)》きて、天文は淵源を究《きはめ》たりければ、みづから是を勘《かんが》へ見るに、「『強者《こはき》は弱く、弱《(よは)》き者は[3]強《こは》し』と云本文有《いふほんもんあり》。此《この》心を思《おもふ》に、『君奢《おごる》時は臣弱く、臣奢《おごる》時は君弱《(よは)》く成《なる》』といふ詞《ことば》也。今度は臣奢《おごり》て君弱くならせ給ふべし。此由《このよし》を子共《(ども)》にも知《(し)》らせばや」と思へ共《ども》、十二人ながら[4]御前《ごぜん》に烈《れつ》して御遊なれば、「さましまゐ《(い)》らせんも無骨《ぶこつ》なるべし」とて、宿所に帰り、紀二位《きのにゐ》をよび出《いだ》し、「かゝる事あり。子共にも知《(し)》らせ給へ。信西は思ふ旨ありて、奈良の方《(かた)》へ行《ゆく》なり」との給へば、紀二位、「同《(おな)》じ道に」となげかれけれ共、様〵《やうやう》にこしらへとゞめて、侍《さぶらひ》四人相具《よつたりあひぐ》し、秘蔵《ひさう》せられける鴾毛《つきげ》の馬《むま》に乗《のり》、舎人成沢《とねりなりざは》を召《(め)》し具《(ぐ)》し、南都の方へ落《おち》られけるが、伊賀と山城の堺、田原が奥へ入《いり》給ふ。

【現代語訳】

九日の午の刻に、信西は「白虹日を貫く」という天変を見て、夜に後白河上皇の御所へ夜討が入ることになるとは知らず、天変のことを報告しに御所へ参上したところ、ちょうど管絃の遊びの最中で、そばの持仏堂で御経を読んで座っていると、香の火が飛んで、読み申し上げていた経の字が二行焼けておしまいになった。更に火は飛んで、衣の袖が焼けてしまった。信西はひどく驚いて、天文学は淵源まで究めていたので、自分でこのことを判じてみると、「『強い者は弱くなり、弱い者は強くなる』という典拠になる文がある。この真意を考えてみると、『主君がおごり高ぶるときは臣下が弱くなり、臣下がおごり高ぶるときは主君が弱くなる』という言葉である。今回は臣下がおごり高ぶり、主君が弱くおなりになるに違いない。このことを子供達にも知らせたいものだ」と思ったけれども、十二人とも御前に列席して、管絃の遊びの最中であるので、興をさまし申し上げることも気の利かないことだろうと思って、宿所に帰り、紀伊二位を呼び出して、「このようなことがある。子供達にもお知らせください。信西は考えるところがあって、奈良の方へ行くのだ」と言われると、紀伊二位は、「一緒に」とお嘆きになったけれども、どうにかこうにかなだめ留めて、侍四人を伴い、秘蔵なさっていた鴾毛の馬に乗り、舎人成沢を引き連れ、南都の方へ落ちて行かれたが、伊賀国と山城国との境、田原の奥へ入って行かれた。

【語釈】　○**九日**　平治元年十二月九日。　○**午刻**　正午頃。　○**白虹日を貫**　白い虹が太陽の表面にかかる天変。「白虹」は兵士の象、「日」は君主の象である。白虹貫日は兵が君に危害を加える天変という。『晋書』「天文志」中に「凡白虹者、百殃之本、衆乱所㆑基」「占曰、白虹貫㆑日、近臣為㆑乱、不㆑則諸侯有㆓反者㆒」とある。燕の太子丹が秦の始皇帝の暗殺を謀ったときに現れた天変として有名である（『史記』「鄒陽伝」、延慶本『平家』第二中「燕丹之亡シ事」）。↓補注三一。○**御所**　後白河上皇の三条烏丸の御所。○**持仏堂**　いつも身近に置いて信仰する仏を安置してある堂。○**香の火とびて読み奉る経の字二行焼給ふ**　この現象の出典未詳。「Ichigō ……文字の書いてある行数の数え方」（『邦訳日葡』）。○**天文**　天文道。『今鏡』第三「内宴」に「かの少納言（通憲）唐の文をも博く学び、やまと心もかしこかりけるにや、天文などいふ事をさへ習ひて、才ある人になん侍りける」。○**強者は弱く、弱き者は強し**　出典未詳。『漢書』巻二十六「天文志」に、太白昼見の説明として「彊国《きようこく》弱、小国彊」とあるが、関連があるか。○**十二人ながら**　信西の子息は『尊卑』には十五名を載せるが、上「信西の子息遠流に宥めらるる事」に見える十二人を指すのであろう。↓補注三二。○**紀二位**　↓上「信西・信頼不快の事」。○**侍**　側に仕えて警固の任にあたる者。○**鴇毛の馬**　赤くて白味を帯びた毛色の馬。朱鷺《とき》の翼の淡紅色から名付けたという。○**舎人**　律令制下の下級官人。貴族の御厩の事をつかさどった雑人《ぞうにん》。馬の口取りなどに従事した。○**田原**　京都府綴喜《つづき》郡宇治田原町。『愚管抄』巻五「二条」に「大和国ノ田原ト云方ヘ行テ」とある。古活字本は「田原が奥、大道寺といふ所領」（陽明本ほぼ同文）とする。『兵範記』保元二年三月二十九日条に藤原頼長領として大道寺の名が見える。『雍州府志』巻一に「自二宇治一赴二田原一、其間行程三里、俗称二宇治田原一。其山屹立、形状如二屏風一、多二赭石一而無二草木一。実可レ謂二峭壁攅峯一者也。左右渓深而下臨二無地一。其間失二一歩一則落二千丈渓一」とあるように、険路であり身を隠すのにふさわしい土地であった。

【校訂注】　**1九日の**　底本「九日〈ノ〉」。傍書を削除し、本文に「の」を補った。　**2二**　底本虫損。他本により補った。　**3強し**　底本「強」。他本により「し」を補った。　**4御前**　底本「御所」。他本に従って改めた。

【本文】

石堂山《いしだうさん》の後《(うしろ)》、志賀楽《しがらき》が峯をはるぐ〵分入《わけいる》に、亦天変《またてんぺん》あり。「木生《もくしやう》[1]寿命亥《じゆみやうゐ》にありて、大伯《たいはく》経典《きやうでん》に犯《(をか)》せる時は、忠臣君《きみ》に替《(かは)》り奉る」といふ天変也。信西、右衛門尉成景《なりかげ》をもッて、「都に何事か有《ある》、見《(み)》てまゐ《(い)》れ」とてさしつかはす。

御所に夜討入《ようちいり》て後《のち》、武沢《たけざは》といふ舎人《とねり》、入道奈良へと聞え《(へ)》ければ、此事《このこと》申さんために行《ゆき》けるに、宇治にて行《ゆき》あひたり。成景、「何事ぞ」と問《(と)》へば、武沢申《まうし》けるは、「御所へ夜討入《ようちいり》て、皆焼《(や)》き払《(はら)》はれ給《たまひ》ぬ。姉小路西洞院《あねがこうぢにしのとうゐん》の御宿所《ごしゆくしよ》も焼《(や)》かれ候《さうらひ》ぬ。是は、右衛門督殿《うゑもんのかみどの》、左馬頭殿《さまのかみどの》を語《かたら》ひ、上《うへ》を失《(うしな)》ひ奉らむための謀《はかりこと》と承《うけたまはり》候《さうらふ》間《あひだ》、申さむため奈良へ参《(まい)》り候」と申せば、「下《げ》﨟《らふ》也、おはし所を直《すぐ》に知《(し)》らせてはあしかりなん」と思《(おも)》ひ、「汝《なんぢ》よく聞えたり。春日山の奥の[2]在《ざい》所《しよ》なり」と教《(をし)》へて、成景田原の奥に帰り、入道に[3]此由《このよし》申せば、「さればこそ。信西が見たらん[4]事はよも違《(たが)》はじ。忠臣君に替《(かは)》り奉るとは信西なり。不如《しかじ》、命を失《うしなひ》て、御前《ごぜん》に替り奉らんと思ふぞ。息の通はん程は仏の御名《みな》をもとなへまゐ《(い)》らせばやと思へば、其《その》用意せよ」との給ふ間、穴《(あな)》を深く[5]掘《ほり》て、四方に板を立《(た)》て並《(なら)》べ、入道を入《いれ》奉り、四人《よつたり》の侍《さぶらひ》共《ども》本《もと》鳥《(どり)》を切《(き)》り、「最後の御恩《ごおん》には、法名《ほふみやう》を給《たまは》り候はん」と申せば、左衛門尉師光《もろみつ》は西光《さいくわう》、右衛門尉成景は西景《さいけい》、武者所《むしやどころ》師清《もろきよ》は[6]西清《さいしやう》、修理進《しゆりのしん》[7]清実《きよざね》は西実《さいじつ》とぞ付《つけ》られける。其後《そののち》大なる竹のよを通して入道の口にあて、本鳥《もと(どり)》を具《(ぐ)》して掘《ほり》うづむ。

四人の侍、墓の前にて歎きけれ共、かなふべきにもあらざれば、皆都へ帰りけり。

【現代語訳】

石堂山の裏、志賀楽が峯を遥かに分け入っていくと、また天変があった。「木星が寿命位にあり、金星が太陽とともに天を渡っていって木星を犯すときは、忠臣が主君に替わり申し上げる」という天変である。信西は、右衛門尉成景に「都に何事があるか、見て参れ」といって、差し遣わした。

御所に夜討があった後、武沢という舎人が、入道は奈良へ行ったと聞いたので、夜討のことを入道に申し上げるために行ったところ、成景は宇治で行き合わせた。成景が「何事だ」と問うと、武沢が申したことは、「御所へ夜討が入って皆焼き払われました。姉小路西洞院の御宿所も焼かれてしまいました。これは、右衛門督殿が左馬頭殿を味方に引き入れ、御主君を失い申し上げるための計略と聞き及んでおりますので、そのことを申し上げるために奈良へ参るのです」と申すので、「これは身分の低い男だから、御主君がおいでになるところをありのままに知らせては具合が悪いだろう」と思い、「おぬしはよくぞ知らせた。御主君は春日山の奥の村里だ」と教えて、成景は田原の奥へ帰り、入道にこの由を申し上げたところ、「思ったとおりだ。信西が見たことは決してはずれることはあるまい。忠臣が主君に替わって差し上げるというのは信西だったのだ。わが命を捨てて、御前に替わって差し上げるにこしたことはないと思うぞ。息の続く限りは仏の御名をも唱え申し上げたいと思うから、その用意をいたせ」と言われるので、穴を深く掘り、四方に板を立て並べ、入道をお入れ申し上げ、四人の侍たちは髻を切り、「最後の御恩として、法名をいただきたいと思います」と申し上げたところ、左衛門尉師光は西光、右衛門尉成景は西景、武者所師清は西清、修理進清実は西実とお付けになった。その後、大きな竹の節をくりぬいて入道の口に当て、自分たちの髻を一緒に掘り埋めた。

　四人の侍たちは墓の前で歎いたけれども甲斐もないので、みな都に帰った。

【語釈】　○**石堂山**　石堂山は田原の南にある山。　○**志賀楽が峯**　未詳。　○**木生寿命亥にありて**　「木星寿命位」の誤り。木星は人君の象徴。「寿命亥」は寿命位。君主の死を暗示する。陽明本「寿命死」、古活字本「寿命豕」、半井本「来生寿命家ニアリテ」、『愚管抄』巻五「二条」には「本星命位ニアリ。イカニモノガルマジ」とあり、信西の寿命が尽きたことを信西が覚悟したとある。↓補注三三。　○**大伯経典**　「太白経天」の誤り。太白は金星のこと。『中右記』寛治元年（一〇八七）十一月二十二日条、同嘉保三年（一〇九六）正月十日条に「太伯」の使用例がある。金星が日の出の後も光を失わずに太陽の側で輝きながら天を移動して行き、子午線を越えたもの。『説苑』巻十八「弁物」に、秦の二世皇帝の即位にあたって現れた凶兆を示す天変とされる。天下の革命、人民が君主を取り替えることを表す。「経」は「めぐる」と読む。↓補注三四。　○**犯せる**　金星が木星を犯すこと。ここは金星と木星とが「犯」という関係にあることをいう。「犯」とは、厳密には角度零度七分以内に二つ以上の星が接近することをいうが、後にはかなり離れたものをも「犯」といっている。臣下が君主を弑することを示す天変という。↓補注三五。○**右衛門尉成景**　近藤右衛門尉盛重《もりしげ》の猶子。「因幡守。少納言通憲家人。依㆓父盛重例㆒童形之時候㆓北面㆒。鳥羽院寵童。後白河院御代被㆑召㆓近習㆒。聴㆓奏事㆒云々。平治之乱之時。少納言入道遭㆑妖於㆓大和奥多原山㆒被㆓掘埋㆒刻。相随与㆓西光㆒同時出家。号㆓西景㆒」（『尊卑』）。父盛重が信西の養父高階経敏の家人であった関係で信西の家人になったものであろう。○**武沢**　伝未詳。○**宇治**　京都府宇治市。古活字本は「小幡たうげ」。この場合は宇治市の北部。○**姉小路西洞院の御宿所**　信西の邸宅。○**上**　信西を敬っていう語。○**春日山**　奈良市の春日山。春日大社の裏山。○**さればこそ**　やっぱり思ったとおりだ。以前の発言、思いがそのとおりになったとき、そのことを確認することば。○**よも**　少しも。めったなことでは。後に打消推量の助動詞「じ」をともなうことが多い。○**御前**　後白河上皇。○**左衛門尉師光**　生年未詳～安元三年（一一七七）。藤原氏末茂流。中御門中納言家成《いえなり》の養子。成親の弟にあたる。「侍子為㆓公卿子㆒例。依㆓勅定㆒為㆑子。少納言入道信西家従也。近習為㆓伝奏㆒。北面。仙洞御倉預。左衛門尉。元小舎人童。平治元年十二ヽ少納言入道遭㆑事被㆑埋㆓田原山㆒之刻出家。法名西光」（『尊卑』）。「法皇第一近臣也」（『玉葉』安元三年（一一七七）六月一日条）。内舎人、滝口でもあった（『兵範記』保元二年十月二十七日条）。同日左衛門少尉に昇進（同）。信西の乳母子であった（『玉葉』承安三年（一一七三）三月十日条）。実の父は阿波の麻植《おえ》権大夫為光といい、祖父忠光の妹が信西の妻となり、阿波内侍の母という（「保元物語平治物語人物一覧」）。家成の養子となったものらしい。鹿谷事件に連座して処刑された。○**武者所**　上皇の御所を警固する武士の詰め所。そこに伺候する武士をもいう。略して武者。○**師清**　生没年・世系等未詳。九条本「師浄」。『愚管抄』は師清のかわりに「田口四郎兼光」を載せる。いずれも伝未詳。○**修理進**　修理職の三等官。修理職は宮城の造営及び修理を担当した役所。○**西実**　四類本はすべて、この人物の俗名を欠く。古活字本「清実」。『愚管抄』第五「二条」に、斎藤馬允清実とあるところから判断すると、藤原氏時長流、左馬允清貞の子であろう。生没年未詳。「猶子。前滝口」（『尊卑』）。

【校訂注】 **1寿命亥**　底本「寿命家」。書・監・半は底本と同じ漢字を用いる。他に漢字を使用するものでは和・金・学二「寿命亥」。仮名書きするものおよびルビをみると「しゆみやうい（ゐ）」（玄・和・金・学二）、「しゆみやうゐ」（書）、「しゆみやうさう」（東大本）などがある。おそらく「位」を「ゐ」とし、そこに「亥」をあて、さらにその誤読により「家」「象」などが出現したものと考えられる。今、より始原に近いと思われる「寿命亥」に改めた。　**2在**　底本「有」。底本は「あるところ」と誤ったか。ここは「ざいしよ」とあるべきところ。金・学二・監・半の表記に従って改めた。　**3此由**　底本「此由を」。他本に従って「を」を削除した。　**4事**　底本ナシ。他本により補った。　**5掘**　底本「屈」。改めた。　**6西清**　底本「西浄」。監・半も底本に同じ。底本のままとすべきであるが、他の三人の法名の付け方を見ると、俗名の一部に「西」を加えている。従ってここも「西清」とあるべきである。読みは、蓬・監・半に「西浄」とあり、天・和・玄・書に「さいしやう」とあるので、「さいしやう」と読む。　**7清実**　底本ナシ。四類本はすべてこの名を欠く。しかし、清実のみ俗名を欠くのは不自然である。四類本全体に脱字があると予測されるので、半により「清実」を補った。

【解説】　信西が奈良に落ちてからも、数々の天変が打ち続く。これは平治元年十二月九日から十日にかけてのことと思われるが、「白虹貫日」「歳星入氐」「太白経天」「太白犯歳星」と、いずれも帝王が危難に遭うという天変で、いささか揃いすぎの観がある。『玉葉』安元二年（一一七六）十月七日条に、「凡此一両月変異頻呈、必可㆑有㆓朝家大事㆒之由、司天等称申云々、可㆑恐可㆑恐、其変似㆓彼信頼等之時変異等㆒云々」とあり、同じく十二月二十四日条に、「凡八月以来、天変十余度」とあるところを見ると、平治の乱の前後にも天変が打ち続いたのであろう。しかし、『平治』にいうように、これらの天変が十二月九日、十日に集中的に現れたわけではあるまい。太白経天ならば、昼の天変であり、その時歳星は見えないはずであり（『小右記』長和四年（一〇一五）十二月八日条の歳星経天は、専門家に言わせれば、ほとんどありえない天変だという）、木星と金星は「犯」という関係にある位置にはいなかった。このように昼の天変と夜の天変とを混在させ、近くにいなかった金星と木星とを接近「犯」という関係に描いているのであるが、これは帝王の危難を救う信西の行動を強調するために帝王受難の有名な天変をここに列挙したということになろう。

信西が奈良に落ちたのは、自身の身辺にせまる危険を察知したからであって、本文にいうように、後白河院に危難が迫っているという天変に導かれてのことでは、本来はなかったのである。

また、この天変で問題になるのは、一般的にいって、天文書では、木星のことを「歳星」と呼ぶことが多いにもかかわらず、ここでは「木星」と記していることである。当然、数ある天文書の中には、木星のことを「木星」と表記するものもあることはあるのだが、ここでは、金星を「太白」とし、木星を「木星」としているところが問題である。つまり天文用語に統一性がみられないのである。この用語の不統一は、つまるところ「木星寿命位にあり」という天変を『平治』にはじめて記した者と、その他の三つの天変を付け加えた者とが別人であったということ、つまり一類本が先で、四類本が後ということを示していると考えられる。

信西の首実検の事付けたり大路を渡し獄門に梟けらるる事

【本文】

舎人成沢《とねりなりざは》も、「最後の乗馬《のりむま》なり、紀二位《きのにゐ》に見《(み)》せ奉らん」とて、鞍の上むなしき馬を引《ひき》、泣々《なくなく》[1]都へ行《ゆく》程に、敵出雲前司《てきいづものぜんじ》光泰、郎等《らうどう》五十余騎にて信西が跡を尋《たづね》て来りけるに、木幡山《こはたやま》にて、成沢に行合《ゆきあひ》たり。馬も舎人も見知《(みし)》りぬれば、打伏《うちふせ》て問ひける程に、始《はじめ》は「知《(し)》らず」といひけれ共、堪《(た)》へがたさのあまりに、有《あり》のまゝにぞ申《まうし》ける。

前《さき》に追立行《おひたてゆく》程に、入道の墓の辺《へん》にて、[2]「あれぞそよ」と教《(をし)》へけり。堀《ほり》おこしてみれば、いまだ目も動《はたらき》息も通《かよひ》けるを、[3]首《くび》を取《(と)》りてぞ帰りける。

【現代語訳】

舎人成沢も、「最後の乗り馬であるので、紀伊二位に見せてさし上げよう」と思って、鞍の上に主のいなくなった馬を引いて、泣く泣く都へ行くうちに、敵出雲の前司光保は郎等五十余騎を従えて信西の行方を尋ねてきたが、木幡山で成沢に行き合わせた。馬も舎人も見知っていたので、ねじ伏せて尋ねたところ、はじめは「知らない」と言っていたものの、堪えがたさのあまりにありのままに話した。

前に追い立てて行くうちに、入道の墓のあたりで、「あれがそれだ」と教えた。掘り起こしてみると、まだ目もはたらき、息も通っていたのを、首を取って帰った。

【語釈】　○出雲前司光泰　「光保」が正字。↓上「信頼信西を亡ぼさるる議の事」。『百錬抄』に「件信西於㆓志加良木山㆒自害。前出雲守光保所㆓尋出㆒也」とある。○**郎等**　郎従も同じ。武士の従者であるが、『将門記』に「汝省㆓荷夫之苦役㆒、必為㆓乗馬之郎頭㆒」とあるように、騎乗を認められたやや上位の武士のことをいう。○**木幡山**　京都府宇治市小幡町から宇治市東宇治にかけての一帯。奈良街道から東に入った山々をいう。○**動**《はたらき》　「動《うご》く」と同様に使われるが、本来、動く機能をもったもの、あるいは動くことを期待されているものが機能・期待どおり動くことを「動《はたら》く」といったようである。

【校訂注】　**1都**　底本虫損。書・監・金・学二・半により補った。**2あれそそよと**　底本「それそよとて」。和・書・監・内・金・学二により改めた。**3首**　底本は「首」を使用する場合、「かうべ」と読ませるのが通例。しかしここは、内に「かうへ」とあるほかは、天・和・玄・書・金・学二とも「くひ」とある。「くび」と読む。

【本文】

出雲前司《いづものぜんじ》光泰《みつやす》、信頼に此由《この(よし)》申せば、同《おなじき》十四日、別当惟方《これかた》同車《どうしや》して、光泰の宿所神楽岡《かぐらをか》へ行《ゆき》むかひて実検す。必定《ひつぢやう》なれば、「十五日には、大路《おほち》をわたし獄門に懸《かけ》らるべし」と定《さだめ》らる。

京中上下《きやうぢうじやうげ》、川原に市をなし、信頼・義朝車を立《たて》て是を見《(み)》給ふ。十五日午刻《むまのこく》の事なるに、晴《はれ》たる天《そら》俄《にはか》に暮《くれ》て星出《いで》たり。信西が頸わたしけるに、信頼・義朝の車の前にて、打《うち》うなづきてぞ通《(とを)》りける。「只今敵《てき》は亡《ほろぼ》してんず。おそろしおそろし」とぞ人申《まうし》ける。

朝敵にあらざれば、「勅定《ちよくぢやう》にもあらず首を獄門に懸《(か)》けらるゝ事、前世《ぜんぜ》の宿業《しゆくごふ》か今生《こんじやう》の現報か」とぞ人申《まうし》ける。

【現代語訳】

出雲前司光保が信頼にこの旨を申し上げたので、同じく十四日に別当惟方も同乗して、光保の宿所神楽岡へ向かい首実検をした。信西の首に間違いないので、「十五日には、都大路を引き回し、獄門に懸けられるようにせよ」と刑を定められた。

京中の上下の人々は賀茂の河原に群をなし、信頼と義朝は車を立ててこれを御覧になる。十五日の正午ころのことであるが、晴れている空が急に暗くなって星が出た。信西の首を引き回したところ、信頼と義朝の車の前で、こくりとうなずきながら通って行った。「今すぐにも敵を滅ぼすにちがいない。恐ろしい、恐ろしい」と、人が話していた。

信西は朝敵ではないので、「天皇の御命令でもなく首を獄門に懸けられることは、前の世から持ち越した因業か、この世での行いの報いか」と、ある人が話した。

【語釈】　○**十四日**　平治元年十二月十四日。他にこの日付を裏付ける史料はない。　○**別当惟方**　→上「信頼信西を亡ぼさるる議の事」。　○**神楽岡**　京都市左京区吉田神楽岡町。吉田町の東にある丘陵。吉田山ともいう。陽明本には、首実検の場所を「おゝゐみかとかはら」とする。　○**大路**　都の大通り。陽明本は「やまとじ」。この場合は六波羅の前を通ることになる。「Vôchi」（『日葡』）。　○

獄門　平安京にあった囚獄舎の門。東西（左右）の獄門があり、この門の前の樗の木に見せしめのために首を掛けた。「少納言入道信西首、廷尉於二川原一請取、渡二大路一懸二西獄門前樹一」（『百錬抄』平治元年十二月十七日条）。「西獄門のあふちの木」（『平治物語絵巻』）、「東の獄門のまゑなる樗の木」（陽明本）など若干の異説がある。○**川原**　鴨河の河原。○**十五日**　古活字本も「十五日」とするが、『百錬抄』平治元年十二月十七日条に信西の首渡しの記事があり、陽明本・『平治物語絵巻』と合致する。○**午刻**　正午頃。○**晴たる天**……「天〈ソラ〉」（天正本・易林本）。いかなる天変か未詳。もし日蝕のことであれば、『史記』巻二十七「天官書」に「諸呂作レ乱、日蝕、昼晦」とあり、『暦林問答集』上「釈日月蝕」に「故日蝕、則陰侵レ陽、臣凌レ君之象也」とあり、臣下の反乱の前兆である。星が昼に見えた記録として、『説苑』巻十二「奉使」に「夫専諸刺二王僚一、彗星襲レ月、奔星昼出」とあり、我が国のものでは『続日本紀』大宝二年（七〇二）十二月戊戌、『三代実録』貞観九年（八六七）七月二十四日条などに見えている。○**勅定**　天皇の仰せ。命令。ここは信頼が独断で梟首《きょうしゅ》を決定したことをいう。○**宿業**　前世においてつくられた業因。この世において善悪いずれかの形で報うという。○**現報**　現世で作った業因により現世で受ける報い。

【解説】　信西の最期のありさまについて、底本や古活字本は穴の中で生きていたところを掘り起こされ首を取られたとする。これに対して、陽明本では「すなはち掘りてみれば、自害して被レ埋たる死骸あり。その首をきりて、奉りけるなり」、『平治物語絵巻』「信西巻」の詞書は「自害してほりうづまれたりけるを出雲前司光保が郎等、尋行きて掘出して首を切て持来」とし、絵には腹部から血を流し、右手に腰刀を握り締めたまま倒れ伏している信西の姿、その遺骸を埋めようと鋤を手にする上半身裸の男が描かれ、次の場面では騎馬武者三騎が見つめる中で郎等が信西の遺骸の首を掻く様子が描かれる。『百錬抄』平治元年十二月十七日条に「信西於志加良木山自害。前出雲守光保所尋出也」、また『愚管抄』巻五には「腰刀ヲ持テアリケルヲ、ムナ骨ノ上ニツヨクツキ立テ死テアリケルヲ、ホリ出シテ頸ヲトリテ」とあることから信西は自害の後に首を斬られたというのが本来的である。

前段【解説】で種々の天変列挙は、帝王の救済者としての信西像を強調するものであったと指摘したが、生きながら首を取られたとするのも同趣の信西像を形象化する意図によるものではなかろうか。前段で「忠臣君に替り奉るとは信西なり。不如、命を失て、御前に替り奉らんと思ふぞ。息の通はん程は仏の御名をもとなへまゐらせばや」と穴に入り、自害することなく、ついに「いまだ目も動《はたらき》息も通けるを、首を取」られた信西は、その最期まで「仏の御名」を唱えつつ、帝王の救済者たらんことを庶幾《しよき》したはずである。また、大路を渡される信西の首が信頼・義朝の前を「打うなづきてぞ通」る。この怪異の意味が「只今敵は亡してんず」とこの後のストーリーを先取りするかたちで提示される。これが「晴たる天俄に暮て星出たり」というさらなる天変が生じる中での出来事であることを考えるならば、死してなお帝王の危難を救わんとする信西像を強調すると同時に信西の異能ぶりを印象づけるエピソードとなっている。こうした意図は後続の二つの挿話の存在にも顕著に現れている。

【本文】

紀二位《きのにゐ》の思《おもひ》浅からず。偕老同穴《かいらうどうけつ》の契《ちぎ》りふか丶りし入道にはお《(を)》くれ給《たまひ》ぬ。亦《また》僧俗の子共十二人ながら召籠《めしこめ》られ、死生《ししやう》もいまだ定《さだま》らず。たのみまゐ《い》らせつる君も押《お》し籠《こ》められさせ給ひ、月日《つきひ》の光をも[2]はかぐ〵しくも御覧ぜず。「我身《わがみ》女なり共、信頼の方《かた》へ取《と》り出《いだ》して失《うしな》はむといふなれば、終《つゐ》[3]にはのがれがたし」とぞ歎《なげ》[4]かれける。

【現代語訳】

紀伊二位の心労は浅くなかった。偕老同穴の誓いも深かった入道には先立たれなさった。また僧侶、俗人の子供達も十二人とも召し籠められ、死生もまだ決まっていない。頼りにし申し上げている主君も押し籠められておいでになり、月や日の光さえ思うようには御覧になれない。「私の身は女だが、信頼の方へ見つけだして殺してしまおうと言っているそうだから、いつまでも逃れることは難しいだろう」とお嘆きになった。

【語釈】　○**偕老同穴の契り**　いつまでも、ともに連れ添おうと交わした約束。偕老は生死をともにすること、同穴は死んだ後も同じ穴に葬られること。『詩経』邶風「撃鼓」に「死生契闊、与レ子成レ説、執二子之手一、与レ子偕老」、同王風「大車」に「穀則異レ室、死則同レ穴」とある。○**はかぐ〵しくも御覧ぜず**　満足に御覧になることもできない、の意。「はかばかし」は下に打消しをともなったとき、可能と思われる程度のことさえ、できない意を表す。

【校訂注】　**1僧俗**　底本「僧依」。天・和・玄・書に従って改めた。　**2はかぐ〵しくも**　底本「はか〵敷も」。意改。　3は　底本ナシ。他本により補った。　4か　底本虫損。他本により補った。

唐僧来朝の事

【本文】

彼紀二位《かのきのにゐ》と申《まうす》は、紀伊守《きのかみ》範元の孫、右馬頭《うまのかみ》範国の女《むすめ》なり。八十島下《(やそ)しまくだり》に三位《さんみ》して、やがて従二位《じゆにゐ》し、紀二位とぞ申《まうし》ける。信西《しんせい》の妻女に成《なり》て、不思議あまた有《あり》し中に、久寿二年の冬の比《ころほひ》、鳥羽《とば(の)》禅定《ぜんぢやう》法皇、熊野山《くまのさん》に御参詣有《ごさんけいあり》しに、其比《そのころ》那智の山に唐僧あり。名をば淡海沙門《たんかいしやもん》[1]と云《いふ》。彼僧《かのそう》、異国にて、「我、此身《このみ》を捨《すて》ずして、生身《しやうじん》の観音を拝み奉らん[2]」といふ願《ぐわん》をおこし、天に仰《あふぎ》て一千日の間祈精《きせい》す。千日に満じける夜《よ》、「汝《なんぢ》[3]日域《じちゐき》に渡《わたり》て、那智山《なちさん》と云《いふ》所に、生身の観音まします、拝み奉れ[4]」といふ示現《じげん》を蒙《かうぶ》り、渡海の先途《せんど》をとげて本朝にわたれり。本願他《た》にことなる由聞《(よし)きこし》食《(め)》して、唐僧を召《(め)》されければ、御前《ごぜん》へ参《(まい)》ッて、「和尚《くわしやう》〳〵」と礼《らい》す。唐僧なれば、いふ事を人[5]聞知《きき(し)》らず。鳥の囀《さへづる》が如し。信西末座《ばつざ》に候《さうらひ》けるが、御前へつ[6]ッと推参して、「禅加此法《ぜんかしほふ》[7]設除浄精《せつぢよじやうしやう》にて来りたるか」と問《(と)》へば、唐僧、「さにあらず。弘誓《ぐぜい》破戒設除大精《はかいせつぢよだいしやう》にて来りたるなり」と答《こたふ》。

唐僧、信西が言葉《(こと)ば》を聞《きき》て、才学《さいかく》の程を計《はか》らんとや思《おもひ》けん、異国の事を問懸《とひ(か)》けたり。「震旦《しんだん》の長安城より天竺《てんぢく》の舎耶大城《しややだいじやう》へは何《(なん)》万里ぞ」と問へば、「十万余里」と答ふ。「遺愛寺といふ寺は何《いづく》に有《ある》ぞ」。「天台山より西へ去《(さ)》る事七百里、白楽天の世を遁《のがれ》し所ぞかし」。「扁鵲《へんじやく》が門《かど》には何か有《ある》[8]」と問へば、「延命《えんめい》と云《いふ》草を植《(うへ)》ゑたり。是を見《(み)》る人、善を招《まねい》て悪を去《さり》、寿命久しく延《のぶ》といへり」。「女陽《ぢよやう》が門《かど》には何か有《ある》」。「乱樹《らんじゆ》と云《いふ》木あり。卅年に一度片枝《かたえだ》には花咲《さき》、片枝には菓《このみ》なる。是をとッて食する人、酔《ゑへ》る事百余日、其《(その)》味《あぢはひ》[9]西王母《せいわうぼ》が桃に似たり」。「長良国《ちやうりやうこく》は何《いづく》ぞ」。「都城《とじやう》より辰巳《たつみ》へ去《(さ)》る事二百里《じはくり》。梵王《ぼんわう》たて給《たまふ》三百余尺の馬脳《めなう》の塔あり。彼《かの》塔の下には、摩訶蔓陀羅華《まかまんだらけ》・摩訶蔓珠沙花《まかまんじゆしやけ》、四種《ししゆ》等《とう》の天花《てんけ》開《ひらけ》たり。釈尊、燃燈仏《ねんどうぶつ》の道《(みち)》[10]とて髪をおろし給《たまひ》し所也」。「大雪山《だいせつせん》には」。「薬寿王《やくじゆわう》といふ木あり。彼《(かの)》[11]木の葉を皷《つづみ》に塗《ぬり》て打《(う)》つ声を聞《きく》人、不老不死の徳を得たり」。「西山《せいざん》には」。「波弥《はちん》と云《いふ》虫あり。首《かうべ》に諸《もろもろ》の財《たから》を載《いただき》て、常に仏を供養じ奉る思ひあり」。「長山《ちやうざん》には」。「三重《さんぢう》の滝有《あり》。彼《(かの)》滝の水を飲《のむ》人、大《おほき》に怒《(いか)》れる心あり。され共竹馬《ちくば》に鞭打《むちうつ》て、道心を催すと云《いへ》り」。「瓠《こ》[12]波《(は)》、琴《きん》を弾《たん》ぜしかば」。「四方《よも》の鱗《うろくづ》、陸《くが》にあがり」。「鈴宗《れいそう》、笛を吹《ふき》しかば」。「天人《てんにん》、袖をひるがへす」。「唐の太宗《たいそう》は、甕《もたひ》の頭《ほとり》にして」。「天下《てんが》を治《ぢ》する先相有《せんさうあり》」と、一々《いちいち》に答《こたへ》ければ、唐僧、「我国《わがくに》より渡れる者か。此《この》国《くに》より渡《わたり》て学したるか」と問へば、信西、「本《(もと)》、我国に素生《そせい》の者なれ共、『唐使《たうし》にもや渡《(わた)》[13]させ給《たまふ》』とて、吾朝《わがてう》のみならず、天竺《てんぢく》・震旦《しんだん》・新羅《しんら》・百済《はくさい》を始《はじめ》て、五六ケ国の間《あひだ》に、上一人《かみいちじん》より下万民《しもばんみん》の申《まうし》かへたる詞《ことば》まで学したる也[14]」といへば、「我、生身の観音を拝[15]み奉らむ為、天の示現を蒙《かうぶり》て、是まで渡れり。汝即《なんぢすなはち》生身の観音たり。我願《わがぐわん》むなしからず」とて、信西を三度礼《らい》し、種々《しゆじゆ》の引出物《ひきでもの》をして行去《ゆきさり》ぬ。

亦《また》、信西、我朝の詞をもッて奏しければ、君《きみ》をはじめまゐ《(い)》らせて、供奉《ぐぶ》の人〲《ひとびと》、不思議《(ふしぎ)》の思ひをなされけり。

【現代語訳】

かの紀伊二位と申す人は、紀伊守範元の孫、右馬頭範国の娘である。八十島下りの功労で三位になり、すぐに従二位に上り、紀伊二位と申し上げた。信西の妻となって以来、不思議なことが数多くあったが、その中でも、久寿二年の冬の頃、鳥羽禅定法皇が熊野山に御参詣なさったとき、そのころ那智山に唐僧がいた。名前を淡海沙門という。かの僧は、外国で、「私は、この身を棄てることなく生身の観音を拝み申し上げよう」という願いを抱き、天を仰いで千日の間祈誓をした。千日に達した夜、「おまえは日本に渡って、那智山というところに、生身の観音がおいでになるのを拝み申し上げよ」というお告げをいただき、渡海の本望を遂げて本朝に渡って来ていた。法皇は、本願が類まれなものである由をお聞きになり、唐僧をお召しなさったところ、御前に参上して、「和尚、和尚」と拝礼をする。唐僧なので、話すことを人は聞いてもわからない。鳥がさえずるようである。信西は末席に控えていたが、自分から御前にすっと参上して、「禅加此法設除浄精で来たのか」と問う。唐僧は、「そうではない、弘誓破戒設除大精で来たのだ」と答える。

唐僧は信西の言葉を聞いて、才能や学問の程度を見極めようと思ったのであろうか、外国のことを問いかけた。

「中国の長安の都からインドの舎耶大城へは何万里か」と問うと、「十万余里」と答える。「遺愛寺という寺はどこにあるか」。「天台山から西へ行くこと七百里、白楽天が世を逃れた土地だよね」。「扁鵲の家の門には何があるか」と問うと、「延命という草を植えてある。これを見る人は、善を招き寄せ、悪を遠ざけて、寿命が永く延びるということだ」。「汝陽郡王の家の門には何があるか」。「乱樹という木がある。三十年に一度、片方の枝には花が咲き、片方の枝には実がなる。この実を採って食べる人は、酔うこと百余日、その味は西王母の桃に似ている」。「長良国はどこだ」。「都から東南へ行くこと二百里、梵王がお建てになった三百余尺の瑪瑙《めのう》の塔がある。その塔の下では、摩訶曼陀羅華・摩訶曼珠沙華など、四種の天花が咲いている。釈尊が然燈仏の通る道だといって、髪を下して泥の上に敷かれたところである」。「大雪山には」。「薬寿王という木がある。その木の葉を鼓に塗って打つ音を聞く人は、不老不死の徳を得た」。「西山には」。「波弥という虫がいる。頭上にさまざまな宝物を載せ、いつも仏に供養し申し上げる思いをもっている」。「長山には」。「三重の滝がある。その滝の水を飲む人は、大いに怒る気持になる。しかし、竹馬に乗り鞭打って、法の道に励んで道心をかき立てるという」。「瓠巴が琴を弾いたところ」。「四方の魚が陸に上がってそれを聴き」。「鈴宗が笛を吹いたところ」。「天人が袖を翻してほめたたえる」。「唐の太宗は、産湯を入れた壺の側にいるときから」。「天下を統治する相が現れていた」と、いちいちに答えたので、唐僧は、「我が国から日本に渡ってきた者か。この国から唐に渡って学んだのか」と問うと、信西が、「もともと我が日本に生まれた者であるが、『遣唐使に派遣されるかもしれない』と思って、我が国のみならず、インド・中国・新羅・百済をはじめとして、五、六ヵ国の間において、上は帝から下は万民にいたるまで言い換えているさまざまな言葉遣いを学んだのです」と言うと、「私は生身の観音を拝み申し上げるために、天のお告げをいただいて、ここまで渡ってきた。あなたはすなわち生身の観音だ。私の願いは無駄ではなかった」と言って、信西を三度礼拝し、さまざまな贈り物をして去っていった。

また信西は、我が国の言葉で、法皇にお話し申し上げたところ、法皇をはじめとして、お供の人々は不思議の思いをなさったのであった。

【語釈】　○**彼紀二位**　以下、「唐僧来朝の事」は一類本に欠き、半井本は略述。↓補注三六。○**紀二位**　↓上「信頼・信西不快の事」。○**紀伊守範元・右馬頭範国**　世系等未詳。○**八十島下**　天皇即位の後、大嘗会の翌年、使いを難波に派遣し、島々の神々を祀る行事。天皇一代に一度の祭祀である。『東斎随筆』第六八話に記事があり、『玉葉集』巻二十「神祇」にはその折の紀伊二位の歌が載る。当日の委細は『兵範記』保元二年十一月二十七日条を参照。また八十島祭の式次第については『江家次第』の「八十嶋祭」に詳しい。○**久寿二年**　西暦一一五五年。他にこの年次を示す史料は見出せない。○**禅定法皇**　剃髪した上皇のこと。○**熊野山**　本宮（和歌山県田辺市本宮町本宮）・新宮（和歌山県新宮市）・那智（和歌山県東牟婁《ひがしむろ》郡那智勝浦町）を総称していう。↓上「信頼信西を亡ぼさるる議の事」。○**那智の山**　仁徳天皇の時代の創建と伝える。熊野夫須美《ふすみ》神社（那智大社）、飛瀧《ひろう》権現（那智の瀧）、青岸渡寺《せいがんとじ》を一括して那智山と呼ぶ。修験道の霊場であり、盛時には浜宮の海岸より山の中腹まで堂舎が立ち並んだという。↓補注三七。○**淡海沙門**　伝未詳。沙門は、僧のこと。○**異国**　中国。○**生身の観音**　観音が姿を変えてこの世に応現した身。「生身」とは、仏が衆生を救うため、この世に仮の姿をとって現れる肉身。○**観音**　観世音菩薩の略。新訳は観世自在菩薩、あるいは観自在菩薩とする。その名を称する者の音に観じて救いを垂れる故に観音という、世界を観じて抜苦与楽すること自在なる故に観自在という。慈悲の仏である。○**日域**　日本。○**先途**　目標。○**和尚**　弟子が師を呼ぶときの尊称。鳥羽法皇に敬意を払った言い方。○**末座**　末席。「バッザ」（饅頭・易林本）。○**推参**　自分から進み出て、対面すること。○**禅加此法設除浄精**　典拠未詳。金・内・学二本「禅加此法設除浄報精」とある。○**弘誓破戒設除大精**　典拠未詳。○**異国**　外国のこと。以下の問答は唐の言葉で交わされたもの。○**震旦**　中国。○**長安城**　長安の都。「城〈ミヤコ〉」（天正本）。○**天竺**　インド。○**舎耶大城**　未詳。ここは唐の都長安から、天竺の都までの距離を尋ねていると推測されるので、舎衛大城（舎婆提城）を誤ったか。『太平記』巻十三「龍馬進奏事」に「（周穆王八）或時西天十万里ノ山川ヲ一時ニ越テ、中天竺ノ舎衛国ニ至リ給フ」とあり、長安城より舎耶大城までの距離十万余里に合致する。○**十万余里**　前項『太平記』の記事の外、『塩嚢鈔《あいのうしょう》』巻七ノ二十七に「（三蔵ト恵景ト二人）……遥ニ十万余里ノ路ニ趣給ケル」とあり、『石山物語』に「もろこしのみやこは、ちやうあんじやうといふ所なり。それよりぶつしやうこくへいたるみちはるか十万八千里なり」などとある。○**遺愛寺**　江西省九江県の廬山香炉峰の下にある寺。『白氏文集』巻十六「香炉峰下新卜山居草堂初成偶題東壁」という詩の一節、「遺愛寺鐘欹ㇾ枕聴　香炉峰雪撥ㇾ簾看」で著名。○**天台山**　浙江省台州天台県にある山。天台宗の開祖智者大師（天台大師）智顗《ちぎ》が開いた山。天台宗の総本山。○**白楽天**　七七二年〜八四六年。名は居易、楽天は字《あざな》。中唐の詩人。翰林学士となったが、一時期潯陽に左遷され、やがて戻されて刑部尚書になった。我が国では『白氏文集』中の「新楽府《しんがふ》」が特に愛読され、文学に大きな影響を与えた。○**世を遁し所**　前引の白楽天の詩の一節に「匡廬便是逃ㇾ名地　司馬仍為ニ送ㇾ老官一」とあるのをふまえた表現。○**扁鵲**　戦国時代の名医。姓は秦、名は越人、あるいは小斉ともいう。神人長桑君より禁方書を授けられ、医術を学んだ。虢《かく》の太子を蘇生させるなど、名医として後世に伝えられている。著作に『難経』があった。伝は『史記』巻百五に載せ、『新序』巻二、『酉陽雑俎《ゆうようざつそ》』巻七をはじめ、諸書に逸話をとどめるが、延命草との関係は未詳。○**延命と云草**　未詳。→補注三八。○**女陽**「汝陽」が正字。汝陽郡王李《り》璡《しん》を指す。生年未詳～七五〇年。唐の睿宗《えいそう》の孫、寧王李憲の子。汝陽は河南省商水県地方。杜甫の詩に「贈特進汝陽王二十韻」「贈太子太師汝陽郡王璡」があるほか「飲中八仙歌」で汝陽王に言及するが、乱樹との関わりは未詳。李璡自身は酒豪で有名。○**乱樹と云木**　未詳。→補注三九。○**西王母**　崑崙《こんろん》山に住むという中国の伝説上の女神。『穆天子《ぼくてんし》伝《でん》』巻三では、豊満な容貌の女神として描かれ、『漢武帝内伝』でも三十歳ほどの絶世の美女神とされる。『十訓抄』第七には「西王母といふ仙女」とする。書陵部本『唐物語』注記出典本文に「西王母。姓何氏。字婉姈《えんれい》。金母。居二崑崙之圃、閬風之苑一」とある。後には東方朔とつがえ諸書に載せる。○**西王母が桃**　女神西王母が植えている神桃。『遊仙窟』に「西王母之神桃」と見える。お伽草子『唐糸さうし』に「西王母の園の桃、三千年に一度花咲き、実なる」とあるように、三千年に一度実を結び、中国本土にその種を蒔いても育たないものとされる。『漢武帝内伝』には「大如二鴨卵一、形円青色。……桃味甘美、口有二盈味一」とある。『唐物語』にも「これを御くちにふれ給けるより御身もかろく御心地もすゞしくならせ給て、そらにもとびのぼりぬべく、生死罪障もとけぬべくやおぼしけん……」とある。きわめて甘美であったという。絵巻『不老不死』には、一果を食すれば三千年の寿命を保つとされている。○**長良国**　那掲羅曷国（ナガラカ、ナガラハーラ、ナガル）。ナガラに長良とあて、「ちやうりやう」と読ませたものであろう。『法顕《ほっけん》伝』に「那竭国」に作り、『大唐西域記』に「那掲羅曷国」、『大慈恩寺三蔵法師伝』に「那掲羅喝国」に作る。比定地は諸説があるが、アフガニスタンのジャララバードという。→補注四〇。○**都城より辰巳へ去る事二百里**　国の都から東南に二百里離れて。『大唐西域記』は「城東二里」とする。「二百里」については金刀本のみルビを付す。ルビは金刀本に従った。→補注四〇。○**梵王**　梵天王。通常梵天と訳され、帝釈と対になって、仏像の左右に侍す。『大唐西域記』は無憂王（アショーカ王）。○**三百余尺の馬脳の塔**　馬脳は、美しい赤褐色、白色などの縞文様を織りなす宝石。『大唐西域記』には「有二窣堵波高三百余尺一、……編レ石特起。刻彫奇製」とある。○**摩訶蔓陀羅華・摩訶蔓珠沙花、四種等の天花**　仏説にいう四華のこと。摩訶曼陀羅華、摩訶曼珠沙華、曼陀羅華、曼珠沙華をいう。「摩訶」は「大」の意。曼陀羅華は白蓮華、曼珠沙華は赤蓮華。ともに天から雨ふる花という。『大唐西域記』に「斎日、天雨二衆花一」とあり、『大慈恩寺三蔵法師伝』巻二の「那揭羅喝《ナガラカ》国」の条に「天散二衆華一常為二供養一」と見える。「蔓珠沙華〈マンジユシヤケ〉」（饅頭屋本）。○**天花**　天から降ってくる花。「Tenqe」（『日葡』）。○**燃燈仏**　「然燈仏」が正字。錠光とも然燈仏とも訳す。『大智度論』第九に「如二然燈仏一。生時一切身辺如レ燈。故名二然燈太子一。作レ仏名二然燈一。〈丹注云旧名二定光仏一也〉」とある。「顕教ハ燃燈仏ト名ヅケ、密教ニハ定光尊ト号ス」（『根来寺史』「表白鈔第二」、原変体漢文）。過去世において釈迦に成道の記別を授けた仏。『大唐西域記』巻二に「釈迦菩薩、値二然燈仏一、敷二鹿皮衣一、布レ髪掩レ濕、得二受記一処」（『大慈恩寺三蔵法師伝』巻二もほぼ同じ）とある。→補注四〇・四一。○**大雪山**　インド北部にあるヒマラヤ山脈。○**薬寿王**　薬王樹ともいい、観音菩薩が衆生の苦難を救うために応現したものという。南本『涅槃経』「菩薩品第十六」に、「薬樹名曰二薬王一。於二諸薬中一、最為二殊勝一、……能滅二衆生一切諸病一」とある。また、『観音玄義』巻上に「根茎枝葉皆能愈レ病。聞レ香触レ身無レ不レ得レ益」とある。なお「彼木の葉を皷に塗て打つ声を聞人、不老不死の徳を得たり」とあるところ、南本『涅槃経』を利用した創作か。→補注四二。○**西山**　未詳。お伽草子『横座房物語』には「商山」とある。「商山」の誤写か。→補注四三。○**波弥**　未詳。『横座房物語』には「波塵」とある。 ○**長山** 未詳。あるいは会《かい》稽《けい》の長山をいうか。↓補注四四。 ○**竹馬** 葉のついたままの竹を切り、それに手綱をつけ、竹ぼうきにまたがるようなかたちで乗った。その詳しい考証は『嬉遊笑覧』巻六下に見える。「竹馬に鞭打」とは、法の道に励んで、という意であろうか。↓補注四五。 ○**瓠波** 「瓠巴」が正字。春秋時代の楚の著名な音楽家。瑟《しつ》の名人。伯《はく》牙《が》と並び称せられた。『列子』「湯問」に「瓠巴鼓レ琴而鳥舞魚躍」、『荀子』「勧学篇」に「瓠巴鼓レ瑟、而流魚出聴」、『韓詩外伝』巻六に「瓠巴鼓レ瑟、而潜魚出聴」、『淮南子』巻十六「説山訓」に「瓠巴鼓レ瑟而淫魚出聴」とある。また延慶本『平家』第二本二十八「師長尾張国被流給事付師長熱田ニ参給事」に「瓠巴琴ヲ弾ゼシカバ、魚鱗ヲドリホトバシリ」（『盛衰記』巻十二「師長熱田社琵琶事」も同文）とある。 ○**鱗** 魚類の事。「鱗〈ウロクズ・ウロコ〉」（黒本本）。 ○**陸** 陸上。水上に「出聴」とあるのを陸上と誤解したか。「陸〈クガ〉」（黒本・饅頭屋本等）。 ○**鈴宗** 黄帝の臣伶《れい》倫《りん》か。「伶倫　楽人」（『名義抄』）。↓補注四六。 ○**天人** 飛天ともいう。「袖をひるがへす」とは、音楽などを称讃する様。「迦葉尊者の袖をひるがへし給ひし曲」（『鴉《あ》鷺《ろ》物語』）。 ○**唐の太宗** 唐の第二代皇帝、李世民。↓上「序」。 ○**甕の頭** 初めて産湯を使ったときから、の意。古活字本「甕のほとり」。「頭〈ほとり〉」（黒本・天正本等）。甕は本来「酒がめ」であるが、湯殿などで、湯を入れたり、湯をうめる水を入れるのにも使用した。↓補注四七。 ○**先相** 未来を予測させる相貌。内・金・学二本は「光相」。 ○**素生** 「所生」に同じであろう。「所生〈ソセイ〉」（饅頭・易林本）。ただし、表記は、『義《ぎ》経《けい》記《き》』巻四「義経都落の事」、巻五「義経吉野山を落ち給ふ事」にも「素生」。 ○**唐使** 遣唐使は舒明天皇二年（六三〇）に始まり、寛平六年（八九四）に廃止された。 ○**新羅** 三五六年？〜九三五年。朝鮮半島に奈《な》勿《こつ》王が建国した国。朝鮮半島を統一し、後、高麗に滅ぼされた。「しらぎ」ともいう。 ○**百済** 三四六年？〜六六三年。近肖古王が朝鮮半島に建国した国。日本と関係が深かったが、唐と新羅の連合軍に滅ぼされた。「くだら」ともいう。**○五六ケ国の間**　古活字本「五六ケ年の間」。**○一人**　「いちじん」と読み、天子・天皇を意味する。『詩経』「大雅」に「夙夜匪ㇾ解、以事㆓一人㆒」（『孝経』「卿大夫」章にも引く）とあるのに由来する。また、『礼記』「玉藻」に「凡自称、天子曰㆓予一人㆒」とある。「われいちじん」と読む。「一人〈イチジン〉」（『名目抄』）。

【校訂注】　**1は**　底本ナシ。他本により補った。　**2拝み**　底本「拝見」。底本のままでも「をがみ」と読めるが、「拝見し」とも解釈できる。今、他本に従い、「み」の仮名と見なした。　**3日域**　底本「日城」。他本に従い改めた。　**4拝み**　底本「拝見」の右に「オカミ」と傍書。他本に従い「見」を仮名と見なし、傍書を削除した。　**5を**　底本ナシ。他本により補った。　**6つと**　底本ナシ。天・玄・書「つつと」。その他の諸本「つと」。補った。　**7設**　底本「説」。監・金・学二は底本に同じ。内・半のみ「設」。後の唐僧のことばに「せつじよ」を「設除」とし、ここは漢字で表記する底本・監・内・金・学二・半とも一致している。改めた。　**8有**　底本「有そ」。他本に従い「そ」を削除した。　**9西王母か桃**　底本「か桃」ナシ。和・玄・書・金により補った。表記は金による。　**10みちとて**　底本「みもとて」。天・和・玄・書に従って「も」を「ち」に改めた。　**11木の葉**　底本「木葉」。他本により「の」を補った。　**12瓠は**　金・学二に「瓠波」とある外、諸本「は」の部分すべて仮名書き。金・学二に従って漢字を宛てた。　**13わたさせ**　底本「わたらせ」。文意を考え、天・和・内に従い改めた。半も「渡サセ」。　**14也**　底本「成」。意改。　**15拝み奉らむ為**　底本「拝見奉らむか為」。監は底本に同じ。和・書「おかみたてまつるため」。その他の諸本に従って「か」を削除した。

【解説】　この「唐僧来朝の事」と後続の「叡山物語の事」は、信西讃美、とりわけ彼の博識を強調する意図をもって置かれた記事である。主な登場人物の死去を語った後、その人物の生前の逸話を語る形式は『平家物語』等にもしばしば見られる。

この章段は、一類本には見えないが、これに類する出来事が実際にあったらしい徴証がある。『続古事談』第二「臣節」に、次のような逸話を載せる（『壒嚢鈔』巻一ノ四五もほぼ同文）。

少納言入道、鳥羽院の御ともにて、或所に唐人のありけるに、通事もなくてあひしらひければ、院あやしみて「いかにしてかくは」と仰られければ、「もし唐へ御使につかはさるゝ事もぞ侍とて、彼国の詞をならひて侍也」と申されけり。遣唐大使の用意、いとこちたし。このごろの人は、当時いる事をだにならはぬものを。

おそらく、この『続古事談』の説話をもとに、潤色を加え、増補したものであろう。

ただ、この『続古事談』の説話の年次も不明であり、久寿二年ではなかったようである。また、この『続古事談』の説話は、熊野とは明記されていないが、信西は実際に鳥羽院に随行し、熊野に参詣したことがある。『熊野本宮古記』に載る逸文によれば、「藤原道憲」という人物が「二所」に随行し、「熊野路次滝尻宿即事」という題で詩を作っている。この逸文によれば、月は不明ながら、春の十三日から十七日の記事が見出せる。また『三外《さんげ》往生記《おうじようき》』の著者釈蓮禅も同時に名を見せ、詩を作っている。

蓮禅は保延元年（一一三五）以後間もなく出家、久安五年（一一四九）以後ほどなく逝去したらしい（平泉澄氏「厭世詩人蓮禅」『我が歴史観』所収）。「釈蓮禅」とある点からいって、保延元年から久安五年ころの間の出来事であろう。また、信西の任少納言および藤原氏復姓は康治三年（一一四四）一月のことである（『本朝世紀』天養元年七月二十二日条）。これらを勘案すると、信西の熊野随行は、天養元年（一一四四）の三月八日出発の熊野参詣の時であったろうと考えられる。いずれにしても、この久寿二年という年次は、架空の年次であり、『続古事談』を利用した潤色ということになろう。

叡山物語の事

【本文】

是《これ》のみならず、保元元年[1]の春の比《ころほひ》、叡山《えいざん》へ御幸《ごかう》なる。山門《さんもん》には大師修禅定《だいししゆぜんぢやう》の具足《ぐそく》どもあり。名字《みやうじ》を御尋《おんたづね》ありければ、大衆共《だいしゆども》公家《くげ》の才学《さいかく》をはかり見んとや思《おもひ》けん、「我山《わがやま》の財《たから》にては候へ共、まさしく名字を知《しり》奉る者候はず」と一同に申《まうし》ければ、法皇思食《おぼしめし》煩はせ給《たまひ》けるに、「熊野御参詣《ごさんけい》の時も、信西《しんせい》こそ唐僧に逢《あひ》て、才学はしたりしか。是をもや知《しり》たるらん」とてめされければ、御前《ごぜん》へ参《（まい）》り、畏《かしこまつ》て、「一《ひとつ》の箱には大師修禅定《しゆぜんぢやう》の具《ぐ》足共《そくども》[2]候。中に勢《せい》、鞠《まり》ばかりにして音《おと》ある物あり。大師禅定修《しゆ》せられし時、睡眠《すいめん》あれば是を頂上に置《（を）》き、眠《ねぶ》れば頂上より落《おつ》。落《（お）》つれば音あり。音あれば眠《ねぶり》さむ。是を禅鞠《ぜんきく》と云《いふ》。二尺四五寸計有《ばかりある》木の先《（さき）》ごとに、勢《せい》[3]、大柑子《だいかうじ》ばかりにして和《やはらか》なる物有《あり》。大師禅定修せられし時、御身《おんみ》苦しき事あり。是をもッて押《おさ》[4]ふ。押《（おさ）》ふれば止《やむ》。是を禅杖《ぜんぢやう》[5]と云《いふ》。二尺ばかりある木を桛《（かせ）》のごとくにちがへて、先《（さき）》毎《ごと》に絹をかけて塗《ぬり》たる物あり。大師座禅修《しゆ》せられし時、御胸痛《おんむねいたき》事まします。是をもッて押《（お）》す。押《おさふ》れば止《やむ》。是を助老《じよらう》と云《いふ》。四《し》種《しゆ》の物の中に、枕に似たる物あり。其名《そのな》を頭子《づし》と云《いふ》。くはしくは梵網経《ぼんまうぎやう》にみえたり。第十九《じふく》の箱は、下野国《しもつけのくに》宇津宮《うつのみや》[6]の御殿《ごてん》に納《（おさ）》め奉る。乙護法《をとごほふ》、使者たるによッて、明神《みやうじん》あながちに惜《(おし)》ませ給へば、人はいかで知《しる》べき。或《あるい》[7]は宇賀神《うがじん》の法を籠《こめ》、或《あるい》は陀天《だてん》の法を籠《こめ》、大師手印《しゆいん》をもッて封[8]ぜらるゝ物、人是をしらず。不空羂索人骨《ふくうけんじやくじんこつ》の念珠も此《この》箱《はこ》にありとかや。三種《さんじゆ》の中の禅鞠は、止観《しくわん》の第四巻《だいしくわん》にみえたり。延暦寺は大師最初の伽藍《がらん》也。大講堂は深草《ふかくさの》天皇の御願《ごぐわん》、延命院・四王院は文徳《もんどく》・朱雀《しゆじやく》の御願也。法華堂には大師三代の御経《おんきやう》もまします。五台山《ごだいさん》の香《かう》の火、清涼山《せいりやうざん》の土もあり。卅　番神《さんじふばんじん》の守護し給《たまふ》根本《こんぽん》の杉の洞《ほら》、飯室《いひむろ》の五坊《ごばう》の渓《たに》までも、打鳴《うちなら》す鐘の響《ひびき》しけるにぞ、人ありとは知《(し)》[9]られける。前唐院《ぜんたうゐん》には大師の脇息《けふそく》・香炉もあり。御影《みえい》もまします。其外《そのほか》、弘仁五年の春、大師九州宇佐宮《うさのみや》に詣《まうで》て、法華の真文《しんもん》を講じ給《たまひ》しかば、大菩薩みづから斎殿《さいでん》を排《おしひらい》て、手《て》づから大師に授《(さづ)》け給《たまひ》し紫の袈《け》裟《さ》には、光明《くわうみやう》赫奕《(かくやく)》として、新《あらた》に[10]御座《ましま》す。八幡三所《はちまんさんじよ》もまします。天竺の多羅葉《たらえふ》、法全和尚《はつせんくわしやう》の独鈷《とつこ》[11]、燋熱《せうねつ》地獄よ《(い)》り取伝《とりつた》[12]へたる四浜石《しひんせき》も当山にこそ候へ」と、三塔《さんたふ》に有《ある》事を一々《いちいち》に申《まうし》ければ、君をはじめまゐらせて、[13]三千の衆徒《しゆと》、希異の思《おもひ》をなしにけり。

【現代語訳】

これだけにとどまらず、鳥羽院は、保元元年の春の頃、比叡山に御幸なさった。延暦寺には慈覚大師が禅の修行に使用した道具類がある。法皇が名前をおたずねになったところ、大衆どもは、貴族たちの学識を試してみようと思ったのであろうか、「我が延暦寺の宝物ではございますが、正しく名前を知っている者はございません」と口をそろえて申し上げたので、法皇は思い煩われていたが、「熊野参詣の時も、信西こそ唐僧に対面して、学識の程を示したことがあったなあ。これをも知っているかもしれない」と思って、お召しになったところ、信西は御前に参って、かしこまって、「ひとつの箱には、慈覚大師の坐禅の道具類がございます。それらの中に、大きさが鞠くらいで、音のする物がある。大師が坐禅修行をなさったとき、眠気がさしてくるとこれを頭の上に置き、眠れば頭の上から落ちる。落ちれば音がする。音がすれば眠りからさめる。これを禅鞠という。二尺四、五寸くらいの長さの木の先ごとに、大きさが夏みかんくらいで軟らかなものがついた物がある。慈覚大師が坐禅修行をなさったとき、おからだが苦痛におそわれることがある。これで押さえる。押さえると痛みは消える。これを禅杖という。二尺くらいの長さの木を枷《かせ》のように交差させて、その先ごとに絹を巻き付けて塗ったものがある。大師が坐禅修行をなさったとき、御胸が痛いことがおありになる。これで押さえる。押さえると痛みが消える。これを助老という。四種の物の中に、枕に似ている物がある。その名を頭子という。詳しくは梵網経に見えている。第十九の箱は、下野国宇都宮の御殿に納め申し上げた。乙護法が使者であるため、宇都宮明神が殊に大切にしていらっしゃるので、人はどうしてその中身を知ることができましょうか。一説には宇賀神の法を込めてあるといい、一説には陀天の法を込めてあるといい、慈覚大師が手印を結んで封をなさった物であるので、人はこれを知りません。不空絹索の持つ、人骨で作った数珠もこの箱にあるとかいうことだ。三種の道具のうち、禅鞠は摩訶止観の第四巻に見えている。延暦寺は、伝教大師が最初に建てた伽藍である。大講堂は深草天皇の御発願、延命院・四王院は文徳・朱雀天皇の御発願である。法華堂には、三代の大師の御経もございます。五台山の香の火、清涼山の土もある。三十番神の守護なさっている根本如法堂の杉の洞穴や、飯室の五坊の谷間までも、うち鳴らす鐘の音の響きがすることで、人が住んでいるとわかるのだ。前唐院には、慈覚大師の脇息、香炉もある。（伝教大師と慈覚大師の）御肖像画もございます。そのほか、弘仁五年の春、伝教大師が九州の宇佐の宮に詣でて、梵字の法華経を講義なさったところ、八幡大菩薩が自ら斎殿の扉を開いて、御自身の手で大師にお授けになった紫の袈裟には、内から放つ光が輝いて、霊験あらたかでいらっしゃいます。八幡宮の三体の祭神もおいでになる。インド伝来の多羅葉の梵本、法全和尚の独鈷、清涼山の焦熱地獄から取ってきて伝来している泗浜石も当山にございます」と、比叡山の三塔にあることをひとつひとつ申し上げたので、法皇をはじめとして、三千の衆徒も信じられない思いがしたのであった。

【語釈】　○**是のみならず**　前段「唐僧来朝の事」に、「不思儀あまた有し中に」として、唐僧と信西の問答を載せるが、それのみに限らず、という意。「唐僧来朝の事」と「叡山物語の事」とが、一連のものとみなされている。以下、陽明本は全面的にこの章段を欠き、半井本は前半部、叡山での話を欠く。○**保元元年の春の比**　保元元年春の叡山御幸は史料に見えない。↓補注四八。○**叡山**　比叡山の略。叡岳ともいう。延暦四年（七八五）に伝教大師最澄が開き、後に中国から天台宗を将来し、拠点とした山。寺名を延暦寺という。山門・山と称されることも多い。○**御幸**　宇佐八幡宮の紫の袈裟に関係して、『著聞集』三五話に「鳥羽院臨幸の時も御拝見ありけり。後白河院御幸の時も拝せさせ給けるとなん」とあり、『八幡愚童訓』下「仏法事」に「白河鳥羽両院御登山ノ御幸ノ時ハ、先一番ニ御拝見有」とあり、白河院、鳥羽院、後白河院の三者とも、叡山御幸の折、前唐院の宝物を拝見している。○**大師修禅定**　大師は慈覚大師円仁。延暦十三年（七九四）～貞観六年（八六四）。下野国都賀《つが》郡の人。俗姓壬生《みぶ》氏。十五歳で最澄に師事した。承和五年（八三八）に入唐《にっとう》し、宗叡、全雅等に師事、後、五台山で学び、承和十四年に帰朝。仁寿四年（八五四）に天台座主に任ぜられ、治山十年。貞観六年入滅、七十一歳（『天台座主記』『慈覚大師伝』による。『三代実録』貞観六年正月十四日条に、七十二歳）。貞観八年に慈覚大師の諡号が贈られた。天台宗の密教化を推進した。伝は上記の『三代実録』に見え、『慈覚大師伝』がある。↓補注四九。禅定とは一心に思惟し、一境に念を定めること。いわゆる坐禅のこと。○**具足**　道具。用具。○**大衆**　衆徒・学生《がくしょう》・学徒・学侶ともいう。寺院の上層の僧侶を除いた一般僧侶。寺院の雑役に従事した堂衆と共に、僧兵を形作った。「daixu」（天草本『平家』）。○**我山**　比叡山のこと。比叡山の関係者に限らず、一般的に比叡山を「我山」と称した。○**鞠**　蹴鞠に用いた球。ただし古活字本は「手鞠」。○**睡眠**　坐禅修行を妨げる五蓋の一。五蓋とは貪欲・瞋恚《しんい》・睡眠・掉悔・疑をいう。「睡眠〈スイメン〉」（黒本・饅頭屋本）。↓補注五〇。○**禅鞠**　『釈氏要覧』巻下に「禅毱　毛毬也。有二睡者一、擲レ之令レ覚」とあり、『止観輔行伝弘決』四之四に「言レ毱者、皆以二毛毬一著二其頂上一、睡則堕レ地、覚已策発、律云、若有二睡者一以レ毱擲レ之」とある。これによれば、本来は眠った者に対し投げつけて眠りを覚ますことに使用したようであるが、『沙石集』巻二ノ一に「サテ禅鞠トテ、坐禅ノ時、眠ヲサマサンカタメニ、頂ニオク手鞠ノ様ナル物」とあるように、我が国ではもっぱら頭上に載せて利用したようである。○**勢、大柑子ばかり**　古活字本には「勢大柑子ばかり」とあり、底本の「勢ノ大サ柑子ばかり」は、このような本文の誤読から生じたもの。大柑子は夏みかん。○**禅杖**　法杖ともいう。『釈氏要覧』巻下に「以㆓竹葦㆒為㆑之。用㆑物包㆓一頭㆒。令㆓下座執行㆒。坐禅昏睡。以㆓軟頭㆒点㆑之」とあり、『止観輔行伝弘決』四之四に「祇律云、以㆑竹為㆑杖、長八肘、物裹㆓両頭㆒、令㆓下座行㆒㆑之、不㆑得㆑拄㆑脇、以拄㆓其前㆒、三揺不㆑覚、左辺拄㆑之」とある。これによれば、眠った者を突いてその眠りを覚ましたものである。○**柞**　紡いだ糸を巻き取る器具。様々な形状があるが、「柞のごとくちがへて」とあるところをみると、X状の形をしたものを指しているのであろう。○**助老**　脇息あるいは胡床のように、坐禅の時、手を載せたり、身を寄りかからせたりするのに使用したもの。各資料により説明が異なる。↓補注五一。○**四種の物**　「四種」がなにを指すか唐突で不明。古活字本によれば、四種の物が禅鞠・禅杖・助老・頭子を指すことが示されている。↓補注五二。○**頭子**　頭を支えるのに使用した。『平治物語注解』に「蓋《けだ》し、枕子のことならむ」とする。枕子は枕のこと。委しくは未詳。○**梵網経**　「梵網経盧舎那仏説菩薩心地戒品第十」の略称。二巻。後秦の鳩摩羅什（クマラジーヴァ）の訳。大乗菩薩戒の根本聖典として重視されている。頭子のことは『梵網経』には見えない。○**第十九の箱**　谷阿闍梨皇慶より台密の三昧流に伝来した、聖教などを入れた箱。皇慶より始まる谷流台密の正嫡の証拠と見なされた。↓補注五三。○**宇津宮の御殿**　「宇都宮」が正字。栃木県宇都宮市にある二荒神社。もと宇都宮大明神という。『続古事談』第四「神社仏事」に「二荒ノ権現、山ノ頂ニスミ給フ。……宇都宮ハ権現ノ別宮ナリ」とあって、日光山権現の別宮であった。第十九の箱との関係は未詳。○**乙護法**　谷阿闍梨皇慶に仕えた護法童子の名。背振山の大明神の童形に変じたものとも、毘沙門天の眷属ともいい、書写山の性空上人、ついで皇慶に仕えたという。↓補注五四。○**明神**　宇都宮大明神。○**宇賀神の法**　真言の秘法の一。宇賀神は『弁才天三経略疏』一に「宇賀耶。梵語。即天女号也」とある。弁才天のことをいう。また『宇賀耶陀羅尼経』には、西方の浄刹にて無量寿仏と号し、娑婆世界では如意輪観音と称し、吒《だ》枳尼《きに》天と現じ、また大聖天・愛染明王の形を現ずるともいう。○**陀天の法**　荼吉尼天、もしくは吒枳尼天の修法。真言の秘法の一。荼吉尼天は夜叉鬼の一類で、通力をもち、この法を修するものは、通力を得ることができるという。『大疏百條』第三重巻十に「荼吉尼真言、此是世間有下造二此法術一者上。亦自在咒術。能知下人欲二命終一者上」とある。天台では黒谷に伝えられたという。○**大師手印をもッて**　大師は慈覚大師。『真言伝』巻六に「天台慈覚大師三昧の流に乙護法十九の箱とて、相承の聖教侍り」とある。「手印」は両手の指を組み合わせて、様々な形を作ること。本尊との一体化を図るためという。印契ともいう。○**不空絹索人骨の念珠**　不空絹索観音の持つ、人骨で作った数珠。『不空絹索陀羅尼経《ふくうけんじやくだらにきよう》』第四に不空絹索観音造像の法を記し、「身有二四手一。……右上一手執二持数珠一。右下一手垂二於向下一作二施無畏一」とある。ここは比叡山に、不空絹索観音像が右上の手に持った人骨の数珠が伝来していたということであろう。○**三種**　法杖・禅鞠・禅鎮の三つをいうか、あるいは禅鞠・禅杖・助老をいうか不明。○**止観**　『摩訶止観』。天台大師智顗（五三八年～五九七年）の口述を弟子の章安大師灌頂《かんじよう》が筆記したもの。巻四之下に睡眠蓋について述べ、それを防ぐ手だてとして、「杖、毱、具、中脚、起星、水洗」を載せる。○**延暦寺**　延暦四年（七八五）に最澄が比叡山に登り、そこに草庵を結んだのが延暦寺の始まりである。延暦十四年（七九五）に比叡山寺を改易して延暦寺と命名し、同時に別当を置いた。天台宗の総本山。○**大師最初の伽藍**　大師は伝教大師最澄。神護景雲元年（七六七）～弘仁十三年（八二二）。近江国志賀郡古市（現、大津市）の人。俗姓三津首《みつのおびと》。十二歳で近江国分寺の行表に師事し、十五歳で得度。延暦四年（七八五）に延暦寺の基を開き、同二十三年入唐、道邃《どうすい》・行満らに教えを受け、翌年帰朝して天台宗を開いた。伽藍は梵語。寺院のこと。仏道を修行する所。○**大講堂**　東塔。四王院と延命院の間にある。『叡岳要記』上に「大講堂七間。天長元年。有レ勅建立。〈淳和天皇。大師遷化之後第三年〉」とある。○

深草天皇　第五十四代仁明天皇のこと。弘仁元年（八一〇）～嘉祥三年（八五〇）。嵯峨天皇の皇子。京都市深草に葬られたため、深草天皇という。『叡岳要記』上の大講堂の条による限り、大講堂の建立は天長元年（八二四）であり、そのときの天皇は淳和天皇である。○**延命院**　東塔。『叡岳要記』上に「安二置延命像一躰一。……右院朱雀太上天皇御願。承平六年座主少僧都尊意奉レ勅造二作件院一。天慶元年土木功畢」とある。延命菩薩を安置するため延命院という。○**四王院**　東塔。『山門堂舎記』に「天長五年文徳天皇御願」（『叡岳要記』『三塔諸寺縁起』もほぼ同じ）とある。また『濫觴抄《らんしょうしょう》』下には「仁明五年丁巳〈承和四〉、阿闍梨光定承レ勅建レ之」とある。四天王像を安置してあるゆえ四王院という。○**文徳**　文徳天皇。天長四年（八二七）～天安二年（八五八）。第五十五代の天皇。仁明天皇の第一皇子。「もんどく」「ぶんどく」両様の読みが行われた。○**朱雀**　朱雀天皇。延長元年（九二三）～天暦六年（九五二）。第六十一代の天皇。醍醐天皇の第十一皇子。○**法華堂**　比叡山には三塔それぞれに常行堂と法華堂が附属しているが、ここは次の『叡岳要記』の記事から見て東塔の法華三昧院を指す。『叡岳要記』上に「〈亦名二半行半座三昧院堂一。今云二法華堂一。〉……〈天台・伝教・慈覚・智証四大師御筆経安二置之一〉」とある。また『台記』康治元年（一一四二）五月十五日条に「参二常行堂、法花堂一、見二天台大師伝教慈覚自筆法華経一」とある。○**大師三代**　前引の『台記』に見るように、ここは天台大師智顗・伝教大師最澄・慈覚大師円仁の三大師を指す。『法然上人行状絵図』第十四にも「三大師〈天台・伝教・慈覚〉」と見える。↓補注五五。○**御経**　三人の大師の自筆の『法華経』。○**五台山の香の火**　「火」は「木」の誤りであろう。文殊楼院の文殊像の中心に入れられた香木。五台山は山西省代州五台県にある山。清涼山ともいう。東晋以来、文殊菩薩の浄土として信仰を集め、天台の教法を伝えた。↓補注五六。○**清涼山の土**　清涼山は「しやうりやうせん」とも（天理本『源海上人伝記』）。「清涼山の土」とは、円仁が五台山より持ち帰り、比叡山の文殊楼建立に際して、文殊菩薩像を載せる獅子像の足下に埋めた土のこと。↓補注五七。〇**卅番神**　ここは如法経（円仁自筆の『法華経』）守護のため、一ヵ月三十日の日番を勤める三十の神々。『寺徳記』下に「三十番神者。我山南楽阿闍梨良正延久年中私奉三勧二請之一」とある。↓補注五八。〇**根本の杉の洞**　根本は横川《よかわ》の根本如法堂のこと。『叡岳要記』下に「如法堂。……延久五年勧二請日本国卅神一。為二如法堂守護神一」とある。「根本の杉」という名は、『歴代皇紀』巻四に「(安元) 元年九月十二日夜大風。天台山横川根本椙顚倒了」とあり、また『叡岳要記』下「慈覚大師如法経事」の項に「山中記云。安元元年九月十二日夜、根本杉顚倒云々。〈見転法輪抄〉」とある。安元元年（一一七五）まで存在していた。最澄がこの杉の空洞に住して『法華経』を書写し、その『法華経』を納めるために建てたのが如法堂である。『三塔諸寺縁起』は、横川の如法堂について「安元元年九月十三日寅時。為二大風一根本椙倒了。其跡建二立如法堂一」とあり、異伝を載せている。↓補注五九。〇**飯室の五坊の渓**　横川の飯室谷。横川の中堂（根本観音堂）の東南十三町にある谷。五坊の名称は未詳。〇**前唐院**　円仁が帰朝後の住坊として東塔北谷に建てた坊（唐院といった）。後、円珍が帰朝して同様に東塔西谷に後唐院（後の山王院）を建てたため、それと区別して前唐院といったもの。『叡岳要記』上「前唐院」の項に「安二置慈覚大師新従レ唐所レ渡真言秘教曼荼羅道具幷天台教迹戒律坐禅諸宗章疏。伝教大師等影〈具載二進官目録一。〉及慈覚大師真影坐像等一」とある。また『三塔諸寺縁起』に「大師平生坐禅房也」（『山門堂舎記』もほぼ同文）とある。〇**大師の脇息**　大師は慈覚大師円仁。脇息は細長い座机状のもので、身をもたせ懸けるのに用いた。「靠身〈ミヲヨセカクル〉机也」（黒本本）。〇**御影**　肖像画。『叡岳要記』上「前唐院」の項に「伝教大師等影」と「慈覚大師真影坐像等」を所蔵すると載せる。〇**弘仁五年の春**　弘仁五年（八一四）に最澄が、中国渡航の祈願のため、宇佐八幡宮に参籠し、紫の袈裟を賜わったことをいう。

↓補注六〇。　○**大師九州宇佐宮に**　大師は伝教大師最澄。宇佐宮は大分県宇佐市にある宇佐八幡宮。八幡三所大神ともいう。我が国八幡宮の本源である。　○**法華の真文**　梵字の『法華経』。○**大菩薩**　大菩薩は八幡大菩薩。第十五代応神天皇を神として祀ったもの。天応元年（七八一）に護国霊験威力神通大菩薩の号が贈られている。　○**斎殿**　神体を祀る御殿。『著聞集』に「宝殿」、『大日本国法華験記』に「神殿」、『三宝絵詞』に「秀倉〈ほくら〉」、『今昔』に「御殿」などの異文がある。　○**紫の袈裟**　紫色をした袈裟。袈裟は衣の上に左肩から右脇下に斜めにかける儀式用の法衣。↓補注六一。　○**光明赫奕として**　光り輝いて。光明は仏語ととるべきであろう。仏菩薩が身から放つ光で、あまねく衆生を照らすという。赫奕は光り輝く様。　○**八幡三所**　宇佐八幡宮の三体の祭神。誉田別尊（応神天皇）・大帯姫命（神功皇后）・比売神。比叡山の八幡三所は、聖真子のことをいう。『日吉山王新記』に「八幡大菩薩者。今聖真子是也矣」とある。また『太平記』巻十八「比叡山開闢事」に「聖真子ハ九品安養界ノ化主、八幡大菩薩ノ分身」とある。↓補注六二。　○**天竺の多羅葉**　多羅葉は多羅の葉。シュロ科に属する高木。ここはインド伝来の多羅葉の梵本のこと。↓補注六三。　○**法全和尚**　唐の天台宗の僧。生没年未詳。恵果の門下義操に金剛界法を、法潤に胎蔵界法を受け、密教の大家として知られた。我が国の円仁、円珍、円載、宗叡らの師にあたる。延慶本『平家』第二本二「法皇御灌頂事」に「恵果八仙ノ流水」とあるように、我が国では「はっせん」と読み慣わしている。　○**独鈷**　金剛杵《しょ》。鉄または銅で造った祈禱の時に用いる道具。煩悩を砕くためという。両端が尖ったものを独鈷、両端が三叉に分かれたものを三鈷、両端が五叉に分かれたものを五鈷という。「独鈷〈トツコ〉」（伊京集・天正本）。　○**燋熱地獄より取伝へたる四浜石**　ここでいう燋熱地獄とは、『叡岳要記』上「清涼山有二地獄一事」に見える「清涼山の地獄」のことであろう。そこに焦石のあったことが『入唐求法巡礼行記』巻三に見え、比叡山にある「清涼山石」（『本朝世紀』康治元年（一一四二）九月十四日条）がそれに該当しよう。しかし泗浜石は清涼山からは採れない。「燋熱地獄」「泗浜石」各項目参照。↓補注六四。○**燋熱地獄**　八大地獄の中の第六の地獄。炎熱地獄ともいう。すさまじい熱と炎で焼き尽くすという地獄。具体的な様相については、『正法念処経』巻十〜十三、『往生要集』巻上に詳しい。○**四浜石**　「泗浜石」が正字。中国の泗水の水中から採れる磬石《けいせき》。主として楽器を作った。白楽天の「華原磬《かげんけい》」によれば、澄んだ音色の楽器になるという。なお、幸若舞曲『大職冠』に、興福寺の寺宝として「水なくして墨を磨つて心のままに使ふ」という、泗浜石で造った硯が見え、謡曲『海人』に見える泗浜石もこれと同じ物らしい。○**三塔**　比叡山の東塔・西塔・横川をいう。○**三千の衆徒**　比叡山の衆徒全員を総称していう句。一念三千戒躰、あるいは三千威儀にちなんで、三千の衆徒と呼んだとするほか、いくつかの説がある。「Xuto」（『日葡』）。

【校訂注】　**1元**　底本「々」。改めた。　**2候**　底本ナシ。天・玄・書・金により補った。　**3勢大柑子はかり**　底本「勢〈ノ〉大〈サ〉柑子はかり」。他本もおおむね「せいの大さかうしはかり」「せい大にかうしはかり」。いずれも文意不明確。ここは「その大きさは大柑子くらい」と解釈すべき。古活字本の「勢大柑子ばかり」に従い、底本の傍書を削除した。　**4押ふ**　底本「押」と「ふ」との間に補入記号をうち、「給」を傍書。和・書・内・金・学二を参照し、傍書を削除した。　**5禅杖**　底本「禅林」。監「禅林」、天・和・玄・書・東大本も「せんりん」。誤写と見て内・金・古活字本に従って改めた。　**6の**　底本ナシ。他本により補った。　**7は**　底本ナシ。他本により補った。　**8封せらるゝ**　底本「封せらる」。他本により「ゝ」を補った。　**9しられける**　底本「しられけるにそ人ありとはしられける」。他本に従って「にそ人ありとはしられける」を削除した。　**10御座す**　底本「御座」に「マシマ」と附訓。附訓を削除して「ましま」とルビをつけた。　**11鈷**　底本「鮎」。改めた。　**12て**　底本ナシ。他本により補った。　**13三千の衆徒**　底本「三千衆徒」。他本に従って「の」を補った。

【解説】　前段に続いて信西の博才ぶりを語るこの記事は、『古事談』第一「王道后宮」に、

鳥羽法皇登山御幸の時、前唐院の宝物御覧の時、諸人知らざる事三ヶ事有り。古老の僧徒猶ほ分明ならず、と云々。而るに少納言入道三つ乍ら之れを申す。一には、杖のさきに円なる物の、綿ふくふくと入りたるを付けたる物有り。人知らず、と云々。通憲申して云はく、「是れは禅法杖と申すなり。禅定を修する時、僧の痛む所あれば、是れにて腹胸などをつかへて居る物なり」と。二には、鞠のやうに円なる物のちひさきが、投ぐれば声有る物なり。人又た之れを知らず。通憲申して云はく、「是れ禅鞠と申す物なり。同じく修禅の時眠りなどするに、頂に置きてねぶり、かたぶく時は落つれば鳴るなり。それにおどろかむれうの物なり」と。今一は、木の十文字に差したる物、人之れを知らず。通憲申して云はく、「是れは助老と申す物なり。老僧などのよりかかる物なり。大略脇足の躰の物に候ふ」と云々。諸人感歎せざるは莫し、と云々。

とあり、また『沙石集』巻二にも、

鳥羽法皇、山へ御幸アリケルニ、前唐院ノ宝蔵ヲ開テ、大師ノ御宝物叡覧アリケル中ニ、円ナル物ノ、投レバ声アル有ケリ。御尋アリケルニ、山僧是ヲ知ラズ。「大師ノ御時ヨリ、御宝物トテ候」トバカリ申ケリ。少納言入道信西申ケルハ、「アレハ、禅鞠ト申テ、止観ノ坐禅ノ時、頂ニ置テ、眠時ハ落。ソレニ驚キテ、坐禅シ候物ナリ」ト申ス。又、杖ノサキニ、円ニシテ綿ヲ包テ付タル物アリ。是ヲモ、「法杖ト申テ、坐禅ノ時、身不調ナルヲ、是ニテサシツキ候也」ト申ス。又、木ヲカセノ様ニシタルヲ、「助老ト申テ、老僧ノ坐禅ノ時、苦ケレバ、脇ヲカケテ

休ミ候。大体脇足ノ風情ナリ」ト申ケリ。才覚コソ目出ケレ。マシテ家ノ事ノ、イカニ明カナリケン。

とある。その他、古典大系本『沙石集』拾遺十五ノ三、『雑談集《ぞうたんしゅう》』巻八、『盛衰記』巻三十四「信西相㆓明雲㆒事」、『神皇正統録』巻中「後白河院」条に、精粗はあるものの、関連話が見えている。

これらの説話は、事実無根の話ではなく、恐らく事実に基づくものであろう。『天台座主記』に「(保延四年)九月廿六日上皇御登山、以㆓南陽房㆒為㆓御所㆒。七箇日御㆓参籠中堂㆒。以㆓上礼堂南三間㆒為㆓御所㆒。……同廿七日御㆓覧前唐院大師宝物㆒。……同(十月)三日還幸」とある。保延四年(一一三八)に、鳥羽法皇が叡山に御幸し、前唐院の大師の宝物を見学したことがあった。また、『本朝世紀』康治元年(一一四二)九月十四日条に「是日。法皇於㆓天台前唐院㆒御㆓覧宝物㆒。其中有㆘天台智者大師所㆑着衲。帽子。幷師子形禅鎮子。唐廬山桯木。清涼山石。及伝教大師自㆓宇佐㆒所㆑給之紫衾等㆖。一々御㆓覧之㆒」、『台記』久安三年(一一四七)六月十九日条に「両院(鳥羽院・崇徳院)移㆓御前唐院㆒、先礼㆓慈覚大師影㆒〈木像〉、次覧㆓宝物㆒」とある(『本朝世紀』同日条にも「是日。両院御㆓覧延暦寺前唐院㆒云々」とある)。康治元年、久安三年にも鳥羽院の比叡山御幸があり、その折にも前唐院の宝物を歴覧しているのである。いずれかの時に、信西が随行し、『古事談』や『沙石集』に叙述されるようなことが実際にあったと考えられる。

【本文】

還御《くわんぎよ》の後《のち》、卿上雲客《けいしやううんかく》、「信西《しんせい》がよろづの事を知《しり》て候《さうらふ》[1]も不思議《ふしぎ》に覚え候。双六《すぐろく》の賽《さい》[2]の目《め》に、朱三《しゅざん》、朱四《しゅじ》と申《まうし》候、不審におぼえ候。御尋《おんたづね》候へ」と申されければ、法皇、信西をめされ、「いかに汝《なんぢ》、双六の[3]賽の目《(め)》の、一が[4]二《ふたつ》おりたるをば重一《(でっち)》といひ、二が二《ふたつ》おりたるをば重《(ぢう)》二《に》といふ。重五《でつく》、重六《てうろく》といふも謂《いはれ》あり。三、四の目《(め)》をば重三《てうさん》、重四《てうし》とこそいふべきに、朱三、朱四と云《いふ》事はいかに」。信西畏《かしこまつ》て申《まうし》けるは、「昔は重三《(てう)さん》、重四《(てう)し》と申《まうし》候《さうらひ》けるを、唐の玄宗皇帝と楊貴妃と双六をあそばされ候《さうらひ》けるに、皇帝の重三《(てう)さん》の目《(め)》が御用にて、『朕《ちん》が思《おもひ》の如くにおりたらば、五位になすべし』とてあそばされけるに、重三《(てう)さん》の目《(め)》おり候《さうらひ》き。楊貴妃の重四《(てう)し》の目《(め)》が御用にて、『我《わが》思ひの如くにおりたらば、[5]共に五位になすべし』とてあそばされければ、重四《(てう)し》の目おり候《さうらひ》き。『ともに五位になせ』とてなされ候《さうらひ》ぬ。『五位のしるしには何をかすべき』。『五位は赤衣《せきい》を着《(き)》れば』とて、重三、重四の目に朱《しゅ》をさゝれてより此《この》かた、朱三、朱四とこそよび候へ」と奏しければ、卿上雲客、「理《ことわり》なり」とぞ感じあはれける。

されば にや、[6]はてて《(こ)》の後《のち》も、手には日記をさゝげ、口には筆を含《ふくみ》、炎魔の庁《ちやう》にても、第三の冥官《みやうくわん》に烈《つらな》りけるとぞ承る。

【現代語訳】

還御の後、卿上雲客たちは、「信西があらゆる事を知っていますのも、不思議に思われてなりません。双六の賽の目に、朱三・朱四と申しますことが、不審に思われます。御尋ねください」と申されたので、鳥羽法皇は信西をお召しになり、「どうだお主、双六の賽の目に、一が二つ降りたのを重一という。二が二つ降りたのを重二という。重五・重六というのも意味がわかる。三・四の目を重三・重四というべきなのに、朱三・朱四というのはどうしてか」。信西がかしこまって申し上げたことは、「昔は、重三・重四と申していましたが、唐の玄宗皇帝と楊貴妃とが双六をなさいましたとき、皇帝は重三の目がご入用で、『朕の思いのごとく出たならば、五位にしてやろう』と言って、賽をお振りになったところ、重三の目が出ました。楊貴妃は重四の目がご入用で、『わたしの思いどおりに出たならば、いっしょに五位にしてやろう』と言って、賽をお振りになったところ重四の目が出ました。『いっしょに五位になせ』と言ってなされました。『五位の証拠には何をしたらよいだろう』。『五位は赤い衣を着ているので』と言って、重三・重四の目に朱をさされてから、朱三・朱四と呼びます」と奏聞したところ、月卿雲客も、「もっともだ」と互いに感心なさっていた。だからであろうか、死んだ後も、手には日記を捧げ、口には筆を含み、閻魔の庁でも、第三の冥官に連なったということである。

【語釈】○卿上雲客　「卿上」は「卿相」の当て字。官は大臣・大中納言・参議、位は三位以上の者をいう。公卿のこと。「卿相〈ケイシヤウ〉」（易林本）。雲客は四位以下の殿上人をいう。「雲客〈ウンカク〉」（黒本本）、「雲客〈ウンガク〉」（天正本）。○双六　インドから伝わった遊戯。盤の両側に、十二の罫を盛り、碁石のような黒白の石（馬）十二を置き、竹筒に骰子を入れて振り出し、その目の数だけ馬を進ませ、早く敵地に入ったものを勝ちとする。双六の遊び方は様々あった。『双六独稽古』『双六錦嚢抄』（いずれも『日本教育文庫』所収）に詳しい。○**賽**　骰子。俗に言うサイコロのこと。象牙、玉、石などで作った。○**朱三、朱四**　「重一〈てつち〉重二〈ちうに〉朱三〈しゆ〉朱四　重五〈てつく〉重六〈ちやうろく〉俗に之を重目〈ちやうめ〉と謂ふ」（『和漢三才図会』巻十七「嬉戯部」）。「重一〈でつち〉重二〈ぢうに〉朱三〈しゆざん〉朱四〈しゆじ〉重五〈でつく〉重六〈でうろく〉」（『双六独稽古』）。○**法皇**　鳥羽法皇。○**昔は……**　この説話は『楊太真外伝』に「上与ㇾ妃采戯。将ㇾ北、惟重四転ㇾ敗為ㇾ勝。連叱、骰子宛転而成二重四一。遂令二高力士一、賜ㇾ緋、風俗因而不ㇾ易」（『続事始』に引くものもほとんど同意）とあるのに淵源するものらしい。↓補注六五。○**玄宗皇帝**　唐朝第六代皇帝。睿宗の第三子。六八五年～七六二年。中宗の妃韋氏の乱に兵を挙げ、韋氏を誅して父睿宗を即位させた。後、父の譲りを受け、帝位についた。若くして政務に励み、賢臣の補佐をも得て、その善政は開元の治と称された。しかし天宝以後、楊貴妃を寵愛し、政務を顧みず、李林甫、楊国忠の専横を招いた。やがて安禄山の乱を引き起こし、蜀に追われた。在位四十四年。○**楊貴妃**　楊玄琰の娘。太真と号した。玄宗の寵愛を受け、貴妃に冊せられ、楊貴妃と称された。一族であった楊国忠が安禄山と対立し、安禄山の乱が起きたとき、玄宗に従って蜀に逃げる途中、馬嵬で楊国忠ともども護衛の兵士に殺された。杜甫の「哀江頭」や白楽天の「長恨歌」で有名。その他、楊貴妃に取材したものに『楊太真外伝』二巻がある。○**炎魔の庁**　閻魔の公判廷。閻魔王は地獄の王で、八熱八寒の地獄、及び眷属の小獄を統括する。○**第三の冥官**　冥官は閻魔王庁の役人の意である。「第三」が何を指すか定かではないが、恐らく地獄の席次、第三を指すのであろう。↓補注六六。

【校訂注】　**1も**　底本「よと」。和・玄・書・内・金により改めた。　**2・3賽**　底本「簺」。改めた。　**4二**

底本「二」と「お」との間に「ツ」と傍書。削除した。**5なされ候ぬ**　底本「なされぬ」。他本により「候」を補った。**6はてヽの後**　底本「おはりての後」。天・和・玄・書に従って改めた。

【本文】

かゝりし人なれ共、頸《くび》を獄門に懸《か》けらるゝ[1]罪科何事ぞといふに、保元の合戦に、宇治《うぢ(の)》悪《あく》左《さ》府《ふ》の御墓所《みはかどころ》は、大和国[2]添上郡《(そうの)かみのこほり》河上村般若野《はんにやの》の五三昧《ごさんまい》[3]なり。信西の[4]申状《まうしじやう》にて、勅使来り、堀《ほり》おこして、死骸をむなしく捨《すて》られぬ。中三年有《あり》て、平治に事起《おこり》て、我《われ》とうづまれしかども、堀《ほり》おこされて、獄門に懸《かけ》られき。されば、「昨日《きのふ》は他州の[5]愁《うれへ》、今日《けふ》は我上《わがうへ》の責《せめ》」とも、かやうの事をや申《まうす》べき。

【現代語訳】

このような人であったけれども、首を獄門に懸けられる罪科はどのような事かというと、保元の合戦に、宇治悪左府の御墓所は大和国添上郡河上村般若野の五三昧である。信西の主張により、勅使がやって来て掘り起こし、死骸をむなしくお棄てになった。中三年あって平治に事件が起きて、自分から埋もれたが、掘り起こされて、獄門に懸けられた。だから、「昨日はよその国の愁えと見えたものが、今日は自分の身の責苦になる」という諺も、このようなことを申すのであろうか。

【語釈】　**○宇治悪左府**　藤原頼長。保安元年（一一二〇）～保元元年（一一五六）。関白忠実の二男。天承元年（一一三一）十二歳のとき従三位となり、権中納言、権大納言、右大将、内大臣、左大将、皇太子傅を歴任し、久安五年（一一四九）に左大臣従一位に至った。この間、父忠実より寵愛を受けたこともあって、養父（実の兄）忠通と対立し、久安六年（一一五〇）には氏の長者を忠通から奪い取り、翌久安七年には内覧にもなった。崇徳上皇、源為義等と結んで、保元の乱を引き起こしたが敗れ、流れ矢に当たって死去した。『公卿』久寿三年条には「七月十日自二宇治一参二上皇新院御所一。同十一日合戦之間、流矢中レ頸。十四日於奈良坂容〈害イ〉死（年卅七）。号二宇治左大臣一。治承元八三贈太政大臣正一位」とある。　**○御墓所**　「陵〈ハカドコロ〉」（天正本）。　**○般若野**　奈良市の北部。奈良市般若寺町。京都から奈良への道筋に当たる。『兵範記』保元元年七月二十一日条に「即夜乗レ輿竊葬二於般若山辺一」とあり、一類本『保元』下「左大臣殿ノ御死骸実検ノ事」には「彼所ハ大和国添上郡河上村般若野也。大路ヨリ東ヘ入事一町、玄円律師、実成得業が墓ノ東ノ方ナル新キ墓」とある。『和州旧跡幽考』巻三「添上郡」条に「所にいひつたへて、今の大道より十町あまりひがし、ゑびすの宮は、かの左府の墓のあとなりといふ」。　**○五三昧**　墓所。般若野、鳥辺野、船岡山などの、五ヵ所の墓地をいう。もともとは京の葬地を五ヵ所に制定し、これを五三昧といったところから始まったが、その五ヵ所は時代により変遷があった。後、転じて墓所を五三昧という。　**○勅使**　朝廷の使者。一類本『保元』は「官使ハ左ノ史生《ししょう》中原ノ惟俊也。滝口ハ師光、義盛、助俊也」と、その名を記す（諸本により名に異同がある）。　**○堀おこして**　「堀」は「掘」の当て字。↓補注六七。　**○昨日は他州の愁、今日は我上の責**　当時の諺であろう。↓補注六八。

【校訂注】　**1罪科**　底本「罪科は」。他本に従って「は」を削除した。　**2そうの上郡**　底本「そうの郡」。他本により「上」を補った。　**3昧**　底本「味」。意改。　**4の**　底本ナシ。他本により補った。　**5の**　底本ナシ。他本により補った。

【解説】「唐僧来朝の事」・「叡山物語の事」の二章段は、「当世無双の洪才博覧」と評された生前の信西像を具体的にものがたる挿話であり、前段の末尾には死後にあっても閻魔王宮の高官に列なったと類い稀な有能者としての人物像を強調する。しかし、このような信西であっても、因果応報の道理からは逃れることができなかったのだと物語は信西関連記事を結ぶ一節で語っている。もっとも、信西の横死を因果応報とする捉え方は広く見受けられる。例えば、一類本『保元』下「新院血ヲ以テ御経ノ奥ニ御誓状ノ事付崩御ノ事」に、

　少納言入道ハ山ノ奥ニ埋レタルヲ、堀リ興サレテ、首ヲ被レ切、大路ヲ渡サレ、獄門ノ木ニ被レ懸シ事、保元ノ乱ニ多ノ人ノ頸ヲ切セ、宇治ノ左府ノ死骸ヲ堀興シタリケル其報トゾ覚ヘタル。

とある。底本では信西の梟首は頼長の遺骸を掘り起こさせ、それを捨て置かせた報いとするが、一類本『保元』は頼長の遺骸検分に加え、保元の乱の際に斬刑を執行したことを指摘する。また、『平家』の、いわゆる「小教訓」で藤原成親助命のため平清盛を諫める重盛の発話には、

　我朝ニハ嵯峨帝ノ御宇、左衛門尉仲成ヲ被レ誅後、死罪ヲ被レ止ヨリ以来廿五代ニ及シヲ、少納言入道信西ガ執権ノ時ニ相当テ、絶テ久キ例ヲ背キ、保元ノ乱ノ時、多ノ源氏・平氏ノ頸ヲ切、宇治ノ左府ノ墓ヲ堀、死骸ヲ実検セシ其酬ニヤ、中二年コソ有シガ、平治ニ事出来テ、田原ノ奥ニ被レ埋タリシ信西ガ被二堀起一頸ヲ渡、獄門ノ木ニ被レ懸キ。是ハサセル朝敵ニアラネ共、併《しかしながら》保元ノ罪ノ報ト覚テ、恐シクコソ侍シカ。

（『盛衰記』巻五）

と信西による死罪復活に触れる。さらに『新田左中将義貞教訓書』（『義貞軍記』）「外には弓馬合戦を家として内には因果の道理を恐るべき事」では、

少納言入道しんぜいは、才覚世にすぐれ、せいだうむかしをはぢざりしかども、国にしさいあれば大らんたゑずといふ事をおそれず、ほうげん元年七月に、ひさしくたえたりし死罪をつとめおこなふによりて、其後四ケ年をへて、へいぢ元年十二月につゐにちうせられぬ。

とし、大乱を招来する死罪の復活が信西の誅殺をもたらしたとの解釈を示す。

『百錬抄』保元元年（一一五六）七月二十九日条によれば、「源為義已下被レ行二斬罪一。嵯峨天皇以降、所レ不レ行之刑也。信西之謀也」と薬子の変（八一〇年）以来停止されていた斬刑を信西が復活させたという。この死刑復活に関しては『愚管抄』巻五で、

コノ内乱（保元の乱）タチマチニオコリテ、御方コトナクカチテ、トガアルベキ者ドモ皆ホド〳〵ニ行ハレニケリ。死罪ハトヾマリテ久ク成タレド、カウホドノ事ナレバニヤ、行ハレニケルヲ、カタブク人モアリケルニヤ。

と批判的な見方が示されている。『平治』の外部では、長らく途絶えていた死刑を復活させた報いで信西が非業の死を遂げたと位置付ける向きもあるが、四類本『平治』では信西による死刑復活に言及しない（一類本・十一類本にはあり↓下「経宗・惟方遠流に処せらるる事同じく召し返さるる事」【解説】）。この点は信頼像を否定的に造型するのに対して、信西像を肯定的に形象化しようとする傾向を四類本がより推し進めたことに起因すると言えようか。

六波羅より紀州へ早馬を立てらるる事

【本文】

去程《さるほど》に、十日、六波羅の早馬立《はやむまたつ》て、切目《きりめ》の宿《しゆく》にて追付《おつつき》たり。清盛、「何事ぞ」との給へば、「去《さんぬる》九日の夜《よ》[1]、三条殿へ夜打入《ようちいり》て、御所中《ごしよぢう》みな焼払《やきはら》[2]はれ給《たまひ》ぬ。姉小路西洞院《あねがこうぢにしのとうゐん》の少納言入道殿の宿所も焼《(や)》かれ候《さうらひ》ぬ。是は右衛門督殿《うゑもんのかみどの》、左馬頭殿《さまのかみどの》をかたらひ、当家を討《うち》奉らんとこそ承《うけたまはり》候へ」と申《まうせ》ば、清盛、「熊野参詣を遂《とぐ》べきか、是より帰《かへる》べきか」と宣《のたま》へば、左衛門佐《さゑもんのすけ》重盛申されけるは、「熊野御《ご》参詣候《さうらふ》[3]も、現当安穏《あんをん》の御《ご》祈禱の御為《おんため》にてこそ候へ。敵《てき》を後《うしろ》にお《(を)》きながら、御参詣いかゞ候《さうらふ》べき」と申されければ、「さて、敵に向《むかひ》て帰洛せんずるに、鎧《よろひ》の一両もなきをばいかゞせんずる」との給《たまひ》ける処に、筑後守家貞、長櫃《ながびつ》を五十合《がふ》重《(おも)》げにかゝせて出来《いできた》る。「かゝるはれに、長持《ながもち》をばもたせずして、長櫃のかゝせやうしかるべからず」と人申《まうし》けるに、爰《ここ》にて五十両の鎧、五十腰《ごじつこし》の矢をとり出《いだし》て奉る。「弓はいかに」との給へば、朸《あふこ》には大《おほき》なる竹の節をつきて、弓を入《いれ》させたり。母衣《ほろ》まで用意ぞしたりける。家貞は重目結《しげめゆひ》の直垂《ひたたれ》に洗革《あらひがは》の鎧着《(き)》て、太刀《たち》[4]脇ばさんで、「大将軍《たいしやうぐん》につかはるゝには、かうこそ候へ」とぞ申《まうし》ける。侍共《さぶらひども》、「理《ことわり》にや」とぞ感じける。

熊野の別当湛増《たんそう》、田辺にあり。御使《おんつかひ》を立《たて》られければ、兵《つはもの》廿騎《にじつき》奉る。湯浅権守《ゆあさのごんのかみ》宗重、卅余騎[5]にて馳《はせ》まゐ《(い)》る。彼是《かれこれ》百余騎になり給ふ。

【現代語訳】

そうこうしているところに、十日の日に六波羅からの早馬が出発して、切目の宿で追いついた。清盛が「何事だ」と言われると、「去る九日の夜、三条殿へ夜討が入って、御所中みな焼き払われなさった。姉小路西洞院の少納言入道殿の宿所も焼かれました。これは右衛門督殿が左馬頭殿を仲間に引き入れ、当家を討ち申し上げようとのことと伺いました」と申すと、清盛は、「熊野参詣をなし遂げるのがよいか、これより帰るのがよいか」と言われるので、左衛門佐重盛が申されたことは、「熊野への御参詣も、現在と来世の平穏を祈誓するためでございます。敵を背後に置きながら、御参詣はいかがなものでしょうか」と申されたところ、「それにしても、敵に向かって帰京をしようとするのに、鎧の一領もない状態ではどうしたらよいのだ」と言われるところに、筑後守家貞が長櫃を五十合重そうに担がせて現れた。「このような晴の儀に長持を持たせずに、長櫃の担がせようはふさわしくない」と人が申したが、ここで五十領の鎧、五十腰の矢を取り出して差し上げる。「弓はどうだ」と言われると、担ぎ棒には、大きな竹の節をくりぬいて弓を入れさせてある。母衣まで用意をしてあった。家貞は重目結の直垂に、洗革の鎧を着て、太刀を脇に挟み、「大将軍にお仕えするには、こうでなくてはなりません」と申した。侍たちは「もっともなことだ」と感心した。湯浅権守宗重は三十騎ばかりで駆けつけた。

熊野の別当湛増は田辺にいた。御使いを立てられたところ、兵二十騎を差し向けた。かれこれ百余騎になられた。

【語釈】 ○**十日** 平治元年十二月十日。早馬の出発した日。○**六波羅** 京都市東山区松原町付近。↓上「信西の子息尋ねらるる事」。○**早馬** 馬による急使。早打ともいう。『愚管抄』には「カクリキハシリテ」とある。○**切目** 内・金には「切部」、底本も前出部分では「切部」。切目王子があった。↓上「信西出家の由来……」。○**姉小路西洞院** 東西にのびる姉小路と南北にのびる西洞院大路との交差点のあたり。○**少納言入道殿** 信西のこと。○**右衛門督殿** 信頼のこと。○**左馬頭殿** 源義朝のこと。○**重盛** ↓上「信頼信西を亡ぼさるる議の事」。○**現当安穏** 「現当」は現世と来世。「安穏」は平安無事。○**祈禱** 祈願・祈請に同じ。○**筑後守家貞** 応徳元年（一〇八四）〜仁安二年（一一六七）。桓武平氏。進三郎大夫季房の子とも、筑後守範季の子とも（『尊卑』）。長承三年（一一三四）閏十二月十二日に兵衛尉から左衛門尉に転じ（『中右記』）、仁平四年（一一五四）正月二十三日に検非違使（『兵範記』）、翌年一月六日に従五位下に叙された。『愚管抄』巻五「二条」条に「一ノ郎等家貞」とある。平家の番頭格であった。伊賀国の住人、字は平三郎（『中臣祐賢記』文永元年（一二六四）八月六日条「若宮神主祐賢注進状」）。伊賀国の平氏庄園を管理していた（平安遺文二二二二号、二三七七号ほか）。『平治』には「筑後守家貞」と載せるが、筑後守任官については年時不明。平治の乱の折は七十六歳であり、すでに出家していたと思われる。↓補注六九。○**長櫃・長持** 唐櫃に足の付いていないものを長持、足の付いているものを長櫃といったようである（『嬉遊笑覧』巻二ノ下）。「長櫃〈ナガビツ〉」（易林本）。○**はれ** 普段と違って晴れがましいとき。普段の時を褻《け》という。○**両** 「領」の当て字。鎧を数える単位。○**腰** 矢や刀を数える単位。○**朸** ものを担ぐときに使用するかつぎ棒。○**母衣** 甲冑に結びつけて、矢を防ぐための武具。布によって作った袋状の物。敵に向かって進むときは、鎧の上から馬の頭の近くまでかぶって矢を防いだ。　○**重目結の直垂**　『平義器談』下「義経記」の「三ツしげめゆひの直垂の事」の項に「めゆひを今世にかのこと云。……かのこを染るには、絹をつまみあげて糸にて結ひ、染れば、其文目のごとくなる故、古は目結〈メユヒ〉と云なり。一めんにすきまなく目ゆひを染たるをしげめゆひといふ」とある。絞り染めのことである。直垂は鎧直垂のこと。『貞丈雑記』に「鎧直垂は常の直垂に替る事はなき事なれども、袴は長くしては合戦に宜しからざる故、短くしてすそにくゝり緒をさし、袖の端にもくゝり緒をさして括る也。又軍陣の服なる故、花麗を専として、錦などをも、縫物をも用る故、常の直垂とは別なる様になりたる也」とある。　○**洗革の鎧**　染めずに鞣《なめ》した革で威した鎧。　○**熊野の別当**　熊野三山の次席。熊野三山は検校が統括したが、別当には在地人が任命され、しかも世襲でもあったため、実質的に三山を統括した。　○**湛増**　第二十一代熊野別当。生没年未詳。「後鳥羽文治三年補任。治山十二年」(『熊野別当代々記』)。出家後、高野山往生院谷の遍照光院に隠棲した(五来重氏『増補高野聖』)。平治の乱の折の別当は父湛快。↓補注七〇。　○**田辺**　和歌山県田辺市。闘鶏神社がある。　○**湯浅権守宗重**　藤原氏。生没年未詳。父は『粉河寺縁起』に名を見せる宗永という(『平家物語研究事典』日下力氏稿)。『和歌色葉』の著者である上覚の父、栂尾《とがのお》の明恵上人の母方の祖父にあたる。↓補注七一。

【校訂注】　**1の**　底本ナシ。天・玄・書・内・金により補った。　**2焼払はれ給ぬ**　底本「焼払はれぬ」。天・和・玄・書により「給」を補った。　**3も**　底本「とも」。天・玄・内・金に従い「と」を削除した。　**4脇はさんて**　底本「脇はさて」。和・監は底本に同じ。金・内・学二「脇にはさみ」。天・書に従って「ん」を補った。　**5にて**　底本ナシ。天・和・玄・書・監・半により補った。

【本文】

亦《また》、「悪源太《あくげんだ》三千余騎にて安部野《あべの》に待《まつ》」と聞えければ、清盛の給ひけるは、「此無勢《このぶせい》にて多《た》勢《せい》に向ひ《(う)》、討たれん事こそ無念なれ。是より四国へ渡《(わた)》り、兵共《つはものども》を催して、後日《ごにち》に都へ入らばや」との給へば、重盛申されけるは、「げにも、さやうに候《さうらひ》ては、『討つ《(う)》てまゐ《(い)》らせよ』といふ院宣《ゐんぜん》・[1]宣旨《せんじ》、国々[2]へ下り候はば《(ゝ)》、背《(そむ)》く者共一人《ものどもいちにん》も候《さうらふ》まじ。多勢をもッて無勢を討《うつ》[3]は常の事、『今度無勢なり共、懸向《かけむかひ》て即時に討死《うちじに》したらば、後代《こうたい》の名も然《しかる》[4]べし』と思ふはいかに、家貞」との給へば、家貞、「六波羅に御《ご》一門の人〴〵《ひとびと》の待《まち》まゐ《(い)》らせ給《たまふ》らん。御行衛《おんゆくへ》もおぼつかなう候。いそがせ給へ」と申せば、清盛此《この》儀につく。「さらば、うてや者ども。うてや」とて、都をさして引《ひき》返す。

清盛・重盛、浄衣《じやうえ》に鎧を着《き》給へり。御熊野《みくまの》にたのみをかくる諸人《もろびと》の、かざしにさしたるなぎの葉を、射向《いむけ》の袖にぞ付《つけ》たりける。「敬礼熊野権現《きやうらいくまのごんげん》、今度の戦《たたかひ》に勝《かた》させ給へ」と祈精《きせい》するよりたのもしく、引懸《ひつかけ》〳〵うつ程に、和泉、紀伊国の境なる鬼《おに》の中山に着《つき》給ふ。

【現代語訳】

また、「悪源太が三千騎で阿部野で待っている」という噂が聞こえてきたので、清盛が言われたことは、「この無勢で大勢に立ち向かって討たれるようなことは無念である。ここから四国に渡り、兵どもを結集し、また後日都に入りたいと思う」と言われると、重盛が申し上げたことは、「本当にそのようにしましたなら、『平家を討ち申し上げよ』という院宣・宣旨が国々へ下りましたならば、それに背く者は一人もございますまい。大勢で無勢を討つのは当り前のこと、『今回は無勢であっても、駈け向かってその場で討ち死にしたら、後の世の評判も高かろう』と思うが、どうだ、家貞」と言われると、家貞は、「六波羅に御一門の人々が待ち申し上げておいでになりましょう。一家の先行きも不安でございます。お急ぎなさいませ」と申し上げたので、清盛はこの考えに従った。「それならば急いで駈けよ、者ども。駈けよ」といって、都を指して引き返す。

清盛と重盛は浄衣の上に鎧を着用なさっていた。御熊野に期待を掛けるすべての人々は、髪に挿してあった梛《なぎ》の葉を、射向の袖に付けたのであった。「敬礼熊野権現、今回の合戦に勝たせてください」と、祈誓をすると頼もしい気持ちになり、走らせ走らせ駈けるうちに、和泉国と紀伊国の境にある鬼の中山にお着きになる。

【語釈】　**○院宣**　上皇あるいは法皇の命令を伝える文書。院庁下文より私的性格が強い。　**○宣旨**　天皇の命令を伝える文書。　**○無勢・多勢**　「buxei」「taxei」（『日葡』）。　**○浄衣**　神事の時に着用した白い狩衣。「浄衣〈ジヤウエ〉」（天正・易林本等）。　**○御熊野**　熊野三山の美称。　**○諸人**　すべての人々。普通は「しょにん」と読む。「もろびと」と読むときは歌語。　**○かざし**　冠や髪などにつけた髪飾り。　**○なぎの葉**　梛の木は槇科の常緑喬木で切目王子の神木。『梁塵秘抄』に「熊野いでてきりめのやまのなぎのはしよろづの人のうはぎなりけり」とある。梛が災難除けとの信仰があり、切目王子の梛の葉を衣服の一部に付けお守りとして下向する風習があった。○**射向の袖**　左の袖。袖は鎧の一部で肩から下げる威《おど》された板。『太平記』巻十六「多々良浜合戦事……」に、足利直義が香椎宮の杉の葉を射向けの袖に付ける場面がある。神の加護を願っての行動であろう。○**敬礼熊野権現**　熊野権現は熊野三所権現をいう。本宮、新宮、那智のこと。権現は、仏・菩薩が衆生利益のため、仮の姿をとって垂迹《すいじゃく》する神のこと。「敬礼」は、神仏に祈願するとき、敬って神仏の上に冠する語。○**引懸く**　馬を走らせ走らせして。○**和泉**　大阪府の南部。○**紀伊国**　和歌山県。○**鬼の中山**　和歌山市滝畑。中山王子があった。九条本「紀の中山」、陽明本「小野山」。本来「紀の中山」であったと思われる。音が通じるので「き」に「鬼」と当てたものであろう。ここは、和学本以外、すべて「おに」もしくは「鬼」。「おにのなかやま」と読む。

【校訂注】 **1宣**　底本「々」。改めた。　**2国々**　底本「国国」。行の変わり目に当り「国国」となっている。下の「国」を「々」と改めた。　**3討は**　底本「討事は」。他本に従って「事」を削除した。　**4へし**　底本「へき」。天・和・玄・書も「へき」。係助詞がなく、結びのみ連体形であるので、内・金・学二・東大本に従って改めた。

【本文】

都の方《かた》より葦毛《あしげ》なる馬[1]に乗《の》りたる武者、早馬《はやむま》とおぼえて、もみにもうで出来《いできた》る。「すは、悪《あく》源太《げんだ》が前使《さきづかひ》よ」とて、皆人《みなひと》[2]色をうしなひけり。敵《てき》にはあらず、六波羅よりの早馬なり。近付《（ちかづ）》きければ、馬よりおりて畏《かしこま》る。「何事ぞ」との給へば、「去《さん》ぬる夜半ばかりに六波羅を出《いで》て候《さうらひ》つるに、それまでは何事も候はず。但《ただし》、播摩《はりまの》中将殿こそ、『命やたすかる』とて、御《おん》渡り候《さうらひ》しを、内裏《だいり》より宣旨とて、しきなみにめされ候《さうらふ》間《あひだ》、十日の暮程《くれほど》[3]に出《いだ》しまゐ《(い)》らッさせ給《たまひ》て候へ」と申せば、左衛門佐重盛の給ひけるは、「無下《むげ》にいふ甲斐なき事をせられたる人ごさむなれ。我をうちたのみ来《きた》る者を、敵の方《(かた)》へ渡されける事こそうたてけれ。さらんには御方《(みかた)》[4]に勢《せい》つきなんや、〳〵」とぞ怒《(いか)》られける。「悪源太が阿部野《あべの》に待《まつ》と云《いふ》はいかに」。「其議《そのぎ》は候はず。伊勢国の住人[5]伊藤・加藤の兵共《つはものども》こそ、『都へ入《いら》せ給はば《(ゝ)》、御供《おんとも》仕らん』とて、三百余騎にて待《まち》まゐ《(い)》らせ候へ《(を)》」と申せば、「悪源太が待《まつ》とは是をいひけり。うてや、者共《ものども》。うてや」とて、皆《(みな)》人《ひと》色をなほして、つらなる鴈《かり》の行《(つら)》[6]を乱《(みだ)》るがごとくに、我さきにとぞ進みける。

【現代語訳】

都の方から葦毛の馬に乗った武者が、早馬と思われる様子で急ぎに急いで現れた。「それっ、悪源太の先乗りだ」といって、人々は皆顔色を失った。敵ではなく、六波羅からの早馬であった。近づくと馬より下りてかしこまる。「何事だ」と言われると、「去る夜半ごろに六波羅を出ましたが、それまでは何事もございません。ただし、播磨中将殿は、『命が助かるかもしれない』と思って、お越しなさいましたのを、内裏から宣旨といってしきりに召されましたので、十日の暮頃に引き渡し申し上げなさいました」と申すと、左衛門佐重盛の言われたことは、「全くどうしようもない事をしてしまわれた人だよ。自分を頼りにしてやってきた者を、敵の方にお渡しなさったことこそ歎かわしい。そんな風だったら、味方に勢力が付くはずもない、付くはずもない」とお怒りになった。

「悪源太が阿部野で待つというのはどうだ」「そのことはございません。ほかならぬ伊勢国の住人伊藤・加藤の兵たちが、『都にお入りなさるならば、お供を致そう』といって、三百余騎でお待ち申し上げております」と申すと、「悪源太が待つというのはこのことを言ったのだ。急いで駈けよ、者ども。急いで駈けよ」といって、人々は皆顔色を直して、一列に並んだ雁が列を乱すように、我先にと進んだ。

【語釈】 ○**葦毛なる馬**　白い毛に、青・黒・濃褐色等の毛の混じった馬。成長するとともに、白馬に近くなっていくという。中でも白色が際だったものが白葦毛《しらあしげ》、原毛色が体の各部に網の目状の斑紋として残ったものが連銭葦毛《れんぜんあしげ》である。　○**もみにもうで**　「揉みに揉みて」の音便。急ぎに急いで、の意。　○**播摩中将殿**　信西の子、成憲のこと。清盛の婿であった。↓上「信頼信西を亡ぼさるる議の事」。　○**伊勢国**　三重県の北中部。　○**伊藤**　俵藤太秀郷の子孫。西行の曾祖父公清の子公澄から分かれ、その孫基景が伊勢国に居住、伊藤を称した。その子基信（恐らく伊藤武者景綱の兄）が平正盛（清盛の祖父）の郎等となって、平氏と結びついた（『尊卑』）。陽明本は「伊勢の伊藤武者景綱」とする。ここは景綱の一族であろう。↓補注七二。　○**加藤**　伊勢の加藤であれば、加藤五員清の一族であろう。『尊卑』によれば、利仁流藤原氏。加賀介景道の子。父景道には「頼義朝臣郎等七騎其一」と注記がある。加賀介であったため、加藤と号した。↓補注七三。　○**つらなる鴈の行を乱る**　『説苑』巻十九「脩文」に「雁者行〻列、有二長幼之礼一」とある。また『慈元抄』下に「雁はとぶとき親より先へは出ずとなり」とある。列を整えて進むことを雁行といい、それを乱すことを「雁の行《つら》を乱る」という。

【校訂注】 **1馬**　底本「駒」。他本に従って改めた。 **2人**　底本ナシ。天・和・書・内・金・学二・監により補った。 **3の**　底本ナシ。天・玄・内・金・学二・半により補った。 **4みかた**　底本「御みかた」。天・玄・書・監は底本に同じ。和・内・金・半に従って「御」を削除した。 **5の**　底本ナシ。他本により補った。 **6みたる**　底本「みたす」。和・書・内・金・学二に従って改めた。

【本文】

和泉国大鳥《おほとり》の宮につき給ひ、重盛の秘蔵《ひさう》せられける飛鹿毛《とびかげ》といふ馬に、白幅輪《しろぶくりん》の鞍置《(を)》き、神馬《じんめ》にまゐ《(い)》らせ、清盛一首よみて奉る。

かいごぞよかへりはてなばとぶばかり
はぐゝみたてよ大鳥《おほ(とり)》の神

【現代語訳】

和泉国大鳥の宮にお着きになり、重盛の秘蔵なさっていた飛鹿毛という馬に、白覆輪の鞍を置いて、神馬に寄進し、清盛は一首の歌を詠んで奉納した。

かひごぞよかへりはてなばとぶばかりはぐゝみたてよ大鳥の神

【語釈】 ○**和泉国**　以下の記事は陽明本にはない。○**大鳥の宮**　大阪府堺市西区鳳北町にある大鳥神社。○**秘蔵**　「秘蔵〈ヒサウ〉」（黒本本・伊京集）。○**飛鹿毛**　半井本「飛鹿毛丸」。金刀本の読みは「とぶかげ」であるが、後の歌に読み込まれた隠題《かくしだい》からいって、「とびかげ」と読むべきであろう。鹿毛は、体は鹿の毛のような茶褐色で、たてがみ、尾、四肢の下部が黒いものをいう。○**白幅輪**　「幅」は「覆」の当て字。鞍の前輪と後輪の山形の部分を銀で縁取ったもの。「Xirobucurin」（『日葡』）。○**かいご**　鳥の卵。「Caigo」（『日葡』）。○**かへりはてなば**　「雛がかえる」と「都に帰る」とをかける。○**とぶばかり**　古活字本「とびかけり」。奉献した神馬の名が「とびかげ」であるから、ここは「とびかけり」とあるべきか。○**はぐゝみたてよ**　「はぐくむ」とは親鳥が羽で覆って育てること。一首の意は、「私はまだ卵にすぎません。卵からかえって雛鳥になったならば、飛びかけもいたしましょうが、それまでは親鳥が卵をはぐくむように、私を守ってください、大鳥の神よ」。その意に、「都に帰着するまでは、御加護をください」の意をかける。

【解説】 平治元年十二月四日、清盛は重盛を伴っての熊野参詣へ出発していた（↓上「信頼信西を亡ぼさるる議の事」）。この清盛の都不在の隙を突いた信頼・義朝の反乱は、六波羅からの急使によって参詣途次の清盛一行の知るところとなった。急使が六波羅から発向した十日は、信頼が望みの大臣・大将を兼任、義朝が大国（令制で定める四等級の中で最上級の国）の播磨国を拝領するなど反乱側の除目が行われ、さらに東国から悪源太義平が駆けつけ、信頼が大いに喜悦した日である（↓上「信西の子息尋ねらるる事……」）。だが、皮肉にもこの日に都を発った早馬の急報が清盛一行の帰洛へとつながり、その帰洛が反乱瓦解の起点の一つとなり、物語は大きく動き始めることとなる。

この章段に関する唯一の外部史料とも言える『愚管抄』巻五の内容は以下の通りである。

コノ間ニ、清盛ハ太宰大弐ニテアリケルガ、熊野詣ヲシタリケル間ニ、コノ事ドモヲバシ出シテアリケルニ、清盛ハイマダ参リツカデ、二タガハノ宿ト云ハタノベノ宿ナリ、ソレニツキタリケルニ、カクリキハシリテ、「カヽル事京ニ出キタリ」ト告ケレバ、「コハイカヾセンズル」ト思ヒワヅラヒテアリケリ。子ドモニハ越前守基盛ト、十三ニナル淡路守宗盛ト、侍十五人トヲゾグシタリケル。コレヨリタヾツクシザマヘヤ落テ、勢ツクベキナンド云ヘドモ、湯浅ノ権守ト云テ宗重ト云紀伊国ニ武者アリ。タシカニ三十七騎ゾアリケル。ソノ時ハヨキ勢ニテ、「タヾオハシマセ。京ヘハ入レマイラセナン」ト云ケリ。熊野ノ湛快ハサブライノ数ニハヱナクテ、ヨロヒ七領ヲゾ弓矢マデ皆具タノモシクトリ出テ、サウナクトラセタリケリ。又宗重ガ子ノ十三ナルガ紫革ノ小腹巻ノアリケルヲゾ宗盛ニハキセタリケル。ソノ子ハ文覚ガ一具ノ上覚ト云ヒジリニヤ。代官ヲ立テ参モツカデ、ヤガテ十二月十七日ニ京ヘ入ニケリ。

底本と『愚管抄』の内容を比較してみると、熊野へ赴いた一行の中に清盛の二男の基盛、三男の宗盛が加わっているものの、嫡男重盛の名は見えない。また、武具を取り揃えたのは平家貞ではなく、熊野の別当湛快であり、軍勢組織を待って都へという清盛の意見に対し、直ちに急行すべきと主張するのも底本では家貞であるが、『愚管抄』では湯浅宗重である。そもそもこの参詣に家貞は随行していなかった可能性が高い。↓補注六九。これらのことから、清盛らが反乱の報告を受けて熊野参詣路の途中から都に戻ったという点は事実であろうが、その際の物語内容には虚構が施されていると推測される。

『愚管抄』で反乱の急報に一行が動揺する様子が示されるところは（「『コハイカヾセンズル』ト思ヒワヅラヒテアリケリ」）、底本では清盛の発話（「熊野参詣を遂べきか、是より帰べきか」）となっている。逡巡する清盛に対して重盛が参詣中止を唱えている（「敵を後におきながら、御参詣いかゞ候べき」）。また、『愚管抄』では「ツクシザマ」（九州方面）に向かって軍勢を揃えるべきとの意見がみえる。底本では一旦四国へ渡って態勢を整えた上で都に入るべきことを清盛が主張、これに対して重盛は平氏討伐の院宣・宣旨が発せられては従い付く軍勢もないはず、討死に覚悟で闘うべき（「今度無勢なり共、懸向て即時に討死したらば、後代の名も然べし」）と説き、家貞も六波羅にいる一門のことが気がかりである故、急ぎ引き返すよう進言し（「六波羅に御一門の人〴〵の待まゐらせ給らん。御行衛もおぼつかなう候。いそがせ給へ」）、清盛も両者の意見に賛成することとなる。

反乱の急報から帰洛を決定するまでの物語内容は『平家』との関連性が指摘できよう。周到に武具を用意し、あるいは六波羅に残る一門を案じる家貞像には、清盛の父忠盛に対する闇討計画を阻止した、平氏第一の郎等としての人物像（巻一「殿上闇討」）が、そして、都へ急行することを逡巡する清盛が重盛の主張を受け入れる構図は、後白河院を幽閉しようとした清盛が重盛の諫言によって説き伏せられる場面（巻二「教訓状」）が影響していると考えられよう。

陽明本のこの章段も内容自体は底本と同趣だが、特に清盛の造型が異なる。急使の報告に「これまで参りたれども、朝家の御大事、出来るうへは、先達ばかりをまいらせて、下《げ》するよりほかは他事なし」と清盛は天皇家の危機を救うべく都への帰還を即座に指示、躊躇する様子はない。また、一旦四国へ渡り態勢を整えようと主張する点は底本と同じだが、「逆臣をほろぼし、君の御いきどをりを休めたてまつらばやと存ずる」という天皇守護を唱える文言がある。同様の文言は重盛の発話にも「君の御事と申、六波羅の留守のためといふ、公私につきて、しばらくもとゞこほるべからず」とある。陽明本では王朝擁護を強調する清盛あるいは平氏の形象化が図られていると言えよう（日下力氏）。

光頼卿参内の事幷びに許由が事

【本文】

去程《さるほど》に、同《おなじき》十九日、内裏《だいり》には公卿僉議《くぎやうせんぎ》とてもよほ《(を)》されけり。勧修寺《くわんじゆじ》の左衛門督《さゑもんのかみ》光頼卿《みつよりのきやう》、此程《このほど》は、「信頼の過分なり」とて不参にておはしけるが、「参内《さんだい》して承らん」とて、[1]殊にあざやかに装束引《ひき》つくろひ、蒔絵《まきゑ》の細太刀《ほそだち》帯《(は)》き給ひ、[2]乳母子《めのとご》の桂の[3]右馬允《うまのじよう》範能《のりよし》に、はだに腹巻《はらまき》きせて、雑色《ざふしき》の装束をさせ、「自然《(しぜん)》の事もあらば、人手に懸《(か)》くな。汝が手にかけ、光頼が頸をばいそぎとれ」とて、御身《おんみ》近く具せられたり。其外《そのほか》きよげなる雑色四五人ばかり召具《めしぐし》て、大軍、陣をはりて門々を[4]固《かため》守護しけるを事ともし給はず、前《(さき)》たからかに追《(お)》はせて入《いり》給へば、兵共《つはものども》大《おほき》におそれ奉り、弓をひらめ、箭《や》を引《ひき》そばめて通《(とを)》し奉る。

【現代語訳】

そうこうしているところに、同じく十九日、内裏では公卿僉議といって、召集が掛けられた。勧修寺左衛門督光頼卿は、ここしばらく、「信頼は増長している」と思って不参でいらっしゃったが、「内裏へ参って、聞きただしてやろう」と考え、殊に目立つように装いを凝らし、蒔絵の細太刀をお着けになり、乳母子である桂右馬允範能には、膚に腹巻を着せて雑色の身なりをさせ、「もしも万一のことがあったら、人手に掛けるな。お前の手にかけて、光頼の首を急いでとれ」といって、御自身の身近に伴われた。そのほか、顔立ちのよい雑色を四、五人ばかり引き連れて、大軍が陣を張って門々を固め守護しているのを事ともせず、前を高らかに追わせてお入りになったところ、兵士たちは大いに恐れ申し上げ、弓を寝かせ、矢を体に隠してお通し申し上げた。

【語釈】　○**公卿僉議**　公卿の評定。衆議。○**勧修寺の左衛門督光頼卿**　藤原光頼。天治元年（一一二四）～承安三年（一一七三）。民部卿顕頼の一男。惟方の兄であり、信頼の母方の伯父。大治五年（一一三〇）に七歳で修理亮、仁平三年（一一五三）蔵人頭、久寿三年（一一五六）三月参議。右兵衛督、権中納言、左兵衛督、右衛門督と昇進し、平治元年には正三位、権中納言、左衛門督、三十六歳であった。『愚管抄』巻七に「光頼大納言カツラノ入道トテアリシコソ、末代ニヌケイデ、人ニホメラレシカ」と、その人徳が称揚されている。葉室大納言入道、桂大納言、六条と号した（『尊卑』）。出家後、東寺の任覚の弟子となった（『西院流伝法灌頂相承血脈鈔』）。○**左衛門督**　左衛門府の長官。衛門府→上「信頼・信西不快の事」。○**蒔絵の細太刀**　漆に金粉・銀粉で絵模様を浮かせた細身の太刀。正装をし、儀式に参加するときに身につける太刀。『餝抄』中に「蒔絵。卿上雲客帯劔之人多用レ之」とある。公事によって、蒔絵の太刀、螺鈿の太刀、沃懸地《いっかけじ》の太刀などが定まっていた。○**乳母子**　乳母の子供。乳母は、実の母に代わり、子供に乳を飲ませ、養育する役に当たった女。○**桂の右馬允範能**　世系等未詳。○**腹巻**　鎧の簡略化されたもので、腹を覆って背中で引き合わせ、ひもで結んで留めた。合わせ目に背板を入れることもある。袖はないのが本来であるが、後には袖を付けたものもある。直垂《ひたたれ》とか狩衣の下に着するのを下腹巻、上に着けた物を上腹巻という。ここでは、雑色の衣装の下に隠して腹巻を着させたのである。○きよげなる　容貌・姿のすぐれた。○陣　陣営。○前　前払い。○引そばめ　↓補注七四。

【校訂注】1殊に　底本「誠に」。内・金・学二を除く諸本に従って改めた。2乳　底本「紀」。他本に従って改めた。3右馬允　底本「左馬允」。他本に従って改めた。4固　内・金・学二「かたく」、天・和・玄・書・監・東大本「かため」と、両様の読みがある。底本「固」、半も「堅」とあり読み不明。蓬左系諸本の読みに従って「かため」と読む。

【本文】

紫宸殿《ししんでん》の[1]御後《ごご》を経て、殿上《てんじやう》を廻《めぐり》てみ給へば、信頼其日《そのひ》の上首《じやうしゆ》にて、以下《いげ》の卿相雲客《けいしやううんかく》着座せられたり。左大弁宰相《さだいべんのさいしやう》長方、末座《ばつざ》の宰相《さいしやう》にておはしければ、「今日の御座席《ござせき》こそ四度計《しどけ》なうみえさせ給へ」と式代《しきだい》して、「あれは右衛門督、我は左衛門督、人はいかにもふるまへ、座席の下《しも》には着《つく》まじきものを」と思はれければ、信頼の上《かみ》にむずとつき給ふ。光頼卿は[2]信頼卿の為には母方の伯父《をぢ》にておはしける上、大力《だいぢから》の剛《(かう)》の人なれば、殊におそれてみえられけり。光頼卿は右の袖のうへに居かけられて、伏目《(ふしめ)》になッて、色をうしなはれければ、着座の公卿、「あな浅まし」と見《[3](み)》あはれけり。光頼卿は笏取《しやくとり》《(を)》なほし、気色《きしよく》して、「公卿僉議《くぎやうせんぎ》と承り、参《まゐり》て候。抑《そもそも》何事の御定《ごぢやう》候ぞ」との給ひけれ共、信頼物もの給はず。着座の公卿、一言《いちごん》も出《いだ》されず。光頼卿、「あしう参《[4](まい)》りて候《さうらひ》けり」とて、つい立《(た)》ッて出《いで》られけれ共、何との給ふ人もなし。

兵共《つはものども》いひけるは、「此殿《このとの》のし給ひつる事にや。[5]去《さんぬる》十日の日より、右衛門督殿の上《かみ》に着《つき》給ふ上臈《じやうらふ》は一人《いちにん》もおはせざりつるものを。ゆゝしき剛《(かう)》の人かな。戦《たたかひ》の大将にたのみたらんに、[6]よもしそんぜじなう《(ふ)》」。ある者いひけるは、「当初《そのかみ》[7]頼光・頼信とて、源氏の中に聞えたる将軍ありき。[8]その頼光をうち返して光頼と名乗《なのり》給へば、さて剛《(かう)》におはするぞかし」といへば、亦有者《ある》、「など右衛門督殿は、その頼信をうち返して信頼と名乗《なのり》給ふが、あれほど不覚にみゆる」とぞ申ける。

【現代語訳】

紫宸殿の御後を経て殿上を回って御覧になると、信頼はその日の首席で、そのほかの卿相雲客が着座なさっていた。左大弁の宰相長方は末席の宰相でいらっしゃったので、「今日の御座席は序列が乱れているように見うけられます」と挨拶をして、「あれは右衛門督、自分は左衛門督、人はどのようにも振る舞いたければ振る舞え、自分は信頼の座席の下には着くものか」とお思いなさったので、信頼の上座にずいとお着きになった。光頼卿は信頼卿にとっては母方の伯父でいらっしゃる上、大力で剛勇な人なので、信頼卿はことさら恐れているように見えられた。右の袖の上にのしかかるように座られて、伏し目になって顔色を失いなさったので、座に着いていた公卿は「ああ、なんてことを」と、目を見合わせなさった。光頼卿は笏を握り直し、改まった様子をして、「公卿僉議と聞き及びまして、参上いたしました。そもそも何事の御評定ですか」とおっしゃるけれども、信頼はなんとも仰せにならない。着座の公卿も一言も口に出さない。光頼卿は、「参上したのが、悪かったようだ」といって、すっと立って出て行かれたが、何とおっしゃる人もない。

兵士たちが口にしたことは、「この殿はすごいことをやってのけた。去る十日の日から、右衛門督殿の上座にお着きになる高位の人は一人もいらっしゃらなかったのに。ものすごい勇気のある人だなあ。戦いの大将として頼ったとしても、決してしくじる事はないだろうなあ」。またある者が言ったことは、「昔、頼光・頼信といって、源氏の中に名高い将軍がいた。その頼光をひっくり返して光頼と名乗りなさるのだから、あのように剛勇でいらっしゃるわけだ」というと、またある者が、「どうして右衛門督殿はその頼信をひっくり返して信頼と名乗っていらっしゃるのに、あれほどに臆病に見えるのだ」と言った。

【語釈】　○**紫震殿**　「紫宸殿」が正字。内裏の正殿。「大殿ト云。七間四面。朝賀・御即位・節会・朔旦以下ノ諸ノ公事幷ニ季御読経・仁王会ナド行ルル也」（『内裏抄』）。○**御後**　「御後〈ゴゴ〉云二北庇一」（『拾芥抄』中「南殿」）。紫宸殿の北の庇をいう。御後から廊を経て清涼殿に通じる。○**殿上**　清涼殿の殿上の間。殿上人が昇殿して祇候《しこう》するところ。○**上首**　第一の上座に席を占める者。○**左大弁宰相長方**　藤原長方。保延五年（一一三九）〜建久二年（一一九一）。権中納言顕長の一男。久安二年（一一四六）蔵人。丹波守、中宮権大進、三河守、皇后宮権大進を歴任し、平治の乱の折は、正五位下、皇后宮権大進、丹波権守、二十一歳であった。長方は、参議には安元二年（一一七六）、左大弁には治承三年（一一七九）に任ぜられていて、いずれも平治の乱の後である。↓補注七五。○**宰相**　参議の唐名。人名に付するときは宰相を使用する。○**四度計なう**　乱雑に。秩序が乱れて。○**式代**　挨拶。会釈。「(色)代〈(シキ)ダイ〉」(易林本)。○**あれは右衛門督、我は左衛門督**　上「信西の子息尋ねらるる事……」にあるように、十二月十日(史実は十四日)の除目で、信頼は大臣の大将を兼任した。しかし光頼にとってこの除目は認めることのできないものであり、それ以前の序列(両者とも正三位、権中納言は同じであるが、光頼は左衛門督、信頼は右衛門督であったので、光頼が序列は上である)に従った表現である。○**母方の伯父**　信頼の母は光頼の妹。○**大力**「daigicara」(天草本『平家』)。○**笏**　束帯の時右手に持つ板片。本来メモ用であったが、後には儀礼的なものになった。材質は位によって異なる。○**上臈**　高い身分の人々。○**当初**　昔。「当初〈ソノカミ〉」(易林本)。○**頼光**　清和源氏満仲の子。生年未詳～治安元年(一〇二一)。「内昇殿。哥人。武略長通レ神。権化人也。猛貴名将大内守護」(『尊卑』)、「極タル兵也ケレバ、公モ其道ニ仕ハセ給ヒ、世ニモ被レ恐テナム有ケル」(『今昔』巻二十五ノ六)などと、その勇武を称えられている。後世に怪盗鬼同丸を誅した話(『著聞集』三三五話)や土蜘蛛を退治した話(『平家』剣巻)、大江山の酒呑童子退治(絵巻『大江山絵詞』・お伽草子『酒呑童子』・謡曲『大江山』)などの伝説を生んだ。○**頼信**　清和源氏満仲の子。安和元年(九六八)～永承三年(一〇四八)。「内昇殿。鎮守府将軍。左馬権頭。従四位上」(『尊卑』)。保昌《やすまさ》、維衡《これひら》、致頼《むねより》と並び称された武将で、『今昔』巻二十五に、平忠恒を降した話、馬盗人を子の頼義との連携で射殺する話などを載せる。○**不覚**　臆病なこと。

【校訂注】 **1御後**　底本「後々」。改めた。　**2信頼卿**　底本「信頼」。他本により補った。　**3みあはれ**　底本「みあれ」。他本に従って「は」を補った。　**4まいりて**　底本「まはりて」。他本に従って、「は」を底本の仮名遣い「い」に改めた。　**5にや**　底本「そや」。天「よ」、半「ヨヤ」。他の諸本に従って改めた。　**6よもしそんせしなふ**　底本「よもしそんせしな亦」。天・半を除く諸本、文末はすべて「なふ」「なう」。「亦」を「ふ」に改めた。　**7頼光頼信**　底本「光レ頼卿」とあり、「光レ頼」に「ヨリミツ」と附訓。他本に従って「頼光頼信」と改めた。　**8その**　底本ナシ。他本に従って補った。

【解説】　物語の視点は再び都へと据えられ、信頼らの計略が破綻するもう一つの起点が語られる。それは内裏を舞台に光頼を主人公にして展開される。

光頼はことさらに衣裳を凝らし、腹巻を着け雑色姿に変装させた範能に「自然の事もあらば、人手に懸くな。汝が手にかけ、光頼が頸をばいそぎとれ」と語る。この発話からは光頼が今回の参内に命を賭する覚悟であることをうかがわせる。大軍を配しての内裏警固をものともせず歩みを進める様子は武士たちをも圧倒する。そして、武人を思わせるその気概は公卿僉議の場でも発揮される。信頼の「過分」ぶりを象徴する席次に光頼はまず辛辣な挨拶をし、無言のまま彼の上座に腰を下ろす。これに信頼は萎縮するばかりで、僉議の用向きを問われても答えることができない。ついに光頼は「あしう参りて候けり」と退席してしまう。この間、居合わせた公卿たちもその振る舞いに驚嘆するばかりで一言も発しない。

後掲の惟方を説き諭す場面を含む光頼の参内記事は、脚色あるいは虚構が施されているとの指摘がある（佐倉由泰氏他）。脚色・虚構化の狙いは、この僉議の場面で言えば、光頼と信頼の人物像の対比にあろう。それは光頼の振る舞いに対して武士たちが交わす言葉に端的に表れている。伝説的な武将の頼光・頼信兄弟の名称に関わらせながら、光頼を「ゆゝしき剛の人」、信頼を「不覚」の人と評している。光頼が信頼の上座へ着席した際にも「光頼卿は信頼卿の為には母方の伯父にておはしける上、大力の剛の人なれば、殊におそれてみえられけり」と光頼の武人的要素を強調している（この一文は陽明本に無い）。剛気な武人を思わせる光頼像を印象づけることによって臆病で不甲斐ない信頼像を鮮明にしようという意図があると言えよう。物語の冒頭では信西と、ここでは光頼と対比させることで信頼の人物像を否定的に造型している。

【本文】

其後光頼卿《そののちみつよりのきやう》、紫宸殿の上、小蔀《こじとみ》の下、見参《げんざん》の板あららかに踏《ふみ》ならしてたゝれたる気色《(けしき)》、あたりを払《はらつ》てぞみえられける。荒海《あらうみ》の障子・萩の戸のもとに、弟《おとと》別当惟方卿《これかたのきやう》おはしけるを招《まねき》よせての給ひけるは、「公卿僉議と承《(を)》り、参《まゐり》たれども、別《べち》の子細もなかりけり。『召《(め)》さむに参らざらむ輩《ともがら》は、死罪におこなはるべし』と承《うけたまはる》。それ当世の有職《いうしよく》、然《しかる》べ[1]き人々なり。彼《かの》人数《にんじゆ》に入《いり》たりと承れば、家のため身のため、いかでか悦《よろこば》ざるべき。但《ただし》検非違使別当《けんびゐしのべつたう》は他《た》にことなる官ぞかし。其所職《そのしよしよく》に有《あり》ながら、人の車の尻に乗らん事、然《しかる》べからず。信西《しんせい》が頸《くび》実検のとき、信頼が車の尻に乗《のり》て神楽岡《かぐらをか》へ渡られけるこそうたてけれ。当家はさせる英材《えいさい》にあらねども、人に上《うへ》をせらるゝ事はなかりつる物を。口惜《くち(お)》しき事し[2]給《たまひ》ぬる物かな」との給へば、惟方卿、「天気《てんき》にて候《さうらひ》しかば、力及《および》候はず」とて赤面せられたり。わろくぞみえられける。「御辺《ごへん》は信頼と大小事、申合《まうしあはせ》給《たまふ》なり。君の御為《おんため》、[3]身の為、よきやうにはからひ給へ。『清盛は熊野参詣を遂《とげ》ずして、切目王子《きりめのわうじ》の御前《おんまへ》より引返《ひきかへす》が、数《す》千騎《せんぎ》の勢にて今明日《こんみやうにち》都へ入《いる》』と承る。彼《かの》大勢にて押《（を）》しよせ責《せめ》むずるに、程や有《ある》べき。[4]我等が曩祖《なうそ》を思《おもふ》に、勧修寺《くわんじゆじの》内大臣・三条《さんでうの》右大臣、延喜《えんぎ（の）》聖代《せいたい》に仕《つかへ》てより以来《このかた》、[5]君すでに十九《じふく》代、臣又以《もつて》十一代、[6]行《おこなふ》ところ徳政にて、一度も悪事にまじはらず。さて主上《しゆしやう》はいづくに渡らせ給《たまふ》ぞ」。「黒戸《くろど》の御所《ごしよ》に」。「上皇《しやうくわう》はいづくにおはしますぞ」。「一品御書所《いつぽんごしよどころ》に」。「神璽《しんし》・宝剱は何《いづく》に」。「夜《よん》の御殿《（おとゞ）》に」。「内侍所《ないしどころ》[7]は」。「温明殿《うんめいでん》に」。「中宮は何《いづく》に」。「清涼殿《せいりやうでん》に」。「さて、[9]櫛形《くしがた》の穴《（あな）》に人影のして、朝《あさ》餉《（がれい）》に人の声のし候《さうらふ》は誰《（た）》ぞ」。「[8]朝餉《あさがれひ》には信頼の栖《すみ》候へば、女房達にてや候《さうらふ》[10]らん」と申されければ、光頼卿涙をながし給ひ、「我、いかなる月日《つきひ》に生《むま》れて、かゝる事をば見《み》聞《（き）》くら[11]ん。異国の許由《きよいう》が、悪事を聞《きき》ては、潁川《えいせん》に耳を洗《あらふ》ひける時、巣父《（さうふ）》牛を引《ひい》て来《きたつ》て洗はんとす。許由が耳を洗ふをみて、『何《いか》に汝、耳ばかりを洗《あらふ》ぞ』と問給《とひ》へば、[12]『我、悪事を聞《きき》つれば耳を洗《あらふ》ぞ』といへば、『何事ぞ』と問《とふ》。『「九州の主《あるじ》になすべし」とて、御門《みかど》より三度までめさるゝなり。是に過《すぎ》て、我為《（わが）ため》に悪事何か有《ある》べき』といへば、巣父答《（さうふ）こたへ》ていはく、『賢人の世を遁るゝといふは、廻生木《くわいしやうぼく》の如し。彼《かの》木は深《（ふか）》き谷、さがしき所に立《たち》たれば、下よりも道なし、上よりもたよりなし。されば大家《たいか》の梁《うつばり》にも至らず。汝、世をのがれむと思はば《（こ）》、深山《しんざん》にこ[13]そ籠《こもる》べけれ。何ぞ、[14]牛馬《ぎうば》の栖《すみか》に交《まじはり》て、世を遁れんといふは、名聞《みやうもん》にこそ住したれ。去《さり》ながらも、汝が耳を洗《あらふ》水を我牛《わがうし》にのませば[15]けがれなんず』とて《（を）》、即《すなはち》牽《ひい》て帰りけるとかや。[16]光頼も目をも耳をも洗《あらひ》ぬべくこそ覚ゆれ」とて、主上・上皇のおしこめられさせ給へる御有様《おんありさま》、信頼の過分の次第をみ給ひ、うへの衣《きぬ》の袖しぼるばかりにて、のろ〳〵しげにの給ひて出《いで》られければ、別当、「人や聞《（き）》くらん」とおそろしくぞ思はれける。

【現代語訳】

その後、光頼卿は紫宸殿の上、小蔀の下、見参の板を荒々しく踏みならして立っていらっしゃった気迫は、周囲を威圧するような雰囲気とお見受け申し上げた。荒海の障子、萩の戸の下に、弟別当惟方がいらっしゃるのを招き寄せておっしゃったことは、「公卿僉議と伺って参上したけれども、特別審議すべき事項もなかったぞ。『召されたのに、参上しないような者は死罪に処されよう』と伺っている。そもそも、着座の人々は現在、すぐれた家柄としてだれもが認める人々である。その人々の中に加わったと聞いたからには、家のため身のため、どうして喜ばないでいられようか。しかし検非違使別当は特別な官職だぞ。その職に就いていながら、人の車の尻に乗るようなことはあってはならないことだ。信西の首を実地検証したときに、信頼の車の尻に乗って神楽岡へ行かれたことこそ情けない。我が家系は大して立派な家柄ではないけれども、人に見下されることはなかったものを。がっかりさせることをなさったもんだ」とおっしゃると、惟方卿は、「主上の御意向でしたので、致し方なかった」と言って赤面なさった。みっともなく見受けられた。「おぬしは信頼と大小事とも申し合わせていらっしゃる。主君の御ため、我が身のため、いいように対処しなさい。『清盛は熊野参詣を遂げずに、切目王子の御前から引き返したが、数千騎の勢で今日か明日にも都に入る』と聞いている。かの大勢が押し寄せて攻めたとしたら、どれほども持たないだろう。我らの始祖を思うにつけ、勧修寺内大臣・三条右大臣が延喜の聖代にお仕えして以来、主君はすでに十九代、臣もまた十一代、行うところは徳のある政治で、一度も悪事に手を染めることはなかった。さて主上はどこにおいでになるのだ」。「黒戸御所に」。「上皇はどこにいらっしゃるのだ」。「一本御書所に」。「神璽・宝剣はどこに」。「夜の御殿に」。「内侍所は」。「温明殿に」。「中宮はどこに」。「清涼殿に」。「さて櫛形の穴に人影がして、朝餉に人の声がするのは誰だ」。「朝餉には信頼が住んでいますので、女房達ではございますまいか」と申されたので、光頼卿は涙を流され、「私はどのような時代に生まれたせいで、このようなひどいことを見たり聞いたりするのだろう。外国の許由が悪事を聞いては、潁川で耳を洗ったとき、巣父が牛を引いてやってきて牛を洗おうとする。許由が耳を洗うのを見て、『どうしておまえは耳ばかり洗うのだ』とお尋ねになると、『私は悪事を聞いてしまったので、耳を洗うのです』と言うので、『どういうことだ』と問う。『天下の主になそうといって、帝から三度も召されました。私にとってこれ以上の悪事は何がありましょう』と言うと、巣父が答えて言うには、『賢人が世を逃れるというのは、廻生木のようなものだ。その木は深い谷の険しいところに立っているので、下からも道がなく、上からも近寄る手だてがない。だから大きな建物の梁にもならないのだ。おまえが世の中を逃れようと思うならば、深い山に身を隠すべきだ。それなのに何事だ。牛や馬の棲んでいるところに交じって世を逃れようというのは、名誉心にとらわれていることだ。しかしながら、おまえが耳を洗う水を私の牛に飲ませたなら、牛がけがれてしまうだろう』と言って、そのまま牛を引いて帰ったとかいう。光頼も目をも耳をも洗いたい気持ちだ」と言って、主上・上皇の閉じこめられていらっしゃる御有様や、信頼の分にすぎた振る舞いを御覧になり、上着の袖をしぼるほど涙を流し、忌々しげにおっしゃって出て行かれたので、別当は、「人に聞かれたらまずい」と、恐ろしく思いなさった。

【語釈】○**小蔀**　清涼殿の昼御座《ひのおまし》と殿上との間にある蔀の小窓。天皇が殿上の間を見る所。○**見参の板**　清涼殿の孫廂《まごびさし》南の切妻にある板敷。釘を打たず、人が踏んで通ると鳴るようになっている。人の参入を知るためのもの。○**荒海の障子**　清涼殿の広廂の北、萩の戸の前にある障子。南面を荒海の障子といい、手長足長などが描かれており、その北の裏には墨絵の宇治の網代が描かれていた。○**萩の戸**　清涼殿の一室。天皇の居間。『禁腋秘抄』「清涼殿」の項に「萩ノ戸ノ前ニ小萩植タリ」とある。荒海の障子は萩の戸の前に立てられていた。○**有職**　才知・人柄・家柄・容貌などのすぐれた人。「有職〈ユウショク〉」（易林本）。○**別当惟方卿**　↓上「信頼信西を亡ぼさるる議の事」。○**検非違使別当**　検非違使庁の長官。↓上「信頼信西を亡ぼさるる議の事」。○**車の尻**　牛車に二人で乗る場合、身分の高い者が前に乗り、低い者が後に乗る。車の尻に乗るとは、相手を上位者として敬うことを意味する。○**神楽岡**　↓上「信西の首実検の事……」。○**英材**　高位高官に昇進することのできる家柄。惟方・光頼の葉室家は諸大夫の家柄であった。○**天気**　天皇の意向。法皇の意向は御気色という。○**切目王子**　↓上「信西出家の由来……」。○**曩祖**　祖先。○**勧修寺内大臣**　藤原高藤。承和五年（八三八）～昌泰三年（九〇〇）。冬嗣の孫。良門の二男。正三位、内大臣。贈太政大臣・正一位。○**三条右大臣**　藤原定方。貞観十五年（八七三）～承平二年（九三二）。高藤の二男。従二位、右大臣、左大将。贈従一位。○**延喜聖代**　醍醐天皇のこと。↓上「信頼・信西不快の事」。○**君すでに十九代**　醍醐天皇から二条天皇までの十九代をいう。○**臣又以十一代**　高藤から光頼・惟方まで十一代。○**主上**　二条天皇。○**黒戸の御所**　清涼殿の北、滝口の戸の西にある北廊の一部。『徒然草』百七十六段に「黒戸は、……御薪にすゝけたれば、黒戸といふとぞ」とある。「黒戸〈滝口戸西〉」（『拾芥抄』中）。○**上皇**　後白河上皇。○**一品御書所**　「一本」が正字。↓上「三条殿へ発向……」。○**神璽**　三種の神器の一。八《や》尺瓊曲玉《さかにのまがたま》のこと。皇位継承の正統性を保証するもの。○**宝剱**　三種の神器の一。天叢雲剣《あめのむらくものつるぎ》または草薙剣《くさなぎのつるぎ》ともいう。宮中のものは模造品で、実物は熱田神宮に安置されている。寿永の合戦に海に沈んだ。○**夜の御殿**　清涼殿の内にある天皇の寝室。「夜御殿〈ヨンノオトヾ〉」（『名目抄』）。○**内侍所**　三種の神器の一、八《や》咫鏡《たのかがみ》のこと。『江家次第』巻十一に「内侍所者神鏡也」。天孫降臨に際して天照大神から瓊瓊杵尊《ににぎのみこと》に与えられたという鏡。皇位継承のしるしとして天皇家に伝えられた。ただし宮中伝来のものは模造品で、実物は伊勢神宮に奉祀された。内侍が奉祀したので内侍所という。長暦四年（一〇四〇）九月九日の皇居焼亡により焼損し、そのかけらを拾い集めて唐櫃に収納したという（『百錬抄』・『著聞集』二話）。平治の頃はそれが伝来していた。↓補注七六。○**温明殿**　紫宸殿の東北にあり、神鏡を安置した。賢所とも内侍所ともいう。「賢所〈カシコドコロ〉。〈春興殿ハ本号也。又内侍所〉」（『名目抄』）とあるので、もと春興殿を指したものか。春興殿は紫宸殿の東南にある。○**中宮**　二条天皇の中宮、高松院姝子内親王。永治元年（一一四一）〜安元二年（一一七六）。鳥羽天皇の第五皇女（『吉記』安元二年（一一七六）六月十三日条）。久寿三年（一一五六）に皇太子だった二条天皇に入内、保元四年（一一五九）四月に中宮（『女院小伝』）。平治の乱の折は十九歳であった。○**清涼殿**　紫宸殿の北にある。天皇が普段住まう御所。『禁腋秘抄《きんえきひしょう》』に「清涼殿。常ニワタラセ給殿ナリ。中殿トモ云」とある。公卿の祇候する殿上の間が附属している。○**櫛形の穴**　清涼殿の鬼の間の北障子際の柱をはさんで二つあけられた穴。半円形をしており、天皇が殿上を見るためのもの。「櫛形者北障子際柱夾有レ二」（『禁秘抄』上「鬼の間」）。○**朝餉**　朝餉の間。清涼殿の、台盤所の北にある。『倭訓栞』に「朝餉の間、又御座といふは、清涼殿に在て、朝夕の供御を備ふる所なり、此供御は、毎月一日、節供等の事也」とある。○**許由**　生没年未詳。尭の時代の人。逸話は『高士伝』等に引くもののほか、『逸士伝』に、瓢の音をわずらわしいといって、捨てた話をとどめる（『徒然草』にも言及）。以下、許由に関する『平治』の記事は『高士伝』に発する。↓補注七七。○**悪事**　尭が王位を許由に譲ろうと言ったことを指す。○**穎川**　中国の河南省にある河。○**巣父**　生没年未詳。『高士伝』に「巣父者尭時隠人也。山居不レ営二世利一。年老以レ樹為レ巣而寝二其上一。故時人号曰二巣父一」とある。また、『注好選集』上には「此人即知二無常一不レ劣二許由一」とある。○**耳ばかりを洗ぞ**　のちに光頼が「目をも耳をも」と言う言葉の伏線であろう。『曾我物語』巻五「巣父・許由が事」にも「巣父、これを見て、『なんぢ、何によりて、左の耳計をあらふにや』といひければ、許由こたへていはく、『……此程、きゝつる事、みな左の耳なれば、よごれたるなり。それをあらふにや』といひけり」とある。○**九州**　中国全土。『爾雅』「釈地」に「九夷八狄七戎六蛮謂二之四海一」とあり、『説苑』「弁物篇」に「八荒之内有二四海一。四海之内有二九州一」とある。○**御門**　尭を指す。○**廻生木**　未詳。恐らく創作名であろう。↓補注七八。○**大家の梁にも至らず**　「大家」は「大廈」の当て字。金・学二は「大廈」とする。大きな建物。「梁」は建物のはり。棟木を支える木のこと。盧中郎の「（感レ交）誄」に「大廈須二異材一」とあり、『文中子』巻三に「大廈将レ顚非二一木所一レ支也」、あるいは韓偓の『海山記』に「巨廈之崩、一木不レ能レ支」など、大廈を国家に譬え、それに使用される木材を人材に譬えることが行われている。○**目をも耳をも洗ぬべく**　前に「かゝる事をば見聞くらん」とあったのに対応して「目をも耳をも」と表現したもの。「耳ばかり」を洗った許由に倍して、心憂い事を見聞した光頼の沈痛な心情が強調される。**○のろ〱しげに**　いまいましげに。

【校訂注】　**1人々**　底本「人」。監を除く諸本に従って「々」を補った。**2し給ぬる**　底本「しぬる」。監を除く諸本に従って「給」を補った。**3身の為**　底本ナシ。他本により補った。**4我等**　底本「我」。他本に従って「等」を補った。**5君**　底本「公」。監は底本と同じであるが、漢字表記をとる金・学二・半・東大本は「君」。改めた。**6行ところ徳政にて**　底本「行ところの徳政まて」。蓬左本系列の諸本は天を除いて底本に同じ。金刀本系列の諸本は「おこなふところ徳政にて」。半も金刀本系列に一致するうえ、文意から見ても「おこなふところ徳政にて」がよい。「の」を削除し、「ま」を「に」に改めた。**7人の**　底本ナシ。他本により補った。**8朝餉には**　底本「朝卿問に」。他本に従って「朝餉には」と改めた。**9にてや**　底本「にや」。他本により「て」を補った。**10・11らん**　底本「覧」。意改。**12我**　底本ナシ。他本により補った。**13こそ**　底本「うち」。他本に従って改めた。**14牛**　底本「弓」。金・学二・半の漢字表記に従って改めた。**15けかれなんす**　底本「けかれんす」。他本により「な」を補った。**16光頼**　底本「光頼卿」。四類本はすべて底本に同じであるが、光頼自身が自分を呼ぶのに「光頼卿」はあり得ない。半・元和本に従って「卿」を削除した。

【解説】　公卿僉議の場から退席した光頼は威圧感を漲《みなぎ》らせながら弟惟方のもとへと赴く。信頼に与《くみ》していた惟方を戒責して翻意させ、幽閉された二条天皇と後白河上皇の居場所を聞き出す。この後、天皇は六波羅へ、上皇は仁和寺へと脱出することとなり、ここから信頼の目論見は崩れ始めるのである。

惟方を諭す中で光頼は、清盛が熊野参詣の途中から大軍勢を伴って「今明日」に戻ってくる、そうなれば信頼側は到底太刀打ちできまいと言う。光頼が出席した公卿僉議の日付は十九日であるから、当然この「今明日」は日付で言えば、十九日か二十日を指すことになるはずである。ところが、四類本は清盛の実際の帰洛を二十五日夜半とし（↓上「清盛六波羅上著の事幷びに上皇仁和寺に御幸の事」）、この光頼の発言と矛盾した展開になっている。一類本（陽明本）では「清盛は熊野参詣とげずして、切目の宿よりはせ上」とあり、光頼の言葉の中ではその帰洛の予定日は不明である。しかし、「さるほどに、今夕、清盛は熊野道より下向しけるが（中略）六波羅へぞ着にける」と、実際の清盛入京の日を公卿僉議の当日とする。とすれば、四類本は本来十九日帰洛とする一類本のような本文を前提にして「今明日」の帰洛予定を光頼に述べさせたものの、なんらかの理由で実際の帰京を二十五日に設定したものと考えられる。この点について、新古典大系本では、二十五日の設定は翌二十六日の二条天皇・後白河上皇救出へ劇的に展開させるため、また、十九日の設定は光頼の参内と連動させて信頼らに対抗する勢力の動静をまとめて語るためかと指摘する。

信西の子息遠流に宥めらるる事

【本文】

明《あくれ》ば廿日、亦公卿僉議《またくぎやうせんぎ》あり。少納言入道信西《しんせい》の子《こ》共《(ども)》十二人あり。死罪[1]一等を宥《(なだ)》め、僧は度縁《(どゑん)》[2]を取《とり》、俗《ぞく》は位記《ゐき》をとりて、配所を定《さだめ》られけり。

新宰相俊憲《しんざいしやう》は出雲国、播摩《はりまの》中将成憲《なりのり》は下野国、権右中弁《ごんのうちうべん》貞憲[3]は隠岐国、美濃《みのの》少将長憲は阿波国、信濃守惟憲《これのり》[4]は安房国、法眼浄憲《ほふげんじやうけん》[5] は丹波国、法橋《ほつけう》寛敏[6]は上総国、覚憲[7]は伊与国、憲耀《けんえう》

[8]は陸奥《むつの》国、大法師勝憲《だいほふししようけん》[9]は佐渡国、澄[10]憲[11]は信濃国、明遍《みやうへん》[12]は越後国[13]と定《さだめ》らる。

【現代語訳】

明けると二十日、また公卿僉議があった。少納言入道信西の子供は十二人いる。死罪を一等級軽くして、僧侶は度縁を取り上げ、俗人は位記を取り上げて、配流の地を定めなさった。

新宰相俊憲は出雲国、播磨中将成憲は下野国、権右中弁貞憲は隠岐国、美濃少将脩憲は阿波国、信濃守是憲は安房国、法眼静憲は丹波国、法橋寛敏は上総国、覚憲は伊予国、憲燿は陸奥国、大法師勝憲は佐渡国、澄憲は信濃国、明遍は越後国と決定なさった。

【語釈】　○**死罪一等を宥め**　死罪を一等級だけ軽くして、の意。律の定めにより、笞・杖・徒・流・死の五刑があり、死罪はそのうちの最高刑であった。「死罪一等」とは「死罪を一等級」という意味であろう。↓補注七九。　○**度縁**　官府が僧に与えた出家の許可証。『延喜式』に「凡僧尼幷沙弥等、身死及犯レ罪。因レ才還俗者。収二其度縁一。年終申レ官毀レ之。寮案具注二事状一」とあり、『平家』巻二「座主流」に、遠流に処せられた明雲について「僧を罪するならひとて、度縁をめしかへし、還俗せさせ奉り」とある。また『法然上人行状絵図』第三十三にも「度縁をめし、俗名をくだされて遠流の科にさだめらる」とある。僧は還俗させてから流罪に処したのである。　○**位記**　位を授けるときの記文。『貞丈雑記』巻四に「位記と云は官位の証文の様成物也。任官の前に大臣を初め、其かゝりの役人列座して評議する事有。其一座に寄合たる摂政関白左右大臣大中納言弁などゝ云役人の名を書き、判をするゑて、此人は此功労によりて此官に被二仰付一と云事を書たるを位記と云」と説明がある。○**配所**　流罪の地。罪の軽重により近流、中流、遠流の別があった（『令義解』巻十一）。『標注令義解校本』巻十一に「其路程者。従レ京為レ計。伊豆安房常陸佐渡隠岐土佐等国為二遠流一」とある。○**新宰相俊憲**　保安三年（一一二二）～仁安二年（一一六七）。保元三年（一一五八）右中弁、蔵人頭。翌年参議。平治の乱の折は、従三位、参議、近江権守、三十八歳であった。「十二月十日解官。同廿二日配二流越後国一。同卅日出家。同二年正月改二越後国一配二阿波国一。二月日召返」（『公卿』）。法名真寂。文章にすぐれていた。○**出雲国**　現在の島根県東部。「式外近代遣国々」（『拾芥抄』）。○**播摩中将成憲**　保延元年（一一三五）～文治三年（一一八七）。保元三年（一一五八）八月に播磨守・左中将。平清盛の娘と婚約（結婚？）していたらしい。十二月十日に解官され、二十二日（『公卿』は二十三日）に下野国への配流が決まり、配所に赴いた。平治の乱の折は正四位下、播磨守、左中将、二十五歳であった。赦免後、承安四年（一一七四）に参議、寿永二年（一一八三）に中納言に至った。邸内に桜を多く植え、桜町中納言と称された。永暦元年（一一六〇）十二月に成範と改名。○**下野国**　現在の栃木県。○**権右中弁貞憲**　生没年未詳。平治の乱の折は正五位下、権右中弁、三十七歳前後であった。平治の乱に解官され、出家。一旦土佐国へ配流と決まったものの、死亡説が流れて流罪には処せられなかったという。↓上「信西の子息尋ねらるる事……」。↓解説。○**隠岐国**　島根県隠岐島。遠流の国。陽明本は土佐国（高知県、遠流の国）とする。○**美濃少将脩憲**　「脩憲」が正字。康治二年（一一四三）～寿永二年（一一八三）。保元二年（一一五七）美濃守、同四年四月左（右イ）少将。平治の乱の折は十七歳であった。十二月十日解官。二十二日に隠岐国（遠流の国）に配流と決まった。永暦元年（一一六〇）二月に脩範と改名。赦免後、本位に復し、正三位参議に至った。出家後は弟勝賢の弟子となり、宰相入道と号した（『伝法灌頂師資相承血脈』）。○**阿波国**　現在の徳島県。式外近代遣国々。○**信濃守惟憲**　「是憲」が正字。生没年未詳。「従五位下、飛弾、少納言、平治配二佐渡国一。出家。往生人」（『尊卑』）。『法然上人行状絵図』第四十四に「信濃守是憲」と見える。二十一歳で出家し、善峯寺で没した。平治の乱の折に出家したとすれば、保延五年（一一三九）の出生ということになる。治承三年（一一七九）には既に死去している（『山槐記』同年四月二十七日条）。○**安房国**　現在の千葉県の南部。遠流の国。陽明本は佐渡国。○**法眼浄憲**　天治元年（一一二四）～没年未詳。名は『兵範記』『平家』・陽明本に「静憲」、『新古今集』『尊卑』に「静賢」。成憲・脩憲・勝憲らが父通憲の「憲」の字を改めているので、静賢も静憲を改名したと推測される。『尊卑』に「平治元十二依二信頼卿乱一配二安房国一。但下二向丹波一」と見える。保元二年（一一五七）に法橋に任ぜられており、法勝寺の執行に至っている。後、蓮華王院の執行となった。○**法眼**　律師以上の僧綱の位階。法印大和尚位、法眼和尚位、法橋上人位のうち、中位の位。僧都の相当位である。○**丹波国**　現在の京都府の中部、兵庫県北東部。陽明本は「あは」。○**法橋寛敏**　生没年未詳。『兵範記』保元二年正月十三日条に名が見える。「平治乱配二上野国一」（『尊卑』）。○**上総国**　現在の千葉県中部。式外近代遣国々。○**覚憲**　天承元年（一一三一）～建暦二年（一二一二）。法相宗の僧。幼くして蔵俊僧正に師事した。大和国壺坂に住したが、後、宝積院、唐招提寺に移住。平治元年二十九歳で維摩会の講師を勤める（『三会定一記』第二）など、学識を称えられた。平治元年当時は已講か。平治の乱に伊予国に流され、赦されて後、大安寺別当、興福寺別当を歴任、権僧正に至る。建久六年（一一九五）には東大寺大仏殿の落慶供養の導師となる。宝積院僧正と号す。「平治乱配二伊予国一」「平治乱配二下野一イ」」（『尊卑』）。↓補注八〇。○**伊与国**　「伊予」が正字。現在の愛媛県。中流の国。○**憲耀**　顕耀

（『仁和寺諸院家記』）、憲曜（『尊卑』）とも。長承三年（一一三四）～文治五年（一一八九）。嘉祥寺の覚耀律師付法の弟子で、後に同寺の別当になった。少納言律師と号す。「平治乱配二陸奥国一」（『尊卑』）。**○陸奥国**　平治の乱の頃の「陸奥国」の範囲は、現在の青森県と岩手県にまたがっていた。『延喜式外近代遺国々。**○大法師**　伝燈大法師位の略。法印大和尚位、法眼和尚位、法橋上人位に次ぐ位階。威儀師相当。**○勝憲**　保延四年（一一三八）～建久七年（一一九六）。『野沢血脈集』「勝賢」項に「本名二勝憲一。配流故替二用賢字一」とある。仁和寺の最源法印の弟子で、東南院の実運僧都から灌頂を受け、密教の奥義を究めた。保元三年（一一五八）十二月二十九日に法橋に任ぜられ、同時に権律師（『兵範記』同日条）。平治の乱の折は二十二歳、権律師であり、大法師は誤り。平治の乱後十二月十二日に安芸国（近流の国）に流された（『醍醐寺座主譲補次第』『尊卑』）。帰洛後、永暦元年（一一六〇）醍醐寺座主。ついで少僧都、大僧都、法印と昇進して、寿永元年（一一八二）三度目の醍醐寺座主となった。文治元年（一一八五）権僧正、同三年東大寺別当に任ぜられた。翌年僧正を辞し、座主を実継に譲る。建久元年（一一九〇）東大寺落慶供養咒願導師を勤めた。弟子に、成賢・定範・範賢（以上桜町中納言成範息）、脩範（実兄）、静遍（池大納言平頼盛息）などがいる（『伝法灌頂師資相承血脈』）。覚洞院（岳東院）僧正、侍従僧正と号す。『金宝抄』『野月抄』の著がある。なお『先徳略名口决』に「勝賢〈賢字清読レ之。此僧正元ハ一憲。其字マ、ニ読レ之〉」とある。↓補注八一。**○佐渡国**　現在の新潟県佐渡市（佐渡島）。遠流の国。古活字本には「安芸国」とあり『尊卑』に一致する。**○澄憲**　大治元年（一一二六）～建仁三年（一二〇三）。延暦寺の僧。珍仁に受法し、後に珍兼に檀那流の法文を受け、仁平三年（一一五三）六月に竪義の題者となった。位は法印、権大僧都に至る。「日本第一説経師」と称され（『醍醐寺新要録』巻五「岳東院篇」）、能説の名をほしいままにした。承安四年（一一七四）、祈雨の表白に龍神も感応を垂れたとの逸話は諸書に載る。一条の安居院《あぐゐ》に住んだので、世に安居院法印と称せられた。安居院流の祖。『言泉集』『澄憲作文集』の著作がある。「平治配二下野国一」(『尊卑』)。「二会講師宗延。延暦澄憲。十二月十日有レ事不レ勤。代二澄憲配流一」(『僧綱補任抄出』下)。　○**信濃国**　現在の長野県。中流の国。　○**明遍**　「平治乱配二越後国一」(『尊卑』)。後出。　○**越後国**　現在の新潟県。式外近代遺国々。

【校訂注】　**1一等を**　底本「一同に」。天・和・書・内・金・学二・半に従って改めた。　**2取俗は位記を**　底本ナシ。他本により補った。表記は金・学二による。　**3は**　底本ナシ。天・玄・内・監・半・東大本により補った。　**4は**　底本ナシ。天・玄・内・監・半・東大本により補った。　**5は**　底本ナシ。天・玄・内・監・半・東大本により補った。　**6は**　底本ナシ。天・玄・内・金・半・東大本により補った。　**7は**　底本ナシ。天・玄・半・東大本により補った。　**8は**　底本ナシ。天・内・金・学二・半・東大本により補った。　**9は**　底本ナシ。天・内・金・半・東大本により補った。　**10澄**　底本「隥」。半・金に従って改めた。上「信西の子息尋ねらるる事」の章段でも、信澄の「澄」にこの字を当てている。　**11は**　底本ナシ。天・内・金・学二・半・東大本により補った。　**12は**　底本ナシ。天・内・半・東大本により補った。　**13と**　底本ナシ。他本により補った。

【本文】

新宰相《しんざいしやう》俊憲は、鳥羽院《とばのゐん》の御時《おんとき》、「春は青花《せいくわ》の中《うち》に生《なる》」といふ勅題を給《たまはり》て、

1悲《かなで》清濁《せいだくを》駒斷《こまいばふ》十年風《ねんのかぜに》　香上林花鳳成肝心露《ほうなるかんじんのつゆに》

と書《かか》れたる手跡、天下《てんが》に風聞して、澆季《げうき》に是を伝《つたへ》たり。

澄憲の説法には龍神も感応《かんおう》をたれ、甘露《かんろ》の雨をふらす。明遍の高野《かうや》にて、[2]菩提心《ぼだいしん》の夢の枕には宝蓮花《ほうれんげ》くだる。凡此《およそこの》一門に[3]むすぼゝれる程の者は、あやしの女房に至《いたる》まで、才智、人に[4]越《こえ》たりき。

【現代語訳】

新宰相俊憲は、鳥羽院の御時、「春は青花の中に生《な》る」という天皇直々の題をいただいて、

悲㆓清濁㆒駒断㆓十年風㆒　香上㆓林花㆒鳳成㆓肝心露㆒

（清濁を悲しんで駒は十年の風に断《いば》ふ　香は林花に上り鳳は肝心の露に成る）

とお書きになった手跡は天下に知れ渡って、末の世にこれを伝えている。

澄憲の説法には龍神も感動して奇瑞を示し、甘露のような雨を降らせた。明遍の高野における菩提心の夢の枕元には天から蓮華の花が降ってきた。そもそもこの一門に係累を結ぶほどの人は、身分の低い女房に至るまで、才知が人にぬきんでていた。

【語釈】　○新宰相俊憲　以下、段末まで陽明本にはない。この段前半の記事は、保元三年正月二十二日の内宴の折のことで、『今鏡』などに記述がある。↓補注八二。俊憲は数多くの詩文を残したらしく、『醍醐雑事記』巻十裏書・第七紙裏書に「俊憲入道草一合〈在㆓目六㆒〉」とある。櫃一合に納められた分量でもあり目録まであったというから、多くの著作があったものとみえる。○鳥羽院　↓上「信頼・信西不快の事」。補注八二に引いた『今鏡』『古事談』『著聞集』によれば、これは保元三年正

月二十二日の内宴の折のことであり、保元元年（一一五六）七月に崩じた鳥羽院の時ではありえない。○**春は青花の中に生**　保元三年正月二十二日の内宴の勅題は、『今鏡』『東斎随筆』によれば「春生聖化中（春は生《な》る聖化の中《うち》）」であった。本来の勅題であった「聖化」は、天子の教化、天子の恩徳に浴すること。したがって、本来の勅題は「天子の恩徳につつまれて春が来る」の意。○**悲清濁駒嘶十年風**　四類本の諸本は書写上の誤りが多く意味がとれない。『古事談』第六によれば、この折の俊憲の詩は「西岳草嫩馬嘶㆓周年之風㆒（西岳の草嫩《わか》くして馬周年の風に嘶ふ）」であった。「西岳」は中国の華山のこと。「嘶」は「いななく」こと。「周年之風」は「周朝治下の穏やかな風」の意。周朝の太平を褒め称えた詩。一句は「西岳の草が春になってやわらかく芽吹きはじめると、西岳の南に放たれた軍馬も周朝の太平の世を喜ぶかのように、春風に吹かれながら嘶いている」の意。→補注八三。○**香上林花鳳成肝心露**　四類本の諸本はいずれも文意不通。『古事談』第六によれば「上林花馥鳳馴漢日之露（上林の花馥《かうば》しくして鳳漢日の露に馴《な》る）」。「上林」は上林苑のこと。「馥」は「かをる」「かうばし」の意。「鳳」は鳳凰。奇瑞を表す霊鳥で、太平の世の聖朝に現れる。「漢日」は「漢朝の世」。漢朝の太平を褒め称えた詩。『隋書』「隠逸伝序」に「七人作㆓乎周年㆒、四皓光㆓乎漢日㆒」とあり、「周年」と「漢日」とを対とした例が見える。一句は、「春になって上林苑の花が香ばしく咲きにおい、聖朝に現れるという鳳凰も上林苑に久しく住み着き、漢朝の安定した治世のもと、その露にも馴れた」の意。→補注八四。○**澆季**　時代が下って、道徳の衰えた世。末の世。○**澄憲の説法**　澄憲の祈雨の折の説法は承安四年（一一七四）五月二十八日のことで、『百錬抄』以下、諸書に載る。→補注八五。○**龍神**　八部衆の一で、その代表格である。八大龍王ともいう。多く水中に住して雲や嵐を呼び、雨を起こすと信じられていた。「千手の廿八部衆の其一」（『平家』巻二「卒塔婆流」）。なお龍神感応については、『古事談』第三には「其詞已達㆓天龍之聴㆒」とあり、『盛衰記』巻三「澄憲祈雨事」に「龍神道理ニセメラレ、天地感応シテ、陰雲忽ニ引覆、大雨頻ニ下ケリ」とある。○**感応**　神仏が祈る者の誠意に感じて奇瑞などでそれに応えること。動詞は「垂る」を用いる。「孝養ノ志ノ実ナルヲ知テ、天神ノ感応ヲ垂テ」（『今昔』巻九ノ四六）。○**甘露**　忉利《とうり》天《てん》の甘美な蜜のようなもの。人の苦しみを和らげ、飢えをいやし、長寿をもたらし、死者を蘇生させるという。澄憲説法の説話のうち、甘露に触れるものは『古事談』であり「甘雨」と見える。○**明遍**　康治元年（一一四二）〜貞応三年（一二二四）（『法然上人絵伝』『本朝高僧伝』）。残欠本『僧綱補任』の年齢記載によれば、保延六年（一一四〇）の生まれ。敏覚、明海について三論・密教を学んだ。若くして能説の誉れが高かったが、名利を厭って大和国光明山寺に隠棲し、五十四歳で高野山に蓮華三昧院（別称、蓮華谷）を営んで出離の法を修した。四十五歳の時、僧都に任ぜられたものの固辞し、後には名を空阿と改め念仏に専心した。遊行上人一遍、法燈国師覚心とともに、念仏三派の祖とされる（『高野春秋編年輯録』巻九、建治元年（一二七五）秋七月日条）。世に蓮華谷僧都という。その徳を慕い、佐々木四郎高綱が蓮華三昧院を建立し、寄進している。「宝蓮華くだる」云々の説話、所拠未詳。○**菩提心**　真道・正覚を求める心。仏道に帰依する心。○**宝蓮花**　「宝」は美称。「蓮華」は四華《しけ》のこと。大白蓮華・白蓮華・大赤蓮華・赤蓮華をいう。天から雨降る花という。

【校訂注】　**1悲清濁……**　底本は返り点、送りがな、ルビを欠く。蓬左本系列の諸本を参照して返り点をつけた。　**2菩提心**　底本「菩薩心」。他の諸本に従って改めた。　**3むすほゝれる**　底本「むすほゝる」。天・和・玄・書に従って「れ」を補った。　**4に**　底本「には」。監は底本に同じ。他の諸本に従って「は」を削除した。

【解説】　三条殿夜討の翌日、十二月十日の公卿僉議で成憲と貞憲の身柄が検非違使庁官吏の預かりとなっていたが（↓上「信西の子息尋ねらるる事……」）、この二人を含む信西の子息十二名の流罪が決定した。

『尊卑』によれば、信西には男子十五名、女子五名の子女がいる。『愚管抄』巻五に、

信西ハマタ我子ドモ俊憲大弁宰相・貞憲右中弁・成憲近衛司ナドニナシテアリケリ。俊憲等才智文章ナド誠ニ人ニ勝レテ、延久例ニ記録所オコシ立テユ、シカリケリ。大方信西ガ子ドモハ、法師ドモ、、数シラズオホカルニモ、ミナホド〳〵ニヨキ者ニテ有ケル程ニ（後略）

と信西の子息のほとんどが僧籍にあり、それぞれ優秀であったという。【語釈】にも示すように醍醐寺座主や東大寺別当となった勝憲、興福寺別当に任じられた覚憲など大寺院における重職を担った者がいる。また、本章段の後段に登場する俊憲と澄憲はそれぞれ詩文、説法唱導に秀で、明遍は高野聖の開祖とされる。このように信西の一門から多くの俊英が輩出されていたのである。

ところで、『平家』の由緒を記す『平家勘文録』は物語の作者六名をあげている。そのうち四名は信西の子女、すなわち「少納言入道信西の嫡子、高野の宰相入道」、「少納言の息女、宰相入道には妹、善恵比丘尼」、「少納言入道の三男、宰相入道俊教には舎弟、桜町の中納言繁教卿」、「少納言入道信西の子息、玄用法師」である。真偽のほどは措くとして、こうした作者説の存在は、信西一門の多くがまさに「才智、人に超えたりき」との認識が定着し、また伝承されたことをものがたっている。

清盛六波羅上著の事幷びに上皇仁和寺に御幸の事

【本文】

去程《さるほど》に、熊野へ参る人は稲荷《いなり》へ参る事なれば、大宰大弐《だざいのだいに》清盛、切部《きりべ》の王子のなぎの葉を、稲荷の宮の椙《すぎ》の葉に手向《たむけ》つゝ、悦申《よろこびまうし》の流鏑馬《やぶさめ》射させ、都合其勢《そのせい》一千余騎にて、同《おなじき》廿五日夜半ばかりに、事故《こと(ゆへ)》なく六波羅へ着《つき》給ふ。

其夜《そのよ》内裏《だいり》には、「六波羅より寄《(よ)》する」とて騒ぐ。[1]六波羅には、「内裏より寄《(よ)》する」とて騒ぐ[2]。去《さんぬる》十日より廿六日まで、かくのごとく騒動《(さうどう)》す。「風吹《ふけ》ば木やすからず」のたとへにて、「疾《(と)》うして、あはれ事の切《きれ》よかし。元日《ぐわんにち》・元三《ぐわんざん》の儀式にも及ばむ」と、上下《じやうげ》歎くぞ理《ことわり》なる。

【現代語訳】

さて、熊野へ参る人は、(帰洛後)稲荷へ参ることになっているので、大宰大弐清盛は、切部王子の梛の葉を稲荷の宮の杉の葉に手向けながら、感謝を伝えるための流鏑馬を射させ、都合その勢一千余騎で、同じく二十五日の夜半ころに、無事六波羅に到着なさった。

その夜、内裏では、「六波羅から攻め寄せてくる」といって騒ぐ。六波羅では、「内裏から攻め寄せてくる」といって騒ぐ。去る十日から二十六日まで、このように騒動する。「風が吹けば木は静かにしているわけにはいかない」という譬えどおりで、「早く戦って、是が非でも決着がついてくれ。元日から三日の儀式にも差し支える」といって、身分の高い者も低い者も歎くのはもっともなことである。

【語釈】 ○**去程に**　半井本は以下、中巻。○**熊野へ参る人は稲荷へ参る事なれば**　熊野参詣から帰るとき、稲荷社に参詣し、奉幣して初めて熊野参詣が完了するとする風習があった。熊野の護法を送るためという。↓補注八六。○**稲荷**　稲荷神社。京都市伏見区稲荷山。上宮・中宮・下宮の三社がある。神木は杉。○**切部の王子のなぎの葉**　切目王子の神木、梛の葉。切目（切部）王子↓上「信西出家の由来……」。梛の木は槙科の常緑高木。葉は竹の葉に似て尖っている。ここは、上「六波羅より紀州へ早馬を立てらるる事」の章段中に、「御熊野にたのみをかくる諸人の、かざしにさしたるなぎの葉を、射向の袖にぞ付たりける」とあった梛の葉。熊野権現のお守り代わりに射向の袖に付けたまま帰洛し、無事に都に帰着することができたので、稲荷社に手向けたもの。○**悦申**　無事に帰洛できたことに対する答礼。○**流鏑馬**　馬を馳せながら鏑矢で木製の四角い的を射る芸事。主として神事・祭事に行われた。平安末期から鎌倉時代にかけて盛行した。○**同廿五日**　清盛の帰京は『愚管抄』によれば十二月十七日。○**十日より廿六日まで**　十日は三条殿夜討の翌日、二十六日は待賢門の合戦の前日。○**風吹ば木やすからず**　何か事件があると、そのとばっちりで無関係の者まで被害に遭うことの譬え。恐らく諺と思われるが所拠未詳。あるいは『孔子家語』巻二「致思」の「樹欲₂静而風不₁停」（『明文抄』巻三・『玉函秘抄』中に引用）と関係あるか。延慶本『平家』第五本七「兵衛佐ノ軍兵等……」に「風吹バ木ヤスカラズトハ此体ノ事ナルベシ」、『盛衰記』巻十六

「三位入道歌等……」に「風吹バ木不レ安」とあり、同巻三十五「範頼義経京入事」に「風吹バ木安カラズトハ加様ノ事ナルベシ」とある。○**あはれ事の切よかし**　「あはれ」は下に願望・命令などを伴ったときは、願望の気持ちを強く表す。○**元日・元三**　正月一日と正月の三が日。元三は「正月一日也、年之元、月之元、日之元、合元三也」（黒本本）とあるように、一月一日のことをいうが、ここは正月の三が日を指している。「グワンニチ」（『名目抄』）、「（元）三〈グワンザン〉」（黒本本・伊京集等）。

【校訂注】　**1六波羅には～2騒く**　底本ナシ。金を除く他本により補った。表記は監による。

【本文】

廿六日の夜《よ》に入《いり》て、右少弁成頼、一品御書所《いつぽんごしよどころ》へ参り、「行幸《ぎやうがう》は六波羅へと承り候。御幸《ごかう》は何方《いづかた》へ候ぞ」と申されければ、「仁和寺殿へ」とぞ仰下《おほせくだ》されける。公卿《くぎやう》二人《にん》、殿上人《てんじやうびと》三人供《ぐ》奉《ぶ》にて、一品御書所を出御《しゆつぎよ》なる。

北面《ほくめん》に平左衛門尉《へいざゑもんのじよう》泰頼、1骨《（こつ）》ある者にて、上皇《しやうくわう》の御《おん》まなびをたがへまゐ《（い）》らせず申《まうし》ければ、泰頼をめし、御寝所《ぎよしんじよ》に《（を）》おかせ給へば、声払《（こわらひ）》を頻《しきり》にして、御まなびを仕《つかまつり》、「程ものびさせ給《たまひ》ぬらん」と思ひければ、御寝所を三度礼《らい》して出《いで》にけり。「末代《まつだい》といひながら、かゝる乱《みだれ》なくは、泰頼程の下臈《げらふ》が、いかでか上皇の御寝所へは参るべき」と、不思議《（ふしぎ）》にぞ覚えける。

上西門《じやうさいもん》にて、北野の方《かた》を御《おん》拝《（おが）》みあッて、御馬《おんむま》にめされけり。「事《こと》故《（ゆへ）》なくは、日吉《ひよし》へ御幸成《なる》べき」よし、御心中《ごしんぢう》の御願《ごぐわん》[2]とぞ、後には聞えさせ給ひける。[3]廿六日の暁の事[4]なれば、折節《をり(ふし)》月朧《おぼろ》にて、御前《おん(さき)》も御覧じ分《(わ)》けず、吹風《ふく》に草木のゆるぐにつけても、「源氏の兵《つはもの》が追付《おひつき》奉るか」と、肝魂《きも(たましゐ)》を消《(け)》させおはします。さてこそ保元の合戦に、讃岐院《さぬきのゐん》の如意山《によいさん》に終日《ひねもす》にこもらせ給《たまひ》し御事《おんこと》をも思食《おぼしめ》し出《いだ》させ給《たまひ》しが、それは家弘なども供奉したりしかば、敗軍なれども、たのもしく思食《(おぼしめ)》されけり。[5]是ははかぐ〱しくも仰《おほせ(あは)》合せさせ給ふ人もなし。御涙《おんなみだ》のひまより、かくぞ[6]思食《おぼしめし》つゞけられける。

なげきにはいかなる花のさくやらん
身になりてこそおもひしらるれ

とかうして仁和寺殿へ入《(い)》らせ給へば、大《おほき》におそれまゐ《(い)》らせらる。保元に讃岐院御幸なりしをば、寛弁法務の坊へ入《いれ》まゐ《(い)》らせられしに、此君《このきみ》をば重《おもん》じまゐ《(い)》らせ給ふ。同御兄弟《おなじごきやうだい》と申《まうし》ながら、[7]不思議《(ふしぎ)》にぞ覚《おぼえ》ける。

【現代語訳】

二十六日の夜になって、右少弁成頼は一本御書所に参上し、上皇に「主上の行幸は六波羅へと伺いました。御幸はどこへ参りましょう」と申されたところ、「仁和寺殿へ」と仰せ下された。公卿二人と殿上人三人がお供をして、一本御書所をお出ましになる。

北面の侍に平左衛門尉康頼は器用な人間で、後白河上皇の声色を違わないように申したので、康頼を召し寄せて、上皇の御寝室に置かせなさったところ、康頼は咳払いをしきりにして、上皇の御まねをいたし、「もう相当遠くまで逃げ延びなさったことだろう」と思ったので、御寝室を三度礼して出たのであった。「いくら世は末代とはいっても、このような乱がなかったならば、康頼程度の身分の低い者が、どうして上皇の御寝室へ参ることができようか」と、思いも寄らないことに思われた。

上皇は上西門で北野の方を拝みなさって、御馬にお乗りになった。「無事であったならば、日吉へ御幸を実現しよう」とのよし、御心中に御願を立てられたと、後には漏れ聞こえた。二十六日の暁のことなので、ちょうど月はおぼろで、御前を見分けることもおできにならず、吹く風に草や木がそよぐにつけても、「源氏の兵が追いつき申し上げたのか」と、肝・魂を消させなさいます。そのため、保元の合戦に、讃岐院が如意山に一日中籠りなさった御事をも思い出されたが、それは家弘などもお供をしていたので、敗軍ではあっても心強くお思いになったということだ。しかしこちらは頼りがいのある、相談なさる相手もいない。御涙の間から、このように思い続けなさった。

なげきにはいかなる花のさくやらん身になりてこそおもひしらるれ

やっとのことで仁和寺殿へお入りになったところ、覚性法親王は非常に恐縮し申し上げた。保元に讃岐院が御幸なさったのを、寛遍法務の住坊に入れ申し上げなさったのに、この君については丁重にもてなされた。同じ御兄弟とは申しながら、不思議なことに思われた。

【語釈】 **○廿六日の夜**　『百錬抄』十二月二十五日条に「夜主上中宮偸出二御清盛朝臣六波羅亭一。上

皇渡二御仁和寺一」とある。○**右少弁成頼**　保延二年（一一三六）～建仁二年（一二〇二）。権中納言藤原顕頼の三男。光頼・惟方の同母弟。兄光頼の養子となる。保元三年（一一五八）に蔵人。平治の乱の折は正五位下、右少弁、二十四歳であった。乱後、仁安元年（一一六六）に参議、承安四年（一一七四）出家。高野宰相入道と呼ばれた。○**一品御書所**　「一本」が正字。上「三条殿へ発向……」に「大内へ御幸なしまゐらせて、一品御書所に押しこめ奉る」とあった。後白河上皇が軟禁されていたところ。○**六波羅**　平家一門の拠点。↓上「六波羅より紀州へ早馬を立てらるる事」。○**仁和寺殿**　京都市右京区御室《おむろ》にある真言宗の寺。光孝天皇の勅願により、仁和四年（八八八）に創建され、同四年宇多天皇が先帝の遺志を継いで落成供養を行った。宇多天皇が出家してこの地に一宇の庵室を造営したことから、世に御室と呼ばれた。以来、法親王が承け継ぎ、その建物は壮麗を極め、あたかも離宮の趣であったという。平治の乱当時は、後白河上皇の同母弟、覚性法親王が御室。○**北面**　院の御所を警備する武士。北面の侍の略。御所の北面に詰めた。「北面。〈院ノ侍也。上北面ハ四位五位。下北面ハ六位也〉。諸家ノ侍モ任ズル也。上スミテヨム也」（『有識袖中抄』）。○**平左衛門尉泰頼**　『宝物集』の作者平康頼であろう。生没年・世系等未詳。阿波国の出身という。康頼は平治の乱以前はほとんど史料が残らない。『山槐記』除目部類によれば、仁安三年（一一六八）十二月十三日に左衛門尉に任じた。平治の乱の折は左衛門尉ではない。また乱当時は中原氏であった。↓補注八七。○**骨ある者**　器用な者、勘の良い者。○**御まなび**　他人の声をまねること。声帯模写のこと。○**声払**　わざと咳払いなどをして、相手に合図をしたり注意を引いたりすること。「こわばらひ」とも。○**末代**　末の世。時代が下って道徳の衰えた世。○**上西門**　大内裏外郭門のひとつで、西面する四門のうち、最北の腋門。屋舎・石段を付属せず、額もない。○**北野**　北野天満宮。京都市上京区馬喰町。菅原道真の慰霊のため創建されたという。『北野縁起』によれば、天慶五年（九四二）多治比奇子が神託を受け、私に祀っていたものを、天暦元年（九四七）（『菅家御伝記』などに天暦九年）に今の地に移したもの。**○日吉**　日吉大社。滋賀県大津市坂本。山王という。大宮を大比叡と称し、祭神は三輪明神。二宮を小比叡といい、祭神は大山咋神《おおやまくいのかみ》である。『平家』などに現れる聖真子、客人、八王子、十禅師などはこの日吉山王の末社になる。↓補注八八。**○廿六日の暁**　当時は翌日の暁までを一日と見なしていたので、現代の見方では二十七日の早暁となる。**○保元の合戦**　保元元年（一一五六）に起こった戦乱。後白河天皇・関白忠通・源義朝・平清盛らと、崇徳上皇・左大臣頼長・源為義・平忠正らが、親子、兄弟、叔父・甥それぞれ敵・味方に分かれて争った乱。崇徳上皇側の敗北で決着した。**○讃岐院**　崇徳上皇のこと。元永二年（一一一九）～長寛二年（一一六四）。鳥羽天皇の第一皇子。第七十五代の天皇。実父は祖父白河天皇といわれ、鳥羽天皇に冷遇された。一男重仁親王の即位を望み、鳥羽法皇の死後、左大臣頼長らと結んで挙兵したが敗北、讃岐国に流された。後、怨みを含んだまま死んだので、その怨霊を恐れ、「崇徳」と諡《おくりな》された。**○如意山**　如意ケ岳、大文字山ともいう。京都市左京区。東山三十六峰の北端に位置する山。『雍州府志』巻一に「東山頂謂二如意嶽一。……自二此嶽一直赴二園城寺一、是謂二如意越一」とある。崇徳院は園城寺に保護を求めようとして如意山に入ったが、道が険しく引き返して仁和寺へ向かった。**○家弘**　生年未詳～保元元年（一一五六）。桓武平氏。正弘の子。維衡から分かれ、正済、貞弘、正弘、家弘と続く。「使。従五位下」（『尊卑』）。『兵範記』保元元年七月二十七日条に「右衛門大夫平家弘」とあり、同三十日条には大江山で斬られたと記す。『保元』によれば、光弘とともに、崇徳院を守護して仁和寺に送り届けた後、北山に逃げ込んだが捕らえられた。**○なげきには……**　「なげき」には「歎き」と「木」とをかけ、「み」には「身」と「実」とがかけられている。一首は「歎きという木にはどのような花が咲くのであろうか、それも実になって初めてわかるように、わが身の上になって初めて思い知られることだ」の意。なお謡曲『生贄』および大石寺本『曾我物語』巻十にも見え、仮名草子『薄雪物語』には「思ひにはいかなる花の咲くやらん身になりてこそおもひ知らるれ」とある。○**大におそれまゐらせらる**　半井本「大ニ悦進セテ供御勧メ進セ給フ」とある。いずれも主語は覚性法親王。覚性は鳥羽天皇の第五皇子。大治四年（一一二九）～嘉応元年（一一六九）。崇徳院、後白河天皇の同母弟。五男であったため、五宮と呼ばれる。法名信法、後に覚性と改める。七歳で仁和寺の覚法法親王の許に入り、十二歳で出家。法勝寺、四天王寺の検校を歴任し、仁平三年（一一五三）に仁和寺の寺務、仁安二年（一一六七）に惣法務となる。位は二品に叙された。泉殿御室また紫金台寺御室と号す。○**保元に**　保元の時は、覚性法親王は関わり合いを嫌って、寛遍法務の土橋の旧房へ崇徳上皇を移した。↓補注八九。○**寛弁法務**　「寛遍《かんべん》」が正字。承徳二年（一〇九八）（康和二年（一一〇〇）とも）～永万二年（一一六六）。大納言源師忠の子。仁和寺の覚蓮僧都の弟子。仁平元年（一一五一）に東寺一長者、保元元年（一一五六）法務を兼ね、同年権僧正に昇進、平治元年（一一五九、『東大寺別当次第』による。『東寺長者補任』は翌永暦元年）に東大寺別当となった。忍辱山僧正と号した。没年は永万二年であるが、『東寺長者補任』には行年六十七とあり、『仁和寺諸院家記』の記述から計算すると六十九歳となる。後白河、二条、六条三代の天皇の護持僧であった。○**法務**　権官と正官とがあり、諸寺院の法事や僧尼の度縁を扱った。東寺の一長者は正法務に任ぜられるのを通例とし、真言宗を総管するとともに、真言道場である東寺を統括するため、寺務とも呼ばれた。寛遍は東寺一長者であり、法務を兼任した。しかし、仁和寺の門主を惣法務に任ずるようになってからは、正権法務はほとんど実権を失い、単なる名誉職となっていた。○**坊**　『兵範記』によれば「寛遍法務土橋旧房」。寛遍の住坊は仁和寺の尊寿院である。「尊寿院。忍辱山僧正房也」（『仁和寺諸堂記』）。「尊寿院。〈寛遍僧正乳父筑後前司季兼造」之〉」（『仁和寺諸院家記』）。↓補注八九。**○同御兄弟と申ながら**　崇徳上皇は鳥羽院の第一皇子、後白河上皇は第四皇子、覚性法親王は第五皇子。母はいずれも待賢門院璋子。

【校訂注】 **1こつある者**　底本「こつ者」。他本により「ある」を補った。　**2とそ**　底本「こそ」。他本に従って改めた。　**3ける**　底本「けれ」。底本は「こそ〜けれ」と、係りと結びが呼応しているが、他本に徴し、いずれも底本独自の改変と見て「とぞ〜ける」に改めた。　**4暁の**　底本ナシ。他本により補った。表記は監による。　**5はかく〳〵しく**　底本「はかく〳〵敷」。意改。　**6思食つゝけられける**　底本「思食つゝけゝる」。他本により「られ」を補い、「ゝ」を「け」に改めた。　**7ふしきにそ覚ける**　底本「ふしきにこそ覚けれ」。他本は「そ〜ける」の係り結びをとるか、結びを連体形にしている。底本は独自に文章を改変したものとみて改めた。

【解説】　清盛一行の六波羅帰着によって京中での軍事衝突が目前に迫る中、まず、後白河上皇の仁和寺御幸の様子が語られる。

　底本では、成頼が二条天皇の六波羅行幸の情報を伝え、御幸先を尋ねると、上皇は京中の情勢を把握していたかのように何の躊躇もなく「仁和寺殿」と答えた感がある。これに対して、陽明本は、

「君はいかにおぼしめされ候。世の中は今夜の明ぬさきに、可」乱にて候。経宗・惟方等は、申入るむねは候はざりけるにや。他所へ行幸もならせ給ひ候べきにて候なり。いそぎ〳〵何かたへも、御幸ならせおはしまし候へ」と奏しければ、上皇、おどろかせ給ひて、「仁和寺のかたへこそ思しめしたちめ」とて

と成頼が切迫した状況にあることから速やかな御幸を建言、上皇がこれに驚きをもって行き先を答えるかたちとなっている。また、上皇が仁和寺に入った際、覚性法親王の反応、対応は、底本では

「大におそれまゐらせらる」、「此君をば重じまゐらせ給ふ」というものだが、陽明本では、

　法親王、大に御よろこびありて、御座にしつらいて入まいらせ、供御などすゝめ申て、かい〴〵しくもてなしまいらせ給けり。

と覚性の対応が具体的に表されている。この段に関して言えば、陽明本と比較した場合、底本は、総体的に叙述の集約化を図る一方、平康頼の逸話や「なげきには」歌を盛り込むという潤飾化を図るという二方向のベクトルをもっていると言えよう。

　また、二人の兄に対する覚性の対応が異なることに底本は「不思議にぞ覚ける」、陽明本は「事のほかにぞかはらせ給ひける」とする。これは保元の乱の敗者として配流先の讃岐で最期を迎えた崇徳上皇と後白河上皇との対照的な運命の違いを言外に含んでいると考えてよいであろう。その点、古活字本は、

　いづれもおなじ御兄の御事なれども、さばかりいつき申させ給ひ、聊かの御つゝがもわたらせ給はぬ御運のほどこそめでたけれと、人みな申しけるとかや。

直接的に後白河上皇の行く末を先取りして寿《ことほ》ぐ。ちなみに古活字本は、陽明本と同様に康頼記事を欠くものの、「なげきには」歌を置くのは底本と同様である。本文も底本と陽明本両本の詞章を合わせもつかたちとなっている。

【本文】

内侍所《ないしどころ》をば、鎌田《かまだ》兵衛《びやうゑ》が「東国へ下しまゐ《(い)》らせん」とて、庭上《ていしやう》へかき出《いだ》しまゐ《(い)》らせたりし

を、伏見源中納言師仲卿《ふしみのげんぢうなごんもろなかのきやう》、「王城の御宝《みたから》をば争《いかで》か[1]東《あづま》へは下しまゐ《(い)》らすべき」とて、坊門《ばうもん》の局《つぼね》の坊城《ばうじやう》の宿所へ入《いれ》参らせられけり。

【現代語訳】

内侍所を鎌田兵衛が、「東国へ下し申し上げよう」といって、庭の上に担ぎ出し申し上げたのを、伏見源中納言師仲卿が、「王城の御宝をどうして東国に下し申し上げるわけにいこうか」といって、坊門局の坊城の宿所に入れ申し上げた。

【語釈】 ○**内侍所**　三種の神器の一、神鏡。↓上「光頼卿参内の事……」。○**鎌田兵衛**　義朝の郎等、鎌田正清（政家）。上「信西の子息尋ねらるる事……」に「鎌田次郎は兵衛尉に成て政家と改名す」とあった。兵衛尉になって、鎌田兵衛と号するようになったもの。しかし名は相変らず「政清」とある。○**庭上**　「(庭)上〈(テイ)シヤウ〉」(易林本)。○**伏見源中納言師仲卿**　↓上「信頼・信西不快の事」。○**御宝**　「みたから」と読む。「かす〱のみたからとも」(絵入写本『さくらゐ物語』)。○**坊門の局**　おそらく師仲の娘であろう。↓補注九〇。○**坊城の宿所**　坊城は南北に通じる小路の名。東坊城と西坊城とがあった。ただし、九条本には「女房坊門局の宿所姉小路東洞院」とある。これは『古事談』第一、『百錬抄』永暦元年四月二十九日条に「師仲卿姉小路東洞院家」、「(師仲)家〈姉小路北、東洞院西南角〉」とある、師仲の宿所に同じであろう。↓補注九一。

【校訂注】　**1東**　底本「東国」。底本のままでも「あづま」と読めるが、漢字を使用する金・学二・監・半とも「東」。「国」を削除した。

主上六波羅へ行幸の事

【本文】

主上《しゆしやう》も六波羅へ行幸《ぎやうがう》なる。人目《ひと(め)》をしのばせ給はむ御為《おんため》に、女房の御姿《おんすがた》にならせ給ひ、御車《おんくるま》にめされければ、中宮《ちうぐう》もめされけり。信頼の、「いかにもして失《(うしな)》はん」といはれつる紀二位《きのにゐ》も御車の尻にまゐ《(い)》り給ふ。新大納言経宗・別当惟方《これかた》、直衣《なほし》に柏夾《(かしはばさみ)》[1]にて供奉《ぐぶ》せらる。藻壁門《さうへきもん》より行幸なれば、義朝の郎等《らうどう》金子・平山固《かため》たり。十郎家忠、「いかなる御車候《ざうらふ》ぞ」と申せば、「別当惟方があるぞ。北野詣《きたのまうで》の御《おん》ため、上臈《じやうらふ》女房達出《いで》させ給ぞ。別《べち》の子細なし」との給へば、金子、猶もあやしく思ひ、弓の筈《(はず)》にて御車の簾《すだれ》をざッとかきあげ、続松《たいまつ》ふり入《いれ》て見まゐ《(い)》らせけるに、二条院《にでうのゐん》の御《ご》在位のはじめつかた、十七歳《じふしち》にならせ給ふ、かさねたる御衣《ぎよい》に御《おん》かづらはめされたり、中宮もわたらせたまふ、紀二位《きのにゐ》もさぶらはれけり、うつくしき女房達にてわたらせ給へば、東人《あづまひと》がいかでか見知《しり》まゐ《(い)》らすべき、「誠にも」とて、事故《こと(ゆへ)》なくとほ《(を)》しまゐ《(い)》らせけり。

別当はきはめてせい小《(ちい)》さうおはしけるが、帰忠《かへりちう》せられたりければ、[2]時の人、後《のち》には忠小別《ちうこべつ》当《たう》とぞわらはれける。雲上《うんしやう》に飛《とぶ》鳥は高《(たか)》くとも[3]射つべし、海底にすむ魚《うを》は深《(ふか)》くとも釣《つり》つべし。枕をならべても、たゞはかりがたきは人の心なり。昨日《きのふ》はふかくちぎれども、今日は変《(かは)》れるぞ情《(なさけ)》なき。黄石公《くわうせきこう》が一巻《いちくわん》の書をとりて張良《ちやうりやう》に与《あたへ》、騎里季《きりき》が漢恵《かんけい》をたすけし謀《はかりこと》も、かくやとぞ覚《おぼえ》ける。

伊藤武者景綱《かげつな》、糊張《(こはり)》を着《(き)》て雑色《ざふしき》になれば、楯太郎貞泰《たてのさだやす》もとゞりを乱して牛飼《うしかひ》になる。北野詣の御車ならば、大宮を上《のぼ》りにこそやるべきに、上東門《[4]じやうとうもん》をからりとやり出《いだ[5]》す程こそ有《あり》けれ、土御門《つちみかど》を東へ飛《とぶ》がごとくに仕《つかまつ》る。左衛門佐《さゑもんのすけ》重盛・参河守《みかはのかみ》頼盛、三百余騎にて、土御門東《ひがしの》洞院《とうゐん》へ参会《まゐりあひ》、御車の前後を守護して、六波羅へ行幸なし奉る。

【現代語訳】

主上も六波羅に行幸なさる。人目を忍びなさるために、女房のお姿におなりになって、お車にお乗りになったところ、中宮もお乗りになった。信頼が、「なんとしても殺してしまおう」と言われた紀伊二位もお車の後部に乗られた。新大納言経宗、別当惟方は直衣姿に柏夾をしてお供なさる。

藻壁門から行幸なさったので、義朝の郎等金子・平山が警護していた。十郎家忠が、「どのような方のお車でございますか」と申し上げると、「別当惟方がついているのだぞ。北野詣でのために、上臈女房達がお出かけなさるのだ。別に怪しむようなことはない」とおっしゃると、金子はなおも怪しく思って、弓の筈でお車の簾をざっとめくり上げ、松明を振り入れて見申し上げたところ、二条院の御在位のはじめの頃で、十七歳におなりになる、重ねた御衣に添え髪をお付けになっている、中宮もおいでになっている、紀伊二位もお供なさっていた、美しい女房達でいらっしゃったので、東国人がどうして見て気付き申し上げることができようか、「まことに」と言って、何事もなく通し申し上げた。

別当は非常に背が小さくていらっしゃるが、返り忠をなさったので、その時の人は、後に忠小別当とお笑いになった。雲の上高く飛ぶ鳥は、それがいくら高くてもきっと矢で射ることができる、海底に棲む魚はそれがいくら深く潜っていても釣り上げることができる。枕を並べるような間柄であっても、ただ計り知れないのが人の心である。昨日は深く約束をしても、今日は変わってしまうのが歎かわしい。黄石公が一巻の書をとって張良に与え、綺里季が漢の恵太子を助けた計略もこういう風であったかと思われた。

伊藤武者景綱は糊張を着て雑色になれば、館太郎貞康は髻をほどいて牛飼になる。北野詣でのお車ならば、大宮通りを北向きに走らせるべきなのに、上東門をからりと押し出すやいなや、土御門大路を東へ飛ぶように走らせた。左衛門佐重盛・三河守頼盛が三百余騎で土御門東洞院へ参上して出迎え、お車の前後を警固して六波羅へ行幸なし申し上げた。

【語釈】　○主上　二条天皇。　○中宮　高松院。→上「光頼卿参内の事……」。　○御車の尻　同車の際は、下位のものが後部に乗る。　○直衣　直衣は平安時代以降、貴族の略服。天皇の許可があれば、その姿で参内できた。形状は衣冠と全く同じで、位を表す色が決まっていない。　○柏夾　冠の纓《えい》を巾子《こじ》の高さほどのところで、纓の先端を外向きにして巻き、白木の夾み木で留めることをいう。弓箭《きゅうせん》に携わる者が非常時に纓を巻く巻き方である。『物具装束抄』に「柏夾。〈非常之時公卿殿上人為二衛府官一者用レ之。」とある。『餝抄』中に詳しい説明がある。○**藻壁門**　大内裏外郭十二門の一。西面する四門のうち、北から三番目の門。三段の階段をもった石壇の上に建てられた門であった。車を通すために仮橋が設置されている。中御門大路に通じる門。○**郎等**　武士の従者であるが、騎馬を許された武士である。○**金子**　金子十郎家忠。生没年未詳。家範の子。出自は武蔵七党の一、村山党。父の代から金子を称した。「金子十郎、保元乱属二源義朝一、獲二高間氏兄弟首一。平治乱守二待賢門一居二十七騎之一一。力戦獲二首数級一。其後衣笠一谷屋島等之役屡有二戦功一」（『武蔵七党系図』）。保元の乱の時十九歳とあるから、それを信ずれば、平治元年には二十二歳になる。金子は入間市の旧金子村と調布市金子町の両説がある。○**平山**　平山武者所季重。生没年未詳。平山八郎直季（真季）の子。出自は武蔵七党の一、西党。父の代から平山を称す。「保元平治合戦先懸、一谷一二先懸功名」（『西氏系図』）。また『為盛発心集』に関東における「死生不レ知之強者四人」のひとりと評される。平治の乱の時は相応の年齢と思われるが、延慶本『平家』第五本七「兵衛佐ノ軍兵等」には、元暦元年（一一八四）のこととして「先陣ハ平山武者所季重ト中小冠者也」と名乗りを上げている。あるいは平治の乱には参戦していなかったか。源平の合戦時、頼朝に属し、常陸進攻、一ノ谷の合戦等に参加して軍功があった。平山は東京都日野市平山。なお、武者所は上皇の御所を警固する武士の詰所をいうが、その任に当たった武士をも指す。○**上﨟女房**　地位の高い女房。↓上「源氏勢汰への事」。○**弓の筈**　弓の両端の弦をかけるところ。○**二条院の御在位のはじめつかた**　二条天皇は保元三年（一一五八）八月十一日、十六歳で即位。平治の乱の約一年前のことである。○**御かづら**　添え髪。頭髪を補うための毛。○**別当**　惟方のこと。○**帰忠**　返り忠。味方を裏切って、敵について忠節を尽くすこと。○**忠小別当**　「忠」は返り忠の「忠」、それに「小」とならべて「中」をひびかせているか。「小」は背の低い意。古活字本には、「此人は、生得勢ちいさくおはしければ、小別当とぞ人申ける。それに信頼卿にくみして、院・内ををしこめ奉る中媒をなし、今又ぬすみいだしまいらする中媒せられければ、時の人、中小別当とぞいひける」とあり、解釈を異にしている。○**雲上に飛鳥は……**　出典は『白氏文集』の新楽府「天可レ度」。「海底魚兮天上鳥。高可レ射兮深可レ釣。唯有二人心相対時。咫尺之間不レ能レ料」とある。○**黄石公**　張良に下邳《かひ》の土橋の上で、太公望の兵法書を授けたという老人。名は「神石」とも（『論衡』巻十八「自然」）。黄色い石の化身で、張良は黄石公の予言通り、穀城山の下で黄色い石を拾い、張良の死後、この黄石は張良と合葬されたという。『論衡』巻十六「講瑞」には「黄石為二老父一、授二書張良一、去復為レ石」とある。黄石述と誤伝されていた兵法書に『六韜』『三略』がある。『史記』巻五十五「留侯世家」参照。○**一巻の書**　「一巻」は「いちくわん」と読む。張良の一巻の書は、『朗詠集』巻下雑「帝王」に「漢高三尺之剣、坐制二諸侯一。張良一巻之書、立登二師傅一（後漢書文）」とあるのに基づき有名になった表現。この句は『後漢書』を出典とすると注記されるが、実は雅材の冊文であるという（『江談抄』第六）。一巻の書と言われるものは、『史記』巻五十五「留侯世家」には「一編書」「太公兵法書」という名で見え、『論衡』巻十八「自然」には「太公書」「鬼書」と、その名が見える。太公望呂尚著述の兵法書のことであるが、唐代以来それに『六韜』『三略』を当てることが行われ、その著者を黄石と見なす俗説が生じた。また『玉葉』では黄石の手になる一巻の書として『素書』をそれに当てている。↓補注九二。○**張良**　生年未詳〜前一八九年？　前漢の高祖の臣。祖父・父とも韓の世族で、韓を滅ぼした秦の始皇帝を鉄槌で狙撃して失敗。潜伏中に下邳の橋の上で黄石より太公望の兵法書を授かった。後、劉邦に従い、参謀として功を立て、漢の統一後、留侯（江蘇）に封ぜられた。蕭何《しょうか》、韓信とともに漢朝創業の三傑とされる。もっぱら軍師であったが、我が国では剛勇の人として見なされていた。伝記は『史記』巻五十五「留侯世家」に見える。↓補注九三。○**騎里季**

「綺里季」が正字。商山の四皓の一人。四皓は用里先生、綺里季、夏黄公、東園公の四人をいう。ともに八十有余歳で、鬚も眉も真っ白であったので、四皓といった。四皓は秦の暴政を避け、商山に隠棲したが、漢の高祖の時代になっても山を下らなかった。『史記』巻五十五「留侯世家」に「顧、上(高祖)有㆓不㆑能㆑致者㆒、天下有㆓四人㆒。四人者年老矣。皆以為㆔上慢㆓侮人㆒。故逃匿㆓山中㆒、義不㆑為㆓漢臣㆒。然上高㆓此四人㆒」とあって、漢の高祖から深く尊敬されたものの、高祖の招請を受けなかった。○**漢恵をたすけし謀**　『朗詠集』巻下「老人」に「綺里季之輔㆓漢恵㆒。商山之月垂㆑眉」とあるのに基づいてなした文。漢の恵太子を商山の四皓が助けて即位させたことは『史記』巻五十五「留侯世家」に見えるが、それは張良の策になるものである。→補注九四。○**伊藤武者景綱**　↓上「六波羅より紀州へ早馬を立てらるる事」。○**糊張**　糊を張った白い布の狩衣。雑色・小舎人など身分の低い者の着衣。○**雑色**　雑職とも。無位無官で雑役や駈使などに従事した。定まった色の衣服を着さないためとも、雑役を務める故に名付けたともいう。「雑職〈ザウシキ〉〈小舎人。職或作㆑色〉」(黒本本)。○**楯太郎貞泰**　『吾妻鏡』養和元年(一一八一)八月十六日条に「館太郎貞保」とある。「伊勢平氏の一にして三重郡に拠る」(『姓氏家系大辞典』)。「伊勢国住人館太郎貞康」(『盛衰記』巻二十九「礪並山《となみやま》合戦」)、「伊勢国住人古市白児党に館六郎真康、同十郎真景」(長門本『平家』巻八「宇治橋軍事」、「館六郎真康」は館太郎貞康の誤りであろう)とある。○**牛飼**　牛飼童のこと。垂れ下がった童髪であったため、年齢に関係なく牛飼童といった。○**大宮**　大宮大路。大内裏に沿って南北に通じている大路。東と西の両大路があったが、ここは東大宮大路。○**上東門**　大内裏外郭の、当面する四門のうち、一番北の腋門。「上東門〈陽明門北　東面　号㆓土御門㆒〉」(『拾《しゅう》芥抄《がいしょう》』中)。藻壁門を出た後、再び上東門を出ることはあり得ない道順。○**土御門**　上東門の前から東に伸びる大路。○**参河守頼盛**　長承元年(一一三二)?~文治二年(一一八六)。桓武平氏。

刑部卿忠盛の五男。清盛の異母弟。久安三年（一一四七）蔵人。常陸介、安芸守、三河守を歴任。平治の乱の折は、従四位上、三河守、中務大輔、二十八歳位。平治の乱後、右兵衛佐、左兵衛督などを経て、寿永二年（一一八三）権大納言に至り、池殿、あるいは池大納言と呼ばれた。平家滅亡後も、母の池禅尼が頼朝を助けた縁により、頼朝の厚遇を得て、元暦元年（一一八四）に大納言に還任したが、半年ほどで辞任した。元暦二年（一一八五）出家、翌二年に薨じた。○**土御門東洞院**　東西に通じる土御門大路と、南北に通じる東洞院大路との交差する辺。

【校訂注】　**1に**　底本ナシ。天・和・玄・書・学二・金により補った。　**2時の人**　底本「時人」。他本に従って「の」を補った。　**3射つへし**　底本「射つくへし」。他本に従って「く」を削除した。　**4上東門**　底本「上東門院」。他本に従って「院」を削除した。　**5程こそ**　底本「程にそ」。他本に従って改めた。

【解説】　後白河上皇の仁和寺御幸につづき、二条天皇の六波羅行幸の様子が語られる。女装した天皇は北野社参詣を装って警固の武士を欺き、六波羅へ入る。

六波羅行幸に関して『愚管抄』巻五の記述を確認する。十二月十七日の清盛帰京を記した後、大方世ノ中ニハ三条内大臣公教、ソノ後ノ八条太政大臣以下、サモアル人々、「世ハカクテハイカヾセンゾ。信頼・義朝・師仲等が中ニ、マコトシク世ヲオコナフベキ人ナシ」。主上二条院ノ外舅ニテ大納言経宗、コトニ鳥羽院モツケマイラセラレタリケル惟方検非違使別当ニテアリケル、コノ二人主上ニハツキマイラセテ、信頼同心ノヨシニテアリケルモ、ソ、ヤキツ、ヤキツ、、「清盛朝臣コトナクイリテ、六波羅ノ家ニ有ケル」ト、トカク議定シテ、六波羅へ行幸ヲナサント議シカタメタリケリ。

朝廷では公教らを中心に、信頼らに政務は委ねられないとして、協議によって清盛のいる六波羅への行幸が決定、「十二月廿五日乙亥丑ノ時」行幸が行われた。

この行幸計画は清盛の指示によるものであった。その内容は、

「ヒルヨリ女房ノ出ンズルレウノ車トオボシクテ、牛飼バカリニテ下スダレノ車ヲマイラセテオキ候ハン。サテ夜サシフケ候ハン程ニ、二条大宮ノ辺ニ焼亡ヲイダシ候ハヾ、武士ドモハ何事ゾトテソノ所ヘ皆マウデ来候ナンズラン。ソノ時ソノ御車ニテ行幸ノナリ候ベキゾ」トヤクソクシテケリ。

火事を起こして武士達の注意を惹き付け、その隙に六波羅へ向かうということは物語にはみえないが、女房車を用いたというところが、女房姿の天皇の内裏脱出という物語の内容と通底する。

【本文】

平家の人々悦《よろこぶ》事かぎりなし。右少弁成頼馳《(は)》[1]せまはり、「六波羅、皇居に成《なり》ぬ。心ざしおもひ参らせ給はむ人〴〵参るべし」と披露せられければ、大殿《おほとの》・関白《くわんぱく》・太政大臣《だいじやうだいじん》・左右《さうの》大臣・内大臣以下《いげ》、公卿殿上人《くぎやうてんじやうびと》、我《(われ)》も〳〵と馳《はせ》まゐ《(い)》れば、馬《むま》・車さりあへず。東西南北より馳《はせ》入《いる》兵共《つはものども》、内裏へと心ざしけれ共、「主上《しゆしやう》六波羅へ」と聞えさせ給《たまひ》しかば、みな六波羅へ馳《はせ》まゐ《(い)》る。其勢雲霞《そのせいうんか》の如し。

【現代語訳】

平家の人々は限りなく喜んだ。右少弁成頼が走り回り、「六波羅が皇居になった。主上に忠誠を尽くそうと思い申し上げている人々は、参上せよ」と披露なさったところ、大殿・関白・太政大臣・左右の大臣・内大臣以下、公卿殿上人は我も我もと馳せ参じたので、馬も車もひしめきあった。東西南北から京へ馳せ入る兵たちは、内裏へ行こうと目指したけれども、「主上は六波羅に行幸なさった」と触れ回りなさったので、みな六波羅へ馳せ参じた。その勢は雲霞のようであった。

【語釈】　**○右少弁成頼**　→上「清盛六波羅上著の事……」。　**○大殿**　前関白藤原忠通。永長二年（一〇九七）～長寛二年（一一六四）。忠実の一男。保安二年（一一二一）正月二十二日に内覧。同三月五日関白。時に内大臣であった。同四年崇徳天皇の即位とともに摂政、大治三年（一一二八）太政大臣、同四年関白、永治元年（一一四一）に近衛天皇の摂政、久安六年（一一五〇）関白、久寿二年（一一五五）後白河天皇の関白となった。保元三年（一一五八）に関白を辞し、子基実に譲る。平治の乱の折は、前関白、前太政大臣、六十三歳である。晩年は法性寺に隠棲し、法性寺殿、法性寺関白と呼ばれた。書道にすぐれ、漢詩文もよくした。書の流派を法性寺流といい、家集に『田多民治《ただみち》集《しゅう》』、詩集に『法性寺関白集』があり、その日記を『法性寺関白記』という。　**○関白**　藤原基実。康治二年（一一四三）～永万二年（一一六六）。忠通の一男。仁平二年（一一五二）に十歳で従三位に叙され、左中将に任ず。久寿三年（一一五六）に参議。保元二年（一一五七）に正二位、右大臣、保元三年に関白となった。平治の乱の折は、正二位、関白、右大臣、十七歳である。乱後、永暦元年（一一六〇）に左大臣、永万元年（一一六五）に六条天皇の摂政となり、同二年七月に二十四歳で薨じた。六条殿と号した。↓補注九五。　○**太政大臣**　藤原宗輔。承暦元年（一〇七七）〜応保二年（一一六二）。権大納言宗俊の二男。保安三年（一一二二）参議。権中納言、右大臣を経て、保元二年（一一五七）太政大臣。平治の乱の折は、従一位、太政大臣、八十三歳である。乱後、平治二年に太政大臣を退き、応保二年に八十六歳で薨じた。京極太政大臣と号し、蜂飼大臣と呼ばれた（『公卿』）、「号二堀川又京極一」（『尊卑』）。　○**左右大臣**　左大臣は藤原伊通。時に正二位、左大臣、六十七歳。↓上「信西の子息尋ねらるる事……」。右大臣は関白藤原基実。関白と右大臣は同一人。　○**内大臣**　藤原公教。↓上「信西の子息尋ねらるる事……」。　○**公卿殿上人**　↓上「信西の子息尋ねらるる事……」。

【校訂注】　**1はせまはり**　底本「はせ参り」。蓬左本系列は底本に同じであるが、文意に問題がある。ここは内「はせまはり」、金「馳めぐり」、学二「馳廻り」、半「走回」とあるように、「馳めぐり」もしくは「馳まはり」とあるべきところ。底本の「参り（まいり）」は「まハり」の誤写を受けたものと見て、「参り」を「まはり」と改めた。

【解説】　天皇の行幸によって六波羅に公卿殿上人をはじめ多くの人々が馳せ集まる。この段に関する『愚管抄』の内容は以下の通りである。

　ホノ〴〵トスル程ナリケリ。ヤガテ院ノ御幸、上西門院・美福門院、御幸ドモナリ合セ給テアリケリ。大殿・関白相グシテマイラレタリケリ。（中略）ソノ夜中ニハ京中ニ、「行幸六波羅ヘナリ候ヌルゾ〳〵」トノ、シラセケリ。

六波羅を訪れた人々の中に後白河上皇の名があることは物語とは異なるものの、「大殿」忠通、

「関白」基実の参入、そして六波羅行幸を告げまわったとする点は物語と重なる。

ところで、この章段は『平治物語絵詞』の一つ『六波羅行幸巻』（東京国立博物館蔵）に描かれている。この巻は四段から構成される。第一段は内裏から内侍所を運び出そうとするところを清盛配下の武士が制止している場面と二条天皇と中宮の乗る牛車が六波羅へ向かう場面である。後者では朔平門を警固する武士達（うち一人は松明を掲げている）が牛車の前後の簾をはね上げて車内をのぞき込んでいる。車の前方には女性の姿がわずかに現れている。同乗した中宮あるいは女装した天皇であろうか。続いて、道の両側に出迎えの武士達が下馬し片膝を突いて控えている中を牛車が速度をあげて進む様子が描かれる。第二段は、物語にはない美福門院の車が八条院から六波羅へ向かう場面となる。第三段は六波羅行幸を聞き、公卿・殿上人が馳せ集まる場面。邸の前には牛を外した車六台が並べられ、門を武士達が固めている。第四段は事態の報せを受けて狼狽する信頼の様子が描かれる（↓次章段「源氏勢汰への事」【解説】）。

源氏勢汰への事

【本文】

信頼卿《のぶよりのきやう》夢にも是《これ》を知り給はず。小袖に緋[1]《(ひ)》の袴きて、冠《かぶり》に巾子紙入《(こじがみ)いれ》、天子出御《しゆつぎよ》のふるまひをす。酔狂《ゑひぐるひ》のあまりに、上臈《じやうらふ》女房達よびよせ、「爰《ここ》さすれ、かしこうて」などいひてふしたりけり。

廿七日早旦《さうたん》に、越後《ゑちごの》中将成親参内《さんだい》して、「行幸《ぎやうがう》は六波羅へ、御幸《ごかう》は仁和寺へと承り候《さうらふ》はいかに」。信頼卿、「よも、さは候はじ。経宗《つねむね》・惟方《これかた》に申含《まうしふくめ》て候《さうらふ》物を」との給へば、成親、「その人共《ひとども》のはからひとこそ承り候へ」と申されければ、「[2]さては、さもや[3]候《さうらふ》らん」とて、がはとおきて走りめぐり[4]見《(み)》まゐらせけれども、主上《しゆしやう》もわたらせ給はず、上皇《しやうくわう》もみえさせ給はず。別当もなし、新大納言もみえず。「こはいかに。此《この》者共に謀《たばから》れけり」と、護法《ごほふ》などの付《つき》たるやうに、を《(お)》どりあがり〳〵、いかられけれども、太《(ふと)》りせめたる大《だい》の男にて、板敷のみぞ響《ひびき》ける。を《(お)》どり出《いだ》したる事もなし。「此事《このこと》披露候《さうらふ》な」との給ひけるは、無下《むげ》にいふかひなくぞ覚えける。

【現代語訳】

信頼卿は夢にもこれをお知りにならない。小袖に緋色の袴をつけて、冠に巾子紙を入れ、天子出御の振る舞いをする。泥酔した勢いで上臈女房たちを呼び寄せ、「ここをさすれ、あそこをたたけ」などと言って横になっていた。

二十七日の早朝に、越後中将成親が参内し、「行幸は六波羅へ、御幸は仁和寺へとうかがいましたが、どういうことですか」と申し上げたところ、信頼卿は、「まさかそういうことはありますまい。経宗と惟方によくよく言い聞かせてあるものを」と言われると、「その人たちの手引きとうかがっております」と申されたので、「そういうことなら、そうかもしれない」と思って、がばっと起き上がり走り回り見申し上げたけれども、主上もおいでにならない、上皇もお見えにならない。別当もいない、新大納言も見えない。「これはどうしたことだ。この者たちにしてやられたわい」と、護法などがとり付いたように、跳びはね跳びはね怒りまくったけれども、はちきれんばかりに太った大の男のこと、板敷きだけが響きわたった。跳びはねてはみたものの、得られた成果はなにもなかった。「このことを外部に漏らすな」と言われたが、このうえなく情けないことと思われた。

【語釈】　**○小袖**　袖口を狭くした衣服。大袖の下に着る衣、あるいは平服や肌着として、男女ともに着用した。「そのうちきの袖の大なるに対して、常の衣服をば小袖と云なり。かたびら、単物、あはせにても、袖を小くして袖下を丸くしたるは皆小袖なり。わた入れたるばかりを小袖といふはあやまり也」（『貞丈雑記』）。**○緋の袴**　内「しろはかま」、金・学二「白袴〈しろばかま〉」、八行本「しろきはかま」、蓬・監・半「日の袴」、天・和・玄・書「ひのはかま」。恐らく「日のはかま」から「白のはかま」と変化したのであろう。紅の袴は天子が出御なるときの衣装である。『装束抄』の「天子直衣着御例」の項に「五節参入。主上御装束ヲメス。……紅ノ御下袴。白御檜扇等ト云々」とあり、『太平記』巻十七「山門牒送二南都一」に「忝《かたじけなく》モ十善ノ天子、紅ノ御袴ヲヌガセ給ヒ、三寸ヅヽ切テ、所望ノ兵共ニゾ被レ下ケル」とあるように、天子の着用する袴は紅である。『撰塵装束抄』あるいは『令義解』によると、礼服は皇太子、親王、諸王、諸臣ともすべて白袴を用いることになっており、紅の袴は天皇のみに許された色である。信頼はここでは「緋の袴」を着用しており、その色の類似を「天子出御のふるまひ」といったもの。**○巾子紙**　冠の纓を前方に折り曲げ、巾子（髻を入れるための、冠の高く盛り上がったところ）を挟むようにして留めるための紙。『装束抄』「天子御冠」の項に「又御神事ノ時ハ、御《お》幘《さく》トテ、白キ絹ヲ以テ巾子ヲ結バセ給フナリ」とあり、『深窓秘抄』に「金巾子。常ニメサル、御冠也。金ノ紙ヲ以、御纓ヲハサム也」とあるところを見ると、信頼は金紙で纓を留めていたのであろう。「巾子〈コジ〉」（『名目抄』）。**○酔狂**「Yeigurui 酒に酔った人の乱暴や乱行」、「Suiqiŏ Yoi gurui 大酒を飲むことから起こるふしだらや乱暴」（『邦訳日葡』）。**○上臈女房**　大臣の娘、二位あるいは三位に叙された典侍をいう。『禁秘抄』上「上臈」の項に「不レ謂二是非一、二三位典侍号二上臈一。着二赤青色一、候二御陪膳一也。不レ補二是等職一聴レ色、大臣或大臣孫也」とある。大臣の娘以外で、典侍に任ぜられたのは、紀伊二位朝子や源光保の娘保子など、ほとんどが天皇の乳母であった。**○越後中将成親**　↓上「信頼信西を亡ぼさる議の事」。**○主上**　二条天皇。**○上皇**　後白河上皇。**○別当**　藤原惟方。**○新大納言**　藤原経宗。**○護法**　護法がとりつくと、「をどりあがり〳〵」すると考えられていたのであろう、例は多い。『盛衰記』巻十八「仙洞管絃」に「護法ノ付タル者ノ様ニ躍上〳〵テ出ザリケリ」とあり、『曾我物語』巻七「三井寺大師事」に「すでに祭文におよびければ、護法のわたると見えて、いろ〳〵の金銭幣帛、あるひは空にまひあがりて、まひあそび、あるひは壇上をどりまはる」などとある。護法↓上「叡山物語の事」。

【校訂注】　**1ひ**　底本「日」。天・和・玄は「ひ」。「日」を仮名と判断し、「緋」の漢字を当てた。　**2さては**　底本ナシ。天・玄・監・半により補った。　**3らん**　底本「覧」。意改。　**4みまゐらせ**　底本「みまらせ」。天・玄・内・監・半により「ゐ」を補った。

【解説】　天皇の行幸によって内裏となった六波羅が歓喜に包まれ、馳せ集まった貴族や武士でひしめき合っている頃、信頼は成親から経宗・惟方の寝返りによって事態が急変したことを告げられる。

増長し「天子出御のふるまひ」をする信頼の姿を最初に叙述することによって、その周章狼狽ぶり、愚かさを一層鮮明にする。

この一節が『六波羅行幸巻』の最終段に描写されていることは既に述べた。そこでは、まず、小袖に緋の袴姿の信頼に成親が事の次第を告げる場面を描く。成親が顔を近づけ、小声で伝えているような様子である。また、警戒心の無さを表しているのであろう、信頼の背後には置かれたままの武具が描かれている。続いて、走り回って天皇らを捜す姿、そして手足を大きく振り上げて地団駄を踏んで躍り上がっている姿が描出される。

【本文】

悪源太《あくげんだ》義平、賀茂へ詣《まうで》けるが、此《この》よしを聞《きき》て馳《(は)》せ帰り、義朝に申《まうし》けるは、「行幸は六波羅へ、御幸は仁和寺へと承り候《さうらふ》は、何とか聞食《きこしめし》候」と申されければ、「義朝もかやうにきゝつれども、信頼もいまだかくともしらせず。さればとて、源氏のならひに心がはり有《ある》べからず。籠勢《こもるせい》をしるせや」とて、内裏の勢をぞしるしける。

大将軍《たいしやうぐん》には悪右衛門督《あくうゑもんのかみ》信頼、子息新侍従信親、信頼の舎兄《しやきやう》民部権少輔《みんぶのごんのせう》基頼、弟《おとと》の尾張《をはりの》少将信時、兵部 権大輔《ひやうぶのごんのたいふ》家頼、其外《そのほか》、伏見源中納言《ふしみのげんぢうなごん》師仲、越後《ゑちごの》中将成親、治部卿《ぢぶきやう》兼通、伊与前司《いよのぜんじ》信貞、壱岐守貞知、但馬守有房、兵庫頭《ひやうごのかみ》頼政、出雲前司《いづものせんじ》光泰、伊賀守光基、河内守末真《すゑざね》、子息左衛門尉末盛、左馬頭義朝、嫡子鎌倉悪源太《かまくらのあくげんだ》義平、二男中宮太夫進《ちうぐうのたいふのしん》朝長、三男右兵衛佐《うひやうゑのすけ》頼朝、義朝の伯父《をぢ》陸奥《むつの》六郎義高、義朝の弟[1]新宮《しんぐうの》十郎義盛、従子《いとこ》佐渡式部大夫《さどのしきぶのたいふ》重成、平賀《ひらかの》四郎

義宣《よしのぶ》。郎等《らうどう》には、鎌田《かまだ》兵衛《びやうゑ》政清[2]、後藤兵衛真基《びやうゑさねもと》。近江国には佐々木源三秀能《ささきのげんざうひでよし》。尾張国には熱田大宮司《あつたのだいくじ》太郎は義朝にはこじうとなり、我《わが》身は上《のぼ》らね共、家子《いへのこ》・郎等《らうどう》さしつかはす。参河国《みかはのくに》には重原兵衛《びやうゑ》父子二騎。相模国には波多野《はだのの》二郎義通、三浦荒二郎《みうらのあらじらう》義澄、山内須藤刑部《やまのうちのすどうぎやうぶ》俊通[3]、子息須藤滝口《たきぐち》俊綱。武蔵国には長井《ながゐの》斎藤別当真盛《さねもり》、岡部六弥太《をかべのろくやた》忠澄、猪俣金平六《ゐのまたのこんぺいろく》範綱、熊谷《くまがえの》次郎直実、平山武者所《ひらやまのむしやどころ》季重、金子《かねこの》十郎家忠、足立右馬允《あだちのうまのじよう》遠元、上総介《かずさのすけ》八郎弘経。常陸国には関《せきの》次郎時貞。上野国には大胡《おほご》、大室、大類《おほるいの》太郎。信濃国には片切小八郎太夫《かたぎりのこはちらうたいふ》景重、木《き》曾《その》中太《ちうだ》、弥中太《やちうだ》、常葉井《ときはゐ》、榑《くれ》、強戸《がうどの》次郎。甲斐国には井沢《ゐさはの》四郎信景を始《はじめ》として、宗《むね》との兵《つはもの》二百人、已下《いげ》の軍兵《ぐんびやう》二千余騎とぞ記されける。

【現代語訳】

悪源太義平は、賀茂へ参詣していたが、この由を聞いて馳せ帰り、義朝に申し上げたことは、「行幸は六波羅へ、御幸は仁和寺へとうかがいましたが、どのようにお聞きですか」と申しあげなさったところ、「義朝もこのように聞いたけれども、信頼もまだこうとも知らせてこない。かといって、源氏の伝統として心変わりはあってはならない。内裏に籠る軍勢を記せ」と言って、内裏の軍勢を記した。

大将軍には悪右衛門督信頼、子息新侍従信親、信頼の舎兄民部権少輔基頼、弟の尾張少将信説、兵部権大輔家頼。そのほか、伏見源中納言師仲、越後中将成親、治部卿兼通、伊予前司信貞、壱岐守貞知、但馬守有房、兵庫頭頼政、出雲前司光保、伊賀守光基、河内守季実、

子息左衛門尉季盛、左馬頭義朝、嫡子鎌倉悪源太義平、二男中宮大夫進朝長、三男右兵衛佐頼朝、義朝の伯父陸奥六郎義隆、義朝の弟新宮十郎義盛、従子佐渡式部大夫重成、平賀四郎義信。郎等には、鎌田兵衛正清、後藤兵衛実基。近江国には、佐々木源三秀義。尾張国には、熱田大宮司太郎は義朝にとって小舅である、自身は上洛しなかったが、家子・郎等を派遣した。三河国には、重原兵衛父子二騎。相模国には、波多野二郎義通、三浦荒二郎義澄、山内須藤刑部俊通、子息須藤滝口俊綱。武蔵国には、長井斎藤別当実盛、岡部六弥太忠澄、猪俣金平六範綱、熊谷次郎直実、平山武者所季重、金子十郎家忠、足立右馬允遠元、上総介八郎広常。常陸国には、関次郎時貞。上野国には、大胡、大室、大類太郎。信濃国には、片切小八郎大夫景重、木曾中太、弥中太、常葉井、榑、強戸次郎。甲斐国には、井沢四郎信景をはじめとして、主立った兵二百人、以下の軍兵二千余騎と記された。

【語釈】　**○悪源太義平**　→上「信西の子息尋ねらるる事……」。　**○賀茂**　賀茂《かも》別雷《わけいかづち》神社。一般に上賀茂神社という。京都市北区上賀茂本山。山城国の一宮。祭神は別雷神。天武七年（六七八）の創建。延暦十三年（七九四）の平安遷都以後は、宮都鎮護の地主神として、伊勢神宮に次ぐ社格となり、斎院が置かれた。　**○義朝**　→上「信頼信西を亡ぼさるる議の事」。　**○悪右衛門督信頼**　「悪」は一般的に強い、激しいの意を表すが、ここは他人に対して峻厳な、の意か。　**○新侍従信親**　藤原信頼の子。久寿二年（一一五五）～没年未詳。「従五位下。侍従」（『尊卑』）。清盛の婿であった。『兵範記』嘉応二年（一一七〇）五月十六日条に、信親の伊豆国への配流を記し、「前侍従々五位下藤原信親〈是故右衛門督信頼息〉、彼卿死罪之時、依二五歳幼稚一無二沙汰一、成長之後、更被レ行二此罪一云々」とあり、平治の乱当時五歳であり、戦闘には参加していなかったであろう。○**民部権少輔基頼**　基成の誤り。大蔵卿忠隆の子。生没年未詳。康治二年（一一四三）陸奥守として任地に下り、従五位上、鎮守府将軍に任ぜられた（『本朝世紀』康治二年（一一四三）四月一日条）。『尊卑』に「陸奥守、従五位上、民部少甫」とある。平治の乱の折に民部少輔であったかは未詳。平治の乱の後、平泉に流されたらしい。娘は奥州藤原氏、泰衡の母。○**尾張少将信時**　「信説」が正字。生没年未詳。大蔵卿忠隆の子。信頼の同母弟。妻は別当惟方の娘。『尊卑』に「右近権少将、武蔵守、尾張守、正五位下」とある。『兵範記』によれば、保元三年（一一五八）四月二日の除目に右近衛権少将に任ぜられ、十二月十七日に正五位下に叙されている。平治の乱の折は、正五位下、右少将であった。○**兵部権大輔家頼**　信頼の同母弟。久安五年（一一四九）従五位下、長門守となる（『本朝世紀』同年十月十九日条）。保元三年（一一五八）五月六日に兵部権大輔に任ぜられた（『兵範記』）。『尊卑』には「従五位上、長門守、兵部権大甫、出家願蓮房」とある。平治の乱の折は、兵部権大輔で、おそらく従五位上であった。○**治部卿兼通**　藤原光隆の誤りであろう。大治二年（一一二七）～建久九年（一一九八）？　中納言清隆の一男。覚一本『平家』巻八に登場する「猫間中納言」。歌人家隆の父に当たる。蔵人。淡路・安芸・出雲の守、左衛門佐、内蔵頭を歴任し、保元二年に治部卿、同年に越中守を兼任した。平治の乱の折は正四位下、越中守、治部卿、三十三歳である（『公卿』）。平治元年十二月二十七日に解官された。「依二信頼卿縁坐一也」とある。しかし翌年四月三日には治部卿に還任している。その後、権中納言、正二位、大宰権帥に至り、建久九年に七十二歳で出家。○**治部卿**　治部省の長官。治部省は、五位以上の官人の姓氏・婚姻・葬送や、姓氏に関する訴訟を職掌とした。○**伊与前司信貞**　世系等未詳。○**壱岐守貞知**　世系等未詳。○**但馬守有**

房　生没年未詳。村上源氏。大蔵卿師行《もろゆき》の子。保元二年（一一五七）三月二十六日に但馬守、同三年正月六日に従五位上（『兵範記』）。そのまま平治の乱を迎えている。『尊卑』有房の子有通の注記に「母清盛公女。或忠盛女云々」とある。清盛か忠盛の婿であったらしい。その関係からか、乱後も朝廷に出仕しており、『兵範記』仁安元年（一一六六）十月十日条に「有房、昇殿、正五位下右近少将」と見える。同二年左少将（『玉葉』正月十六日条）、安元元年（一一七五）周防守を兼任（『山槐記』九月十三日条）、正四位下、近衛中将に至った（『玉葉』治承二年一月五日、養和元年十一月二十九日条）。　○**兵庫頭頼政・出雲前司光泰・伊賀守光基**　↓上「信頼信西を亡ぼさるる議の事」。○**河内守末真**　「季実」が正字。文徳源氏。平治元年十二月十四日の除目で、河内守に任ぜられた。↓上「信頼信西を亡ぼさるる議の事」。　○**左衛門尉末盛**　「季盛」が正字。生年未詳～平治元年（一一五九）。季実の子。『尊卑』に「為㆓清盛公子㆒。二条院坊右木島。……平治元年十二卅与㆑父同時被㆑誅」とある。清盛の養子であった。　○**中宮太夫進朝長**　天養元年（一一四四）～平治元年（一一五九）。義朝の二男。『吾妻鏡』治承四年（一一八〇）十月十七日条によれば、母は波多野二郎義通の妻の妹に当たるという。「中宮少進、従五位下、左兵衛尉、号㆓中宮大夫進㆒」（『尊卑』）。『山槐記』平治元年二月二十一日の宮司除目に「少進従五位下源朝長」とあり、弟頼朝の退任の後を襲って、中宮少進に任ぜられ、そのまま平治の乱を迎えた。　○**中宮太夫進**　五位で中宮少進であったため、中宮大夫進と呼ばれた。中宮職は中務省に属し、中宮に関する事務を執った。長官を大夫、次官を亮といい、大・少進は三等官。　○**右兵衛佐頼朝**　久安三年（一一四七）～建久十年（一一九九）。義朝の三男。保元三年（一一五八）二月に皇后宮権少進（正六位上）、同四年一月に右近将監を兼ね、次いで上西門院の蔵人。平治元年二月十九日には左兵衛尉と見え、そのまま平治の乱を迎えた。位は従五位下、年齢は十三歳であった。平治の乱の最中に行われた除目で、右兵衛権佐に任じられ、『平治』は以降、兵衛佐、佐殿の呼称を用いる。伊豆配流を経て、寿永二年（一一八三）本位に復し、正二位、権大納言、征夷大将軍に至った。　○**右兵衛佐**　右兵衛府の次官。長官は督。左右兵衛府は宮門の警護、巡検、行幸の際の護衛などを任務とした。　○**陸奥六郎義高**　「義隆」が正字。生年未詳～平治元年（一一五九）。清和源氏。八幡太郎義家の子。『尊卑』には七男とし、「号㆓森冠者、陸奥七郎㆒」とある。また『清和源氏系図』に「号㆓森六郎㆒」とあり、『吾妻鏡』治承四年（一一八〇）九月十七日条に「陸奥六郎義隆」、同文治元年（一一八五）九月三日条に「毛利冠者義隆」とある。相模の毛利を知行していた（一類本・中「義朝敗北の事」）。毛利庄は神奈川県愛甲郡愛川町と厚木市にかけてあった庄園。義隆の最期については中「義朝敗北の事」に見える。　○**新宮十郎義盛**　生年未詳～文治二年（一一八六）。清和源氏。六条判官為義の十男。『尊卑』に「住㆓熊野新宮㆒、又号㆓新宮十郎㆒、号㆓十郎蔵人㆒、備前守、従五上、蔵人」とある。行家と改名した。以仁王の令旨を携え、諸国の源氏へ決起を促す使いとなった。治承五年（一一八一）墨俣で平家に大敗し、まず頼朝と、次いで義仲とも離反した。義経とともに西国に落ちる途中遭難し、最後は北条時政に捕らえられ、淀の赤井河原で斬られた。　○**佐渡式部大夫重成**　↓上「三条殿へ発向……」。　○**平賀四郎義宣**　「義信」が正字。生没年未詳。清和源氏。平賀冠者盛義の子。新羅三郎義光の孫。佐久市平賀の住人。『尊卑』に「従五下、駿河武蔵守、大内四郎、為㆓義宗猶子㆒、本名義遠」とある。『吾妻鏡』文治元年（一一八五）九月九日条に「武州（義信）者、平治逆乱之時為㆓先考（義朝）御供㆒（于時号㆓平賀冠者㆒）」とある。頼朝挙兵後は、頼朝に厚遇された。なお、一類本・中「義朝敗北の事」に、十七歳とあるので、それに従えば康治二年（一一四三）の生まれとなる。　○**鎌田兵衛政清**　「正清」が正字。保安四年（一一二三）？～永暦元年（一一六〇）。鎌田権守通清の子。俵藤太秀郷の子孫（『尊卑』）とも、藤原師忠の子孫（『山内首藤系図』）ともいう。義朝の乳母子。『山内首藤系図』に「平治乱時、相二具源義朝一従」とある。祖父助道は源頼義の郎従、父通清は為義の郎従であり、源氏相伝の郎従であった。『保元』では義朝に従って、中心的な役割を果たしている。その最期は下「義朝内海下向の事……」に見える。鎌田は静岡市鎌田であろう。なお、上「信西の子息尋ねらるる事……」に「鎌田次郎は兵衛尉に成て政家と改名す」とある。政家とあるべきところ。**○後藤兵衛真基**「実基」が正字。生没年未詳。俵藤太秀郷の子孫であるが、曾祖父公広が利仁の子孫後藤内則明の養子となった関係で、『尊卑』では両流に名を出す。左衛門尉実遠の子。一説に白河院武者所実信の子（『尊卑』一本）とも、右馬大夫助宗の子（『秀郷流系図　後藤』）とも。『尊卑』に「右兵衛尉」、『桐原系図』に「後藤兵衛〈尉ィ〉」とある。則明、およびその父則経とも源頼信の郎等であり、源氏相伝の郎従であった。頼朝挙兵とともにその陣営に馳せ参じた。平家滅亡後、養育した頼朝の妹が一条能保の北方になり、その乳夫として勢威を振るった。なお『桐原系図』に、父実遠に注して「平治乱於二千葉一死去」とある。**○近江国**　滋賀県。**○佐々木源三秀能**　「秀義」が正字。ただし『吾妻鏡』には「秀能」とも。天永三年（一一一二）～元暦元年（一一八四）。宇多源氏。近江国佐々木庄の住人。佐々木源次大夫季定の子。『尊卑』に「十三歳之時〈源〉為義為二猶子一。保安三年十一加二首服一与二太刀鎧等一旦夕随遂。仍保元平治兵革之時、相二順義朝一致二合戦一了」とある。また『吾妻鏡』治承四年（一一八〇）八月九日条に「有二近江国住人佐々木源三秀義者一、平治逆乱時、候二左典厩（義朝）御方一、於二戦場一竭二兵略一」とある。治承四年子息たちを率いて頼朝の挙兵に参じ、元暦元年（一一八四）七月十九日の伊賀の合戦で討ち死にした。平治の乱の折は四十八歳。**○尾張国**　愛知県北中部。**○熱田大宮司太郎**　藤原範忠。生没年未詳。季範の子。『尊卑』に「後白河院北面。熱田大宮司。従四上。内匠頭」と見え、『清獬眼抄《せいかいがんしょう》』に応保三年（二年が正しい）のこととして「前内匠頭、式部、熱田大宮司」と見える。範忠の姉妹が義朝の妻で、頼朝の母にあたる。**○熱田大宮司**　名古屋市熱田区にある熱田神宮の大宮司。歴代尾張氏が大宮司を務めてきたが、範忠の祖父季兼が尾張目代になって下った折、大宮司尾張員職の娘との間に一子を産んだ。これが季範であり、外祖父の員職から大宮司職を譲られ、以後季範の子孫がこの職を世襲した。大宮司は、伊勢、熱田、宇佐など、大社の神職の長。「Daicuji」（『日葡』）。**○家子**　一門の中の庶流、親族をいう。嫡流の惣領家と主従関係を結んでいる。郎等よりも上位に位置する。**○参河国**　愛知県の南東部。**○重原兵衛父子**　世系等未詳。重原は刈谷市重原。**○相模国**　神奈川県の西部。**○波多野二郎義通**　嘉承二年（一一〇七）～嘉応元年（一一六九）。秀郷流藤原氏。筑後権守遠義の二男。『尊卑』に「従五下」とある。義通の妻の妹（典膳大夫久経の娘）が朝長の母にあたる（『吾妻鏡』治承四年十月十七日条）。波多野は神奈川県秦野市。↓補注九六。**○三浦荒二郎義澄**　大治二年（一一二七）～正治二年（一二〇〇）。桓武平氏。板東八平氏の一。三浦大介義明の子。兄義宗が早世したため、家督を継いだ。三浦介、三浦次郎ともいう。『三浦系図』に「別当、矢部次郎、三浦介」とある。平治の乱の折は、三十三歳。頼朝挙兵の時は、父義明とともに頼朝を助け、頼朝が征夷大将軍に任ぜられたとき、その受け取り役を命じられた。相模介（『吾妻鏡』正治二年正月二十三日条）。三浦は神奈川県三浦半島一帯、衣笠城（横須賀市衣笠町）を本拠とした。**○山内須藤刑部俊通**　首藤とも。生年未詳～平治元年（一一五九）。俵藤太秀郷の子孫。山内刑部丞義通の子（『尊卑』）。『山内首藤系図』は父を通義とし、鎌田兵衛正清とは従兄弟同士とする。『尊卑』に「相二具義朝一、保元平治両度合戦。義朝朝臣郎等。滝口刑部丞」とあり、『山内首藤系図』に「……然者今俊通始居二住相模山内一、以二其地一為二家名一。号二山内首藤刑部丞俊通一。……武家長八幡太郎義家御室、資通依レ為レ姉、貞任宗任御征罰之時、幼少而属二義家幕下一、已奥州在身十二年云々。平治乱之時相二具源義朝一。十二月二十八日於二四条河原一討死畢」とある。また『吾妻鏡』治承四年（一一八〇）十一月二十六日条に「資通入道仕二八幡殿一為二廷尉禅室御乳母一以降、代代間、竭二微忠於源家一不レ可二勝計一。就中俊通、臨二平治戦場一、曝二骸於六条河原一訖」ともある。資清（助清）が義家の郎等となって以来、源氏相伝の郎等であった。俊通の妻が頼朝の乳母でもあった。〇**須藤滝口俊綱**　生年未詳～平治元年（一一五九）。刑部丞俊通の子。『尊卑』に「滝口四郎」とあり、『山内首藤系図』に「須藤滝口。平治乱討死」とある。〇**武蔵国**　神奈川県東部、東京都、埼玉県。〇**長井斎藤別当真盛**　「実盛」が正字。生年未詳～寿永二年（一一八三）。利仁流藤原氏。左馬允実遠の猶子。兄に当たる実直の実子という。もと加賀国の住人で、武蔵国の長井（熊谷市江波一帯）に移住した。『尊卑』に「武蔵国住人。号二長井斎藤一」とある。木曾義仲の父義賢が悪源太義平に討たれたとき、義仲を助け、木曾中三兼遠に託したことがあり、寿永二年、平家の義仲追討の折に白髪を染めて出陣し、そこで討死したことで有名。生年は『盛衰記』巻三十「真盛被レ討……」に寿永二年に七十三歳とあり、これに従えば天永二年（一一一一）の生まれとなる。〇**岡部六弥太忠澄**　生没年未詳。武蔵七党猪俣党。岡部六郎行忠の子。猪俣は小野篁《おののたかむら》の子孫と称している。『小野氏系図　猪俣』に「六郎。野六」とあり、『小野氏系図』に「六野太」とある。一ノ谷の合戦で、平忠度《ただのり》を討ち取った。岡部は埼玉県深谷市の旧岡部町一帯。〇**猪俣金平六範綱**　生没年未詳。武蔵七党猪俣党。猪俣小二郎資綱の子。小野篁の子孫という。『小野氏系図』に「小平六」。『小野氏系図　猪俣』に「一谷合戦ノ時、越中前司平盛俊討取。保元平治乱先陣」とある。保元の乱に義朝配下として名を出し、木曾義仲追討、平氏追討に従軍し、一ノ谷で平盛俊を討ち取った。猪俣は埼玉県児玉郡美里町猪俣。〇**熊谷次郎直実**　永治元年（一一四一）～承元二年（一二〇八）。桓武平氏。熊谷次郎大夫直貞の子。『古事談』第三に「熊ガエノ入道」とある。平治の乱の折は十九歳であった。後、平氏に属し、頼朝の挙兵時は頼朝と戦ったが、ほどなく頼朝の配下に入り、一ノ谷の先陣を平山武者所季重と争い、そこで平敦盛を討った。また建久三年（一一九二）に、所領の係争から頼朝の裁定を不服として出家した。『為盛発心集』に関東の弓取りのうち、「死生不レ知之強者四人」のひとりとする。『雑談集《ぞうたんしゅう》』巻八には「昔、熊谷二郎、軍ノ前度々カケ、ル。本ヨリ道心有テ、念珠ヲヒソカニモチテ、念仏シケルガ、スベテ人ヲモ害セズ、我モ疵ヲワズト申伝タリ」と、信心深い人柄であったと紹介されている。熊谷は埼玉県熊谷市。○**平山武者所季重**　↓上「主上六波羅へ行幸の事」。○**金子十郎家忠**　↓上「主上六波羅へ行幸の事」。○**足立右馬允遠元**　↓上「信西の子息尋ねらる事……」。そこに「足立四郎遠元は右馬允になさる」とある。○**上総介八郎弘経**　「広常」が正字。生年未詳～寿永二年（一一八三）。桓武平氏。上総介常澄の子。千葉県夷隅《いすみ》郡を中心に、上総国一帯に勢力を張った豪族。武蔵国の住人ではない。『尊卑』に「上総介。号二介八郎一」とあり、『千葉系図』に「上総介」とある。後に、頼朝が石橋山の戦いに敗北して安房に逃げた折、二万の軍勢を率いて援軍に駆けつけた。東国の豪族としての自負が強く、そこを頼朝に疎まれ、寿永二年梶原景時に謀殺された。○**常陸国**　茨城県。○**関次郎時貞**　俊平の誤り（『参考平治物語』）。俊平は生没年未詳。俵藤太秀郷の子孫、太郎五郎（大方五郎とも）政家の子。『保元』の官軍勢汰の中にも名が見えるが、事績不明。関は茨城県筑西市の旧関城町周辺。○**上野国**　群馬県。○**大胡**　大胡太郎隆義か、その子三郎実秀を指すのであろう。隆義は生没年未詳。俵藤太秀郷の子孫。『平家』に名の見える足利又太郎忠綱の同族。大胡は群馬県前橋市の旧大胡町一帯。『平家』巻四「橋合戦」に名が見え（『盛衰記』は応護）、『泰衡征伐物語』に「上野国、高山、小林、大胡、佐貫の輩を相催て」とある。上州八家の一（『釈曻集』）。↓補注九七。○**大室**　清和源氏。源満仲の弟満快の子孫政信が大室権守と名乗ったのに始まる。大室は群馬県前橋市東大室・西大室。『尊卑』に系図は載るものの名は特定できない。上州八家の一。↓補注九八。○**大類太郎**　武蔵七党の一、児玉党。藤原伊周の子孫という。大類は群馬県高崎市の大類各町。秩父平太行重が秩父権守平重綱の養子になって以来、平姓。大類太郎は行俊か。↓補注九九。○**信濃国**　長野県。○**片切小八郎太夫景重**　生年未詳～平治元年（一一五九）。清和源氏。片切源八為行の子。片切は長野県下伊那郡松川町上片桐。『尊卑』に「片切小八郎大夫。同国名子先祖。保元平治両度合戦属二義朝一、致二軍忠一」とあり、『吾妻鏡』元暦元年（一一八四）六月二十三日条に「片切太郎為安自二信濃国一被三召二出之一。殊令二憐愍一給。是父小八郎大夫者、平治逆乱之時、為二故左典厩御共一之間……」とある。↓補注一〇〇。○**木曾中太、弥中太**　恐らく木曾義仲の養父、中三権守中原兼遠の子、あるいは一族であろう。『保元』上「官軍勢汰へ……」に名が見え、『盛衰記』巻二十七「信濃横田川原軍事」に「信濃国ニハ、……木曾党ニハ中三権守兼遠ガ子息樋口次郎兼光、今井四郎兼平、与二、与三、木曾中太、弥中太」とあり、木曾党の一員である。○**常葉井**　世系等未詳。『盛衰記』巻十五「宇治合戦……」に「信濃国住人吉田安藤馬允・笠原平五・常葉江三郎ヲ始トシテ二百余騎進出テ戦ケルニ、常葉江三郎内甲射サセテ引退ク」と見える、常葉江に同じか。常葉井（常葉江）の地未詳。また、古活字本『承久記』下に、武田の手の者として常葉六郎が見える。水内郡（飯山市）と、北安曇郡に常盤郷がある。前者には左馬寮の牧が置かれていた。○**樽**　世系等未詳。○**強戸次郎**　世系等未詳。↓補注一〇一。○**甲斐国**　山梨県。○**井沢四郎信景**　生没年未詳。清和源氏、武田太郎信義の四男。一条二郎忠頼、板垣三郎兼信の弟に当たる。井沢は山梨県笛吹市石和町。井沢は石和、生沢、石禾などに作る。石禾御厨があった。『阿波伊沢系図』に「千葉常景の子なり」とある。『武田系図』によれば「（源）義光―義清―清光―信義―信景」であるが、『阿波伊沢系図』では「（平）忠常―忠将―常長―常景―信景」となっている。『曾我物語』巻四「三浦片貝が事」に「伊沢平蔵・伊沢平三」が見えるので、平姓であった可能性が大きい。母が武田義清の娘であった関係で、母の甥信義の養子となったものか。↓補注一〇二。

【校訂注】1の　底本ナシ。監を除く他本により補った。　2清　底本「家」とあり、右に「清」と傍書。監を除く他本に従って「清」とした。　3子息須藤　底本「子藤」。他本に従って「息須」を補った。表記は監による。

【本文】

去程《さるほど》に人〻《ひとびと》物具《もののぐ》せられけり。悪右衛門督信頼《あくうゑもんのかみのぶよりのきやう》卿は生年《しやうねん》廿七、赤地《あかぢ》の錦の直垂《ひたたれ》に、紫《むらさき》裾濃《(すそご)》の鎧に、菊の丸を黄に返《かへし》たる裾《(すそ)》金物《がなもの》をぞ打《うち》たりける。金作《こがねづくり》の太刀をはき、紫宸殿《ししんでん》の額《がく》の間《(ま)》の長押《なげし》に寄居《よりゐ》給へり。太《(ふと)》りせめたる大《だい》の男《をとこ》の、心の[1]剛臆《かうおく》は知《(し)》らね共、よそより見けるには、「あはれ大将や[2]」とぞ覚えける。奥州の[3]基衡《もとひら》、一《いち》の黒《くろ》とて秘蔵《ひさう》したりける名馬を院へ参らせたり。八寸《はっすん》ばかりなる馬に、金覆輪《きんぷくりん》の鞍《(を)》おかせ、[7]左近《さこん》の桜[4]の木の下《もと》に[5]東向《ひがしむき》に引立《ひきたて》たり。

[6]乗《のり》たもたんはしらねども、日の大将なれば、乗《(の)》らんと用意す。越後《ゑちごの》中将成親、生年廿四《にじふし》、紺地《こんぢ》の錦の直垂に、萌黄《もえぎ》威《(おどし)》の鎧に、鴛《をし》の円の裾《(すそ)》金物《がなもの》をぞ打《うち》たりける。長幅輪《ながぶくりん》の太刀をはき、信頼卿と[8]一所《いっしょ》に居給へり。鴾毛《つきげ》なる馬に鋳懸地《いっかけぢ》の鞍置《おき》て、右近の橘の[9]木の下に、是も東向に引立《ひきたて》たり。

左馬頭《さまのかみ》[10]義朝、生年卅七《さんじふしち》、練色《ねりいろ》の魚綾《ぎよりよう》の直垂に、楯無《(たてなし)》とて黒糸威《くろいとをどし》の鎧に、獅子《しし》の丸の裾《(すそ)》金物《がなもの》をぞ打《うち》たりける。鍬形《くはがた》うつたる甲《かぶと》の緒をしめ、怒物作《いかものづくり》の太刀をはき、黒《くろ》つ羽《(ば)》の矢負《おひ》、節《ふし》巻《まき》の弓持《もち》て、黒鴾毛《くろつきげ》なる馬に黒鞍《くろくら》置《(を)》かせ、日花門《じつくわもん》に引立《ひつたて》さす。嫡子鎌倉悪源太《ちやくしかまくらのあくげんだ》義平、生年十《じふ》九《く》歳、褐《(かちん)》の直垂に八龍《はちりう》と云《いふ》鎧をきる。胸《むな》板に龍を八打《やつうち》て威《(おど)》したりければ、八龍とは名付《なづけ》たり。高角《(たか)づの》の甲の緒をしめて、石切《いしきり》と云《いふ》太刀をはき、石打《いしうち》の矢負《(お)》ひ、所籐《(ところどう)》の弓持《もち》て、鹿毛《かげ》なる馬の[11]はやりきりたるに鏡鞍《かがみくら(を)》　おかせて、父義朝の馬とおなじ頭《かしら》に引立《ひつたて》さす。次男中宮太《ちうぐうのたい》夫進《ふのしん》朝長、十六歳、朽葉《(くちば)》の直垂に沢瀉《(おもだか)》といふ鎧をきる。又様《(やう)》はなし、沢瀉威《(おもだかおどし)》也。星白《ほしじろ》の甲の緒《を》をしめ、薄《うす》緑《(みどり)》といふ太刀をはき、白篦《しらの》に鵠《(くゞい)》の羽《は》にてはぎたる箭《や》負《おひ》、笛《ふえ》籐《(どう)》の弓持《もち》て、葦毛《あしげ》なる馬に白幅輪《しろぶくりん》の鞍置《(を)》かせ、兄義平の馬と同じ頭《かしら》に引立《ひつたて》さす。三男右兵衛佐頼朝、生年《しやうねん》十三、長絹《ちやうけん》の直垂に、元太《げんだ》が産衣《うぶぎぬ》と云《いふ》鎧をきる。八幡殿《はちまんどの》の幼《(おさな)》名《な》をば元太とぞいひける。二歳の時、[12]院より、「まゐ《(い)》らせよ[13]。御覧ぜらるべし」と仰《おほせ》を蒙《かうぶ》り、いそぎ鎧を威《(おど)》させ、袖に元太をするゐ《(へ)》て見参に入《いれ》ければ、元太が産《(うぶ)》衣《ぎぬ》とは名付《なづけ》たり。胸板《むないた》に天照太神《てんせうだいじん》・正八幡宮《しやうはちまんぐう》をあらはしまゐ《(い)》らせ、左右《さう》の袖には藤の花[14]のさッと咲《(さ)》きかゝりたる様《(やう)》を威《(おど)》させたり。白星《しらぼし》の甲の緒をしめて、鬚切《ひげきり》といふ太刀をはく。八幡殿、奥州にて貞任《さだたふ》を責《せめ》られし時、度々《どど》の間に生捕《いけどり》千人の首をうつ。鬚長かりける[15]は、ともにつッと切《きり》ければ、鬚切とは名付《なづけ》たり。鎧に産衣《うぶぎぬ》、太刀に鬚切、ことに秘蔵《ひさう》して、嫡〱《ちやくちやく》に譲《ゆづり》しかば、悪源太にこそたぶべかりしを、「三男なれ共、頼朝は末代《まつだい》の大将ぞ」とみ給ひけるにや、頼朝にたびにけり。十二さしたる染《(そめ)》羽《ば》の箭負《おひ》、重籐《(しげどう)》の弓もッて、栗毛《くりげ》なる馬に、柏木《かしはぎ》にみゝづくすりたる鞍置《(を)》かせて引立《ひきたて》たり。兄義平、朝長、郎等鎌田《かまだ》が方《(かた)》を見まはして、「六波羅より平家や寄《よせ》候はんに、人にさきをせられんよりも、先《まづ》押《(を)》しよせて責《せめ》候はば《(ご)》や」との給ひけるは、十三とはおぼえず、おとなしうぞ見《(み)》

えられける。

【現代語訳】

そうしているうちに、人々は武具をつけられた。悪右衛門督信頼卿は生年二十七、赤地の錦の直垂に、紫裾濃の鎧に、菊の丸を金色でかたどった裾金物を打ってある。金作りの太刀を身につけ、紫宸殿の額の間の長押に寄りかかっていらっしゃる。はちきれんばかりに太った大男で、剛勇か臆病かは分からないが、遠くから見る分には「あっぱれ、大将だなあ」と思われた。奥州の基衡が、一の黒といって秘蔵していた名馬を院へ進呈した。四尺八寸くらいの馬に、金覆輪の鞍を置かせ、左近の桜の木の下に東向きに引き立ててあった。乗りおおせるかどうかはわからないが、その日の大将なので、乗ろうとして馬の用意をした。越後中将成親は生年二十四、紺地の錦の直垂に、萌黄威の鎧に、鴛の丸の裾金物を打ってある。長覆輪の太刀をはき、信頼卿といっしょに座っていらっしゃる。鴾毛の馬に鋳懸地の鞍を置いて、右近の橘の下にこれも東向きに引き立ててあった。

左馬頭義朝は生年三十七、練色の魚綾の直垂に、楯無といって黒糸威の鎧に、獅子の丸の裾金物を打ってある。鍬形を打った兜の緒を締め、厳物作の太刀をはき、黒津羽の矢を背負い、節巻の弓を持って、黒鴾毛の馬に黒鞍を置いて、日華門に引っ立てさせる。嫡子鎌倉悪源太義平は生年十九歳、褐の直垂に、八龍という鎧を着る。胸板に龍を八つ打ち付けて威してあるので八龍と名付けていた。高角の兜の緒を締め、石切という太刀を身につけ、石打の矢を背負い、所籐の弓を持って、鹿毛の馬の勇み立ったのに、鏡鞍を置かせ、父義朝の馬と同じ頭の向きに引っ立てさせる。二男中宮大夫進朝長は十六歳、朽葉の直垂に、沢瀉という鎧を着る。またこれといった命名の由来はない。沢瀉威である。星白の兜の緒を締め、薄緑という太刀を身につけ、白篦に鴇の羽で矧いだ矢を背負い、笛籐の弓を持って、葦毛の馬に白覆輪の鞍を置かせて、兄義平の馬と同じ頭の向きに引っ立てさせる。三男右兵衛佐頼朝は生年十三、長絹の直垂に元太が産衣という鎧を着る。八幡殿の幼名を元太といった。二歳の時、院より、「連れて参れ。御覧になろう」というお言葉を賜って、急いで鎧を威させ、鎧の袖に元太を据えてお目にかけたので、元太が産衣と名付けたのであった。胸板に天照大神、正八幡宮を描き申し上げ、左右の袖には藤の花のさっと散りかかっている様子を威させた。白星の兜の緒を締め、鬚切という太刀を身につける。八幡殿が奥州で貞任を攻められたとき、たびたびの合戦の間に生け捕り千人の首を打つ。鬚の長い者は、鬚もろともにすぱっと切ったので、鬚切と名付けたのである。鎧には産衣、太刀には鬚切といって、格別に秘蔵して嫡々に譲ったので、悪源太にこそ賜るべきなのに、「三男ではあっても、頼朝は末代の大将だ」と御覧になったのであろうか、頼朝に賜った。十二本差した染め羽の矢を背負い、重籐の弓を持って、栗毛の馬に、柏木に木菟《みみずく》を磨った鞍を置かせて引っ立ててあった。兄義平、朝長、郎等鎌田の方を見回して、「六波羅から平家が攻め寄せてくるというのに、相手に先を越されるよりは、まず押し寄せて攻めたいものだ」と言われたのは、十三歳とは思われず、大人びてお見えになった。

【語釈】○**去程に**　一類本「同廿七日」。○**赤地の錦の直垂**　赤い錦の生地で作った鎧直垂。大将軍の着用する直垂である。信頼が源氏方の大将軍という位置づけである。○**紫裾濃の鎧**　上部第一段を白、次から裾にかけて順に紫色を濃くして威《おど》した鎧。威しには糸もしくは革を用いた。上下を反転させた鎧が紫匂の鎧。○**菊の丸**　菊の花や葉を円の中に図案化したもの。現在の紋章と同じようなもの。○**黄に返たる**　裾金物は金属なので、丸くデザインした菊に金箔を貼って華麗にしたものであろう。↓補注一〇三。○**裾金物**　鎧の袖や草摺の一番下にあたる菱縫の板の両端と、それに加えて中央との二ヵ所ないし三ヵ所に打った金物。単なる延板ではなく、模様を浮彫りにしてある。○**金作の太刀**　黄金で装飾を施した太刀。どのあたりを、どの程度金で装飾したものを金作りの太刀と見るかは諸説がある。『物具装束抄』に「金作細劒大臣之外不レ用レ之」とあり、『名目抄』に「抑金作太刀大臣已上着レ之」とある。信頼は大臣の出で立ちで出陣しているのである。↓補注一〇四。○**額の間**　紫宸殿にある、額を掲げた部屋。○**長押**　母屋・廂・簀子の間仕切りとして、柱から柱へ、横に掛け渡した木材。上長押と下長押とがある。○**奥州**　現在の福島・宮城・岩手・青森県。基衡は平泉（岩手県西磐井郡平泉町）にいた。○**基衡**　生年未詳〜保元二年（一一五七）。俵藤太秀郷の子孫という。系図は『尊卑』と『奥州御館系図』とで異同がある。陸奥の押領使藤原清衡の子。母は未詳。奥州藤原氏四代の二代目にあたる。『尊卑』に「六郡押領使。出羽押領使。平泉。中御館」とある。富裕で、都の有力者に対する、馬の贈与などは多かった。○**一の黒**　固有名詞であろう。陸奥国は馬の産地。三戸、七戸などが特に有名であった。○**八寸**　馬の体高四尺八寸。馬の体高は、背峰（背中のもっとも高いところ）から地上までの高さを測る。『貞丈雑記』巻十三に「馬のたけは四尺を定尺とす。四尺に一寸あまるを一寸と云、二寸あまれば二寸と云。以下是に准じ知べし。四寸より七寸迄は、寸の字をすんといはず、よき、いつき、むき、なゝきといふ也。寸の字をきともよむ也」とあり、『雑談集』巻三にも「寸ヲキト読ム事ハ、馬ノ四寸五寸ナルヲバ、四寸《ヨキ》五寸《イツキ》ト云フ証拠也」とある。『武具要説』に「五寸余の大馬」、「一寸二寸の小馬」とあるように、四尺三、四寸で並の馬であり、八寸の馬は堂々たる大馬である。○**金覆輪の鞍**　鞍の前輪と後輪の山形の部分を、金を貼った板で覆ったもの。○**左近の桜**　紫宸殿の前の広場に植えられていた桜の木。紫宸殿から見て、左に左近の桜、右に右近の橘が植えてあった。○**紺地の錦の直垂**　紺色の錦の生地で作った鎧直垂。○**萌黄威の鎧**　萌黄色の糸で威した鎧。黒い札を萌黄の糸で威し、見た目には萌黄の糸が目立つようにしてある。萌黄色は、黄緑をやや暗くした色。○**鴛の円**　鴛鴦を円の中に図案化したもの。○**長幅輪の太刀**　「幅」は「覆」の当て字。太刀の鞘の背と腹の部分を先端まで細長い金具で覆って飾った太刀。○**鴇毛なる馬**　↓上「信西出家の由来……」。○**鋳懸地の鞍**　漆塗りの上に、梨子地のように金粉または銀粉をふりかけた鞍。○**練色**　薄黄色をおびた白色。○**魚綾の直垂**　綾で織った布地で作った直垂。魚綾は御綾とも書き、上質の唐綾をいう。○**楯無**　源氏相伝の鎧の名。『異制庭訓往来』に「凡源氏相伝鎧、七龍、八龍、月数、源太産衣、膝丸、薄金、小袖等」とあり、『保元』上「新院為義を召さるる事」には「重代相伝の薄金、膝丸、月数、日数、楯無、面高、七龍、八龍など中候鎧共」とある。これと同じものか否か不明であるが、甲斐の武田家に楯無という鎧が相伝しており、『武田系図』によれば、石和五郎信光が父武田太郎信義から伝領したとある。この鎧は塩山市の菅田天神社に現存するという。○**黒糸威の鎧**　黒い糸で威した鎧。札も黒いものを用いていると思われるから、袖と草摺は真っ黒である。○**獅子の丸**　獅子を円の中に図案化したもの。○**鍬形**　兜の前面、眉庇の上に、クワガタ虫の角のように、上に突き出した二本の金物。絵巻などで見ると、限られた者しか着用しなかったようである。○**忿物作の**

太刀　いかめしく見えるように作られた太刀。金具すべて銀で作り、一の足、二の足それぞれに七つずつの細長い輪を通し、そこに帯取りを通したもの。○**黒つ羽**　から鷲の黒い羽で矧いだ矢。『平義器談』下に「鷲の黒羽の事なり」とある。『盛衰記』巻十六「三位入道芸等」に見える「黒鷲ノ羽」も同じ。○**節巻の弓**　伏竹弓（薄い板状の木の両面に鰾膠《にかわ》で竹を張り合わせた弓）に、漆を塗り、その上に竹の節のように一定の間隔で籐を巻いた弓。籐を巻くのは、鰾膠がはがれるのを防ぐのが本来であるが、装飾にもした。○**黒鴾毛**　鴾毛が灰色がかったもの。鴾毛は赤に白が混じった色で、桃色に近い肉色。○**黒鞍**　黒漆で塗った鞍。○**日花門**　紫宸殿の南庭の左手にある門。宜陽殿と春興殿との間にある。左近の陣ともいう。○**褐の直垂**　褐色の鎧直垂。褐色は藍を濃く染めて黒くしたもの。『平義器談』に「又かち色を勝の義にとりなして軍中に用ひて祝とする事あり。勝色ともいふ」とある。○**八龍**　源氏相伝の鎧の名。『貞丈雑記』巻十一に「八龍といふ鎧は龍の金物を八ツ鎧に打たる物也と云伝る也」とある。形状・伝来とも異説がある。↓補注一〇五。○**胸板**　鎧の胴の前の最上部に当てる狭い板。胸当ての部分。○**高角の甲**　鍬形の代わりに鹿の角を用いた兜。その他、牛の角を打ったもの、鍬形の一種で先をとがらせたもの、など異説がある。○**石切**　石切は源氏相伝の太刀の中に名を見いだせない。○**石打の矢**　鷲の石打の羽で矧いだ征矢。尾を広げたとき、両端にあたる羽を小石打、次の長い羽を大石打という。主に大将軍が用いる矢とした。○**所籐の弓**　漆で黒く塗り込めた弓に、十五、六ヵ所ほど、二の字の形、あるいは三の字の形に籐で飾り巻きをした弓。二の字に巻いたものを二所籐の弓、三の字に巻いたものを三所籐の弓という。↓補注一〇六。○**鹿毛**　↓上「六波羅より紀州へ早馬を立てらるる事」。○**鏡鞍**　↓上「信頼信西を亡ぼさるる議の事」。○**朽葉の直垂**　煉瓦色に近い色の鎧直垂。朽葉は、縦糸に紅、横糸に黄色を用いて織った綾織物。○**沢瀉**　面高と書くこともある。金刀比羅本『保元』上「新院為義を召さるる事」に、源氏相伝の鎧として名が見える。○**沢瀉威**　様々な色の糸を使って、逆V字の模様を重ねて威したもの。逆V字模様の外は一色であるが、V字の内側には様々な色を使って三重、四重にV字を重ねる。○**星白の甲**　兜の鉢に打ってある鋲の頭が銀メッキになっている兜。白星の兜ともいう。○**薄緑**　源氏相伝の太刀の名で、二尺七寸の兵庫鎖《ひょうごぐさり》の太刀であったという。『平家』「剣の巻」によれば、膝丸、蜘切、吠丸、薄緑と名を変えている。伝来や名の由来については諸説がある。↓補注一〇七。○**白篦**　焦がしたり、塗ったりしていない矢竹。竹の枝を落とし、曲がりを直し、木賊《とくさ》などで磨いただけの白い篦。主に鵠、鷺などの白い羽と組み合わせることが多い。

○**鵠の羽**　白鳥の羽。『貞丈雑記』巻十に「はくてう〈くゞゐと云鳥也〉」とある。○**笛籐の弓**　地を黒く塗り、その上に比較的幅広く何ヵ所にも籐を巻き、籐の部分を赤漆で塗ったもの。全体が赤みがかって見え、非常に華麗な弓である。○**白幅輪の鞍**　↓上「六波羅より紀州へ早馬を立てらる事」。○**長絹の直垂**　長絹は絹の一種。美しい光沢をもつ。その長絹で仕立てた直垂。○**元太が産衣**　源太産衣とも。源氏相伝の鎧の名。『運歩色葉集』に「丸太産衣。源氏重代也。号御小袖也」とあり、小袖ともいうとする。『異制庭訓往来』にも源氏相伝の鎧として名を載せる。『盛衰記』巻十六「三位入道芸等」には、仁安元年（一一六六）四月に頼政が着用したとしている。なお『義経記』巻一「吉次が奥州物語の事」には、義家元服の時、天皇より拝領したとの異伝を記す。

○**八幡殿**　源義家。長暦三年（一〇三九）？〜嘉承元年（一一〇六）。清和源氏、鎮守府将軍頼義の一男。弟に賀茂二郎義綱・新羅三郎義光がいる。七歳の時、石清水八幡宮の社壇で元服し、八幡太郎と号した。前九年の役、後三年の役で武勇を示した。特に後三年の役には、朝廷が私闘とみなして、恩賞を与えなかったが、義家は私財をもって、従軍した東国武士に報いたという。源家相伝の郎従といわれる武士は、ほとんどがこの折に従軍した東国武士であった。武勇・武略の士として、あるいは武家源氏の象徴として後世に語り伝えられた。幼名を不動丸、あるいは源太という（『見聞諸家譜』）。**○院**　義家の生年が長暦三年だとしたら、二歳のときの天皇は後朱雀天皇。「院」にあたる一条院、冷泉院、花山院、円融院は既に崩じている。**○御覧ぜらるべし**　自称敬語。絶対敬語とも。天皇自らが、自らの行動に尊敬語を使用する例。**○天照太神**　記紀神話の最高神で、天皇家の祖神とされる。現在はアマテラスオオミカミと読みならわすが、江戸時代より前はアマテルオホンガミ、アマテルオホガミ、アマテルオンガミ、テンセウダイジンと読んでいた。また天照大明神とも書いた（『玉葉』文治三年九月十八日条）。**○正八幡宮**　源氏の祖神。八幡大菩薩。応神天皇を神として祀ったもの。**○藤の花**　天照大神、正八幡宮、藤の花で、皇室、源氏、藤原氏を暗示する。河内源氏は摂関家ととりわけ関係が深かった。**○鬚切**　源氏相伝の太刀の名。『異制庭訓往来』に「本朝草薙村雲、源氏鬚切、平家小烏、抜丸、余五将軍之母子丸等」とある。『平家』「剣巻」によると、この太刀は二尺七寸の長さで、源満仲が八幡大菩薩に祈念して、六十日間鉄を鍛えて打ったものという。命名の由来は、罪人を斬ってみたところ、鬚もともに切れたので鬚切としたとある。なお、この太刀は平治の合戦の折は友切という名で、頼朝が帯《は》いたとある。ただし、『曾我物語』巻八「箱根にて暇乞いの事」および巻九「五郎めしとらるゝ事」では、友切と鬚切を別の太刀とするなど、異伝が多い。**○奥州にて貞任を責られし時**　前九年の役。源頼義が永承六年（一〇五一）に奥州に出兵して安倍貞任と戦い、康平五年（一〇六二）に至って、厨川柵《くりやがわのさく》で貞任を討ち取るまで前後十二年にわたるので、十二年合戦といった（『愚管抄』巻四「崇徳」など）。義家は十二歳で父に従い参戦している。『見聞諸家譜』に「後冷泉院依レ勅、父頼義随レ兵、奥州安倍貞任誅。其弟宗任為二降人一。攻戦間九ケ年、其後、藤武衡、家衡、与攻戦事三ケ年、康平治暦、其間十二年也。合戦討勝、首級得二一万五千余一」とある。**○貞任**　安倍頼時の二男。寛仁三年（一〇一九）～康平五年（一〇六二）。厨川柵を本拠とし厨川二郎と号した。『安藤系図』に阿部比羅夫の子孫とし、『藤崎系図』に長髄彦《ながすねひこ》の兄安日王の子孫とするが、ともに信が置きがたい。『陸奥話記』に貞任の祖父忠頼を「東夷酋長」とするように、早くから朝廷に服属していた俘囚の長であったのであろう。貞任は『陸奥話記』に「其長六尺有余、腰囲七尺四寸、容貌魁偉、皮膚肥白也」とある。前九年の役に加わり、父の死後も奥州側の中心となって抗戦したが、ついに康平五年に戦死した。四十四歳。『藤崎系図』に「羽州雄勝郡厨河城主。……国人毎㆑歳敬祭㆓其神㆒云」と載せる。○**染羽の箭**　鷲の白い羽を染めた矢羽根の矢。『貞丈雑記』巻十に「赤きはべに、青きはあゐらう、黄はしわう、黒は硯ずみ、もえぎはあゐとしわうを交合せ、むらさきはあゐとべに也。これらのゑのぐを酢にてときて煮付て染めてほし、かはきたらば、又染むべし。こくもうすくも好に随ふべし」とある。○**重籐の弓**　黒く塗り込めた弓に、籐を細かい間隔に巻いたもの。籐の白が間隔の狭い竹の節のように残る。丁寧に作る場合は、弓全体を籐もしくは唐糸で巻き、それを黒く塗り込め、さらにその上に重籐を巻く。大将軍の持つ弓であり、末代の大将としての頼朝を暗示する。↓補注一〇六。○**柏木にみゝづくすりたる鞍**　貝鞍《かいぐら》のこと。貝鞍は螺鈿でさまざまな模様をちりばめた漆塗りの鞍。ここはその模様が柏木と木菟とを組み合わせたものになっている。螺鈿をちりばめることを「摺る」という。なお永青文庫に頼朝所用と伝えられている柏木菟螺鈿鞍がある（別冊太陽『平家物語絵巻』）。○**柏木**　ブナ科の落葉喬木。葉は広く、食物を包むのに使う。○**みゝづく**　フクロウ科の鳥。羽毛が頭の両端に盛り上がり、耳のように見える。

【校訂注】　**1剛**　底本「強」。意改。　**2や**　底本ナシ。天・和・玄・書・内・監・半により補った。金・学二は「かな・哉〈かな〉」。　**3の**　底本ナシ。他本により補った。　**4桜の木の下**　底本「桜の下」。他本により「木の」を補った。**5東向に**　底本「東西に」。他本に従って「西」を「向」に改めた。**6乗たもたんは**　底本「乗ても手縄は」。監・内・金・学二により改めた。表記は監による。**7用意**　底本ナシ。他本によって補った。表記は監による。**8と**　底本「も」。内・金・学二に従って改めた。**9木の下**　底本「木下」。書・内・金・学二により「の」を補った。**10義朝**　底本「義朝は」。監・半を除く諸本に従って「は」を削除した。**11はやりきりたる**　底本「はやりきたりたる」。他本に従って「た」を削除した。**12院**　底本ナシ。他本もほとんど底本に同じ。しかしこのままでは意味が通じない。天・半により補った。**13よ**　底本ナシ。他本もほとんど底本に同じ。しかしこのままでは意味が通じない。天・金・半により補った。**14さと**　底本ナシ。監は底本に同じ。天・玄・書・内「さつと」。和・金・学二・半により補った。**15は**　底本虫損。和・書「を」。玄・監「は」。その他の諸本「鬚長かりけるは」のところ「ひげなから」。底本に最も近い監に従って「は」を補った。

【解説】　内裏に参集した軍勢は、大将軍の信頼を筆頭に公家をはじめ義朝配下の東国武士を中心に五十余人の名が挙げられ、総勢二千余騎であった（この部分、陽明本無し）。続いて主要なメンバーそれぞれの装束が詳細に叙述される。軍勢全体を映した後、個々人の武具に焦点を定めて大きく映し出す、あたかもカメラワークのような叙述方法が取られている。これは軍記作品にしばしばみられる方法である。

ズームアップされる人物は、信頼、成親、そして義朝とその子息達である。大将軍の着用する赤地の錦の鎧直垂をまとった信頼であるが、「太りせめたる大の男の、心の剛臆は知らね共、よそより見けるには、『あはれ大将軍や』とぞ覚えける」と外見だけは大将軍の風情だが、その内面は果たしてどうであろうかといった語り手の否定的な口吻が読み取れる。奥州産の大型の名馬も「乗たもたんはしらねども、日の大将なれば、乗らんと用意す」の一文も同様であり、こちらは後続の中「待賢門の軍の事……」で語られる信頼の失態を念頭に置いたものである。陽明本の信頼評は「大の男の見目よきが、装束は美麗なり、その心はしらねども、あはれ大将やとぞ見えたり」とし、乗馬に関する一文はなく（古活字本も同じ）、信頼に対する底本の批判の度合いが相対的に強いと言えよう。一方で、義朝に対して陽明本は「その気色、人にかはりて、あはれ大将軍やとぞ見えし」（古活字本は「眼ざし・つらたましゐ、自余の人にはかはりたり」）と底本にはない肯定的評価を示している。

義朝に続いて三名の子息の装束が取り上げられるが、義平、朝長に比べ頼朝に関する記述量が三倍以上となる点に留目しておきたい。それぞれがほぼ源氏相伝の鎧と太刀を身につけているが、

鎧に産衣、太刀に鬚切、ことに秘蔵して、嫡〳〵に譲しかば、悪源太にこそたぶべかりしを、「三男なれ共、頼朝は末代の大将ぞ」とみ給ひけるにや、頼朝にたびにけり。

と頼朝が八幡太郎義家由来の鎧と太刀を伝領した理由が語られ、二人の兄を前に先手を打って攻め込みたいと「末代の大将」であることを裏付けるかのような発言をしている。陽明本は三兄弟の記事自体が無く、古活字本は底本と同趣の内容をもつ（圏点部分を「源氏の大将」とする）。この頼朝に関する底本や古活字本の記述は、治承・寿永の内乱いわゆる源平合戦を経て覇権を握る頼朝像を意識したものであることは言うまでもない。

【本文】

比《ころ》は平治元年十二月廿七日の辰刻《たつのこく》、昨日《きのふ》雪降《ふり》て消《きえ》やらず。庭上《ていしやう》に朝日さし、紫震殿にうつろひて、物具《もののぐ》の金物共《かなものども》かゝやき合《あひ》て、殊《ことに》優にぞみえたりける。弓箭《ゆみや》をとッては天竺・震旦《しんだん》は

しらず、日本我朝《わがてう》には義朝の一類にまさるべしとはみえざりけり。

義朝の給ひけるは、「此勢《このせい》にて責《せめ》むに、程や有《ある》べき。もし又今度の合戦に打《うち》まけたらば、東国へはせ下り、大勢を催して、後日《ごにち》に都へ入《いり》、平家を亡し、源氏の世になさむ事、何の疑ひ有《ある》べき」との給ひければ、頼政・光泰・光基・末[1]真[2]このよしをきゝ、「保元の合戦に、宇治の悪左府の御前《おんまへ》にて、為義入道かうこそ申《まうし》しかども、運尽《つき》ぬれば、手を合《あはせ》て来り、義朝にきられ給ひし物を。保元のむかしに父の首《くび》をうちし人なれば、平治の今はいかゞあらんずらん」と、気色替《けしきかは》りてみえければ、義朝見知《（みし）》りて、「みな討《（う）》たばや」と思へども、「只今敵《（たゞ）いまてき》と軍《いくさ》せんずるに、同士討《（どしうち）》詮《（せん）》なし」とおもひかへされけり。

【現代語訳】

頃は平治元年十二月二十七日の辰の刻、昨日雪が降ってまだ消え残っている。庭の上に朝日が射し、紫宸殿に照り返して、武具の金具も輝きあって、ことさら美しく見えていた。弓矢を取っては、インド・中国は別として、日本我が国には、義朝の一族に勝る者がいるとは見えなかった。

義朝が言われるには、「この軍勢で攻めたとしたら、大して時間もかからないだろう。仮にまた、今度の合戦に負けたなら、東国へ馳せ下り、大勢を駆り集めて、後日都へ入り、平家を滅ぼし、源氏の世となすことは、疑問の余地があろうか」と言われると、頼政・光保・光基・季実はこの由を聞き、「保元の合戦に、宇治悪左府の御前で、為義入道がちょうどこのように申し上げたけれども、いざ運が尽きてしまうと、手を合わせて出頭してきて、義朝に切られなさったものを。保元の昔に父の首を打った人だから、平治の今はどうなることであろうか」と、顔色が青ざめて見えたので、義朝は気付いて、「みな成敗してしまいたいものだ」と思ったが、「ちょうど今、敵と戦をしようとするときに、同士討ちも無益だ」と思い返された。

【語釈】　○**廿七日**　『百錬抄』平治元年十二月廿六日条、『見聞私記』には廿六日とある。○**辰刻**　午前八時頃。○**庭上**　紫宸殿の前の庭。南庭という。○**紫震殿**　「紫宸殿」が正字。平安京内裏の正殿。南殿ともいう。朝賀、公事を行った。南面に庭（南庭）があり、庭に通じる階段（南階）の左右に、左近の桜と右近の橘とが植えられていた。○**物具**　鎧兜。○**天竺**　インド。○**震旦**　中国。○**宇治の悪左府**　藤原頼長のこと。↓上「叡山物語の事」。○**為義入道**　源為義。永長元年（一〇九六）～保元元年（一一五六）。八幡太郎義家の孫で、義親の六男であるが、父が平正盛に追討されたため、叔父義忠の子になった。しかし義忠も義家の弟、新羅三郎義光と争って殺され、祖父義家の子となり源氏の家督を継いだ。義朝の父に当たる。天仁二年（一一〇九）三月に十四歳で左衛門尉、十八歳で検非違使になった。しかし以後、昇進もなく、逆に八男為朝の狼藉により解官され、保元の乱の折は前検非違使尉であった。保元の乱に請われて崇徳上皇・頼長とともに兵を挙げたが敗北し、義朝に助命を乞うたが結局斬られた。六条堀川に邸宅があったので六条判官という。○**保元のむかしに**　『新田左中将義貞教訓書』に「下野守よしともは、せんげによりて父ためよしをきりて、其後中二年有りて信頼に組しうしなはれおはんぬ」とある。○**父の首をうちし人**

『保元』中「為義最後の事」に、義朝から託されて、鎌田二郎正清が為義をだまして連れ出し、七条朱雀で斬ったとある。

【校訂注】　1末真　底本「末実」。底本は「末真」と「末実」とを混用する。混乱を避けるため、この章段では「末真」に統一した。　2このよし　底本「ことのよし」。和・玄・書・監は底本に同じ。文意を考え、天・内・金・学二・半に従って「と」を削除した。

【解説】　決戦の日、朝陽に照り輝く武具をまとった義朝一族の晴れがましさとは裏腹に義朝が語った内容に頼政らは不安を感じる。その内容は保元の乱の際、頼長の前で、為義が語った内容とほぼ同じものであった。半井本『保元』上「主上三条殿ニ行幸ノ事……」によれば、次のとおりである。

御所ノ兵ヲ以テ、ナドカコラエズ候ベキ。此御所ヲ出セ給ハヌ物ナラバ、合戦ニヲヒテハ、先為義命ヲ捨テ、其後、勝負ハアルベシ。若又、此御所落サセ給程ナラバ、南都へ渡シ進セテ、宇治橋ヲ引ハヅシテ防クベシ。其レナヲ叶ハズハ、東国へ下シ進セテ、相伝ノ家人共相催シテ、ナドカ都へ返シ入進セザラン。

また、金刀比羅本『保元』中「白河殿へ義朝夜討ちに寄せらるる事」によれば、次のとおり。

為義既老骨を振て参候の上、所存の旨を争一言申さで候べき。仮令案じ候に、内裏に参集兵共、其数候といふとも、思ふにさこそ候らめ。為義此勢をもつてなどかふせがで候べき。若叶がたくして、此御所を出させ給はゞ、南都へ御幸をなし奉り、宇治橋を引て暫世間を御覧候か。それになをかなはず候はゞ、東国へ御幸をなし奉り、あしがら・箱根をきりふさぎ、東八箇国の相伝の家人等相催して、都へ返入まいらせ候はん事、案の内に候。

つまり、頼政らは保元の乱の敗戦を思い出し、この合戦の行方、そして自分たちの運命に不安を覚えたのである。陽明本には義朝の発話がなく、古活字本は義朝の発話はあるものの、六波羅行幸があった今、朝敵となることはできないとして頼政らが平氏側に付いたことまで語ってしまう。ここでは底本だけが、合戦の直前にあって、先の敗戦を想起させ、晴れがましさを掻き消すような暗雲垂れこめる雰囲気を醸成している。

中巻

平治物語　中

待賢門の軍の事付けたり信頼落つる事

【本文】

去程《さるほど》に、六波羅には公卿僉議《くぎやうせんぎ》有《あり》て清盛をめされけり。褐《(かちん)》の直垂《ひたたれ》に、黒糸《くろいと》威《(をどし)》の腹巻に[1]左右《さう》の小手《こて》[2]をさし、折烏帽子《をりゑぼし》引立《ひつたて》、大床に畏《かしこま》る。頭中将《とうのちうじやう》実国をもッて仰下《おほせ》されけるは、「[3]王事《(わうじ)》もろき事なければ、逆臣《げきしん》[4]亡《ほろび》ん事疑《うたがひ》なし。但《ただし》新造の皇居、よく思慮あるべきか。回禄《くわいろく》の災《さい》あらば、朝家《てうか》の御大事《おんだいじ》たるべし。官軍偽《いつはり》て引退《ひきしりぞか》ば、凶徒《きようど》忽《たちまち》にすゝみ出《いで》んか。其時《そのとき》官軍を入《いれ》かへて皇居を守護せば、火災あるべからず」と仰下《おほせくだ》されけり。清盛畏《かしこまつ》て奏しけるは、「私《わたくし》の宿意に候《さうらふ》共、いかでか候べき。況《いはんや》[5]朝敵を亡して逆鱗《げきりん》をやすめまゐ《(い)》らせむ事、[6]時剋《じこく》を廻《めぐら》し候《さうらふ》まじ」とて出《いで》られける気色《きしよく》優にぞおぼえける。主上《しゆしやう》わたらせ給へば、清盛は六波羅の固《かため》にとゞまる。

大内《おほうち》へむかふ人々《ひとびと》は、大将軍《たいしやうぐん》左衛門佐《さゑもんのすけ》重盛、三川守《みかはのかみ》頼盛、淡路守教盛。侍《さぶらひ》には、筑後守家貞、左衛門尉貞能《さゑもんのじようさだよし》、主馬判官《しゆめのはうぐわん》盛国、子息左衛門尉盛俊、余三左衛門尉《よさうざゑもんのじよう》景泰、新藤左衛門《しんとうざゑもん》家泰、難波《なんばの》次郎経遠、同《おなじく》三郎経房、妹尾《せのをの》太郎兼康、伊東武者景綱、楯《たての》太郎直泰、同十郎真景を初《はじめ》て都合其勢《そのせい》三千余騎、六波羅を打出《うちいで》て、賀茂川をうち渡《わたし》、西の河原に引《ひか》へたり。[7]

左衛門佐重盛生年《しやうねん》廿三、赤地《あかぢ》[8]の錦の直垂《ひたたれ》に、櫨《(はじ)》の匂《にほひ》の鎧に、蝶《(てう)》の丸の裾金物《(すそ)がなもの》茂くうたせたり。龍頭《たつがしら》の甲《かぶと》の緒をしめて、小烏《こがらす》と云《いふ》太刀をはき、切斑《(きりふ)》の矢負《おひ》、重藤《しげどう》の弓もッて、黄鴾毛《きつきげ》なる馬《むま》に、柳・桜をすりたる貝鞍《かひぐら(を)》おかせ乗《のり》給へり。重盛宣《のたま》ひけるは、「年号平治なり、花の都平安城、[9]我等《(ご)》平家也。三事相応して、今度の軍《いくさ》に勝《(か)》たん事、何の疑《うたがひ》か有《ある》べき。樊噲《はんくわい》・張良《りやう》が勇《いさみ》をなさざらんや、人々」とて、三千余騎を三手《みて》[10]に分《わけ》て、近衛《こんゑ》・中御門《なかのみかど》・大炊御門《おほひのみかど》より大宮面《おもて》へうッて出《いで》て、陽明・待賢・郁芳《いうはう》門へ《(を)》おしよせたり。

【現代語訳】

さて、六波羅では公卿僉議があって、清盛を呼び出された。褐の直垂に黒糸威の腹巻に、左右の籠手を差し、折烏帽子を引き立て、大床に平伏する。頭中将実国を通じて仰せ下されたことは、「皇室のことは堅固であるから、反逆人たちが滅びることは疑いない。しかし、造営したばかりの皇居である。よくよく思慮が必要であろうか。火災の難があったならば、朝廷の一大事であろう。官軍が偽って引き退いたならば、凶徒たちはすぐに皇居から門外に進み出るであろうか。その時に官軍を皇居に入れ替えて、皇居を守護したならば、火災はあろう筈がない」と仰せ下された。清盛がかしこまって奏上したことは、「何年もの間抱き続けた個人的な恨みであっても、どうでしょうか、ほうってはおけません。ましてや、朝敵を滅ぼして、主上のお怒りを鎮めて差し上げることは、時間を費やすべきではありません」と言って、出ていかれた面持ちは、頼もしく思われた。主上がおいでになっているので、清盛は六波羅の警護に残る。

大内裏へ向かう人々には、大将軍左衛門佐重盛、三河守頼盛、淡路守教盛。侍には筑後守家貞、左衛門尉貞能、主馬判官盛国、子息左衛門尉盛俊、余三左衛門尉景泰、新藤左衛門家泰、難波次郎経遠、同じく三郎経房、妹尾太郎兼康、伊藤武者景綱、館太郎貞康、同じく十郎真景をはじめとして、合計その勢三千余騎、六波羅を出て、鴨河を渡り、西の河原に待機した。

左衛門佐重盛は生年二十三、赤地の錦の直垂に、櫨の匂の鎧に蝶の丸の裾金物を数多く打たせてある。龍頭の兜の緒を締め、小烏という太刀を身に着け、切斑の矢を負い、重籐の弓を持って、黄鵯毛の馬に、柳・桜をすった貝鞍を置かせて乗っていらっしゃる。重盛が、言われるには、「年号は平治である、花の都は平安城、我々は平家だ。三つの事がうまく合って、今度の合戦に勝つことは少しの疑いもない。樊噲・張良のような勇敢な振る舞いをしないでいられようか、人々」と言って、三千余騎を三手に分け、近衛・中御門・大炊御門から大宮面へ打ち出て、陽明門・待賢門・郁芳門に押し寄せた。

【語釈】　○**褐の直垂**　→上「源氏勢汰への事」。　○**黒糸威の腹巻**　黒い糸で威した腹巻。腹巻→上「光頼卿参内の事……」。　○**小手**　籠手とも。腕を守るための武具。「指ノサキマデ鏁《くさり》リタル籠手」

（『太平記』巻十七「山攻事……」）とあるように、腕を包む袋状の布地に、鉄の板、革、鎖などを綴じ付けたもの。初期の腹巻は、籠手がついていないので、鎧に付ける籠手を流用した。○**折烏帽子**　立《たて》烏帽子の半ばから、二つ折りにして、折り下げたもの。その頂は鱗の形にひれをつくる。折る前の立烏帽子の形と塗りには、位階によって差別があり、それに応じて名も種々あった。立烏帽子は公的な場で、折烏帽子は私的な場で用いた。↓補注一〇八。○**頭中将実国**　保延六年（一一四〇）～寿永二年（一一八三）。内大臣藤原公教の子。久寿二年（一一五五）右少将、保元三年（一一五八）に右中将に転じ、同年蔵人頭まで進んだ。平治の乱の折は、正四位下、蔵人頭、右中将、二十歳であった。後、正二位・権大納言まで進み、四十四歳で薨じた。○**頭中将**　蔵人頭で、近衛中将を兼任しているものをいう。『職原鈔』下「頭二人」の項に「四位殿上人中、清撰之職也。弁方一人、近衛司方一人補レ之、常例也。凡頭当職之時、不レ依二位次一着二諸侍臣之上一。有二参議闕一必任レ之。仍古来為二重職一。又奉二行大小公事一之間、非器無才之輩不レ能二競望一者也」とあるように、蔵人頭には、頭弁と頭中将とがいた。公卿僉議の時は上席に坐して会議の進行を司り、大小の公事を執行した。○**王事もろき事なければ**　王事は堅牢で、脆く敗れることがないので、の意。ただし、この句の本来の意味は、王事は堅牢でなければならないので、忠勤を尽くして余念があってはならない、という意。出典は『詩経』。↓補注一〇九。○**逆臣**　叛臣。「Gueqixin 裏切った、あるいは蜂起した家来」（『邦訳日葡』）。○**新造の皇居**　内裏は平治の乱のほぼ二年前に再建された。「遷二幸新造大内一。〈元御二高松殿一〉」（『百錬抄』保元二年（一一五七）十月八日条）。○**回禄**　火災。○**凶徒**　謀反人。○**逆鱗**　天子の怒り。『韓非子』「説難」の「夫龍之為レ虫也、柔可二狎而騎一也。然其喉下有二逆鱗径尺一、若人有二嬰レ之者一、則必殺レ人、人主亦有二逆鱗一、説者能無レ嬰二人主之逆鱗一則幾矣」とあるのに基づく。○**時剋を廻し候まじ**　『吾妻鏡』建仁元年五月十四日条の盛綱書状に「仍不レ廻二時刻一揚レ鞭、三ケ日之中、馳二下鳥坂口一」とあり、同建久二年五月八日条の院宣に「皆悉引二率門徒僧綱等一、不レ廻二時刻一、早企二登山一、可レ奉レ迎二神輿一之由」などとある。院宣、書状、口頭での報告など、やや改まった場面で使われることが多い。　○**主上**　二条天皇。　○**大内**　大内裏。

○**大将軍左衛門佐重盛**　↓上「信頼信西を亡ぼさるる議の事」。　○**三川守頼盛**　↓上「主上六波羅へ行幸の事」。　○**淡路守教盛**　大治三年（一一二八）～文治三年（一一八七）。刑部卿忠盛の三男。清盛の弟。久安四年（一一四八）に二十一歳で左近将監に任じ、同年蔵人、仁平元年（一一五一）淡路守、保元三年（一一五八）左馬権頭、同年十一月に大和守に移った。平治の乱の折は、従四位下、大和守、左馬権頭、三十二歳である。乱後、諸国の守、蔵人頭、参議を経て、従二位、中納言に至る。邸宅が六波羅の総門の内にあり、門脇中納言と呼ばれる。平家の都落ちに同行し、壇ノ浦で入水して死去した。「淡路守」とあるのは誤り。　○**筑後守家貞**　平家の番頭格であった。この年には七十六歳で、しかも出家していたらしい。↓上「六波羅より紀州へ早馬を立てらるる事」。○**左衛門尉貞能**　生没年未詳。桓武平氏、家貞の子。『尊卑』に「従五上、筑前守、使」とあり、肥後守にもなった。『吾妻鏡』元暦二年（一一八五）七月七日条に「前筑後守貞能者平家一族、故入道大相国専一腹心者也」とある。父家貞の後を継ぎ、平家の家人として西国の反乱鎮定に活躍。平家西走の後、逐電、出家し、宇都宮朝綱を頼って助命され、文治元年頃に死去した。　○**主馬判官盛国**　永久元年（一一一三）～文治二年（一一八六）。桓武平氏、平権守盛遠の子（武久堅氏『源平時代人物ものしり事典』）。越中前司盛俊の父。三重県松阪市嬉野須賀領の住人（小林太一郎氏「平家納経考証」）。『尊卑』に「左衛門尉」とあり、『兵範記』仁安元年（一一六六）十月十日の除目に「主馬首《むまのかみ》平盛国〈左衛門尉廷尉〉」、同二年正月二十七日条に「右衛門尉平盛国」とある。平治の乱の折は、左衛門尉、検非違使尉、四十七歳であり、清盛より五歳年長。家貞とともに平家の番頭格であった。壇ノ浦で生け捕りになり、岡崎平四郎義実に預け置かれたが、日夜無言、『法華経』を読誦するより他事無く、断食して文治二年に死去した。気骨のある人物として知られる。平治の乱時は主馬首ではなく（『東宮坊官補任』「高倉院」の項）、後の呼称で呼んだもの。○**主馬判官**　主馬首で検非違使を兼任する者の称。主馬首は主馬署の長官。主馬署は春宮坊の被官で、東宮の乗馬、鞍などを調達する役所。源平重代の武士を多く任命したという。判官は検非違使で衛門尉を兼任する者。管内の巡検、戦闘などにあたった。○**左衛門尉盛俊**　生年未詳〜寿永三年（一一八四）。桓武平氏、盛国の子。『愚管抄』巻五「高倉」条に「盛俊ト云チカラアル郎従、盛国ガ子ニテアリキ」と見える。『平家』には越中前司盛俊として名を出す。平家の郎等として清盛の信任が厚く、しばしば平家方の大将軍として発向している。一ノ谷で猪俣小平六則綱に討たれた。○**余三左衛門尉景泰**　生年未詳〜平治元年（一一五九）。世系等未詳。保元の乱に清盛に従って参戦（『保元』）、『平治』に描かれる以外の事績は伝わらない。『平家』巻十「維盛出家」には、子息重景の名が見える。○**新藤左衛門家泰**　未詳。→補注一一〇。○**難波次郎経遠**　生年未詳〜仁安四年（一一六九）。『古代氏族系譜集成』「田使首」系図によれば、葛城氏の一族田使首。一族は難波神社の神主をつとめたり、備前国の目代に任ぜられている。難波四郎大夫経信の二男。三郎経房の兄。『平家』に備前国難波（岡山市の吉備津神社の付近）の住人とする。他にも難波太郎俊定、三郎経房、五郎俊行、六郎経俊らが軍記物語に名を出す。経遠は、妹尾太郎兼康とともに、清盛腹心の郎等として活躍し、成親が備前に流された時には、預かりの武士として成親惨殺に関わっている。なお、『兵範記』久寿二年（一一五五）九月二十一日、二十九日、十月五日、十二日、十九日条に名の見える「左近大夫経遠（通）」は、同時に名を出す人々との関係上、難波次郎らしく思われる。○**同三郎経房**　生年未詳〜永暦元年（一一六〇）。難波次郎経遠の弟。六郎経俊の父。○**妹尾太郎兼康**　生年未詳〜寿永二年（一一八三）。妹尾は岡山市妹尾。『吾妻鏡』建久四年（一一九三）五月二十八日条に「平家家人、瀬尾太郎兼保」と見える。一説に平姓（水原一氏）。とすれば、『山槐記』承安四年（一一七四）一月二十一日条に「西市佑平兼康」とあるのが、妹尾太郎か。『平家』では、難波次郎経遠とともに、清盛腹心の郎等として摂政基房への報復を実行したほか、鹿谷の謀議に加わった成親の子成経の流罪の預かりの武士として名を出す。篠原の合戦に倉光次郎成澄に生け捕られ、その後逃走したものの備前国で再び義仲勢と戦い討死したという。『平家』巻八「妹尾最期」に「きこゆる甲の者の、大ぢから也」と評されている。六十余歳で死んだというので、平治の乱の頃は四十歳前後であったか。　○**伊東武者景綱**　「伊藤」が正字。→補注七二。　○**楯太郎直泰**　「館太郎貞康」が正字。生年未詳～寿永二年（一一八三）。世系等未詳。『勢州四家記』や『三国地誌』の「三重郡」の項に、館氏を桓武平氏、貞盛の子孫とし、四日市市阿倉川に居住したとする。『今昔』巻二十九ノ二十五に「貞盛ガ一ノ郎等館ノ諸忠」と見える人物は貞康の先祖にあたると思われるので、貞盛以来の重代の郎等である。『吾妻鏡』養和元年（一一八一）八月十六日条に館太郎貞保とある。長門本『平家』巻八「宇治橋軍事」に「伊勢国住人古市の白児党に館六郎貞康、同十郎貞景」とある。白子党の一員であった。なお『兵範記』久寿二年（一一五五）九月二十一日、二十九日、十月五日、十二日条に名の見える「大炊大夫貞康」は館太郎と思われる。　○**賀茂川**　山城国と丹波国との境に発し、京都の北東、河合社《ただすのやしろ》のあたりで高野川と合流、そのまま京都の東部を南流する川。河合より上を賀茂川、下流を鴨河と書く。平安時代にしばしば氾濫を起こし、京都の南部を荒廃させたため、防鴨河《ぼうかし》使が置かれて治水にあたった。単に「川」といえば鴨河を指した。　○**生年廿三**　重盛は保延四年（一一三八）の生まれ、平治元年（一一五九）には二十二歳（『公卿』）。　○**赤地の錦の直垂**　大将軍の着用する鎧直垂。→上「源氏勢汰への事」。　○**櫨の匂の鎧**　黄櫨《はぜ》の葉汁で染めた糸で威した鎧。黄櫨は赤みがかった黄色。匂の鎧は、上を濃く、順次その色を薄くし、下一枚の板を白色の糸で威したもの。下濃《すそご》の鎧と配色を上下逆にしたもの。○**蝶の丸の裾金物**　蝶を丸く図案化した模様の裾金物。裾金物は、鎧の袖、草摺などの最下段の板（菱縫《ひしぬい》の板）に打った金物。多く鍍金を用いて、様々な模様を浮き彫りにしてある。『盛衰記』巻四十「唐皮小烏抜丸」には「白ク黄ナル両蝶ヲスソ金物ニ打テ」とある。揚羽蝶は平家の紋章。○**茂くうたせたり**　通常、裾金物は、一枚の袖なら、両端に二枚、あるいはそれに加えて真ん中に一枚、計二枚か三枚を打つが、ここは数多く打ってあるのである。○**龍頭の甲**　兜の真っ向に半身の龍の彫刻を前立てにした兜。後、龍の全身を兜の前から後まで這わせた兜をも龍頭の甲というが、それは鎌倉時代末まで下るという（笹間良彦氏『図解日本甲冑事典』）。弓矢を守ろうとの誓いを発した水天が、龍を戴いて戦ったことに由来するという（『曾我物語』巻六「弁財天の御事」）。○**小烏**　平家重代の太刀の名。『異制庭訓往来』に「……平家小烏、抜丸」とあり、名剣とされる。ただし、小烏の伝来については異説がある。↓補注一一一。○**切斑の矢**　尾白鷲の白い尾羽で、横向きに黒白の線状の斑が入ったもので矧いだ矢。主として大将軍級の者が携えたという。○**重藤の弓**　↓上「源氏勢汰への事」。○**黄鴾毛なる馬**　黄色味を帯びた鴾毛の馬。鴾毛は白で赤味のまじった肉色の毛並みをいう。○**柳・桜をすりたる貝鞍**　漆塗りの上に、柳と桜の模様を螺鈿で埋め込んだ鞍。○**平安城**　平安京。「城」は都城の意。「城〈ミヤコ〉」（『色葉』）。○**樊噲**　生年未詳～前一八九年。漢の高祖の功臣。項羽が范増の計略に乗って劉邦を殺そうとしたとき、身をもってその危難を救った（『史記』「項羽本紀」）。漢朝樹立後、左丞相、相国として反乱鎮定に功があった。我が国では特に軍記物語を中心に、その勇武を称える際に引き合いに出されるのが常である。↓補注一一二。○**張良**　史実上の張良は病弱で、もっぱら劉邦の参謀格であったが、『史記』の「鴻門の会」の逸話によって、我が国では樊噲とともに勇士の代表として考えられていた。「樊噲〈ハンクワイ〉張良〈チヤウリヤウ〉二人、漢高祖之勇臣也」（『下学集』）。謡曲『張良』がある。→補注一一二。　○樊噲・張良が勇　『論衡』巻二「吉験篇第九」に「鴻門の会」の要旨を記した後、「会有㆓張良樊噲之救㆒、卒得㆓免脱㆒、遂王㆓天下㆒」とある。このような評価が、樊噲・張良を勇士の代表として並び引く一因をなしたのであろう。　○近衛　近衛大路。六波羅の方からは陽明門に通じる。　○中御門　中御門大路。六波羅の方からは待賢門に通じる。　○大炊御門　大炊御門大路。六波羅の方からは郁芳門に通じる。　○陽明門　東面する大内裏四門のうち、北から二番目の門。瓦葺き二階建ての門で、東西にそれぞれ三段の石段をもつ壇上に設置されていた。　○待賢門　東面する大内裏四門のうち、北から三番目の門。造作は陽明門に同じ。この門を入って西に進むと、内裏の正面、建礼門の前に出る。　○郁芳門　東面する大内裏四門のうち、最南端の門。造作は陽明門に同じ。

【校訂注】　**1左右の**　底本ナシ。他本により補った。　**2を**　底本ナシ。内・金・静残・半により補った。
3王事　底本「皇氏」。天・和・玄・書・竜に従って改めた。表記は玄による。『詩経』の原文も「王事」。
4亡ん事　底本「亡事」とあり、「亡」と「事」との間に「ン」と傍書。今、傍書を削除し、本文に「ん」を補った。　**5朝敵**　底本「朝家」。玄を除く諸本に従って改めた。　**6清盛は**　底本ナシ。天・玄・書・竜・金・学二・半により補った。　**7たり**　底本「たる」。他本に従って改めた。　**8の**　底本ナシ。監を除く諸本により補った。　**9我等**　底本「我」。天・和・玄・書・竜・監とも底本に同じ。ただし内・金・学二の金刀本系列に限らず静残・半も「我等」。蓬左系諸本共通の脱字と見て「等」を補った。　**10たり**　底本「たる」。他本に従って改めた。

【本文】

大内《おほうち》には南・西・北をばちやうどさし[1]、東面《ひがしおもて》の陽明・待賢・郁芳門をばひらかれたり。昭明《しようめい》・建礼脇の小門《こもん》を(を)おしひらき、大庭《おほば》には馬《むま》ども数《す》百疋引立《ひつたて》たり。梅坪《むめつぼ》・桐坪・竹の坪・籬《まがき》が坪の内、紫震殿の前後、東光殿の脇の坪まで、兵《つはもの》ひしとなみ居たり。しるしは皆白ければ、源氏の勢とぞみえたりける。大宮面《おほみやおもて》には平家の赤幡《あかはた》三十余流《ながれ》、大内には源氏の白旗《しらはた》廿余流《ながれ》、風になびきてみえければ、兵いとゞいさみあへり。「六波羅より平家よせたり」といひもあへず、大宮面に三千余騎にて、時をどつと作りければ、大内ひゞきわたりておびたゝし[2]。

【現代語訳】

大内裏では、南・西・北をぴったり閉ざし、東面の陽明門・待賢門・郁芳門をお開きになっていた。承明門・建礼門脇の小門を開き、大庭には馬を数百匹引き立てていた。梅壺・桐壺・竹の壺・籬が壺の中、紫宸殿の前後、東光殿の脇の坪まで兵がびっしり並んでいた。目印が皆白いので、源氏の勢と見えたのであった。大宮面に平家の赤旗が三十余本、内裏には源氏の白旗が二十余本、風になびいて見えたので、兵共はますますいきり立った。「六波羅から平家が攻め寄せた」というや否や、大宮面には三千余騎で鬨《とき》をどっと作ったので、内裏中に響きわたってすさまじいほどであった。

【語釈】○ちやうど　ぴたりと。「副詞、かっちりと正確に、または過不足なしに。また、打ちなぐるさま」(『邦訳日葡』)。○東面の陽明・待賢・郁芳門　南北に通じる大宮大路に面した門。大内裏十二門に数えられる。『太平記』巻十二「大内裏造営事……」に「四方ニ十二ノ門ヲ被レ立タリ。東ニハ陽明・待賢・郁芳門」とある。○昭明　「承明」が正字。内裏の南に開いた門。平安内裏（中重）は二重の郭を巡らしているが、これは内側の郭にあった門。『拾芥抄』中に「謂二之南面内門一」、「建礼内」とある。大庭から建礼門つづいて承明門をくぐって紫宸殿前の南庭に出る。○建礼門　二重になった内裏外郭の南面に、修明・建礼・春華の三門があり、その真ん中の門。建礼門をくぐり、承明門を抜けると、正面に紫宸殿があった。『大内裏抄』に「建礼門……射礼、相撲ナド此門ニテ行フ也」とある。○大庭　建礼門の前の庭。紫宸殿前の南庭とは別。↓「大庭の椋の木」および補注一一三。○梅坪　「梅壺」が正字。凝華舎《ぎょうかしゃ》の別名。内裏五舎の一。内裏の西北にあり、中庭に梅が植えてあったので梅壺という。『大内裏抄』に「飛香舎の北ニあり」とある。○桐坪　「桐壺」が正字。淑景舎《しげいしゃ》の別名。中庭に桐が植えてあったので桐壺といった。『大内裏抄』に「淑景舎〈シゲウ〉五間四面。桐壺ト云也。昭陽舎の北ニ当て北南ニ相ならび二宇あり」とある。○竹の坪　未詳。『禁秘抄』に「中殿東庭竹台二」と見えるが、関係あるか否か未詳。○籬が坪　未詳。ただしお伽草子『物くさ太郎』に「釣殿、細殿、梅壺、桐壺、籬が壺にいたるまで」と見える。室町時代には、なんらかの形で存在したか。○紫震殿　「紫宸殿」が正字。平安内裏の正殿。大庭から建礼門・承明門を北に抜けると南庭があり、その正面に位置したことから南殿ともいう。朝賀、公事など朝廷の行事がここで行われた。○東光殿　「登華殿」の誤りであろう。登華殿は内裏の北、貞観殿の西、弘徽殿の北にあった後宮。○坪　殿舎や垣などで、壺のように周囲を囲まれた所。中庭。○ひしと　ぎっしりと。「Fixito ……また、大勢の人々が座敷にぎっしり詰めているさま」(『邦訳日葡』)。あるいは「ぴっしと」とも読める。「Pixxito　副詞、物がたくさん詰まっているさま」(『邦訳日葡』)。**○しるし**　敵味方の区別をつけるため、兜の後についている鐶《かなわ》につける標。笠標《かさじるし》といったが、『盛衰記』巻三十二「法皇自二天台山一還御」に「笠符ヲ左右ノ袖ニゾ附ケタリケル」とあるように、袖に付けることもあった。↓補注一一四。**○流**　旗・幟など細長いものを数える単位。**○時**　「鬨」の当て字。合戦の初めに全軍で発するかけ声。大将が「えいえい」と二声発すると、全軍が「おう」と応じ、これを三度繰り返す。「さて、てきによする時のこゑ、三度なり」(奈良絵本『七草ひめ』)。**○おびたゝし**　声が大きい様。「焱〈ヲビタ、シ〉」(饅頭・黒本本)。

【校訂注】　**1西**　底本「西」にミセケチ。　**2おびたゝし**　底本「仮」。他本に従って改めた。

【解説】　『平治』における最も著名な合戦場面、大内裏をめぐる源平両軍の攻防戦を描くのがこの章段である。

二条天皇の行幸にともなって六波羅に参集した公卿による僉議が開かれ、再建間もない内裏を戦火から守るため、「官軍」となった清盛は信頼・義朝側「凶徒」に占拠された内裏を奪還する陽動作戦の実行を命じられる。これに清盛は即応するが、その様子を「気色優にぞおぼえける」と評する。この部分、陽明本では清盛は登場しない。

続いて、大将軍と侍の主要なメンバーの名寄せ、三千余騎が六波羅を発向し賀茂の河原に待機、重盛の装束と士気を鼓舞する発話、そして三手に分かれての大内裏への進軍、と焦点を遠近に順次合わせながら軍勢の様子が叙述される。陽明本は三人の大将軍以外の従者の名寄せと重盛の装束を後段の義平との合戦場面に置く。

次に軍勢が向かった大内裏は、源氏勢が内裏の中まで埋め尽くし、大内裏の内と外で「白旗廿余流」・「赤幡三十余流」を靡かせた源平両軍が対峙する状況にある。陽明本は「(平家勢が) 大宮面へをしよせてみれば、陽明・待賢・郁芳門、三の門をぞひらきける。門の内を見入たれば、承明・建礼両門をひらいて、大庭には鞍置き馬百疋ばかりひき立たり」と簡略で、平家軍への言及はない。また、「大宮の大路に、時の声、三ケ度きこえければ、大内にも時の声をぞあはせける」と源氏軍による鬨の声の応酬を叙述する陽明本に対し、底本は「大内ひゞきわたりておびたゝし」と平家方の優勢を印象づけるような叙述となる。

　このように合戦前の状況について、陽明本に比べ、底本は清盛の公卿僉議召喚をはじめ、源氏側よりも平家側に視点を置き、かつ集約的に叙述しようとする姿勢をとっていると言えよう。

【本文】

　唯今《ただいま》までゆゝしく見《(み)》えられつる信頼卿《のぶよりのきやう》、時の声を聞《きく》よりして、顔色《がんしよくかはり》替て草の葉にたがはず、南階《なんかい》をおりられけるが、膝振《ふるひ》て《(を)》おりわづらふ。人なみ〳〵に馬に乗《のら》んと引寄《ひきよせ》させたれ共、ふとりせめたる大《だい》の男《(おとこ)》の、大鎧《おほよろひ》は着たり、馬はおほきなり、たやすくも乗《のり》得ず。主《ぬし》の心はしらねども、はやりきッたる逸物《いちもつ》なり、のらんとすればつッと出〳〵《いでいで》はやる間、舎人《とねり》七八人寄《より》て馬をおさへたり。放《はなた》ば天へも飛《とび》ぬべし、曳《ひか》ば地《ぢ》へも入《いり》[1]つべし。穆王《ぼくわう》八疋《(を)》の天馬《てんば》もかくやとぞおぼえける。ある 侍《さぶらひ》、「とく召《めし》候へ」とて《(を)》おしあげたり。骨《(こつ)》なうやおしたりけん、弓手《ゆんで》の方《かた》へ乗越《のりこし》て、庭にうつぶッさまにどうど落《おち》給ふ。いそぎ引《ひき》おこして見奉れば、顔には砂《いさご》ひし〳〵とつき、少々口に入《いり》、鼻血流れ、殊に臆してぞみえられける。

左馬頭義朝この由を見給ひ、「日比《ひごろ》は大将《たいしやう》とておそれけるが、あの信頼と云不覚仁《いふふかくじん》は臆したるな」とて、日花門《じつくわもん》をうち出《いで》て郁芳門へむかはれければ、信頼鼻血をお《（を）》しのごひ[2]、とかうして馬にかきのせられ、待賢門へむかはれけり。物の用にあふべしとはみえざりけり。

【現代語訳】

つい直前まで堂々と見えていらっしゃった信頼卿は、鬨の声を聞いたとたん、顔色が変わって草の葉と異ならない。紫宸殿の南の階段をお降りになったが、膝がふるえて降りるのに苦労をする。人並みに馬に乗ろうとして、馬を引き寄せさせたけれども、はちきれんばかりに太った大男の上、大鎧は着ているし、馬は大きいしで、簡単には乗ることができない。乗り主の方の心はどうかは分からないが、馬の方は勇みきった優れものである。乗ろうとするとつっと出て進もう進もうとするので、舎人が七、八人近寄って馬を押さえた。放したらきっと天までも飛んで行ってしまうだろう、引き止めようとしたらきっともろともに地下にも潜って行ってしまうだろう。穆王の八匹の天馬もこうであったかと思われた。ある従者が、「はやくお乗りください」と言って信頼卿を押し上げた。要領悪く押したのであろうか、左手の方へ乗り越して、庭にうつぶしにどすんと落ちなさる。急いで引き起こして見申し上げると、顔には砂がびっしりと付き、少々は口にも入り、鼻血が流れ、ひどくおびえた様子にお見えになった。

左馬頭義朝はこの様子を御覧になって、「日頃は戦の大将として、一目置いていたが、あの臆病者は怖じ気づいてしまったな」と言って、日花門を出て郁芳門へ向かわれたところ、信頼は鼻血を拭き去り、どうにかこうにかして馬に乗せられて、待賢門へ向かわれた。ものの役に立つとは見えなかった。

【語釈】　○**南階**　紫宸殿正面の階段。前面が南庭である。　○**大鎧**　正式の鎧。　○**逸物**　すぐれた馬。　○**舎人**　貴族に仕えた雑人。牛車の牛飼、乗馬の口取りなどを仕事とした。　○**穆王**　周の第五代の王。犬戎《けんじゅう》を征伐し、刑法を改制、贖金《しょっきん》の制を立てたという。後、八頭の駿馬を得、崑崙山《こんろんさん》に赴き、西王母と会見するなど、馬を愛して四方に巡遊したため、周朝の衰える端緒をつくったとされる。　○**八足の天馬**　周の穆王の所有した八頭の駿馬。天球二十八宿の下ったもの（『五常内義抄』、『吾妻鏡』建久四年七月二十四日条など）ともいう。八頭の名は、『列子』上「周穆王」、『明文抄』一、『濫觴抄』上、『太平記』巻十三「龍馬進奏事」（『三国伝記』巻一ノ十四「周穆王到二霊山一事」も同じ）などで異同がある。『白氏文集』新楽府「八駿図」に「背如レ龍兮頸如レ象、骨竦筋高肌肉壮、日行二万里一速如レ飛」とある。我が国では、天馬・龍馬と称され、「一日万里ノ蹄也」「此八疋ノ馬ノ飛馳ルコト如レ電」（『醍醐枝葉抄』）と描かれる。　○**弓手の方**　馬の左側。　○**どうど**　どさりと。どすんと。「Dôdo　副詞、落ちるさま」（『邦訳日葡』）。　○**ひしくと**　びっしりと。べったりと。「Fixifixito　副詞、全面的に急いで、非常にはげしく、または、ぎっしりと詰めて」（『邦訳日葡』）。　○**大将**　戦の大将。東大本「大将くん」　○**不覚仁**　臆病者。　○**日花門**　南庭の東、宜陽殿と春興殿の間にあった門。左近陣という。

【校訂注】 1入つへし　底本「入へし」。他本により「つ」を補った。　2けり　底本「ける」。他本に従って改めた。

【解説】『平治』の信頼批判は終始一貫し、ここではその「不覚仁」ぶりが滑稽味を帯びたかたちで描かれる。ただし、信頼の乗馬に関して、「所労とて、つねは伏見に籠居して、馳引、越物、馬の上にて敵に押しならべ、引組で落るやう、武芸の道をぞならひける」（上「信頼・信西不快の事」）ともあったように、信頼は馬に乗ることができなかったわけではない。『兵範記』保元三年（一一五八）四月二十九日条に鳥羽殿における雲客のみの競馬の記事を載せるが、初めの十番の競馬の三番目で信頼は惟方と競走して負けている。また、同日もう一度行われた五番の競馬でも二番目の出走者として出場し、師仲に負けている。これらをみると、二番とも負けとなっているので上手ではなかったにせよ、競走馬を乗りこなす程度には乗れたのである。また競走馬に乗って疾走する点からいって、「ふとりせめたる大の男」という信頼像には誇張があろう。その点、信頼の馬は大型の名馬であり（→上「源氏勢汰への事」）、両者とも体格が大柄であることは共通するものの、合戦を前にしていきり立つ馬の様子を描くことで、それとは対照的な信頼の臆病ぶり、不甲斐なさが強調されるのである。

【本文】
左衛門佐重盛五百騎を大宮面《おもて》にとゞめ、五百騎を相具《あひぐ》しておしよせ（を）宣《のたま》ひけるは、「此門《このもん》の大将軍《たいしやうぐん》は信頼卿《のぶよりのきやう》と見るは僻事《ひがこと》か。かう申《まうす》は、桓武天皇の苗裔《べうえい》、太宰大弐《ださいのだいに》清盛の嫡子、左衛門佐重盛、生年《しやうねん》廿三ぞ」と云《いひ》かけられければ、信頼一防《ひとふせき》もふせかず、「それ防《(ふせ)》け、侍共《さぶらひども》」とて引《ひき》退き給へば、大将軍のひくあひだ、防侍《ふせく》一人《いちにん》もなし。ざゞめいて引《ひき》ければ、重盛いとゞ力を得て、大庭《おほば》の[1]椋《むく》の木の下《もと》まで攻《せめ》よせたり。

義朝見給ひ、「悪源太《あくげんだ》は候はぬか。源太冠者《くわんじや》はなきか。信頼と云《いふ》不覚仁《ふかくじん》が、あの門やぶられつるぞや。あれ[2]追出《おひいだ》せ」と宣《のたま》ひければ、「うけたまはり候」とてむかはれけり。つゞく兵《つはもの》[3]には、鎌田兵衛《かまだびやうゑ》・後藤兵衛《びやうゑ》・佐々木源三《ささきのげんざう》・波多野《はだのの》次郎・三浦荒次郎《みうらのあらじらう》・須藤刑部《ぎやうぶ》・長井《ながゐの》斎藤別当・岡部六弥太《をかべのろくやた》・猪俣金平六《ゐのまたのこんぺいろく》・熊谷《くまがえの》次郎・平山武者所《ひらやまのむしやどころ》・金子《かねこの》十郎・足立右馬允《あだちのうまのじよう》・上総介《かづさのすけ》八郎・関《せきの》次郎・片切小八郎太夫《かたぎりのこはちらうたいふ》等十七騎、くつばみをならべて門の口へ[4]おめいたり。

悪源太宣ひけるは、「此手《このて》の大将軍は何者ぞ。名のれや、[5]聞《(き)》かん。かう申《まうす》は清和天皇の後《こう》胤《いん》、左馬頭義朝の嫡子、鎌倉《かまくらの》悪源太義平と云《いふ》者なり。十五の歳《とし》、武蔵国大倉の軍《いくさ》の大将して、伯父《をぢ》[6]帯刀先生《たてはきせんじやう》義賢をうちしより已来《このかた》、度々《どど》の合戦に一度も不覚の名を取《とら》ず。生年十九《じふく》歳、見参《げんざん》せん」とて、五百余騎の真中[7]へわつて入《いり》、西より東、[8]北より南へ、縦《(たて)》さま、横《(よこ)》さま、蜘手《くもで》、十文字《じふもんじ》に敵《てき》をざッとけちらして、つッとかけ出《いで》、宣ひけるは、「[9]端武者《はむしや》どもに目なかけそ、罪作りに。櫨《(はじ)》の匂《にほひ》の鎧、蝶の丸《(まる)》の裾《(すそ)》金物《がなもの》、黄《き》月毛《つきげ》の馬にのる主《(ぬし)》こそ大将軍よ。大将軍重盛ばかりに目をかけよ。押双《おしならべ》て組《くん》で落《おち》、手取《てどり》にせよや、者共」と下知《げぢ》す。

重盛をくませじとふせく平家の侍共、余三左衛門《よさうざゑもん》・新藤左衛門《しんとうざゑもん》を初《はじめ》として、百騎ばかり中にへだゝる。悪源太を初《はじめ》て十七騎の兵ども、大将軍重盛ばかりに目をかけて、組《(く)》まむ〳〵

と、大庭《おほば》の[10]椋《むく》の木を中に立《たて》て、左近の[11]桜、右近の[12]橘を五廻《いつまはり》、六廻《むまはり》、七廻《ななまはり》、八廻《や（まはり）》、既に十度にお《（を）》よぶ[13]まで、組《（く）》まんくとか《（こ）》けければ、十七騎にかけられて、五百余騎かなはじとや思ひけん、大宮面《おもて》へざッと引《ひく》。

【現代語訳】

左衛門佐重盛は五百騎を大宮面に留め、五百騎を相従え待賢門に押し寄せ、言われたことは、「この門の大将軍は信頼卿と見るは、見当違いか。こう申す者は、桓武天皇の子孫、大宰大弐清盛の嫡子、左衛門佐重盛、生年二十三ぞ」と言いかけられたところ、信頼は一度も防がず、「さあ防げ。侍ども」と言って引き退きなさったので、大将軍が引くからには防ぐ従者は一人もいない。わあわあと言いながら引き退いたので、重盛は勢いづいて、大庭の椋の木の下まで攻め寄せた。

義朝は御覧になって、「悪源太はおらぬか。源太冠者はいないか。信頼という臆病者が、あの門を破られたぞ。あれを追い出せ」と言われたので、「かしこまりました」と言って、向かわれた。続く兵には、鎌田兵衛・後藤兵衛・佐々木源三・波多野次郎・三浦荒次郎・須藤刑部・長井斎藤別当・岡部六弥太・猪俣金平六・熊谷次郎・平山武者所・金子十郎・足立右馬允・上総介八郎・関次郎・片切小八郎大夫等十七騎、轡《くつわ》を並べて、門の入り口へ大声をあげて駈けていった。

悪源太が言われるには、「この手の大将軍は何者だ。名乗れ、聞こう。こう申す者は、清和天皇の子孫、左馬頭義朝の嫡子、鎌倉悪源太義平という者だ。十五の年に、武蔵国大蔵の合戦の大将として、伯父帯刀先生義賢を討った時以来、何度もの合戦に一度も敗北の汚名を着たことがない。生年十九歳だ。お目にかかろう」と言って、五百余騎の真ん中に駈け割って入り、西から東、北から南へ、縦に、横に、四方八方へ、十文字にと、敵をざっと蹴散らして、すっと駈け出し、言われたことは、「端武者どもを相手にするな、罪作りだから。大将軍重盛だけを目標にせよ。櫨の匂の鎧に、蝶の丸の裾金物、黄鵯毛の馬の乗り主こそ大将軍だ。おし並べて組んで落ち、手取りにせよ、者ども」と命令をする。

　重盛を組ませまいと防ぐ平家の侍ども、余三左衛門・新藤左衛門をはじめとして、百騎ばかり中に隔たる。悪源太をはじめとして十七騎の兵どもは、大将軍重盛だけに目を付けて、「組もう、組もう」と、大庭の椋の木を中に立て、左近の桜、右近の橘を五巡り、六巡り、七巡り、八巡り、すでに十度くらいに及ぶまで、「組もう、組もう」と言って駈け回ったので、十七騎に駈けたてられて、五百余騎はかなわないと思ったのであろうか、大宮面にざっと引き揚げた。

【語釈】 **○僻事**　見当違い。見間違い。「僻事〈ヒガコト〉」（伊京集・饅頭屋本）。**○桓武天皇**　天平九年（七三七）～延暦二十五年（八〇六）。光仁天皇の第一皇子。長岡京・平安京の造営、蝦夷征伐・渤海との交易など、積極的な政治を行った。桓武平氏は、桓武天皇の曾孫高望王《たかもちおう》が平姓を賜ったのに始まる。**○苗裔**　末孫。**○生年廿三**　二十二歳が正しい（『公卿』）。**○ざゞめいて**　騒がしく音を立てて。「zazameqi」（天草本『平家』）。　○**大庭の椋の木**　大内裏の大庭に植えられていた椋の木。大庭は建礼門の外、南の広場。椋の木は建礼門の東の脇にあったと考えられる。椋の木は、ニレ科の落葉喬木。高さは約二十メートルほどになる。四類本はすべて「おほには」と読むが、「おほば」が正しいか。↓補注一一三。　○**源太冠者**　義平のこと。「冠者」は元服して、一人前になった若者をいう。「冠者〈クワンジヤ〉」（黒本・天正本）。「Quaja」。（『日葡』）　○**くつばみをならべ**　馬の口を揃えて。くつばみは、馬の口にかませる金具くつわ（轡）。「鑣〈クツバミ〉」（天正本）。　○**清和天皇**　嘉祥三年（八五〇）～元慶四年（八八〇）。文徳天皇の第四皇子。生後八ヵ月で立太子、九歳で即位したため、外祖父である良房が摂政として政務を執った。貞観格・式が作られ、また応天門の変などがあった。清和源氏は、清和天皇の孫、経基王が源姓を与えられたのに始まるという。　○**大倉**　「大蔵」が正字。埼玉県比企郡嵐山町大蔵。　○**帯刀先生義賢**　生年未詳～久寿二年（一一五五）。清和源氏、六条判官為義の二男。義朝の弟で木曾義仲の父。上野国多胡郡の秩父二郎大夫重隆の養子となり、多胡に住んだ。また帯刀の長（先生）でもあったので、多胡先生、あるいは帯刀先生と号した。『尊卑』に「久寿二八十六於二武蔵国大蔵館一合戦、為二悪源太義平一被レ討畢」とある。義賢は、保延六年（一一四〇）に先生を免官になっており（『著聞集』五〇二話）、多胡に帰り、そこで兄義朝の子義平と所領争いを起こして討たれたものと考えられる。↓補注一一五。　○**帯刀先生**　帯刀は帯刀舎人の略で、授刀舎人ともいう。春宮坊に属した。先生はその長官。帯刀舎人は帯刀して東宮に侍し、その警護に当たった。「帯刀〈タチハキ、タテワキ、供奉人。〉」（黒本本）。　○**見参**　「guenzan」「guenzō」（天草本『平家』）。　○**縦さま、横さま、蜘手、十文字**　『義貞記』に「我身無勢ノ時ハ、左右ナク不レ可レ有二組事一。唯幾度モ散々ニ懸破、能敵ヲ可二撰討一」とある。少数で多数を相手に戦うときは、楔を打ち込むように、駈け破る戦い方をした。ただし、覚一本『平家』巻九「木曾最期」に「木曾三百余騎、六千騎が中を竪様、横様、蛛手、十文字に駈けわって」とあるように、定型化した表現。○**ザッと**　勢いよく。「Zatto　副詞　物事が急いで手早くなされるさま」(『邦訳日葡』)。○**端武者**　とるに足りない武者。雑兵。○**黄月毛**　黄鴾毛に同じ。○**下知**　命令。「guegi」(天草本『平家』)。○**左近の桜・右近の橘**　紫宸殿の前、南階の脇にあった桜と橘。↓補注一一六。

【校訂注】　**1椋の木**　底本「樗木」。椋(むく)↓楝(あふち)↓樗(あふち)という誤写の過程が考えられる上、他本すべて椋(むく)。他本に従って「樗」を「椋」に改め「の」を補った。　**2追出せ**　底本「追出よ」。他本に従って「よ」を「せ」に改めた。　**3には**　底本なし。蓬左本系列の諸本は底本に同じ。内・金・学二・静残・半により補った。　**4おめいたり**　底本「おめひていつ」。天・和・玄・書・竜「おめいたり」、内・金・学二「おめきたり」とある。これらの諸本に従って「おめいたり」と改めた。　**5や**　底本ナシ。和を除く諸本によって補った。　**6帯刀先生**　底本「帯刀の先生」。他本に従って「の」を削除した。　**7の**　底本ナシ。他本により補った。　**8東**　底本「東へ」。書・監を除く諸本に従って「へ」を削除した。　**9端**　底本「葉」。漢字表記をとる金・学二・監・半とも「端」。これらの諸本に従って改めた。　**10椋の木**　底本「樗木」。他本すべて椋(むく)。他本に従って「樗」を「椋」に改め「の」を補った。　**11の**　底本ナシ。他本により補った。　**12の**　底本ナシ。他本により補った。　**13まで**　底本ナシ。他本により補った。

【本文】

左衛門佐重盛、弓杖《ゆんづゑ》ついて、馬《むま》のいきをつがせ給ひしかば、筑後守家貞、「曩祖《なうそ》平将軍《へいしやうぐん》の再生《ふたたびしやう》をあらため給へる君かな」とむかう《(ふ)》様《ざま》にほめられて、今一度かけて家貞に見えんとや思ひけん、前《さき》の五百騎をとゞめ、荒手《あらて》五百騎を相具《あひぐし》て、又大庭《おほば》の椋[1]の木の下《もと》まで攻《せめ》よせたり。

悪源太《あくげんだ》かけむかひ、前後の勢を見まはして宣《のたま》ひけるは、「[2]侍共《さぶらひども》こそ替《かはり》たれ、大将軍《たいしやうぐん》はいまだかはらず。さきにこそもらすとも、今度はあますな、もらすな、兵《つはもの》共。お《(を)》しならべて組《くん》でお《(を)》ち、手取《てどり》にせよや。くめや者共《(もの)ども》、くめや」と下知《げぢ》す。今度は難波《なんばの》次《(ひ)》郎・同《おなじく》三郎・妹《せの》尾《をの》太郎・伊藤武者を初《はじめ》て百騎ばかり中にへだゝる。悪源太弓をば脇にかいはさみ、鐙《あぶみ》ふんばりつい《(ひ)》たちあがり、左右《さう》の手を揚《あげ》、「義平、源氏の嫡々《ちやくちやく》なり。御辺《ごへん》も平家の嫡々なり。組《(く)》まむ所に、いづれもいかでかきらはるべき。よりあへや、組《(く)》み申さん」とて、さきのごとく大庭の椋[3]の木を中にたてて、[4]五六度まで追廻《おひまは》す。悪源太に、重盛組《(く)》まれぬべうやおもはれけん、又大宮面《おほみやおもて》へざつと引《ひく》。

【現代語訳】

左衛門佐重盛は、弓を杖について、馬の息を整えさせなさったところ、筑後守家貞が、「曩祖平将軍が再び生まれ替わりなさった御主君よ」と、面と向かってほめられて、もう一度駈けて家貞に見てもらおうと思ったのであろうか、前の五百騎をとどめて、新手五百騎を相伴い、また大庭の椋の木の許まで攻め寄せた。

悪源太は駈け向かって、前後の勢を見回して、言われたことは、「従者どもこそ替わっているが、大将軍はまだ替わっていない。先にこそ漏らすとも、今度は取り逃がすな、漏らすな、兵ども。おしならべて組んで落ち、手取りにせよ。組めや者ども、組めや」と命令をする。今度は難波次郎、同じく三郎、妹尾太郎、伊藤武者をはじめとして、百騎ほどが中に立ちふさがる。悪源太は弓を脇に挟んで、鐙を踏ん張って立ち上がり、左右の手を上げ、「義平は源氏の正嫡だ。お主も平家の正嫡だ。組み打ちをするのに、お互いに不相応な相手として、避けることはあるまい。寄り合えや、組み申そう」と言って、前と同じく大庭の椋の木を中に立てて、五、六度まで追い回す。重盛は、きっと悪源太に組み伏せられるだろうとお思いなさったのであろうか、また大宮面にざっと引き揚げた。

【語釈】　○**弓杖ついて**　弓を杖について。「Yunzzuye」（天草本『平家』）。○**曩祖**　先祖。○**平将軍**　平貞盛。生没年未詳。桓武平氏。鎮守府将軍国香の子。『尊卑』に「鎮守府将軍。陸奥守、従四下、左馬助、号㆓平将軍㆒」とある。父国香が将門のために殺され、後、俵藤太秀郷とともに将門を討った。その功により、従五位上に叙され、右馬助、鎮守府将軍に任ぜられ、桓武平氏の武門としての名を上げた。延慶本『平家』第二末二十三「昔将門ヲ被追討事」にその折のこととして「勧賞被㆑行、上平太タリシ貞盛、忽ニ平将軍ト被㆓仰下㆒」とある。また同第五末三「宗盛院宣ノ請文申ス事」に「爰平将軍貞盛、令㆔追㆓討相馬小次郎将門㆒鎮㆓東八个国㆒以降、続㆓子々孫々㆒追㆓討朝敵謀臣㆒伝㆓代々世々㆒、奉㆑守㆓禁闕朝家㆒」とあるように、武門平家の実質上の祖と見なされている。○**荒手**　まだ戦っていない新しい軍勢。「新手」（易林本）、「悪手」（黒本・饅頭屋本）、「荒手」（『太平記』に例が多い）などと書く。○**鐙**　馬の鞍の両側に下げられた、騎乗の際に足を踏み懸け、乗せる馬具。「鐙ふんばりついたちあがり」は、定型化された表現で、鐙に両足をかけて、立ち上がる様をいう。

【校訂注】　1椋の木　底本「榑木」。他本すべて椋（むく）。他本に従って「榑」を「椋」に改め「の」を補った。　2もらすな　底本ナシ。蓬左本系列の諸本はすべて底本に同じ。内・金・学二・静残・半により補った。　3椋の木　底本「榑木」。他本に従って「榑」を「椋」に改め「の」を補った。　4て　底本ナシ。和・玄・書・竜・監・内・金・学二に「たてて」、もしくは「立て」とある。これらの諸本に従って「て」を補った。

【解説】　源平両家の正嫡、義平と重盛の騎馬戦が活写される。義平率いる十七騎が重盛に攻めかかり、これを防がんと平家の侍百騎が間を隔て、大内裏の大庭（あるいは紫宸殿前の南庭か。この部分混乱あり↓【補注】一一三・一一六）で追いつ追われつの攻防の末、重盛側が大宮面へと引き揚げるという展開が、途中に重盛勢五百余騎の入れ替えを挟んで、二度繰り返される。

この間、義平は大将軍の重盛だけを狙うよう手勢に下知し、正嫡同士対決しようと重盛に呼びかける。これに対して重盛は信頼の固める待賢門に進んだ際の名告り以外は一言も発していない。陽明本には、初度の戦いの後、馬の息を整える重盛の装束の描写に続き、

年廿三、馬居・事柄、軍のおきて、まことに平氏の正統、武勇の達者、あはれ大将軍かなとぞ見えし。鐙ふんばり、つゐ立ちあがり、「いつはりて引きしりぞくべきよしの宣下を承ッたる身なれども、合戦は又、時宜による也。はつかの小勢にうちまけてひきしりぞく事、身にあたりて面目をうしなへり。いま一駆け懸て、その後こそ勅定のおもむきにまかせめ」

と重盛が新手の軍勢を率いて再び待賢門内に駆け入る一節がある。この一節は、底本の「筑後守家

貞、『曩祖平将軍の再生《ふたたびしやう》をあらため給へる君かな』とむかう様にほめられて、今一度かけて家貞に見えんとや思ひけん、前の五百騎をとゞめ、荒手五百騎を相具て……」に対応する（古活字本も底本と同様）。陽明本は「平氏の正統、武勇の達者、あはれ大将軍かな」の讃辞に呼応するように、皇居を守るための陽動作戦を命じられているものの、僅か十七騎の追撃に五百余騎が退却することを良しとしない武士としての矜持、気概の程が吐露される。この重盛発話の有無に留目すれば、陽明本に比して底本においては重盛像がやや後退、希薄化し、相対的に義平像が前面に押し出され、鮮明化していると言えよう。

【本文】

悪源太《あくげんだ》、二度まで敵《てき》を門より外《そと》へ追出《おひいだ》し、弓杖《ゆんづゑ》つい《(ゐ)》て馬のいきをつがせ給へば、義朝見給ひ、須藤滝口俊綱をもッて、「汝が不覚にかくればこそ、二度まで敵は門より内へ入《いる》らめ。あれ[1]遠《とほや》かに追出《おひいだ》[2]せ」とてつかはす。俊綱馳参《はせさん》じ、此由申《このよしまうせ》ば、「承候《うけたまはりさうらふ》[3]」と申せ、俊綱」と宣《のたま》ひ、「すゝめや、人々」とて、十七騎、大宮面《おほみやおもて》へかけいで、敵の馬の足、立所《たてどころ》をしらせず、さん〴〵にかけられければ、大宮をくだりに、二条を東へ、大勢ざゞめいて引《ひき》ければ、義朝見給ひ、「我子《わがこ》ながらも悪源太はよくかけつる物かな。あつかけたり〳〵」とぞほめられける。

左衛門佐重盛・余《よ》三左《さうざ》衛《ゑ》門《もん》・[4]新藤左《しんとうざ》衛《ゑ》門《もん》主従三騎《しゆうじゆうさんぎ》、大勢の中をかけはなたれ、二条を東へ落《おち》られければ、悪源太、鎌田《かまだ》兵衛《びやうゑ》をうち具《(ぐ)》し、「爰《ここ》に落《おつる》は重盛とこそ見れ。かへせや〱」と追《おつ》かけたり。重盛馳《(は)》せのび見給へば、弓手《ゆんで》には材木みち〱て、前《さき》は堀川、後《うしろ》には悪源太・鎌田兵衛すきもなうぞつゞいたる。主従《しゆうじゆう》三騎《さんぎ》究竟《くつきやう》の逸物《いちもつ》共にて、堀川をツッとこす。悪源太の馬は片《(かた)》なつけの駒にて、材木におどろきければ、鎌田十三束《ぞく》とッてつがひ、追様《おつさま》にひやうど射ければ、重盛の鎧の押付《(をしつけ)》にちやうどあたッて飛《とび》かへる。二《に》の矢をつがひてひやうど射ければ、射向《いむけ》の袖にはたとあたッてちッともたゝず。はくひをつくがごとし。悪源太宣ひけるは、「平家の方《かた》にきこゆる唐皮《からかは》と云《いふ》鎧ござんなれ。お《(を)》しさげて馬を射《(ゐ)》て、おちん所をよつてくめ」と下知《げぢ》せられければ、よッぴきてひやうど射《(い)》る。馬の太《(ふと)》腹《ばら》つッととほ《(を)》る。つゞけてはねければ、重盛材木の上にはねお《(を)》とされ、甲《かぶと》も落《おち》て大童《おほわらは》になり給ふ。悪源太の馬、材木にけしとんで倒《たふれ》ければ、鎌田堀川をツッと越《こし》、お《(を)》ちあひ、重盛によりあひくまんとしければ、重盛、ちかづい《(ゐ)》てはかなはじとや思はれけん、弓の筈《(はず)》にて鎌田が甲の鉢をちやうどつかれて、すこしひるむところに、甲引《ひき》よせうちきて、緒《を》をむず〱とゆひ、鞭のさきにてちり打《うち》はらひ、材木のうへにぞたゝれける。重盛誠にはやくぞみえられける。

余三左衛門中にへだゝりて申《まうし》けるは、「唐《から》には、[5]師《(し)》といふ鳥を三年飼《かひ》て、故人《こじん》虎をとる。我朝《わがてう》の武士は、恥ある郎等《らうどう》に恩をしつれば命にかはるとは、か様《やう》のところをこそ申せ」とて、「景泰生年《しやうねん》廿三、[6]御《ご》前《(ぜん)》にかはりたてまつらん」とて、鎌田兵衛とむずとくむ。悪源太馬の足立《たて》おほせ、堀川をツッとこし、重盛によりあひくまんとせられけるが、鎌田をうたせじと思ひ、余三左衛門に落《おち》あひ、二刀《ふたかたな》さし、頸をかい《(ひ)》て、鎌田をたすけ給ふ。重盛の給ひけるは、「命に替《かへ》て思ひつる景泰をうたせつるこそ口惜《くちをし》けれ。今は重盛死《(し)》なん」とて、悪源太によりあひ、くまんとせられければ、新藤左衛門中にへだゝり、「家泰が候はざらん処にてこそ、大将軍の御命《おんいのち》は捨《すて》させ給《たまひ》候はんずれ。まさなうも」とて、お《(を)》しへだゝり、悪源太にむずとくむ。鎌田、重盛によりあひくまんとしけるが、主《しゆう》をうたせてかなはじと思ひ、新藤左衛門によりあひ三刀《みかたな》さして頸をかき、悪源太をたすけけり。この隙《ひま》に重盛は、力お《(を)》よばず景泰が馬に打乗《うちのり》、六《(う)》波羅へ落延《おちのび》る。二《に》人《にん》の侍《さぶらひ》なくは重盛もたすかりがたし。鎌田兵衛なくは悪源太もあやふくぞみえられける。

【現代語訳】

悪源太は二度も敵を門から追い出し、弓を杖について馬の息を整えさせていらっしゃると、義朝が御覧になり、須藤滝口俊綱を使者にして、「おまえが下手に駈けるものだから、二度も敵は門から中に入ることができたのだ。あれをずっと遠くまで追い出せ」と言って遣わした。俊綱が馳せ参じて、この由を申し上げると、「よくわかりました、と申せ、俊綱」と言われ、「進めや、人々」と言って、十七騎が大宮面に駈けだして、敵の馬の足の立てどころも知らせず、思う存分駈けなさったので、平家は大宮大路を下りに、二条大路を東へ大騒ぎして引き揚げたので、義朝は御覧になって、「我が子ながらも、悪源太はよく駈けたものだ。おう、駈けた、駈けた」とおほめになった。

左衛門佐重盛、余三左衛門、新藤左衛門の主従三騎は、大勢の中から駈けているうちにはぐれ、二条大路を東へ落ちられたところ、悪源太は鎌田兵衛を伴い、「ここに落ちていくのは、まさに重盛と見受けた。引き返せ、引き返せ」と、追いかけた。重盛は、馳せ延びて御覧になると、左手には材木が山積みとなっており、前は堀河、後ろは悪源太と鎌田兵衛がすきもなく続いている。重盛主従三騎は屈強の優れた馬に乗っていたので、堀河をさっと跳び越えた。悪源太の馬は、よく乗りこなしてない馬で、材木におびえたので、鎌田は十三束の矢をとってつがえ、追いかけるようにひゅうっと射たところ、重盛の鎧の押しつけの板にばしっと当たって跳ね返る。二の矢をつがえてひゅうっと射たところ、射向の袖にばしっとあたってすこしも立たない。はくひを突くようなものである。悪源太が言われるには、「平家の方に有名な唐皮という鎧のようだな。矢を押し下げて馬を射て、落ちるところを寄って組め」と命令なさったので、鎌田は十分に引き絞ってひゅうっと射る。馬の太腹をすっと射通す。馬は続けざまに跳ねたので、重盛は材木の上に振り落とされ、兜も落ちて、ざんばら髪におなりになる。悪源太の馬は材木に足を取られて倒れたので、鎌田は単身堀河をさっと越し、押し寄せ、重盛に組もうとしたところ、重盛は近づけてはかなわないとお思いになったのであろうか、弓の筈で鎌田の兜の鉢を、ばし、ばしとお突きになって、鎌田が少しひるむところで、兜を引き寄せさっと着け、緒をしっかりと結び、鞭の先で塵を払い、材木の上にお立ちになった。重盛はまことに素早く見えた。

余三左衛門が中に隔たって申し上げたことは、「唐土では鷲という鳥を三年飼って、胡の人々は虎を捕る。我が国の武士は、名誉を重んじる郎等に恩を掛けるならば、主君の命に替わるというのは、このような場合をいうのだ」と言って、「景康生年二十三、御主君に代わって差し上げよう」と言って、鎌田兵衛にがしっと組む。悪源太は馬の足を立て直させ、堀河をさっと越え、重盛によりあって組もうとなさったが、鎌田を討たせまいと思って、余三左衛門に落ち合い、二刀差し、首を掻き切って鎌田をお助けになった。重盛が言われたことは、「自分の命に換えてでもと思っていた景康を討たせたことこそ無念だ。こうなったら重盛も死のう」と言って、悪源太に近寄り、組もうとなさったので、新藤左衛門が中に隔たって、「家泰が付き従っていないところでなら、大将軍の御命は、お捨てなさることもありましょう。とんでもないことです」と言って、割って入り、悪源太にがしっと組む。鎌田は重盛に近寄って組もうとしたが、主君を討たせてはかなわないと思い、新藤左衛門に近寄り、三刀差して、首を掻き切り、悪源太を助けた。このすきに重盛は力及ばず、景康の馬に乗り、六波羅へ落ち延びていかれた。二人の従者がいなかったなら、重盛も助かりがたかった。鎌田がいなかったなら、悪源太も危うかったと見えた。

【語釈】 ○門　待賢門。 ○大宮　大宮大路。 ○二条　二条大路。大内裏の南面を東西に通じている大路。 ○材木　堀河には材木座があった。『玉葉』治承四年(一一八〇)正月二十四日条に「堀川材木商人」が見え、『法然上人行状絵図』第三十八にも「四条堀川に、材木を売買して世をわたるもの」が見える。この材木も材木商人が積んだ、商売用の材木であろう。 ○堀川　平安京の堀河小路に沿うように南流する川。平安時代は、両岸を杭や板で固めた運河になっており、中世を通じてこの運河を利用した材木業が盛んであった。 ○究竟の　卓越した。「くきやう」(饅頭・易林本等)、「cuqiō」「cucqiō」(天草本『平家』)。○**片なつけ**　馴付け方の不十分な事。調教が十分でないこと。○**十三束**　「束」は矢の長さを測る単位で、矢を握ったときの、人差し指から小指までの幅(指が四本あるので、一束を四伏《よつぶせ》という)。『四季草』一「射芸」に「矢束は其人々の手にて、必十二束あるものなり」とし、手の大小により、通例の人の十三束とか十五束に当たる矢となると説明する。○**追様に**　あとを追いかけるように。○**ひやうど**　ひゅうっと。「fiōdo. 1, feōdo　副詞。矢が発射される際にぴゅっと鳴るさま」(『邦訳日葡』)。○**押付**　鎧の押付の板。鎧の背の上部。綿《わた》嚙《がみ》の上にあり、後の板の肩の部分を覆う。○**射向の袖**　左の肩の上を覆う大袖。一枚の板として威してあり、これで矢を防いだ。○**はくひ**　内・金・学二「はたひ」、東大本「はこひ」、その他の諸本は表記の異同はあるが「はくい」。未詳。○**つく**　半は「築」の字を当てる。未詳。○**唐皮**　平家重代の鎧の名。『異制庭訓往来』に「平家重代、唐皮、薄雲」とある。『平家』巻五「富士川」および巻十「維盛出家」によれば、重盛から維盛へ伝えられ、さらには六代が伝領することになっていた。『盛衰記』巻四十「唐皮小烏抜丸事」によれば、その形状は「櫨ノ匂ニ白ク黄ナル両蝶ヲスソ金物ニ打テ、糸威ニハ非シテ皮威ナリ」とする。その名の由来を虎の皮(唐皮)で威したからとする。重盛出陣の折の出で立ちとして「櫨の匂の鎧に、蝶の丸の裾金物茂くうたせたり」とあった鎧。↓補注一一七。○**ごさんなれ**　……なのだな。「にこそあるなれ」の転。○**大童**　髻《もとどり》が解けて、ざんばら髪になった形。○**弓の筈**　弓の両端の弦をかけるところ。上部を末筈《うらはず》、下部を本筈《もとはず》という。○**緒**　兜をとめる紐。顎の下で結んだ。○**材木のうへにぞたゝれける**　『愚管抄』巻五「二条」項に「重盛ガ馬ヲイサセテ、堀河ノ材木ノ上ニ弓杖ツキテ立テ、ノリカヘニノリケル、ユ、シク見ヘケリ」とある。○**唐には、師といふ鳥を……**　所拠未詳。「師」は「鷲」の当て字。鷲はアラドリで、猛禽類の鳥を総称した名。『名義抄』に「タカ」と訓み「猛鳥」とある。幸若舞曲『景清』下に「唐土に鷲といふ鳥を三年飼うて、古人一つの虎を取る。我が朝の恥有る侍に、恩をよく与ふれば、主の命に替るとは、今こそ思ひ知られて候へ」と、ほぼ同じ文を載せる。鷲について、『邦訳日葡』には「舞の中で語られる或る鳥、ただし、虎を捕るというこの鳥がどんな鳥であるかはわからない」との説明が附されている。↓補注一一八。○**故人**　「胡人」の誤りであろう。↓補注一一八。○**御前**　重盛のこと。○**余三左衛門**　『平家』巻十「維盛出家」に「重景が父、与三左衛門景康は、平治の逆乱の時、故殿の御供に候ひけるが、二条堀河のへんにて、鎌田兵衛にくんで、悪源太にうたれ候ぬ」とある。○**かいて**　掻き切って。手前に引き切ること。

【校訂注】　**1遠かに**　底本「速かに」。監は底本に同じ。すでに大内から重盛を追い出しているのであるから、「速かに」では重複が生じる。和・書・竜・静残・内・金・学二・半に従って改めた。**2せ**　底本ナシ。補った。**3申せ**　底本「申」に「せ」と傍書。本文に取り入れた。**4新藤**　底本「藤」脱字。他本により補った。**5師**　底本仮名書き。漢字を当てている本文は金・半「師」、静残「蟄」のみ。本来ここは「鷲（し）」とあるべきところ。静残に本来の漢字のなごりが認められるが、今、金・半に共通する「師」を当てておいた。**6御せん**　底本「御せんそ」。天・静残を除く諸本は「御前」もしくは「御せん」。「そ」を削除した。

【解説】　義平ら十七騎勢の追撃に重盛勢が退却するにあたって、待賢門の前から「大宮をくだりに、二条を東へ、大勢ざゞめいて引」いたとする。そうであれば、当然、郁芳門の前を通ることになる。しかし、そこには門をはさんで、内に義朝軍二百余騎、外に三河守頼盛軍一千余騎とが対峙していたはずである。ここに重盛配下の一千余騎が北から潰走してきたとしたならば、郁芳門の前は大混乱に陥ったことであろう。ところが、四類本にはそのような記述は一切ない。このような自《じ》家撞着《かどうちやく》は、そもそも四類本の作者（改作者）が所拠の本文を書き改める際、部分部分にこだわって潤色を施した結果、全体の見取り図を忘れたためと考えられる。この点も、この重盛と義平との合戦の描写が、そもそも机上の脚色であったことを物語っていよう。

同様のことは次の表現にも当てはまるであろう。義平と鎌田正清に追われた重盛ら主従三騎は「堀川をつッとこす」とあり、その後、重盛の馬を射た鎌田も「堀川をつッと越」えたとある。当時、運河となっていた堀川は四丈（『江家次第』等）、約十二メートルの川幅である。また、実際の合戦では、馬体がいわゆるポニーに相当する馬を用い、これには乗り手の体重、甲冑等の武具、さらに馬具と百キロ以上の重量がかかるという（近藤好和氏『弓矢と刀剣』）。この状態で十メートル以上の川幅を跳び越えることは困難である。従って、この表現も躍動感をもたせるための脚色と言い得る。

【本文】

十二月廿七日巳刻《みのこく》の事なるに、一村雨《ひとむらさめ》ざッとして、風ははげしくふく間、物具《もののぐ》こほりてたやすからず。鎌田が鞍の前輪《まへわ》につらゝゐて乗《のり》かねければ、悪源太《あくげんだ》見給ひて、「手形をつけて乗《のれ》や」との給ひければ、ふつ〳〵ときざみつけ、手綱うちかけ乗《のり》てンげり。平治の合戦よりして、鞍の手《て》形《（がた）》はありとかや。

【現代語訳】

十二月二十七日の巳の刻のことであったが、突然一雨ざっと降って、風が激しく吹いたので、武具も凍り付いて動きもままならない。鎌田の鞍の前輪に氷が張り付いて乗りかねていたので、悪源太が御覧になって、「手形をつけて乗れ」と言われたので、ざくざくと手形を刻みつけて、手綱を打ちかけて乗ったのであった。平治の合戦から、鞍の手形が始まったとか。

【語釈】 ○十二月廿七日　以下、鞍の手形に関する逸話、一類本に欠く。○巳刻　午前十時頃。○物具　武具。○鞍の前輪　鞍の前部の、山形になった部分。○つらゝゐて　氷が張って。「つらゐる」はワ行上一段動詞。○手形　馬の鞍の前輪の左右に刻まれた凹凸。乗るときに手をかけるのに用いた。○平治の合戦より　『貞丈雑記』に「手形を切る事、昔より有りし事なればこそ、手形を切れとは教へられしなり。……後三年の絵に手形切りたる鞍あり。……後三条院の時画きし春日神殿餝馬の絵にも、手形切りたる鞍見えたり。鎌田よりも前の事なり」とある。平治の乱以前にすでに手形は実用化されていた。

【本文】

去程《さるほど》に、三川守《みかはのかみ》頼盛、郁芳門《いうはうもん》へよせ、「此門《このもん》の大将軍《たいしやうぐん》は誰《た》そ。名のれや、聞《き》かん」と宣《のたま》へば、「此手《このて》の大将軍は清和天皇の後胤《こういん》、左馬頭《さまのかみ》義朝なり」とぞ名《(な)》のられける。義朝宣ひけるは、「悪源太も二度まで敵を追出《おひいだす》ぞかし。若者共《わか(ものども)》、すゝめや」と宣へば、大夫進《たいふのしん》・右兵衛《うひやうゑの》佐《すけ》・新宮《しんぐうの》十郎・平賀《ひらかの》四郎・佐渡式部太夫《さどのしきぶのたいふ》をはじめとして、我も〳〵とすゝみけり。右兵衛佐頼朝は、「生年《しやうねん》十三」と名乗《なのつ》て、敵《てき》二《(を)》騎射おとし、一騎に手《て》負《おほ》せて、手にもたまらずかけられければ、義朝見給ひて、何《いか》にいとほしくおもはれけん。

義朝宣ひけるは、「何《なに》といへ共、若者どもの軍《いくさ》したるは、まばらに見ゆるぞ。義朝かけて見せん」とて、まッさきにおめい《(ひ)》てかけられければ、兵共《つはものども》うちかこんで戦《たたかひ》けり。頼盛しばらくたゝかひ、門より外《そと》へひかれければ、義朝つゞいてせめられけり。平家の旗は赤《あかく》して、大宮面《おほみやおもて》へ引《ひき》ければ、源氏の旗は白くして、門より外へぞすゝみける。平家馬《むま》の気《いき》を休《やすめ》てかけ《(こ)》ければ、源氏大内へ引《ひき》かへし、源氏馬の気をつがせてかくれば、平家大宮面[1]へ引《ひき》退く。兵共たがひに命を惜《をしま》ず、入《いれ》かへ〳〵武芸の道をぞほどこしける。

【現代語訳】

そうしているうちに、三河守頼盛は郁芳門に押し寄せ、「この門の大将軍は誰か。名乗れ、聞こう」と言われたところ、「この方面の大将軍は、清和天皇の子孫、左馬頭義朝だ」と名乗りなさる。義朝が言われるには、「悪源太も二度も敵を追い出したのだぞ。若者共、進めや」と言われたので、大夫進・右兵衛佐・新宮十郎・平賀四郎・佐渡式部大夫をはじめとして、我も我もと進んだ。

右兵衛佐頼朝は、「生年十三」と名乗って、敵を二騎射落とし、一騎に手傷を負わせ、目にもとまらず駈けなさったので、義朝は御覧になり、どれほどいとおしくお思いなさったことであろうか。

義朝が言われたことは、「なんといっても若者共が戦をしているのは、ばらばらに見えるぞ。義朝が駈けて見せよう」と言って、真っ先に大声を張り上げて駈けなさったので、兵たちは義朝を囲んで戦った。頼盛はしばらく戦って門から外へ引き揚げなさったので、義朝は続いて攻めなさった。平家の旗は赤くて、それが門から外へ引き揚げると、源氏の旗は白くて、それが門から外へ進んでいった。平家が馬の息を休めて駈けると、源氏は大内裏へと引き返し、源氏が馬の息を整えて駈けると、平家は大宮面へと引き退く。兵たちは互いに命を惜しまず、入れ替わり入れ替わり、武芸の道を全うしたのである。

【語釈】 **○三川守頼盛**　『愚管抄』巻五「二条」項に「平氏ガ方ニハ左衛門佐重盛〈清盛嫡男〉・三河守頼盛〈清盛舎弟〉、コノ二人コソ大将軍ノ誠ニタ、カイハシタリケルハアリケレ」とあり、頼盛の参戦が確認できる。　**○手**　手傷。　**○まばらに**　統制のとれない、バラバラな状態に。「Mabaragaqe　列を乱してばらばらになって馬で攻めかかること」（『邦訳日葡』）。　**○門**　郁芳門。　**○気**　「気〈イキ〉」（天正本）。

【校訂注】 **1面**　底本ナシ。書・静残・半に「大宮面（をもて）」とある。天・玄・竜に「大みやをにし」とあるのは「面」を「西」と誤読したものと思われる。これらの諸本に従って「面」を補った。

【本文】

悪源太《あくげんだ》申されけるは、「義平御前《おん(さき)》仕《つかまつり》候はん」とて、鎌田《かまだ》兵衛《びやうゑ》打具《うち(ぐ)》して、さきをかけてぞ戦《(たゝか)》ひける。

鎌田が下人《げにん》に八町《はつちやう》次郎と云《いふ》者あり。腹巻に小具足《こぐそく》引《ひき》かため、はるかに先立《さきだち》たる馬武者《むまむしや》を、八町が内にて追《おひ》つめとらへければ、八町次郎とぞ申《まうし》ける。馬にてこそ具すべかりける者《(もの)》なれ共、「中〳〵《なかなか》かち立《だち》よかるべし。高名《かうみやう》せよ」とて、腹巻に小具足をさせてうち具《(ぐ)》したり。[1]三《み》川《かは》殿のかけ足の名馬に[2]少《すこし》もおとらず走《はしり》たり。[3]三河殿の甲《かぶと》の天辺《(てへん)》に熊手をうちかけん〳〵と走《はしり》ければ、[4]参川《みかは》殿も錣《(しころ)》をかたぶけ、あひしらはれければ、五六度はかけはづす。鎌田兵衛、「よしや、八町次郎。よしや」と云《いひ》ければ、さしのびあがり、甲の[5]天辺《て(へん)》に熊手をうちかけ、「えい《(ひ)》や」と引《ひく》。三川殿既《すでに》引《ひき(を)》おとされぬべう[6]おはしけるが、抜丸《(ぬけ)まる》をもッてしと〻うたれければ、熊手の柄《(え)》を手もとより二尺計《ばかり(を)》おきて、ツッときる。熊手をきられて、八町次郎のけに倒《たふれ》て、三《み》ころびばかりぞころびける。京童部《きやうわらんべ》が是を見て、「あはれ太刀や。三川殿もよつきり給ひたり。八町次郎もよッぴいたり」とぞ咲《わらひ》ける。甲に熊手を切付《きりつけ》ながら、とッても捨《すて》ず、見もかへらず、三条を東へ、高倉を下《くだり》に、五条を東へ六波羅までからめかして落《おち》られければ、中〳〵《なかなか》優にぞみえられける。

此太刀《このたち》を抜丸《(ぬけ)まる》と申《まうす》故は、故《こ》刑部卿《ぎやうぶきやう》忠盛、池殿《いけどの》にて昼寝をせられたりける[7]に、池より大蛇あがりて、忠盛をのまんとす。此太刀を枕上《まくら(がみ)》にたてられたりけるが、するりとぬけ出《いで》て、蛇《じや》にかゝりければ、太刀におそれて、蛇は池にしづむ。又あがッてのまんとすれば、太刀又ぬけて、大蛇の首をきり、かへッて鞘《(さや)》にを《(お)》さまりぬ。忠盛是を見《(み)》給ひて、扨《さて》こそ抜丸《(ぬけ)まる》とは付《つけ》られけれ。

【現代語訳】

悪源太が申されたことは、「義平が先陣をいたしましょう」と言って、鎌田兵衛を引き連れて、先を駈けて戦った。

鎌田の下人に、八町次郎という者がいた。腹巻に小具足で身を固め、遥かに先をゆく馬武者を八町以内に追いつめて捕らえるので、八町次郎と申した。馬に乗せてつれていくのが本来の者であったが、「かえって徒歩の方がよいだろう。手柄を立てよ」と言って、腹巻に小具足をつけさせて、引き連れていた。三河殿の足の速い名馬に少しも劣らず走った。三河殿の兜の天辺に熊手をひっかけようひっかけようとして走ったので、三河殿も鍛を傾けて対処なさったので、五、六度は掛け損なった。鎌田兵衛が、「いいぞ、八町次郎。いいぞ」と言うと、伸び上がり、兜の天辺に熊手をひっかけ、「よいしょ」と引く。三河殿はすでに引き落とされる寸前でいらっしゃったが、抜丸で力一杯お打ちになったので、熊手の柄を手元から二尺ほど余して、すぱっと切る。熊手を切られて八町次郎は仰向けに倒れて、三回転ほど転んだ。都の口さがない若者たちがこれを見て、「すばらしい太刀だ。三河殿もよくぞお切りなさったものだ。八町次郎もよくぞ引いたものだ」と言って笑った。兜に切られた熊手を付けたまま、取って捨てることもせず、振り向きもせず、三条大路を東に、高倉小路を南に、五条大路を東へ、六波羅までからから音を立てながら逃げ延びたので、かえって風流に見えた。

この太刀を抜丸という理由は、故刑部卿忠盛が池殿で昼寝をなさっていたときに、池の中から大蛇があがってきて、忠盛を飲もうとする。この太刀を枕上に立てていらっしゃったが、するりと抜け出て、蛇に切りかかっていったので、この太刀に恐れて、蛇は池に沈んだ。またあがってきて飲もうとしたので、太刀がまた抜け出て、大蛇の首を切り、戻って鞘に収まった。忠盛はこれを御覧になって、それで抜丸と名付けなさったのである。

【語釈】 **○下人**　雑役に従事した者。**○八町次郎**　伝未詳。ただし下人である八町次郎が騎乗することはありえない。**○八町**　約八百七十メートル。**○中く**　かえって。**○かち立**　徒歩。「徒立〈カチダチ〉」（黒本・天正本等）。**○小具足**　兜・胴・袖以外の小武具。籠手・頰当・臑当・喉輪・脛楯などをいう。**○天辺**　兜の頂上の、穴のあいたところ。湯気を抜くためという。「手変〈テヘン〉甲之ーー」（易林本）。**○錣**　兜の鉢の後、下方に付けられた扇状の板の名。鎧と同様に、小札を威して三段もしくは五段に連ね、頸部の左右、後方を防御する。錣が三段の兜を三枚甲、五段の兜を五枚甲と呼ぶ。**○抜丸**　平家重代の太刀の名。『異制庭訓往来』に「平家小烏、抜丸」とある。『盛衰記』巻四十「唐皮小烏抜丸事」によれば、伊勢国鈴鹿山の辺の男が、伊勢神宮に祈って、三子柄という所で入手した神剣という。名はもと木枯という。それを平忠盛が手に入れた物。↓補注一一九。○**しとゝ**　はっしと。勢いよく。「Xitoto」（『日葡』）。○**京童部**　洛中の口さがない若者ども。○**高倉**　高倉小路。○**五条**　五条大路。京都を東西に走る大路。五条大路には、鴨河を越す橋が架けられていた。○**からめかして**　からからと音をたてながら。「Caramekaxi 振鈴とか、その他これと同様の物で一種のうつろなからからした音を鳴りひびかせる」（『邦訳日葡』）。○**此太刀を抜丸と申故は**　↓補注一一九。○**故刑部卿忠盛**　永長元年（一〇九六）～仁平三年（一一五三）。桓武平氏。讃岐守正盛の嫡男。清盛の父。父正盛につづいて白河上皇の厚遇を受け、十七歳で従五位下、左衛門尉となり、保安四年（一一二三）に越前守、以後、備前・美作・尾張・播磨・伊勢などの国守を歴任して、正四位下・刑部卿に至った。諸国の守を務める間に富を蓄え、長承元年（一一三二）には得長寿院を造進し、その功によって内の昇殿が許された。西国武士との結びつきといい、財力の蓄積といい、清盛の代になって迎える平氏の全盛時代の基礎は、忠盛の時代に作られた。歌人でもある。○**刑部卿**　刑部省の長官。刑部省は訴訟の裁判、罪人の処罰を行った。後、検非違使庁の設置によって、ほとんどその機能を失い、名誉職となっていた。○**池殿**　六波羅にあった平家の邸宅。忠盛から頼盛へと伝えられたらしい。『山槐記』治承二年（一一七八）十一月十二日条に「御檀所、右兵衛督頼盛卿家也。号二池殿一者御所南一町余也」とある。『平家』によれば、高倉天皇の中宮徳子の御産が行われたり（巻三「中宮御産」）、高倉天皇の崩御があったり（巻六「新院崩御」）している。平家の都落ちに際して焼亡した。

【校訂注】　**1三川殿**　底本「殿」にミセケチ、「守」と傍書。内・金・学二のみ「三川守」。訂正前の本文に従った。 **2に** 底本「にも」。他本に従って「も」を削除した。 **3三河殿** 校訂注1に同じ。 **4参川殿** 底本「参川殿」の「殿」にミセケチ「守」と傍書。訂正前の本文に従った。 **5天へん** 底本「手へん」。「手」を「天」に改めた。 **6おはしけるか** 底本「思召けるか」。監は底本に同じ。天・和・玄・竜に「おほしけるか」、書「おほしけれは」、東大本「覚えけるか」とある。内・金・学二・静残・半は「御座（おはしけるか」。「おほす」と「おはす」の見誤りに起因すると思われるが、金刀本系列と半井本系列に共通する「おはしけるか」を採った。 **7たり** 底本ナシ。他本により補った。

【本文】

三川守《みかはのかみ》をおとさんとふせく侍《さぶらひども》共には、大監物《だいけんもつ》・小監物《せうけんもつ》・藤左衛門佐綱《とうざゑもんすけつな》・兵藤内《ひやうどうない》家俊・子息藤内《とうない》太郎家継を初《はじめ》て、我も〱と中にへだゝり戦《(たゝか)》ひけり。

兵藤内は大臆病《だいおくびやう》の者《(もの)》にて、軍《いくさ》にむかひたれ共、矢一《ひとつ》も射ねば、敵《(かたき)》をもうたず、我身《わがみ》手負《ておふ》まては思ひもよらず、何となう尻《(ふ)しり》付《(つき)》して勢《せい》の中にあひまじはり、軍するよしにてぞ有《あり》ける。散《(さん)》〱《ざん》馬《むま》を射させて、有小家《あるこいへ》へ[1]にげ入《いる》。子息藤内太郎家継は、父には似《(に)》ず大剛《だい(かう)》の者なり。散《(さん)》〱《ざん》にたゝかひ、敵あまた射[2]、引退《ひきしりぞく》。父の馬は射《(い)》られてふしたれば、「父はみえず。今は生《(い)》きてもなにかせん。討死《(うちじに)》せん」とて、散《(さん)》〱《ざん》にたゝかふ程に、父是をみて、「家俊には似ず、きやつは[3][4]気《け》の奴《やつ》かな」とて、軍するが面白さに、「はしり出《いで》て取《とり》もつかばや」と思へども、「あれみて後《のち》、是みて後」とする程に、家継敵と引組《ひつくん》で落《おち》、さしちがへて死《しに》にけり。兵藤内是をみて、「走出《はしりいで》、何《いか》にもならばや」と思へ共、臆病心《おくびやうごころ》にさそはれて、子息の死骸《し(がひ)》をも見継《みつ》がず、六波羅へおち《を》けるを、にくまぬ者ぞなかりける。

【現代語訳】

三河守を逃がそうと防ぐ侍どもには、大監物、少監物、藤左衛門佐綱、兵藤内家俊、子息藤内太郎家継をはじめとして、我も我もと中に隔たって戦った。

兵藤内は大の臆病者で、戦いには向かったけれども、矢の一つも射なければ、敵を討つこともしない。自分が手傷を負うなどということは思いもよらず、何となく人の後ろにくっついて、軍勢の中に交じって、戦いをしているふりをしていた。馬を射られて、とある小家に逃げ込んだ。子息の藤内太郎家継は、父には似ず剛勇無双の者である。激しく戦って、敵を数多く射て引き退く。父の馬が射られて倒れているので、「父は見あたらない。もはや生きていても何にもならない。討ち死にしよう」と思って、激しく戦ううちに、父はこれを見て、「家俊には似ず、あいつは大した奴だなあ」と思って、戦をしているのがおもしろくて、「走り出て敵に組みつきたい」とも思ったけれども、「あれを見てから、これを見てから」と思っているうちに、家継は敵と組み合って馬から落ち、刺し違えて死んでしまった。兵藤内はこれを見て、「走り出ていって、死んでしまいたい」と思ったけれども、臆病心に誘われて、子息の死骸も見捨てて、六波羅へ逃げていったのを、憎まない者はだれもいなかった。

【語釈】　**○大監物・小監物**　世系等未詳。「小監物」は「少監物」が正字。陽明本はこの二人の人物の名を「少監物成重、その子監物太郎時重」とするが、該当する人物は見当たらない。平家方の武士で、当時監物太郎と号したのは頼方であるが、頼方は『盛衰記』巻三十八「知盛遁二戦場一乗レ船」によれば、一ノ谷の合戦まで生存していた。　**○監物**　中務省所属の官職。内蔵・大蔵など諸司の出納及び諸庫の監察管理に当たった。もと大監物二人、中監物四人、少監物四人、史生四人が配属されたが、平安末期には、中監物は廃止されていた。　**○藤左衛門佐綱**　世系等未詳。陽明本「八幡三河左衛門資綱」、金「左衛門佐綱」。『高倉院昇霞記』および『山槐記』仁安三年（一一六八）三月九日条に、蔵人大学権助藤原資綱という人物が見えるが、別人か。　**○兵藤内家俊・子息藤内太郎家継**　世系等未詳。「兵藤内」は、兵藤氏で内舎人であったことによる名乗り。↓補注一二〇。　**○尻付**　人々の背後から付いて行くこと。　**○射させて**　「させ」は受容・容認の意。「鎌田を討たせじと思ひ」という場合の「す」と同じ。単純な受身、使役でなく、「……という状態を心ならずも許してしまう」という意味をもつ。　**○大剛の者**　「daicŏ no mono」（天草本『平家』）。　**○散ぐに**　激しく。

【校訂注】　**1にけ入**　底本「にけ入ける」。天・監を除く諸本に従って「ける」を削除した。　**2射**　底本「射落」。天・和・玄・書・金に従って「落」を削除した。ただしここは内「うち」、学二「討」、静残「うつて」、半「討テ」とあり、文意から見て「討」とあるべきか。　**3は**　底本「か」。監を除く諸本に従って改めた。　**4気の奴**　底本「気のにぬ」。もと「気の奴」とあり、「の」と「奴」との間に○をうち「に」と傍書。結果的に「気のにぬ」と読める。諸本区々《まちまち》であるが、金・竜「けのやつ」、内「きのやつ」とあるのを参考にして、補入の「に」を削除した。

【解説】鞍の「手形」の由来を語る挿話の後、頼盛勢による郁芳門攻略の場面となる。そこでは源氏方の「八町次郎」、平家方の「兵藤内家俊」にそれぞれスポットが当てられる。

下人でありながら、その驚異的な脚力を鎌田正清に買われた八町次郎が「かけ足の名馬」に乗る頼盛へ挑みかかる。何とか熊手を兜に掛け、引き落とそうとした瞬間、頼盛の「抜丸」で柄を断ち切られ、八町次郎は「のけに倒れて、三ころびばかりぞころびける」。陽明本、古活字本ともに欠く圏点部の文言があることによって両者の攻防が非常な速力のなかで行われていたことを巧みに表現している。

後半は兵藤内家俊に関する挿話である。頼盛の退却を援護するはずの家俊は戦うこともなく、子息の家継が眼前で討たれてもその遺骸を見捨てて逃げ帰る「大臆病の者」。陽明本では戦わずして帰還する点は底本と同じだが、臆病者ではなく「老武者」として登場する。敵と刺し違えて死んだ子息を見て、

「あはれ、わかき時ならば、走り出、ともにたゝかいなん」とおもへど、老期なれば不レ叶、力およばで、なく〳〵宿所へぞかへりける。

とある。底本の内容について、『平家』巻四「宮御最期」に収められる以仁王の乳母子・六条大夫宗信の話との類似が指摘される（新大系本）。宗信が敵を怖れ、池に飛び込み身を潜めていたところ、以仁王の遺骸が運ばれる様子を目の当たりにする。そこで、

はしりいでてとりもつきまいらせばやとおもへども、おそろしければそれもかなはず、かたきみなかへッて後（中略）なく〳〵京へのぼりたりければ、にくまぬ物こそなかりけれ

と批判される。内容とともに底本の最後の一文とも近似した詞章となっていることを考えると『平

家』からの影響が推測されるところである。

【本文】

公卿僉議《くぎやうせんぎ》にしたがひ、平家皆六波羅へ引《ひき》かへせば、源氏大内をうち捨《すて》、小路《こうぢ》[1]〳〵にお(を)ひかけ、爰かしこにて攻闘《せめたたかふ》。官軍大内へ入《いれ》かへて門々をふさがせければ、源氏内裏へは入《いり》かねて、六波羅へぞよせにける。

斎藤別当真盛《さねもり》・後藤兵衛真基《びやうゑさねもと》、東三条《とうさんでう》[2]の辺《へん》にてたゝかひけるに、敵《てき》二騎出来《いでき》たり。斎藤別当一騎の武者にかけあはせ、「御辺《ごへん》は誰(た)そ」と(こ)とへば、「安芸国の住人[3]、東条《とうでうの》五郎」と名乗る処を、頸[4]の骨射て落し、首をとッて馬《むま》にうち乗《のり》、「是はいかに、後藤殿」といへば、真基今一騎の武者にかけむかひ、「わ君《ぎみ》は誰(た)そ」ととへば、「讃岐国の住人[5]、大木戸《おほきど》の八郎」と名乗る。是も頸の骨射て落し、頸をとッて、「是はいかに、長井殿。頭殿《かうのとの》の見参《げんざん》に入《いる》べきか、捨《すっ》べきか」といへば、「今朝より乗りつ(の)からかしたる馬に、生頸《なまくび》つけて何かせん。捨《すて》よや」とて、二条堀川へ馳来《はせきた》る。二《ふたつ》の頸を材(ざい)木《もく》の上にさし置《おき》、在地《ざいぢ》の者共の軍見物《いくさけんぶつ》しけるに、「此頸《このくび》は失《うしなふ》べからず。後日《ごにち》に尋《たづね》ん時、なしと答(こた)[6]へてあしかるべし」とて馳(は)せ出《いで》ぬ。「うしなひてはかなふまじ」とて、日の暮《くる》るまでふるひ〳〵守居《まぼり》たり。

【現代語訳】

公卿僉議に従って、平家は皆六波羅へ引き返したので、源氏は大内裏を捨てて、小路小路に追いかけて、あちらこちらで攻撃して戦った。官軍が入れ替わって門々を閉じさせたので、源氏は内裏に入ることができず、六波羅へ押し寄せた。

斎藤別当実盛と後藤兵衛実基は東三条のあたりで戦っていたが、敵が二騎現れた。斎藤別当は一騎の武者に駈け寄って行って並び、「おぬしは誰だ」と問うと、「安芸国住人、東条五郎」と名乗るところを、首の骨を射て落とし、首を取って馬にうち乗り、「どんなものだ、後藤殿」と言うと、実基はもう一騎の武者に駈け向かって、「おぬしは誰だ」と問うと、「讃岐国住人、大木戸八郎」と名乗る。これも首の骨を射て落とし、首を取って、「どんなものだ、長井殿。左馬頭殿のお目に掛けるべきか、捨てるべきか」と言うと、「今朝から乗って疲れさせた馬に、生首を付けても仕方ないだろう。捨てよ」と言って、二条堀河へ馬を走らせてくる。二つの首を材木の上に置いて、戦の見物をしていた土地の者たちに、「この首を失うな。後日探したとき、ないと答えたら、こまったことになるぞ」と言って、馬を走らせて出ていった。「首を失ったら、ただではすまないだろう」と思って、日が暮れるまで、ふるえふるえしながら見守っていた。

【語釈】 ○**公卿僉議にしたがひ** 内裏の火災を防ぐため、官軍がわざと退却し、源氏軍が内裏を空けてそれを追ったとき、内裏を奪還する手筈になっていた。 ○**斎藤別当真盛** 「実盛」が正字。↓上

商人が積んでおいた材木であるが、一類本は「堂の庭につみ置きたる材木」とある。路の交差する辺。陽明本にはこの地名を載せない。**○材木**　二条堀河という地名からいって、材木実盛のこと。実盛は武蔵国長井庄の住人。**○頭殿**　義朝のこと。**○二条堀川**　二条大路と堀河小部。**○東条五郎**　世系等未詳。**○讃岐国**　香川県。**○大木戸の八郎**　世系等未詳。**○安芸国**　広島県西東をいうか不明。ただし三条の東のはずれは、三条の末という言い方をする。**○長井殿**「源氏勢汰への事」。陽明本は「ひら山」。**○東三条**　東三条院のことか、あるいは単に三条大路の

【校訂注】　**1小**　底本「少」。意改。**2東**　底本ナシ。他本により補った。**3の**　底本ナシ。他本により補った。**4骨**　底本「骨を」。他本に従って「を」を削除した。**5の**　底本ナシ。他本により補った。**6て**　底本「ては」。他本に従って「は」を削除した。

【解説】　当初の陽動計画が成功し、平家方官軍が大内裏を奪還、これによって源氏勢は六波羅へ攻め込む。そこで源氏方の実盛と実基の逸話が語られる。この逸話に関わって久保田淳氏は、「歴史と文学―前期軍記を中心として―」(『日本人の美意識』所収)において、また、『平家物語』からの照り返しはまったく無いといえるであろうか。陽明文庫本『平治物語』上巻の最後、源氏勢と六波羅勢との対決において、後藤兵衛実基とともに奮戦する平山武者所季重は、金刀比羅本や古活字本では斎藤別当実盛となっているのである。ここには『平家』流伝の過程において形成されてきたそれぞれの人物像を考慮して、悪役を人気者にすりかえるというような工作が施されているのではないであろうか。とすれば、文学史的成立においてはまず後れるであろうと見られる『平家物語』が、先に成ったであろう『平治物語』の世界

に影響力を持ち、これを変化せしめているのである。

と述べる。『平家』からの「逆照射」、あるいは「照り返し」は定説化しつつあるが、ここにもその例証がみられる。

ところで、底本が彼らの討ち取った首を置いた場所を二条堀河とするのは、地理的に問題がある。内裏が塞がれたため六波羅へ寄せる実盛・実基が、三条の東で戦った後、首を二条堀河に置き、再び六波羅へ向かったとしたならば、地理的に前後する。恐らく、陽明本の「堂の庭につみ置きたる材木」「二つの首を材木の上にをきて」とある材木を、重盛と義平とが戦った二条堀河の材木と取り違えたのであろう（陽明本では、重盛は二条を東へ落ち、堀河で義平と戦ったとある）。ここにも、底本が改作にあたって、京都の地理や所拠本の内容をよく理解せず、単に机上の操作によって、新たな本文を作成した痕跡が残されているのである。

【本文】

信頼卿《のぶよりのきやう》は、今朝《けさ》門やぶられて後《のち》は、軍《いくさ》するまでは思ひもよらず、「あはれ、隙《ひま》あらば落《おち》ばや」と、落路《（おち）みち》をのみぞ尋《たづね》られける。六波羅へはよせずして、手勢《てぜい》五十余騎、河原を上《のぼり》に落《おち》られければ、金王丸《こんわうまる》、「右衛門督殿こそ落《おち》られ候へ」と申せば、義朝、「たゞ置《おき》ておとせ。あれほどの不覚仁《ふかくじん》[1]あれば、中〱《なかなか》軍もせられず」とて、六波羅へよせられけり。

【現代語訳】

信頼卿は、今朝門が破られて以後は、戦をするなどということは思いもよらず、「何とか、すきがあったら逃げ出したいものだ」と、逃げ道ばかりを探していらっしゃった。六波羅へは攻め寄せずに、手勢五十余騎で、鴨河の河原を北に向かって逃げて行かれたので、金王丸が、「右衛門督殿が逃げて行かれます」と申し上げると、義朝は、「そのまま放っておいて逃がしてやれ。あれほどの臆病者がいっしょにいれば、かえって戦もできない」と言って、六波羅に攻め寄せなさった。

【語釈】　**○あはれ、隙あらば落ばや**　「あはれ」は、「ばや」「もがな」など、願望を表す語と呼応して、是非とも、いかにしても、の意を表す。　**○河原を上に**　鴨河の河原を北に向かって。　**○金王丸**　世系等未詳。『江戸名所記』七、『金王八幡神社略記』（安部元雄氏所引）に、渋谷庄司の流れといい、義経を討ちに上洛した土佐房昌俊がその後身というが、『盛衰記』巻四十六「頼朝義経中違」に「此昌俊ト云ハ、本大和国住人ナルウヘ奈良法師也」とあり、高野山に登ったという金王丸の閲歴と一致しない上、そこには、頼朝と昌俊とが平治の乱を共に戦ったことを匂わせる記述も気配もまったくない。その出自は未詳。　**○中〳〵**　かえって。

【校訂注】　**1あれは**　底本「なれは」。他本に従って改めた。

義朝六波羅に寄せらるる事幷びに頼政心替りの事

【本文】

六波羅には、五条の橋をこぼちよせ、搔楯《(かひだて)》にこしらへてまつ処に、義朝お《(を)》しよせ、時をどつと作られければ、清盛時の声におどろきて、物具《もののぐ》せられけるが、甲《かぶと》を取《とり》て逆《さかさま》に着給へば、侍共《さぶらひども》、「御甲《おんかぶと》逆《さかさま》に候」と申《まうせ》ば、「臆《(おく)》してやみゆらん」と思はれければ、「主上《しゆしやう》是にわたらせ給へば、敵のかたへ向《むか》はば《(ゞ)》、君をうしろにしまゐ《(い)》らせんがおそれなれば、さて甲をば逆にきるぞかし」とぞ宣《のたま》ひける。左衛門佐重盛、「何と宣《(のたま)》へ共、臆してこそみえられつれ」とて、五百騎にて打立《うつたつ》てぞふせかれける。

【現代語訳】

六波羅では、五条の橋を壊して材木を集め、搔楯にして待っているところに、義朝が押し寄せ、鬨の声をどっと上げた。清盛は鬨の声に驚いて武具をお着けになったが、兜を取って逆さまに着けなさったので、従者どもが、「おん兜が逆さまでございます」と申し上げると、「怖じ気づいていると見えているかもしれない」とお思いなさって、「主上がここにおいでになるので、敵の方に向かうならば、君に背を向け申し上げることが恐れ多いので、それで兜を逆さまに着けたのだぞ」と言われる。左衛門佐重盛は、「なんとおっしゃろうとも、怖じ気づいていらっしゃるように見えた」と言って、五百騎で出陣して防戦なさった。

【語釈】○**五条の橋**　京都五条大路（現在の松原通）の東、鴨河にかかっていた橋。清水寺の勧進によって架橋されるのが通例。○**掻楯**　垣のように楯を並べたもの。ここは五条の橋の敷板で楯としたもの。「掻楯〈カイダテ〉」（黒本・易林本等）。○**時**　「鬨」の当て字。鬨の声。↓中「待賢門の軍の事……」。○**主上**　二条天皇。

【解説】鬨の声に驚いた清盛が兜を前後逆に着けたという記事は九条本にない。清盛の発言に重盛が応じるという構図は、反乱の急報を受けて熊野参詣途中から帰洛する場面（↓上「六波羅より紀州へ早馬を立てらるる事」）でも見られた。怖じ気づいたことを屁理屈で誤魔化そうとした清盛であったが、その心の裡を重盛に見透かされる。底本を含む後出本における清盛像の矮小化・戯画化が指摘されるところである。

【本文】

兵庫頭《ひやうごのかみ》頼政は、三百騎にて六条川原《ろくでうかはら》にひかへたり。悪源太《あくげんだ》、鎌田《かまだ》を召《めし》て宣《のたま》ひけるは、「あれにひかへたるは頼政な」。「さン候《ざうらふ》」。「にくい(ひ)頼政がふるまひかな。いざ[1]一軍《ひといくさ》せん」とて、五十余騎にてはせ来たり、「御辺《ごへん》は兵庫頭頼政な。『源氏勝《かた》ば一門なれば、御方《みかた》に参ずべし。平家勝《かた》ば、主上《しゆしやう》わたらせ給ふ、六波羅へまゐ(い)らん』と思ひ、軍《いくさ》の左右《さう》をまつとみるは僻事《(ひが)こと》か。源氏の習ひ、二心《ふたごころ》はなき物を。よりあへや、組《(く)》まん」とて、真中《まんなか》へわッて入《いり》、[2]かけられければ、渡辺の一文字名字《いちもんじみやうじ》の者《(もの)》共、「一人《いちにん》して百騎千騎《せんぎ》にもあはん」と云《いひ》けれ共、悪源太にかけ立《たて》られて、寄《より》て組《(く)》む者《(もの)》一人《いちにん》もなし。

頼政が[3]郎等《らうどう》、下総国の[4]住人下河部藤三郎《しもかはべのとうざぶらう》行吉がはなつ矢、[5]悪源太の郎等、相模国の[6]住人山《やまの》内《うちの》須藤滝口俊綱が[7]頸の骨に立《(た)》つ。馬《むま》よりおちんとしければ、父刑部丞《ぎやうぶのぜう》是《これ》を見て、「矢一《ひとつ》に当《あたつ》て馬より落《おつ》る者や有《ある》。不覚なり」といさめければ、弓杖《ゆんづゑ》ついて乗《のり》なほ《(を)》る。悪源太宣ひけるは、「滝口、矢にあたりつるぞ。敵《てき》に頸ばし取《(と)》らすな。御方《みかた》へとれ」と宣へば、斎藤別当太刀を抜《ぬい》て寄《(より)》あひたり。滝口、「御辺は御方《みかた》とみるは僻事《(ひが)こと》か」。真盛いひけるは、「『敵に頸ばし取《(と)》らすな、御方へとれ』と、悪源太の仰《おほせ》なり」と云《いへ》ば、「さては心やすし」とて、頸をのべてぞうたせける。弓取《ゆみとり》の習《ならひ》ほど哀《あはれ》にやさしき事はなし。生《むま》れは相州山内《さうしうやまのうち》、はては都の土となる。

父刑部丞是をみて、「命を捨軍《すていくさ》するは、滝口を世にあらせん為なり。今は生《いき》ても何かせん。打死《うちじに》せん」とて戦《(たゝか)》ひければ、悪源太、「あたら武者、刑部うたすな、者共。刑部うたすな」とのたまへば、兵《つはもの》、中にへだゝッてかけさせねば、涙とと《(ゝ)》もに引《ひき》返す。

【現代語訳】

兵庫頭頼政は、三百騎で六条河原に控えていた。悪源太が鎌田を呼び寄せて言われたことは、「あれに控えているのは頼政よな」。「そのとおりでございます」。「腹にすえかねる頼政の振る舞いよ。いざ一戦交えよう」と言って、五十余騎で馬を走らせてくる。「おぬしは兵庫頭頼政よな。『源氏が勝ったならば、一門なので源氏の味方に参ろう、平家が勝ったならば、主上がおいでになるので六波羅に参ろう』と思い、合戦の帰趨を待っていると見るのは見当違いか。源氏の伝統として、二心はないものを。寄り合えや、組もう」と言って、真ん中に割って入り駈け回られたので、渡辺の一文字名字の面々、「一人で百騎千騎とも対戦しよう」などと言ったけれども、悪源太に駈けたてられて、近寄って組む者は一人もいなかった。

頼政の郎等、下総国の住人下河辺藤三郎行義の放った矢が、悪源太の郎等相模国の住人山内首藤滝口俊綱の首の骨に立つ。馬から落ちようとしたところ、父刑部丞がこれを見て、「矢一つに当たったくらいで、馬から落ちるやつがあるか。だらしがない」と叱ったので、俊綱は弓を杖について乗り直った。悪源太が言われるには、「滝口が矢に当たってしまったぞ。敵に首を取らせるな。味方の方に取れ」と言われたので、斎藤別当が太刀を抜いて近寄った。滝口は、「おぬしは味方だと見るのは間違いか」。実盛が言ったことは、「『敵に首を取らせるな、味方に取れ』と、悪源太のお言葉です」と言うと、「それなら安心だ」と言って、首を延べて打たせた。弓取りの生き方ほどあわれにも心打たれることはない。生まれは相州山内、最後は都の土となる。

父の刑部丞はこれを見て、「命を捨てて戦をするのは、滝口を豊かに暮らさせるためだ。もはや生きていても何にもならない。討ち死にしよう」といって戦ったので、悪源太は、

「死なせるには惜しい武者だ、刑部を討たせるな、者ども。刑部を討たせるな」と言われて、兵が中に隔たって駈けさせなかったので、首藤刑部は涙とともに引き返した。

【語釈】 ○**六条河原**　六条大路の東端あたりの、鴨河の河原。「Rocugió cauara」「Rocugió gauara」（天草本『平家』）。○**軍の左右**　戦いの勝敗、戦いの帰趨。○**僻事**　見当違い。○**渡辺の一文字名字の者共**　嵯峨源氏。嵯峨天皇の子、河原左大臣融の子孫で、摂津国渡辺（現在の大阪城付近）に拠ったものを渡辺党という。もと武蔵国足立郡箕田《みだ》（埼玉県鴻巣市北部）に居住したが、伝《つたう》のとき渡辺の遠藤氏（僧文覚の一族）の聟となり、以来渡辺に住む。融以来、代々漢字一字を名とした。『沙石集』巻八に「ツカムト仰候ハ、渡部ノ一門ニテ、一文字名ハツカセ給テ候カ」とあり、絵巻『土ぐも』に「かの家をば、わたのべの一文字と申て、世の人たけきことに申き」とある。渡辺党の特徴として一文字名が知れ渡っていた。↓補注一一二。○**下総国**　千葉県の北部から茨城県・埼玉県・東京都の一部を加えた地域にまたがった国。○**下河部藤三郎行吉**　「下河辺」「行義」が正字。生没年未詳。俵藤太秀郷の子孫。大田大夫行政の子（『尊卑』）。『佐野松田系図』『下河辺氏系図』は大田四郎大夫行光の子とする。『尊卑』に「下河辺庄司」とあり、『佐野松田系図』に「下総国古河領主也。号二下河辺藤三郎一。属二源三位頼政一」とあり、さらに『下河辺系図』に「下河辺能登守」とある。下河辺は茨城県古川市から埼玉県北葛飾郡栗橋町・春日部市、松伏町に至る地域、下河辺庄があった。同庄は行義から頼政を通じて鳥羽天皇もしくは美福門院に寄進されており、現地における庄司が下河辺氏であった。○**山内須藤滝口俊綱**　↓上「源氏勢汰への事」。「須藤滝口。平治乱討死」（『山内首藤系図』）。○**父刑部丞**　山内首藤刑部俊通。↓上「源氏勢汰への事」。○頸ばし「ばし」は副助詞。強意を表す。主として中世の作品の、会話、心中思惟などの中に見かけられる。

【校訂注】1いさ　底本ナシ。天・和・玄・書・竜・監・静残・半により補った。2かけられけれは　底本「さむ〳〵にかけられけれは」。他本に従って「さむ〳〵に」を削除した。3か　底本ナシ。書・内・金・学二・半により補った。4の　底本ナシ。天・和・玄・書・竜・監・静残・金・学二・半により補った。5矢　底本を含め諸本すべて「矢に」。しかしこれを受ける「頸の骨に立つ」という述部とねじれ現象を起こしている。半には「行吉カ放ツ箭……俊綱か頸骨ニ立」とあるので、それに従って「に」を削除した。なお、校訂注7も参照。6の　底本ナシ。天・和・玄・書・竜・監・内により補った。7頸の骨にたつ　底本「頸の骨いさせて」。監は底本に同じ。その他の諸本に従って表記のとおり改めた。校訂注5に記したように、「行吉かはなつ矢に」とある以上、「頸の骨に立つ」では意味をなさない。底本・監の「頸の骨いさせて」は、そのあたりの矛盾解消をはかったものとみえる。校訂注5で「に」を削除したのに応じて、監をのぞく他本に従った。

【解説】義平勢が平家方に翻心した頼政勢に襲いかかる。その中で義平の郎等俊綱が最期を遂げる。この場面、九条本では俊綱の首を取ったのは実盛ではなく、鎌田正清の下人とする。下人は俊綱のもとへ駆け寄り、傷の程度を確認して重傷であれば敵方に討たれる前に首を取ってくるよう義平に命じられた旨を告げる。これに俊綱は、

「痛手の段、子細なし。弓矢とる侍は、よき大将に召仕べかりけるぞや。尸をだにも、いたはり思し召て、人手にかくるなと、の給こそかたじけなけれ」とて涙をながし、「はや〳〵きれ」とて、こぼれ落てぞきられにける。

と義平への感謝を述べる。これに父の俊通は次のように語る。

「弓矢取ならひ、合戦の場に出て命を捨る事は、人毎に思ひまうけたる事なれども、我こそさきに討死して、子孫に弓矢の面目を譲らんと思ひしに、末たのもしき滝口を討せて、おしからぬ老の命、何にかはせん。諸共に死出の山をもこえめ」

戦場での死は覚悟のこととは言え、将来を期待していた我が子に先立たれた父の無念さがよく表れている。作中人物の言葉数がやや多い九条本に対し、底本は射られた俊綱への俊通の叱咤（九条本なし）から義平の俊通守護の命令（同前）まで短めの発話のやりとりによってテンポのある展開となっている。

なお、古活字本の末尾には、義平による頼政への攻撃を「せんなき同士軍《いくさ》に、あたら兵共をうたせられけるぞ無念なる」と批判し、中国故事が置かれる。漢の高祖との覇権争いにおいて、楚の項羽は名将の王陵を取り込むべく彼の母を人質にとるものの、母は決して楚に与してはならぬと伝え、自ら剣に伏して命を絶つ。その結果、項羽への恨みから王陵は高祖の忠臣となったという。これを受け、「悪源太も義をもって和したらましかば、頼政も名将なれば、定めて見捨てざらんか」とし、義平のように攻めるだけでは却って身を滅ぼすことになるのだとする。

六波羅合戦の事

【本文】

金子《かねこの》十郎家忠は、1保元の合戦に、為朝《ためとも》の陣にかけ入《いり》、高間《たかまの》三郎兄弟を討《うつ》て、2為朝の矢さきを遁《のがれ》て名をあげけるが、平治にも前《(さき)》をかけてたゝかひけり。矢種《やだね》も射尽し、弓も引折《ひきをり》て捨《すて》ぬ。太刀もうち折《をり》、折《(おれ)》太刀《だち》ばかりをひつさげて、「あはれ御方《みかた》がな。太刀を乞《こは》[3]ばや」と思処《おもふ》に、同国《どうこく》[4]の住人足立右馬允《あだちのうまのじよう》[5] 遠元出来《いできた》る。「是《これ》御覧候へ、足立殿。太刀を打折《うちをり》て候。替《かへ》の太刀や候、たび候へ」といひければ、「替の太刀なけれ共、御辺《ごへん》の乞《こふ》ところがやさしければ」とて、前《さき》をうたせける郎等《らうどう》の太刀をとッて金子にとらす。大《おほき》に悦《よろこび》て、敵あまた討《(う)》ッてンげり。

足立が郎等申《らうどうまうし》けるは、「日来《ひごろ》の心を見給ひ、『ものの《(こ)》用に立《たつ》まじき者《(もの)》よ』と思ひ給へばこそ、かゝる軍《いくさ》の中にて、太刀をばめされ候へ。御《おん》ともしてもなにかせん」とて、主《しゆう》を恨《うらみ》てうちわかる。足立いひけるは、「しばらくひかへよ。いふべき事有《あり》」とて、はせ出《いで》ぬ。敵一騎出来《いできたり》けるに、我も名のらず、敵にも名のらせず、よつ引《ぴい》てひやうど射ければ、内甲《うちかぶと》にしたゝかにたつ。馬《むま》より落《おち》ければ、おちあひ、敵が太刀をとりて引《ひつ》かへし、郎等に馳《(は)》せならべて云《いひ》けるは、「余《あまり》に汝《なんぢ》心みじかくこそ恨《(うら)》みつれ。すは太刀よ」とてとらせ、前《(さき)》をぞかけさせける。

異国に昔、徐君《じよくん》・季《き》札《さつ》とて二《に》人《にん》の将軍ありき。季札は三尺の剱《けん》をもちたり。徐君常に乞《こひ》けれ共、惜《をしみ》[6]てとらせず。隣国に夷《(えびす)》おこる由聞えければ、季札を攻《せめ》につかはす。徐君がもとに打《うち》よりて暇《いとま》を乞《こひ》ければ、徐君同様《おなじやう》なる太刀を取出《とりいだ》し、「その剱にかへてたべ」といへば、「宣旨に随ひ他国の夷《えびす》をせめにむかふなり。帰らん時とらすべし」とて打出《うちいで》ぬ。三《さん》ケ《が》年《ねん》に夷をほろぼし、帰りける時《(とき)》、[7]徐君がもとへ打《うち》よッて、「何《いづ》くへぞ」と問《とひ》ければ、女なく〳〵出《いで》むかひ、「むなしくなりて三《み》年《(とせ)》になりぬ」とこたふ。「墓《はか》はいづくぞ」と問《とひ》ければ、「あれこそ[8]

よ」と教《(をし)》へけり。打《うち》よッてみれば、墓には松生《おひ》たり。「存生《ぞんじやう》の時乞《(こ)》ひし釼なれば、草の陰にてもうれしくおもふべし」とて、松の朶《えだ》に釼をかけてぞとほ《(を)》りける。

異国に聞えし季札も、敵を亡して後にこそ徐君が塚に釼を懸《かけ》[9]て通りしか、吾朝《わがてう》の武蔵国の[10]住人、足立右馬允遠元[11]は、かゝる軍の中にして、太刀を金子にとらせける心の中《うち》こそやさしけれ。

【現代語訳】

金子十郎家忠は、保元の合戦に、為朝の陣に駈け入り、高間三郎兄弟を討って、為朝の矢先を逃れて、名をあげたのだが、平治にも先陣を切って戦った。手持ちの矢も射尽くし、弓も引き折って捨ててしまった。太刀も打ち折り、折れた太刀だけをひっさげて、「なんとか味方がいてくれ。太刀をもらおう」と思っているところに、同じ国の住人足立右馬允遠元が現れた。「これを御覧ください、足立殿。太刀を打ち折ってしまいました。予備の太刀がありましたらください」と言ったところ、「予備の太刀はもっていないが、お主が乞うところが心を打つから」と言って、先を駈けさせていた郎等の太刀を取って金子に与える。金子は大いに喜んで、敵を数多く討ったのであった。

足立の郎等が申したことは、「私の日頃の心を御覧になって、きっと『物の役にも立たない奴だ』と思いなさっているからこそ、このような戦の中で太刀を召し上げなさったのです。お供を致しても甲斐がありません」と言って、主人を恨んで別れて行く。足立が言ったことには、「しばらくそこで待て。言いたいことがある」と言って、馬を走らせて出ていった。敵が一騎現れたので、自分も名乗らず、相手にも名乗らせず、弓をよく引いてひゅうっと射たところ、矢は顔面に深々と立つ。敵が馬から落ちたので、馬から飛び降り、敵の太刀を取って引き返し、郎等に馬を並べて言ったことは、「おまえはせっかちにも人を恨んだものだ。それ、太刀だ」と言って太刀を取らせ、前を駈けさせた。

外国に昔、徐君・季札といって二人の将軍がいた。季札は三尺の剣を持っていた。徐君がいつもこれを譲ってほしいと言っていたが、惜しんで与えなかった。隣の国で異民族が反乱を起こしたことが伝わってきたので、季札を攻めに派遣した。徐君のもとに立ち寄ってお別れを告げたので、徐君は同じような太刀を取り出し、「その太刀と換えてくだされ」と言うと、「帝の御命令に従って他国の異民族を攻めに向かうところだ。帰ったらそのときに与えよう」と言って出ていった。三年の間に異民族を滅ぼして帰ったとき、徐君のところに立ち寄って、「どこへ」と問うたところ、妻は泣く泣く出て対面し、「亡くなってから三年になります」と答える。「墓はどこだ」と尋ねると、「あれがそれです」と教えた。近寄ってみると、墓には松が生えていた。「生きているときに、譲ってほしいといっていた剣だから、草葉の陰でもうれしく思うに違いない」と思って、松の枝に剣を掛けて、その地を通り過ぎた。

外国で有名な季札も、敵を滅ぼして後にこそ、徐君の塚に剣を掛けて通り過ぎたのに、我が国の武蔵国の住人足立右馬允遠元は、このような戦の最中に、太刀を金子に与えた心の内こそ感心させられることである。

【語釈】○金子十郎家忠　↓上「主上六波羅へ行幸の事」。○高間三郎兄弟　世系等未詳。○為朝　↓上「信西の子息尋ねらるる事……」。○矢種　箙《えびら》などに入れて用意した矢。○同国　武蔵国のこと。○足立右馬允遠元　↓上「信西の子息尋ねらるる事……」。○内甲　兜による覆いの内側。兜で覆われていない頸部を含む顔面を指す。○したゝかに　深々と。手応え十分に。○異国に昔……　この説話は『史記』巻三十一「呉太伯世家」以下、多くの書に見える。↓補注一二二。○異国　中国。○徐君　徐（江蘇省徐州のあたりにあった国）の君主。世系等未詳。ただし本章段ではこの「徐君」を固有名詞と解釈し、季札ともども将軍と見なしている。『史記』によれば、季札が魯に使いしたとき徐を通り、その折に接触があったものと読める。○季札　呉王寿夢《じゅぼう》の第四子。末子であったので季子という。父の死後、呉王に推されたが固辞し、後、延陵に封ぜられたので、延陵の季子という。諸国の嚮背《きょうはい》を見るために魯・斉・晋に使いした。兄三人が死亡したため、再び呉王に推挙されたが、終に辞退して逃げ去ったという。『史記』巻三十一「呉太伯世家」、『新序』巻七「節士」、『説苑』巻十四「至公」に伝が載る。○三尺の釼　『本朝文粋』巻三「陳徳行」に「秋霜三尺、呉札懸二剣於蒼柏之煙一」とあるのによっているのであろうが、「三尺の剣」にはさらに典拠があり、『朗詠集』下「帝王」に「漢高三尺剣坐制二諸侯一　張良一巻書立登二師傅一」とあり、特に「三尺の剣」と「一巻の書」がよく知られ、軍記を中心として諸書に引かれる。そもそもは『史記』の「高祖本紀」に「吾以二布衣一持二三尺剣一取二天下一」とあるのに由来する。他に、『論衡』巻十九「恢国」に「高祖従二亭長一提二三尺剣一取二天下一」とある。『江談抄』第六にも関連話がある。○夷中国の周辺にいて、中国に従わなかった異民族。東夷だけを指すわけではない。○**おこる**　反乱を起こす。蜂起する。静残「おごる」、半「発ル」。半の漢字の意味に従った。○**存生の時**　生きているとき。「存生〈ゾンジヤウ〉」（天正・黒本・易林本）。

【校訂注】 **1保元の合戦**　底本「保元〈ノ〉合戦」。表記のとおり改めた。　**2為朝の矢さきを**　底本「為朝にをしまれ矢さきを」。監を除く諸本に従い「にをしまれ」を「の」に改めた。　**3乞はや**　底本「乞む」。監・静残は底本に同じ。半は「乞」。その他の諸本に従い改めた。表記は学二による。　**4の**　底本ナシ。書・監・静残・内・金・学二により補った。　**5遠元**　底本「遠光」。内・金・学二・静残に「遠元（とをもと）」とある外は、蓬左本系列の諸本すべて「遠光（とをみつ）」とあるほか、半も「遠光」。東大本は「おんくわう」とあり「遠光」を音読みした本文となっている。しかし上「信西の子息尋ねらるる事……」では底本も「遠元」、「源氏勢汰への事」でも「遠元」に「光」と傍書する本文となっている。見取りによる誤写に由来するものと見て「光」を「元」に改めた。　**6とらせす**　底本「是をとらせす」。他本に従って「是を」を削除した。　**7徐君か**　底本「又徐君か」。他本に従って「又」を削除した。　**8そよ**　底本「そそよ」。天・和・玄・書・竜・監に従って「そ」一字を削除した。　**9て**　底本「ては」。監は底本に同じ。静残は異文。その他の諸本に従って「は」を削除した。　**10の**　底本ナシ。天・和・玄・書・竜・監・内・金・学二により補った。　**11遠元**　底本「遠光」。校訂注5参照。

【解説】　保元の乱における金子家忠の活躍は、金刀比羅本『保元』中「白河殿攻め落す事」に次のように叙述される。十九歳の家忠、これが初陣と為朝の陣内を駆け回る。これに高間四郎が組み合い、ともに馬から転がり落ちる。

　しばらくくみあひけるが、いかゞしたりけん、高間おめ〱と下になる。金子うへにのりゐて、左右の袖をむずとふまへてはたらかさず、頸をとらむとする処に、兄の高間三郎馬より飛でをり、後よりつつとより、金子が甲のてへんに手を入て、引あをのけむとする所に、金子ぬひてもちたる刀なれば、下なる四郎がとゞめをさしもあへず、三郎が弓手の草摺をむずとつかむで引よせてあげさまに、こみざしに三刀さいて、ゑいやつとつきのけたり。各運やつきけん、さばかりのしたゝか者と聞えし高間の三郎も大事の手をひしかば、のッけさまにぞたをれける。金子つつと立て、おきもあがらせず、をして頸をとつてッげり。四郎はもとよりとゞめをさしてはたらかざりけるを、心静に頸を取、二人の頸をひつさげ、馬引寄てゆらりと乗て、大音声をあげて、「武蔵国住人、金子十郎家忠、音に聞えさせ給ふ筑紫の御曹司の御前にて、宗との侍二人手討にして罷出ぞや。敵も御方も物をみよや。むかしも今もためしすくなくこそあらめ。かゝる晴の軍しおふせて後代に名をあげんずる家忠ぞ。但高名したればとていそぎは出まじ。御曹司の御内にわれとおもはん侍ども、出て家忠にくめや。」とて、おり返しひかへたり。首藤九郎、「安からぬ事なり。奴中にさげて参候はむ。」とてうちいでけるを、為朝、「しばしまて、家季。此者一人うつたればとて軍の勝負有まじ。例の崎細ひとつまでこそあらんずれ。射をとさむ事は無下に安けれ共、是ほどの剛の者を念なふうしなはん事情なかるべし。其上為朝此軍に打勝て、東八ヶ国を知行せん時、彼等をば勘当ゆるして召仕はむずる也。惜き兵なり。あたら侍討べからず。」とてをしとゞめらる。

この武勇に対して「武しては今生の面目をほどこし、其忠世々にたえず、後代に名をとゞめ、其功子孫に及とかや」の評言が付される。

【本文】

去程《さるほど》に、悪源太《あくげんだ》宣《のたま》ひけるは、「今度六波羅へよせて、門の中《うち》へ入《いら》ざるこそ口惜《くちをし》けれ。すゝめや、者共《(もの)ども》。すゝめや」[1]とて、五十余騎 錣《(しころ)》をかたぶけ、おめい《(ひ)》てかけけ《(こ)》れば、平家の軍《ぐん》兵《びやう》[2]ばつとあけていれにけり。悪源太宣ひけるは、「此箭《このや》をもッて敵《(かたき)》清盛をうたさせ給《たまひ》[3]候へ」とて、よッぴいて宿所《しゆくしよ》の内へ射入《いいれ》たれば、清盛の軍《いくさ》見給ひてたゝれたる弓手《ゆんで》の肩《(かた)》を羽《は》引《(び)》いて越《こえ》、うしろなる柱にしたゝかにたつ。いま少《すこ》さがりたらばあやふくぞみえたりける[4]。清盛の給ひけるは、「かひぐ〳〵しくふせく者《(もの)》なければこそ、是《これ》まで敵《てき》はちかづくらめ。清盛さらばかけん」とて、褐《(かちん)》の直垂《ひたたれ》に黒糸威《くろいとをどし》の鎧に、黒漆《こくしつ》の太刀をはき、黒《くろ》津羽《(つば)》の矢負《(を)》ひ、塗籠籐《(ぬりごめどう)》の弓もッて、黒馬《くろむま》に黒《(くろ)》鞍《くら》おかせて乗《のり》給へり。「何《いづれ》か源氏の大将軍《たいしやうぐん》ぞ。かう申《まうす》は大宰大弐《ださいのだいに》清盛、見参《げんざん》せん」とぞの給ひける。「悪源太義平是《これ》に有《あり》」とておめい《(ひ)》てかけらる。

「平家のかたにはいかゞ射る。源氏のかたにはかうこそ射《(い)》れ」、「源氏の方にはいかゞ射る。平家の方にはかうこそ射《(い)》れ」と、たがひ《(い)》におめい《(ひ)》て攻《せめ》たゝかふ程に、悪源太の勢は今朝よりの疲《(つか)》れ武者、平家の勢は今の荒手《あらて》也、悪源太の勢すこしよはりてみえければ、「さらば、馬のいきをつがせよ」とて、門より外《そと》へ引《ひき》[5]しりぞき、やがて[6]川より西へひかれけり。

【現代語訳】

そうこうしているところに、悪源太が言われたことは、「今回、六波羅へ攻め寄せて、門の中に入らないことこそ残念だ。進めや、者共。進め」と言って、五十余騎が錣を傾けて、大声を上げて駈け入ったので、平家の軍勢はぱっとあけて入れてしまった。悪源太が言われることは、「この矢で敵清盛を討たせてくだされ」と言って、十分に引き絞って宿所の中に射込んだところ、清盛が戦を見て立っていらっしゃった左の肩をかすめて越え、後ろの柱に深々と立つ。もう少し下がっていたなら、危ないところと見えた。清盛が言われるには、「勇気をふるって防ぐ者がいないから、ここまで敵は近づいたのだろう。清盛がそれなら駈けよう」と言って、褐の直垂に黒糸威の鎧に、黒漆の太刀をはき、黒津羽の矢を負い、塗籠籐の弓をもって、黒馬に黒鞍置かせてお乗りになった。「誰が源氏の大将軍だ。こう申す者は大宰大弐清盛だ、お目にかかろう」と名乗りなさる。「悪源太義平ここにあり」と言って、大声を上げて駈けなさる。

「平家の方ではどのように射るか。平家の方はこのように射る」、「源氏の方ではどのように射るか。源氏の方はこのように射る」と、たがいに大声を上げて攻め戦ううちに、悪源太の軍勢は今朝からの疲れ武者、平家の軍勢は今の新手である。悪源太の軍勢が少し弱って見えたので、「それでは馬の息を整えさせよ」と言って、門から外へ引き退き、そのまま鴨河より西へ軍を引いた。

【語釈】　○**錣**　→中「待賢門の軍の事……」。「錣を傾ける」とは、矢を避けるため、頭を低くすることをいう。「常に錣を傾けよ。いたう傾けて天辺射さすな」（『平家』巻四「橋合戦」）とある文によって、その動作が窺える。　○**弓手の肩**　左の肩。　○**羽引いて**　日本古典文学大系本「矢の尾羽があとを引いての意か」とする。「弓手の肩を羽引いて」とあり、「いま少さがりたらばあやふくぞみえたりける」とある点から判断して、「尾羽が左の肩を擦って」ととるべきか。○**かひ〲しく**　しっかりと奮戦して。「Caigaixij 強くてたくましい。また、元気で勇ましい」（『邦訳日葡』）。○**褐の直垂**　濃い紺色の鎧直垂。↓上「源氏勢汰への事」。○**黒糸威の鎧**　札《さね》を黒い糸で威した鎧。兜の眉庇、吹返、鎧の鳩尾《みぞおち》の板、弦走など、一部を除けば黒ずくめの鎧兜である。○**黒漆の太刀**　黒い漆で塗った太刀で、螺鈿や蒔絵を付けず、金具類も赤銅を用いてくすませてある。『五武器談』に「黒塗の太刀は、柄さや黒ぬり、金具はしやくどうなり。但金物はほり物絵様あるべし」とある。諒闇のときに帯く、すべてを黒漆で塗り込めた黒塗細剣《ほそだち》とは別物である。○**黒津羽の矢**　黒鷲の羽で矧《は》いだ矢。↓上「源氏勢汰への事」。箆《の》にも、白箆（火で焦がしたり、塗りを加えたりしない白っぽい矢竹）、節陰（節のくぼみだけを塗った矢竹）、黒漆があった。黒漆の箆は黒漆を塗ったもの。ここは、黒津羽と組み合わせて、真っ黒になるよう黒漆の箆を用いた矢であろう。○**塗籠籐の弓**　重籐の一種で、細かい間隔に籐を巻き、その上から黒漆で塗りつぶしたもの。弓の末筈から本筈まで漆黒である。↓補注一〇六。○**黒鞍**　漆で黒く塗った鞍。○**平家のかたにはいかゞ射る、源氏のかたにはかうこそ射れ**　『盛衰記』巻十三「熊野新宮軍」に「源氏ノ方ニハ角コソ切レ、平家ノ方ニハ角コソ射トテ、軍ヨバヒ六種震動ノ如シ」とある。軍よばひのかけ声である。また『平家』巻四「源氏揃」に「時つくり、矢合して、源氏の方にはとこそいれ、平家の方にはかうこそいれとて、矢さけびの声の退転もなく」とあり、この場合は、矢叫びの声とする。『邦訳日葡』に「矢を射放す時に発する叫び声」とあり、矢を射る時に大声で敵陣に向かってかけたかけ声である。決まり切った言い回しらしい。

【校訂注】　**1すゝめや**　底本ナシ。天・和・玄・書・竜・内・金・学二により補った。　**2はつと**　底本ナシ。和・竜「はと」。天・玄・書・監・内・金・学二・半により補った。　**3給候へ**　底本「給候」。天・玄・書・竜・監・内・金・学二により「へ」を補った。　**4あやふく**　底本「あやしく」。他本に従って改めた。　**5引しりそき**　底本「引かへし」。監は底本に同じ。天・和・玄・書・竜・金「引退く（ひきしりそく）」。いま内・静残・半「引退き（ひきしりそき）」、学二「引退」。本来「引退」とあったものと推測される。　**6やかて**　底本ナシ。監・静残は底本に同じ。天・和・玄・書・竜・内・金・学二・半により補った。

【解説】　ここに登場する清盛は、上から下まで黒ずくめの出で立ちが描かれている。軍記物語の読解の楽しみのひとつに、このような装束を読む楽しみがある。作者の想像力で、登場人物の装束が変化していく。その人物に対する作者の思い入れや、その物語で果たす役割などがそこからうかがえるのである。清盛の出で立ちは、褐の直垂、黒糸威の鎧、黒漆の太刀、黒津羽の矢、塗籠籐の弓、黒馬、黒鞍である。まさに黒ずくめであり、上「源氏勢汰への事」の義朝の装束（練色の魚綾の直垂、楯無という黒糸威の鎧、鍬形を打った兜、忿物作の太刀、黒津羽の矢、節巻の弓、黒鴾毛の馬、黒鞍）ともよく似ており、作者の二人に寄せた思いが読み取れる。

四類本における清盛の造型は、黒ずくめの出で立ちや、味方のふがいなさに耐えかねて出陣するなど、その勇姿が描かれている反面、臆病風に吹かれて兜をさかさまにかぶるなど、別の所では矮小化・卑小化された姿が描かれている。全体として、統一された人物像は描き切れていないようである。

【本文】

義朝の給ひけるは、「義平が川より西へ引《ひき》つる事、家の瑕《きず》と覚《おぼゆる》ぞ。義朝今は[1]いつをか期《ご》すべき。打死《うちじに》せん」[2]とてかけられければ、鎌田《かまだ》申《まうし》けるは、「源平弓矢を取《とり》て何《いづれ》も勝劣なしとは申せども、源氏をばみな人たけき事に申《まうし》候。只今爰《ここ》にて[3]うたれさせ給ひ、死《し》骸《(がひ)》を敵の[4]馬《むま》の蹄《ひづめ》にかけさせ給はん事こそ口惜《くちをしく》候へ。何《いづく》へも落《おち》させ給ひ、名ばかり跡にとゞめて、敵に物をおもはッさせ給へ」と申《まうせ》ば、義朝宣《のたま》ひけるは、「東へゆかば相坂《あふさか》・不破関《ふはのせき》、西へおもむかば須磨・明石をや過《(す)》ぐべき。たゞ爰にてうち死《じに》せん」とてかけられけれ共、鎌田が[5]御馬《おんむま》の口にとりつきたるを力にて、兵《つはもの》あまたへだたりてかけさせ奉らねば、力お《(を)》よばずして、河原を上《のぼり》におちられけり。

【現代語訳】

義朝が言われるには、「義平が鴨河から西へ退却したことは、家の恥と思えるぞ。義朝はいつの日をあてにできようか。討ち死にしよう」と駈けられたので、鎌田が申したことは、「源平は弓矢をとって、どちらも勝劣がないといっても、源氏の方を人々は皆勇敢なことに申しております。今すぐここで討たれなさって、死骸を敵の馬の蹄に掛けさせなさるようなことこそ無念でございます。どこへでも落ち延びなさり、名だけを後に残して、敵に心配させなさいませ」と申すと、義朝が言われるには、「東へ行けば逢坂、不破の関、西へ行けば須磨、明石を通り過ぎることができようか。ただここで討ち死にしよう」と言って駈けなさったけれども、鎌田が馬の口に取り付いたのに力を得て、兵が数多く隔たって駈けさせ申し上げなかったので、義朝は力及ばず、鴨の河原を北に向かって落ちて行かれた。

【語釈】○川　鴨河。○家の瑕　源家の汚点、不名誉。○物をおもはッさせ給へ　心配させなさいませ。「させ」は尊敬の助動詞。二重敬語。「おもはせさせ給へ」のうち、使役の助動詞「せ」が脱したもの。室町時代の抄物などに、この例が見えるという（『日本文法大辞典』「さす」の項）。○相坂　「逢坂」と書くことが多い。京都府と滋賀県との境にあった関、またその山。平治の乱の頃には関は廃絶していた。歌枕でもある。○不破関　岐阜県不破郡関ケ原町にあった関所。美濃と近江との国境に置かれていた。山に囲まれた小盆地にあり、東山道の要衝であった。逢坂関が設けられてからは、その存在理由を失い廃止されたが、朝廷の大事の折には固関使が派遣されて警護に当たった。歌枕で、不破の関屋を詠んだ歌は多い。○須磨　兵庫県神戸市須磨区。六甲山地が最も海にせり出した部分に当たる。山陽道の要衝である。古代には関所が置かれていた。源平合戦の舞台、一ノ谷は須磨にある。○明石　兵庫県明石市。海峡を隔てて淡路島に対する山陽道の要衝。古代には駅《はゆま》が置かれていた。

【校訂注】　1いつをか　底本「いつを」。天・和・書・竜・監・内・金・学二・半により「か」を補った。2かけられけれは　底本「かけゝれは」。玄・書・監は底本に同じ。天・和・内・金・学二・半に従って「られ」を補い、「ゝ」は「け」に改めた。3うたれさせ給ひ　底本「うたれさせ玉ひて」。他本に従って「て」を削除した。4馬の蹄　底本「馬蹄」。他本により「の」を補った。5か　底本ナシ。天・和・玄・書・竜・半により補った。

【解説】　奮戦する義平であったが、手勢の疲弊もあり、鴨河から西へと退却、義朝はこれを源家の不名誉とし討ち死を決意する。しかし、鎌田正清の説得で不本意ながら落ち延びることとなる。鎌田は三代にわたる源氏相伝の郎従で、義朝の、実の兄弟以上の紐帯をもつという乳母子でもある。両者の主従関係の緊密さは、この後の物語内容において叙述される、常に義朝の傍に寄り添い、忠実に行動し、時には直截に諫言する鎌田の姿から読み取ることができよう。

九条本の鎌田の説得は、底本に比べ、より具体的で説得力のある内容となる。その前半部は底本と同趣、後半部は以下の通り。

全く、御命をおしむためにあらず。敵、何十万騎候とも、懸場よき合戦なればうちはらひて、小原・静原の深山の中へはせ入、御自害候べし。若又のびぬべくは、北陸道にかゝりて、東国へくだらせ給ひなば、東八ヶ国に、たれか御家人ならぬ人候。世をとらむずる大将の、左右なく御命捨てられん事、後代の謗、有べし。

義朝敗北の事

【本文】

平家追《おつ》かけて攻《せめ》ければ、三条河原《かはら》にて鎌田《かまだ》云《いひ》けるは、「頭殿《かうのとの》は思召《おぼしめす》旨有《むねあり》て落《おち》させ給ふぞ。防《(ふせ)》き矢射《(い)》よや、人々」と云《いひ》ければ、平賀《ひらかの》四郎義宣《よしのぶ》引《ひき》かへし、散々《さんざん》にたゝかひければ、義朝見給ひ、「あはれ、源氏は鞭差《むち(さし)》までもおろかなる者《(もの)》はなき物かな。あたら武者平賀討《うた》すな、者共。[1]平賀うたすな」との給へば、佐々木源三《ささきのげんざう》・須藤刑部《ぎやうぶ》・井沢《ゐざはの》四郎を初《はじめ》として、我も〱と中にへだゝりたゝかひけり。

佐々木源三秀義は、敵二騎うッて手負《ておひ》ければ、近江をさして落《おち》にけり。須藤刑部俊通は、六条河原《かはら》にて子息をうたせ、「打死《うちじに》せん」とおもひけれ共、命はかぎりの物なればにや、[2]そこにて敵三騎《さんぎ》うッて討死《うちじに》す。井沢四郎宣景は、廿四《にじふし》さしたる矢をもッて、今朝の矢《や》　合《（あはせ）》よりして、敵十八騎《じふはち》射落《いおとし》、箙《（えびら）》に箭《や》六《むつ》[3]残りたりけるに、三条河原にて敵四騎射《し》落し、箙《（えびら）》に矢二《ふたつ》[4]残し手負《（て）（お）》ひければ、遠江に知《しり》たる人の有《あり》しかば、それにおちつき、疵《きず》を療治《れうぢ》して、弓うちきり杖につき、山づたひに甲斐の井沢へ落《おち》にけり。

【現代語訳】

平家が追いかけて攻めたので、三条河原で鎌田が言ったことは、「左馬頭殿はお考えになるところがあって、落ちられるぞ。防ぎ矢を射よや、人々」と言ったので、平賀四郎義信が引き返し、激しく戦ったので、義朝が御覧になって、「ああ、源氏は鞭差しまでも、つまらない人間はいないのだなあ。失うには惜しすぎる武者、平賀を討たせるな、者共。平賀を討たせるな」と言われると、佐々木源三・首藤刑部・井沢四郎をはじめとして、我も我もと中に隔たって戦った。

佐々木源三秀義は、敵二騎を討って手傷を負ったので、近江を指して逃れていった。首藤刑部俊通は六条河原で子息を討たせ、「討ち死にしよう」と思ったけれども、命は限りのあるものだからであろうか、ここで敵三騎討ちとって討ち死にをする。井沢四郎信景は、二十四本差した矢で、今朝の矢合わせから始まって、敵十八騎を射落とし、箙に矢が六本残ったので、三条河原で敵を四騎射落とし、箙に矢を二本残して、手傷を負ったため、遠江に知っている人がいたので、そこに落ち着いて傷を治し、弓を打ち切って杖に突き、山伝いに甲斐の井沢に逃れていった。

【語釈】　○**三条河原**　三条の辺の鴨河の河原。　○**防き矢**　人の行動を助けるために、矢継ぎ早に射る矢。　○**平賀四郎義宣**　「義信」が正字。→上「源氏勢汰への事」。　○**鞭差**　鞭を持って主人に付き従う馬丁。厩舎人。　○**あたら武者**　むざむざ失うには惜しい武者。　○**佐々木源三秀義**　秀能とも。→上「源氏勢汰への事」。　○**須藤刑部俊通・井沢四郎宣景**　「信景」が正字。→上「源氏勢汰への事」。　○**手**　手傷。傷。　○**廿四さしたる矢**　箙に差す矢の数は二十四本を基準とした。　○**矢合**　合戦を始めるとき、双方から鏑矢を射合って、開戦の合図とすること。　○**箙**　矢を入れて腰につけるための道具。竹・革・柳・籐などで骨組みをつくり、それに獣の毛皮を張り付けた。背負子のような形で、その下部に方立《ほうだて》とよぶ箱を取り付け、その中に箙《おさ》とよぶ簀子を入れ、これに矢を差し込んだ。　○**遠江**　現在の静岡県西部。　○**井沢**　山梨県笛吹市石和町。伊沢・井沢・石和・石禾・生沢・石佐和等、様々に作る。石禾御厨があった。甲斐源氏の拠点の一つ。

【校訂注】　**1平賀うたすな**　底本ナシ。監・静残・半は底本に同じ。天・和・玄・書・竜・内・金・学二により補った。表記は和による。　**2そこ**　底本「爰」。監・静残・半は底本に同じ。他の諸本に従って改めた。

3たり　底本ナシ。監・内・学二は底本に同じ（金は脱文）。天・和・玄・書・竜・静残・半により補った。

4残しておひければ　底本「射残して」。監は底本に同じ。その他の諸本に従って「射」を削除し「おひければ」を補った。

【本文】

かやうに[1]戦《たたかふ》ひまに、義朝は正清を召《めし》て、「汝に預置《あづけおき》し姫は何《いづく》にぞ」との給へば、「私《わたくし》の女に申《まうし(を)》おきま[2]ゐ《(い)》らせて候」と申《まうせ》ば、「軍《いくさ》にまけて落《おつ》と聞《(きゝ)》き、いかばかりの事をかおもふらん。害してかへれ」との給へば、鞭をあげて六条堀川の宿所にはせ来り、みれば、軍におそれて人独《ひとり》もなかりけり。

持仏堂《ぢぶつだう》の方《かた》へ廻《まはり》てみければ、姫君は仏前《ぶつぜん》にて御経《おんきやう》あそばされけるが、[3]人の音のしければ、「誰《(た)》そ」との給ふ。「正清にて候」と申《まうせ》ば、「軍《いくさ》はいかに」との給へば、「御方《みかた》うちまけて落《おち》させ給《(み)》ひ候」。姫君宣《のたま》ひけるは、「敵にさがし出《いだ》され、『義朝のむすめよ』など引《ひき》しろはれ、恥を見むこそ心うけれ。あはれ高《(たか)》きもいやしきも、女の身ほど口惜《くちをし》かりける事はなし。兵衛佐殿は十三になれ共、男《(おのこ)》なれば軍して、父の御《おん》とも申《まうし》おつるぞかし。わらはは《(ゝ)》十四《じふし》になれ共、女の身なれば、思ふにかひなし。あはれ、我を害して父御前《ちちごぜん》の見参《げんざん》に入《いれ》よかし」と宣《のたま》へば、「頭殿《かうのとの》もかうこそおほせ候《さうらひ》つれ」と申《まうせ》ば、「さては《(い)》」とて、御経巻《まき》をさめて、仏にむかひ奉り、御手《おんて》を合《あはせ》念仏を申されければ、鎌田まゐり、害したてまつらんとすれ共、うまれ給ひしより以来《このかた》、養君《やうくん》にていだきそだて参らせたれば、いかでか哀《あはれ》になかるべき。刀の立処《(たてど)》もおぼえずして、涙をながしければ、姫君、「敵やちかづくらん。とく〳〵」との給へば、涙とと《(こ)》もに刀をぬいて三刀《みかたな》さし、御首《おんくび》を取《とり》て、むくろをばふかくを《(お)》さめ、御首もッてはせ参り、頭殿の[4]見参に入《いれ》ければ、「日比《ひごろ》ははぢおそれてみえざりしに、今はむなしきすがたをみるこそかなしけれ」とて、[5]涙をながし給ひ、東山の辺《へん》に知《(し)》りたる僧の有《あり》ければ、「訪《とぶらひ》給へ」とて、御頸《おんくび》をつかはして落《おち》られけり。

【現代語訳】

このように戦っているすきに、義朝は正清を呼び寄せて、「おまえに預けておいた姫はどこにいる」と言われるので、「ひそかに隠してある女に、十分世話をするように命じてあります」と申すと、「戦に負けて落ちると聞いて、どれほどのことを思うであろうか。殺害して帰ってこい」と言われるので、急いで六条堀河の宿所に馳せ来たって見ると、戦に恐れて人は一人もいなかった。

持仏堂の方へ回ってみると、姫君は仏像の前で御経を読んでいらっしゃったが、人の声がしたので、「誰です」と言われる。「正清でございます」と申し上げると、「戦はどうですか」と言われるので、「味方が負けて、落ちて行かれます」。姫君が言われるには、「敵に探し出され、『義朝の娘だ』などと、引きずり回され、恥をかくことこそつらいことです。ああ、身分の高いものも低いものも、女の身ほどくやしいことはない。兵衛佐殿は十三になるけれども、男なので戦をして、父のお供を致して落ちるではないか。私は十四になるけれども、女の身なので、父と共に落ちようと思ってみたとしても、それはできない。どうか私を殺害して父上のお目に掛けよ」と言われると、「頭殿もこのように仰せでございました」と申すと、「それでは」と言って、御経を巻き納めて、仏に向かって御手を合わせ念仏を申されたので、鎌田は近寄って殺害致そうとしたけれども、お生まれになって以来、我が子のように抱き育て申し上げてきたゆえ、どうしていとおしくないはずがあろうか。刀の立てどころもわからずに涙を流すと、姫君は、「敵が近づいているでしょう。早く早く」と言われるので、涙とともに刀を抜いて三刀刺し、御首を取って、死骸を地中深く埋め、御首をもって馳せ参り、頭殿にお目に掛けたところ、「日頃は、我が身を恥じて身を慎み、会うこともしなかったが、今はむなしい姿を見ることこそ何とも悲しいことだ」と言って、涙をお流しになり、東山の近くに旧知の僧がいたので、「弔ってくだされ」と言って、御首を届けて落ちて行かれた。

【語釈】　○**姫**　中「義朝奥波賀に落ち著く事」に「江口腹の御女」とある。この項、一類本にない。○**六条堀川**　六条大路と堀河小路とが交差するあたり。○**持仏堂**　持仏を安置してある堂、あるいは居宅の中にしつらえた一間。持仏はいつも身近に置いて信仰する仏像。○**わらは**　私。女性が用いた一人称代名詞。○**念仏**　南無阿弥陀仏と仏の名号を十度唱えること。十念という。○**養君**　親代わりになって養った子。「やしなひぎみ」とも。「Yaxinaiguimi」（天草本『平家』）。○**むくろ**

なきがら。死骸。　○**はぢおそれてみえざりしに**　主語は義朝。　○**東山**　京都市東山区。鴨河の東に南北に連なる丘陵。平安時代には、東山という名で指し示す範囲は狭く、北は現在の青蓮院から南は清水の南、鳥部山の辺まで。山麓に清水寺、双林寺をはじめ、多くの寺院が建ち並んでいた。

【校訂注】　**1戦ひまに**　底本「戦ひまに」の「ひ」にミセケチ「フ」を傍書。内のみ「たゝかひのひまに」。その他の諸本に従って、訂正前の本文にもどした。　**2まいらせて候**　底本「まいらせて」。他本により「候」を補った。　**3人の音**　底本「人音」。静残を除く諸本により「の」を補った。　**4見参に入けれは**　底本「見参に入事の次第くはしく申けれは」。監を除く諸本に従って「事の次第くはしく申」を削除した。　**5なかし給ひ**　底本「なかし給ひつゝ」。監・静残を除く諸本に従って「つゝ」を削除した。

【本文】

去程《さるほど》に、平家の軍兵《ぐんびやう》、信頼・義朝の宿所を初《はじめ》て、謀叛《むほん》の輩《ともがら》の家々におしよせ〳〵（を）火をかけてやきはらひけり。謀叛の輩の妻子・所従、西山・東山の片辺《かたほとり》に忍《しのび》居て、「御《み》方軍《かたいくさ》に勝《かた》せ給へ」と祈るいのりもむなしくて、跡の煙《けぶり》を見けるこそ、いとゞかなしうおぼえけれ。東西南北へ落行《おちゆく》人々も、我行《わがゆく》さき（し）は知らねども、宿《やど》の煙を見かへりて、鎧の袖をぞぬらしける。

[1]巳時《みのとき》に初《はじま》りたる軍、同日《おなじひ》の酉《とり》の刻にはやぶれにけり。

【現代語訳】

そうこうしているところに、平家の兵士たちは信頼・義朝の宿所をはじめとして、謀反の者たちの家々に押し寄せ押し寄せ、火を掛けて焼き払った。謀反の者たちの妻子や従者たちは、西山・東山の目に付かないところに隠れていて、「我が方が戦に勝ってください」と祈る祈りもむなしくて、焼き払われた後の煙を見たことこそいっそう悲しく思われた。東西南北へ逃げていく人々にとって、自分の行く先はわからないが、自宅の煙を振り返って見て、鎧の袖をぬらしたのだった。

巳の刻に始まった戦は、同じ日の酉の刻には敗北と決したのであった。

【語釈】　○信頼　信頼の宿所は中御門にあった。「故信頼卿中御門屋」（『百錬抄』仁安二年（一一六七）正月十九日条）。　○所従　主人に身分的に隷属し、雑役に従事した従者。　○西山　院政期には、大井川・桂川の西に連なる連山を指す。ここは、後の法華山寺のあたりを指すのであろう。京都から亀岡市に通じる唐櫃越えの山道のあたり。谷の堂や嶺の堂（法華山寺）があった。　○巳時　午前十時頃。　○酉の刻　午後六時頃。

【校訂注】　1巳　底本「已」。改めた。

【解説】　三条殿、信西の宿所への焼き討ちから始まった信頼・義朝らの反乱は、ついに自らの宿所が焼き払われ、敗走の途に就く結果となる。勝敗の帰趨するにわずか八時間の合戦であった。

落ち行く義朝を守る武士の一人、須藤刑部俊通が討ち死にする。先に子息の山内須藤滝口俊綱が目の前で討たれた折、「命を捨軍するは、滝口を世にあらせん為なり。今は生ても何かせん。打死せん」（→中「義朝六波羅に寄せらるる事……」）と俊綱のために決死の覚悟で戦場に臨んだ俊通にとっての望みは討ち死にであった。その場では義平の下命もあって望みを果たせず、義朝の敗走を掩護する三条河原の戦いで討ち死にを遂げたのであった。物語の語り手の「命はかぎりの物なればにや」の言葉は運命の不如意を表している。

また、銃後に身を置きながら自己の死を望む女性の最期も語られる。義朝は鎌田に自身の娘の殺害を命じる。来訪した鎌田に対する娘の発話「敵にさがし出され……我を害して父御前の見参に入よかし」に留目した栃木孝惟《よしただ》氏は「『保元・平治物語』における女の状況―武将の妻妾と娘たち―」（『軍記と武士の世界』所収）において、

武将としての父の抱く兵の恥の意識を女の身にわけもちながらも、非力な女の条件が、軍陣への現実的な参加をおのずからに閉ざしたとき、恥の意識と名誉を重んじ、みずからその生命の持続を断念する苛烈な行為の選択が完結する。軍陣と勝敗を自己の生死の決定的な前提としながら、ついに軍陣にも勝敗にもかかわり得ず、自己の一度の生をなげうつ女の鮮烈な閉ざされた生がここにきわやかにかたどられている。「女の身ほど口惜かりけることはなし」「女の身なればおもふにかひなし」というこの義朝の娘の慨嘆と無念の思いは、女という条件を背負った武将の娘が、女という性別を超えて、武門の家のありかたに殉じようとした決意の裂け目からおのずから洩れ出た痛切な言葉であった、とみることできる。

と武将の子として誕生した女性の運命の事例の一つとして論じている。このような女性をめぐる、必ずしも大きくはないものの、明確な重みのある話柄を物語の中に織り込むことも軍記作品の特質

の一つと言い得る。

さて、六波羅での攻防戦は『平治物語絵巻』六波羅合戦の巻（模本・東京国立博物館蔵）に描写される。第一段は六波羅邸に攻め込む源氏勢と、これを迎え撃つ平家勢。出陣を前に兜の緒を締める清盛の姿、さらに中心に清盛を置いた騎馬隊が邸の門外へと駆け出る様子が描かれる。第二段は討ち死にを遂げようとする義朝を鎌田正清が説得する場面で義朝の周囲を従者らが取り囲んでいる。第三段は追撃する平家勢から義朝の退却を掩護する源氏勢の様子と、義朝の東国落ちの場面で、金王丸の姿も見える。最後の第四段は信頼と義朝の宿所を焼き払う平家の武士達が描かれる。

【本文】

[1]西塔法師《さいたふぼふし》この由をきゝ、「信頼・義朝おつるなり。いざやとゞめん」とて、一二百人千束《せんぞく》が崖《(がけ)》に待《まち》かけたり。

義朝この由をきゝ給ひ、「大内・六波羅にて、『討死せん』と云《いひ》つるを、鎌田《かまだ》がよしなき申状《まうしじやう》にて是まで落《おち》て、山法師《やまぼふし》の手にかゝり、いふかひなくうたれん事こそ口惜《くちをし》けれ」と宣《のたま》へば、斎藤別当申《まうし》けるは、「[2]爰《ここ》をば真盛《さねもり》がはかり事《こと》にて通しまゐ《(い)》らせ[3]候はん」とて、馬《むま》より おり、甲《かぶと》をぬいで手にさげ、ちかづきよりてい[4]ひけるは、「右衛門督《うゑもんのかみ》殿・左馬頭《さまのかみ》殿両人は、大内・六波羅にて討死《うちじに》し給ひぬ。是は諸国のかり武者共にて候。恥をかへりみず、妻子《(さいし)》を《(を)》見んために落行《おちゆき》候。とゞめてもなにかし給ふべき。物具《もののぐ》をまゐ《(い)》らせたらば、たすけてとほし給へ」といひければ、「大将軍《たいしやうぐん》にてもなかりける[5]端武者《はむしや》ども留《とどめ》てなにかせん。物具をはいで、その身をばたすけてとほ《(を)》せ」と云《いひ》ければ、一同に、「尤《もつとも》」とて、「さらば物具をまゐ《(い)》らせよ」と云《いひ》ければ、真盛申《まうし》けるは、「衆徒《しゆと》は大勢にて御《おん》わたり候。我等は小勢《こぜい》なり。物具共一両づゝにもお《(を)》よばじと覚《おぼえ》候。甲《かぶと》は甲、鎧は鎧と投《(な)》げたらば、さきにとり給はんが主《(ぬし)》になり給へ」といへば、「さらばまゐ《(い)》らせよ」といふ。「くは《(わ)》[6]取《とり》給へ」とて、甲をからりとなげけ《(こ)》れば、そこしも高《(たか)》き岸にて、谷へ甲ころびければ、若大衆《わかだいしゆ》ども我さきにとらんと、甲とつれて皆走下《はしりくだ》る。老僧共、「それは若者《わか(もの)》共、狼籍なり。老僧次第にこなたへまゐ《(い)》らせよ、〳〵」とあわ《(は)》てさわ《(は)》ぎのゝしる処に、三十余騎　錣《(しころ)》をかたぶけ蹴散《(けちら)》してぞとほ《(を)》りける。大衆共、「あれはいかに。とゞまり候へ、〳〵」と云《いひ》ければ、斎藤別当大童《おほわらは》にて、大《だい》の矢を取《とり》てつがひ《(い)》、引《ひき》かへし、「義朝の郎等《らうどう》に、武蔵国の住人、長井《ながゐの》斎藤別当真盛と云《いふ》者なり。とゞめんと思はば《(ご)》とゞめよ」とて、思ひきりたる気色《(けしき)》なれば、とゞめんと云《いふ》者一人《いちにん》もなし。かくして爰をばとほ《(を)》られけり。

【現代語訳】

西塔法師がこのことを聞きつけ、「信頼と義朝が落ちて行く。さあ、とどめよう」と言って、一、二百人が千束が崖で待ち受けていた。

義朝はこのことをお聞きになり、「大内裏や六波羅で『討ち死にしよう』と言ったものを、鎌田の当てにならない申し草によってここまで落ちてきて、山法師の手に掛かり、みじめにも討たれるとしたら、そのことこそ残念だ」と言われると、斎藤別当が申し上げたことは、「ここを、実盛の計略で通して差し上げましょう」と言って、馬から下り、兜を脱いで手に提げ、山法師に近づき寄って言ったことは、「右衛門督殿・左馬頭殿の両人は大内裏・六波羅で討ち死になさいました。これは諸国から駆り集められた武者どもでございます。恥を顧みず、妻子に会うために落ちてゆきます。引き止めても何にもなりません。武具を差し上げましたならば、助けて通してください」と言ったので、「大将軍でもなかった下っ端の武者どもをとどめても何にもならない。武具をはぎ取って、その身を助けて通せ」と言ったところ、一斉に、「異議なし」と言って、「それなら武具を差し出せ」と言ったので、実盛が申したことは、「衆徒は大勢でございます。我らは小人数ですから、武具の一領ずつも行き渡らないと思われます。兜は兜、鎧は鎧と別々に投げましたなら、先にお取りになった者が持ち主になってください」と言うと、「それでは差し出せ」と言う。「それ、お取りなさい」と言って、兜をからりと投げたところ、ちょうどそこは高い岸で、谷に兜が転がったので、若い大衆どもは我先に取ろうと、兜と一緒に皆走り下る。長老どもは、「あまりにも若者たちは不埒だ。老僧から年齢順にこちらへ差し出せ、こちらへ差し出せ」とあわて騒ぎ、大声で叫んでいるところに、三十余騎が錣を傾けて蹴散らして通った。大衆どもが「あれはどうしたことだ。とどまりなさい、とどまりなさい」と言ったところ、斎藤別当は髪を振り乱して、大きな矢をとって番《つが》え、引き返し、「義朝の郎等で、武蔵国の住人、長井斎藤別当実盛という者だ。とどめようと思うならば、引き止めてみよ」と言って、死を覚悟した様子なので、「とどめよう」と言うものは一人もいない。このようにして、ここを通り過ぎていかれた。

【語釈】○西塔法師　比叡山西塔の法師。西塔は比叡山の三塔の一つ。西塔から走出坂を下ると、黒谷を経て、義朝一行の逃走路にある八瀬の北に出る。○おつるなり　「なり」は伝聞であろうから「おつなり」とあるべきか。半に「落也」とあるものの他本は「おつるなり（也）」。○千束が崖　『愚管抄』巻五「二条」項に「大原千束ガカケ」と見える。「カケ」は「崖」か「陰」か未詳。後の『山州名跡志』巻五「愛宕郡」の項には「千束碊《センゾクガガケ》　在二甲淵北半町許一。此所右方矢背河に臨で岸高く、左は山にして路幅八尺許の坂路なり」とあり、崖ととっている。『山城名勝志』巻十二に「千束ガカケ〈在下高野与二八瀬一之間上〉」とある。↓補注一二三。○山法師　比叡山延暦寺の僧徒たち。「yamabôxi」（天草本『平家』）。○はかり事　計略。「facaricoto」（天草本『平家』）。○諸国のかり武者　「駆武者」「狩武者」「仮武者」などと書く。諸国から駆り集められた兵士。○端武者　葉武者とも。取るに足りない名もない武士。○尤　「もっとも」は賛同の意を表す言葉。延暦寺の大衆僉議の場合に常に使用される。「異議なし」に当たる。延慶本『平家』巻一本三十七「豪雲事」に「三塔ノ僉議様ハ、……可レ然ヲバ尤々ト同ジ候。不レ可レ然ヲバ無レ謂ト申候。我山ノ定レル法ニ候」とある。「無レ謂」は「いはれなし」と読む。○衆徒　大衆に同じ。大衆は、寺院の僧侶のうち、上層部を除いたもの。○物具共一両づゝにもおよばじ　「両」は「領」の当て字。一人ひとりに、鎧・兜の一領ずつも行き渡るまい、の意。「物具」は「両」とあるので、鎧兜を指すのであろう。○それは　とても。はなはだしく。副詞的にもちいて下に続く文を強調する語。○狼籍なり　○「籍」は「藉」の当て字。不埒だ。秩序のない状態、秩序を乱す行動に使用されることが多い。

大童にて　ざんばら髪を振り乱して。

【校訂注】 **1西塔法師**　底本「西塔〈ノ〉法師」。天・静残を除く諸本に従って傍書「ノ」を削除した。**2爰をは**　底本「爰を」。他本により「は」を補った。**3候は**　底本「まいらせん」の「せ」と「ん」との間に補入記号をつけ、「候は」と傍書。天・和・玄・書・竜・監・半に従って、傍書を補入した。**4いひけるは**　底本ナシ。静残を除く諸本により補った。**5端**　底本「葉」。漢字を使用する監・静残とも「端」。中「待賢門の軍の事」でも、底本のみ「葉」、金・学二・監・半は「端」。改めた。**6くわ**　底本「くわ」の下に補入記号をつけ、「人〱」と傍書。他本に従って傍書を削除した。

【解説】　平家勢の追撃を振り切った義朝一行を待ち受けていたのは比叡山西塔法師であった。しかし、ここは斎藤別当実盛の策略と活躍によって切り抜ける。九条本では、

　義朝は、相随し兵共、方々へおち行て小勢になりて、叡山西坂本を過て、小原の方へぞ落行ける。八瀬と云所を過んとする所に、西塔法師百四五十人、道をきりふさぎ、逆門木《さかもぎ》引て待かけたり。此所は、一方は山岸高崎（原文「岐」）ち、一方は川ながれ漲落たり。

と一行の東国落ちのコースが示され、西塔法師が待ち構えていた場所を「八瀬」とする。底本の「千束が崖」の位置の詳細は【語釈】に記したように不明であるが、西塔から黒谷を経て高野川に出るあたりと考えられる。ただし、『山州名跡志』の

　按ずるに如二物語一、此礒路にて戦ひしと見えたり。然れども此の地太だ狭ふして文に相違す。関をば此の礒に居て敵の来らん方に出張の勢あらんこと決せり。しかれば甲を奪合しは、半町許南方、今云ふ甲の淵の上なるべし。此の所境地広して千騎も双つべし

という記述を踏まえるならば、底本の設定は、川沿いの狭い切り立った道では無理がある。おそらく実際の地理的条件を知らず、机上で脚色したためと見なされる。

【本文】

義朝宣《のたま》ひけるは、「信頼はとくにおちぬれば、遥《はるか》にのびたるらん。いづくにか有《ある》らん」との給ふ処に、遥《はるか》の跡にぞさがられける。八瀬《やせ》の松原にて義朝に追付《おひつき》給へり。「やゝ」とよぶ声のしければ、「何者やらん」と待《まつ》ところに、信頼追付《おひつき》て、「もし軍《いくさ》にまけて東国へおちんときは、信頼をもつれてゆかんとこその給ひしか。心がはりかや」と宣へば、義朝腹をするゑ《(へ)》かねて、「日本一《につぽんいち》の不覚仁《ふかくじん》、かゝる大事を思ひたち、我《わが》身もほろび人をも失はんとするにくい《(ひ)》男《(おとこ)》かな」とて、大《だい》の鞭をぬき出《いだ》し、信頼の弓手《ゆんで》の頬先《(ほうさき)》をしたゝかにぞうたれける。信頼《のぶよりの》卿《きやう》返事もし給はず、鞭にてうたるゝ処をお《(を)》しさすり〳〵ぞせられける。乳母子《めのとご》の式部太夫《しきぶのたいふ》助吉、「何者《なに(もの)》なれば、督殿《かうのとの》をばうち奉るぞ[1]。わ人共《ひとども》が心の剛《(かう)》ならば、など軍《いくさ》[2]には勝《かた》ずして負《まけ》て落《おつる》ぞ」といひければ、義朝、「あの奴《やつ》にくし。討《うて》」との給ひければ、鎌田《かまだ》兵衛《びやうゑ》申《まうし》けるは、「只今爰《ここ》にて同士《(どし)》軍《いくさ》して、何かせさせ給ふべき。敵やつゞき候《さうらふ》らん、とう〳〵」とて落し奉る。

【現代語訳】

義朝が言われるには、「信頼はとっくに落ちていったから、遥か遠くまで逃げ延びていることだろう。どこにいるのだろうか」と言われるところに、信頼は遥かに後の方に遅れていらっしゃった。八瀬の松原で義朝に追いつかれた。「おおい」と呼ぶ声がしたので、「何者であろう」と待っていると、信頼が追いついて、「もし戦に負けて東国へ落ちるときは、信頼をも連れて行こうと言われたではないか。心変わりか」とおっしゃったので、義朝は怒りをこらえかねて、「日本一の臆病者が、このような重大事を思い立って、自分も滅び、人をも殺そうとする憎い男だ」と言って、大きな鞭を抜き出し、信頼の左の頰を思い切りお打ちになった。信頼卿は返事もなさらず、鞭で打たれたところをさすりさすりなさった。乳母子の式部大夫助吉が、「自分を何様だと思って、督殿を打ち申し上げるのだ。おまえたちの心が勇敢なら、どうして戦に勝たずに負けて逃げるのだ」と言ったので、義朝が、「あの野郎、憎たらしい。討て」と言われたところ、鎌田兵衛が申したことは、「今ここで同士討ちをしても何にもなりません。敵が迫っているでしょう、早く早く」と言って、落とし申し上げた。

【語釈】○八瀬の松原 『雍州府志』に「八瀬里。去レ洛東北三里許、在二叡山麓一。斯辺惣小野庄内也」とある。八瀬の松原が、千束が崖の北方にあることになっているが、地理的に見て誤り。一類本は「実盛が忖《はかりこと》にて、事故なく、八瀬川のはたを北へ向て落ち行くほどに」とあり、地名を記さない。○**不覚仁**　臆病者。乳母子の助吉が「わ人共が心の剛ならば、など軍には勝ずして負て落ぞ」と言い返しているので、ここは臆病者の意。○**弓手**　左。○**乳母子**　乳兄弟。子供を実母の代わりに養育する役にある女性を乳母といい、乳母子はその女性の実子。○**式部太夫助吉**　世系等未詳。式部大夫は式部丞で五位の者をいう。↓上「三条殿へ発向……」。○**督殿**　信頼のこと。右衛門督であったことによる。しかし、信頼は十二月十四日の除目で大臣の大将になっているはずだから、乳母子である助吉が、信頼を「督殿」と呼ぶはずはない。一類本は、資義（助吉）の言葉の中に、信頼を呼称する語句は使用されていない。○**わ人共**　おまえら。「わ」は、軽侮や年少者に対する親しみを込めた気持ちを表す接頭語。ここは下の身分の義朝に対する軽侮の意。○**同士軍**　同士討ち。

【校訂注】　**1そ**　底本ナシ。天・和・玄・書・竜・監・静残・半により補った。　**2は**　底本ナシ。和・内・金・学二・静残・半により補った。

【解説】　早々に戦線を離脱していた信頼は義朝一行に八瀬で追い付く。そこで信頼の発した言葉に義朝は激怒、罵倒した上、鞭でその頰をしたたか打ち付ける。打たれた信頼は返す言葉もなく、頰をさするだけであったという部分は、義朝に対する乳母子の助吉の抗弁が置かれるだけに、不甲斐ない信頼像をより強調して造型しようという物語の意図が見てとれるところである。

底本において「不覚仁」の語は六例、全て信頼に付されるのであるが、最初が出陣の際に落馬した信頼を見た義朝が「日比は大将とておそれけるが、あの信頼と云不覚仁は臆したるな」（↓中「待賢門の軍の事……」）と漏らす。次に信頼が待賢門を放棄したため重盛勢が大内裏へ攻め込んできた時、義朝が義平へ「信頼と云不覚仁が、あの門やぶられつるぞや。あれ追出せ」（同前）と命じる。さらに五十余騎で北へ向かって逃げ出してゆくところを金王丸から告げられると義朝は「たゞ置ておとせ。あれほどの不覚仁あれば、中〳〵軍もせられず」（同前）と言う。ここまで辿ってくると、「日本一の不覚仁云々」は正に義朝にとっては「腹をすゑかねて」の痛罵であったことも至極当然と言えよう（「不覚仁」の残る二例は、後続の「信頼降参の事……」の重盛発話、下「悪源太誅せらる事」の義平発話にある）。

　ところで、『愚管抄』巻五には、二条天皇が内裏から六波羅へ移ったことを記した後、

後ニ師仲中納言申ケルハ、義朝ハ其時、信頼ヲ、「日本第一ノ不覚人ナリケル人ヲタノミテ、カヽル事ヲシ出ツル」ト申ケルヲバ、少シモ物モヱイハザリケリ。

と底本と近似した本文がある。

【本文】

　又横《よ》川法師《かはぼふし》二三百人、「信頼・義朝落《おつる》[1]なり。とゞめん」とて、龍《りう》[2]下《げ》越《ごえ》に逆木引《さかもぎひき》、搔楯《(かいだて)》こしらへまちかけたり。卅余騎馬《むま》より下《おり》て、逆木をばもの共せず取《とり》のけてと《(を)》ほらんとす。横川法師散《(さむ)》〴〵《ざん》に射ければ、陸奥《むつの》六郎義高の頸の骨に矢一《ひとつ》[3]たつ。馬《むま》より落《おち》られけり。又矢一《ひとつ》、[4]中宮大夫進《ちうぐうのたいふのしん》朝長の弓手《ゆんで》のもゝにしたゝかにたつ。義朝見給《(たま)》ひ、「朝長は矢にあたりつるな」と宣《のたま》へば、矢をひッかなぐってなげすて、「陸奥六郎殿こそ矢にあたッて馬より落《おち》られ候《さうらひ》つれ。朝長は矢にもあたり候はず」とて、すこしも臆する気色《(けしき)》もおはせず、さきをかけてぞ

進《すすま》れける。

義朝は義高の頸とらせ、の給ひけるは、「弓取《ゆみとり》の習《ならひ》、軍《いくさ》にまけて落《おつ》るは常のことぞかし。僧徒《そうと》の行《ぎやう》に軍をしてはなにかせん。にくい《(ひ)》奴原《5やつばら》かな。一人《いちにん》も洩《もら》すべからず」とて、三十余騎思ひ切《きり》て散《(さん)ざん》〴〵にたゝかひければ、横川法師七十《しちじふ》余人うたれけり。かやうになりしかば、「信頼・義朝をば誰《た》がとゞめんとははからひけるぞ。げにも法師の行に似ぬ事ぞ」とて、同士論《(どし)ろん》して、谷〴〵《たにだに》へぞ帰りける。

【現代語訳】

また横川法師が二、三百人、「信頼と義朝が落ちていくそうだ。引き止めよう」と言って、龍華越に逆木を引き、掻楯を作って待ち構えていた。三十余騎が馬から下りて、逆木をものともせず取りのけて通ろうとする。横川法師が激しく射たところ、陸奥六郎義隆の頸の骨に矢が一本立った。馬から落ちてしまわれた。また矢が一本中宮大夫進朝長の左の股に深々と立つ。義朝が御覧になって、「朝長は矢に当たってしまったな」と言われると、朝長は矢を引き抜いて投げ捨て、「陸奥六郎殿こそ矢に当たって落馬されました。朝長は矢にも当たっておりません」と言って、少しも気後れした様子もおありにならず、前を駈けて進んでいかれた。

義朝は義隆の首を取らせ、おっしゃったことは、「弓取りの常として、戦に負けて落ちるのはよくあることだ。仏道に入った僧が修行に軍をしていてはどうしようもない。憎い奴らだ。一人ものがすな」と言って、三十余騎が、死を覚悟して激しく戦ったので、横川法師は七十余人が討たれた。このような結果になったので、「信頼や義朝を誰がとどめようと企てたのだ。まことに法師の修行に似合わぬ事だ」と言って、内輪もめをして、谷々に帰っていった。

【語釈】　**○横川法師**　比叡山横川の法師。横川は三塔の一。根本中堂より北にあり、楞厳院《りょうごんいん》を中心に発展した地。**○龍下越**　「龍華越」が正字。京都市左京区大原から滋賀県の琵琶湖畔にぬける峠越えの道。大原から高野川沿いに北上し、途中峠《とちゅうとうげ》（固有名詞）を越えて右折し、琵琶湖畔に出る。途中越ともいう。東国・北国へ落ちるときの間道であり、天安（八五七〜八五九）の頃には関が置かれていた。謡曲『朝長』では「又朝長は都大崩にて膝の口を射させ……」とあり、大崩となっており、龍華越との関係は未詳。**○逆木**　敵の通行を妨げるために、鹿の角の形をした木を垣に結んで埋め込んだもの。『和漢三才図会』巻二十「兵器」には、鹿の角のような木を切って用いるといい、『倭訓栞』に棘のある枝を用いるとある。一類本に「逆門木」の表記が見え、「逆木」「倒木」「逆母木」「逆茂木」と作る（易林・黒本本等）。**○搔楯**　楯を垣のように並べたもの。↓中「義朝六波羅に寄せらるる事……」。**○陸奥六郎義高**　「義隆」が正字。↓上「源氏勢汰への事」。『吾妻鏡』文治元年（一一八五）九月三日条に「……毛利冠者義隆、相二替亡者（故義朝）之御身一被二討取一訖」とあり、同治承四年（一一八〇）九月十七日条に「父義隆者、去平治元年十二月、於二天台山龍花越一、奉二為故左典厩一棄レ命」と見える。また義隆の最期は一類本に詳しい。↓補注一二四。**○奴原**　やつら。「原」は、複数を表す接尾語。多く軽侮の意を込めて使われる。**○同士論**　仲間内の口喧嘩。　**○谷ぐ**　比叡山には、いわゆる三塔・十六谷・二別所があり、横川にはそのうち、香芳谷、都率谷、戒心谷、般若谷、解脱谷、飯室谷の六谷（『先徳明匠記』）と、別所の安楽谷とがある。

【校訂注】　**1落なり**　「なり」は文意から見て伝聞であり、終止形に接続すべきところ。しかし監のみ底本とおなじく「落也」となっているが、仮名書き、あるいはルビを有する天・和・玄・書・竜・内・金・学二・静残・半とも連体形に接続している。文法的に問題があるが、これらの諸本に従って「おつるなり」と読んでおく。　**2下**　底本「下」にミセケチ「花」と訂してある。しかし金・学二・監・静残・半など漢字表記をとる諸本はすべて「下」。また底本の後出部分も「下」とある。訂正前の本文に従った。　**3たつ**　底本「たつて」。静残はこの語句を欠くものの、他本はすべて「立（たつ）」。これらの諸本に従って「て」を削除した。　**4中宮大夫進**　底本「中宮進」。他本によって「大夫」を補った。　**5奴原**　底本「汝原」とあり、「汝」に「奴イ」と傍書。他本に従って異本注記を採った。

【本文】

龍下《りうげ》のふもとにて後藤兵衛真基《ごとうびやうゑさねもと》を召して、「汝にあづけ置《おき》し姫はいづくにぞ」との給へば、「私《(わたくし)》の女によき様《やう》に申《まうし》お《(を)》きて候へば、別の御事《おんこと》候はじ」と申《まうす》。「汝《なんぢ》是より都へ帰り、姫をそだてお《(を)》き、義朝が後世《ごせ》をとぶらはせよ」との給へば、「いづくまでも御供《おんとも》仕《つかまつり》て、ともかうもならせ給はんずる御有《おんあり》様《(さま)》を見まゐ《(い)》らせてこそ帰《かへ》り上《のぼり》候はめ」と申せども、「存ずる旨あり。とく〱」と宣《のたま》へ《(い)》ば、力《(ちから)》お《(を)》よばず、それより都へ帰り、姫君につき奉り、爰《ここ》かしこに忍び居てそだてまゐらせける程に、源氏の御代《みよ》になりしかば、一条の二位《にゐの》中将能保卿《よしやすのきやう》の北方《きたのかた》になり給ふ。後藤兵衛真基も世に出《いで》けるとぞ承る。

【現代語訳】

龍華の麓で、後藤兵衛実基を呼び寄せて、「おまえに預けておいた姫はどこにいる」と言われると、「ひそかに隠してある女に十分世話をするように命じてありますので、格別心配するようなことはないでしょう」と申しあげる。「おまえはここから都へ帰り、姫を育てておいて、義朝の菩提を弔わせよ」と言われるので、「どこまでもお供を致しまして、ともかくもどうなられるか、その有様を拝見して、帰り上りましょう」と申したけれども、「考えるところがあるのだ。早く、早く」と言われるので、力及ばず、そこから都へ帰り、姫君に付き従い申し上げ、ここそこに隠れ住んで育て申し上げるうちに、源氏の御代になったとき、一条二位中将能保卿の北の方におなりになる。後藤兵衛実基も栄達したと聞き及んでいる。

【語釈】　**○龍下**　滋賀県大津市堅田字龍華。昔は関が設けられていた。**○姫**　この女性については、『尊卑』に「中納言能保卿室。高能母。母同頼朝卿」とあり、熱田大宮司季範の娘の産んだ女子とする。また一類本・下「頼朝遠流の事……」に「兵衛佐は当社大宮司季範が娘の腹の子也。この腹に男女三人の子あり。女子は坊門の姫とて、後藤兵衛実基が養君にて都にとゞまりぬ」とある。**○別の御事**　心配するような事。「bet no」（天草本『平家』）、「bechi」（『日葡』）。**○一条の二位中将能保卿**　久安四年（一一四八）～建久九年（一一九八）。丹波守藤原通重の一男。丹波守、讃岐守、左馬頭、右兵衛督などを経て、文治四年（一一八八）十月十四日に従三位に叙し、以後、参議を経て権中納言、検非違使別当に任じ、正二位まで昇進した。『尊卑』によれば、建久五年（一一九四）閏八月二日出家、建久九年十月二十三日に五十一歳で薨じた。一条二位入道と号す。〇**北方**　貴人の妻に対する敬称。

【解説】　後に一条能保の妻となったという義朝の娘についての記事は、一類本では待賢門の合戦の中に置かれる。

合戦のてい、末たのもしくも見えざりければ、義朝の女子、今年六歳になりけるをことに寵愛しけるが、六条坊門烏丸に母の里ありしかば、坊門の姫とぞ申ける、後藤兵衛実基が養君にてありけるほどに、「今一度、見まいらせ給へ」とて、介《よろひ》の上にいだきて軍陣に出来ければ、義朝、たゞ一目見て、涙のこぼれけるをさらぬ様体にもてなして、「さやうのものは、右近の馬場の井にし（づ）めよ」と云ければ、中次といふ恪勤の懐いだかせて、急逃しけり。

また、実基の帰還について、同じく一類本では、義朝一行が比叡山の東坂本から琵琶湖畔を南下して瀬田まで辿り着き、東海道を下ることとなる。そこで、

後藤兵衛実基は、大の男のふとり極たるが、馬はつかれぬ、かちだちに成てかなふべくも見えず。左馬頭、これを見て、「実基は、はやとゞまれ」と宣ひければ、なを慕はしげにて行けどもかなはず、終にはとゞまりてけり。

日下力氏は、上の義朝と坊門の姫の逸話、そして六波羅での合戦や義朝一行の都落ちの一部の記述が、都に留まり後に一条家の家人となった後藤実基の体験談を素材としているのではないかと指摘している（岩波セミナーブックス『平治物語』他）。

信頼降参の事幷びに最後の事

【本文】

去程《さるほど》に、信頼卿《のぶよりのきやう》は、義朝には捨《すて》られぬ、又八瀬《やせ》の松原より引《ひき》かへしければ、侍共《さぶらひども》五十余騎有《あり》けるが、「此殿《このとの》は人につらをうたれて返事をだにせぬ人なり。行末《ゆくすゑ》もしかるべしともおぼえず」とて、みな落《おち》にけり。乳母子《めのとご》式部太夫《しきぶのたいふ》ばかりつきたりけるが、信頼卿、今朝の時の声におどろきて後《のち》は、食事もし給はねば、つかれにのぞみて[1]みえられけり。馬《むま》よりいだき下《おろ》し、ある谷川にて[2]干飯洗《ほしいひあらひ》てすゝめ奉れども、胸ふさがりてめさざ《(ゞ)》りけり。又馬《むま》にかきのせ奉り、[3]「いづくへ候《ざうらふ》」と申《まうせ》ば、「仁和寺へ」とぞの給ひける。仁和寺へとうつほどに、蓮台野《れんだいの》へ出《いで》にけり。山法師《やまぼふし》の[4]死《しに》たりけるを、弟子・同宿《どうじゆく》あつまりて葬送して帰る処に行《ゆき》あひたり。山法師是をみて、「唯今物具《ただいまものぐ》武者の出来《いできたる》は落人《おちうと》にてぞあるらん。いざや物具はぎて帰らん」とて、まン中に取《とり》こめたり。乳母子式部太夫、「右衛門督《うゑもんのかみ》殿・左馬頭《さまのかみ》殿は討死《(うち)じに》し給《たまひ》ぬ。是は国々のかり武者共《(ども)》にて候《さうらふ》が、恥をかへりみず、妻子をみむとておち行《ゆき》候。物具を進《まゐらせ》候はん、命をばたすけ給へ」といへば、「さらば物具をまゐ《(い)》らせよ」といふ間《あひだ》、鎧・直垂《ひたたれ》・馬・鞍ともにとらせければ、大白衣《だい(びやく)え》にぞなられける。

それよりとくして[5]仁和寺殿へまゐり、「上皇《しやうくわう》をたのみまゐ《(い)》らせて参《(まい)》りて候」と様《やうやう》〲に申《まうし》入《いれ》られければ、元より御不便《ごふびん》におぼしめされしかば、傍《かたはら》にかくしお《(を)》かせ給ひけり。やがて、「信頼をばたすけおかせ給ふべくや候《さうらふ》らん」と、主上《しゆしやう》へ御書《ごしよ》をまゐ《(い)》らせ給へども、御《おん》返事《ぺんじ》もわたらせ給はず。又重《かさね》て、「丸《まろ》をたのみまゐ《(い)》りたる者にて候。助《たすけ》させ給へ」と御書有《あり》しか共、御返事も申させ給はねば、上皇、ちからおよばせ給はず。

【現代語訳】

さて、信頼卿は義朝には捨てられたので、また八瀬の松原より引き返したところ、従者どもが五十余騎いたが、「この殿は、人に顔面を打たれても口答えさえしない人だ。先々もうまく行くとも思われない」と言って、みな逃げてしまった。乳母子の式部大夫だけが付き従っていたが、信頼卿は今朝の鬨の声に驚いてから後は、食事もなさらなかったので、空腹そうにお見えになった。馬から抱き下ろして、ある谷川で干飯を洗って勧め申し上げたけれども、胸がいっぱいになって、お召しにならなかった。

また馬に乗せて、「どこへ行こうとお考えですか」と申すと、「仁和寺へ」と言われた。仁和寺へと馬を走らせるうちに、蓮台野へ出てしまった。山法師が死んだのを、弟子や同宿たちが集まって葬送して帰るところに出くわした。山法師がこれを見て、「ちょうど今、武具をつけた武者が現れたのは、落人であろう。さあ武具をはぎとって帰ろう」と言って、真ん中に取り囲んだ。乳母子の式部大夫が、「右衛門督殿と左馬頭殿は討ち死になさいました。これは諸国から駆り集められた武者どもでございますが、恥をかえりみず、妻子に会おうと思って逃げて行くのです。武具はさしあげましょう、命をお助けください」と言うと、「それでは、武具を差し出せ」と言うので、鎧・直垂・馬・鞍すべてを与えたので、大白衣になられた。

それから急いで仁和寺の御室へ参り、「上皇を頼り申し上げて、参りました」と言を尽くして申し入れなさったので、もともといとおしくお思いになっていらっしゃったので、人目につかぬ所に隠しておかせなさった。すぐに、「信頼を助けおかせなさったらいかがでしょうか」と、主上に御書状をさしあげたが、お返事もお出しにならない。また重ねて、「私を頼って参った者でございます。お助け下さい」と御書状を出されたが、お返事も申されなかったので、上皇はなんともおできにならなかった。

【語釈】 ○**時の声**　「時」は「鬨」の当て字。　○**つかれにのぞみてみえられけり**　空腹そうに見受けられた、の意。→補注一二五。　○**干飯**　干した飯。旅行や軍陣に用いた携帯食。　○**蓮台野**　京都市北区東（西）蓮台野町。船岡山の西麓。鳥部山や化野《あだしの》と並んで、火葬所として知られる。　○**同宿**　同じ坊に住み、共に学ぶ僧。　○**落人**　戦いに敗れて、人目を忍んで逃げて行く者。「vochŭto」（『ことばのやわらげ』）。　○**大白衣**　白い小袖姿。小袖は、肌着として直垂・直衣などの下に着した。　○**仁和寺殿**　仁和寺の覚性法親王の御室《おむろ》。　○**上皇**　後白河上皇。　○**傍**　人目につかぬところ。　○**主上**　二条天皇。　○**丸**　我。一人称の代名詞。

【校訂注】　**1みえられけり**　底本「みえられけれは」。監・静残・半を除く諸本に従って改めた。　**2干**　底本「于」。改めた。　**3いつくへ候**　底本のまま。天・和・玄・竜・監は底本に同じ。内・金・学二・静残

「いつくへそ」。書・半・東大「いつくへ」、京師「いつくへ候はんそ」、杉原・古活字「いつくへかいらせ給はん」、元和・八行「いつくへ御落候へき」とあり、諸本区々である。蓬左本系列の諸本がほぼ一致して「いつくへ候」とあるので、底本のままとした。**4死たりけるを**　底本「死たるを」。天・和・竜・内・金・学二「しゝたりけるを」、玄・書「しにたりけるを」、監・半「死たりけるを」。これらの諸本に従って「りけ」を補った。**5仁和寺殿**　底本「仁和寺」。和・玄・書・竜・監・内・金・学二・静残により「殿」を補った。

【解説】　侍五十騎余りは義朝の仕打ちに一言も抗弁しない信頼を見限って離反する。乳母子助吉一人が付き従うこととなった信頼は後白河上皇を頼って仁和寺へと向かう。その途次、延暦寺の法師たちに武具や馬など全てを差し出し、肌着姿となってしまう。そこで法師たちに発した助吉の言葉は、敗走する義朝一行を待ち受けていた法師たちに向かって発した斎藤実盛の言葉とほぼ同文である。

右衛門督殿・左馬頭殿両人は、大内・六波羅にて討死し給ひぬ。是は諸国のかり武者共にて候。恥をかへりみず、妻子を見んために落行候。とゞめてもなにかし給ふべき。物具をまゐらせたらば、たすけてとほし給へ。（↓中「義朝敗北の事」）

同様の言葉を発しながら、義朝一行は実盛の妙策によって危機を脱出したものの、信頼は為す術無く身ぐるみ剝がされてしまうという対照的な結果である。近似した詞章の反復は『平治』が語られていたこととの関連も考えられるところだが、文脈の上では信頼の不甲斐なさ、情けなさを表そうとした意図が読み取れるように思われる。

九条本における助吉（資義）の発話は、

我等は大将軍にもあらず、数ならぬ雑兵也。討留させ給ふ共、益あらじ。其上、亡者葬送の僧

侶（原文「俗」）と見奉る。殺生し給はば、聖霊の罪ともなりぬべし。物具をめされよ、命をばたすけ給へ

仏法の条理を持ち出して助命を乞うている。古活字本では、

是れは六はらより落人を追うて長坂へ向ふて候ふが、敵ははやおちのびて候ふ間、帰りまいるに、くらさはくらし、御方の勢に追ひをくれて侍るなり。

とあり、これを法師らが信じて二人を通そうとする。だが、法師の一人が不審に思い、松明を掲げて信頼に近づく。これに驚いた信頼が武具や鞍を自ら差し出して「命ばかりをばたすけ給へ」と手を合わせたとある。

【本文】

三川守《みかはのかみ》[1]頼盛・淡路守教盛を大将にて三百余騎、仁和寺殿[2]へ参りむかひ《（い）》、信頼をはじめて、上皇《しやうくわう》[3][4]をたのみ参らせて参《まゐり》たる謀叛の輩《ともがら》五十余人召捕《めしとり》てぞ出《いで》られける。越後《ゑちごの》中将成親朝臣《なりちかのあそん》は、錦の島摺《（しまずり）》の直垂《ひたたれ》の上に縄つけて、六波羅の厩《むまや》の前に引居《ひきすゑ》らる。左《さ》衛門佐《ゑもんのすけ》重盛此《この》よし見《（み）》給ひ、「成親朝臣をば重盛にたび候へ」と申されければ、清盛、「ともかうも御辺《ごへん》のはからひ《（い）》ぞ」と宣《のたま》へば、重盛行向《ゆきむか》ひ立《たち》よりて、みづから縄を解《とい》てぞゆるされける。成親朝臣、「此御恩《このごおん》いつの世にか忘れまゐ《（い）》らすべき」と、手をあはせてぞ悦《よろこび》給ふ。

信頼卿《のぶよりのきやう》此《この》よしきゝ、「信頼をも申《まうし》たすけ給へ」と申されければ、重盛、「あれ程の不覚《ふかく》仁《じん》、たすけおかせ給《たまひ》たり共、何事か候《さうらふ》べき。ゆるさるべうや候《さうらふ》らん」と申されければ、

清盛宣ひけるは、「今度の謀叛の大将軍《たいしやうぐん》なり。君も御《おん》ゆるしなし。いかでか私《わたくし》には免《ゆる》[5]すべき。とう〳〵きれ」とぞの給ひける。此[6]《この》うへは力お《(を)》よばず、信頼卿、六条河原《ろくでうかはら》に引《ひき》すゑ《(へ)》たり。「重盛は慈悲者《じひしや》とこそ聞えつるに、など信頼をば申《まうし》たすけぬやらん」と、起《(お)》きぬふしぬなげき給へば、松浦《まつらの》太郎重俊切手《(きりて)》にて有《あり》しが、太刀のあてどもおぼえねば、お《(を)》さへて搔頸《(かき)くび》にぞしてんげる。「左《さ》納言《たうげん》[7]右《う》大史《だいし》、朝《あした》に恩を蒙《かうぶり》、夕《ゆふべ》に死を給《たまは》る」とは、かやうの事をや申《まうす》べき。

是をはじめて、今度の謀叛の輩《ともがら(ども)》共六十余人きられけり。

【現代語訳】

三河守頼盛・淡路守教盛を大将として、三百余騎で仁和寺の御室へ参り向かい、信頼をはじめとして、上皇を頼り申し上げて仁和寺に参上した謀反の者どもを五十余人召し取って、仁和寺をお出になった。

越後中将成親朝臣は錦の島摺の直垂の上に縄を付けて、六波羅の厩の前に引き据えられる。左衛門佐重盛はこの様子を御覧になり、「成親朝臣を、重盛にまかせて下さい」と申されたところ、清盛は、「どうしようとお主の思うとおりに」と言われたので、重盛は出向いて行き、立ち寄って、自ら縄を解いてお赦しになった。成親朝臣は、「このご恩はいつの世までも忘れることはいたしません」と言って、手を合わせて、お喜びになった。

信頼卿はこのことを聞き、「信頼をもお口添えを頂き、お助け下さい」と申されたので、重盛は、「あれほどの臆病者ですから、助けてお置きになっても、どうという事もないでしょう。お赦しになったらいかがでしょうか」と申し上げなさったところ、清盛が言われるには、「今度の謀反の張本人だ。主上もお許しがない。どうして自分の一存で赦すことができようか。すぐに切れ」と言われた。この上は何とも致し方がなく、信頼卿を六条河原に引き据えた。「重盛は慈悲心のある者と評判なのに、どうして信頼を、口添えをして助けないのだろうか」と言って、立ったり伏したりしながら歎きなさったので、松浦太郎重俊が切り手であったが、刀の立てどころも決められないので、押さえて掻き首にしたのであった。「左納言・右内史が、朝に恩顧にあずかり、夕べに死を命ぜられる」とは、このことを申すのであろうか。

　これをはじめとして、今度の謀反の者ども六十余人が斬られた。

【語釈】○**錦の島摺の直垂**　島や州崎などの模様を染草で摺り出した錦地の直垂。　○**左衛門佐重盛**　重盛の妻は成親の妹にあたる。恐らく平治の乱の折には、重盛は既に成親の妹と結婚していたものと思われる。『平家』巻二「小教訓」に、鹿谷の謀議に加わった成親に対し、清盛が「抑御辺は平治にもすでに誅せらるべかりしを、内府が身にかへて申なだめ、頸をつぎたてま(ッ)しはいかに」と非難している。　○**不覚仁**　臆病者。　○**君**　二条天皇。　○**六条河原**　六条大路の東の辺の鴨河の河原。現在の正面通と松原通との間にあたる。　○**起きぬふしぬ**　体を起こしたり倒したりして。「ぬ」は完了の助動詞、「……したり、……したり」の意を表す。　○**松浦太郎重俊**　世系等未詳。覚一本・長門本『平家』では、西光を五条西朱雀で斬る人物として登場する（長門本・『盛衰記』には松浦太郎高俊と名が見える）。松浦は佐賀県松浦市。ここに拠った武士団に松浦党があり、重俊も松浦党の一員であろう。松浦党には、平戸を中心とする下松浦党、東松浦郡松浦庄に拠った上松浦党があった（長沼賢海氏『松浦党の研究』）。○**掻頸**　頭を押さえて、刀で首を掻き切ること。○**左納言右大史、朝に恩を……**　出典は『白氏文集』巻三・新楽府「太行路」。その結末部分に「君不ㇾ見左納言右内史／朝承ㇾ恩／暮賜ㇾ死」とある。『応保二年叡山衆徒披陳状』に「朝奉ㇾ恩夕賜ㇾ死」、慈光寺本『承久記』上に「朝ニ恩ヲ蒙、夕ニ死ヲ給ケン唐人ノ様也」とある。○**左納言**　『尚書』「舜典」に見える、舜の時代の官職名。上からの言を下に伝え、下の言を上に奏上する取り次ぎ役に当たった。○**右大史**　「右内史」が正字。『周礼』「大宗伯」に見える周朝の官職名。王の命令や法典のことを職掌とした。

【校訂注】　**1三川守頼盛**　底本「既三川守頼盛」。他の諸本に従って「既」を削除した。**2仁和寺殿**　底本「仁和寺」。「殿」を欠くのは底本と内のみ。脱字と見て補った。**3を**　底本ナシ。竜・内・金・学二・静残・半により補った。**4たのみ参らせて**　底本「頼み奉りて」。天・和・玄・竜・監・内・金・学二・半により改めた。表記は監による。**5免すへき**　底本「免候へき」。他本に従って「候」を「す」に改めた。**6此うへは**　底本ナシ。監・金を除く諸本に従って補った。表記は竜による。**7右大史**　底本「右納史」。監「右納言史」、天・和・玄・竜「うし」、書・内・学二「右大使」、金「右大史〈ゆうたいし〉」、半「右大士」、静残「右内吏〈うないり〉」、八行本「うたいへん」、元和本「右大弁〈うたいべん〉」、杉原本「右大史〈ウタイシ〉」、京師本「右大使〈し〉」とあり、監・静残と「うし」とする諸本を除けば、二字目は「大」で共通する。また出典となった『白氏文集』巻三・新楽府「太行路」には「右内史」とあるので、本来ここは「うだいし」とあったものと判断される。「納」を多くの諸本に共通する「大」に改めた。ただし、刊年不詳の

『白氏文集』刊本に「左納言右納史」と見えるので、このようなものによって、改変された可能性はある。

【解説】信頼同様、後白河上皇を頼って仁和寺へと向かった成親ら五十余人は平家勢に捕縛され、信頼をはじめ関係者の処刑が行われた。これによって信頼を首謀者とする反乱に終止符が一つ打たれたこととなる。『百錬抄』十二月二十六日条はこの反乱の過程と結末を以下のように簡略に記している。

遣二官軍於大内一。追二討信頼卿已下輩一。官軍分散。信頼兵乗レ勝襲来。合二戦于六条河原一。信頼義朝等敗北。信頼至二于仁和寺一。遣二前常陸守経盛一。召二取信頼一斬レ首。其外被レ誅者多。

また、『愚管抄』巻第五では、その結末を次のように叙述する。

信頼ハ仁和寺ノ五ノ宮ノ御室ヘ参リタリケルヲ、次ノ日五ノ宮ヨリマイラセラレタリケルニ、清盛ハ一家者ドモアツメテ、六原ノウシロニ清水アル所ニ平バリウチテオリ居タリケル所ヘ、成親中将ト二人ヲグシテ前ニ引スヘタリケルニ、信頼ガアヤマタヌヨシ云ケル、ヨニ〱ワロク聞ヘケリ。カウ程ノ事ニサ云バヤハ叶ベキ。清盛ハナンデウトテ顔ヲフリケレバ、心ヱテ引タテ、六条河原ニテヤガテ頸キリテケリ。成親ハ家成中納言ガ子ニテ、フヨウノ若殿上人ニテアリケルガ、信頼ニグセラレテアリケル。フカヽルベキ者ナラネバ、トガモイトナカリケリ。武士ドモ、何モ〱程々ノ刑罰ハ皆行ハレニケリ。

信頼は弁明を繰り返すものの、清盛に一蹴されて斬首となったとする。弁明する信頼への「ヨニ〱ワロク聞ヘケリ。カウ程ノ事ニサ云バヤハ叶ベキ」という文言は、物語が一貫してとってきた信頼批判の姿勢とも重なり合う。また、成親は反乱への関与が軽微であろうということで重罪を免れたという。実際に成親の処分は解官にとどまり、二年後の永暦二年には右中将に補されている

(『公卿』)。

一方、物語では成親の処遇は重盛のとりなしによるものであったとする。底本では清盛がその処置を重盛に委ね、九条本では成親の死罪が決定するも「今度の重盛が勲功の賞には、越後中将を申あづかり候はん」と主張したために助命となる（古活字本も同趣）。もっとも『愚管抄』に重盛の名は見えないが、実際のところ、成親の処遇は【語釈】に示したように姻戚関係にあった重盛の存在が少なからず影響したのであろう。

信頼の処遇にも重盛が絡んでいる。底本では「あれ程の不覚仁、たすけおかせ給たり共、何事か候べき。ゆるさるべうや候らん」（古活字本も同文）と助命を清盛に申し出る。これとは対照的に九条本では命乞いする信頼に重盛は「なだめられておはすとも、何程の事か候べき。其上、よもたすかり給はじ」と冷たく突き放す。底本における重盛には、信頼の助命を求める点、六条河原に引き据えられた信頼が「重盛は慈悲者とこそ聞えつるに」という点から『平家』の「内には五戒をたもッて慈悲を先とし、外には五常をみださず、礼義をたゞしうし給ふ人」（巻二「教訓状」）という重盛像が投影していると言えよう（日下力氏）。

【本文】

爰《ここ》に、齢七十《よはひしちじふ》ばかりなる入道の、文袋《ふぶくろ》頸にかけたるが、平足駄《(ひらあしだ)》はき、鹿杖《(かせ)つゑ》つい《(ゐ)》て、信頼の死《し》骸《(がひ)》の方《かた》へ行《ゆき》ければ、日来《ひごろ》のよしみ[1]を思ひ、経《きやう》をもよみ、念仏をも申訪《まうしとぶら》はんずる者《(もの)》かとみる処に、さはなうて、鹿杖《(かせ)つゑ》を取《とり》なほ《(を)》し、信頼の死《し》骸《(がひ)》を散《(さん)》〲《ざん》にうち、「とが[2]もなき入道が所領《しよりやう》を取《とり》あげて、此《この》十余年妻子・所従餓死させぬ[3]。[4]平家の見参《げんざん》に入《いり》、すごさぬよし申《まうし》て、所領は給はらんずるものを。草の陰にてもよくみよ」とぞ申《まうし》ける。

さて六波羅へ参り、本領給《たまはる》べきよし申《まうし》ければ、清盛の給ひけるは、「信頼の死《し》骸《(がひ)》にむかひ、尾籠《びろう》の事しける奴なれば、本領とらせてなにかせん」とて、重代《ぢうだい》の文書《もんじよ》共《(ども)》めしとられ、其《その》身をば追出《おひいだ》されけり。丹波国の在庁《ざいちやう》、監物《けんもつ》入道と云《いふ》者なり。にくまぬ者ぞなかりける。「[5]温野《をんや》に骨を礼《らい》せし天人は、平生《へいぜい》の善をよろこび、寒林に[6]髄《ずゐ》を打《うち》し霊鬼《れいき》は、[7]前世《ぜんぜ》の悪をかなしむ」とも、かやうの事をや申《まうす》べき。

【現代語訳】

ここに歳七十ばかりの入道で、首に文袋をかけた者が、下駄を履き、鹿杖を突いて、信頼の死骸の方へ行ったので、日頃のつきあいを思い、経をも読み念仏をも唱えて弔うつもりの者かと見ていると、そうではなく、鹿杖を持ち直し、信頼の死骸を手ひどく打ち、「罪もない入道の領地を横取りして、この十余年の間、妻子や奉公人を餓死させた。平家のお目にかかって、過失のないことを申し上げて、領地をいただくつもりだ。草葉の陰でもよく見よ」と申した。

さて、六波羅に参上して、元々の領地をいただきたい旨申し上げたところ、清盛が言われるには、「信頼の死骸に向かって、無礼なことをした奴だから、本領を与えてもいいことはないだろう」と言って、先祖伝来の文書どもをお召し上げになり、その身を追放なさった。

丹波国の在庁官人、監物入道という者である。憎まぬ者とていなかった。「あたたかな野原で、かつての自分の骨に向かって感謝を奉げていた天人は、日常の善行を喜び、寒々とした屍陀林《しだりん》の中で、かつての自分の髄を鞭打っていた霊鬼は、前世の悪事を悲しむ」ということも、このようなことを言うのであろうか。

【語釈】　○**入道**　俗人が剃髪し出家したもの。多くは僧衣を着ながら、寺に入らず、自宅で生活した。　○**文袋**　文書を入れる袋。「Fubucuro 書状を入れる小さな袋」（『邦訳日葡』）。　○**平足駄**　現在の普通の下駄。　○**鹿杖**　木の杖の上端に、Y字形あるいはT字形に手を添える架《かせ》を付けたもの。「横首杖。……〈加世都恵。一云鹿杖〉」（『和名抄』）。『運歩色葉』に「カセツエ」と読む。→補注一二六。　○**所従**　従者。奉公人。　○**本領**　先祖から代々伝えてきた領地。　○**尾籠**　無礼。「をこ」に当て字をして、それを音読みしたもの。　○**丹波国**　京都府の西部。　○**在庁**　在庁官人。国司の命を受け、国府で行政の実務に当たった在地の下級官吏。　○**監物入道**　もと監物で出家入道したものの称。監物→中「待賢門の軍の事」。　○**温野に骨を礼せし天人は、……**　出典未詳。ただし『天尊説阿育王譬喩経』『経律異相』巻四十六などによれば、「温野で天人が昔の我が身の死骸を礼拝していたのは、天界に生まれる要因となった生前の善行を喜んでのことであり、寒林で霊鬼が昔の我が身の髄を鞭打っていたのは、幽界に生まれる原因となった前世の悪行を悔い悲しんでのゆえである」という意味である。→補注一二七。　○**温野**　未詳。謡曲『山姥』の当該語句は「ぢんや」、謡曲『笠卒塔婆』は「りんや」、同じく謡曲『檣天狗』は「深夜」とある。後出の「寒林」（死体を棄てる場所）に対する対《つい》である点から「温野」が最も適切であろう。あるいは単に「野」という意味で、「寒」との対比で「温」を加えたものか。　○天人　天上界の人。謡曲『山姥』・謡曲『笠卒塔婆』は「天人」で同じ。『天尊説阿育王譬喩経』は「天神」。　○寒林　死体を棄てる所。屍陀林ともいう。『釈氏要覧』下「葬法」の項に「寒林。即西域棄尸処。僧祇律云。謂レ多二死尸一。凡入者可レ畏二毛寒一。故名二寒林一」とある。　○髄を打し　「髄」は恐らく骸骨の意であろう。謡曲『山姥』・謡曲『笠卒塔婆』には「骨を打つ」と見える。「打し」は、杖で打つ意。『天尊説阿育王譬喩経』『経律異相』は「以レ杖鞭レ之」「鞭二其尸一」とある。　○霊鬼　鬼趣の霊異のあるもの。鬼趣は六趣の一で、餓鬼をはじめ、夜叉・羅刹などの類をいう。謡曲『山姥』・謡曲『笠卒塔婆』は『平治』と同じく「霊鬼」、『天尊説阿育王譬喩経』は「鬼神」、『経律異相』には「魂」と見える。「魂」も「鬼籍に入る」という場合の「鬼」と同義で、人の死んだ後の魂をいう。　○前世　前の世。死者の場合、人間として生きていた過去世を指す。

【校訂注】　**1を**　底本「をも」。和・内・金・静残・半に従って「も」を削除した。　**2も**　底本ナシ。静残を除く諸本により補った。　**3させぬ**　底本「せさせぬ」。監は底本に同じ。文法的に誤りはないが、監以外の他本はすべて「させぬ」であるうえ、半も「餓死セヌ」とあり、「餓死させぬ」と読ませるのであろう。サ変動詞に「さす」が接続する場合、多く「さす」という形で現れるという指摘もあり（日本文法大辞典）、他本に従って「せ」を削除した。　**4平家の**　底本「唯今平家の」。監を除く諸本に従って「唯今」を削除した。　**5温野**　底本「温」の右に「深イ」と傍書。削除した。　**6髄**　底本「䏚」。　**7前世**　底本「さきの世」。この一文は「温野……」と対をなしている。「平生」と対応するためには漢字二字であるべき。諸本の漢字表記をみると、金・学二「前世」、静残「先世」、半「前生」。仮名書きの諸本はほとんどが「さきの世」とあり、謡曲『山姥』、『笠卒都婆』に「前生」とあるので、金・学二に従って「前世」と改めた。

謀叛人流罪付けたり官軍除目の事幷びに信西子息遠流の事

【本文】

去程《さるほど》に、信頼の舎兄民部少輔《しやきやうみんぶのせう》基頼は、陸奥国《むつのくに》へながされけり。弟《（おとゝ）》尾張《をはりの》少将信時は越後国へ流されけり。是をはじめて、謀叛の輩《ともがら》おほく流罪せられけり。軈《やがて》除目《ぢもく》おこなはれ、清盛は正三位《じやうさんみ》し給ふ。左衛門佐《さゑもんのすけ》重盛は伊与国を給《たまはり》て、伊与守とぞ申《まうし》ける。三川守《みかはのかみ》頼盛は尾張国を給《たまはり》て、尾張守とぞ申《まうし》ける。淡路守教盛は伊勢守にぞなられける。いよ〳〵平家の栄花とぞみえられける。

【現代語訳】

さて、信頼の舎兄民部少輔基頼は、陸奥国へ流された。弟の尾張少将信説は越後国へ流された。これをはじめとして、謀反の者どもが多く流罪された。ただちに除目が行われて、清盛は正三位にお進みになる。左衛門佐重盛は伊予国を頂いて、伊予守と申し上げた。三河守頼盛は尾張国を頂いて、尾張守と申し上げた。淡路守教盛は伊勢守になられた。いよいよ平家の栄華とお見受けした。

【語釈】　○民部少輔基頼　「基頼」は「基成」の誤り。↓上「源氏勢汰への事」。↓補注一二八。　○

陸奥国　陸奥国は広いが、基成の娘が秀衡に嫁しているので、平泉の近くに流されたのであろう。**○尾張少将信時**　「信説」が正字。↓上「源氏勢汰への事」。**○越後国**　新潟県。**○流罪**　古代以来行われた五刑の一つ。死罪に次ぐ刑。『延喜式』に配所として遠流・中流・近流を定めている。陸奥国も越後国も「式外近代遺国々」(『拾芥抄』下)。**○除目**　「Giomocu」(『日葡』)とも。**○清盛は正三位し給ふ**　清盛が正三位に叙せられたのは平治元年十二月二十七日ではない。↓補注一二九。**○左衛門佐重盛は伊与国**　「平治元十二廿七伊予守(勲功。佐如㆑元)」(『公卿』)。**○三川守頼盛は尾張国を給て**　「平治元十二廿七兼㆓尾張守㆒(勲功)」。**○淡路守教盛は伊勢守**　「平治元十二廿七迁㆓越中守㆒。(勲功)。権頭如㆑元」(『公卿』)。教盛の任官は伊勢守ではなく越中守。

【本文】

去程《さるほど》に、少納言入道信西《しんせい》の子ども十二人、みな配所へつかはさる。「信西の子共[1]、配所に有《あり》とも、赦免《しやめん》こそ有《ある》べきに、流さるゝ事心得ず」と人申《まうし》ければ、有《ある》人、「信頼・信西が中不和なりしかば、謀叛おこして、信頼滅《ほろび》ぬ。されば草の陰にても、いかにいきどほ《(を)》りふかゝるらん。死《し》骸《(がひ)》のうへに、欝憤《うつぷん》を休めんためにこそ[2]」とぞ申《まうし》ける。

十二人の人々、既に都を出《いで》にけり。おの《(を)》〳〵才覚世に越《こえ》て、情《なさけ》は人に勝《すぐ》れたりしかば、二《に》宿《しゆく》、三宿《さんじゆく》に付《つく》まで、歌をよみ、詩を作り、下人共をつかはし、たがひに名残《なごり》を惜《をしま》れけり。東国へ下《くだる》人々は、相坂《あふさか》・不破関《ふはのせき》の嵐を袖にてふせきつゝ、西の空をぞながめける。西国《さいこく》へ下る人は、須磨[3]より明石の浦づたひ、沖の白《(しら)》洲《す》に舟をとめ、こちふく風に身をまかせ、故郷《ふるさと》の余波《なごり》を惜《を》しみけり。山川《やまかは》を越行《こえゆく》月日は又《を》おくれ共、涙の隙《ひま》はなかりけり。4

【現代語訳】

さて、少納言入道信西の子ども十二人は、みな配流地に送られた。「信西の子どもは、たとえ配流先にいたとしても赦免があってしかるべきなのに、流されることは理解できない」と人が申したところ、ある人が、「信頼と信西の仲が険悪だったので、謀反を起こして信頼は滅んだ。それゆえ草葉の陰でもどれほど憤りが深いことだろう。恨みを抱いて死骸となった信頼に、その恨みを静めさせるためだ」と申した。

十二人の人々はすでに都を出た。それぞれ才覚は世に卓越し、風流心は人より優れていたので、二泊、三泊目の宿に着くまでは、歌を詠み、詩を作り、下人どもを使いにして、互いに名残を惜しまれた。東国へ下る人々は、逢坂・不破の関の嵐を袖で防ぎながら、西の空を眺めた。西国へ下る人は、須磨から明石へと舟で浦づたいに行く途中、沖の白州に舟をとどめ、東から吹く風に身をまかせ、住み慣れた都の名残を惜しまれた。山や川を越え行く月日はいくつも送ったけれど、涙の乾くひまはなかった。

【語釈】　○配所　流罪地。『尊卑』には信西の子息十二人に配流地が記されているが、『今鏡』「すべらぎの下」には「衛門督とかや聞えし人の乱れに、少納言と聞えしゆかりに、その子八九人ばかり浦々へと聞え侍りき」とある。　○二宿、三宿　「宿」を「しゆく」と読む諸本（天・和・玄・書・

竜）と、「とまり」と読む諸本（内・金）とがある。伊京集、天正・饅頭屋本に「宿〈トマリ〉」とあり、「陸地」の注記がある。陸上では「宿」を用い、水上では「泊」を使用したのである。**○相坂**　大津市逢坂。↓中「六波羅合戦の事」。**○不破関**　岐阜県不破郡関ケ原町。↓中「六波羅合戦の事」。**○西の空**　都の方角の空。**○須磨**　兵庫県神戸市須磨。↓中「六波羅合戦の事」。↓補注一三〇。**○明石**　兵庫県明石市。↓中「六波羅合戦の事」。↓補注一三〇。

【校訂注】　**1子共**　底本「子共は」。監・半は底本に同じ。和・玄・書・竜・内・金・学二に従って「は」を削除した。**2休めんため**　底本「休めんかため」。監を除く諸本に従って「か」を削除した。**3磨**　底本「广」。「磨」を当てた。**4は**　底本「をは」。他本に従って「を」を削除した。

【解説】　戦後処理として首謀者信頼の兄弟の流罪、平家方の論功行賞が行われる。さらに去る十二月二十日の公卿僉議で決定されていた信西の子息たちの配流（↓上「信西の子息遠流に宥めらるる事」）も実行されるが、これは深い憤りを抱いて死んだ信頼の怨霊化とその発動による災厄を未然に防ぐ意図があったのであろう。九条本は、底本と異なり、「心有輩」の話として、

此人々（信西の子息たち）召仕はれば、信頼卿同心の時のふるまひ、天聴にや達せんずらむと恐怖して、新大納言経宗・別当惟方が申すゝめたるを、天下の擾乱に紛て、君も臣も、思召誤てけり。

とあり、経宗と惟方が自身の謀反への関与を隠蔽するために画策した故とする。古活字本もこれとほぼ同文だが、

虚名は立せぬものなれば、いくほどなくてめし返され、経宗・惟方の謀計はあらはれけるに

や、つゐに左遷のうれへにしづみけり。

と後述の物語内容（下「経宗・惟方遠流に処せらるる事……」）を先取りした文言が付される。

【本文】

播磨《はりま》[1]中将成憲《なりのり》は、東山道《とうせんだう》下野国室《（むろ）》の八島へ流されけり。何事も思ひ入給《いれたまへ》る人なれば、旅の空の哀《あはれ》をも思ひ入《いれ》てぞ下られける。粟田口にて故郷《ふるさと》の余波《なごり》を惜《（を）》しみ、かくぞ思ひつゞけられける。

みちの辺《べ》の草のわか葉に駒とめて
なほ《（を）》古郷《ふるさと》ぞかへりみらるゝ

関の冷水《しみづ》を見給ひて、

恋しくはきてもみよとてあふさかの
関のしみづにかげをとゞめき

相坂《あふさか》・不破関《ふはのせき》、鳴海《なるみ》の浦の塩干《しほひ》潟《（がた）》、三川《みかは》の八橋《やつはし》、浜名の橋、小夜《（さや）》の中山、宇都《うつ》の山、富士の根、足柄打越《あしからうちこえ》て、年来《としごろ》は名をのみきゝし武蔵野の堀《ほり》兼《（かね）》の井《ゐ》を見たまひ、角田川《すみだがは》[2]の渡《わたり》して、下野国室《（むろ）》[3]の八島につきたまふ。絶《（た）》えぬ煙《けぶり》を見給ひて、

我《わが》ために有《あり》けるものを下野や
むろのやしまにたえぬけぶりは

此《この》ところは夢にだにみるべしともおもはぬに、下《くだり》て栖《すみか》と跡をしめ、ならはぬひなのその住居《すまゐ》、何《なに》になぐさむかたもなし。いにしへ・今の事共《ことども》思ひ出《いづ》る涙の色のふかければ、歎きながらに年暮《くれ》て、平治も二年に成《なり》にけり。

【現代語訳】

播磨中将成憲は東山道下野国室の八島へ流された。何事も深く分別なさる人なので、旅の空のあわれをも心にとめてお下りになった。

粟田口で住み慣れた都の名残を惜しんで、このように思い続けなさった。

みちの辺の草のわか葉に駒とめてなほ古郷ぞかへりみらるる

逢坂の関の清水を御覧になって、

恋しくはきてもみよとてあふさかの関の清水にかげをとどめき

逢坂・不破の関、鳴海の浦の潮干潟、三河の八橋、浜名の橋、小夜の中山、宇津の山、富士の嶺、足柄を越えて、年頃は名ばかり聞いていた武蔵野の堀兼の井を御覧になって、隅田川の渡りをして、下野の国室の八島にお着きになる。絶えぬ煙を御覧になって、

我がために有りけるものを下野やむろのやしまにたえぬけぶりは

このところは夢にさえ見ることがあろうとは思わなかったのに、都から下って、住処とし、なれない田舎のその住まいは、これといって心をなぐさめるものもない。昔の事今の事を思い出すたびに、深い悲しみに包まれて、歎きながらに年も暮れ、平治も二年になったの

であった。

【語釈】 ○播磨中将成憲 「しげのり」と読むのが正しい。↓上「信頼信西を亡ぼさるる議の事」。○東山道 七道の一つ。近江・美濃・飛驒・信濃・武蔵・上野・下野・陸奥の八ヵ国の総称。○下野国 栃木県。 ○室の八島 後出。 ○粟田口 京都市東山区粟田口。京都七口の一つで、東海道の山科から京都への入り口にあたる山道。 ○みちの辺の…… 道ばたの草の若葉を食べさせようとして馬をとめると、ついわかってはいてもふるさとを振り返ってみてしまうことだ、の意。『新古今集』巻十「羇旅」に「あづまのかたにまかりけるみちにてよみ侍りける 民部卿成範／みちのべの草の青葉に駒とめて猶古郷をかへりみるかな」。 ○関の冷水 逢坂関付近にあった清水。大津市関寺町にある蟬丸下社に旧跡があるという。歌枕。↓補注一三一。 ○恋しくは…… 私のことが恋しくなったならば、逢坂関に来て、関の清水を御覧になって下さい、そういう思いで、関の清水に、私の姿を映し留めておきました、の意。↓補注一三二。 ○相坂…… 以下の道行きは東海道の名所どころをほとんどカバーしており、『盛衰記』巻三十九「重衡関東下向……」に見える道行きなどと地名がほとんど重なる。 ○鳴海の浦の塩干潟 愛知県名古屋市緑区鳴海町。現在の鳴海は海岸線から遠く離れているが、当時は海岸であり、鳴海潟は潮の干満が大きいことで有名であった。古活字本には「いかになるみの塩ひがた」と見える。「鳴海」が「成る身」に通じるところから、「いかになるみの潮干潟」という形で道行文に引かれることが多い。 ○三川の八橋 愛知県知立市。『伊勢物語』第九段「東下り」の一節で有名な歌枕。『伊勢物語』に「水ゆく河の蜘蛛手なれば、橋を八つわたせるによりてなむ八橋といひける」とある。 ○浜名の橋 静岡県湖西市新居町浜名。歌枕。浜名湖の海への落ち口、浜名川に渡してあった橋。『東関紀行』に「みづうみに渡せる橋を浜名となづく。古き名所なり」とあり、『海道記』に「橋の下にさしのぼる潮は、帰らぬ水をかへして上さまに流れ、松を払ふ風の足は、頭を越えてとがむれど聞かず」とある。○**小夜の中山**　「さや」は諸本すべて仮名書き。日坂宿（静岡県掛川市日坂）と金谷宿（島田市金谷）との間にあった峠道。『海道記』に「小夜の中山にかかる。この山口を暫くのぼれば、左も深き谷、右も深き谷、一峯に長き路は堤の上に似たり。両谷の梢を目の下に見て、群鳥の囀《さえず》りを足の下に聞く。谷の両片はまた山高し。この間を過ぐれば中山とは見えたり」とある。○**宇都の山**　静岡県藤枝市岡部町岡部坂下と静岡市駿河区宇津ノ谷との間にある宇津ノ谷峠。海抜一七〇メートルほどの低い峠であるが、『伊勢物語』の「東下り」に蔦・楓の鬱蒼と茂る細道として描かれ、以来、人影稀なさびしい道筋として認識されていた。○**富士の根**　「根」は「嶺」の当て字。○**足柄**　静岡県駿東郡小山町と神奈川県南足柄市の間にある峠道。古くから東海道が通じており関所が置かれていた。江戸時代に箱根越えの道が開かれる以前は、東海道は足柄を越していた。『更級日記』では鬱蒼と木々の茂るおそろしげな道として描かれている。天草本『平家』に「Axicara」とあり、読みはこれに従った。○**武蔵野の堀兼の井**　歌枕。現在、埼玉県狭山市堀兼の堀兼神社の境内にある。『枕草子』一六八段に「井はほりかねの井。玉の井」とあり、名所であった。○**角田川**　東京都の東部を南流して東京湾に注いでいた河。江戸時代に利根川の流路をかえて、太平洋に流す以前は、利根川の本流であり、河口付近は広大な湿地帯であった。延慶本『平家』第五本七「兵衛佐ノ軍兵等……」に「上野国ニ大河二アリ。北山ヨリ流タルハ利根川ト名ケ、西山ヨリ流レタルハ安加妻河ト名タリ。渋河ト云所ヨリ二ノ河一ニナリテ下野国ヘ流レタリ。昔在中将ノムレヰテイザコト、ハムミヤコドリトナムヨミタリケル角田河ト申ハ此河ノ事也。板東太郎トテ関東第一ノ大河也」とある。○**室の八島**　現在、栃木県栃木市惣社町の大神神社の境内にある。池と八つの島があり、この地の清水から立ち上る水蒸気が煙のように見えることから、「室の八島の煙」として有名な歌枕。『月刈藻集《つきのかるもしゅう》』上に「人語云、下野国ノ野中ニ島侍リ。其島ニ清水ノ底キヨキガ流出タリ。是ハ実方ノ思ヒアリトモシラスベキトヨマレタル、室ノ八島ノ煙ト云ハ此処ナリ。此水ニ気《け》ノ立ノボルガ煙ニマガヒテ、カク申侍ルトイヘリ」とある。　**○我ために……**　私のためにこそあったものを、今まで気づかずにいた、下野国の室の八島に立ち上る、とぎれることのないこの煙は、の意。「煙」は胸の煙に通じ、晴れやらぬ思いをいう。↓補注一三三。

【校訂注】　**1磨**　底本「广」。「磨」を当てた。　**2角田川の渡して**　底本「角田川を渡て」。他本に従って改めた。表記は学二による。　**3むろ**　底本「無露」。底本のこの章段には他に二例「室の八島」が出るが、すべて「むろ」と仮名書きになっている。初出部分は金・学二が「無露」、監・静残・半が「室」、他は仮名書き。本文注をつけた当該箇所は、底本と監が「無露」、半が「室」、その他が仮名書きとなっている。また三例目の歌のなかの語では、金が「無露」、静残・半が「室」、他が仮名書きである。「無露」自体が仮名である可能性があり、仮名として扱った。

【解説】　成範は永暦元年（一一六〇）二月に下野国から召し返され、同年十二月には本位に復し、大宰大弐に任じられる（『公卿』）。また、成範は和歌の才能にも恵まれ、「みちの辺の」・「我ために」の二首を含めた十三首が『千載集』以下の勅撰集に入集する。『十訓抄《じっきんしょう》』一・二十六には帰洛後の成範と和歌にまつわる話がある。

成範卿、ことありて、召し返されて、内裏に参ぜられたりけるに、昔は女房の入立なりし人

の、今はさもあらざりければ、女房の中より、昔を思ひ出でて、

　雲の上はありし昔にかはらねど　見し玉垂れのうちや恋しき

とよみ出したりけるを、返事せむとて、灯籠のきはに寄りけるほどに、小松大臣の参り給ひければ、急ぎ立ちのくとて、灯籠の火の、かき上げの木の端にて、「や」文字を消ちて、そばに「ぞ」文字を書きて、御簾の内へさし入れて、出でられにけり。

女房、取りて見るに、「ぞ」文字一つにて返しをせられたりける、ありがたかりけり。

義朝奥波賀に落ち著く事

【本文】去程《さるほど》に、左馬頭《さまのかみ》義朝は、片田《かたた》の浦へうち出《いで》て、義高の頸をとり給ひ、「故入道殿におく《(を)》れ奉《たてまつり》て後《のち》、御方《おんかた》をこそ頼みまゐ《(い)》らせ候《さうらひ》つるに、かやうになり給《たまひ》ぬれば、力《(ちから)(を)》およひ候はず」とて、かきくどき、念仏申《まうし》訪《とぶらひ》奉りて、湖へ馬《むま》の太腹《(ふと)ばら》までうち入《いれ》て、かうべをふかくしづめ奉《たてまつり》てうちあがり、たよりの舟を尋《たづね》て湖をわたらんとせられけれども、折節《をり(ふし)》浪風はげしくして、舟一艘もなかりければ、それより引《ひき》かへし、東坂本《ひがしざかもと》にうちかゝり、瀬田《せた》をさして落《おち》られけるが、兵共《つはものども》に宣《のたま》ひけるは、「此勢一所《このせいいっしょ》にてはかなふまじ。暇《いとま》とらするぞ。東国にてまゐ《(い)》りあふべし」と宣へば、「ともかうもならせ給はんまでは御供仕《おんともつかまつり》てこそ、いかにもなり候はめ」と申せども、「存ずる旨あり。とく〳〵」と宣ひければ、力《(ちから)(を)》およばずして、波《は》

多野《だのの》次郎、三浦荒次《みうらのあらじ》郎《らう》、長井《ながゐの》斎藤別当、岡部六弥《をかべのろくや》太《た》、猪俣金平六《ゐのまたのこんぺいろく》、熊谷《くまがえの》次郎、平山武者所《ひらやまのむしやどころ》、足立右《あだちのう》馬允《まのじよう》、金子《かねこの》十郎、上総介《かづさのすけ》八郎を初《はじめ》て廿余人いとまを給《たまは》り、思ひ〳〵に下りけり。

一所《いつしよ》にお《(を)》ちられける人々は、左馬頭義朝、嫡子鎌倉悪源太《かまくらのあくげんだ》義平、二男中宮太夫進《ちうぐうのたいふのしん》朝長、三男右兵衛佐《うひやうゑのすけ》頼朝、佐渡式部太夫《さどのしきぶのたいふ》重成、平賀《ひらかの》四郎義宣、義朝の乳母子《めのとご》鎌田兵衛《かまだびやうゑ》正清、金王丸《こんわうまる》をはじめて、八騎《はちき》の勢にて落《おち》られけり。

【現代語訳】

さて、左馬頭義朝は、堅田の浦へ出て、義隆の首をお取りになり、「故入道殿に先立たれ申し上げてのち、貴殿を頼り申し上げていましたのに、このようになってしまわれた以上、致し方がございません」と言って、繰り言を繰り返し、念仏を唱えて弔い申し上げ、湖へ、馬の腹が水につくまでうち入れて、首を深く沈め申し上げてうち上がり、便船を探して湖を渡ろうとなさったけれども、ちょうど波風が激しくて、舟が一艘もなかったので、そこから引き返し、東坂本を経て、瀬田を目指して落ちて行かれたが、兵共に言われたことは、「この軍勢が一緒では具合が悪いだろう。ひまをとらせるぞ。東国でめぐりあおう」と言われると、「どのようになろうと、その結果の出るまではお供を致して、その後どのようにでもなりましょう」と申したけれども、「私に考えがある。早く早く」と言われたので、致し方なく、波多野次郎・三浦荒次郎・長井斎藤別当・岡部六弥太・猪俣金平六・熊谷次郎・平山武者所・足立右馬允・金子十郎・上総介八郎をはじめとして、二十余人ひまをいただき、思い思いに東国に下っていった。一緒に落ちて行かれる人々は、左馬頭義朝、嫡子鎌倉悪源太義平、二男中宮大夫進朝長、三男右兵衛佐頼朝、佐渡式部大夫重成、平賀四郎義信、義朝の乳母子鎌田兵衛正清、金王丸をはじめとして、八騎の勢で落ちて行かれた。

【語釈】 ○**片田の浦**　「堅田」が正字。大津市の旧堅田町周辺。琵琶湖の西岸にあり、琵琶湖がくびれて狭くなった部分。「堅田〈カタタ〉」（黒本本）。○**義高の頸**　「義隆」が正字。中「義朝敗北の事」に、義隆が横川法師に頸の骨を射られ、義朝がその首を取らせた記事がある。その首をここまで携えてきたもの。○**故入道殿**　義朝の父、為義のこと。義隆は八幡太郎義家の七男であり、為義も祖父義家の養子となっているので、義隆と為義は兄弟であった。○**御方**　貴殿。義隆のこと。○**太腹**　馬の腹の太くなった部分。○**東坂本**　滋賀県大津市坂本。比叡山の東麓にあり、東側から比叡山に登る折の登山口にあたる。日吉山王社があり、延暦寺の僧坊も多く建ち並んでいた。天草本『平家』に「Figaxizacamoto」。読みはこれに従った。○**瀬田**　滋賀県大津市瀬田。琵琶湖の南端に当たり、琵琶湖の水が瀬田川となって流れ出すところ。漢字の表記は、金「勢多」、底本・監「瀬田」、学二・静残・半「勢田」。

【校訂注】　1**右兵衛佐**　底本「兵衛佐」。天・和・玄・書・竜・監・学二・静残・半により「右」を補った。

【解説】　義朝は、波多野義通以下二十余人と別れ、僅か八騎で逃避行を続ける。このことに関わって、謡曲「七騎落」に以下のような場面がある。治承四年（一一八〇）八月、石橋山の合戦で敗れた頼朝一行は、安房上総へ逃れるために船を出そうとする。そこで「唯今船中に供したる人数はいかほどあるぞ」と頼朝に問われた土肥実平は「さん候唯七騎御座候」と答える。これに頼朝は、

　さては頼朝までは八騎よな。きつと思ひ出だしたる事あり。祖父為義鎮西へ開きし時も主従八騎。父義朝江州へ落ち給ひしも主従八騎。思へば不吉の例なり。実平計ひて船より一人おろし候へ。

と命じる。ここで八騎という数を不吉とする先例として為義と義朝の名があげられる。前者は『保元』の内容とも合致せず、何に拠るものか不明であるが、後者は四類本など（古活字本（十一類本）は底本とほぼ同文、一類本は逃避行の軍勢の構成を明示しない）との関連性が推測される（山下宏明氏『いくさ物語と源氏将軍』）。八騎を不吉として七騎とするのは、前九年合戦で源頼義勢が安倍貞任を討伐した故事に由来し、このことは、いわゆる読み本系『平家』などに見える。次に『盛衰記』の一節を引く。

　盛長承伝へ侍リ。昔後朱雀院御宇天喜年中ニ、御先祖伊予守殿、貞任・宗任ヲ被レ責ケルニ官兵多討レテ、落給ケルニハ僅ニ七騎ニテ山ニ籠給ヒケリ。王事靡レ盬、終ニ逆賊ヲ亡シテ四海ヲ靡シ給ケリト、今日ノ御有様、昔ニ相違ナシ、吉例也（巻二十一「兵衛佐殿隠臥木附梶原助佐殿事」）

　また、本章段以下で語られる義朝らの逃避行について、一類本では、信西の子息の配流記事に続き、「平治二年正月一日、あらたまの年たちかへれ共……」と年頭の諸行事が中止になったという記事を置き、次いで、

　同五日、左馬頭義朝が童金王丸、常葉が許に忍びて来り。馬よりくづれ落、しばしは息たえて

物もいわず。ほどへておきあがり、「頭殿は、過ぬる三日の暁、尾張国野間の内海と申所にて、重代の御家人長田四郎忠宗が手にかゝりて、うたれさせ給ひ候ぬ」と申せば……金王丸、路次の事をぞ、語申ける。

と金王丸が義朝の愛妾常葉にその死を知らせた上で、都落ち以降の経緯を報告するという形をとる。日下力氏『平治物語の成立と展開』は、この報告部分における文体の特徴、時間設定の整合性、表現のリアルさなどから金王丸の体験談が物語の成立に直接的あるいは間接的に関与していたであろうと指摘する。

【本文】

右兵衛佐頼朝は、たけく思はれけれ共、御歳《おんとし》十三、物具《もののぐ》して一日の軍《いくさ》にはもまれたり、つかれにやのぞみ給ひけん、[1]馬《むま》ねぶりをして、野路《の(ぢ)》の辺《へん》より御勢《おんせい》にはうちお《(を)》くれ給へり。頭殿《かうのとの》は、篠原《しのはら》堤《(づゝみ)》につき給ひ、鎌田《かまだ》をめして、「誰《たれ》か候はぬ」との給へば、「佐殿御渡《すけどのおんわたり》候はぬ」と申《まうす》。「それ[2]尋《たづね》よ」と宣《のたま》へば、鎌田引《ひき》かへし、「佐殿《すけどの》や御渡《おんわたり》候。佐殿やおはします」と尋《たづね》奉れどもみえ給はず。

頼朝うちおどろき見給へば、十二月廿七日夜深《よふくる》ほどの事なれば、いづく共ゆくさき更にみえわかず。いかにすべきやうもなけれども、たゞ一騎うつほどに、守《(もり)》山《やま》の宿《しゆく》に着《つき》給ふ。宿《しゆく》の者ども云《いひ》けるは、「今夜は馬の足音しげくきこゆる、落人《おちうと》と覚えたり。いざやとゞめん」とて、一二百人おきさわ《(は)》ぐ。宿の沙汰《さた》人源内真弘《にんげんないさねひろ》と云《いふ》男《(おとこ)》、腹巻とッてうち着《(き)》、長刀《なぎなた》持《もち》てはしり出《いで》、兵衛佐殿をみつけ奉《たてまつり》て、御馬《おんむま》の口にむずと取付《とりつき》、申《まうし》けるは、「『落人あらばとゞめよ』と、平《(は)》家より仰《おほせ》下され候。落人にてぞおはすらん。とゞまり給へ」と申《まうし》ければ、兵衛佐殿いとさわがぬ気色《(けしき)》にて、「謀叛の者にはあらず。都に軍有《いくさあり》て、世もしづかならねば、片田舎《かたいなか》へ人を尋《たづね》て下る者なり。たゞとほせ《(を)》」との給へば、物《ものの》具《ぐ》・事柄《こと(がら)》尋常《じんじやう》なり。「左馬頭殿の公達《きんだち》[3]か。家子《いへのこ》・郎等《らうどう》にはよも劣《(おと)》り給はじ。明《あけ》てこそ通したてまつらめ」とて、抱《(いだ)》きおろさんとしたてまつれば、「にくい《(ひ)》奴哉《かな》。通《(とを)》せといはゞ《(ゞ)》とほせ《(を)》かし」とて、鐙《(あぶみ)》ふんばりついたちあがり、鬚《(ひげ)》切《きり》をもッてしとゝうたれければ、真弘がしやつらを二《ふたつ》にきッてきりふせらる。宿《しゆく》[4]の者《(もの)》共《ども》是をみて、「真弘男《(おとこ)》きられたり。とゞめよ」とて、弓とり矢とり、「太刀ぞ、刀ぞ」とさわぐ間《(は)(ま)》に、少々雑人《ざふにん》けちらして、宿の間を馳過給《はせすぎたまひ》ぬ。

野洲《やす》川《(こ)がは》の河原にて鎌田《かまだ》兵衛《びやうゑ》にゆきあはれたり。轡《(くつわ)》の音のしければ、正清忍び声《(ごゑ)》に、「誰《(た)》そ」ととへば、佐殿きゝしり給ひ、「頼朝爰にあり」とこたへ給ふ。「いかに今までうたせ給ひ候はぬぞ」と申せば、「さればこそ。馬ねぶりをして、うちおく《(を)》れまゐ《(い)》らせて有《あり》つる」との給ひ、「うてや、正清。[5]うてや」とて、引《ひつ》かけ〳〵うつ程に、鏡の宿へ入《いる》所にて頭殿に追《おひ》付《つき》まゐ《(い)》らせ給ふ。

頭殿、「誰《(た)》そ」との給へば、「佐殿にて御《おん》わたり候」と申せば、頭殿、「いかに今迄みえざりつるぞ」と宣へば、「申《[6]まうせ》ば尾籠《びろう》にて候へども、馬ねぶりを仕《つかまつり》てうちおく《(を)》れまゐ《(い)》らせ候《さうらひ》ぬ。有宿《あるしゆく》にて雑人《ざふにん》共《(ども)》の中に取《とり》こめられ、とゞめんとし候《さうらひ》つる時は、はや思ひ切《きり》てこそ候《さうらひ》つれ」と申されければ、頭殿、「人を切《きり》つるか、人にはきられぬか」との給へば、「すでにいだきおろさむとし候《さうらひ》つる奴を、この鬚切《(ひげきり)》にて二《ふたつ》にきりて、雑人めらをけちらして参りて候」と申されければ、頭殿よにいとほ《(お)》しげにて、「いかなる者も只《(たゞ)》今《いま》かうはふるまはじものを」とほめられければ、悪源太《あくげんだ》[7]申されけるは、「時にこそより候へ。十二三になり候《さうらふ》ものの《(ゝ)》、唯今馬ねぶり、無下《むげ》にいふかひなく候《さうらふ》ものかな。義平は十五の歳、大倉《おほくら》の軍《いくさ》に大将軍《しやうぐん》して、伯父《をぢ》帯刀先生《たてはきせんじやう》殿をばうち奉りしものを」と申されければ、「されば、それをもわろしといはば《(ゞ)》こそ。頼朝は十三になるぞかし。十四五にもならん時《(とき)》は、わ殿《(どの)》にはよもおとらじものを。あはれ末代の大将かな」との給ひ、「[8]前《さき》をうて、頼朝。前をうて」とて、佐殿に前をうたせて、鏡の宿をすぎ給ふ。

【現代語訳】

右兵衛佐頼朝は、気丈に思っていらっしゃったが、御年十三、武具を着けて一日の戦にもまれたので、疲れが出られたのであろうか、馬眠りをして、野路の辺より一行に後れてしまわれた。頭殿は篠原堤にお着きになり、鎌田を召して、「だれかいない者はないか」と言われると、「佐殿がおいでになりません」と申し上げる。「それ、捜せ」と言われるので、鎌田は引き返し、「佐殿はおいでになりませんか」「佐殿はいらっしゃいませんか」と、捜し申し上げたが、お見えにならない。

頼朝は不意に目を覚まし、御覧になると、十二月二十七日の夜ふけごろのことなので、どこも行く先はさっぱり見分けがつかない。どうしてよいか分からなかったけれど、ただ一騎駈けて行くうちに、守山の宿にお着きになった。

宿の者どもが言ったことは、「今夜は馬の足音がしばしば聞こえるが、これは落人と思われる。さあ、引き留めよう」と言って、一、二百人が起き出して騒ぐ。宿の沙汰人源内真弘という男が、腹巻をとって身に着け、長刀をもって走り出て、兵衛佐殿を見つけ申し上げ、御馬の口にしっかりと取り付き、申したことには、『落人がいたら、引き留めよ』と、平家から仰せ下されております。落人でいらっしゃいましょう。留まりなさい」と申し上げたところ、兵衛佐殿は、大して慌てぬ様子で、「謀反の者ではない。都に戦があって、世間も穏やかでないので、片田舎に知人を訪ねて下る者だ。とやかく言わずに通せ」と言われたところ、雲間からもれる、ぼんやりした月の光をたよりに見申し上げると、武具も立ち居振る舞いも立派である。「左馬頭殿の若君か。よもや家子・郎等よりも身分の低い者ではありますまい。夜が明けてからお通し申し上げよう」と言って、抱き下ろそうとするので、「腹立たしい奴め。通せと言ったら通せ」と言って、鐙を踏ん張りすっと立ち上がって、鬚切ではっしとお打ちになると、真弘の顔面を真っ二つに切り伏せなさる。宿の者共がこれを見て、「真弘が切られた。引き留めよ」と言って、弓取り、矢取り、「太刀だ、刀だ」と騒ぐ間に、すこしばかり雑人どもを蹴散らかして、宿の間を走りすぎなさった。

野洲川の河原で鎌田兵衛に行き合わせた。轡の音がしたので、正清が忍び声で、「だれか」と尋ねると、佐殿は声を聞き知っていらっしゃって、「頼朝はここにいるぞ」と答えなさる。「どうして今まで、駈けて来られなかったのですか」と申すと、「そのことなんだが、馬眠りをして、後れをとってしまっていたのだ」と言われ、「駈けよ、正清。駈けよ」と言って、馬を走らせ走らせ駈けるうちに、鏡の宿に入るところで、頭殿に追いつき申し上げなさった。

　頭殿が、「誰だ」と言われると、鎌田が「佐殿でいらっしゃいます」と申したので、頭殿は、「どうして今まで見えなかったのだ」と言われるので、「申し上げると恥ずかしいことでございますが、馬眠りをしてしまい、後れをとってしまいました。ある宿で、雑人どもの中に取り囲まれ、留めようと致しましたときは、覚悟を決めました」と申されたので、頭殿は、「人を切ったのか、人には切られなかったか」と言われると、「まさに抱き下ろそうとしました奴を、この鬚切で二つに切って、雑人めらを蹴散らして参りました」と申されたので、頭殿はまことにいとおしいといった様子で、「どのような者も、まさにこのような場合には、このようには振る舞うことはないだろうに」とおほめになったので、悪源太が申し上げたことは、「時にこそよりましょう。十二、三にもなります者が、ついさっきの馬眠りとは、なんともだらしがないことでございます。義平は十五の歳に、大蔵の戦の大将となって、伯父帯刀先生殿を討ち申し上げたものを」と申し上げると、「だから、それをも大したことではないと言っているわけではない。頼朝は十三になるのだぞ。十四、五にもなろうものなら、お主には決して引けをとらないだろうに。あっぱれ、末代の大将よのう」と言われて、「前を駈けよ、頼朝。前を駈けよ」と言って、佐殿に前を駈けさせて、鏡の宿を通り過ぎなさった。

【語釈】 ○**物具**　武具。ここでは鎧・兜。　○**馬ねぶり**　馬上で居眠りをすること。　○**野路**　滋賀県草津市野路。　○**篠原堤**　現在、滋賀県野洲市小堤にある西池の堤防を指す。『東関紀行』に「篠原といふ所を見れば、東へはるかに長き堤あり」とある。『東関紀行』によれば篠原の宿は鎌倉時代には相当衰微していたようである。　○**鎌田引かへし**　一類本には「信濃の平賀四郎殿、取てかへして」とあり、平賀義信の行動として描かれる。　○**守山の宿**　滋賀県守山市。野洲川南岸に位置し、当時東海道の宿駅があった。「守る」に「漏る」をかけて、「時雨もる山」として道行文にひかれる。　○**もるやま**」とも読んだものか。　○**沙汰人**　裁判や命令などの執行にあたった下級の庄官。　○**源内真弘**　世系等未詳。古活字本は「源内兵衛真弘」。　○**長刀**　長い柄の先に、幅広の長く反った刀をつけた武器。　○**雲透き**　雲間からもれるぼんやりした月の光。　○**事柄**　立ち居振る舞い。風格、品位。骨柄とも。　○**公達**　貴族の子息、子女。普通「公達」は平家に用い、源家は「御曹司」を用いることが多い。一類本・古活字本には頼朝を「公達」と呼ぶ例はない。　○**家子・郎等**　武士の惣領家と主従関係を結んだ従者をいう。家子は一門のうち、庶流・族類をいい、郎等は一族以外の従者。いずれも騎馬を許された、やや上級の武士である。ただし軍記物語においては、必ずしもこの両者を呼び分けているわけではない。　○**鬚切**　源氏相伝の太刀の名。↓上「源氏勢汰への事」。　○**しとゝ**　はっしと。勢いよく。　○**しやつら**　「しや」は荒々しくののしる気持ちを表す接頭語。　○**雑人**　侍の身分に属さない庶民。　○**野洲川の河原**　滋賀県野洲市南部の野洲川の河原。『新勅撰集』巻十九「雑四」に「はるかなるみかみのたけをめにかけていくせわたりぬやすのかは浪」とあり、この歌をうけて、謡曲『船橋』に「いく瀬渡りの野洲の川、いく瀬渡りの野洲の川」とある。瀬がいくつもあり、そこを渡ったらしい。　○**轡**　馬の口にかませて、手綱をつける金具。

○鏡の宿　滋賀県蒲生郡竜王町大字鏡。東海道の宿駅。歌枕で有名な鏡山の北麓。○尾籠　不名誉なこと。はずかしいこと。『壒嚢鈔』巻七ノ二一に「尾籠」についての考証がある。○伯父帯刀先生殿　源義賢。義朝の弟。木曾義仲の父。「大倉の軍」ともども↓中「待賢門の軍の事」。○わろしといはばこそ　大したことではないとは言わない。反語形。未然形＋「ばこそ」の形で文が終止するときは、反語形となり、否定の意を表す。謡曲『安宅』に「もとより勧進帳はあらばこそ」などがその類例。○わ殿　「わ」は、相手を蔑視したり、軽んじたり、時には親愛の情を表すときに付ける接頭語。ここは父が子をよぶのであるから、親愛の気持ちで使われたものであろう。

【校訂注】　1馬ねふり　底本「ねふり」。他本により「馬」を補った。　2それ　底本「それより」。天・和・玄・書・竜・監・内・金により「より」を削除した。　3公達か家子郎等にはよも劣り給はし　底本「公達にてそおはすらん」。監は底本に同じ。和・玄・書・竜・内・金・学二・半に従って改めた。表記は学二による。　4もの共　底本「もの」。他本により「共」を補った。　5うてや　底本ナシ。監は底本に同じ。天・和・玄・書・竜・内・金・学二・半により補った。　6申は　底本ナシ。監・半は底本に同じ。天・和・玄・書・竜・内・金・学二により補った。　7申され　底本「申」。蓬左本系列の諸本は底本に同じ。しかしこの悪源太の発話をうけるところでも「申されけれは」とあり、義平には基本的に敬語が附されているものと判断される。内・金・学二・静残・半により「され」を補った。　8前をうて　底本ナシ。監は底本に同じ。天・和・玄・書・竜・内・金・学二・半により補った。表記は学二による。

【解説】　馬上で居眠りをして義朝一行からはぐれた頼朝は、守山の宿の者たちに捕らえられそうになったが、これを蹴散らかし鏡の宿で一行に追い付く。事情を聞いた義朝は「いかなる者も只今かうはふるまはじものを」と褒め、義平が横やりを入れるも「あはれ末代の大将かな」と讃辞を与える。九条本は「いしうしたり。大人もよからん者こそ、かうはふるまはんずれ。まして小冠者が身には、ようしたり」（古活字本も同趣）とし、「末代の大将」の文言はない。底本では、出陣の装束を描写する記事中、義家由来の鎧と太刀の継承に関わって「『三男なれ共、頼朝は末代の大将ぞ』とみ給ひけるにや、頼朝にたびにけり」（上「源氏勢汰への事」）とあった。この敗北後の逃避行を語る場面で再び「末代の大将」の文言を繰り返すことには、将来の頼朝像を先取り、強調する意図のあることが改めて確認できよう。

【本文】

「不破《ふは》の関は敵かためて待《まつ》と聞《(き)》く。小関《こせき》にかゝりておちん」とて、小野の宿より海道《かいだう》をば妻《め》手《て》になし、小関をさして落《おち》られけり。さなきだに、冬はさだめなき世《(よ)》のけしきなるに、比《ころ》は十二月廿八日、空かきくもり雪降《ふり》て、風ははげしく吹《ふき》ければ、行《ゆく》さき更にみえわかず、馬《むま》にても延《(の)》ぶべし共おぼえねば、秘蔵《ひさう》の馬共をも捨《すて》給へり。雪は次第にふかうなる、物具《もののぐ》してもかなはねば、[1]左馬頭の楯無《(たてなし)》、悪源太《あくげんだ》の八龍《はちりう》、太夫進《たいふのしん》の沢瀉《(おもだか)》、兵衛佐の産衣《(うぶぎぬ)》を初《はじめ》て、秘蔵《ひさう》の鎧ども、雪の中にぞぬぎ捨《すて》たる。

【現代語訳】

「不破の関は敵が警護して待ち構えていると聞いている。小関を経て落ちよう」と言って、小野の宿から東海道を右手に見て、小関を目指して落ちて行かれた。ただでさえ、冬は時雨が降ったりやんだり、定まらない世の有様なのに、頃は十二月二十八日、空が一面に曇り、雪が降って、風が激しく吹いたので、行く先もまったく見当がつかない。馬で落ち延びることができるとも思われないので、大切な馬どもをお捨てになった。雪は次第に深くなり、武具を着けていてはなんともならないので、左馬頭の楯無、悪源太の八龍、大夫進の沢瀉、兵衛佐の産衣をはじめとして、秘蔵の鎧どもを雪の中に脱ぎ捨てた。

【語釈】○**小関** 岐阜県不破郡関ヶ原町小関。不破の関の北方二キロメートル弱のところにある。不破の関の東で東海道から分かれ、琵琶湖の東岸を通り北陸に行く北国脇街道にある。○**小野の宿** 滋賀県彦根市小野町。東海道は、小野宿を過ぎ、鳥居本から摺針峠にかかり、峠の上の番場を越え、麓の醒ヶ井へ下る。『義経記』巻二「鏡の宿吉次（が）宿に強盗の入（る）事」に「小野の摺針打過ぎて番場、醒井過ぎければ、……美濃国青墓の宿にぞ著き給ふ」と、その道順が記される。○**海道をば妻手になし** 東海道を右手にして。「妻手」は「馬手」の当て字。「海道」は東海道。義朝主従は東海道にある不破の関を避けるため、小野の宿から左に折れ、北国脇街道に出て小関を目指した。○**さなきだに、冬は……** ただでさえ、時雨が降ったり止んだり、定めない世の中の有様なのに、の意。『後撰集』巻八「冬」に「神な月ふりみふらずみ定なき時雨ぞ冬の始なりける」とあるように、時雨が降ったり降り止んだりして定めない意と、転変して定まらない世とをかけている。○**空かきくもり雪降て** ここで義朝主従が落ち延びている辺は、有名な豪雪地帯である。『吾妻鏡』文治三年（一一八七）二月九日条に「合戦敗北之後、左典厩（義朝）令㆑赴㆓東国美濃国㆒給。于時寒嵐破レ膚、白雪埋レ路、不レ（便脱カ）ニ進退行歩一」とある。○**秘蔵の馬共**　『愚管抄』巻五「二条」項に「サテ義朝ハ又馬ニモヱノラズ。カチハダシニテ尾張国マデ落行テ」とあり、一類本は「不破の関、固て候と聞えし程に、ふかき山にかゝりて、しらぬ道をわけまよはせ給ふ。雪ふかくて御馬をばすて、木に取付、萱にすがり、嶮岨をこえさせ給ふに、……」とある。↓補注一三四。○**楯無・八龍・沢瀉・産衣**　源氏相伝の鎧の名。↓上「源氏勢汰への事」。ただし、一類本には鎧を捨てた記事はなく、楯無という鎧が後に、甲斐源氏の武田家に伝来している。この鎧は小桜革威の鎧で、山梨県塩山市の郊外、菅田天神神社に現存するという（『図解日本甲冑事典』）。

【校訂注】　**1左馬頭**　底本「左馬頭殿」。半を除く諸本に従って「殿」を削除した。

【本文】

頭殿《かうのとの》に兵衛佐殿《ひやうゑのすけどの》、又爰にておく《(を)》れ給ふ。人々をまちまうけて、「誰《たれ》か候はぬ」との給へば、鎌田《かまだ》兵衛《びやうゑ》、「又佐殿《すけどの》こそ御《おん》わたり候はね」と申《まうせ》ば、「それ尋《たづね》よ」との給へば、鎌田立《たち》かへり、「佐殿や御渡《おんわたり》候。佐殿やおはします」とよび奉れ共、みえ給はねば、帰り参《まゐり》て、「御《おん》渡り候はぬ」と申《まうす》。[1]頭殿、「いづくまでも頼朝をばはなたじとこそ思ひつるに、かしこにても爰にても、頼《(い)》朝にわかれぬるこそかなしけれ。敵《てき》にとられてきらるゝか、雪の中にてむなしくなるか。生ける事はよもあらじ」[2]と宣《のたま》ひ、[3]「義朝いきてもなにかせん。自害しておなじ道にゆかん」とて、すでに[4]自害せんとしたまへば、悪源太《あくげんだ》・大夫進《たいふのしん》、「さ候はば《(ご)》、義平・朝長も御供仕《おんともつかまつり》候はん」とて、自害せんとし給へば、鎌田兵衛申《まうし》けるは、「佐殿一人《いちにん》を惜《(を)》しみ奉り、御《ご》自害候はば《(ゞ)》、二人《ににん》の公達《きんだち》御自害候《さうらふ》べし。いかでか二人の公達を[6]ばうしなひまゐ《(い)》らせ給ふべき」と、様〲《やうやう》に申《まうし》ければ、「げにも。又思ひもきられず」とて、とかうして小関《こせき》を過《すぎ》給ひ、美濃国[7]奥波賀《(あふはか)》の宿《しゆく》にぞ付《つき》給ふ。

【現代語訳】

頭殿に兵衛佐殿はまたここで後れなさった。人々を待ち受けて、「だれかいない者はないか」と言われると、鎌田兵衛が、「また佐殿がお見えになりません」と申し上げると、「それ、捜せ」と言われるので、鎌田がまた引き返し、「佐殿はおいでになりませんか。佐殿はいらっしゃいませんか」と呼び申し上げたけれども、お見えにならないので、帰ってきて、「おいでになりません」と申し上げる。頭殿は、「どこまでも頼朝を、離すまいと思っていたのに、あそこでもここでも頼朝に別れてしまったことこそ悲しいことだ。敵に捕らえられて切られたか、雪の中で死んでしまったか。生きていることはよもやあるまい」と言われて、「義朝は生きていても仕方がない。自害をして頼朝と同じ道に行こう」と言って、まさに自害をしようとなさると、悪源太と大夫進も、「御自害なさるのでしたら、義平も朝長も御供をいたしましょう」と言って、自害をしようとなさるので、鎌田兵衛が申したことは、「佐殿一人を惜しみ申し上げて御自害なさるなら、二人の若君も御自害なさいましょう。どうして二人の若君を失い申し上げてよいでしょうか」と、言葉を尽くして申したので、「その通りだ。そのうえ、覚悟も決められない」と言って、やっとのことで小関を通り過ぎなさって、美濃の国奥波賀の宿にお着きになる。

【語釈】 ○生ける　生きている。「生く」の四段活用形が残っている例。 ○美濃国奥波賀の宿　岐阜県大垣市青墓。不破の関から約十キロメートル東方にあった宿場。『吾妻鏡』建久元年（一一九〇）十月二十九日条、同六年六月二十八日条に「青波賀駅」、『尊卑』に「遭墓」とある。奈良絵本『おぐり』に「みのゝくに大はか」とあるので、いずれの表記をとっても「オーハカ」と発音していたようである。

【校訂注】 1わかれ　底本「はなれ」。監を除く諸本に従って改めた。 2と宣ひ　底本ナシ。監・半は底本に同じ。天・和・玄・書・竜・内・学二により補った。表記は学二による。 3義朝　底本「今は義朝」。監を除く諸本に従って「今は」を削除した。 4自害　底本「自害を」。監を除く諸本に従って「を」を削除した。 5奉り　底本「給ひ」。監を除く諸本に従って改めた。表記は学二による。 6は　底本ナシ。他本により補った。 7あふはか　底本「あふはか」の右に「青墓」と傍書。この部分漢字表記をとっている本文は和・監・金・静残・半があり、いずれも「奥波賀」である。傍書の「青墓」は後の書き込みとみて削除し「奥波賀」を当てる。以下同じ。

【解説】 再び頼朝は一行から後れ、完全にはぐれてしまう。この事態に義朝は自害を決意するが、鎌田正清の説得によって踏み止まる。「いづくまでも頼朝をばはなたじとこそ思ひつるに」の発話からもうかがえるように義朝にとって頼朝の存在は義平・朝長とは別格である。これは先に指摘した

「末代の大将」の文言を繰り返し口にすることと軌を一にする。九条本では、「『あな、むざんやな。早、さがりにけり。人にや生捕られやすらん』と、御泪をはら〳〵とおとさせ給ひ候し時、人々、袖をこそしぼり候しか」と涙を流すものの、義朝が自害を決意することはない。また、古活字本は「佐殿は馬上にてこそおとり給はね共、かち立ちに成りてはつねにさがり給ひしが、つゐに追ひをくれまいらせられけり」とし、義朝らの反応は記されない。

【本文】

彼宿《かのしゆく》の長者大炊《おほひ》がむすめ延寿と申《まうす》は、頭殿《かうのとの》御《おん》心ざし浅からずおぼしめされし女なり。彼《(かれ)》が腹に夜叉御前《やしやごぜん》とて十歳に成《なり》給ふ御女《おんむすめ》おはしけり。日来《ひごろ》のよしみなれば大炊が宿所へ入《いり》給ふ。大炊・延寿を初《はじめ》て遊君《いうくん》共《(ども)》まゐ《(い)》り、なのめならずもてなし奉る。「姫はいづくにぞ」と宣《のたま》へば、乳母《めのと》の女房《にようばう》達《(たち)》具《ぐ》し奉りて参りたれば、義朝見給ひ、「東国に下《くだり》て、別《べつ》の子細なくは人をのぼすべし。其時《そのとき》下れよ。うたれたりと聞《(き)》かば後世《ごせ》をも訪《とぶらふ》べし」との給ひふくめてかへし入《いれ》られけり。

【現代語訳】

かの宿の長者大炊の娘延寿と申すものは、頭殿が愛情浅からずお思いなさった女である。その腹に、夜叉御前といって十歳におなりになる御息女がいらっしゃる。日頃から親しくしていたので、大炊の宿所にお入りになる。大炊・延寿をはじめとして、遊君達が参って、盛大にもてなしてさし上げる。「姫はどこにいる」と言われるので、乳母の女房達がお連れ申し上げて参上したところ、義朝は御覧になり、「東国に下って、これといった支障もなかったら人を上らせよう。その時東国に下れ。もし討たれたと聞いたなら、後世を弔ってくれ」と言い含めなさって帰し入れなさった。

【語釈】 ○**宿の長者**　宿駅にあった遊女宿のうちの長にあたる女性。軍記物語などに見える長者は、客も上層の武士が多く、一般の遊女とは格式も違っていた。○**大炊**　世系等未詳。→補注一三五。○**延寿**　未詳。→補注一三五。○**夜叉御前**　伝未詳。

【本文】
其後《そののち》、悪源太《あくげんだ》と太夫進《たいふのしん》と召《めし》て、「一所《いつしよ》にてはあしかるべし。義平は北国《ほつこく》へ[1]くだり、越前国よりはじめて北国の勢をそろへて上《のぼる》べし。朝長は信濃へ下り、甲斐・信濃の源氏共をもよほして上《のぼる》べし。義朝は東国に下り、兵《つはもの》相具《あひぐ》してのぼらんずるぞ。三手《みて》が一所になるならば、平家を亡し、源氏の代《よ》になさん事、[2]何のうたがひか有《ある》べき」と[3]宣《のたま》ひければ、二人《ににん》の公達《きんだち》やがて奥波賀《(あふはか)》を出《いで》られけり。

遥《はるか》にいで給ひ、太夫進、悪源太に、「[4]抑《そもそも》甲斐・信濃と申《まうす》は、どなたにて候《さうらふ》やらん」と申されければ、雲透《くも(ず)》きをまぼりて、「あなたへ向《むかひ》て落《おち》よ」との給ひ、鳥のとぶがごとくにて、いづく共なくうちうせぬ。

【現代語訳】

その後、悪源太と大夫進とを召して、「一緒では具合が悪いだろう。義平は北国に下り、越前国をはじめとして、北国の軍勢を揃えて上れ。朝長は信濃へ下り、甲斐・信濃の源氏どもを召し集めて上れ。義朝は東国に下り、兵を相伴って上るつもりだ。三手が一緒になるなら、平家を滅ぼし、源氏の世になすことは、なんの疑いがあろうか」と言われるので、二人の若君はすぐに奥波賀を出られた。

奥波賀から遥か遠くまで出られてから、大夫進は悪源太に、「そもそも甲斐・信濃と申すのはどちらでございましょうか」と申されると、悪源太は雲間からもれるかすかな月の光をたよりにじっと見つづけて、「あちらに向かって落ちよ」と言われ、鳥の飛ぶように、どこへともなく消え失せた。

【語釈】　○北国　北陸道にある諸国。若狭・越前・加賀・能登・越中・越後・佐渡の七ヵ国をいう。古活字本は「義平は山道をせめてのぼれ」、一類本は、義平ひとりに向かって「わ君は、甲斐・信濃へ下て、山道より責上れ」と命じている。「山道」は東山道を指す。○**雲透きをまぼりて**　雲の隙間から射し込むかすかな月の光をたよりに、じっと見つづけて、の意。「まぼる」は「目守る」

で、じっと見つづけること。

【校訂注】 **1くたり**　底本「はたり」とあり、「は」に「ク」と傍書。他本に従って、傍書のとおり「は」を「く」に改めた。　**2何のうたかひか**　底本「何かうたかひ」。他本に従って改めた。　**3宣ひけれは**　底本「宣へは」。内・金・学二・監は底本に同じ。天・和・玄・書・竜・静残・半に従って「へ」を「ひけれ」に改めた。　**4抑**　底本「抑」の右に「らる」と送りがなを附す。おそらく「仰」と誤認して「おほせらる」と誤読したものと思われる。送りがな「らる」を削除した。

【本文】

朝長[1]おちられけれども、龍下《りうげ》にての疵《きず》、井吹《ゐぶき》[2]の裾野《(すその)(こ)》の雪はしのがれたり、疵《(きず)》いとゞおもりて大事なりしかば、帰り参り給ふ。頭殿《[3]かうのとの》、「誰《(た)》そ」と宣《のたま》へば、「朝長にて候《さうらひ》」。「など下《くだら》ぬぞ」との給へば、「龍下にて疵を蒙《かうぶり》て候《さうらひ》しうへ、井吹の雪はしのぎ候《さうらひ》ぬ、[4]又疵いとゞおもりて、下《くだる》べしとも覚え候はず。中〱《なかなか》と存候《[5]ぞんじさうらひ》て帰り参りて候」と申されければ、「あはれ、不覚なる物かな。頼朝は少《[6]をさな》けれども、かやうにはあらじものを。汝をたすけお《(を)》きたらば、敵《てき》にとらはれ[7]、うき名をやながさむずらん。義朝が手にかけてうしなはばやと思ふはいかに」との給《(い)》へば、「行末《ゆくすゑ》も然《しかる》べしともおぼえ候はず。敵の手にかゝり候はんよりも、御手《おんて》にかゝりまゐらせ候はん事こそ、かしこまりて候へ」と申されければ、「さらば近《(ちかづ)》付き念仏申せ」とぞの給ひける。朝長生年《しやうねん》十六歳、雲上《くものうへ》のまじはりにて器量《(きりやう)》・事柄《こと(がら)》優《(ゆふ)》にやさしくおはしければ、刀のたてどもおぼえずして、涙をながしての給ひけるは、「保元の合戦に弟《おとと》共《(ども)》うしなひし時、乙若《おとわか》が、『平家はつひ《(ゐ)》には敵《(かたき)》なるべし。我等をたすけ置《おき》給はば《(ご)》、一方《いつぱう》の固《(かた)》め[8]とはならんずるものを。今におもひしり給ふべし』といひお《(を)》きける事、今こそ思ひしられたれ」とて、恩愛の別《わかれ》のかなしさに、いにしへの事をぞの給ひける。

太刀をぬいて御頸《おんくび》うたんとせられけるとき、延寿を初《はじめ》て遊君《いうくん》共《(ども)》参りけるに、延寿はさきに参りたり。此《この》よしを見奉り、「いかにうき目をばみせさせ給ひ候《さぶらふ》ぞ」とて、頭殿にとり付《つき》奉りければ、「誠にきるべきにはあらず。あまりに心の不覚《(ふかく)》なる間、いさめんためなり」とて、太刀をさしお《(を)》き給へば、朝長は帳台《(ちやうだい)》へ入《いり》給ふ。

遊君共《(ども)》酒すゝめ奉《たてまつ》りて帰りしかば、頭殿、「いかに、朝長は」との給へば、「存知《ぞんぢ》して候」とて、合掌して念仏を申されければ、障子をあけて入《いり》たまひ、心《むな》もとを三刀《みかたな》さして頸をかき、むくろにさしつぎ、衣《きぬ》ひきかけて出《いで》給ふ。都には江口腹《ばら》の御女《おんむすめ》、鎌田《かまだ》に仰《おほせ》て害せさせ、奥波賀《(あふはか)》にては朝長さへ御手《おんて》にかけてうしなはれければ、一方《ひとかた》ならぬ別《わかれ》にて、さこそたけくおはしけれ共、涙もせきあへたまはねば、重成・義宣《よしのぶ》・正清を初《はじめ》て、皆涙をぞながしける。

【現代語訳】

朝長は落ちて行かれたけれども、龍華での疵を負ったまま、伊吹山の裾野の雪を分けて進まれたため、疵がますます悪化して重篤になったので、お帰りになる。頭殿が、「だれだ」

と言われると、「朝長でございます」。「どうして下らないのだ」と言われると、「龍華で疵を受けました上に、伊吹山の雪を分けて進みましたため、また疵がますます悪化して、下ることができるとも思われません。かえって下らないほうがよい、と思いまして、帰って参りました」と申されたので、「なんと不甲斐ないやつだ。頼朝は幼いけれどもこんなふうではないだろうに。おまえを助け置いたならば、敵方に捕らえられ、不名誉な名を流すだろう。義朝の手に掛けて、死んでもらおうと思うが、どうだ」と言われると、「この先も、うまく事が運ぶとも思われません。敵の手に掛かるよりは、御手に掛けていただくことこそ光栄でございます」と申されたので、「それでは近くに寄って念仏を申せ」と言われる。朝長は生年十六歳、宮中での交わりのなかで、才能も容姿も優美かつ上品でいらっしゃったので、どこに刀を立てていいかも分からず、涙を流して言われたことは、「保元の合戦に弟どもを死なせたとき、乙若が『平家は最後には敵となるだろう。我らを助けて置かれるなら、一方の守りにはなるだろうに。今に思い知りなさるに違いない』と言い残したことを、今こそ思い知らされた」と言って、恩愛の別れの悲しさのあまり、昔のことを言われた。

太刀を抜いて、御頸を打とうとなさったとき、延寿をはじめとして、遊君達が参上したが、延寿は先に参上したので、この様を見申し上げて、「どうしてつらい目をお見せなさるのですか」と言って、頭殿に取りすがり申し上げたので、「本当に切るのではない。あまりに不甲斐ないものだから、言い聞かせるためだ」と言って、刀を差し置きなさったので、朝長は寝所にお入りになった。

遊君達が酒を勧め申し上げて帰ったので、頭殿は、「どうだ、朝長は」と言われると、「分かっております」と言って、合掌して念仏を申されたので、障子を開けてお入りになり、胸元を三刀刺して頸を掻ききり、死骸に刺し継ぎ、衣を引っかけてお出になった。都では江口腹の御娘を鎌田に命じて殺させ、奥波賀では朝長さえ手に掛けて死なせなさったので、ひとおりではない別れのため、あれほど勇猛でいらっしゃったけれども、涙をこらえることもおできにならなかったので、重成・義信・正清をはじめとして、みな涙を流した。

【語釈】　○**龍下にての疵**　中「義朝敗北の事」に、龍華越で横川法師と戦った折、「又矢一、中宮大夫進朝長の弓手のもゝにしたゝかにたつ」とあった。　○**井吹**　「井吹」は「伊吹」が正字。滋賀県と岐阜県との県境にある山。豪雪で有名。　○**雲上のまじはり**　宮中での交際。　○**器量・事柄**　備わった才能と容姿。「事柄」は「骨柄」とも言い、その人の容姿、風格、品性などをいう。　○**弟共**　義朝の弟たち。乙若（十三歳）、亀若（十一歳）、鶴若（九歳）、天王（七歳）が船岡山で処刑されたことが、『保元』下「義朝幼少の弟悉く失はるる事」に見える。　○**乙若**　天養元年（一一四四）～保元元年（一一五六）。六条判官為義の子。母は、青墓の長者大炊の姉とも妹ともいう。保元の乱に、父為義が敗れ、為義に続いて幼少の弟とともに、船岡山で斬られた。『尊卑』に「重依レ蒙ニ宣旨ニ乙若丸以下四人小児等、為ニ義朝下知一仰ニ付義通一於ニ船岡北麓一同時被レ斬レ之畢。四人乳母郎従、各相随依レ見ニ最後一不レ堪ニ于哀哭一、四人郎従各於同所自害云々」とある。↓補注一三六。　○**恩愛の別**　愛する者との別れ。特に親子の別離にいう。　○**帳台**　寝殿造りの母屋に、浜床という黒塗りの、一段高い床を作り、天井を張って、四方に帳を垂れ、帽額などで囲んだ座敷。居間や寝所に用いた。○心もと　「心　ムネ」（『名義抄』）。○むくろ　死骸の胴体。○江口腹の御女　江口は大阪市東淀川区江口。古来淀川水系の交通の要地にあたり、遊女宿が軒を連ねていたことで知られる。ここも江口の遊女の腹に生まれた娘をいうのであろう。↓中「義朝敗北の事」。

【校訂注】 1おちられけれとも　底本「そなたへと心さしおちられけれとも」。監を除く諸本に従って「そなたへと心さし」を削除した。 2の　底本ナシ。他本により補った。 3頭殿　底本ナシ。監を除く諸本により補った。 4又　底本ナシ。天・監を除く諸本により補った。 5存候て　底本「存て」。他本により「候」を補った。 6少けれとも　底本「少とも」。書・監・内・金は底本に同じ。学二「少〈わか〉くとも」。天・和・玄・竜・半により「けれ」を補った。 7は　底本ナシ。他本により補った。 8とは　監「とも」、天・和・玄・書・竜「と」、内・金・学二・静残・半「には」。諸本区々であり、底本のままとした。

【解説】 これまで朝長は兄弟二人あるいはどちらか一方と行動をともにしてきたが、義平と頼朝に比べ、その存在感は薄い。龍華越で矢傷を負った折の、

　義朝見給ひ、「朝長は矢にあたりつるな」と宣へば、矢をひッかなぐつてなげすて、「陸奥六郎殿こそ矢にあたッて馬より落られ候つれ。朝長は矢にもあたり候はず」とて、すこしも臆する気色もおはせず、さきをかけてぞ進れける。（中「義朝敗北の事」）

という一節のみが果敢な朝長の姿を具体的に描出する部分である。軍勢を催すべく義平は北国へ、朝長は甲斐・信濃へ向かうよう義朝に命じられ、ここで初めて兄弟、そして父からも離れての単独行動を求められた。赴くべき甲斐・信濃の方角を義平に尋ねるところは気後れした朝長の表情が想像される。「鳥のとぶがごとく」姿を消した義平とは対照的である。

宿所へ戻ってきた朝長に対する義朝の言葉は、「不覚なる物かな」と頼朝を引き合いに出し叱責、朝長の名誉のためにも「義朝が手にかけてうしなはばやと思ふはいかに」と厳しいものである。だが、朝長は既に覚悟を決めていたのであろう「御手にかゝりまゐらせ候はん事こそ、かしこまりて候へ」と毅然と返答する。

この後の「朝長生年十六歳……いにしへの事をその給ひける」は四類本にのみある一節である。前半はやや線の細い武士で中宮職にもあった朝長像を描き出し、後半は父であり、兄でありながら肉親を死に至らしめざるを得ない、あるいは得なかった武将義朝の複雑な胸の裡を表していると言えよう。

ところで、『平治』が語る朝長の最期のありようとは異なり、『帝王編年記』平治元年十二月二十九日条「義朝二男朝長於美濃国青墓宿自害。生年十六」、百二十句本『平家』巻十一「剣巻・下」「義朝ハ朝永召具シテ美濃国逢墓ノ庁（長か）ガ宿所へ行レシガ、朝永ハ痛手ナレバ自害シツ」とその自害を記し、謡曲「朝長」や幸若舞曲「鎌田」なども朝長自刃を描く。

【本文】

出《いづ》べきよしの給ひければ、大炊《おほひ》・延寿、御前《おんまへ》にまゐ《(い)》りて、「いかでか御下候《おんくだりさぶらふ》べき。是にて御年《おんとし》をもおくら《(を)》せ給ひ、しづかに御下候《おんくだりさぶら》へ」と様〳〵《やうやう》に申《まうし》けれ共、「是は海道《かいだう》なり。始終はあしかるべし。朝長を捨置《すておき》て下《くだり》候ぞ。しばらく見継《(つ)》げよ」とていでんとし給ふ処に、宿《しゆく》の者共此《この》よしきゝ、「長者の家に左馬頭殿おはするぞ。取《とり》奉り、平家の見参《げんざん》に入《いれ》や」とて、一二百人お《(を)》しよせたり。

佐渡式部太夫《さどのしきぶのたいふ》此《この》よし見給ひ、「爰にはたゞ今重成かはり参らせん」とて、有《ある》家に走《(はし)》り入《いり》て、馬《むま》を引出《ひきいだし》うちのり、「左馬頭義朝おつるぞ。狼籍なり、そこのき候へ」とて、雑人共《ざふにん(ども)》1を けちらして落《おち》られければ、宿の者共申《まうし》けるは、「源氏の大将軍《たいしやうぐん》、雑人共《(ども)》に後《うしろ》をみせて落《おち》させ給ふか。かへし給へ」とて、追《おつ》かけ奉る。子安《こやす》の森に馳入《はせいり》、面《おもて》にすゝむ者共二三十人射殺《い(ころ)》し、「義朝たゞ今自害するぞ。後《のち》に我《わが》手にかけたりなんど論ずるな。是をみよ」とて、面《おもて》の皮を散々《(さん)ざん》にけづりすて、腹十文字《じふもんじ》にかききりて、廿九《にじふく》と申《まうす》に、重成むなしく成《なり》給ふ。御《おん》頸《くび》は取《とり》たれ共、面の皮をけづりたれば、誰共《たれとも》しらず、頸をばいたづらに捨《すて》にけり。

かやうにひしめくまぎれに、頭殿《かうのとの》、長者の家をいで給ふ。

【現代語訳】

出立をしようとの由を言われると、大炊と延寿は義朝の御前に参り、「どうしてお下りなさるのですか。ここで年をお送りなさって、落ち着いた気分でお下りなさいませ」と、言葉を尽くして申し上げたけれども、「ここは東海道だ。結局は隠れおおせるわけにはいかないだろう。朝長を捨て置いて下るぞ。しばらく世話をしてやってくれ」と言って、出発しようとなさるところに、宿の者どもがこの由を聞いて、「長者の家に左馬頭殿がおいでになるぞ。捕らえ申し上げて、平家のお目に掛かれ」と言って、一、二百人が押し寄せた。

佐渡式部大夫はこの由を見られて、「ここでは、まさに今、重成が身代わりになってさしあげましょう」と言って、ある家に走り入り、馬を引き出してうち乗り、「左馬頭義朝が落ちるぞ。無礼だ。そこをどきなされ」と言って、雑人どもを蹴散らして落ちて行かれるので、宿の者どもが申したことには、「源氏の大将軍が雑人どもに背中を見せてお逃げなさるか。引き返しなさい」と言って追いかけ申し上げる。重成は子安の森に駈け込み、正面に進む者を二、三人射殺し、「義朝は今まさに自害をするぞ。後で、自分の手に掛けたのだ、などと言い争うな。これを見よ」と言って、顔面の皮を見分けがつかないほどに削って捨て、腹を十文字に掻きって、二十九と申すのに、重成ははかなくおなりになった。御首は取ったけれども、顔面の皮を削ってしまっていたので、誰とも分からず、首をむなしく捨ててしまった。

　このように集って大騒ぎをしているすきに、頭殿は長者の家を出発なさった。

【語釈】　**○御前**　義朝の御前。**○佐渡式部太夫**　源重成。『尊卑』に「平治乱之時、依二信頼語一与二同義朝一合戦之後、相二伴没落之路一、於二美濃国子康森辺一被三取二籠土民等一自害」とある。↓上「三条殿へ発向……」。**○狼籍**　無礼。「籍」は「藉」の当て字。**○子安の森**　赤坂（岐阜県大垣市赤坂町）の北にある子安神社の森か（『大日本地名辞書』）。金生山《きんしょうざん》の南麓に子安神社があり、山上には平安初期の子安地蔵菩薩半跏像を安置する明星輪寺が現存する。神仏習合の時代には、寺社とも一体のものであったろうから、この金生山全体を子安の森と言ったものであろう。この山の西の中腹には朝長の墓所が営まれている。**○面の皮**　顔の表皮。『愚管抄』巻五「二条」項に「コノ重成ハ後ニ死タル所ヲ人ニシラレズ」とあるのは、ここに見られる逸話と関係あるか。**○いたづらに**　期待はずれにも。成果を得ることなく。

【校訂注】　**1を**　底本ナシ。他本により補った。

【本文】

夜《よ》も明《あけ》ければ、大炊障子《おほひしやうじ》をあけて入《いり》、「いかに今まで御《おん》やどりさぶらふぞや」とて、衣引《きぬひき》のけて見奉れば、むなしくなり給へる有様なり。「『見継《(つ)》ぎまゐ《(い)》らせよ』との給ひつるは《(わ)》、『御孝養《ごけうやう》を申せ』とおぼしめされけるにこそ」とて、涙をながし、死骸《し(がひ)》をば後《うしろ》の竹のきはにてむなしき煙《けぶり》となし奉り、御菩提《ごぼだい》他事《たじ》なく弔《とぶらひ》たてまつる。

【現代語訳】

夜も明けたので、大炊が障子を開けて中に入り、「どうして今までお休みになっていらっしゃるのですか」と言って、衣を引きのけて見申し上げると、お亡くなりになっている様子である。「『世話をしてさしあげよ』と言われたのは、『御供養をいたせ』、とお思いになったために違いない」と思って、涙を流し、死骸を屋敷の後ろにある竹の間近で空しい煙となし申し上げ、御菩提を余念なく弔い申し上げた。

【語釈】 ○**御やどり**　お休み。○**孝養**　故人の供養をし、後世をとむらうこと。「孝養〈ケウヤウ〉」（黒本・易林本等）。○**菩提**　死者の冥福。

下巻

平治物語　下

頼朝奥波賀に下著の事

【本文】

去程《さるほど》に、右兵衛佐《うひやうゑのすけ》頼朝の有様、承るこそ哀《あはれ》なれ。雪の中に捨《すて》られて、「正清は候はぬか。小関《こせき》金王丸《こんわうまる》はなきか」と召《(め)》されけれどもなかりけり。夜《よ》もすがら雪の中をまよはれけるが、小関のかたへはおはせずして、小平《こひら》といふ山寺のふもとの里へまよひ出《(い)》づ。明《あけ》ぼのの《(こ)》事なるに、小屋《(こや)》の軒の下に立《たち》よりて聞《きき》給へば、家主《いへぬし》とおぼしくて、男が寝覚《(ね)ざめ》して、「あはれ、この山に落人《おちうと》が有《ある》らむ」などいへば、1妻女《さいぢよ》と覚えて女の声にて、「落人あらばいかに。お《(を)》よばぬ事をば申さぬぞ」といへば、「及ばぬ事なれ共、左馬頭殿《さまのかみどの》を始《はじめ》て2君達《きん(だち)》・郎等《らうどう》あまた落《おち》られけるが、此《この》山にかゝり給ひけるなり。此《この》雪にいかでかのび給ふべき。とり奉《たてまつり》て平家の見参に入《いれ》、3器量《きりやう》に及《およぶ》4勧賞《けんじやう》にもあづかるぞかし。あはれ、山をさがして見ばや」といへば、佐殿《すけどの》この由聞《きき》給ひ、そこを忍びて出《いで》給ひ、有《ある》谷川の端《(はた)》なる石に腰かけ、やすみておはしけるが、刀をぬいて、「此次而《このついで》に自害をやする、いかゞせむ」と思ひわづらはれける処に、此《この》里に鵜飼《うかひ》の一人《いちにん》有《あり》けるが、何《なに》となく佐殿を見奉り[5]、走《(はし)》りよりて、「是は左馬頭殿の公達《きんだち》にて御《おん》渡り候《さうらふ》か」とい[6]へども、佐殿返事もし給はず。鵜飼申《まうし》けるは、「左馬頭殿の公達にて御渡《おんわた》り候はば《(こ)》、[7]なにしに隠《(かく)》させ給ひ候ぞ。平家の侍《さぶらひども》共、左馬頭殿の御跡《おんあと》を尋《たづね》まゐ《(い)》らせて、[8]つゞいて下候《くだりさうらふ》なるが、『此《この》山に籠り給へり』とて、山をさがし候《さうらひ》つるが、[9]『山にはおはせず』とて、たゞ今里にくだり、家毎《いへごと》をさがすべしと承《うけたまはり》候。うきめをみせさせ給ふな。いづ方へも忍ばせ給へ」とぞ申《まうし》ける。佐殿此《この》[10]よし聞《きき》給ひ、「今は何をか隠《(かく)》すべき。我は義朝の子なり。汝、情《なさけ》ある者とこそ見《(み)》れ。頼朝をたすけよ」との給へば、「[11]私《し》宅《たく》きはめて見ぐるしく候へ共、かゝる時は何かくるしく候《さうらふ》べき。いらせ給へ」と申《まうし》、肩に引《ひき》かけ奉り、我家《わがいへ》に入《いれ》奉《たてまつり》て、飯酒《はんしゆ》を勧め奉り、やう〳〵にもてなし進《まゐら》せければ、人心地《ひとごこ(ち)》に成《なり》給ふ。

【現代語訳】

さて、右兵衛佐頼朝の有様は、伺うにつけても哀れである。雪の中に捨てられて、「正清はいませんか。金王丸はいないか」と呼び寄せなさったがいなかった。一晩中、雪の中をさまよわれたが、小関の方へはお行きにならずに、小平という山寺の麓の里に迷い出た。曙のことであるが、小屋の軒の下に立ち寄ってお聞きになると、その家の主と思われて男が寝覚めして、「ああ、この山に落人がいるだろう」などと言うと、妻と思われて女の声で、「落人がいたらどうするというの。かなわぬことは言わないものよ」と言うので、「かなわぬことではあるが、左馬頭殿をはじめとして、若君・郎等が大勢逃げていかれたが、この山にかかっていらっしゃるということだ。この雪にどうして落ち延びることがおできになろうか。捕らえ申し上げて、平家のお目にかけ、手柄に見合うだけの褒美にあずかるのだ。なんとしても、山を探してみたいものだ」と言うので、佐殿はこの由をお聞きになり、そこをこっそりと立ち去られ、ある谷川の側にある石に腰を掛けて休んでいらっしゃったが、刀を抜いて、「この機会に自害をしようか。どうしようか」と思い悩んでいらっしゃるところに、この里に鵜飼がひとりいたが、ふと佐殿を見申し上げて、走り寄って、「これは左馬頭殿の若君でいらっしゃいますか」と尋ねたが、佐殿は返事もなさらない。鵜飼が申したことは、「左馬頭殿の若君でいらっしゃるなら、どうしてお隠しなさることがありましょうか。平家の侍たちが、左馬頭殿の跡を追跡し申し上げ、次々と都から下ったということだそうだが、『この山に潜んでいらっしゃる』と言って山を捜しましたが、『山にはおいでにならない』と言って、ついさっき里に下り、一軒一軒捜すつもりだと伺っております。私につらい目をお見せなさいますな。どこへなりと、お隠れ下さい」と申し上げた。佐殿はこの由をお聞きになり、「今はなにを隠す必要があろうか。私は義朝の子だ。おまえは思いやりのある者と見た。頼朝を助けよ」と言われると、「私宅はきわめて見苦しくございますが、このようなときはなんの差し支えがございましょうか。お入りなさい」と申し上げ、肩にかつぎ申し上げ、自分の家に入れ申し上げて、飯や酒を勧め申し上げ、あれこれともてなし申し上げたところ、佐殿は人心地におなりになった。

【語釈】　**○小関**　↓中「義朝奥波賀に落ち著く事」。**○小平といふ山寺**　伊吹山の西の中腹にあった太平寺（太平護国寺）をいうか。↓補注一三七。**○器量に及勧賞**　手柄に見合った褒美。「器量」はその人のもつ才能・能力をいう。**○あはれ**　是が非でも。「あはれ」は、願望を表す終助詞「ばや」とともに用いて、「ああ、なんとかして……したい」の意を表す。**○有谷川**　「小平」が太平寺であれば、この谷川は姉川の上流部に当たる。**○鵜飼**　鵜・鵜舟・篝火《かがりび》を利用して魚をとる漁師。**○肩に引かけ**　肩にかついで。『沙石集』巻二ノ四「薬師観音利益事」に「手ハアマタ負ナガラ、命イマダ絶ザリケリ。サテ肩ニ引カケテ、青墓ノ北ノ山ヘ具シテ行ヌ」とあるので、単に肩を貸して、の意ではなく、「肩にかついで」の意である。

【校訂注】　**1妻女と覚えて女の声にて**　底本「妻の女のこゑとおほえて」。「妻女」の部分は区々であるが、「と覚えて女の声にて」の部分は他本は一致している。底本の改変と見て改めた。表記は監による。**2君たち郎等**　底本「君たち等」。蓬左本系列・金刀本系列とも底本に同じ。「左馬頭殿を始て……あまた」とある文から見ても「郎等」の「郎」の脱字と判断される。監・康・半に従って「郎」を補った。**3器量に及**　底本ナシ。他の諸本によって補った。表記は監による。**4あつかるそかし**　底本「あつからんするそ」。他本に従って改めた。**5見奉り**　底本「見奉りて」。他本に従って「て」を削除した。**6いへとも**　底本「いへは」。天・和・玄・書・竜「いへとも・いへ共」。金・監・康・半「問とも・問へとも・問共」。蓬左系諸本に従って「は」を「とも」に改めた。**7なにしに**　底本「なにかしに」。他本に従って「か」を削除した。**8つゝいて**　底本ナシ。天・和・玄・書・監・内・学二により補った。**9には**　底本「に」。他本により「は」を補った。**10よし**　底本「よしを」。他本に従い「を」を削除した。**11私宅**　底本「私」。天・和・玄・書・竜・内・金・学二・康も底本に同じ。しかし、後半の文で「いらせ給へ」とあるように、「見ぐるしく候へ共」と言っている対象は住居であろう。監・半に「私宅」とあるのでそれに従い、「宅」を補った。

【本文】

去程《さるほど》に平家の侍共《さぶらひども》山を出《いで》て、此里《この》にお《(を)》し入《いり》て家ごとにさがす。佐殿《すけどの》このよし聞《きき》給ひ、「いかゞせん」との給へば、塗籠《(ぬりごめ)》の板をはなち、穴をふかくほり、佐殿を入《いれ》奉り、もとのごとく板を打《うち》つけ、人来《きたり》てさがしけれ共、しらぬやうにてゐたりけり。佐殿、「南無八幡大菩薩《なむはちまん》、たすけさせおはしませ」と心の中《うち》に祈られけるこそ哀《1あはれ》なれ。やがて人来りて、塗籠《(ぬりごめ)》うちやぶり、天井の上《(うへ)》までさがせ共、人一人《ひといちにん》もみえざりければ、「是にもおはせず」とて、みなそこを出《いで》にけり。

其後《そののち》、佐殿を出《いだ》しまゐ《(い)》らせ、「いづくへとかおぼしめし候」と申せば、「奥波賀《(あふはか)》へ」との給へば、「其《その》、御姿《2おんすがた》にては叶ひ候《さうらふ》まじ」とて、女房の姿になし奉り、馬鞍《むまくら》こしらへてのせ奉り、鬚切《(ひげきり)》をば物につゝみ、おのれ持《もち》て、宿《3やど》の女を相具《あひぐ》して行《ゆく》やうにて小関《こせき》をとほ《(を)》り、事《こと》故《ゆへ》なく奥波賀《あうはか》の宿《しゆく》へ入《いれ》奉る。暇申《いとままうし》て帰りければ、「もし不思議《(ふしぎ)》にも世にあると聞かば尋《たづね》よ。頼朝も命のうちには忘るまじきぞ」とてかへされけり。

此宿《4このしゆく》より生捕《いけ(どり)》にせられ、都へ帰り入《いり》給ふ。伊豆国へながされて廿余年《にじふよねん》の星霜《せいざう》を送り、世に出《いで》給ひし時、まづ此《この》鵜飼を尋出《たづねいだ》され、小平《こひら》をはじめて十余ケ所を給《たまは》りけり。「情《なさけ》は人の為ならず」共《とも》、かやうの事をや申《まうす》べき。

大炊《おほひ》がもとへ入《いり》給ひ、「我は頼朝なり」との給へば、大《おほき》に悦《よろこび》、夜《や》叉御《しやご》前《ぜん》の御方《おん(かた)》に置《おき》奉りて、様《さま》〳〵《ざま》にもてなしまゐ《い》らせけり。

【現代語訳】

そうこうしているところに、平家の従者どもが山を出て、この里に押し入って家ごとに捜す。佐殿はこの由をお聞きになり、「どうしようか」と言われると、塗籠の床板をはずして、穴を深く掘り、佐殿を入れ申し上げ、もとのように板を打ち付け、人が来て捜したけれども、知らないふりをして座っていた。佐殿は、「南無八幡大菩薩、お助け下さい」と、心の中でお祈りなさることこそ、いたわしいことであった。すぐに人が来て、塗籠を破壊し、天井の上まで捜したけれども、人一人も見えなかったので、「ここにはおいでにならない」と言って、皆そこを出ていった。

その後、佐殿を出し申し上げ、「どちらへ落ち延びようと思っていらっしゃいますか」と申すと、「奥波賀へ」と言われるので、「その姿ではまずいでしょう」と言って、女房の姿になし申し上げ、馬鞍を支度して乗せ申し上げ、鬢切を物で包み、自分が持って、宿の女を連れて行くようにして、小関を通り、無事に奥波賀の宿に入れ申し上げた。お別れを申して帰ったので、「思いもよらないことだが、自分がこの世で生きながらえていると聞いたら訪ねて来い。頼朝も命のある限りは忘れることはないぞ」と言って、お帰しになった。

この宿で生け捕りにされて、都へ帰り入りなさった。伊豆国へ流されて、二十余年の年月を送り、しかるべき地位を得られたとき、まずこの鵜飼を尋ね出され、小平をはじめとして十余ヵ所をお与えになった。「情けは人のためならず」ということも、このようなことをいうのであろうか。

大炊のもとにお入りになり、「私は頼朝だ」と言われると、大いに喜び、夜叉御前のお方に置き申し上げ、あれこれともてなしてさし上げた。

【語釈】　○**塗籠**　壁で四方を囲み、妻戸（両開きの板戸）から出入りするように作られた部屋。衣服や調度などを納めておくのに使用した。　○**南無**　「南無」は梵語。仏に至心に帰依・信順する意。「南無〈ナム〉帰命語也。救レ我也。度レ我也。敬順也」（黒本本）。　○**八幡大菩薩**　源氏の氏神。応神天皇を神として祀ったもの。↓上「叡山物語の事」。　○**鬚切**　源氏相伝の太刀の名。↓上「源氏勢汰への事」。　○**物**　九条本「菅」、古活字本「すげ」。菅はカヤツリグサ科の多年草。葉は細長く、先が尖っている。笠や蓑を作るのに用いた。　○**宿の女**　宿《しゅく》の遊女の意か（日本古典文学大系）。しかし諸本ほとんど「やど」とする。女房姿にし、馬に乗せたのだから鵜飼より身分の高い女性との設定である。　○**もし不思議にも世にあると聞かば**　「世に在り」とは、この世に生き長らえているという意と、この世で豊かに暮らしているとの意がある。　○**伊豆国**　静岡県の東部伊豆半島一帯。　○**情は人の為ならず**　他人に情を掛けておくと、まわりまわって自分によい報いが返ってくる、という意味の諺。↓補注一三八。

【校訂注】　**1哀なれ**　底本「哀なる」。係助詞「こそ」の結びであることをふまえ、天・玄・書・内・金に従って改めた。　**2御姿**　底本「姿」。他本により「御」を補った。　**3宿**　底本虫損。他本「宿」「やと」「し

ゆく」とあるので、監に従って「宿」を当てた。読みは天・和・玄・書・内・学二・東大本に「やと」。 4

此宿より　底本「つゐには此宿より」。他本に従って「つゐには」を削除した。

【解説】　一類本（九条本）は、二月九日に捕縛された頼朝が六波羅へ連行された記事の中で、物語世界の時間を遡り、義朝一行とはぐれて以降の経緯を以下のように記述する。

兵衛佐頼朝は、去年十二月廿八日の夜、雪深き山を越かねて、父にはおひ遅れぬ、此彼にさまよひけるほどに、近江国大吉寺と云小山寺の僧、不便がりてかくし置けるが、御堂の修造もちかづく、「人集ては、あしかりなん」と申せば、かの寺を出て、浅井の北郡に迷ひゆく処に、老翁老女の夫婦有ける（原文「ける」無し）が、哀をかけてかくしをく。二月にも成ぬれば、「さてもあるべきか。東国の方へ下て、年比の者に物をもいひ合せ、したしき者の有かなきかをも尋ん」と……あるじの子が着たりける布の小袖・紺の直垂をとりて着、わら履をはき、鬚切といふ重代の太刀の丸鞘なるを菅にて包、脇にはさんで、不破の関をこえて、関原と云所に着にけり。

この関ヶ原で頼朝は平宗清の手で生け捕りとなるのだが、この間、鵜飼に助けられたということを全く記さない。

一方、古活字本は、「小平といふ山寺のふもとの里」を経て「浅井の北の郡」に至った頼朝を「老尼見付け奉り、家に具して行きければ、老夫おなじくいたはりまいらせて、正月中はかくしをき侍りけり」とあり、ここを出た頼朝は、「道にもあらぬ谷川に付きてたどり給ふ所」で「思ひの外に情」ある鵜飼と出会い、その計らいで「女のかたちに出でたゝせ奉り、もち給へる太刀をば、すげにてつゝみて我れ持ちて、男の、女を具したる躰にて、あふはかへこそ下りけれ」と老尼・老夫と鵜飼の助力があったとする。

九条本・下「頼朝義兵を挙げらるる事……」に、平家追討後、上洛の途中で頼朝が浅井の北郡の老翁老女と再会した折、その子（上掲引用文の「あるじの子」）を武士としてとりたてた話を載せる（古活字本にも同趣の記事がある）。この老翁の子として記される足立新三郎清経は頼朝の雑色として実在の人物である。建久七年（一一九六）六月「若狭国御家人注進案」に「御雑色足立新三郎清恒」（『鎌倉遺文』八五四）とあり、『吾妻鏡』文治二年（一一八六）三月一日条に義経の妾・静を自邸に預かり、同閏七月二十九日条に静の産んだ義経の子を由比ヶ浜に捨てた人物として「安達新三郎」と見え、さらには延慶本『平家』第三末七「兵衛佐与ニ木曾一不和ニ成事」、覚一本『平家』巻十二「判官都落」などにも名が見える（福田豊彦氏「初期軍記物の庶民像」新大系『月報』37）。この清恒の存在や補注一三七に示した『吾妻鏡』文治三年二月九日条を踏まえるならば、頼朝が老翁老女にかくまわれたとする一類本は、史実に近いものを伝えているのであろう。

義朝内海下向の事付けたり忠致心替りの事

【本文】

去程《さるほど》に、頭殿《かうのとの》、鎌田《かまだ》をめしての給ひけるは、「海道《かいだう》は宿〳〵《しゆくじゆく》固《かため》[1]待《まつ》といへば、[2]さらば叶《かなふ》まじ。是より尾張の内海《うつみ》へつかばやと思ふはいかに」と宣《のたまへ》ば、鎌田申《まうし》けるは、「鷲《わし》の栖《す》の玄[3]光と申《まうす》は、大炊《おほひ》には弟《おとと》なり。[4]古山法師《ふるやまぼふし》にて候《さうらふ》が、大剛《だいかう》の者にて候。たのませ給へ」と申せば、金王《こんわう》を御使《おんつかひ》にて宣《のたま》ひけるは、「是より海上《かいしやう》を経て、尾張の内海へつかばやと思ふはいかに。たのまれよ」との給へば、玄光、「是ならでは、いかでか左《さ》馬頭殿《まのかみどの》の仰《おほせ》をば蒙《かうぶ》るべき」とて、小船《こぶね》一艘尋出《たづねいだ》し、左馬頭殿・平賀《ひらかの》四郎・鎌田《かまだ》兵衛《びやうゑ》・金王丸四人《こんわうまるよつたり》の人々をのせ奉り、上には柴木をつみ、玄光[5]一人棹《いちにんさを》をさして、杭瀬《[6](くい)せ》河《がは》をぞ下しける。

折戸《をりと》に関据《(すへ)》ゑて、下る舟をさがす程に、此《この》舟をも「よせよ」といへ共、玄光きかぬ様《やう》にて下しければ、「にくい《(ひ)》法師かな」とて、矢をとッてつがひ、はなちければ、舟端《ふな(ばた)》に射立《たて》たりけり。玄光いとさわ《(は)》がぬ気色《(けしき)》にて、「是は何事ぞ」とてさしよせたり。「左馬頭殿落《おち》られけるが、行方《ゆきがた》しらずなりぬといふ。かゝる時は、小舟柴木の中もあやしければ、さがしてみんと云《いふ》に、などわ僧、きかぬ様《やう》にてくだすぞ」といへば、「さらば、よくは宣《(のたま)》はで。御覧ぜよ」とて、さしよせけり。

者共《ものども》二三人のり、柴を取《とり》のけ《(こ)》けり。玄光、「今はかなはじ。人々にも自害せ[7]させ奉り、我も自害せん」と思ひなりて、「左馬頭殿落《おち》させ給はんには、五十騎、三十騎にはよも劣《(をと)》り給はじ。此《この》法師程の者をたのみて、小舟柴木の中につみ籠《こめ》られて、御辺《ごへん》たちの中にさがし出《いだ》され、憂目《うきめ》[8]をみんとはよも思ひ給はじ。縦《たとひ》おはする共、今は自害などをこそし給はんずれ。よく見《(み)》よ」といひければ、頭殿、此《この》よし聞《きき》給ひ、鎌田が耳に御口《おんくち》をあて、[9]「是は自害せよといふ詞《ことば》なり。いざ自害せん」と宣《のたまへ》ば、鎌田、「しばらく候《ざうらふ》」とぞ申《まうし》ける。関屋《せきや》の内より兵《つはもの》一人出《いちにんいで》て申《まうし》けるは、「げにも。左馬頭殿の落《おち》むずるには、いかに無勢《ぶせい》なり共、二三十騎にはよも劣《(をと)》らじ。此《この》法師ほどの者をたのみて、此《この》舟にのりてくだらんとはよもおもはじ。とく〳〵通せ」とて、柴木を本《もと》のごとくとりつみ、「はや下れ」といへ共、急《いそぎ》も下らず、玄光申《まうし》けるは、「法師の職に似ぬ事にて候へ共、柴木をくだし、沽脚《こきやく》して妻子を育《はごく》む者にて候《さうらふ》間《あひだ》、一月《いちげつ》に五六度も上下する者にて候。此後《こののち》は事故《(ことゆへ)》なくとほ《(を)》し給へ」と、興あるやうに申《まうし》なして、「又もやさがさむずらん」と思ひ、舟をはやくさし下す。

【現代語訳】

そうこうしているところに、頭殿は鎌田を召して言われたことは、「東海道は宿々を警固して待ちかまえているというから、それでは通れないだろう。ここから尾張の内海に着こうと思うがどうだ」と言われるので、鎌田が申すことは、「鷲巣の源光と申す者は、大炊にとっては弟にあたります。古山法師でございますが、剛勇無双の者でございます。お頼みなさいませ」と申し上げるので、金王を使者にして言われたことは、「ここから海上を経て、尾張の内海に着こうと思うが、どうだ。頼まれてくれ」と言われると、源光は、「この機会を逃したら、左馬頭殿の仰せにあずかることは決してないだろう」と言って、小舟を一艘捜し出し、左馬頭殿・平賀四郎・鎌田兵衛・金王丸四人の人々を乗せ申し上げ、上には柴木を積み、源光一人棹をさして、杭瀬川を下した。

折戸に関を構えて下る舟を捜しているところで、この舟をも、「寄せよ」と言ったが、源光は聞かないふりをして舟を下したので、「けしからん法師だ」と言って、矢をとってつがえ、放ったところ、船端に射立てたのだった。源光は大して動揺もしていない様子で、「これは何事だ」と言って、棹をさして舟を寄せた。「左馬頭殿が落ちていかれたが、行方も分からなくなったという。このようなときは、小舟・柴木の中も怪しいので捜してみようというのに、どうしてわ僧は聞かないふりをして舟を下すのだ」と言うと、「それだったら、きちんとおっしゃればいいのに。はっきりともおっしゃらないで。見て御覧なさい」と言って、棹をさして舟を寄せた。

警固の者たちが二、三人乗り、柴を取りのけた。源光は、「もはやどうしようもない。人々にも自害をさせ申し上げ、自分も自害をしよう」と心を決めて、「左馬頭殿が落ちなさるとしたら、五十騎や三十騎はまさか下回りなさいますまい。この法師みたいな者を頼りにして、小舟・柴木の中に積みこめられ、お主たちの中に捜し出され、なさけない目にあおうとはまさかお思いなさいますまい。たとえいらっしゃるとしても、もう自害などをなさっていらっしゃるだろう。よく見よ」と言ったので、頭殿はこのことをお聞きになり、鎌田の耳に御口をあて、「これは自害をせよと言う言葉だ。さあ自害をしよう」と言われると、鎌田は、「しばらくお待ちください」と申し上げた。関屋の中から武士がひとり出てきて申したことは、「そのとおりだ。左馬頭殿が落ちなさるとしたら、いかに無勢だといっても、二、三十騎はまさか下回らないだろう。この法師みたいな者を頼りにして、この舟に乗って下ろうとはまさか思うまい。すぐに通せ」と言って、柴木をもとのように取り積み、「早く下れ」と言ったけれども、急いで下ることもなく、源光が申したことは、「法師の職にはふさわしくないことでございますが、柴木を川下に下し、それを売って妻子を養っている者でございますので、一月に五、六度も上下する者でございます。今後は何事もなくお通し下さい」と、おもしろおかしく作り話をして、「もう一度捜そうとしたらまずい」と思い、舟を急いでさし下した。

【語釈】○**頭殿** 義朝のこと。○**尾張の内海** 愛知県田原市南知多町内海。知多半島の先端に近い、伊勢湾に面した地。○**鷲の栖** 「鷲巣」が正字。岐阜県養老郡養老町鷲巣。養老の滝の麓に養老寺があり、その東二キロほどの所に鷲巣がある。当時は大きな河の流域にあたり、船着き場があった。○**玄光** 生年未詳～平治二年（一一六〇）？ 『吾妻鏡』に「源光」とする。内記大夫行遠の子。俗名は平三真遠。世系等未詳。一類本には「養老寺の住僧鷲の巣の源光」とある。『吾妻鏡』建久元年（一一九〇）十月二十九日条に「平三真遠〈出家後、号二鷲栖源光一。平治敗軍時、為二左典厩御共一、廻二秘計一、奉レ送二于内海一也〉内記大夫行遠子息等云々」とある。↓補注一三五・一三九。○**大炊には弟なり** 『吾妻鏡』建久元年十月二十九日条によると、為義の妾、内記平太政遠、平三真遠、大炊の四人が兄弟姉妹であると記す。↓補注一三五。なお没年は、一類本・下「頼朝義兵を挙げらるる事……」に尾張内海で討死にしたことが記されるので、それに従えば、平治二年となる。○**古山法師** 長らく延暦寺に住んでいた法師。○**大剛の者** 剛勇無双の者。「Daicô no mono」（天草本『平家』）。○**杭瀬河** 大垣市の西を南流し、牧田川、つづいて揖斐川《いびがわ》に合流して伊勢湾に注ぐ川。享禄三年（一五三〇）の大洪水で流路が変わり、現在は小さな川にすぎないが、平治の乱の頃は揖斐川の本流であり、大河であった。『吾妻鏡』承久三年（一二二一）六月七日条に「株河」と作る。↓補注一四〇。○**折戸** 未詳。陽明本「こうつ」、古活字本「府津」、天・和・書・竜・東大本「おりと」、八行本・杉原本「おりど」、玄「をりと」、底本・監・半・河野美術館蔵京師本「折戸」、京師本「折戸《おりと》」、康「折戸〈津イ〉」、元和本「おり津《つ》〈戸イ〉」、学二「折下津《つ》」、金「おりくたり津《つ》」、内「おりしも川」(「川」は草体。「つ」と読むか未審)とあるが、いずれも未詳。↓補注一四一。　**○わ僧**　「わ」は怒り、軽蔑、親愛の意を表す接頭語。ここは怒りの気持ちを表している。**○さらば、よくは宣はで**　それならば、きちんとおっしゃればいいのに、はっきりとおっしゃらないで、の意。「で」は文末に終助詞のように使われるとき、相手に対する非難の気持ちや自己の後悔の念を表す。下「常葉六波羅に参る事」に「泣て物を申せば是非も聞え候はぬに。泣かで申させ給はで」という文も見える。　**○しばらく候**　しばらくお待ちください。「候」は「ざうらふ」と濁る。日本古典文学大系『謡曲集下』補注四八に、「ゾオロ」と濁る特殊な用法のうち、「感動詞風に発せられた言葉に添えて意味を強める働きをするもの」として、「あら有難や候」(謡曲『俊寛』)の例文とともに、「暫らく候」(謡曲『安宅』)の例文が挙げられている。　**○無勢**　小人数。「buxei」(天草本『平家』)。　**○沽脚**　「脚」は「却」の当て字。売却。売ること。

【校訂注】　**1待**　底本「侍」の右に「ハンヘル」と附訓。金・書・内・学二を除く諸本に従って「待」と改めた。　**2さらは**　底本ナシ。監・半・内・金・学二を除く諸本により補った。　**3玄**　底本「玄」の右に「源」と傍書。ここは、監・金・学二・康・半とも「玄」を使用している。傍書を削除した。　**4古**　底本「石」の右に「古イ」と傍書。他本に従って、「石」を「古」に改め、傍書を削除した。　**5玄**　底本「玄」の右に「源」と傍書。傍書を削除した。　**6くい瀬河**　「くい」に当てるべき漢字未詳。四類本系統の諸本(康・半含む)はすべて仮名書き(杉原本には「杭瀬川」とある)。下「頼朝生捕らるる事……」にもこの河の名が見えるが、ここも四類本の諸本「くひ」はすべて仮名書きである(古活字本「杭瀬河」)。鎌倉時代の用字は「株河」とあるのが多く、そのほか「杙瀬」「杭瀬」などをみかける。今、古活字本・杉原本の表記に従い「杭」を当てた。　**7させさせ**　底本「させ」。天・和・玄・書・竜・監・内・金・学二・半により「せ」を補った。

8を　底本ナシ。他本により補った。　**9をこそし給はんすれ**　底本「し給ひぬらん」。他本いずれも結びは已然形「んすれ」となっているので、ここは係助詞「こそ」があるべきであろう。監・康・半の本文に従って表記の通り改めた。

【解説】　一類本（金王丸の報告談の形式をとる）では上掲の場面を次のように記述する（引用は九条本）。

株河へ出させ給ひて候しほどに、舟の下しを、「便船せん」と仰られ候しに、子細なくのせまいらせ候ぬ。此舟法師は、養老寺の住僧鷲の巣の源光也。頭殿を世にあやしげに見参らせて、「人につゝむ御身にて候はば、萱の下にかくれさせ給へ」とて、頭殿、鎌田、此童にも、つみたる萱をとりかづけて、こうつと申所に関所の候まへをも、萱舟と申てとをり候ぬ。

底本（四類本）に比べ、かなり簡略な内容となるが、鷲巣の玄光（源光）の助力によって義朝一行が尾張の内海へ辿り着くこととなる点は同じである。ただし、この記事にはいくつかの問題点がある。例えば、萱を採るため源光が住んでいたであろう鷲巣あるいは養老寺から「株河」＝赤坂付近（青墓の東、杭瀬川右岸）までの十数キロをわざわざ遡上したとは考えにくい。養老寺は三方が山であり、萱採取には平地の開ける青墓・赤坂近辺の方が条件が悪いであろう。また、源光が義朝を「世にあやしげに見参らせ」たとし、最後まで名乗り合わなかったように描いている点である。『吾妻鏡』建久元年十月二十九日条（↓【語釈】「玄光」・「大炊には弟なり」）によれば、源光と義朝の愛妾大炊は兄弟姉妹とあることから源光と義朝は互いに面識があったはずである。さらに源光が義朝一行を尾張内海まで送り届けたという舟についてである。この点は一類本の萱舟とともに四類本の柴舟にも問題があり、どちらの舟も櫓櫂のない河川専用で内海に向けて伊勢湾を航行することは困難であろう。物語の源光像の淵源を木曾三川流域で水運に従事する人びとの姿に求める見解もあるが（二本松泰子氏「『平治物語』における青墓説話群の視界」、『説話・伝承学』一〇）、舟に関する基本的な知識を欠いていると言い得る。

義朝の東国落ちに関する体験談に基づく語りや在地の伝承が存在したとしても、現状の『平治』の当該記事は、それらの語りや伝承に、現地の地理に暗い者、義朝と源光との邂逅にあたっての事実を知らない者、あるいは舟の機能に関する知識に欠ける者の手による加工がなされていることは明らかであろう（谷口耕一「平治物語における語りと物語」、『國學院雑誌』一一三―六）。

【本文】

去程《さるほど》に、海上《かいしやう》を経て、尾張国千《ち》田郡《たのこほり》 内海《うつみ》へぞ付《つき》給ふ。長田庄司忠致《をさだのしやうじただむね》と申《まうす》は、相伝の家人《けにん》なり。鎌田《かまだ》がためには舅《しうと》なり。一方《ひと(かた)》ならぬよしみにて、長田が宿所へ入《いり》給ふ。様々《さまざま》にもてなし進《まゐ》らせける程に、是にて年を送り給ひ、やがて出《いづ》べきよし宣《のたま》[1]へば、長田申《まうし》けるは、「三日[2]の御祝《おんいはひ》すぎさせ給《たまひ》てこそ御下《おんくだり》候はめ」と申《まうし》ければ、「扨《さて》は」とて、御逗《ご》留あり。

長田が子息先生 景致《せんじやうかげむね》をちかくよびて、「扨《さて》、此《この》殿をば東国へ下すべきか、是にてうつべきか。いかゞせんずる」といへば、景致申《まうし》けるは、「東国へ下りておはす共、よも人たすけ候はじ。人の高名《かうみやう》にせんよりも、爰《ここ》にてうつて、平家へ見参に入《いれ》、義朝の所領一所《いつしよ》も残さず給《たまは》るか、しからずは当国をなり共 給《たまはり》て候はば《(ゞ)》、子孫繁昌にてこそ候はんずれ」といひければ、「扨《さて》、なにとしてうつべきぞ」。「『御行水《ごぎやうずい》候へ』とて湯殿へすかし入《いれ》て、橘七五郎《きつしちごらう》は美濃・尾張に聞えたる大力《だい(ぢから)》なれば、組手《くみて》にて候《さうらふ》べし。弥七兵衛《やしちびやうゑ》・浜田《はまだの》三郎は刺手《(さして)》にて候《さうらふ》べし。鎌田をば近くよび寄《よせ》て、酒をのませて軍《いくさ》のやうを問《(と)》はせ給はん程に、頭殿《かうのとの》うたれ給《たまひ》ぬときゝ、はしり出《いで》ん所に、妻戸《つまど》の陰に景致待《まち》まうけて切《きり》[3]とゞめ候はん。平賀《ひらかの》[4]四郎をば出居《(でい)》にてもてなさん程に、義朝うたれぬと聞《きき》て、落《おち》ばおとし候《さうらふ》べし。たゝかはば《(ゞ)》切留《きりとどめ》候《さうらふ》べし。玄光法師と金王丸《こんわうまる》[5]とをば、外侍《とさぶらひ》にて若者共の中にとりこめ、引張《ひきはり》、さしころし候はんずるに、何事か候《さうらふ》べき」とぞ申《まうし》[6]ける。

「さては」とて、[7]三日の日、湯をわかさせ、長田、御前《おんまへ》にまゐ《(い)》り、「都の合戦と申《まうし》、道すがらの御《おん》くるしさ、さこそ御座《ござ》候《さうらふ》らめ」とて、「御行水候へ」と申《まうし》ければ、「神妙《しんべう》に申《まうし》たり」とて、やがて湯殿へ入《いり》給ふ。鎌田をば長田が前によびよせて、酒をすゝむ。平賀殿をば出居にてもてなし、玄光をば外侍にて酒をすゝむ。橘七五郎・弥七兵衛・浜田三郎うかゞひ奉りけれ共、金王丸太刀を帯《はき》て御垢《おん(あか)》に参りたれば、[8]すべき隙《ひま》こそなかりけれ。良《やや》ありて、「御《おん》帷《かたびら》まゐ《(い)》らせよ。人は候はぬか」といへ共、用意したる事なれば返事もせず。金王、「いかに人はなきぞ」とて、湯殿《ゆどの》の外《そと》[9]へ出《いで》ければ、三人の者共走《(はし)》りちがひてつッと入《いり》、義朝の裸《(はだか)》にておはしけるを橘七五郎むずと抱《いだ》く。弥七兵衛・浜田三郎左右《さう》によッて、脇の下を二刀《ふたかたな》づゝつく。義朝、「正清は候はぬか、金王丸はなきか。義朝只今うたるゝぞ[10]」と、是を最後の御《おん》詞《ことば》にて、平治二年正月三日、御年《おんとし》三十八にてうせ給ふ。金王丸此《この》よしをみて、「にくい奴原《やつばら》かな。一人《いちにん》もたすくまじき物を」とて、湯殿の口《(くち)》にて三人ながら一所《いつしよ》に切《きり》ふせたり。鎌田兵衛このよしきゝ、「あなくちを《(お)》しや。頭殿をうち奉らん為にて有《あり》ける物を」とて、つッと走り出《いで》んとする処に、妻戸の陰に先生景致まちまう《（ふ）》けて、諸膝《（もろひざ）》切《きり》てきりふせければ、「正清も御供《おんとも》に参り候」と、最後の詞にて、頭殿と同年《どうねん》三十八にてうせにけり。

平賀[11]四郎義宣は《（は）》是を聞《きき》給ひ、弓矢を取《とり》て走出《はしりいで》られければ、とゞむるものなし。かやうにさわぎければ、玄光走り出《いで》て、金王[12]に、「いかにや」といへば、「頭殿うたれさせ給ひぬ。鎌田もうたれぬ。いかゞせん」といへば、玄光[13]、「いざさらば、長田めうたん」とて、経居《つねゐ》の方《かた》へ走入《はしりいり》たれば、長田はにげてうせにけり。「さらば討死《（うちじに）》せよや」とて、後《うしろ》あはせになりて、散〴〵《さんざん》に切《きつ》てまはりければ、面《おもて》[14]をむくる者なし。七八人切《きり》ふせて、厩《むまや》へはしり入《いり》、馬《むま》二疋引出《ひきいだ》し、打乗《うちのり》〴〵、「とゞめよ、者共。[15]とゞめよ」とて落《おち》けるが、敵《てき》にうしろを見えじとや思ひけん、玄光は逆馬《さかむま》にのりてぞはせたりける。

【現代語訳】

そうしているところに、海上を経て、尾張国知多郡内海にお着きになる。長田庄司忠致と申す者は、先祖伝来の家人である。鎌田にとっては舅である。非常に親しい間柄なので、長田の宿所にお入りになる。あれこれともてなし申し上げるうちに、ここで年をお送りになり、そのまま出発しようということを言われると、長田が申したことは、「正月三が日のお祝いをお過ごしになってから、東国へお下りなさるのがよろしいでしょう」と申したので、「それでは」と言って、御滞在なさった。

長田の子息先生景致を近く呼んで、「さて、この殿をば東国に下すのがよいか、ここで討つのがよいか、どうしたものか」と言うと、景致が申したことは、「東国へお下りなさったところで、とても人は助けますまい。他人の手柄にするよりも、ここで討って、平家のお目に掛け、義朝の所領を一所も残さず頂くか、そうでなければ、この尾張国をなりと頂きましたならば、子孫繁昌でございましょう」と言ったので、「さて、どのようにして討ったらよかろう」。「『御行水をなさいませ』と言って、だまして湯殿へ入れ、橘七五郎は美濃・尾張に名の知れた大力なので、組み手になるのがよいでしょう。弥七兵衛と浜田三郎は刺し手になるのがよいでしょう。鎌田は、近くに呼び寄せて酒を飲ませ、戦の様子をおたずねになっているうちに、『頭殿が討たれなさいました』と聞いて走り出るでしょうから、そこを妻戸の陰で景致が待ち構えて切ってしとめましょう。平賀四郎は座敷でもてなしているうちに、『義朝が討たれた』と聞いて、もし逃げ出したら逃がせばよいでしょう、もし戦ったら、切って仕留めましょう。源光法師と金王丸とは、外侍で若者どもの中に取り囲み、引っ張り、刺し殺しましたならば、なんの造作もないでしょう」と申し上げた。

「それでは」と言って、三日の日に湯を沸かさせ、長田は義朝の御前に参って、「都の合戦と申し、道すがらの御苦労、さぞかし大変でございましたでしょう」と言って、「御行水をなさいませ」と申し上げると、「よくぞ申した」と言って、すぐに湯殿にお入りになった。鎌田は長田の前に呼び寄せて酒を勧め、平賀殿は座敷でもてなし、源光は外侍で酒を勧める。橘七五郎・弥七兵衛・浜田三郎が窺い申し上げたけれども、金王丸が太刀を身につけて、お垢を流しているので、決行するすきもなかった。少しばかり経って、金王丸が、「御帷をさしあげよ。だれかござらぬか」と言ったけれども、かねて仕組んであることなので返事もしない。金王が、「どうして誰もいないのだ」と言って、湯殿の外に出たので、三人の者が入れ替わりに走ってすっと入り、義朝が裸でいらっしゃったのを、橘七五郎がしっと抱きとめる。弥七兵衛と浜田三郎は左右に寄って、脇の下を二刀ずつ突く。義朝、「正清はおらぬか。金王丸はいないか。義朝は今まさに討たれたぞ」と、これを最後のお言葉として、平治二年正月三日、御年三十八でお亡くなりになった。金王丸はこの様子を見て、「けしからん奴らめ。一人も助けてはおくまいものを」と言って、湯殿の入り口で、三人とも一所に切り伏せた。

鎌田兵衛はこの事を聞き、「ああ情けない。頭殿を討ち申すためだったものを」と言って、さっと走って出ようとするところを、妻戸の陰に先生景致が待ち構えて、両膝を切って切り倒したので、「正清もお供にまいります」と、これを最後の言葉として、頭殿と同年三十八で亡くなった。

平賀四郎義信は、これをお聞きになり、弓矢をとって走って出られたので、留める者はいなかった。

このように騒動したので、源光は走り出て、金王に、「どうしたのだ」と言うと、「頭殿が討たれなさった。鎌田も討たれてしまった。どうしたらいいだろう」と言うので、源光は、「よしそれなら、長田の奴を討とう」と言って、居間の方に走って入ると、長田は逃げて消え失せていた。「それなら討ち死にしようぞ」と言って、背中合わせになり、激しく切ってまわったので、正面きって立ち向かう者もいない。七、八人を切り伏せて、厩に走り入り、馬を二頭引き出し、うち乗りうち乗り、「止めてみよ、者ども。止めてみよ」と言って落ちていったが、敵に後ろを見せまいと思ったのであろうか、源光は逆馬に乗って駈けたのだった。

【語釈】　○**長田庄司忠致**　生年未詳～治承四年（一一八〇）？　桓武平氏。系図は様々であり、その世系の正確なところは知りがたい。『桓武平氏系図』に長田四郎とあり、また長田庄司と号した。庄司は庄園の事務を管理した者。『尊卑』に「長田。壱岐守。平治元於二尾張国一誅二義朝朝臣幷正清一、進二京都一任二壱岐守一」とある。→補注一四二。　○**相伝の家人**　先祖代々の家人。「家人」は、貴族や武士の棟梁に仕えた武士。　○**こそ御下候はめ**　お下りなさいませ。助動詞「む」は、適当・勧誘の意を表す。その場合、多くは「こそ」と呼応して係り結びの形をとる。　○**先生景致**　生年未詳～治承四年（一一八〇）？　長田忠致の子。『桓武平氏系図』に「太郎。左衛門尉」とある。先生は帯《たて》刀《わき》先生。帯刀して春宮坊を護衛した舎人。→補注一四三。　○**当国**　尾張国を指す。　○**橘七五郎・弥七兵衛・浜田三郎**　いずれも世系等未詳。　○**妻戸**　観音開きの板戸。「是も主殿にある戸也。両方へひらく舞戸也」（『貞丈雑記』巻十四）。　○**出居**　亭とも。座敷。「出居〈デヰ〉倭俗座敷也。或作二亭居一也」（伊京集）。「出居と書て客に対面する座敷を云也」（『貞丈雑記』巻十四）。「亭〈デイ〉」（易林本）、「出居〈デイ〉」（黒本・天正本等）。　○**外侍**　武士の家に設けられた、警護のための武士の詰め所。遠侍とも。『貞丈雑記』に「遠侍は、主殿の外にはなれたる処にある番所なり」とある。○**三日**　平治二年一月三日。　○**御前**　義朝の御前。　○**帷**　裏を付けていない単衣の着物。湯《ゆ》帷子《かたびら》とも。現在の浴衣の原形。　〇**鎌田兵衛**　↓上「信西の子息尋ねらるる事……」。『吾妻鏡』建久五年（一一九四）十月二十五日条に「彼女性父、左兵衛尉正清者、故大僕卿功士也、遂於一所終二其身一」とある。　〇**経居**　平生住んでいる居間。　〇**とゞめよ**　「とめられるものならとめてみよの意か」（日本古典文学大系）。　〇**逆馬**　後ろ向きに馬に乗ること。

【校訂注】　**1宣へは**　底本「宣ひけれは」。康・半を除く諸本に従って改めた。　**2の**　底本ナシ。書・竜・半は底本に同じ。天・和・玄・内・金・監・康により補った。　**3切とゝめ**　底本「切とめ」。「とゝめ」の部分、監・半「留」とあり、天・和・玄・書・竜・内・金・学二いずれも「とゝめ」とある。これらの諸本に従って「ゝ」を補った。　**4平賀**　底本「平家」。改めた。　**5とをは**　底本「とを」。書・和・竜は底本に同じ（ただし和・竜は下につづく、他本「とをさふらひ」とある語を「さふらひ」としている）。天・静・監・康・半「をは」。内・金・学二「とをは」。内、金・学二により「は」を補った。　**6そ**　底本ナシ。他本により補った。　**7三日の日**　底本「三〈ノ〉日」。監・内・金・学二・康・半により「の日」を補い、傍書「ノ」を削除した。　**8すへき**　底本「すへて」。書・康は底本に同じ。天・和・玄・竜・監・内・金・学二・半に従って改めた。　**9へ**　底本「に」。他本に従って改めた。　**10を**　底本ナシ。天・和・玄・書・竜・監・金・半により補った。　**11四**　底本「三」。他本に従って改めた。　**12に**　底本「と」。書「は」。その他の諸本に従って改めた。　**13玄光**　底本「玄光は」。他本に従って「は」を削除した。　**14むくる**　底本「むかふる」。天・和・玄・書は底本に同じ。竜「むかふ物」。内・金・学二・康「むくるもの（物・者）」、監・半「向る者」。内・金・学二・康に従って改めた。　**15とゝめよとて**　底本「とよはゝりて」。諸本区々。天「とて」、書「とどめよ〳〵とて」、監「とゝめよ〳〵とよははりかけて」。底本に近い表記をとるものは監のみ。和・玄・竜・内・金・学二・康・半に従って改めた。

【解説】　長田忠致の裏切りによって義朝、正清がともに討たれてしまうが、『愚管抄』巻五によれば、サテ義朝ハ又馬ニモヱノラズ、カチハダシニテ尾張国マデ落行テ、足モハレツカレタレバ、郎等鎌田次郎正清ガシウトニテ内海荘司平忠致トテ、大矢ノ左衛門ムネツネガ末孫ト云者ノ有ケル家ニウチタノミテ、カヽルユカリナレバ行ツキタリケル。待ヨロコブ由ニテイミジクイタハリツヽ、湯ワカシテアブサントシケルニ、正清事ノケシキヲカザドリテ、コヽニテウタレナンズヨト見テケレバ、「カナヒ候ハジ。アシク候」ト云ケレバ、「サウナシ。皆存タリ。此頸打テヨ」ト云ケレバ、正清主ノ頸打落テ、ヤガテ我身自害シテケリ。

と義朝、正清それぞれが不穏な気配を察知、観念した義朝の命によって正清がその首を打ち、自身も自害したことになる。

さて、「義朝只今うたるゝぞと、是を最後の御詞にて、平治二年正月三日、御年三十八にてうせ給ふ」、あるいは「正清も御供に参り候と、最後の詞にて、頭殿と同年三十八にてうせにけり」とある文は、ともに特徴のある言い回しである。この部分、一類本は、

忠宗郎等七八人、湯殿へ参り、討まいらせ候しに、宵にうたれたるをば知召さで、「鎌田はなきか」と、只一声、仰られて候しばかり。

とあり、古活字本は、

「鎌田はなきか、金王丸は。」とて、つゐにむなしくなり給ふ。

となっており、四類本とは全く趣の異なった文である。この特徴のある文は、室町時代の物語に多く見られる。

○なむあみだ候、みだぶつと、これをさいごのことばにて、あゐそめ川に身をなげて、そこのみくづとなり給ふ。（刊本『あゐそめ川』）

○八郎さゑもんにめをかけて給はれと、是をさいごのこと葉にて、あしたのつゆときえ給ふ。

（奈良絵本『七草ひめ』）

○はかなかりけるかねごとかなとて、是をさいごのことばにて、おしかるべきいのちかな、卅三と申しに、つゐにはかなくなり給ふ。（写本『堀江物語』）

○たゞいまのこうげんをさいごにて、やがてはかなくなりにけり。（写本『堀江物語』）

○ていゐいきたつてくびをとれと、これをさいごのことばにて、かたなをくわへ、やぐらよりさかさまに、どうどおつれば、かたなはうしろへとをりけり。（写本『常盤物語』）

○南無西方弥陀如来、あかで別れし瀧口と同じ台に迎へさせ給へと是を最後のことばにて、終に身をこそ投げにける。（『横笛草紙』）

○「重家は今は斯うぞ」とこれを最期の言葉にて、腹掻切（つ）て伏しにけり。
（『義経記』巻八「衣河合戦の事」）

○「早々宿所に火をかけよ」とばかり最期の御言葉にて、こと切れ果てさせ給ひけり。
（『義経記』巻八「判官御自害の事」）

○只朝敵ノ首ヲ取テ、我墓ノ前ニ懸双テ見スベシト云置ケル由伝テ給リ候ヘト、是ヲ最後ノ詞ニテ、刀ヲ抜テ逆手ニ持チ、断歯ヲシテゾ死ニケル。（『太平記』巻二十「結城入道堕㆓地獄㆒事」）

四類本は、室町時代の物語類と深い関係をもっていることが証明されよう。

【本文】

鎌田《かまだ》が妻女《さいぢよ》、宵より此《この》事を聞《きき》しかば、「人してしらせばや」と思ひけれ共、かたはらにお《（を）》

し籠《こめ》られて、人一人《いちにん》もつかざりければ、しらするに及ばず。「鎌田うたれぬ」と聞《きき》しかば、走出《はしりいで》[1]、鎌田が死骸に取付《とりつき》ていひけるは、「我をばいかになれとて、捨置《すておき》て先立《さきだち》給ふぞ。『むなしくなる共おなじ道に』とこそ契りしか」とて歎きけるが、「親子なれ共むつましからず。うき世[2]にあらば、又かゝる事をや見んずらん。さらば連《(つ)》れてゆかん」とて、鎌田が刀をいまだ人もとらざりければ、彼《かの》刀をとりて、心《むな》もとにさしあて、うつぶッさまにふしければ、刀はうしろへ分《わけ》ていづ。歳廿八にて、鎌田が死骸にふしそひて、おなじ道にぞ成《なり》にける。長田このよしを見て、「義朝をうつは、子共《こども》を世にあらせんが為なり。いかゞせん」と歎《なげき》けれ共甲斐ぞなき。

頭殿《かうのとの》の御頸《おんくび》と鎌田が頸を取《とり》[3]て、むくろをばひとつ穴にほり埋《うづ》む。「世にあらんと思へばとて、相伝の主《しゆう》と現在の聟《(むこ)》を討《うつ》、長田《をさだの》庄司忠致は無道《ぶたう》[4]なり」とぞ人申《まうし》[5]ける。異国の安禄山《あんろくさん》は楊貴妃を失ひ奉り、子息安芸主《あんげいしゆ》の手にかゝりてうせにき。安芸主は子息師子命《ししめい》[7]の手にかゝりてうしなはる。我朝《わがてう》の義朝は、保元の合戦に父の首《かうべ》[6]を切《きり》て、平治の今は長田が手にかゝりてうたれぬ。忠致相伝の主を討《うち》[8]ぬれば、「行末《ゆくすゑ》いかゞあらんずらむ。おそろし〳〵」とぞ人申《まうし》ける。

【現代語訳】

鎌田の妻は、宵からこのことを聞いたので、「人を通じて知らせたい」と思ったけれども、人目につかぬ所に押し込められていて、人は一人も付き添っていなかったので、知らせることができなかった。「鎌田が討たれた」ということを聞いたので、走り出て、鎌田の死骸に取り付いて言ったことは、「私を、どうしろというつもりで、捨て置いて先立ちなさったのか。『たとえ命を失う場合でも、一緒の道に』と誓ったものを」と言って歎いたが、「親子であっても親しむ気持ちにはなれません。憂きこの世に生きながらえていたら、またもやこのようなことを見るかもしれない。それなら連れ立って死出の道に行こう」と言って、鎌田の刀をいまだ誰も片づけなかったので、その刀を手にして、胸元に差しあて、うつぶし様に伏すと、刀は後ろにつきぬけた。歳二十八で、鎌田の死骸に添い伏して、同じ死出の道に旅立った。長田はこの様子を見て、「義朝を討つのも、子どもにこの世で幸せな生活を送らせるためだ。どうしたらよいのだ」と歎いたけれども、取り返しようもなかった。

頭殿の御首と鎌田の首を取って、死骸を一つの穴に掘り埋ずめた。「この世でいくら豊かな生活を得ようと思うからといって、先祖代々の主君と現在の婿を討ち取る長田庄司忠致は道にはずれている」と人が言った。「中国の安禄山は、楊貴妃を殺害し、自分の子息安慶緒に殺され、安慶緒はまた、自分の子息史思明の手にかかって殺された。我が国の義朝は、保元の合戦に父の首を斬り、平治の今は長田の手に掛かって討たれてしまった。忠致は先祖相伝の主君を討ったのだから、行く先どうなるのだろう。おそろしい、おそろしい」と、人が言った。

【語釈】　**○かたはら**　人目につかない所。　**○むつましからず**　親しむ気持ちになれない、の意。近世以降「むつまじ」。○**心もと**　胸元。「心〈むね〉」（『落葉集』）。○**むくろ**　死骸の胴体。○**無道なり**　諸本に多い「不当」は文明本に「放埒、不当義」とあり、『邦訳日葡』に「Futǒ　フタウ。礼儀正しさや義理堅さに欠けること」とある。「無道」は、道理に合わない、人道に背いた、の意。「Butǒ　非理、不正、邪悪」（『邦訳日葡』）。長田庄司忠致の行為は非倫理的な行為であり、無道とあるべき。↓校訂注4。○**安禄山**　↓上「信頼・信西不快の事」。安禄山は楊貴妃の一族国忠との不和から、玄宗の天宝十四年（七五五）に反乱を起こし、即位して、国を大燕と号し、雄武皇帝と自称したが、その子慶緒を廃して嬖妾《へいしょう》の子に代えようとしたため、至徳二年（七五七）に慶緒の刺客に殺された。○**楊貴妃**　↓上「叡山物語の事」。安禄山は、天宝九年（七五〇）に玄宗に請うて楊貴妃の養子となっている。金刀本に養母とあるのはそのことをふまえたもの。○**安芸主**　「安慶緒」が正字。安禄山の子。安禄山が僭位したとき晋王に封ぜられたが、安禄山が段夫人の子の慶恩を皇帝に立てようとしたことを恐れて禄山を殺し、自立して載初と改元したが、史思明に殺された。『唐書』巻二百二十五上「逆臣列伝」に伝を載せる。○**師子命**　「史思明」が正字。生年未詳～七六一年。突厥《とっけつ》族の出身という。安禄山の後に反乱を起こし、後、安慶緒を殺して自立したが、子息の朝義に殺された。史思明は安慶緒の子ではない。↓補注一四四。

【校訂注】　**1走出**　底本「走出て」。底本は「走り出でて」と読むべきであろう。康・学二は底本に同じ。しかしその他の諸本は「はしりいて（走出）」。これらの諸本に従って「て」を削除した。　**2うき世にあらは又かゝる事をや**　底本「世にあらは猶いかなるうきめをや」。最後の助詞「をや」は、和・玄・竜「をもや」、天・康「もや」と異同があるものの、「うきよにあらは、またかゝる事」は諸本同じである。これらの諸本に従って改めた。表記は監による。　**3を**　底本「とを」。他本に従って「と」を削除した。　**4無道**　底本のまま。文意からいって「無道」のほうがふさわしいが、漢字表記をとる監・金・学二・康・半とも「不当」。「無道」は「ぶたう」、「不当」は「ふたう」と読むが、書は本文に「ぶたう」とあり、学二は「不当」に「ぶたう」とルビを附す。おそらく両者が混同されていたものであろう。底本のままとした。　**5人**　底本ナシ。監・半を除く諸本に従って補った。　**6首**　ここは金「首〈かうべ〉」、書「かうへ」に従って「かうべ」と読む。　**7長田**　底本「現在の郎等長田」。他本に従って「現在の郎等」を削除した。　**8を**　底本ナシ。和・書・竜は底本に同じ。天・玄・監・内・金・学二・康・半により補った。

金王丸尾張より馳せ上る事

【本文】

去程《(さる)ほど》に、玄光は鷲《わし》の栖《す》にとゞまりければ、金王《こんわう》都へ入《いり》にけり。常葉《ときは》が宿所に至り、此《この》よしを申《まうし》ければ、「都を落《おち》させ給ふとて、汝[1]を使《つかひ》にて、『うち寄《(よ)》り見参《げんざん》すべけれども、敵はつゞく、隙《ひま》もなくて落《おつ》るなり。東国より人をのぼせんずるぞ。を《(お)》さなき者共相具《あひぐ》して、其《その》時下《くだり》給へ』と宣《のたま》ひしかば、『御心《おんこころ》ざしのうすければこそ、打《うち》よる隙《ひま》もなからめ。下りたらん時は、まづこの事をこそ申さんずらめ』と思ひつるに、むなしく成《なり》給ひぬるかなしさよ」とぞ歎かれける。

【現代語訳】

さて、源光は鷲の巣に留まったので、金王は都に入った。常葉の宿所に行って、この由を申し上げたところ、「都を落ちなさろうとして、おまえを使者にして、『立ち寄ってお目にかかるべきではあるけれども、敵は続くし、時間もなくて落ちるのだ。東国から人を上らせようぞ。幼い者どもを相伴って、その時下りなさい』と言われたので、『御愛情が薄いからこそ、立ち寄る時間もないのだろう。東国に下ったときには、まずこのことを申し上げよう』と思っていたのに、空しくなってしまわれたことの悲しさよ」と言って、お歎きになった。

【語釈】　**○鷲の栖**　→下「義朝内海下向の事……」。源光は鷲巣の西にある養老寺の僧。　**○常葉**　保延四年（一一三八）？～没年未詳。世系等未詳。源義朝の妾。『尊卑』に「常磐」と作るが、『平治』諸本は「常葉」を用いる。『尊卑』の一条大蔵卿藤原長成の子、能成の注に「母常磐　同二伊予守源義経一」とあり、源義朝の子全成・円成・義経および平清盛の第八女の注に「母九条院雑仕常磐」と、その名が見える。九条院呈子（太政大臣藤原伊通の娘）に雑仕として仕える間に義朝に見初められて、今若・乙若・牛若を産んだ。平治の乱に義朝が敗死した後、平清盛に嫁し、廊の御方と呼ばれる娘を一人なし、清盛の寵愛が薄れた後、一条大蔵卿長成との間に能成をもうけている。↓補注一四五。　**○隙**　時間的なゆとり。　**○御心ざし**　御愛情。義朝の常葉（常磐）に対する愛情をいう。

【校訂注】　**1のほせんするそ**　底本「のほさんするそ」。他本に従って「さ」を「せ」に改めた。

【本文】

今若《いまわか》とて七《しち》歳、乙若《おとわか》とて五歳、牛若《うしわか》とて二歳になる公達《きんだち》おはしけり。牛若殿はを《(お)》さなければ是非もしらず。七《ななつ》、五《いつつ》になるを《(お)》さあい《(ひ)》人々、金王《こんわう》が袂にとりつき、「父御前《ごぜん》はいづくにおはしますぞ。我等を具《(ぐ)》してまゐ《(い)》れや」とて啼《なき》給へば、金王涙をながして申《まうし》けるは、「是はいそぎたる御使《おんつかひ》にて候。明日《みやうにち》は御迎《おんむかひ》に参《まゐり》候《さうらふ》べし」と、とかうこしらへ奉り、いとま申《まうし》て走《はしり》出《いで》、ある山寺にて髪きり、法師に成《なり》て諸国七道《しちだう》修行して、義朝の御菩提《ごぼだい》を弔《とぶら》ひ奉る。やさしくぞおぼえける。

【現代語訳】

今若といって七歳、乙若といって五歳、牛若といって二歳になる若君がいらっしゃった。牛若殿は幼かったので、何もわからない。七つ、五つになる幼な子たちは、金王の袂にしがみ付き、「父御前はどこにいらっしゃいますぞ。我らを連れてまいれや」と言って泣かれるので、金王が涙を流して申したことは、「これは急ぎの御使いでございます。明日はお迎えにまいりましょう」と、あれやこれやとなだめ申し上げて、お別れを申して走り出て、ある山寺で髪を切り、法師になって、諸国七道を修行して、義朝の御菩提を弔い申し上げた。殊勝なことと思われた。

【語釈】　○今若　仁平三年（一一五三）～建仁三年（一二〇三）。義朝の七男。後の全成のこと。童名今若丸。義朝死後、醍醐寺で出家した。頼朝挙兵後、醍醐寺を抜け出し頼朝のもとに参じた。遠江国阿野に住み阿野法橋・阿野禅師と号した。剛勇であり悪禅師とも呼ばれた。頼朝死後、建仁三年に謀反の疑いで捕らえられ、六月に下野国で死去した。本文には七歳とあるが、一類本に「兄は八」とあり、『尊卑』の全成の項に「平治二正、依レ為二義朝末子一母懼二公方之責一相二伴三人幼児一没落。于時全成八歳」とある。**○乙若**　久寿二年（一一五五）～治承五年（一一八一）。義朝の八男。後の円成のこと。また義円と改名する。頼朝挙兵後、その陣営に参じ、治承五年三月十日、美濃国洲俣川《すのまたがわ》で平家と合戦して討死。本文に五歳とあるが、一類本に「中は六」とあり、『尊卑』の全成の項に引用した文に続けて「円成六歳」とある。今禅師・卿公と号した。**○牛若**　平治元年（一一五九）～文治五年（一一八九）。義朝の九男。後の義経のこと。童名は遮那王丸とも。義朝死後、鞍馬寺で出家して、後に還俗、奥州平泉の藤原秀衡のもとで成人した。頼朝挙兵後、黄瀬川の頼朝のもとに馳せ参じ、源氏方の大将として、義仲、次いで平家を追討し、第一の功績を挙げた。後、頼朝と不和となり平泉へ下ったが、秀衡死後、頼朝の圧力に屈した泰衡に衣川の館で討たれた。五位の検非違使尉であったため、九郎大夫判官と号す。**○七道**　畿内を除いた日本全土を七つに分けたもの。東山道・東海道・北陸道・山陰道・山陽道・南海道・西海道をいう。ただし、ここは「諸国七道」で日本全土という程度の意味。**○修行**　ここは、義朝の菩提を弔うため、日本全土の山々寺々を訪ねて、その供養をすることをいう。

【解説】　金王丸がもたらした義朝の訃報に対する常葉の発話の「都を落させ給ふとて、汝を使にて……をさなき者共相具して、其時下給へと宣ひしかば」からは、これ以前に金王丸が常葉のもとを訪れていたことがわかるが、四類本には該当する記事がない。一類本は「東のかたをば頼もしき所とてくだり給ひしかば、遥に山河をへだつ共、此世におはせばと、をとづれをこそ待つるに……」と義朝の東国下りを常葉が事前に知っていたと思われる記述があり、古活字本では「さばかりの軍の中よりも、汝をも（っ）ておさなき者どもの事を、心ぐるしげに仰せられしに、すでにむなしく成給ひぬ。……」と四類本同様、金王丸が義朝の言葉を伝えていたと読み取れる。四類本の場合、一類本、古活字本が義朝の敗走途中に常葉のもとへ金王丸を派遣した「常葉註進幷びに信西子息各遠流に処せらるる事」（引用は九条本、古活字本もほぼ同文）の、

童金王丸を道より返して、「合戦にうちまけて、いづちともなく落行共、子共にとゞまる心、都にのみかへりて、行末もおぼえず。いかなる国にあるとも、心安き事あらば、むかへとるべき也。其ほどは、ふかき山里にも身をかくして、わがをとづれをまち給へ」と申ければ、常葉、聞もあへず、引かづきてふししづめり。……常葉、なく〳〵起あがりて、「頭殿は、いづ方へとおほせられつる」と問ひければ、「相伝譜代の御家人共を御たづね候て、東国へと仰られつる。片時も覚束なき御事にて候へば、いとま申て」とて……。

という内容を踏まえつつも、この記事自体を置かなかったため、整合性を欠く行文となったものと考えられる。

金王丸は出家した後、諸国で修行し、義朝の菩提を弔ったとあるが、『平家』巻三「僧都死去」では、俊寛僧都の童有王は主の遺骨を首にかけて「高野へのぼり、奥院に納めつゝ、蓮花谷にて法師になり、諸国七道修行して、しうの後世をぞとぶらひける」と同様のパターンとなる。他の軍記物語でも、例えば『義経記』巻一では、鎌田正清の子息正近が「出家して諸国修業して、主の御菩提をもとぶらひ、親の後世をもとぶらひ候はばやと思ひければ、鎮西の方へぞ修行しける」、『曾我物語』巻十では、曾我十郎・五郎の郎等、鬼王・道三郎が「わが家にもかへらず、高野山にたづねの

ぼり、ともに髻きり、墨染の衣の色に心をなし、一筋にこの人々の後生菩提をとぶらひけるぞ有がたき」と縁者や従者が出家し、主人の後世菩提を弔うという話柄がみられる。

長田六波羅に馳せ参る事付けたり尾州に逃げ下る事

【本文】

去《(さる)》程《ほど》に、義朝・正清両人が頸《くび》を持《もち》て、長田都へ上《のぼ》りけり。平家の見参《げんざん》に入《いれ》ければ、「神妙《しんべう》なり」とて、長田は壱岐守になり、子息先生《せんじやう》景致《かげむね》は左衛門尉になされけり。忠致《ただむね》申《まうし》けるは、「義朝・正清は、むかしの将門《まさかど》・[1]澄友《すみとも》にもあひ劣《(おと)》らぬ朝敵《てうてき》を、国の乱《みだれ》にもなさず、人のわづらひにもあらず、速《すみやか》に討《うち》てまゐ《(い)》らせて候へば、義朝の所領を[2]ば一所《いつしよ》ものこさず[3]給《たまはり》候《さうらふ》か、しからずは住国《ぢうこく》にて候へば、尾張国をも給《たまはる》べきにて[4]候《さうらふ》に、国の果《はて》、壱岐の島を[5]給り候《さうらひ》ては、自今以後《じごんいご》[6]何《なに》のいさみか候《さうらふ》べき」と申《まうし》ければ、清盛宣《のたまひ》[8]けるは、「天性《てんせい》汝《なんぢ》等《ら》は罪科の者ぞ。世にあらんと思へばとて、相伝《さうでん》の主《しゆう》と現在の聟《(むこ)》[7]とをうつ、汝等程の尾籠《びろう》の者あらばこそ。され共《ども》朝敵と号《かう》すれば、一国をもとらする也。それを辞退申さば、力及ばず」との給へば、猶重而《なほかさねて》訴詔[9]申《まうし》ければ、「狼籍なり」とて、壱岐国[10]をもめしかへされ、左衛門尉をも[11]闕官《けつくわん》ぜらる。

伊予守重盛申されけるは、「今日《(けふ)》は人の上たりと[12]云共《いふとも》、明日《あす》は我《わが》身の上《(うへ)》たるべし。運尽《つき》たらん時は、みなかうこそ候はんずれ。諸人《しよにん》のみる所も候へば、向後《きやうこう》の為、奴原《やつばら》給《たまはり》て、六条《ろくでう》河原《かはら》へ引出《ひきいだし》、廿日《はつか》に二十の指《(ゆび)》をきり、頸を鋸《のこぎり》にて切《きり》候はん」と申されければ、長田此《この》よしほの聞《きき》て、いそぎ国へにげ下る。面目《めんぼく》なくぞおぼえける。天下《てんが》の上下《じやうげ》このよしをきゝ、「源氏世に出《いで》て後《のち》は、長田堀頸《(ほりくび)》にせらるゝか、張付《はつつけ》になるか、あはれ長田が果《はて》を見ばや」と、にくまぬ者こそなかりけれ。

【現代語訳】

さて、義朝と正清両人の首を持って長田は都へ上った。平家のお目に掛けたところ、「よくやった」と言って、長田は壱岐守になり、子息先生景致は左衛門尉になされた。忠致が申したことは、「義朝・正清は、昔の将門・純友にも劣らぬ朝敵を、国の乱れともなさず、人の煩いともせず、すみやかに討ってさしあげたのですから、義朝の所領を一所も残さず頂きますか、そうでなければ、住国でございますので、尾張国をも頂くのが当然でございますのに、国の果てにございます壱岐の島を頂いては、これから先、何の張り合いがございましょうか」と申し上げたところ、清盛が言われるには、「生まれつきおまえたちは、罪の深い者だ。この世で豊かな生活を手に入れようと思うからといって、先祖相伝の主君と現在の婿を討つ、おまえたちほどの汚い奴があるものか。それにもかかわらず義朝を朝敵と呼んでいるから、一国をも取らせるのだ。それを辞退申すならば、なんとも致し方がない」と言われたので、なお重ねて訴えを申し上げたところ、「無礼だ」と言って、壱岐国をも召し上げられ、左衛門尉の職をも罷免なさる。

伊予守重盛が申されたことは、「今日は他人の身の上だとしても、明日は我が身の上となるだろう。運が尽きたときはみなこういうふうでございましょう。人々が見るところもございますので、今後のため、奴らを頂いて、六条河原へ引き出し、二十日間かけて二十本の指を切り、首を鋸で切りましょう」と申されたので、長田はこの由をかすかに聞いて、急いで国へ逃げ下った。みっともなく思われた。天下の人々は身分の上下にかかわりなく、この由を聞いて、「源氏が天下をとった後は、長田を掘り首になさるか、張付になるか、なんとかして長田の最期を見たいものだ」と言って、憎まぬ者とていなかった。

【語釈】 **○去程に**　九条本・古活字本は正月七日のこととする。また、その記事の前に、六日のこととして、後白河上皇が仁和寺宮の御所を出たとの記事がある。**○神妙なり**　よくやった。称讃に値することに対していう。「神妙〈シンベウ〉」(『下学集』)。**○壱岐守**　壱岐国は長崎県壱岐市。九州の北西部、玄界灘にある島。もと一国であった。**○左衛門尉**　左衛門府の三等官。左右衛門府は、大内裏諸門の警固・巡検・入出の礼儀などのことに当たった。**○将門**　生年未詳～天慶三年（九四〇）。桓武平氏。鎮守府将軍良将の子。また『将門記』『扶桑略記』は良持の子とする。相馬小二郎・豊田小二郎と号した。父の遺領をめぐる紛争から、一族と対立、自立して平親王・新皇と名乗って、関東に独立国家を樹立した。朝廷では、藤原忠文を征夷大将軍に任じて追討を命じたが、その着任前に、平貞盛・藤原秀郷の連合軍に急襲され、天慶三年に敗死した。国家に対する反逆者として常に想起される。**○澄友**　「純友」が正字。生年未詳～天慶四年（九四一）。長良流藤原氏。大宰大弐良範の子。伊予掾になって任地に下ったが、任期終了後もその地にとどまり、海賊と結んで威をふるった。朝廷はこれを懐柔しようとしたが果たせず、朝廷に対する公然たる反乱に及んだ。天慶四年、征夷大将軍藤原忠文の追討を受け、単身伊予国へ逃れたが、橘遠保にとらえられ獄死した。将門とともに、古代逆賊の代表格として諸書に引く。**○自今以後**　これから先。今後。「jigon ygo」「jigon igo」（天草本『平家』）。**○尾籠の者**　汚い者。道に外れた者。**○狼籍なり**　無礼である。主に秩序を乱すようなときに使われる。「籍」は「藉」の当て字。**○伊予守重盛**　平治元年十二月二十七日に、平治の乱の勲功で伊予守を兼任した。↓上「信頼信西を亡ぼさるる議の事」。**○今日は人の上たりと云共、明日は我身の上**　当時の諺であろう。上「叡山物語の事」にも「昨日は他州の愁、今日は我上の責」と、同様の文が見える。↓補注六八。**○向後**　今後。「向後〈キヤウコウ〉」（黒本・伊京集等）。**○六条河原**　六条あたりの鴨河の河原。保元の乱以後、罪人の実検や処刑が多く行われた。**○廿日に二十の指をきり**　一日一本ずつ両手両足の指を二十日間にわたって切り落とし、の意。**○鋸**　刑罰に使用する鋸は切れ味の鈍い竹製であった。**○堀頸**　『平家物語考証』巻十二の「ほりくび」に「補盛衰記ニ七ケ日ノ間ニ堀頸歟トアルハ刀鑿ヲ以テ頸ヲ鑿截シ殺ヲ云ナルベシ」とある。**○張付**　磔刑のこと。人を柱に縛り付けて、剣や槍などで処刑すること。↓補注一四三。

【校訂注】　**1澄友**　底本は隥。「澄」に該当するところには常にこの字が使われる。通行の字体に改めた。**2所領**　底本「御所領」。他本に従って「御」を削除した。**3給候か**　底本「玉ふか」。監・半は「給候はんすれ」とあるものの、その他の諸本は「給候か」とある。「ふ」を「候」に改めた。**4にて候に**　底本「に」。他本に従って「にて候」を補った。**5給り候ては**　底本「給ひ候ては」。和「給候て」、書「給候へて（「へ」は「と」に傍書）」、康「給ては」、半「給候テハ」とあるほかは、すべて「給はり」と読める。これらの諸本に従って「ひ」を「り」に改めた。　**6何**　底本ナシ。他本により補った。読みは天・和・竜「なに」、金・学二「なん」とある。　**7とを**　底本「と」。天・和・玄・竜・康「を」、書「と」、監・内・金・学二・半「とを」とある。校訂注10・11にも同様の傾向が見える。いま監などの本文に従って「を」を補った。　**8うつ**　底本「うつ者やある」。他本に従って「者やある」を削除した。　**9申けれは**　底本「申されけれは」。他本に従って「され」を削除した。　**10をも**　底本「も」。天・和・書・竜・学二は底本に同じ。康「を」、玄・監・内・半「をも」。いま監などの本文に従って「を」を補った。　**11をも**　底本「も」。天・和・玄・書・金・学二・康は底本に同じ。竜・監・内・半「をも」。いま監などの本文に従って「を」を補った。　**12云共**　底本および学二・半読み不明。天・和・玄・書・竜・内「いふとも」、監・金・康「いへとも・いへども・いへ共」。文意からみて「いふとも」と読むのが適切であろう。

【解説】　この章段に関連する一類本の記述は、次のような内容となる。正月七日（史実は九日）、長田父子が持参した義朝と正清の首が獄門に懸けられ、同様に梟首された平将門の逸話と対比される。また、保元の乱で父為義を死に至らしめ、この乱で譜代の郎等の忠宗（忠致）に討たれた義朝を「逆罪の因果、今生にむくふにて心えぬ、来世無間の苦は疑なし」と人びとが「半は謗、半は哀」んだとする。そして、十日の改元（平治から永暦へ）を記し、保元から平治に改元された際の「平治とは、たいらぎおさまると書り。源氏、亡なんず」との世評通り、「此合戦出来て、源家おほくほろびけるこそふしぎなれ」と語り手の言葉を記す。以上のような義朝の死や源氏の動向に関する記述が四類本では省かれ、その関心の所在は専ら長田父子批判にあったことになる。

一類本では、この後「悪源太誅せらるる事」の章段を挟み、二十三日の長田父子勧賞記事が続く。長田がこの勧賞に不服を申し立てると、平家貞が「あはれ、きやつを六条河原に磔にして、京中の上下に見せ候はばや。相伝の主と聟をころして、勧賞かうぶらんと申にくさよ。頸をきらせ給へかし」と主張するが、清盛は「さあらんにおいては、朝敵をうち奉るものがあるべくはこそ」とこれを制止する。長田父子を「罪科の者」「尾籠の者」と痛罵する清盛の言葉はない。また、父子の処刑を言い出すのは重盛ではなく、家貞となっている。古活字本では「あはれきやつを、二十の指を廿日にきり、首をばのこぎりにて引きぎりにし候はゞや……」と底本の重盛の言葉を家貞が口にし、「重盛もにくまるゝよし、内々きこえければ、すでに討せらるべしなど風聞ありけるにや……」と表立って二人を難じたとはしない。古活字本は『平家』に形象化される聖人君子的な重盛像の影響からであろう、「廿日に二十の指をきり……」の惨刑を勧めるのは不都合として発話者を一類本に倣って家貞に戻したものと推測される。

悪源太誅せらるる事

【本文】

悪源太《あくげんだ》義平、越前国足羽《(あすは)》まで下《くだり》ておはしけるが、「尾張の内海《うつみ》にて、義朝うたれぬ」と聞えしかば、「行末《ゆくすゑ》[1]もしかるべからず。親の敵《かたき》なれば、平家を一人《いちにん》にてもねらひてうたばや」と思はれければ、足羽《(あすは)》より只一人《ただいちにん》都へ上り、平家をうかゞはれける程に、義朝の郎等《らうどう》、丹波国の[2]住人[3]志内《(しうちの)》六郎景住《かげずみ》といふ者あり。末座《ばつざ》の者にてありしかば[4]、平家より尋《たづね》もなし。剰《あまつさへ》縁《(えん)》につき、平家に奉公仕《つかまつり》けるが、悪源太に行《ゆき》あひ奉る[5]。「いかに、汝《なんぢ》は景住か」。「さん候《ざうらふ》」。「いづくにあるぞ」と宣《のたまへ》ば、「身の捨《すて》がたさに、御代《みよ》にならん程と存候《ぞんじさうらひ》て、平家

に奉公 仕《つかまつり》候」と申《まうし》ければ、悪源太の給ひけるは、「日比《ひごろ》のよしみ忘[6]れ給はぬか」。「[7]いかで忘れ奉るべき」。「さらば義平にたのまれよ。親の敵なれば、一人なり共平家を[8]ねらひてうたんと思ふぞ」。「承り候《さうらひ》ぬ」と申せば、「汝を主《しゆう》にすべし。義平をば下人にせよ」とて、[9]志内《(しうち)》が六波羅へ出仕の時は、蓑《みの》・笠・履《(はき)》物躰《ものてい》のものを持《もち》て、門《もん》の脇にたゝずみねらはれけれ共、あれは果報ざかりなり、運尽《つき》ぬる我身は一人《いちにん》なれば、更に隙《ひま》もなし。

宿《やど》は三条烏丸《からすまろ》なり。[10]あるじの男いひけるは、「主といふ男は、[11]立居《たちゐ》のふるまひ無骨《ぶこつ》なり。打《うち》思ひ物いひたる[12]詞《ことば》つゞきもかたく《(こ)》ななり。下人といふ男は、立居のふるまひ尋常《(じんじやう)》なり、たる有様、世に越《こえ》たり。主を下人にして、下人を主にしたらば、いかに相応《さうおう》してよかりなん」といひけるが、有《ある》時、志内《(しうち)》が前には飯《いひ》を結構してすゑ《(へ)》、悪源太の御前《おんまへ》には無菜《ぶさい》の飯をすゑ《(へ)》たり。其時、志内《(しうち)》つい《(ゐ)》立《たち》て、我《わが》まへなる飯をとりて悪源太の御前にさしお《(を)》き、御前に有《あり》ける無菜の飯をとりて志内《(しうち)》食しければ、家主《いへあるじ》の男障子のひ《(は)》まより是をみて、「此《この》者は源氏の郎等と聞《きく》うへ、悪源太平家を[13]伺《うかがふ》とて、六波羅にはさわ《(は)》ぎ給ふ。後日《ごにち》に聞えてはあしかるべし」とて、六波羅へ[14]参《まゐり》、「かゝる事こそ候へ」と申《まうし》ければ、「扨《さて》は悪源太にてぞ有《ある》らん。めしとりてまゐ《(い)》れ」とて、難波《なんばの》次郎経遠《つねとほ》をさしつかはす。三百余騎にて三条烏丸へお《(を)》しよせたり。

「悪源太のおはするよし承《うけたまはり》、難波次郎経遠御迎《おんむかひ》に参りて候。とく〳〵御出《おんいで》候へ」と申《まうし》ければ、悪源太袴の[15]そばとり、石切《いしきり》といふ太刀をぬいて、大童《おほわらは》[16]になり、「源の義平是にあり。見参《げんざん》せん」とて走出《はしりいで》給へば、兵《つはもの》左右《さう》へざッとのく。面《おもて》にすゝむ者共二三人きりふせて、築《つい》地《ぢ》のおほひに手をかけてつッと越《こえ》、家づたひにいづく共なくうちうせぬ。

志内《(しうちの)》六郎景住ばかり生捕《いけどり》にして六波羅へ参り、縁《(えん)》のきはに引《ひき》すゑ《(へ)》たり。清盛出向《いでむかひ》て宣《のたまは》けるは、「いかに、当家に奉公して世に有《ある》べき者が、かへり忠《ちう》してきらるゝ事の不便《ふびん》さよ」との給へば、景住申《まうし》けるは、「源氏は相伝の主《しゆう》、御辺《ごへん》は今の主なり。源氏の御代にならん程と存《ぞんじ》候《さうらひ》て奉公せんと申《まうす》を、誠にしてつかはるゝ御辺こそ尾籠人《びろうじん》なれ」と申《まうし》ければ、17「きやつ狼籍なり」とて、六条川原《かはら》へ引出《ひきいだ》して、松浦《まつらの》太郎重俊《しげとし》切手《きりて》にてきらんとすれば、志内《(しうち)》いひけるは、「景住は源氏の郎等の末座なり。平家の大将軍《たいしやうぐん》清盛をかたきにうけて死《(し)》なん命、露ばかりもを《(お)》しからず」とて、念仏申《まうし》、歳廿三にてきられけり。を《(お)》しまぬ者こそなかりけれ。

【現代語訳】

悪源太義平は越前国足羽まで下っていらっしゃったが、「尾張の内海で義朝が討たれた」とお聞きになったので、「これから先もはかばかしいこともないだろう。親の敵だから、平家をせめて一人でも狙って討ちたい」とお思いになったので、足羽からただ一人都へ帰り上り、平家をさぐっていたところ、義朝の郎等、丹波国の住人志内六郎景住という者がいた。末席の者であったので、平家からの探索もない。そればかりか、つてを求めて、平家に奉公をしていたが、悪源太に行き会い申し上げた。「なんと、おまえは景住か」。「さようでございます」。「どこに住んでいるのだ」と言われると、「身の捨てがたさに、源氏の御代になるまでと思いまして、平家に奉公致しております」と申し上げたところ、悪源太が言われたことは、「常日頃の親しいつきあいをお忘れになってはいないか」。「どうして忘れ申し上げましょう」。「それでは、義平に力を貸してくれ。親の敵だから、一人でも平家を狙って討とうと思うぞ」。「かしこまりました」と申すと、「おまえを主人にしよう。義平を下人にせよ」と言って、志内が六波羅へ出仕するときは、蓑・笠・履物のようなものを持って、門の脇にたたずみ、狙われたけれども、向こうは幸運の絶頂、運の尽きた我が身は一人なので、まったくすきもない。

宿所は三条烏丸である。宿の主の男が言ったことは、「主人という男は立ち居振る舞いが見苦しい。ものを言った言葉の使い方も下品である。下人という男は立ち居振る舞いもりっぱである。考え事をしている様子は並外れてすぐれている。主人を下人にして、下人を主人にしたならば、どれほどふさわしくていいことだろう」などと言っていたが、あるとき志内の前に飯を、りっぱなおかずを添えて据え、悪源太の前にはおかずの少ない飯を据えてあった。その時志内がすっと立って自分の前の飯を取って悪源太の御前に据え、御前にあるおかずの少ない飯を取り、志内が食ったので、家主の男が襖のすきまからこれを見て、「この者は源氏の郎等と聞いている上、悪源太が平家を狙っているといって、六波羅では騒いでいらっしゃる。後日に知れたら具合が悪いだろう」と思って、六波羅に参り、「こういうことがございます」と申し上げたところ、「それなら悪源太であろう。召し取って参れ」と言って、難波次郎経遠を差し遣わした。三百余騎で三条烏丸へ押し寄せた。

「悪源太がおいでになる由をお聞きいたして、難波次郎経遠がお迎えに参りました。早々に出ておいでなさい」と申したところ、悪源太は袴のそばを取って、石切という太刀を抜いて、ざんばら髪になり、「源義平ここにあり。お目にかかろう」と言って、走って出られたので、兵は左右へさっと退いた。正面に進んで来る者どもを二、三人切り伏せ、築地の覆いに手を掛けてひらりと越え、家伝いにどこへともなく消え失せた。

志内六郎景住だけを生け捕りにして、六波羅へ参り、縁側のすぐそばに引き据えた。清盛が出向いて言われるには、「どうしたことだ。当家に奉公してこの世で豊かに暮らしていけるはずの者だが、裏切りをして、切られることの気の毒さよ」と言われると、景住が申したことは、「源氏は先祖伝来の主、お主は現在の主だ。源氏の御代になるまでの間と存じ上げて奉公しようと申すのを、真に受けて、お使いなさるお主こそ、間の抜けた人だ」と申し上げたところ、「あいつは無礼だ」と言って、六条河原に引き出し、松浦太郎重俊が切り手になって切ろうとしたところ、志内が言ったことは、「景住は源氏の郎等の末席の者だ。平家の大将軍清盛を敵に回して、死ぬ命は露ほども惜しくない」と言って、念仏を申し、歳二十三で切られた。惜しまぬ者とていなかった。

【語釈】　○**越前国**　福井県の北部。　○**足羽**　福井市足羽。　○**丹波国**　京都府の西部および兵庫県の東部。　○**志内六郎景住**　生年未詳～平治二年（一一六〇、『平治』による）。世系等未詳。志内は、志宇知・須知にも作り、清和源氏木田流とも赤井流ともいう（『姓氏家系大辞典』）。『和田系図』木田三郎重長の子に志内蔵人重隆が見える。また『太平記』巻九「足利殿著㆓御篠村㆒……」、同巻十七「山門牒送二南都一事」に「志宇知」と見えるのが一族と思われる。志内は京都府船井郡京丹波町須知《しゅうち》。ただし景住は実在の人物か確認できない。○**末座の者**　最下級の武士。「Batza Suyenoza, 座敷の最も下の座、最も後方の座」(『邦訳日葡』)。○**御代**　「御世・御代」は「おんよ」(謡曲『舟弁慶』など)、「ごよ」(『常盤物語』)とも。○**三条烏丸**　平安京を東西に走る三条大路と、南北に走る烏丸小路の交差するあたり。「烏丸〈カラスマロ〉」(『下学集』)。○**無骨**　洗練されていない様をいう。○**尋常なり**　洗練されている。礼儀にかなっている。○**結構して**　立派なおかずをそえて。○**無菜**　おかずの少ないこと。「Busai 料理が少ないこと」(『邦訳日葡』)。○**障子のひま**　襖の隙間。「障子」は襖。○**後日に聞えては**　後になって知れては。「Gonichi」(『日葡』)。○**難波次郎経遠**　→中「待賢門の軍の事」。○**袴のそば**　袴のももだち。袴の左右側線の部分。○**大童**　ざんばら髪。○**築地のおほひ**　土塀の屋根。○**縁のきは**　「縁」は廂の周囲にめぐらされた外縁。細長い板を横に並べて打ち付けた。簀子ともいう。当時の用字は「椽」が多い。「きは」はすぐわき。○**かへり忠**　裏切り。○**不便さ**　気の毒なこと。○**尾籠人**　間抜け者。

【校訂注】　**1も**　底本「とても」。康・和を除く他本に従って「とて」を削除した。　**2の**　底本ナシ。他本により補った。　**3しうち**　四類本はすべて仮名書きであり、当てるべき漢字は未詳。『太平記』に「志宇知」という漢字表記の例があり、現在の地名は「須知」を当てている。古活字本に「志内六郎景澄」、康豊本の異本注記に「志内」、底本の校訂注9の傍書に「志内」とあるのに従って「志内」を当てた。以下同じ。　**4は**　底本ナシ。他本により補った。　**5奉る**　底本「奉り」。書・内・金・学二は底本に同じ。その他の諸本に従って改めた。　**6忘れ給はぬか**　底本「忘れすや」。他本に従って改めた。　**7いかてか**　底本「いかて」。康を除く諸本により「か」を補った。　**8を**　底本ナシ。他本により補った。　**9しうち**　右に「志内」と傍書。　**10あるしの男**　底本「ある時あるしの男」。他本に従って「ある時」を削除した。　**11立居の**

ふるまひ　底本「立居ふるまひ」。天・和・内・金・学二・康は底本に同じ。しかし底本も後出部分では「立居のふるまひ」とある。玄・書・竜・監・半により「の」を補った。　**12詞つゝき**　底本「詞つき」。内・金・学二を除く諸本により「ゝ」を補った。　**13伺とて**　底本「伺て」。他本により「と」を補った。　**14て**　底本ナシ。他本により補った。　**15そはとり**　底本「そはより」。他本に従って「よ」を「と」に改めた。　**16なり**　底本「なりて」。他本に従って「て」を削除した。　**17きやつ**　底本「きやつは」。天・玄を除く諸本に従って「は」を削除した。

【本文】

去程《(さる)ほど》に、悪源太《あくげんだ》義平《よしひら》は、大原・静原《(しづ)はら》・芹生《せれふ》の里・梅津《むめづ》・桂・伏見の方に昼は忍び、夜は六波羅へ出《いで》てねらはれけれ共、運のきはめなれば、すべて隙《ひま》こそなかりけれ。

同《おなじき》正月廿五日に、[1]悪源太、東近江に、「しりたる人を頼みくだりて、[2]しばらくやすまん」とてくだられけるが、逢坂山《あふさかやま》に立入《たちいり》、しばらくやすみ給ふ程に、前後もしらずふし給へり。

難波《なんばの》次郎経遠、折節五十余騎にて、石山詣《いしやままうで》して下向《げかう》しけるが、関の明神の御前《おんまへ》にて法施《ほつせ》まゐ《(い)》らせける程に、大路《おほち》より一町ばかり引入《ひきいり》て、悪源太ふしておはしける上にて、飛行鴈《とびゆくかり》の左《さ》右《う》へばッとみだれければ、難波次郎是をみて、「『敵《てき》、野《や》にふす[3]時は飛鴈行《ひがんつら》を乱《みだる》』と云本文《いふほんもん》あり。かしこに敵のあるにこそ」とて、五十余騎馬《むま》よりおりてさがす程に、悪源太のふしておはしけるを見付《(み)つけ》て、「山中に唯今ふしたるは何者ぞ。名乗《なのり》候へ」といへば、悪源太がはとおき、「源の義平《(よしひら)》爰《ここ》にあり。見参《げんざん》せん」とて、散《さん》〴〵《ざん》にきりまはる。難波次郎よく引《ひい》てはなちければ、悪源太の小腕《(こがひな)》にしたゝかにたつ。難波次郎いひけるは、「敵は手負《おひ》つ。[4]よりあへや者共、〳〵」と下知《げぢ》しければ、兵共《つはものども》悪源太によりあひ〳〵たゝかひければ、小腕《(こがひな)》は射られつ、太刀の柄《(つか)》おもふ様《やう》[5]にもにぎられねば、[6]はか〴〵しくもたゝかはず。兵共あまたおちあひて、手とり足とり[7]もとゞりをとりて、[8]終《つひに》生捕《いけどり》にし奉る。

【現代語訳】

そうこうしているところに、悪源太義平は、大原・静原・芹生の里、梅津・桂・伏見の方に、昼は隠れ、夜は六波羅へ出て、狙いなさったけれども、運の尽きだったので、まったくすきもなかった。

同じく正月二十五日に、悪源太は、東近江に、「知人を頼って下り、しばらく休もう」と思ってお下りになったが、逢坂山に立ち入り、しばらくお休みになっているうちに、前後も知らず眠り込んでしまった。

難波次郎経遠は、ちょうど五十余騎で石山詣でをして帰ってきたが、関の明神の御前で法施を捧げていたところ、大路から一町ほど入って悪源太が眠り込んでいらっしゃる上で、飛んで行く雁が左右へばっと列を乱したので、難波次郎がこれを見て、「『敵が野に伏しているときは、飛ぶ雁が列を乱す』という教訓がある。あそこに敵がいるにちがいない」と言って、五十余騎が馬から下りて捜すうちに、悪源太が眠り込んでいらっしゃるのを見つけ、「山中に今眠り込んでいる者は何者だ。名を名乗りなされ」と言うと、悪源太はがばっと起き、「源義平ここにあり。お目にかかろう」と言って、はげしく切り回る。難波次郎が弓を十分に引きしぼって放ったところ、悪源太の小がいなに深々と突き刺さった。難波次郎が言ったことは、「敵は負傷した。寄り合えや、者ども。寄り合えや、者ども」と命令したので、兵たちは悪源太に寄り合い寄り合い戦ったので、小がいなは射られているし、太刀の柄も思うようにも握れないので、満足に戦うこともできない。兵たちが大勢近寄り、手をつかみ、足をつかみ、髻をつかんで、とうとう生け捕りにし申し上げる。

【語釈】　○**大原**　京都市左京区大原（各町）。京都市の東北部、高野川に沿った山間の小盆地。当時は比叡山の別所が置かれていた。↓補注一四六。　○**静原**　京都市左京区静市静原町。京都市の北部、大原と鞍馬との間にある。『山城名勝志』巻十二に「在㆘大原郷与㆓鞍馬㆒之間㆖。大原ヨリハ江文坂ヲ越、鞍馬ヨリハ薬王坂ヲ越テ行ナリ」とある。　○**芹生の里**　京都市右京区京北芹生町。貴船神社から北上し、芹生峠を越えたところにある山間の地。↓補注一四七。　○**梅津**　京都市右京区梅津（各町）。大井川を挟む松尾神社の対岸のあたり。　○**桂**　京都市西京区桂（各町）とその周辺。松尾神社の南。古くから船着き場があり、桂の津とも呼ばれていた。　○**伏見**　京都市伏見区深草（各町）。京都市の南、宇治に向かう道筋にあたる。　○**逢坂山**　大津市逢坂。近江国と山城国との境にある山。　○**石山詣**　石山は石山寺のこと。今、大津市石山寺にある真言宗の寺。琵琶湖から流れ出る瀬田川沿いにある。観音信仰で有名であり、平安時代以降、石山詣でで賑わった。　○**関の明神**　逢坂の関のほとりに祀られた明神。『無名抄』に「逢坂の関の明神と申すは、昔の蟬丸なり」とあり、現在大津市の三ヵ所に蟬丸神社がある。長谷章久氏「逢坂山考」（『国文学』昭和三五・四）参照。○**法施**　神仏に対して、経文を読み、法文を唱えること。「Foxxe」(『日葡』)。○**一町**　約一〇九メートル。○**敵、野にふす時は飛鴈行を乱**　出典未詳。あるいは『孫子』に「鳥起者伏也。獣駭者覆也」とあるものを淵源とするか。「行〈ツラ〉雁―」(黒本本)。↓補注一四八。○**本文**　典拠となる文章をいう。主に漢籍にいう。○**がはと**　すばやく飛び起きる様。「Gafato voqita」「Gappato Gafato の条をみよ」「Cappato　副詞　急に起き上がるさま Cappato voqi agaru」(以上『邦訳日葡』)。底本の表現は「がはと」、「がつぱと」、「かつぱと」のいずれであるか定めがたい。○**小腕**　二の腕。肘と肩との間をいう。○**したゝかに**　矢の場合、深々と立つことをいう。○**下知**　指図すること。「Guegi　命令」(『邦訳日葡』)。○**もとゞり**　まげ。「本鳥」と当てることが多い。

【校訂注】　**1に**　底本ナシ。監・康・半を除く諸本により補った。　**2頼みくたりて**　底本「頼みて」。内・金・学二・康は底本に同じ。天・和・玄・書・竜により「くたり」を補った。　**3時は**　底本「時」。天・書・内・金・監・康・半により「は」を補った。　**4よりあへや者共〱**　底本「よりあへや者共」。和・書・竜・内・金・学二により「〱」を補った。　**5にきられねは**　底本「にきらねは」。金・監・康は底本に同じ。天・和・玄・書・内・学二により「れ」を補った。　**6はか〱しくも**　底本「はか〱敷も」。意改。　**7を**　底本ナシ。監・半を除く諸本により補った。　**8て**　底本ナシ。康を除く諸本により補った。

【本文】
馬《むま》にのせ奉り、六波羅へ参り、縁《(えん)》に引《ひき》するゑ《(へ)》奉りければ、「義平程の者を、敵《てき》なればとて、縁《(ゑん)》にお《(を)》くべきか」とて、引《ひき》て侍《さぶらひ》へ入《いり》給へば、侍にするゑ《(へ)》奉る。

清盛出向《いでむかひ》て、「いかに、御辺《ごへん》は三条烏丸《からすまろ》にては、三百余騎が中をだに破《やぶり》て出《いで》られけるに、関山《せきやま》にては、わづかに五十余騎[1]にとられけるぞ」との給へば、悪源太《あくげんだ》あざわらひて宣《のたま》ひけるは、「異国の項羽《かうう》は百万騎を具《ぐ》すといへ共、運尽《つき》ぬれば、[2]敵《てき》高祖にとられき。義平運尽《(つ)》きぬれば、力及ばず。わ人共《ひとども》も運尽《つき》たらん時はかうこそあらんずれ。終《つひに》は身の上ならんずるぞ。

[3]故《かるがゆゑ》に、義平程の敵をしばらくもお《(を)》きてはあしかるべきぞ。とく〳〵きれや」との給へば、「さらば」とて、六条河原《かはら》に引出《ひきいだ》す。

「聞ゆる悪源太きらるゝなり。いざや見ん」とて、京中《きやうぢう》[4]の上下《じやうげ》、川原に市《いち》をなす。悪源太、「あの雑人《ざふにん》共、のき候へ。西を拝《をがみ》て念仏申さん」との給へば、左右《さう》へばッとのきにけり。悪源太宣ひけるは、「あはれ、平家の奴原《やつばら》は、物もおぼえぬぞとよ。義平程の者を日中《につちう》に河原にてきる事こそ口惜《くちをし》けれ。保元の合戦にも人をあまたきりしかども、昼は山の奥にて切《きり》、夜こそ川原にてきりしか。あはれ、清盛が熊野詣《くまのまうで》の時、『阿部野《あべの》に待《まち》まうけて、中にとりこめうたん』といひしを、信頼[5]といふ不覚人《(ふかく)じん》に下知《げぢ》せられて、今かゝるうき目を見るぞ[6]とよ」との給へば、難波《なんばの》[7]三郎恒房《つねふさ》、「なにと殿は後言《うしろごと》をばし給《たまふ》やらん」とて、太刀を抜《ぬい》てよりければ、「汝《なんぢ》は主《しゆう》には似ず物は覚えたり。げに義平が為には後言ぞ。義平をば誰か[8]きらんずるぞ。汝[9]がきらんずるか。よくきれ。わろくきらば、しや汝がつらにくひ《(い)》つかんずるぞ」との給へば、「只今きらるゝ人の、切手《きりて》のつらにくひ《(い)》つきてんや」といひければ、悪源太、「たゞ今こそくひ《(い)》つかず共、百日が中《うち》に雷《(いかづち)》と成《なり》て汝を蹴殺《(けころ)》さんずる物を」とて、手を合《あはせ》、念仏申されければ、難波うしろにまはるとぞ見えし、御頸《おんくび》は前に落《おち》にけり。御歳《おんとし》廿歳に成《なり》給ふ。さて獄門に懸《かけ》られけり。

【現代語訳】

馬に乗せ申し、六波羅へ帰参し、縁に引き据え申し上げたところ、義平は、「義平ほどの者を、いくら敵だからといって、縁に置くことがあろうか」と言って、従者どもを引きずって自分から内侍へお入りなさったので、内侍に据え申し上げた。清盛が出向いて、「どうしたわけで、お主は三条烏丸では三百余騎の中をさえかけ破って出奔なさったのに、関山ではわずか五十余騎に捕らわれたのだ」と言われると、悪源太があざ笑って言われるには、「異国の項羽は百万騎を引き連れていたが、運が尽きてしまったときは敵の高祖に捕らわれた。義平も運が尽きたからには致し方がない。お主らも運が尽きたら、その時はきっとこんなふうになるだろう。結局は自分の身の上となろう。だから、義平ほどの敵をほんのしばらくでも生かしておいては具合が悪かろう。早々に切れや」と言われるので、「それでは」と言って六条河原に引き出す。「名高い悪源太が切られるのだ。さあ見よう」と言って、京中の、身分の高い者も低い者も、河原に群れ集まった。悪源太が、「あの雑人ども、そこをどきなさい。西を拝んで念仏を申そう」と言われると、左右へぱっとどいた。悪源太が言われるには、「ああ、平家の奴らはものの道理もわきまえないことだわい。義平ほどの者を日中に六条河原で切ることこそ無念だ。保元の合戦にも、人を多く切ったけれども、昼は山の奥で切り、夜に限って河原で切ったものを。ああ、清盛が熊野詣での時、『阿部野に待ち受けて、中に取り囲んで討とう』と言ったのを、信頼という浅はかな奴に命令されて、今このような情けない目を見ることだわい」と言われると、難波三郎経房が、「どういうわけで殿は愚痴をこぼされるのだろうか」と言って、太刀を抜いて近寄ったところ、「おまえは主人には似ず、ものの道理はわきまえている。まことに義平にとっては繰り言だ。義平を誰が切ることになっているのだ。おまえが切ることになっているのか。うまく切れ。下手に切ったら、貴様の顔に食らいついてやるぞ」と言われると、「たった今切られる人が、切り手の顔に食らいつくことができようか」と言ったので、悪源太は、「今すぐ食らいつかなくても、百日以内に雷となって、おまえを蹴り殺してやろうぞ」と言って、手を合わせ、念仏を申したところ、難波が後ろに回ると見えたそのとき、首は前に落ちたのだった。御年二十歳になられる。そうして獄門に掛けられた。

【語釈】　○**義平程の者を**　発話者は義平自身。　○**侍へ入給へば**　侍は内侍。主殿の中にあり、家臣が詰める所。外部にあるものを外侍・遠侍という。→下「義朝内海下向の事……」。「入給へば」の主語は敬語からみて義平。　○**項羽**　前二三三年〜前二〇二年。名は籍、羽は字。秦末、楚の人。秦の二世皇帝のとき陳勝・呉広の乱に乗じて、叔父項梁とともに兵を挙げ、秦を伐ち、自立して西楚の覇王と称した。しかし、劉邦（後の漢の高祖）との戦いに敗れ、垓下《がいか》で漢軍に包囲され、烏江に逃れたが、天命を悟り、自ら首を刎ねて死んだ。伝は『史記』「項羽本紀」、『前漢書』巻三十一に詳しい。○**運尽ぬれば**　『史記』「項羽本紀」に、項羽の言葉として「然今卒困二於此一。此天之亡レ我。非二戦之罪一也。……令四諸君知三天亡レ我非二戦之罪一也」とある。○**高祖**　漢の高祖劉邦。前二四七年～前一九五年。漢の初代皇帝。江蘇省沛県の人。そのため沛公と呼ばれた。秦の二世皇帝の時兵を挙げ、秦の都咸陽に入り、漢王となった。のち項羽を垓下に破り、天下を統一して帝位につき、国を漢と号し、長安に都した。○**川原**　鴨河の河原。○**雑人**　身分の低い者。「Zōnin 下賤な者」(『邦訳日葡』)。○**不覚人**　「Fucacujin 思慮分別のない人」(『邦訳日葡』)。○**下知**　命令。「下知〈ゲヂ〉」(黒本・伊京集等)。○**難波三郎恒房**　「経房」が正字。次郎経遠の弟。○**後言**　過去の繰り言。愚痴。○**しや汝**　貴様。「しや」は相手に対する侮蔑の感情を表す接頭語。○**くひつきてんや**　「ん」は可能の意を表す。○**蹴殺さんずる**　当時は被雷することは雷に蹴り殺されると見なしていた。○**念仏**　ここでは十念。「南無阿弥陀仏」と十度唱えること。「たとひ一生涯の間、十悪五逆をおかせる人なり共、命終の時は、阿弥陀仏の名号を十念成就して極楽に往生すといへり」(七巻本『宝物集』巻七)。○**難波うしろにまはるとぞ……**　↓補注一四九。

【校訂注】　**1に**　底本「には」。金を除く諸本に従って「は」を削除した。　**2敵高祖にとられき義平運つきぬれは**　底本ナシ。天・和・玄・書・竜・康は底本に同じ。監は「敵の高祖にとられき」とあり、以下「義平運つきぬれば、力及ばず。わ人共も」を欠く(半もほぼ同じ)。信頼すべき本文を残していると見なされるのは金刀本系列の本文のみである。内・金・学二により補った。表記は金刀本のルビを省いたものを用いた。**3故に**　底本ナシ。金を除く諸本により補った。表記は監による。　**4の**　底本ナシ。和・玄・書・竜を除く諸本により補った。　**5と**　底本虫損。他本により補った。　**6とよ**　底本ナシ。他本により補った。　**7三郎**　底本「次」とあり、その右に「三郎」と傍書。今、傍書を削除し、「次」を「三郎」に改めた。なお、監

「次良」、康「二郎」とあり、半「二郎」の「二」にミセケチ、「三」と訂するほか、東大本もここを「次良」とする。　**8きらんするそ**　底本「きるらんするそ」。和を除く諸本に従って「る」を削除した。　**9きらんするか**　底本「きるらんするか」。監・半を除く諸本に従って「る」を削除した。　**10廿**　底本「廿」の右に「十九イ」と傍書。諸本すべて「廿・二十」。異本注記を削除した。

【解説】　一類本では、義平が近江国石山寺（滋賀県大津市）付近で重病になり、隠れ住んでいたところを難波三郎経房に捕縛され、六波羅へと連行されたとする（『尊卑』「義平事」にも「永暦元年正月十八日於二石山寺辺一為二難波三郎経房郎等〈橘貞綱〉一被二搦捕一。同月十九日被三召二出六原一了」とある）。義朝一行と別れて以降の経緯は、伊藤武者景綱の尋問に応えるかたちで示される。その中で都に戻って平家の主だった人物の一人でも手にかけようと「人の下人のやうに身をなして、馬を扣《ひかえ》て門外にたゝずみ、履物をもッて沓脱に近付しか共」警戒が厳しく断念、一旦都を離れ、時を置いて再び戻ろうとしていたところを捕らえられたのだと義平は言う。一類本は「人の下人のやうに……」と主人に相当する人物を特定しないが、四類本等は義朝の郎等の志内六郎景住を登場させる。主従を装った二人は宿の主人の密告により平家方の知るところとなり、義平は難を逃れるも、景住は生け捕りとなって六波羅へ連行され、清盛の前に引き据えられる。そこで景住は臆することなく、源氏への忠節を述べ、清盛を「尾籠人」と罵倒する。これに清盛は怒り、景住の斬刑が実行される。こうした清盛対景住の構図は『平家』における西光の処刑場面と通じるところがあるように思われる。平家討滅の謀議に加わった西光が清盛の前に引き出され、その尋問に「殿上のまぢはりをだにきらはれし人の子で、太政大臣まで成あがッたるや過分なるらん」（覚一本・巻二「西光被斬」）等と抗弁する。これに激怒した清盛の命によって拷問、そして惨殺される。その際の拷問役が、本段にも登場し、信頼の処刑役ともなった松浦太郎重俊（↓中「信頼降参の事……」）である。

頼朝生捕らるる事付けたり夜叉御前の事

【本文】

右兵衛佐《うひやうゑのすけ》頼朝は、奥波賀《あうはか》に忍《しのび》ておはしけるに、参河守《みかはのかみ》頼盛尾張国を給《たまはり》[1]て、弥平兵衛宗清《やへいびやうゑむねきよ》を目代《もくだい》に下されける程に、奥波賀《（あふはか）》の宿《しゆく》へつく。其夜《そのよ》、遊君《いうくん》を[2]一人《いちにん》と〻めたりけるに、彼女《かのをんな》、「長者のもとに兵衛佐殿おはします」よしいひければ、「われは平家の侍《（さぶらひ）》なり、あれは源氏《（げんじ）》、敵《（てき）》也。いかでか[3]もらすべき」なれば、宗清長者の宿所へお《（を）》しよせ、「右兵衛佐殿是《これ》に忍びておはする、出《いだ》すべし」といひければ、大炊《おほひ》、夜叉御前《やしやごぜん》[4]の御前《おん（まへ）》にまゐ《（い）》り、佐殿《すけどの》にこのよし申せば、「存知《ぞんぢ》して候」とて、自害せんとし給ふ処に、平家の侍共《さぶらひども》お《（を）》し入《いり》て、佐殿を見奉り、すきもなく兵《つはもの》あまた走《はしり》よりて、刀をうばひとり、佐殿を生捕《いけどり》[5]奉る。

宗清やがて出《いで》ければ、妹の姫君、「我も義朝の子なり。女子《によし》なり共、たすけお《（を）》きてはあしかるべし。具《ぐ》[6]してゆきて、右兵衛佐殿と一所《いつしよ》[7]にてうしなふべし」との給ひて、ふしまろび泣《（な）》かれければ、兵共哀《あはれ》にぞ覚《おぼえ》ける。

扨《さて》、都へ上り、平家の見参《げんざん》に入《いれ》ければ、「神妙《しんべう》なり」とて、軈而《やがて》宗清にあづけお《（を）》かれけり。

【現代語訳】

右兵衛佐頼朝は奥波賀に隠れていらっしゃったが、三河守頼盛が尾張国を頂戴して、弥平兵衛宗清を目代としてお下しなさったが、その途中奥波賀の宿に着く。その夜、遊女を一人泊まらせていたが、その女が、「長者のもとに右兵衛佐殿がおいでになる」由を言うので、「自分は平家の侍であり、あれは源氏、敵だ。どうしても逃がすわけにはいかない」ということで、宗清は長者の宿所に押し寄せ、「右兵衛佐殿がここに隠れていらっしゃる、出しなさい」と言ったので、大炊は、夜叉御前の御前に参り、佐殿にこの由を申すと、「承知しております」と言って、自害しようとするところに、平家の侍どもが押し入って、佐殿をみつけ申し上げ、自害するすきもなく、兵士どもが数多く走り寄り、刀を奪い取り、佐殿を生け捕りにし申し上げた。

宗清はそのまま出ていったので、妹の姫君は、「私も義朝の子だ。女子であろうと、助けておいては困ったことになるだろう。連れていって、右兵衛佐殿といっしょに殺したらいい」と言われて、転げ回って泣かれたので、兵士たちは気の毒に思った。

そうして、都に上り、平家のお目に掛けたところ、「よくやった」と言って、そのまま宗清に預けておかれた。

【語釈】　**○弥平兵衛宗清**　生没年未詳。桓武平氏。左衛門尉季宗の子。平家貞は叔父にあたる。『山槐記』仁安元年（一一六六）十月十日の除目に「右衛門府　少尉正六位上平朝臣宗清」、『吉記』安元二年（一一七六）四月二十七日条に「北面者……左衛門平宗清」とその名が見える。『吾妻鏡』元暦元年（一一八四）六月一日条に「武衛先召二弥平左衛門尉宗清一。左衛門尉季宗男、平家一族也。……此宗清者、池禅尼侍也」とある。『尊卑』の桓武平氏、鷲尾右衛門尉維綱の娘に「柘植弥平二左衛門尉宗清妾」とあるので、三重県伊賀市柘植町の住人。○**目代**　平安・鎌倉時代における地方官の代官。遥任の国司の代わりに任地に下り、在庁官人を率いて国務を代行した。主として国司の子弟や、家人が任ぜられた。○**遊君**　遊女。○**長者**　大炊のこと。長者→中「義朝奥波賀に落ち著く事」。○**夜叉御前**　→補注一五〇。

【校訂注】　**1を**　底本ナシ。他本により補った。　**2われは平家～3もらすへきなれは**　底本ナシ。底本のみの脱文。諸本やや異同があるもののすべてこの一文を有する。表記は和のルビを省いたものによる。　**4の**　底本ナシ。康を除く諸本により補った。　**5奉る**　底本「奉りて」。天・玄・書・竜は底本に同じ。監・内・金・学二・康・半に従って改めた。　**6具して**　底本「供〈グ〉して」。天・和・玄・書・竜「ともして」。監・内・金・学二・康・半に従って改めた。　**7うしなふへし**　底本「うしなはるへし」。天を除く諸本に従って改めた。

【解説】　父義朝とはぐれて逃亡潜伏中の頼朝を捕らえたのが弥平兵衛宗清であった点は、『愚管抄』巻五に、

伊豆国ニ義朝ガ子頼朝兵衛佐トテアリシハ、世ノ事ヲフカク思テアリケリ。平治ノ乱ニ十三ニテ兵衛佐トテアリケルヲ、ソノ乱ハ十二月ナリ、正月ニ永暦ト改元アリケル二月九日、頼盛ガ郎等ニ右兵衛尉平宗清ト云者アリケルガ、モトメ出シテマイラセタリケル。

とあって、史実であると判断される。しかし、頼朝が捕らえられた場所に関しては、諸書とも様々

であって、帰一するところを知らない。今、管見に入ったもので、その点を整理してみると、

○奥波賀の宿……四類本『平治』

○関ヶ原……一類本・古活字本『平治』

○今須河原（現岐阜県不破郡関ケ原町今須）……幸若舞曲「伊吹」

○野上と垂氷の間（現不破郡関ケ原町野上、同郡垂井町）……真名本『曾我物語』

○近江国伊吹ガ麓……『盛衰記』

○近江国……『清獬眼抄』・延慶本『平家』

とある。このうち『清獬眼抄』は、『後清録記』を引き、「去九日戊午。於二近江国一頼朝被レ搦上洛了」とあり、当代史料である点、近江国説をとるべきであろう。となると、この中で明らかな誤りを犯している（創作の筆を振るっている）のは四類本ということになり、夜叉御前の存在を含め、この章段全体が虚構であった可能性を考えるべきであろう。

【本文】

清盛、右兵衛佐殿へ使者をもッて、「御辺《ごへん》の鬚切《(ひげきり)》はいづくに候ぞ」との給へば、「今はかくしても何かせん」とおもはれければ、「奥波賀《(あふはか)》の長者のもとにぞ候《さうらふ》らん」と申されければ、難波《なんばの》六郎恒家《つねいへ》を使者にて、大炊《おほひ》がもとへ、「右兵衛佐頼朝の鬚切《(ひげきり)》有《ある》なる、まゐ《(い)》らせよ」と宣《のたまへ》ば、長者此《この》よしきゝ、「源氏重代《ぢうだい》の太刀を平家の方《かた》へとらるゝ事こそ口惜《くちをし》けれ。佐殿《すけどの》こそきられ給ふ共、義朝の公達《きんだち》おほくおはしませば、平家の運末《すゑ》にならん時、源氏世に

出《いで》給はぬ事はよもあらじ。其時此《そのときこの》太刀を進《まゐら》せたらば、いかによかりなん。いかゞせん」と思ひけるが、「泉水《せんすい》とて鬚切《(ひげきり)》にも劣《(をと)》らぬ太刀あり。是をまゐ《(い)》らせたらん程に、兵衛佐殿のもとへ遣《つかはし》て尋《たづね》られん時、童《わらは》とおなじ[2]心にて、鬚切《(ひげきり)》とおほせられればしかるべし。若《もし》あらぬよし申させ給《たまは》ば、平家よりとがめのあらん時、女にてしらざるよし陳《ちん》申さむに、別《べち》の子細はあらじ」とて、鬚切《(ひげきり)》は、柄《(つか)》・鞘《(さや)》まろかりけるをぬきかへて、泉水をまゐ《(い)》らせたり。

案《あん》に違《たが》はず、佐殿のもとへ遣《つかはし》て、「鬚切《(ひげきり)》か、あらぬ太刀か、正直《しやうぢき》に申さるべし」との給ひければ、兵衛佐殿、「あらぬ太刀よ」とおもはれけれ共、「大炊も子細ありてぞ鬚切《(ひげきり)》をばとゞめ《(を)》たるらん」とて、軈而《やがて》「鬚切《(ひげきり)》にて候」と申されければ、清盛大《おほき》に悦《よろこび》て、ふかくを《(お)》さめおかれけり。

【現代語訳】

清盛は右兵衛佐殿に使者を遣わし、「そなたの鬚切はどこにあるのですか」と言われると、「もはや隠しても何になろうか」とお思いになったので、「奥波賀の長者のもとにあるでしょう」と申されたので、難波六郎恒家を使者にして、大炊のもとに、「右兵衛佐頼朝の鬚切があるという、差し出せ」と言われると、長者はこの由を聞き、「源氏重代の太刀を平家の方に取られることこそ残念だ。たとえ佐殿は斬られなさろうと、義朝の若君が多くいらっしゃるのだから、平家の運が尽きようとしたとき、源氏が栄えないということはまさかあるまい。そのときにこの太刀をさしあげたなら、どれほどいいことだろう。どうしたらよいだろうか」と思ったが、「泉水といって、鬚切にも劣らぬ太刀がある。これを差し上げたとしたら、兵衛佐殿のもとに遣わしてお尋ねになるとき、私と同じ気持ちで、鬚切とおっしゃるならばそれでよし。もし違う由を申されたら、平家からお叱りがあろうからそのときは、女だからわからないということを弁明したとしたら、特に問題はないだろう」と思って、鬚切は柄と鞘が丸いのを抜き替えて、泉水を差し上げた。

思ったとおり、佐殿のもとへ遣わして、「鬚切か違う太刀か、正直に申されよ」と言われたので、兵衛佐殿は、「違う太刀だ」とお思いになったけれども、「大炊もわけがあって鬚切を手元に置いたのだろう」と思い、すぐに、「鬚切でございます」と申し上げなさったので、清盛は大いに喜んで、大切にしまっておかれた。

【語釈】 **○鬚切**　源氏相伝の太刀の名。↓上「源氏勢汰への事」。**○難波六郎恒家**　難波六郎は経俊。『盛衰記』巻十一「経俊入二布引滝一」にも「備前国住人難波六郎経俊」とある。三郎経房の子。難波氏↓中「待賢門の軍の事……」。**○泉水**　太刀の名。伝未詳。**○童**　わたし。女性の自称代名詞。**○別の子細**　特別な差し障り。

【校訂注】 **1有なる**　底本「有なり」。竜・書・監を除く諸本に従って改めた。　**2の**　底本ナシ。康・書を除く諸本に従って改めた。

【解説】 大炊、そして頼朝の機転によって鬚切の代わりに泉水を清盛に差し出したという記事は一類本にはなく、下「頼朝義兵を挙げらるる事……」において、建久元年（一一九〇）の頼朝上洛の折、清盛から後白河院が召し上げた鬚切を下賜されたとする。古活字本も一類本と同様であるが、以下の記述が置かれる。

此の太刀に付きてあまたの説あり。頼朝の卿、関が原にてとらはれ給ひし時、随身せられたりしかば、清盛の手にわた（つ）て、院へまいりけりと云々。又或る説には、いまのはまことの鬚切にはあらず。まことの太刀は已前より青墓の大炊がもとよりまいらせける也。其のゆへは、兵衛佐、大炊にあづけられけるを、頼朝囚人と成り給ひし時、（中略＝四類本と同様の内容）清盛大きに喜びて、秘蔵せられけるを、院へめされけるなり。まことの鬚切は、先年大炊が方よりまいらせけると云々。

とする。このように古活字本は一類本と四類本の内容を併せ持った本文となっている。

ところで、平家『剣巻』上（引用は屋代本抽書）では次のような内容となる。義朝一行からはぐれた頼朝は「東近江草野丞」に匿われるが、鬚切を平家に渡すまいと草野丞に次のように語る。

此太刀ヲ尾張国マデ持下テ給リナンヤ。此日来養育セラレ奉ルモ、前世ノ契ニテゾ候覧。今ハ親形見ト奉レ思テ、一向奉レ馮テ加様ニ申候也。尾張国熱田ノ大宮司ハ、頼朝ガ為ニハ母方ノ祖父也。ソレマデ此太刀持下テ候ヘ。仰セラレンズル様ハ、頼朝ハシカ〳〵ノ所ニテ忍テ候ガ、終ニ可レ遁トモ不レ覚候。縦頼朝コソ召出サレ候トモ、相構テ〳〵此太刀ヲ失ナハジト存候。可レ然ハ熱田ノ社ニ進レ置テ給候ヘ。若千万ニ一モ存命仕候ハヾ、幾ヲ経テ候トモ回リ合テ預候ハント申ベシ。

こうして鬚切は熱田社に納められたとする。

【本文】

兵衛佐殿の妹《(いもうと)》、奥波賀《(あふはか)》の夜叉御前《やしやごぜん》、佐殿《すけどの》とられ給ひしかば、湯水《ゆみづ》をものみ入《いれ》給はずなげかれければ、大炊《おほひ》も延寿も、「いかにかやうに歎き給ふぞ。御命《おんいのち》ながらへてこそ、故頭殿《こかうのとの》の御菩提《ごぼだい》をも弔《とぶら》ひ申させ給はんずれ」など申せば、其後《そののち》すこしなぐさみ[1]給へる気色《(けしき)》なれば、大炊も延寿もうちとけて、いたく付《つき》そひ奉らず。乳母《めのと》の女房もうれしく思ひける処に、二月一日の[2]夜《よ》に入《いり》て、たゞ一人《いちにん》奥波賀《(あふはか)》の宿《しゆく》を出《いで》給ひ、はるかに隔《へだた》りたる杭瀬河《(くい)せがは》に尋行《たずねゆき》て、御歳《おんとし》十一にて身を投《なげ》給ふぞ哀《あはれ》なる。

夜《よ》も明《あけ》ければ、乳母の女房、「姫君《ひめぎみ》渡らせ給はず」といひければ、大炊・延寿あわ《(は)》てさわ《(は)》ぎ尋《たづね》奉れ共みえ給はず。「扨《さて》、いかにせん」と歎処《なげくところ》に、旅人申《まうし》けるは、「杭瀬川《(くい)せがは》の水《みづ》ぎはにこそ、を《(お)》さあい《(ひ)》人の死骸を取《とり》あげ、『いかなる人にておはしますやらん』とて、人の見候《さうらひ》つれ」といへば、「扨は姫君にてぞおはしますらん」とて、大炊・延寿・乳母の女房たち尋《たづね》行《ゆき》みれば、夜叉御前にてぞおはしける。むなしき死骸を御輿《おんこし》にかき入《いれ》て、宿所《しゆくしよ》へ帰り、泣《なき》かなしめ共、[3]つひ《(ゐ)》にむなしくなり給ひしかば、中宮太夫進《ちうぐうのたいふのしん》の御墓《みはか》にならべて孝養《(けうやう)》して、延寿いひけるは、「御志《おんこころざし》浅からずおもはれ奉りし頭殿《かうのとの》にもお《(を)》くれ[4]まゐ《(い)》らせ、其御形見《そのおんかたみ》に見奉らんと思ひつる夜叉御前にもお《(を)》くれ奉る。我身《わがみ》[5]もいきてなにかせん」と歎きければ、母の大炊漸《やうやう》にこしらへ[6]けり。「母の心をやぶらじ」とて、尼になり、頭殿の御菩提を他事《たじ》なく弔ひ奉る。

【現代語訳】

兵衛佐殿の妹、奥波賀の夜叉御前は、佐殿が捕らえられなさったので、湯水さえお飲みにならずお歎きになったので、大炊も延寿も、「どうしてこのようにお歎きなさいますか。御命をながらえてこそ、故頭殿の御冥福をもお祈り申し上げることがおできになりましょう」などと申すと、その後すこし気が晴れていらっしゃる様子だったので、大炊も延寿も気を許して、四六時中ついてまわり申し上げるということもしなかった。乳母の女房もうれしく思っていたところに、二月一日の夜になって、ただ一人奥波賀の宿を抜け出しなさって、はるかに隔たっていた杭瀬河をたずねあて、御年十一で身をお投げになったことはいたましいことであった。

夜が明けると、乳母の女房が、「姫君がおいでになりません」と言ったので、大炊・延寿はあわてさわいで、捜し申し上げたけれども、お見えにならない。「さて、どうしたものか」と歎いているところに、旅人が申したことは、「杭瀬河の水際で、幼い人の死骸を取り上げ、『どのような方でいらっしゃいますのだろう』と言って、人が見ておりました」と言うので、「それでは、姫君でいらっしゃるのだろう」と思って、大炊・延寿・乳母の女房たちが訪ねて行ってみると、夜叉御前でいらっしゃった。空しくなった死骸を御輿にかつぎ込み、宿所に帰り、泣き悲しんだけれども、ついに空しくおなりになったので、中宮大夫進の御墓と並べて供養をして、延寿が言ったことは、「御愛情浅からず思っていただいた頭殿にも先立たれ申し上げ、その御形見としてお世話申し上げようと思っていた夜叉御前にも先立たれ申し上げた。私も生きていても仕方がない」と歎いたので、母の大炊が言を尽くしてなだめた。「母の願いに背くまい」と思って、尼になり、頭殿の御冥福を余念なくお祈り申し上げた。

【語釈】　**○故頭殿**　義朝のこと。　**○二月一日**　『愚管抄』『清獬眼抄』によれば、頼朝が捕縛されたのが二月九日であり、この章段全体が虚構の章段といえよう。　**○杭瀬河**　↓下「義朝内海下向の事……」。杭瀬河（揖斐川）は、平治の乱の頃には奥波賀のすぐ近くを流れていた。「はるかに隔りたる杭瀬河」は誤り。　**○御輿**　二本の棒の上に屋形をつけて、そこに人を入れて運ぶ乗り物。　**○中宮大夫進**　朝長のこと。　**○孝養**　死者の供養を行うこと。法事、追善供養。「Qiôyŏ」「Qeôyŏ」（『日葡』）。　**○我身**　自称の代名詞。女性が使うことが多い。　**○漸に**　言葉を尽くして。

【校訂注】　**1み**　底本「め」。他本により改めた。　**2の**　底本ナシ。和・玄・竜・金・学二は底本に同じ。天・書・監・内・康・半により補った。　**3つゐにむなしくなり給ひしかは**　底本「甲斐そなきさてしも有へきならねは」。東大本「かひそなき」。底本は文意としてはもっとも適切であると思われるが、その他の諸本はいずれも見出しのようになっている。改めた。表記は和による。　**4まいらせ**　底本「まいらせぬ」。監・半を除く諸本に従って「ぬ」を削除した。　**5も**　底本ナシ。康は欠文、和を除く諸本により補った。　**6けり**　底本「たり」。康を除く諸本に従って改めた。

【解説】　頼朝を生け捕りにした宗清らに「我も義朝の子なり。女子なり共、たすけおきてはあしかるべし。具してゆきて、右兵衛佐殿と一所にてうしなふべし」と叫んだ夜叉御前の最期を語る一節である。栃木孝惟氏「『保元・平治物語』における女の状況—武将の妻妾と娘たち—」(『軍記と武士の世界』所収)は、「兄頼朝の運命に殉じ、みずからも共に斬られて果つることを願ったこの少女の叫びは、性別の差異を乗り超え、共に『義朝の子』としての進退を全うしようとしているところに一つの強い印象がある」と論じる。「御命ながらへてこそ、故頭殿の御菩提をも弔ひ申させ給はんずれ」という大炊と延寿の慰めの言葉、義朝の「御形見に見奉らんと思ひつる夜叉御前にもおくれ奉る」と歎く延寿の言葉からも夜叉御前が義朝の子であることを物語は強調している。

この夜叉御前をめぐる挿話自体は虚構と考えられるが、当話は為義・義朝父子をはじめ源氏方の人々と関係の深い青墓周辺の遊女によって創出・管理された在地伝承と関わるとする見解もある(吉田多津雄氏「金刀比羅神社本『平治物語』考」、『軍記と語り物』一一、二本松泰子氏「『平治物語』夜叉御前入水譚の背景」、『伝承文化の展望』所収　等)。四類本に収められる夜叉御前の記事、そして義朝が自身の娘を鎌田正清に命じて殺害させた記事(↓中「義朝敗北の事」)や鎌田の妻(長田忠致の娘)が自害した記事(↓下「義朝内海下向の事……」)は何れも一類本にはない。虚実の問題は別にして、四類本は源氏方武将の妻女の哀話を情調的、詠嘆的に語ることによって敗者側の悲劇性を高め、物語世界を豊かにしていることは間違いない(日本古典文学大系「解説」等)。

【本文】

頼朝遠流に宥めらるる事付けたり呉越戦ひの事

去程《(さる)ほど》に、兵衛佐殿の有様《ありさま》承るぞ哀《あはれ》なる。「頼朝はいまだを《(お)》さなかむなり、手水《てうづ》などもとれ」とて、池の尼御前《あまごぜん》より丹波藤三国弘《たんばのとうざう》といふ小侍一人付《こさぶらひいちにんつけ》られけり。

二月七日のつれ〴〵に、佐殿《すけどの》国弘を召《めし》て、「小刀《こがたな》と檜《ひのき》を尋《たづね》てまゐ《(い)》らせよ」との給へば、国弘申《まうし》けるは、「頭殿《かうのとの》[1]を始《はじめ》まゐ《(い)》らせて、御兄弟《ごきやうだい》あまたうせさせ給候《たまひさうらひ》ぬ。御経《おんきやう》をもあそばし、御念仏《おんねんぶつ》をも申させ給ひ候《さうらひ》て、御菩提《ごぼだい》をも弔《とぶら》[2]ひまゐ《(い)》らッさせ給《たま》ひ候はで、何事の御《おん》手ずさみの候《さうらふ》べきぞ」と申せば、佐殿《すけどの》の給ひけるは、「天下《てんが》に物思ふ者は、頼朝にまさりて二《に》人共有《にんともある》べきか。去年《きよねん》三月に母御前《ごぜん》にお《(を)》くれ奉る。頭殿うたれ[3]給ひ、悪源太《あくげんだ》・太夫進《たいふのしん》もうせ給ひぬ。[4]中にも正月三日、頭殿うたれ給ひぬ。今日《(けふ)》は二月七日なれば、五七日《ごしちにち》になるぞかし。されば頼朝世に[5]だに有《ある》ならば、いかなる仏事をも[6]おこなふべけれ共、かゝる身なれば力なし。されば卒都婆《そとば》の一本をきざみ、念仏をも書付《かきつけ》て、御菩提をも弔ひ奉り、一劫《いちごふ》をも[7]軽《かろ》み給ふかと思ふに[8]こそ、小刀・檜をば尋《たづね》れ。手ずさみにはあらず、[9]国弘」とて、涙をながし給へば、国弘も哀《あはれ》に思ひて、宗清にこのよしいへば、ちひ《(い)》さき卒都婆を百本作《つくり》てまゐ《(い)》らせたれば、念仏を書《かき》給ひ、「僧を請《しやう》じて、供養《くやう》ぜばや」との給へば、宗清がしりたる僧を入《いれ》奉る。佐殿着給へる小袖《こそで》をぬぎて僧の前にさしお《(を)》き、「頼朝世にだに候はば《(ご)》、いかなる御布施《おんふせ》をも用意仕《つかまつる》べく候へ共、かゝる身になりて候へば力及ばず候。卒都婆の供養を宣《のべ》てたび候へ」との給へば、僧哀《あはれ》に覚《おぼえ》て、卒都婆の目出《めでた》きやう、佐殿御《おん》志ふかくおはしますよしを申《まうし》ひらき、「成等正覚《じやうとうしやうがく》、頓証菩提《とんしようぼだい》、往生極楽《わうじやうごくらく》」と申上《まうしあげ》て、鐘《(かね)》うちならしければ、佐殿涙も[10]せきあへ給はず。宗清以下《いげ》の輩《ともがら》もみな涙をそながしける。

【現代語訳】

そうしているうちに、兵衛佐頼朝の有様を伺うにつけ、いたわしいことである。「頼朝はまだ幼い。手水などの世話をせよ」と言って、池の尼御前から、丹波藤三国弘という若侍をひとりお付けになった。

二月七日の所在なさに、佐殿は国弘を召し寄せ、「小刀と檜を探して私にくれ」と言われるので、国弘が申したことは、「頭殿をはじめとして、御兄弟も多くお亡くなりになりました。御経をもお読みになり、御念仏をも申し上げなさって、御冥福をも祈ってさしあげなさることもせず、何事の手慰みをなさるつもりですか」と申すと、佐殿が言われたことには、「この世で、つらい思いをしているものは、頼朝以上には二人といるはずがない。去年の三月には母御前に先立たれ申し上げた。頭殿が討たれなさって、悪源太・大夫進もお亡くなりになりました。とりわけ、正月三日には頭殿が討たれなさった。今日は二月七日なので、三十五日になるぞ。頼朝がこの世で豊かに暮らしているときなら、どのような仏事をも執り行うのが当然だが、このような身なのでなんともできない。そこで卒塔婆を一本でも刻んで、念仏をも書き付けて、御冥福をお祈り申し上げ、せめて業因の一つでも軽くおなりになるかと思うからこそ、小刀と檜を求めたのだ。手慰みではないぞ、国弘」と言って、涙をお流しになったので、国弘も気の毒に思い、宗清にこの由を告げると、小さい卒塔婆を百本作って差し上げたので、念仏をお書きになり、「僧を招いて、供養をしたいものだ」と言われるので、宗清の知人である僧を招き入れてさし上げる。佐殿は着ていらっしゃった小袖を脱いで僧の前に置き、「頼朝がこの世で豊かに暮らしているときならば、どのような御布施をも用意するのが当然だが、このような身になっておりますので、なんともできません。卒塔婆の供養を述べて下さい」と言われるので、僧は気の毒に思われて、卒塔婆のめでたい有様や、佐殿の御志が深くていらっしゃる由を申し述べ、「成等正覚、頓証菩提、往生極楽」と申し上げて、鐘を打ち鳴らしたので、佐殿は涙もせき止めなさることができない。宗清以下の者どもも、皆涙を流した。

【語釈】　○**手水**　手や顔などを洗い清める水。「てみづ」の転。「Chôzzu 手洗い水」（『邦訳日葡』）。○**池の尼御前**　修理権大夫藤原宗兼の娘、宗子。平忠盛の後妻で、家盛や頼盛らの母。忠盛の死去時に出家して尼になり、六波羅の池殿に住んだので、池の尼公、池の尼御前、池の禅尼と称された。○**丹波藤三国弘**　世系等未詳。九条本に「丹波藤三頼兼」、松平文庫蔵本「丹後藤三頼兼」とある。いずれも伝未詳。○**小侍**　年若い従者。○**頭殿**　義朝のこと。○**母御前**　熱田大宮司季範の娘。↓上「源氏勢汰への事」の「熱田大宮司」。○**悪源太**　義平のこと。○**太夫進**　朝長のこと。○**五七日**　人の死後三十五日目。死者が閻魔王庁の第五の庁（閻魔王。本地は地蔵菩薩）で裁きを受ける日とされていた。死者の裁判が有利になるよう、現世に残ったものが仏事を行う。○**卒都婆**　梵語「stūpa」の音訳。死者の供養のためにたてる細長い板で、上部を塔の形に削り、表面には梵字・俗名・戒名などを書く。○**一劫をも軽み給ふか**　「劫」は「業」の当て字。業因とは、現世における所行（主として悪業）。それが原因となって、来世においてそれ相応の報いを受けると考えられた。生者が仏道を修するなどして死者の供養をすれば、死者の受ける苦はそれだけ軽減されるとする。○**供養ぜばや**　「供養ず」と濁る。「Fotoqeuo cuyǒzuru.（仏を供養ずる）仏(Fotoqe) の前で或る法事を行なう、または、仏前に食物などを供える」(『邦訳日葡』)。○**小袖**↓上「源氏勢汰への事」。○**卒都婆の供養を宣て**　卒塔婆供養の由来や願主の志などを詳しく説明することをいう。○**成等正覚**　死者を弔うときに唱える決まり文句。菩薩の因行を満たして等正覚を成すこと。「等正覚」は遍く正しく一切法を覚知することをいう。悟りを開け、の意。「Iŏtŏ Xŏgacu」(『日葡』)。○**頓証菩提**　死者を弔うときに唱える決まり文句。速やかに菩提の妙果を証得する事。速やかに成仏せよ、の意。

【校訂注】　**1を**　底本ナシ。天は脱文。その他の諸本により補った。　**2まいらさせ給ひ候はて**　底本「まいらせ給はて」。「まいらさせ」の部分、天・和・玄・書・竜・監・半「まゐらさせ・まいらつさせ」、底本・内・金・学二「まいらせ」。「給ひ候はて」の部分、底本・監・半「給はて」、和「給候て」、その他の諸本は「給ひ候はて」。すぐ前の文に「御念仏をも申させ給ひ候て」とあり、ここでの頼朝は「せ給ふ」という二重敬語で遇されており、「給ひ候」という丁寧語も使用されている。これらの事情から、天・玄・書・竜に従って改めた。表記は玄による。　**3給ひ**　底本「給ひぬ」。他の諸本に従って「ぬ」を削除した。　**4中にも**　底本「扨も」。内を除く諸本に従って改めた。　**5たに**　底本ナシ。天・内・金・学二は底本に同じ。監・半はこの部分欠文となっている。和・竜・康「たに」、玄・書「たゝ」。和・竜・康により補った。　**6おこなふ**　底本「とりおこなふ」。金・学二を除く諸本に従って「とり」を削除した。　**7軽み**　底本「軽め」。内・金・学二「うかひ・うかび・浮〈うかみ〉」、監・半は下の部分を含めると「軽み給へかし」。和「かろし」、竜「かるし」、天「かろくし」と区々である。底本の他動詞下二段型の活用も存在するが、「給へ」との関係で和・書・監・康・半に従って底本の「め」を「み」に改めた。　**8こそ**　底本「そ」。結び「ぬれ」とあり、底本の脱字とみなし、他本により「こ」を補った。　**9国弘**　底本ナシ。他本により表記の形で補った。　**10せきあへ給はす**　底本「せきあへす」。他本により「給は」を補った。

【解説】　生け捕りとなった頼朝は宗清のもとに預け置かれていたが、池禅尼が「頼朝はいまだをさなかむなり、手水などもとれ」と国弘に世話を指示する。頼朝の幼さという点については、『愚管抄』巻五の、

　コノ頼朝ハアサマシクオサナクテ、イトオシキ気シタル者ニテアリケルヲ、「アレガ頸ヲバイカヾハ切ンズル。我ニユルサセ給ヘ」トナク〳〵コヒウケテ、伊豆ニハ流刑ニ行ヒテケルナリ。

と池禅尼による助命嘆願記事にも見える。また、『盛衰記』巻二十二「入道申㆓官符㆒」には、東国で挙兵した頼朝を追討する宣旨を乞うべく清盛が高倉院のもとを訪れて語ったこととして以下の一節がある（延慶本『平家』にも同趣の記事あり）。

　（池禅尼が）頼朝ヲ見テ一旦ノ慈悲ヲ発シ、「彼冠者アヅケ給ヘ、敵ヲバ生テ見ヨト云タトヘアリ」ト低伏申侍シカバ、誠ニモ源氏ノ種ヲサノミ断ツベキニモ非ズ、入道ガ私ノ敵ニテモナシ、只君ノ仰ヲ重ズル故ニコソアレト思ヒ存ジテ流罪ニ申宥テ、伊豆国ヘ下シ候ヌ。其時十三ト承キ。カネ付タル小男ノ生絹ノ直垂ニ小袴著テ侍シヲ、入道ガ前ニ呼居テ事様ヲ尋問候ヒシカバ、「如何アリケン、事ノ起リシラズ」ト申候キ。ゲニモ幼程ナレバヨモシラジナンド青道心ヲナシテ候ヘバ、今ハ、哀ハ胸ヲヤクト申タトヘニ合テ侍リ。

　清盛が池禅尼の嘆願を受け入れた理由（「誠ニモ源氏ノ種ヲ……」）は『平治』の内容（次段参照）と異なり、清盛が頼朝と対面し、尋問したことは『平治』に見えないが、その尋問の際に清盛の「青道心」を誘ったのが頼朝の幼さであったとある。何れも彼の幼さが池禅尼あるいは清盛の心

を動かし、結果的に死罪を免れ得たことになる。その点、対照的なのは一類本で「たちゐにつけての振舞、常の少者にも似ず、をとなしやかなりけるを見て、人毎に助ばやとぞ申ける」と大人びた頼朝に助命を望む人々の声があり、「或人」の「御身の落居、池殿に付奉りて御申あらば、御命、助かり給はんずる」という助言を受けた頼朝が池禅尼に助命を申し出るという展開になる。

また、この頼朝が卒塔婆を作って義朝の亡魂供養をする場面では「哀」・「涙」の語が多用される。冒頭の、頼朝の有様を「哀」とする語り手、父を供養したいと「涙」する頼朝を「哀」に思う国弘、布施として小袖を差し出す頼朝の言葉に「哀」を感じる僧、そして、最後は頼朝、宗清ら皆が「涙」する。四類本の特徴として指摘される詠嘆的、情調的な傾向（日本古典文学大系「解説」等）が顕著に表れるところである。

【本文】

宗清申《まうし》けるは、「御命《おんいのち》を[1]ば[2]たすからんとは[3]おぼしめされず候《さうらふ》やらん」と申《まうし》ければ、佐殿《すけどの》の給ひけるは、「保元《ほうげん》・平治両度の合戦に、一門兄弟うせ果《はて》ぬ。父も討《うた》れ給ひぬ。後生《ごしやう》を弔《とぶら》ひ奉らんと思へば、殊に命は惜《(お)》しきぞ」との給へば、宗清申《まうし》けるは、「池の禅尼《ぜんに》と申《まうす》は頼盛の御《おん》為には誠《まこと》の母、清盛の御ためには継母《けいぼ》なり。極《きはめ》て慈悲者《じひしや》にておはしまし[4]候《さうらふ》が、一年《ひと(とせ)》山法師《やまぼふし》の呪咀《しゆそ》にてむなしく成《なり》給ひし右馬助家盛の御姿《おんすがた》にすこしも[5]たがはせ給はず候へば、此《この》よし申させ給[6]はば《(ゞ)》、御命をば申《まうし》たすけまゐ《(い)》らッさせ給ふ御事《おんこと》もや候はんずらん」と申《まうせ》ば、「それも誰《たれ》か申《まうす》べき」との給へば、「叶はぬまでも宗清申《まうし》て見候はん」とて、池殿《いけどの》へ参りたり。

池の禅尼の給ひけるは、「お《(を)》のれがもとに頼朝が[7][8]あるなるは、いつきらるゝぞ」と宣《のたまへ》ば、「今月《こんぐわつ》[9]十三日とこそ承《うけたまはり》候へ」と申せば、「あな哀《あはれ》や。扨《さて》は義朝の子共はみなうせんずるごさんなれ」との給へば、宗清申《まうし》けるは、「何者が申《まうし》て候ひけるやらん、上《うへ》の慈悲者にて御座候《おはしましさうらふ》よし承られ候《さうらひ》て、『付きまゐ《(い)》らせて、命ばかりを申《まうし》たすかりて、父の後生《ごしやう》を弔はば《(こ)》や』と歎候《なげきさうらふ》が、故右馬助殿の御《おん》姿に少《すこし》もたがひまゐ《(い)》らせられ候はず」と申《まうし》ければ、池殿、「尼が慈悲者とは頼朝には何者がしらせけるぞ。忠盛の時こそ、きらるべかりし者共をもおほく申《まうし》たすけしか、清盛の代《よ》になりては、申共《まうすとも》かなはじ。中にも右馬助の姿に似たるこそかなしけれ。右馬助だにあると聞《(き)》かば、鳥になりても雲を分《わけ》、魚《うを》になりて水の底へも入《いら》ばやと思ふなり。後世《ごせ》にてもあふべきとだに聞《(き)》かば、只今にても死にもして尋《たづね》て見ばやと思へ共、六道四生《ろくだうししやう》の間《あひだ》定《さだまら》ずときけば、力お《(を)》よばず。かなはざるまでも申《まうし》てこそ見候はめ」との給ひければ、宗清帰《かへり》て、佐殿に此《この》[10]よし申せば、「誠《まこと》しからず」[11]とぞ思はれける。

池殿、伊予守《いよのかみ》重盛をよびよせての給ひけるは、「兵衛佐頼朝が、尼に付《つき》て、『命を申《まうし》たすかり、父の後世《ごせ》をも弔ひ候はばや』となげくなるが、故家盛の姿に少《すこし》もたがはずときく。家盛は清盛の弟《(おとゝ)》なれば、御辺《ごへん》の為には伯父《をぢ》ぞかし。伯父の孝養《けうやう》に頼朝を申《まうし》たすけて、家盛の形見に尼にみせ給へ」との給へば、「申《まうし》てこそ見候はめ」とて、清盛の御前《おんまへ》にまゐ《(い)》り、此《この》よし申されければ、清盛の給ひけるは、「是《これ》こそ池殿の仰《おほせ》なればとて、承るとは申《まうし》がたけれ。義朝朝敵とはいひながら、源平の中あしければ、保元・平治両度の合戦に、清盛大将軍《たいしやうぐん》を承り、

[12]源氏おほく失《うしなふ》事実《[13]じち》也。中にも頼朝は父いとほ《(を)》しみの子として、官をも右兵衛権佐《[14]うひやうゑのごんのすけ》まですゝませ、『末代の大将ぞ』とて、物具《もののぐ》も殊《ことに》よきをとらせけると承る。兄弟おほき中に、今までいきたるだにも不思議なり。たすけん事は思ひもよらず。とく〳〵きるべし」とぞの給ひける。

重盛、池殿にこのよし申されければ、涙をながし給ひて、「哀《あはれ》、恋しき昔《(むかし)》かな。忠盛の時ならば、是程《これほど》かろくはおもはれ奉らじ。過去に頼朝に我《[15]わが》命をたすけられて有《[16]あり》けるやらん、聞《きく》よりしていたく不便《ふびん》に思ふなり。頼朝きられば我もいきて何かせん。さらば干死《(ひ)じに》にせん」とて、湯水《ゆみづ》をも見入《いれ》給はず伏沈《ふししづみ》てなかれければ、重盛このよしきゝ、清盛の御前《おんまへ》にまゐ《(い)》りて申されけるは、「池殿こそ、『頼朝きられば尼も干死《(ひじに)》に《(ゝ)》せん』と御歎候《おんなげきさうらふ》なるが、既《すでに》かぎりと承《うけたまはり》候。年老《おい》おとろへさせおはしまし候へば、只今もむなしくならせ給ひ候《さうらふ》事候はゞ《(ゞ)》、『清盛は賢仁《けんじん》の弓取《ゆみ(とり)》とこそ聞《きき》つるに、老《おい》おとろへたる母の尼上《あまうへ》の申事《まうす》を叶へずして、むなしくなしぬるは、継母《けいぼ》・継子《けいし》の中にてこそ、か様《やう》にはあれ』なんど人申《[17]まうし》候はゞ《(ゞ)》、御為《おんため》には憚《はばかり》にて候《さうらふ》物を。頼朝をきられ候共《さうらふとも》、なからん果報来《きた》るべきにても候はず。たすけさせ給ひて候共《さうらふとも》、あらん果報失《(う)》すべきにても候はず。当家の運末《すゑ》にならん時は、諸国に源氏おほければ、世をとらん事、何《[18]なん》のうたがひか候《さうらふ》べき」と申されければ、清盛理《ことわり》にやおもはれけん、十三日[19]にきらるべかりし頼朝の死罪をなだめお《(を)》かれけり。

【現代語訳】

宗清が申し上げたことは、「御命を助かろうとはお思いになっていらっしゃらないのでしょうか」と申し上げたところ、佐殿が言われるには、「保元・平治両度の合戦に、一門兄弟はみな亡くなりました。父も討たれてしまわれました。後生を弔い申し上げようと思うので、格別に命は惜しいぞ」と言われると、宗清が申し上げたことは、「池禅尼と申す方は、頼盛にとっては実の母、清盛にとっては継母だ。きわめて慈悲深い人でいらっしゃいますが、ある年、山法師の呪詛でお亡くなりになった右馬助家盛の御姿にすこしも違っていらっしゃいませんので、この由を申し上げなさいましたなら、御命を歎願して助けて差し上げなさることもあるかもしれません」と申すと、「それをだれが申し上げることができるのだ」と言われるので、「かなわないかもしれないが、宗清が申し上げてみましょう」と言って、池殿に参上した。

池禅尼が言われるには、「おまえのところに頼朝がいるというが、いつ切られるのだ」と言われると、「今月十三日と伺っております」と申すと、「ああ気の毒に。そうすると義朝の子どもは皆いなくなってしまうようだね」と言われるので、宗清が申し上げたことは、「何者が申し上げたのでございましょう、あなた様が慈悲深い方でいらっしゃる由をお聞きになって、『おすがり申し上げて、命だけでも助けていただいて、父の後生を弔いたい』と歎いておりますが、故右馬助殿のお姿にすこしも違っておりません」と申し上げると、池殿は、「この尼を慈悲深い者と、頼朝には誰が知らせたのだ。忠盛の時には、切られるはずの者どもをも、多く口利きして助けたが、清盛の世になった以上、歎願してもかなうまい。とりわけ右馬助の姿に似ていることこそ、いとおしいことだ。右馬助さえいると聞いたなら、鳥になってでも雲を分け、魚になってでも水の底へも潜っていこうと思っている。後世で出会えると聞いたなら、今すぐに死んででもして、訪ねてみたいと思うが、六道四生の間はどこに行くか定まっていないと聞くので、なんともできない。かなわないかもしれないが、歎願してみましょう」と言われたので、宗清が帰って、佐殿にこの由を申すと、「本当とも思われない」とお思いになった。

池殿は伊予守重盛を呼び寄せて言われたことは、「兵衛佐頼朝が、この尼にすがって、『口利きで命を助けていただき、父の後世をも弔いたいものです』と歎いているというが、故家盛の姿に少しも違わないと聞く。家盛は清盛の弟だから、そなたにとっては叔父ですぞ。叔父の供養に頼朝を、口利きして助け、家盛の形見にこの尼にお見せ下さい」と言われると、「申し上げてみることだけはしましょう」と言って、清盛の御前に参上し、この由を申し上げなさったところ、清盛が言われるには、「これぱかりは池殿の仰せであるからといって、承知しましたと申すわけにはいかない。義朝は朝敵とはいいながら、源平の仲が悪いから、保元・平治両度の合戦に清盛が大将軍を仰せつかって、源氏を多く滅したことはその通りだ。中にも頼朝は父の最愛の子として、官職も右兵衛権佐まで進ませ、『末代の大将だ』と言って、武具もことさら立派なものをとらせたと聞いている。兄弟の多い中で、今まで生きていることとさえ不思議なことだ。助けることは思いも寄らない。早々に切れ」と言われた。

重盛が池殿にこの由を申されたところ、涙をお流しになって、「ああなんとも恋しい昔だこと。忠盛の時だったら、これほど軽く思われることはあるまい。過去に頼朝に自分の命を助けられていたのであろうか。聞くやいなや、たいそうかわいそうに思うのだ。頼朝が切られたなら私も生きていてもなにになろうか。それならば餓死しよう」と言って、湯水さえお飲みにならず、伏し沈み泣かれたので、重盛はこの由を聞き、清盛の御前に参上し申されたことは、「池殿が、『頼朝が切られたなら、尼も餓死しよう』と言って、お歎きになっているそうだが、もはや危険な状態と伺っております。年を取り、弱っていらっしゃいますので、今すぐにでもお亡くなりになるようなことがございましたら、『清盛は、思慮深い武士だと聞いているのに、年老い弱り切った母の尼上の言うことをかなえずに死なせてしまったのは、継母と継子の間柄だからこそこんなふうになったのだ』などと人が申しましたなら、御自身にとっては差し障りとなることでございますものを。頼朝をお切りになったとしても、来るはずのない果報がやって来るはずもありません。頼朝をお助けになったとしても、来るはずの果報がなくなってしまうわけでもありません。当家の運が末になるようなときは、諸国に源氏が多いので、世をとるであろうことは疑問の余地がありません」と申し上げなさったので、清盛はもっともだとお思いになったのであろうか、十三日に切られるはずの頼朝の死罪を軽減しておかれた。

【語釈】　○**後生**　死後の生。「Goxŏ」（『日葡』）。　○**池の禅尼**　禅尼は仏門に入った女性の称。　○**頼盛**　↓上「主上六波羅へ行幸の事」。　○**山法師**　「Yamabôxi 比叡の山の坊主」（『邦訳日葡』）。

○**呪咀**　「咀」は「詛」の当て字。祈禱によって人を呪うこと。「Xuso」（『日葡』）。○**右馬助家盛**　大治二年（一一二七）？〜久安五年（一一四九）。桓武平氏。忠盛の二男。母は池禅尼。久安四年（一一四八）一月二十八日に右馬頭・従四位下に任ぜられた。それ以前は左兵衛佐。久安五年、鳥羽院の熊野参詣に供奉しての帰途、宇治川で死去。「右馬助」は馬寮の次官。左右馬寮は御所の御厩の馬・馬具、諸国の御牧の馬の管理にあたった。○**池殿**　六波羅にあった平氏の邸宅。忠盛から譲られて、池禅尼・頼盛が住んだ。○**上**　貴人の妻。奥方。○**今月**　「Conguat」（『日葡』）。○**ごさんなれ**　「にこそあるなれ」の縮。ここでは池禅尼を指す。○**後世**　あの世。死後の世界のこと。○**六道**　仏教で生前の所行に応じて行くといわれている六つの世界。地獄・餓鬼・畜生・修羅・人間・天上の六道を指す。○**四生**　胎生・卵生・湿生・化生の四つの、それぞれの生まれ方。『太平記』巻二十三「大森彦七事」に「御辺ハ六道四生ノ間、何ナル所ニ生テヲワシマスゾ」とあり、六道とともに、死後赴く世界の意に使われる。○**池殿**　池禅尼のこと。○**孝養**　死者の供養。○**物具**　鎧・兜などの、身につける武具。○**不思儀なり**　「儀」は「議」の当て字。意外である。ここは運の強さに対する感嘆。○**過去**　過去世。生まれてくる以前の世。○**干死にせん**　餓死しよう。「Fijini 飢えのために死んでしまうこと」（『邦訳日葡』）。○**死罪をなだめおかれけり**　死罪を軽くし流罪にして助けておかれた。

【校訂注】　**1は**　底本ナシ。内を除く諸本により補った。　**2たすからんとは**　底本「たすかりたくは」。和「たすからんとは」、内・康「たすからんと」、金・学二「助〈たす〉からんと」、半「助トハ」。天・和・玄・書・竜・監に従って改めた。表記は天による。　**3おほしめされす候やらん**　底本「おほしめし候はぬやらん」。和・玄・書・竜に従って改めた。　**4候か**　底本「候なり」。他本に従って改めた。　**5たかはせ給はす**

底本「たかはす」。内「たかはせ玉はす」、金「ちがはせ給はず」、学二「違〈たかひ〉はせ給〈たま〉はす」とあるほかは、諸本表記のとおり。改めた。表記は天による。**6給はゝ**　底本「給候はゝ」。康を除く諸本に従って「候」を削除した。**7か**　底本「の」。他本に従って改めた。**8あるなるは**　底本「あるなるか」。玄・書は底本に同じ。天・和・竜「ありけるか」。監・内・金・学二・康・半に従って改めた。**9十三日とこそ承候へ**　底本「十三日とそ承る」。他本に従って改めた。表記は監による。**10よし**　底本「よしを」。他本に従って「を」を削除した。**11とそ**　底本「そ」。内・金。学二は底本に同じ。その他の諸本により「と」を補った。**12源氏**　底本「源平」。天・和・玄・書・竜は底本に同じ。監・内・金・学二・康・半に従って改めた。**13実なり**　底本は「まこと」と読む場合「誠」を使うことが多い。ここは「実」とあるので、天・玄・竜の読みに従って「じち」と読んだ（和は「実〈じつ〉」）。**14右兵衛権佐**　底本「右兵衛佐」。監・半を除く諸本に従って「権」を補った。**15我**　底本ナシ。他本により補った。**16有けるやらん**　底本「有らん」。天を除く諸本に従って改めた。表記は学二のルビを省いたものによる。**17人**　底本「人の」。他本に従って「の」を削除した。**18何のうたかひか候へき**　底本「何かうたかひ候へき」。天・和・玄・書・竜は底本に同じ。康「何のうたかひ候へき」、金「何〈なん〉の歎〈なげき〉か候べき」、学二「何の歎〈なけき〉か候へき」。金・学二の「歎」は「疑」の誤写であろう。内・監・半に従って改めた。表記は内による。**19に**　底本ナシ。他本により補った。

【解説】　頼朝が早世した家盛と瓜二つだということから池禅尼はその助命を嘆願する（家盛のことは一類本にない）。しかし、清盛はこれを一蹴、その理由は頼朝が義朝の「いとほしみの子」で「『末代の大将ぞ』とて、物具も殊よきをとらせける」存在だからである。この清盛の発言は、上「源氏勢汰への事」の、

　鎧に産衣、太刀に鬚切、ことに秘蔵して、嫡〳〵に譲しかば、悪源太にこそたぶべかりしを、「三男なれ共、頼朝は末代の大将ぞ」とみ給ひけるにや、頼朝にたびにけり。

の一節を踏まえたもので、ここでも将来の頼朝像を意識した叙述が繰り返される。

願い出を拒絶された池禅尼は飲食を断って餓死せんと迫る。これを受けた重盛は孝を説き、運命を論じて清盛を諭し、頼朝の助命を実現させる。このように清盛を説得する重盛像は、『平家』の「内には五戒をたも(ッ)て慈悲を先とし、外には五常をみだらず、礼儀をたゞしうし給ふ人」(巻二「教訓状」)と仏教と儒教の理想を兼ね備え、「天性このおとゞは不思議の人にて、未来の事をもかねてさとり給けるにや」(巻三「無文」)と運命を予見する人物像が反映している。一方、一類本(九条本)では、頼朝の助命を清盛に撥ね付けられた池禅尼が再度重盛に彼の助命を申し出る。その際、うまく取り成してくれると期待していたものの、不首尾に終わったことから「そなたにや、腹にあらずとへだて給らんと、世にうらめしく」と血のつながりがない故に分け隔てするのかと恨み言を述べる。これを受け、重盛が清盛に語るところは、

> 池殿のうらみ、以外に候。女房のをろかなる心に思たちぬる事は、難儀、極なきならひにて候。さのみ背申させ給候はん事、うたてしくや候はんずらむ

と忿懣《ふんまん》やるかたない胸の裡を吐露する。四類本でも重盛が池禅尼との血のつながりに関わる文言を持ち出すが、それは清盛を説諭する文脈の中で用いている(「清盛は賢仁の弓取とこそ聞つるに……御為には憚にて候物を」)。その意味で一類本の重盛像は、『平家』や四類本にみられる理想化されたそれとは異なり、人間臭い、「リアリティに富んだ人物形象」(日下力氏『平治物語の成立と展開』前篇・第一章)がなされていると言えよう。

一類本では、重盛を介しての二度にわたる嘆願がなされた後、池禅尼が重盛と頼盛を使者として繰り返し頼朝助命を乞い続け、その処分が保留されることとなる。そして、助命嘆願記事の結びの一文が、

兵衛佐、心に思けるは、「八幡大菩薩おはしましけり。命だにたすかりたらば、などか本意をとげざらむ」と、いつしか思けるぞおそろしき。

である。この時点で頼朝の心に芽生え始めたのは、源氏の氏神である八幡神の加護のもと、復讐を実現せんとする意志であった。

ところで、『平治』、そして先に示した『愚管抄』や『盛衰記』では頼朝の助命嘆願は池禅尼の私情からなされたこととするが、以下のような背景の存在も推測されている。池禅尼は鳥羽院后待賢門院璋子や崇徳院に仕える院近臣家に生まれ、禅尼自身が崇徳院第一皇子重仁親王の乳母にもなっている。一方、頼朝の母は熱田大宮司藤原季範の娘であるが、この熱田大宮司家も待賢門院やその娘の上西門院統子らに近仕する女房を輩出した家柄で、頼朝は蔵人として上西門院に仕えていた。こうした人的ネットワークを背景として、池禅尼周辺の人々あるいは上西門院から禅尼に頼朝助命の要請があったのではなかろうかとする見解が提起されている（角田文衛「池禅尼」、『王朝の明暗』所収、栗山圭子「池禅尼と二位尼」、『保元・平治の乱と平氏の栄華』所収　等）。

【本文】

人、此《この》よし聞《きき》て申《まうし》けるは、「昔[1]、奥嵯峨[2]《おくさが》の天皇の御子《みこ》淳和[3]《じゆんわ》の皇子は、七《しち》歳にて親の敵《かたき》の伯《を》父《ぢ》安康《あんかう》天皇を討《うち》給ひけるなり。栗屋《くりや》川《がは》の二郎貞任《さだたふ》が子息千代《ちよ》童子は、十二歳にて、父と一所《いつしよ》にて討死《うちじ(に)》しけるとぞ承る。頼朝は今年十四《じふし》歳になるぞかし。父と一所《いつしよ》にて討死[4]をこそせざらめ、年たけ[5]齢《(よはひ)》かたぶきぬる朽尼《(くち)あま》に付《つき》て、命をこひ、たすからんといふは、無下《むげ》にいふかひ《(い)》なき心かな」といひければ、或人申《まうし》けるは、「此儀《このぎ》しかるべからず。越王勾践《こうせん》と呉王夫差《ぶさ》と会稽山《くわいけいざん》を中に隔《へだ》て合戦をしけるに、[6]越王軍《いくさ》にうち負《まけ》て敵《てき》呉王夫差にとらはる。土の籠《ろう》にこめて失はんとしけるに、呉王夫差大事の病をうけたりけるに、[7]『いかにしてか病人の死生《ししやう》をしるべき』といひければ、越王此《この》よしをきゝ、『病人の死生をしるはやすき事なり』といふ。『いかにしてしるぞ』と問《(と)》へば、[8]『尿《いばり》を飲《のみ》てしる』といふ。『なんぢ飲《のみ》てんや』といへば、『安事《やすき》[9]なり』とて、呉王夫差が尿を三度のむ。『いかに』と問《(と)》へば、『今度は死すべからず』と答ふ。軈而《やがて》病いえ《(へ)》ければ、『是、わが為に恩あるものなり』[10]とてたすけられ、古郷《ふるさと》へ帰《かへり》ける時、道にて蛙《(かはづ)》のを《(お)》どりければ、馬《むま》よりおりて通る。人、『いかに』と問《(と)》へば、『勇《いさめ》るものを賞《しやう》ぜん為なり』とこたふ。『かゝる賢人《けんじん》あるなり』[11]とて、当国《たうごく》・他国より大勢来《きたり》て付《つき》ければ、終《つひ》に呉王夫差をほろぼしぬ。『会稽の恥をすゝぐ』とは、か様《やう》の事をこそ申せ。あるが中に、頼朝、『命をいきん』と云《いふ》は、成人《(せいじん)》して後《のち》、親の敵《かたき》なれば、平家をほろぼさんとや思ひなりて申候《まうしさうらふ》らん。おそろし〳〵」とぞ申《まうし》あひける。

【現代語訳】

ある人がこの由を聞いて申したことは、「昔奥嵯峨の天皇の御子淳和の皇子は、七歳で親の敵の伯父安康天皇をお討ちになったという。厨川二郎貞任の子息千代童子は、十二歳で父と一緒に討死にをしたと伺っている。頼朝は今年十四歳になるのだぞ。父と一緒に討死にをしないのはまだしも、年を取って齢の傾いた朽ち尼にすがって、命乞いして助かろうというのは、全く口にするにも値しないだらしない心持ちだな」と言ったところ、ある人が申したことは、「この見方は正しくない。越王勾践と呉王夫差とが会稽山を中に挟んで合戦をしたとき、越王は戦に負けて敵の呉王夫差に捕らえられた。土の牢に閉じこめられて、殺そうとしたところ、呉王夫差が重病にかかって、『どのようにして病人の死生を知ったらよいのだろう』と言ったので、越王はこの由を聞き、『病人の死生を知ることは簡単なことだ』と言う。『どのようにして知るのだ』と問うと、『尿を飲んで知る』と言う。『おまえは飲むことができるか』と言うので、『簡単なことだ』と言って、呉王夫差の尿を三度飲む。『どうだ』と問うと、『今度は死ぬことはありません』と答える。すぐに病気が治ったので、『これは自分にとって恩義のある者だ』と言って助けられ、故郷へ帰ったとき、道で蛙が勢いよくとび跳ねたので、馬から下りて敬礼して通った。人が、『なぜです』と問うと、『勇気ある者を顕彰するためだ』と答えた。『これほどの思慮深い人がいる』と言って、当国・他国から大勢がやってきて味方に付いたので、ついに呉王夫差を滅ぼしてしまった。会稽の恥を雪《きよ》めるというのは、このようなことを申すのだ。選ぶ道がいくつもある中で、頼朝が『命を長らえよう』というのは、大人になってから、親の敵だから、平家を滅ぼそうと決心して申すのでありましょう。おそろしい、おそろしい」と話しあった。

【語釈】 **○奥嵯峨の天皇**　正しくは「大草香親王」。仁徳天皇の皇子。履中・反正・允恭天皇の弟にあたる。『本朝皇胤紹運録』に「為二安康一被レ殺」とある。この間の事情については『安康紀』に記されている。大泊瀬皇子《おおはつせのみこ》の妻として大草香親王の妹を迎えようと、安康天皇が根使主《ねのおみ》を使者に立てた。大草香親王は承諾のしるしとして、押木珠縵《おしきのたまかずら》を天皇に献じようと根使主に託した。ところが根使主がこの宝をわがものにしようとして、天皇に讒言したため、激怒した天皇が兵を起こして大草香親王を攻め殺した。↓補注一五一。　○**淳和の皇子**　「眉輪王《まよわのおおきみ》」の誤り。大草香親王の子。『古事記』には目弱王とある。『安康紀』に「三年秋八月甲申朔壬辰、天皇為二眉輪王一見レ殺」とあり、その間の事情は『雄略紀』によると、安康天皇が酒に酔って皇后（眉輪王の母）の膝枕で眠っているとき、眉輪王が刺し殺したという。このため眉輪王は、雄略天皇によって燔《や》き殺された。このとき眉輪王は七歳。ただし真字本『曾我物語』巻四には十三歳とする。　○**安康天皇**　允恭天皇の皇子。在位三年。兄の木梨軽皇子を殺して即位し、宮を石上（天理市）に移して、石上穴穂宮《いそのかみのあなほのみや》と称した。『本朝皇胤紹運録』に「殺二草香皇子一取二其妻一為レ后。三年八月、為二眉輪王一被レ殺〈五十六〉」とある。金刀本のみ「継父安康天皇」とするが、古活字本による補訂の可能性がある。↓補注一四四参照。　○**栗屋川の二郎貞任**　「栗屋川」は「厨川」が正字。寛仁三年（一〇一九）～康平五年（一〇六二）。安倍頼時の二男。陸奥国北上川流域に勢力を張った豪族。厨川柵に拠ったので厨川二郎と号す。↓上「源氏勢汰への事」。　○**千代童子**　安倍貞任の子。『藤崎系図』に「千代童子丸。十三而与レ父一所戦死」、『安藤系図』に「千代童子。父同十三歳討死」とある。父貞任とともに奮戦した様は『陸奥話記』に描かれる。『吾妻鏡』文治五年（一一八九）九月十八日条にも「康平五年九月十七日、入道将軍家頼義、於二此厨河柵一獲二貞任・宗任・千世童子等頸一給」と、貞任・宗任とともに名を見せる。　○**十二歳**　『陸奥話記』・『安藤系図』・『藤崎系図』は、いずれも十三歳とする。　○**越王勾践……**　呉越の戦いは、我が国ではもっとも好まれたもののひとつであったようで、長文のもののみを拾ってみても、『平治』、『盛衰記』巻二「会稽山」、同巻十七「勾践夫差」、『太平記』巻四

「備後三郎高徳事……」、『三国伝記』巻六「呉越戦事」、『曾我物語』巻五「呉越のたゝかひの事」に引かれている。○**越**　浙江省、江蘇省、および山東省の一部を領有した国で、春秋時代、列国の一。前四七三年、勾践の時に呉を滅ぼし覇をとなえたが、前三三四年にいたって、楚に滅ぼされた。○**越王勾践**　在位前四九六年～前四六五年。春秋時代の越王。呉王夫差と会稽山に戦って敗れ、赦されて帰国した後、范蠡《はんれい》の補佐を得てついに呉を滅ぼした。臥薪嘗胆の故事で有名。『史記』に「越王勾践世家」がある。○**呉**　江蘇省にあった国で、春秋十二諸侯の一。周の文王の伯父、太伯から始まる。闔閭《こうりょ》の時、楚を破って威を振るい、その子夫差の時一時越を会稽山に破り、勾践を捕虜にして、天下に覇を唱えた。しかし忠臣伍子胥《ごししょ》の諫言を容れず、太宰嚭《たいさいひ》を用いたため政策を誤り、前四七三年ついに勾践に滅ぼされた。『史記』に「呉太伯世家」がある。○**呉王夫差**　在位前四九五年～前四七三年。春秋時代の呉王で、父闔閭が勾践と戦って死ぬ前に遺した遺言を守り、薪の上に起臥して復讐を誓い、ついに会稽山で越王勾践を捕らえた。しかし太宰嚭を重用し、忠臣伍子胥を自殺させたため、范蠡の補佐を得た勾践に滅ぼされた。○**会稽山**　浙江省紹興県にある山。春秋時代の呉越の古戦場。越王勾践が呉王夫差に敗れ、会稽山に囲まれたため、敗戦の恥辱を「会稽の恥」といい、復讐を遂げることを「会稽の恥を雪む」という。○**土の籠**　『呉越春秋』巻七「勾践入臣外伝」には石室。○**大事の病**　『呉越春秋』には「疾」とあるのみで、病名を記さないが、『太平記』巻四「備後三郎高徳事……」、『三国伝記』巻六「呉越戦事」、『曾我物語』巻五「呉越のたゝかひの事」、および『ごゑつ』には「石淋」、『式目聞書』上「一、殴人咎事」には「大事の腫物」と病名が見える。なお以下の説話の原拠は『呉越春秋』巻七「勾践入臣外伝」による。↓補注一五二。○**尿**　小便。『呉越春秋』は「溲悪」（小便と大便）「便」「溲」「便与悪」「糞悪」などとある。○**古郷へ帰ける時**　以下の説話は『呉越春秋』巻十「勾践伐呉外伝」に見える。↓補注一五三。○**蛙の**

をどりければ　蛙が勢いよく跳びはねたので。『呉越春秋』には「張レ腹而怒。将レ有二戦争之気一」とある。蛙が怒気を含んで、戦意を見せたのである。　○**馬よりおりて通る**　下馬は相手に対する敬意のしぐさ。『呉越春秋』『韓非子』では、「軾（式）す」とある。これは車の前の横木に手をかけて、相手に敬礼をすることをいう。『伍子胥変文』では、怒蛙を抱き取ったとある。　○**すゝぐ**　雪む。はらす。「きよむ」とあるのが本来か。「雪〈キヨム〉―恥」（『伊呂波』）。↓補注一五四。

【校訂注】　**1昔**　底本ナシ。他本により補った。　**2奥嵯峨の天皇**　底本「嵯峨の天皇」。監は底本に同じ。天「さかのてんわう」、和・玄・書・竜「おくさがのてんわう・おくさかのてんわう・をくさかのてんわう」、康・半「奥嵯峨天皇・奥嵯峨ノ天皇」、内「大草わうしてんわう」、金「大草香親王〈おほくさかのしんわう〉」、学二「大草皇子〈くさわうじ〉天皇〈わう〉」。その他、元和本「おくさかてんわう」、杉原本「大草香皇子〈おほくさかのみこ〉」、京師本「奥嵯峨〈おくさが〉の天皇〈てんわう〉」、古活字本「大草香親王」。底本のままとし、和・玄・書・竜・康・半により「奥」を補った。　**3淳和の皇子**　底本のまま。監は底本に同じ。康「淳和王子」、半「淳和ノ王子」、天・玄・竜「しゆんわのわうし」、書「しゆんわの天王」、和「駿和〈すんわ〉のわうし」。金刀本系では、内「眉輪〈ひりん〉わうし」、金「眉輪王〈びりんわう〉」、学二「眉輪〈びりん〉皇子」。その他、杉原本「眉輪〈マユワ〉の王〈オホキミ〉」、京師本「淳和〈わうわ〉の皇子」、元和本「しゆんわのわうし」、古活字本「眉輪王」とある。　**4を**　底本ナシ。和を除く諸本により「を」を補った。　**5たけ**　底本「高く」。内「たかく」とあり底本に同じ。学二「高」とあり、「たけ」とルビを附す。その他の諸本はいずれも「たけ」もしくは「蘭」。これらの諸本に従って改めた。　**6を**　底本ナシ。内を除く諸本に従って「を」を補った。　**7いかにしてか**　底本「何としてか」。康「何としてか」、監「いかゝしてか」、半「如何シテカ」。その他の諸本はいずれも「いかにしてか」。改めた。　**8か**　底本「の」。天・和・玄・書・竜はこの語を欠くため、主客が転倒している。その他の諸本はいずれも「か（が）」とある。改めた。　**9答ふ**　底本「答へ」。金は底本に同じ。学二に「答〈こたう〉」とあり、監・康・半に「答」とあるので、底本は終止形を連用形に読んだのであろう。天・和・玄・書・竜・内・学二に従って「へ」を「ふ」に改めた。　**10恩**　底本「せん（「せ」は「を」に似る）」とあり、「恩」と傍書。他本に従って、本文の「せん」を削除して傍書の「恩」を採った。　**11なり**　底本「なる」。書に「成」とある以外、他本はすべて「なり」。改めた。

【解説】　七歳の眉輪王のように親の敵を討つことも、十二歳の千代童子のように父とともに討ち死にすることもなく、命乞いをした十四歳の頼朝の真意を「会稽の恥をすゝぐ」の故事に拠って説こうとしたのがこの段である。敗戦の屈辱を忍び、困苦に耐え、「成人して後、親の敵なれば、平家をほろぼさんとや思ひなりて申候らん」と頼朝は復讐の志を抱いているのであろうとする。これは後の平家討滅、源氏再興の事実を踏まえていることは言うまでもない。この部分、一類本は「……会稽の恥を雪といふ事あり。其ごとくに、兵衛佐も、命だにあらばとこそ思らめ。尼にも大弐にも、所存こそしりがたけれ」、古活字本は「されば俗のことわざには、『石淋の味をなめて、会稽の恥をきよむ』といへり。頼朝も命ま（つ）たくはと思へば、尼公にもつき、入道にもいへ、たすかるこそ肝要なれ」とどちらも四類本と異なり、打倒平家の意志を直截的には示していない。

越王勾践と呉王夫差をめぐる故事に関して、一類本では、四類本に記される勾践飲尿の逸話はなく、捕らえた勾践を処刑するよう夫差に諫言した伍子胥が逆に夫差の怒りを買って殺されるという記事が置かれる。古活字本には、飲尿の話も伍子胥をめぐる話もなく、夫差討伐を決意した勾践と臣下の范蠡が攻撃の是非をめぐって論争する記事、さらに范蠡が囚われの身となった勾践に対してどうあっても生きながらえるよう密かに励ましたという記事が置かれる。古活字本におけるこれらの記事については、『太平記』巻四「備後三郎高徳事付呉越軍事」の本文に依拠するとの指摘がある

（釜田喜三郎氏「流布本保元平治物語の成立」、『語文』七　等）。また、『平治』の中国関連記事は後出本で増加する傾向にあり、古活字本は中国故事を含めて軍略や策謀に高い関心を示すとされる（日下力氏『平治物語の成立と展開』後編・第五章・第一節）。

常葉落ちらるる事

【本文】

清盛宣《のたまひ》けるは、「池殿のさりがたく宣《のたまへ》ば、頼朝をばたすけお《（を）》くべし。常葉《ときは》が腹に義朝の子共三人あるなり、尋出《たづねいだ》し、目の前にてみなうしなふべし」とぞの給ひける。

人来《きたり》て、常葉に此《この》よししらせければ、さらず共、「いかゞあらんずらん」と歎きけるに、此《この》よしきゝ、二月九日の夜《よ》に入《いり》て、を《（お）》さあい《（ひ）》者共引具《ひきぐ》して清水寺へぞ参りける。仏前《ぶつぜん》にて申《まうし》けるは、「童《わらは》、観音に頼《たのみ》をかけまゐ《（い）》らせ、七歳《しちさい》の年より月詣《つきまうで（を）》おこたらず。十[1]三の年より月毎《つきごと》に一部の法華経お《（を）》こたらず。十九《じふく》歳《さい》より月毎に三十三躰《たい》の聖容《せいよう》を摺《すり》奉る。夫《それ》、観音の慈悲利《り》生《しやう》深くおはします事を承るに、三十三身《じん》の春の花、匂ふ袂は数をしらず、十九《じふく》数《じゆ》の秋の月、もりこぬ宿はよもあらじ。観音の慈悲利生なれば、後世《ごせ》までと申《まうす》共、何《いか》に叶へさせ給はざるべき。いかに況《いはんや》、今生《こんじやう》に三人の子共の命をたすけて童《わらは》にみせさせ給へ」と、夜《よ》もすがらくどき申《まうし》ければ、観音もいかに哀《あはれ》とおぼしめしけん。

夜《よ》も明《あけ》ければ、参籠の上下《じやうげ》皆下向す。常葉も子共引具《ひき（ぐ）》して、師の坊へ入《いり》にけり。日比《ひごろ》は源氏の大将左馬頭《さまのかみ》義朝の女房などともて《(こ)》なし、輿《こし》・車にて詣《まうで》しに、今は乗物《(のり)もの》こそなからめ、供《とも》の者一人《いちにん》も具《(ぐ)》せずして来りければ、坊主《ばうず》も[2]いかにあはれに思ひけん。坊主、「いかなる御《おん》事候《ことざうらふ》ぞや」と申《まうせ》ば、「義朝の公達《きんだち》さぶらふを、平家の方《かた》へとり出《いだ》してうしなふべしと承り、片辺《かたほとり》へ落行候《おちゆきさぶらふ》が、観音によく〳〵申させ給へ。御誓《おんちかひ》より外《ほか》は、又たのみ候《さぶら》はず」といへば、坊主申《まうし》けるは、「『[3]唐の太宗《たいそう》は仏像を礼《らい》して、栄花を一生[4]の春の風に開き、漢の明帝《めいてい》は経典《きやうでん》を信じて、寿命を秋の月に期《ご》す』とこそ承《うけたまはり》候へ。かくて此《この》僧が[5]候へば、さり共とおぼしめされ候へ。是にもしばらく忍ばせ給ひ、世の有様をも[6]御覧ぜよ」と申せば、「是は六波羅も近ければ、始終はいかでか叶ふべき。大和の方《かた》へ人を尋《たづね》て行《ゆく》なり」とて、常葉なく〳〵出《いで》にけり。

【現代語訳】

清盛が言われたことは、「池殿が拒みがたく仰せになるので、頼朝を助けておけ。常葉の腹に義朝の子どもが三人いるという、捜し出して、目の前で皆殺ししてしまえ」と言われた。

人がやってきて、常葉にこの由を知らせたところ、そうでなくても、「どうしたらよいのだろう」と歎いていたところに、この由を聞いて、二月九日の夜になって、幼い者どもを引き連れて清水寺に参詣した。仏の御前で申したことは、「私は観音に頼みを掛け申し、七歳の時から月詣でを怠らなかった。十三の歳から毎月法華経一部を怠らず読み続けた。十九の歳から毎月三十三体の観音のお姿を摺写してまいりました。そもそも観音の慈悲・利生が深くていらっしゃることを聞き及ぶにつけ、観音の三十三身を春の花に譬えれば、春の花の匂う袂は数限りなく、観音の十九種を秋の月に譬えれば、秋の月が漏れてこない宿はまさかありますまい。観音の慈悲・利生でありますから、たとえ『後世までお助け下さい』と申し上げたとしても、どうしてかなえて下さらないことがありましょう。ましてや、もっと簡単なことでしょうから、現世で三人の子どもの命を助けて、私にお見せ下さい」と、夜通し思いの丈を切々と訴え申し上げたので、観音もどれほど気の毒とお思いなさったことだろう。

夜も明けたので、参籠の人々は身分の高い人も低い人もみな下向する。常葉も子どもを引き連れて、恩師の坊に入っていった。日頃は源氏の大将左馬頭義朝の女房などといって大切にされ、輿や牛車で参詣したのに、今は乗り物の一つもないばかりか、供の者を一人も連れずにやってきたので、坊主もどれほどか気の毒に思ったことであろう。坊主、「どのような事がございましたか」と申すと、「義朝の若君たちがおりますのを、平家の方に捕らえて殺そうとしていると伺って、片田舎に逃げていきますが、観音によくよく申し上げなさって下さい。観音の御誓願よりほかにまたあてにしてはおりません」と言うと、坊主が申したことは、「『唐の太宗は仏像を礼した功徳で、一生の栄華を春の風の下に開花させ、漢の明帝は経典を信じた功徳により、永遠の寿命を秋の月の下に期待した』と聞いております。このように、この僧がおります以上、なんとかなると頼もしくお思いなさいませ。ここでもしばらく隠れておいでになり、世の中の様子をも御覧になりなさい」と申すと、「ここは六波羅も近いので、最後までは忍びおおせることはできないでしょう。大和の方へ知人を訪ねて行くつもりです」と言って、常葉は泣く泣く清水寺を出ていった。

【語釈】 **○清水寺**　京都市東山区清水一丁目にある寺。『清水寺縁起』によれば延暦十七年（七九八）草創とする。本尊は十一面千手観音像。平安時代には、洛中という地の便もあって、貴賤上下の尊崇を集めた。特に女性の信仰が厚かった。**○童**　わたし。女性の自称代名詞。**○月詣**　月参り。毎月決まった日に寺社に詣でること。**○一部の法華経**　『法華経』一部を初めから終わりまで読むこと。『法華経』は『妙法蓮華経』の略で、八巻二十八品ある。そのうち第二十五品が「観世音菩薩普門品」（いわゆる「観音経」）である。漢訳は鳩摩羅什（クマラジーヴァ）の七帖本が最も世に流布し、唐の頃に八巻本に改編されたらしい。**○三十三躰の聖容**　観音菩薩が衆生を救うため、対象に応じて変身する三十三の姿をいう。天正写本『伊豆国翁物語』に「御身ヲ三十三身ニ変ジテ、十九種ニ法ヲ説キ……」とあり、『梁塵秘抄』第二「法文歌」に「三十三身に現じてぞ十九の品にぞ法は説く」などとある。「観世音菩薩普門品」に三十三身の具体的な名が記される。またこの姿を絵に描くときには、三十三観音として表現した。「聖容」は、姿の尊敬表現。**○摺奉る**　三十三観音として、龍頭観音、持経観音、合掌観音など、木版の絵を摺ること。**○慈悲**　衆生に楽を与え、苦を抜くこと。『大智度論』二十七に「大慈与㆓一切衆生楽㆒。大悲抜㆓一切衆生苦㆒」とある。『肝心集』「仏菩薩慈悲部」に「観音サタ之慈悲」とある。観音は慈悲の菩薩とされていた。**○利生**　衆生に利益を授けること。「Rixŏ」（『日葡』）。**○三十三身の春の花**　観音の三十三身を春の花に喩えたもの。春の花のような三十三身。→補注一五五。**○匂ふ袂は数をしらず**　花の匂いがあまねく行き渡るように、観音の慈悲利生にあずかるものは数を知れない、の意。三十三身を春の花に喩えたのに応じて、その恵みを受けることを、花の縁語の「にほふ」と受けた。○**十九数の秋の月**　秋の月のような十九説法、の意。「数」は「種」が正字。観音の十九説法を秋の月に喩えたもの。「十九説法」は、『観音経』に、三十三身の応現身を記述する中に、十九回「説法」という表現が現れるので、そこから名付けたもの。↓補注一五五。○**もりこぬ宿はよもあらじ**　月の光があまねく下界を照らすように、観音の十九説法が行き届かない家は決してない、の意。十九説法を秋の月に喩えたのに応じて、縁語の「漏る」で受けた。○**くどき**　「くどく」は心の中の思いを切々と訴えること。○**参籠**　神社や仏寺に籠って祈ること。○**坊**　僧侶たちが常日頃住んでいる住居。○**女房**　妻。○**坊主**　住坊の主の僧。○**片辺**　辺鄙な場所。人目につかない田舎。○**御誓**　衆生に大慈大悲を垂れるという観音の誓願。○**唐の太宗は……**　澄憲の『澄憲作文集』によるか。↓補注一五六。○**唐の太宗**　高祖李淵の次子。↓上「序」。太宗は仏教の興隆に尽力した。○**漢の明帝**　後漢の第二代の皇帝劉荘。在位五七年～七五年。光武帝劉秀の第四子。『天狗草紙』「興福寺巻」に「東漢の明帝経典を京師の間につたへてよりこのかた」とあるように、班超をインドに派遣して仏法を求めさせ、洛陽に白馬寺を建てるなど、中国に仏教が弘まる端緒を開いた。○**経典**　仏教の経典。「Qiöden」（『日葡』）。

【校訂注】　**1十三の年**　底本「十三歳の年」。脱文である康を除くと、和・書「十三歳（才）」とあるほか、他本すべて「十三のとし（歳・年）」。「歳」を削除した。　**2いかにあはれに思ひけん坊主**　底本「哀に思ひつゝ」。監「いかに哀とや思ひけん」とあるが、他の諸本は表記と同様であるので改めた。表記は学二による。　**3の**　底本ナシ。他本により補った。　**4春の風**　底本「春風」。監・学二・半は底本に同じ。内「はるかせ」。「春風」は「はるのかぜ」とも読めるが、対を構成する「秋の月」は諸本一致して「秋（あき）の

諸本はすべて「候へは」。「う」を削除した。　6も　底本ナシ。他本により補った。

月」とあるので、「の」を補った。　5候へは　底本「候うへは」。金刀本系列三本は異文であるが、その他

【解説】　ここまで頼朝の生け捕りとその助命を語ってきた四類本は、続く二つの章段で常葉母子の運命を辿ってゆく。一類本（古活字本も同様）は「頼朝生け捕らるる事」、「常葉落ちらるる事」（ここまでが中巻）、「頼朝死罪を宥免せらるる事……」、「常葉六波羅に参る事」と頼朝・常葉関連記事を交互に配置するが、四類本はこれをそれぞれ前後に集約化した構成をとる。

清盛が義朝遺児の探索と処刑を命じたことを耳にした常葉は子どもたちを伴って清水寺へ向かう。それは幼い頃から篤く信仰してきた観音に子どもたちの救済を祈願するためであった。常葉がこれまで何度となく読んできたであろう「観音経」には、十の災厄から衆生を救済する観音の功徳が説かれている。その中に、

若し復、人有りて当に害せらるべきに臨みて、観世音菩薩の名を称えば、彼の執る所の刀杖は、尋《にわか》に段段に壊れて、解脱《まぬが》るることを得ん。（中略）設《たと》い復、人ありて、若しくは罪あるにもあれ、若しくは罪無きにもあれ、杻械《かせ》・枷鎖《くさり》にその身を検《とじ》め繫がれんに、観世音菩薩の名を称えば、皆悉く断壊して即ち解脱るることを得ん。

とあり、平氏による捕縛と斬刑の難からの救済、すなわち常葉が「今生に三人の子共の命をたすけて童にみせさせ給へ」と祈願し、「観音によく〳〵申させ給へ。御誓より外は、又たのみ候はず」と坊主に依頼するところは観音の利生と直接的に結びつくものであったわけである。

【本文】

前途《せんど》程遠き思《おもひ》を大和なる宇多の郡《こほり》にこめ、後会期《こうくわいご》はるかなる袂《(たもと)》は暁の古郷《こきやう》の涙にしを《(ほ)》れつゝ、ならはぬ旅の朝立《あさ(だち)》に、野路《の(ぢ)》も山路《やま(ぢ)》もみえ分《わか》ず。比《ころ》は二月十日なり。余寒なほ《(を)》はげしくて、雪はひまなく降《ふり》にけり。

今若殿《いまわかどの》を先にたて、乙若殿《おとわかどの》の手を引《ひき》、牛若殿《うしわかどの》を懐《ふところ》にいだき、二人《ににん》のをさ《(お)》あい《(ひ)》人〴〵には物もはかせず、氷の上をはだしにてぞ歩ませける。「寒や、つめたや、母御前《ははごぜん》」とてなきかなしめば、衣《(きぬ)》をばをさ《(お)》あい《(ひ)》人〴〵に打《うち》きせて、嵐[1]《あらし》長閑《のどけ》き方に立《たて》、我身《わがみ》ははげしきかたにたち、はぐゝみけるぞ哀《あはれ》なる。小袖《こそで》をときて足をつゝむとて、常葉《ときは》いひけるは、「今すこし[2]行《ゆき》て、棟門立《むねかどたち》たる所あり。是はかたき清盛の家なり。声を出《いだ》してなくならば、とらはれてうしなはれんず。命惜《(お)》しくはなくべからず」といひふくめてぞあゆませける。棟門立《たち》たる所をみて、今若殿、「是候《これざうらふ》か。敵《かたき》の門か[3]」ととへば、なく〳〵、「それなり」と打《うち》うなづく。[4]「さては乙若殿も泣《なく》べからず。我も泣《なく》まじきぞ」といひながら歩《あゆみ》けるに、小袖にて足はつゝみたれ共、氷の上なれば程なくきれて、過行《すぎゆく》跡は血にそめて、顔《(かほ)》は涙にあらひかね、とかうして伏見の叔母を尋《たづね》て入《いり》にけり。

日比《ひごろ》は源氏の[5]大将軍《たいしやうぐん》左馬頭殿の北方《きたのかた》とて、一門の中《うち》の上臈《じやうらふ》にしてもてなしき。ましてお《(を)》のづからきたりしをば、世になき事のやうに思ひしに、今は謀叛の人の妻子なれば、「いかゞあらんずらん」とて、叔母はありしか共、なきよしをぞ[6]こたへける。「さり共来《きたら》ぬ事はあらじ」とて、日の暮《くる》るまでつく〴〵と待《まち》居たれ共、事とふものもなかりければ、をさ《(お)》あい《(ひ)》

人〴〵引具《ひきぐ》して、常葉泣〳〵《なくなく》そこを出《いで》にけり。

【現代語訳】

前途は程遠いが、その思いを大和の宇多の郡に込め、再び会える日は遥か先であるが、それを思うと袂は暁の故郷の涙にしおれつつ、慣れない朝の旅立ちに、野路も山路も見分けられない。頃は二月十日である、余寒はなお厳しくして、雪は絶え間なく降っていた。

今若殿を先に立て、乙若殿の手を引いて、牛若殿を懐に抱き、二人の幼い人々には履き物も履かせず、氷の上を裸足で歩ませた。「寒いよ、冷たいよ、母御前」といって泣き悲しむと、衣を幼い人々に着せて、嵐のあたらない方に立て、自分は嵐の激しい方に立って、かばったことこそいたわしいことであった。小袖を解いて足を包もうとして、常葉が言ったことは、「もう少し行って、棟門の立っているところがある。ここは敵の清盛の家だ。声を出して泣くならば、捕らえられて、殺されるだろう。命が惜しかったら泣いてはいけません」と言って歩ませた。棟門の立っているところを見て、今若殿が、「これでございますか。敵の門ですか」と問うと、泣く泣く「そうだ」と打ちうなずく。「それでは乙若殿も泣いてはいけない。わたしも泣かないつもりだ」と言いながら歩いていくと、小袖で足は包んでいるものの、氷の上なので、まもなくすり切れて、通り過ぎる跡は血に染まり、顔は涙でぐちゃぐちゃになり、どうにかこうにかして伏見の叔母を訪ねて、屋敷に入った。

日頃は源氏の大将軍左馬頭義朝の妻として、一門の中の上席としてもてなした。ましてや、たまたまやってきたのを、この上なく誇らしいことのように思ったのに、今は謀反人の妻子なので、「どうしたらよいのだろう」と思って、叔母は内にいたけれども、いない由を答えた。「いくらなんでも、来ないということはあるまい」と思い、日の暮れるまで、注意深く、座って待っていたけれども、言葉を掛ける者とてなかったので、幼い人々を引き連れて、常葉は泣く泣くそこを出発した。

【語釈】　○**前途程遠き思を……後会期はるかなる……**　『朗詠集』巻下「餞別」に「前途程遠馳二思於鴈山之暮雲一、後会期遥霑二纓於鴻臚之暁涙一」によって文を成したもの。この句は、大江朝綱が渤海使と鴻臚館での別れに臨んで作った句。『本朝文粋』巻九に「夏夜於鴻臚館餞二北客一」として載る。一句は、あなたがこれから旅だって行く前途はまことに遠く、これから越えて行く雁門山にたなびく夕べの雲に思いを馳せます。あなたとこの後再会することができるのはいつのことでしょうか、この鴻臚館での暁の別れに際して、わたしの冠のひもは流れる涙で濡れてしかたがありません、という意。　○**宇多の郡**　奈良県宇陀市。奈良県東部の山間の地に当たる。古代には御狩り場であった。　○**古郷の涙**　都への離別の涙。　○**小袖**　↓上「源氏勢汰への事」。　○**棟門**　屋根を普通の家の棟のように造った門。「棟門はやねあるなり」（『嬉遊笑覧』巻一上）。「Munecado」（『日葡』）。　○**清盛の家**　洛中から奈良へ行くには平家の本拠地六波羅を通るのが通常の道であった。　○**伏見**　京都市伏見区深草。京都の南部、奈良に向かう街道の途中にある。　○**北方**　妻。　○**おのづから**　偶然に。たまたま。　○**つく〴〵と**　注意深く。「Tçucuzzucuto 副、気をつけて、あるいは注意を払って」（『邦訳日葡』）。　○**事とふもの**　言葉をかけるもの。「事」は「言」の当て字。

【校訂注】 1嵐長閑き方に立て　底本「嵐の長閑き方に立〈テ〉て」。諸本は区々であるが、底本のように「嵐の」とあるのは底本と監のみであるので「の」を削除した。また傍書を削除した。　2うしなはれんす　底本「うしなはれなんす」。諸本区々であるが、もっとも近い蓬左本系列諸本に共通する「うしなはれんす」を採り、底本の「な」を削除した。　3門か　底本「門は」。康を除く諸本に従って改めた。　4は　底本「を」。天を除く諸本に従って改めた。　5の　底本ナシ。監・半を除く諸本に従って補った。　6もの　底本「人」。他本に従って改めた。

【解説】 大和国宇多郡を目指して清水寺をあとにした常葉と幼い子どもたちであったが、出発して間もなく、清盛邸近くで吹き付ける風雪に行き悩む。この場面、一類本（九条本）では次のような叙述となる。

母、余りの悲しさに、子共が手を引て、人の家の門の下にしばらく休み、人目のしげからぬ時は、八つ子が耳に密語て云やう、「など、をのれらは、ことはりをば知らぬぞ。此は敵のあたり、六波羅と云所ぞかし。なけば人にもあやしまれ、左馬頭が子共とて囚れ、頸ばし切らるな。命おしくは、な泣きそ。腹のうちにある時も、はかぐ〳〵しき人の子は、母の云事をばきくとこそ聞け。まして己れらは、七八に成ぞかし。などか是ほどの事を、聞しらざるべき」と口説なけば、八つ子は今すこしおとなしければ、母のいさめ言を聞て後は、涙は同じ泪にて、声たつばかりは泣かざりけり。六子はもとの心に倒ふし、「さむやつめたや」と泣き悲しむ。常葉、二歳のみどり子を懐にいだきたれば、六子をいだくべきやうなし。手をとりて歩行。

常葉の涙ながらの言葉からは、道理を尽くして必死に言い聞かせようとする、切羽詰まった母親の心の裡がリアルに表現されている。また、この母の説得に対する兄今若と弟乙若の反応の描き分けが明確であり、特に固有の名称を用いずに「八つ子」「六子」の表現をとることでその年齢差を印象づけている。このように一類本では四類本に比べて状況描写や常葉の心理描写が詳述化される(久保田淳氏「『平治物語』の世界」、解釈と鑑賞別冊『講座日本文学　平家物語　上』所収、日下力氏『平治物語の成立と展開』前篇第三章第二節)。

【本文】

寺〴〵の鐘の音《こゑ》、今日《(けふ)》も暮《くれ》ぬとうちしられて、[1]人をとがむる里の犬、声《(こゑ)》すむ程に夜《よ》はなりぬ。柴折《(お)》りくぶる民の家の煙《けぶり》たえせざりしも、田顔《たづら》[2]を隔て《(ゝ)》てはるかなり。梅花《ばいくわ》を折《をり》て首《かうべ》[3]にさしはさまね共、二月《じげつ》の雪衣《ころも》に落《おつ》。尾上《をのへ》の松もなければ、松が根に立《たち》てやどるべき木陰もなく、人の跡は雪に埋《うづも》れて、とふべき戸ざしもなかりけり。

ある小屋に立《たち》よりて、「宿《やど》申さん」といへば、あるじの男出《いで》て見て、[4][5]「只今夜ふけて、を《(お)》さあい《(ひ)》人々引具《ひきぐ》してまよはせ給ふは、謀叛の人の妻子にてぞましますらん。叶《かなふ》まじ」とて、男内へ入《いり》にけり。落《おつ》る涙も降《ふる》雪も、左右《さう》のたもとに所せく、柴の編《(あみ)》戸《ど》に顔をあて、しぼりかねてぞ立《たち》たりける。[6]主《あるじ》の女出《いで》て見ていひけるは、「我等《われら》かひ《(い)》〴〵しき身ならねば、謀叛の人に同意したりとて、とがめなどはよもあらじ。高きもいやしきも女はひとつ身なり。入《いら》せ給へ」とて、常葉を内へ入《いれ》て、様〴〵《さまざま》にもてなしければ、人心地《ひとごこ(ち)》にぞ成《なり》にける。

二《に》人《にん》のを《(お)》さあい《(ひ)》人を左右《さう》にお《(を)》き、一人《いちにん》ふところにいだきてくどきけるは、「あはれ、いとけなき有様かな。母なれば、我こそたすけんと思ふ共、敵《てき》とり出《いだ》しなば、情《なさけ》をやかくべき。少《すこし》おとなしければ、今若殿《いまわかどの》をばきるか、乙若殿《おとわかどの》をばさしころすか。無下《むげ》にを《(お)》さなければ、牛《うし》若殿《わかどの》をば水にいるゝか、土にこそ埋《うづま》れんずらめ。其時《そのとき》我いかにせん」と、夜もすがら泣《なき》かなしみけり。松木柱《まつのきばしら》、竹簀垣《(たかすがき)》、敷《しき》も習はぬ菅筵《すがむしろ》、伏見《(ふし)み》の里に鳴鶉《なくうづら》、きくにつけてもかなしきに、宇治の河瀬《かはせ》の水車《みづぐるま》、何《なに》と浮世《うきよ》にめぐるらん。

夜《よ》も明《あけ》ければ、常葉《ときは》そこを出《いで》んとす。あるじの男、を《(お)》さあい《(ひ)》人々をいとほ《(を)》しく思ひ奉り、「けふ計《ばかり》公達《きん(だち)》の御足《おんあし》をもやすめ進《まゐら》せ給へ」とて[7]とゞめければ、其日《そのひ》もそれにとゞまりて、三日《みつか》と申せば出《いで》にけり。あるじの男、馬鞍《むまくら》こしらへて常葉をのせ、を《(お)》さあい《(ひ)》人〴〵を下人共に守《(も)》らせなどして、お《(を)》のれも供して木津《きづ》まで送《(をく)》りて帰りければ、「世に[8]あるときかば尋《たづね》よ。我も忘るまじきぞ」とて、小袖一重《ひとかさね》とらせければ、「いかでか給《たまはり》候《さうらふ》べき。公達の御足《おんあし》をも[9]つゝみまゐ《(い)》らせ給へ」と申せば、「あるじのかたへ形見にお《(を)》くるぞ。謀叛の者の妻子にてあるが、人を尋《たづね》て忍ぶなり。跡より尋ぬる者ありとも、[10]しらすべからず」といひふくめてぞかへしける。

大和国宇多郡龍門《うだのこほりりうもん》の牧《まき》[11]岸岡《きしのをか》といふ所に[12]伯父《をぢ》のありしかば、尋《たづね》て行《ゆき》ければ、暫《しばらく》是にしのばせけり。

【現代語訳】

寺々の鐘の音によって、今日も日が暮れたと打ち知られ、人を見とがめて吠える里の犬の声が澄みわたるほどに夜はなった。柴を折ってくべる民の家に煙が絶えないものの、田の表面を隔てて遥かに遠い。梅の花を折って頭に挿さないけれども、二月の雪は衣に落ちる。尾上の松もないので、松の根に立ち宿ることのできる木陰もなく、人の足跡は雪に埋もれて、訪ねることのできる戸ざしもなかった。

ある小家に立ち寄って、「宿をお借りしたい」と言うと、主の男が出て常葉を見て、「今時、夜が更けてから幼い人を引き連れて迷っていらっしゃるのは、謀反の人の妻子でいらっしゃいましょう。泊めるわけにはいきません」と言って、男は家の中に入っていった。落ちる涙も降る雪も、左右の袂をぐっしょりぬらし、柴の編戸に顔を当て、袂を絞りもあえず立っていた。主の女房が出てきて見て言ったことは、「我らは大した身分の者ではないので、謀反の者に同意したからといって、とがめなどはまさかありますまい。身分の高い者も低い者も、女は同じ境遇だ。お入りなさい」と言って、常葉を家に入れ、あれこれともてなしたので、人心地になった。

二人の幼い人を左右に置き、一人を懐に抱いて、繰り言をしたことは、「なんとも、幼い有様だこと。母だから、私こそ助けようと思うけれど、敵が見つけ出したなら、情けを掛けるだろうか。少しでも大人びているので、今若殿は切るのか、乙若殿を刺し殺すのか。この上なく幼いので牛若殿は水に沈めるか、きっと土に埋められるのだろう。その時私はどうしたらよいのだろう」と一晩中悲しんだ。松の木柱に竹簀垣、敷き慣れない菅の筵に伏し、伏見の里に鳴く鶉の声は聞くにつけても悲しいのに、宇治の川瀬の水車は、なにと思ってこの浮き世の中に回っているのだろう。

夜も明けたので、常葉はそこを出発しようとする。主の男は幼い人々を可愛く思い申し上げ、「今日だけは若君の御足を休めてさしあげなさい」と言って引き留めたので、その日もそこに留まって、三日目になってから出発した。主の男は馬・鞍を用意して常葉を乗せ申し上げ、幼い人々を下人どもに守らせたりして、自分も木津までお供して送って帰ったので、「私が豊かな生活を送っていると聞いたなら訪ねてきなさい。私も忘れません」と言って、小袖を一重とらせると、「どうしていただけましょうか。若君の足をも包んでさしあげなさいませ」と申すと、「主の女房の方に形見に送るのです。謀反の者の妻子ですが、人を訪ねて行って隠れるのです。後から捜しに来る者があったとしても、知らせてはなりません」と言い含めて帰した。

大和国宇多郡龍門の牧、岸岡というところに伯父がいたので、訪ねていったところ、しばらくここにかくまった。

【語釈】　**○寺ぐの鐘の音、今日も暮ぬとうちしられて**　『拾遺集』巻二十「哀傷」にある、よみ人知らずの歌「山寺の入あひのかねのこゑごとにけふもくれぬときくぞかなしき」によるか。『朗詠集』巻下「山寺」にも見える。↓補注一五七。　**○人をとがむる里の犬、声すむ程に夜はなりぬ**　出典未詳。しかし、同様の文は室町期を中心に多い。↓補注一五八。 ○**柴折りくぶる民の家の煙たえせざりしも、田顔を隔ててはるかなり** 『後拾遺集』巻六、和泉式部の「題不知」の歌に「さびしさにけぶりをだにもたたじとてしばをりくぶるふゆの山ざと」とあるのを下敷にして、文をなしたものであろう。 ○**田顔** 田のこと。「Tazzura 詩歌語 Ta（田）に同じ」（『邦訳日葡』）。 ○**梅花を折て首にさしはさまね共、二月の雪衣に落** 出典は『朗詠集』巻上「子日」橘在列《ありつら》の句「倚二松根一而摩レ腰、千年之翠満レ手。折二梅花一而挿レ頭、二月之雪落レ衣」。『朗詠集』は、梅の花を折って頭にさすと、春二月にもなっているのに花が雪のように衣に降りかかる、の意。ここはそれを受けて、梅の花を頭にさして花の雪が散りかかったわけでもないのに、二月にもなって本物の雪が衣に降りしきる、の意。「Baiqua」「Iiguet」（『日葡』）。↓補注一五九。 ○**尾上の松** 兵庫県加古川市の尾上神社の境内にあった松。「高砂の松」「相生の松」と呼ばれて有名であった。 ○**松が根に立てやどるべき木陰もなく** 前引『朗詠集』の「倚二松根一而摩レ腰、千年之翠満レ手」から「松根」を引いたものであろう。また、『朗詠集』巻上「子日」の菅原道真の句にも「倚二松樹一以摩レ腰、習二風霜之難一犯也」とあり、風や霜に犯されることのない松の緑にあやかって、松の根に寄りかかって腰を撫でる風習があったらしい。ここもそれをふまえて、風や霜の難を避ける松を意識した作文であろう。↓補注一五九。 ○**かひ〴〵しき身ならねば** 「かひ〴〵しき身」とは、相当の身分・地位の者をいう。 ○**ひとつ身** 同じような者同士。「高きもいやしきも」とあるから、この「ひとつ身」とは、子を思う気持ちや、夫との関係で、いつどのようになるかもわからない境遇などを同じくする者同士との意であろう。 ○**くどき** 「くどく」は、胸の内を切々と訴えること。 ○**少おとなしければ** 少し大人びているので。↓補注一六〇。 ○**松木柱、竹簀垣** 松木柱・竹簀垣とも、粗末な家を描く場合の常套語。竹簀垣は、竹で編んだ隙間の多い、家の外壁。「山がつのあし屋にかけるたかすがき」（『堀河百首』「恋」）とあるので、竹で編んで垂れ下げたものであろう。「伏し（節）」は「竹」の縁語。→補注一六一。○**敷も習はぬ菅筵**　「菅筵」は菅で編んだ筵。菅は湿地や草原に自生し、その葉をとって笠や蓑を編んだ。この語は、下の「伏見の里」と関連づけると、『続後撰集』巻十二「恋歌二」の入道前摂政左大臣の歌「ふえたけのふしみのさとのすがむしろねにのみなきてひとりかもねん」を下敷きにしているのであろう。「菅筵」は「伏す」の序でもある。『閑吟集』七十に「よしなき恋を菅筵臥して見れども」とある。ここも「伏見」の序。○**伏見の里に鳴鶉**　出典は『千載集』巻四の藤原俊成の歌、「夕されば野べのあきかぜ身にしみてうづら鳴くなりふか草のさと」。深草が伏見になっているのは、「竹簀垣」「菅筵」との縁語によるか。○**宇治の河瀬の水車……**　宇治川は琵琶湖に発し、京都府の南部を流れる河。伏見の南を東西に流れ、その下流は木津川・桂川と合流し、淀川となって大阪湾に注ぐ。宇治川は水車の名所であった。「めぐる」は「水車」の縁語で、「水車がまわる」と「憂き世にめぐる」とをかけている。『金葉集』巻九「雑上」の僧正行尊の歌「はやきせにたたぬばかりぞみづぐるまわれもうき世にめぐるとをしれ」とある。『寺門高僧記』四にも「於二宇治一見二水車一」という詞書のもとに収録されているので、『寺門高僧記』の成立した頃（鎌倉末か）には宇治川と関連づけられていたのであろう。→補注一六二。○**木津**　京都府木津川市山城町上狛にあった木津川の渡し場。京都から奈良への道は、木津で木津川を渡った。中世まで「こづ」とも読んだ。「渡二古津川一行二向宇治路一」（『中右記』永長二年（一〇九七）二月十二日条）、「木津のこづ川は是かとよ」（謡曲『粉川寺』）。○**一重**　紙・衣服など重なったものを数える単位。○**大和国宇多郡龍門の牧岸岡**　奈良県宇陀市大宇陀牧。源義経の腰越状に「故殿御他界之間、成二無レ実子一、被レ抱二母之懐中一、赴二大和国宇多郡龍門牧一」とあり、お伽草子『天狗の内裏』に「扨牛若は、二才にならせ給ひて、大和の国宇田郡まきおの里へ落させ給ひて」とある。『大和志』巻十

「吉野郡部村里」の条に「以上二十一村呼曰二龍門庄一」とし、その中に牧が見える。かつての龍門の庄は、龍門岳の南麓から東麓にかけてのかなり広大な地域であり、現在の吉野郡吉野町と旧宇陀郡大宇陀町とにまたがっていた。このうち田原・栗野・牧が大宇陀町。牧は、宇陀川に沿った山間の地で、隣の栗野とともに、千本橋、常盤橋、義経橋など、義経・常葉にからんだ伝承が数多く残っている。岸岡は未詳であるが、あるいは牧の東北二キロメートルほどのところにある片岡を誤ったか。ここであればお伽草子『かくれ里』に「大和国片岡の達磨寺に参詣し」と見える。↓補注一六三。

【校訂注】　**1て**　底本ナシ。天・和・玄・竜・監・半により補った。　**2を**　底本ナシ。監・内・金・学二・半により補った。　**3に**　底本「には」。他本に従って「は」を削除した。　**4て**　底本ナシ。監・半を除く諸本により補った。　**5只今夜ふけて**　底本「今夜ははるかに更ぬるに」。監・半「只今」とあるのみ。その他の諸本に従って改めた。表記は和のルビを省いたものによる。　**6主**　底本「在主」。他本に従って「在」を削除した。　**7とゝめ**　底本「とめ」。康は異文。監・半「留」。学二は「留」に「とゝめ」とルビを附す。底本は「留」を「とめ」と読んだものであろう。他本に従って「ゝ」を補った。　**8あるときかは**　底本「あらは」。監・半は底本に同じであるが、内「あるともきかは」、金「あるともきかば」、学二「有〈ある〉共聞〈きか〉は」とあり、康「ありときかは」、天・和・玄・書・竜「あるときかは」とある。天・和・玄・書・竜に従って改めた。　**9つゝみまいらせ**　底本「つつませ」。監「裹」、康「つゝみまいらせさせ」、学二「つゝみまいらさせ」、半「裹進サセ」。その他の諸本は「つゝみ参（まい）らせ」。本来「まゐらせ」か「まゐらせさせ」のいずれかであったと考えられる。今、蓬左本系と金刀本系に共通する「まゐらせ」をとった。表記は玄・書・竜・内・金による。　**10しらすへからすといひふくめてそ**　底本「しらすへからすといふへしとてそ」。和・内・学二は底本に同じ。書・金「しらすへからすといふへしとて」。天・玄・竜「しらすへからすといひふくめてそ」、監・半「しらすと云へしとて」、康「しらすといふへしとてそ」。底本の場合は「知らすべからず」と下人達に口止めをしてほしいという意味になろう。一方、天・監などの場合は、宿を借りた男に向かって、追っ手が来ても「知らせないでほしい」、あるいは「知らないと答えてほしい」と言ったという意味になる。文意から見て、下人達に指図をしてほしいとするより、直接、主の男に依頼をしたと見る方がよいように思うので、天・玄・竜に従って改めた。**11岸**　底本一字分空白。漢字表記を採る本文では、和・金・学二・康「岸」、監・半「峯」。ルビを含め仮名表記をとる本文では、天・玄・書「いし（のおか・のをか）」、竜「い（のおか）」、和「きし（のおか）」、内・金・学二「きし（をか・おか）」。語釈欄・補注欄にも記したように、『義経記』にも「岸岡」とあるので、「岸」を補った。**12に**　底本「は」。他本に従って改めた。

【解説】　四類本は室町時代の文学作品と関係する詞章を多用する（語釈・補注、谷口耕一「四類本平治物語の文章と室町文芸」、『語文論叢』二十三）。常葉母子が一夜の宿を借りる前後の詞章、「寺〴〵の鐘の音……とふべき戸ざしもなかりけり」の部分と「松木柱……何と浮世にめぐるらん」の部分にそれが顕著に表れている。これらに相当する位置におかれた一類本の詞章は「たそかれ時も過ぬれば、行かふ人も跡たえて、所々に見えし家も、とぼそを閉ぢて心ぼそし。里の煙も絶ぬれば、宿からばやのあらましだにも今はなし」、そして「程なき春の夜なれ共、思ひある身はあかしかね、暁の空を待ほどに、鶏の八声はしきりにて、寺々の鐘も聞えけり」とあり、四類本と同様に七五調を基調とした文体ではあるが、素朴な表現となっている。一類本では、上に引いた部分の間に宿を求める常葉と主の老女とのやりとりや老女の厚意を「直事とも覚えず、偏に清水の観音の御あはれみなりと、行末もたのもしくぞ思ひける」という常葉の心情を表す文言、さらに四類本の「あはれ、いとけなき有様かな……」という常葉の繰り言は「八子」（今若）に語りかけられ、以下に母と子の悲哀に満ちた対話が置かれる。四類本は、このような一類本の心理描写や対話を刈り込み、室町時代の謡曲や歌謡、お伽草子などに関係する詞章を取り込んで文飾を凝らすことによって情緒的、感傷的な雰囲気を醸成している。

常葉六波羅に参る事

【本文】

都には、又六波羅の使《つかひ》、常葉《ときは》が宿所へ来《きたり》て尋《たづね》ければ、母上、「しらず」とこたふ。此《この》よし申せば、清盛、「いかでか母のしらざるべき。めし捕《(と)》りてとふべし」との給へば、伊東武者《いとうむしや》景綱《かげつな》承り、常葉が母をめし捕《とり》てとひければ、「去《さんぬる》九日の夜《よ》、を《(お)》さあい《(ひ)》人々引具《ひき(ぐ)》して清水《きよみづ》へとて詣《まうで》し後《のち》は、生《いき》たり共《とも》死したり共[1]行末《ゆくへ》をしらず」と申せば、「何条其《なんでふその》儀有《ある》べき。命を限《かぎり》にとへ」とて、散〲《さんざん》にぞとはれける。

【現代語訳】

都では、また六波羅の使いが常葉の宿所にやってきて尋ねたので、母上は、「知らない」と答える。この由を申し上げると、清盛は、「どうして母が知らないことがあろう。召し取って、問え」と言われるので、伊藤武者景綱が命を受け、常葉の母を召し取って尋ねたところ、「去る九日の夜、幼い人々を引き連れて、清水へ行くと言って詣でた後は、生きているとも死んだとも行先がわからない」と申すと、「どうしてそんな言い分が通ろうか。命のある限り問え」と言って、厳しく糾問した。

【語釈】 **○伊東武者景綱**　「伊藤」が正字。↓上「六波羅より紀州へ早馬を立てらるる事」。**○何条**　どうして。「何条」は「何といふ」の縮約したものに、漢字を当てたもの。相手の意見に対する強い反発の気持ちを表す。**○散ぐに**　手厳しく。

【校訂注】 **1行末**　底本のまま。天・竜・金は「ゆくすゑ」とするが、玄・書・内「ゆくゑ」、半「行へ」、和「行衛〈ゆくゑ〉」、康「行衛」、学二「行末〈ゆくゑ〉」とあり、「ゆくへ」とする本文が多い。天正本『節用集』に「向後〈ユクエ〉〈又作行末〉」とあるので「ゆくへ」と読む。

【本文】

大和にて、常葉《ときは》此《この》よしつたへきゝ、「昔《(むかし)》の郭巨《かつ1きよ》は、母の命をたすけん為に、子共を埋《うづむ》とて穴を堀《ほり》しかば、金《こがね》の釜《かま》を堀出《ほりいだ》し、母も子共をもたすけけるとぞ承る。命あらば、を《(お)》さあい《(ひ)》者は又もまう《(ふ)》けてみるべし。母をばいかでかまう《(ふ)》けてみるべき」とて、2を《(お)》さあい《(ひ)》人々引具《ひき(ぐ)》して六波羅へ出《いで》けるが、九条《くでう》の女院《にようゐん》へ暇 申《いとままうし》に参りたり。

女院御覧じて、「いかに、此程《このほど》はいづくにありつるぞ」と仰下《おほせ》されければ、「子共の命をたすけん為、大和なる所に忍びてさぶらひつれども、科《とが》なき母の命をうしなはるべしと承りて、たすけむ為に六波羅へ出《いで》さぶらふが、暇 申《いとままうし》に参りて侍《さぶら》ふ」と申せば、女院哀《あはれ》におぼしめし、「最後の出立《いで(たち)》みづからせん」とて、色〳〵の御衣《ぎよい》を常葉にたび、三人のを《(お)》さあい《(ひ)》人共《ひとども》の装束までも下されければ、常葉歎《なげき》の中にも斜《なのめ》ならず悦《よろこび》て、出《いで》んとすれば、御車《おんくるま》さへゆるされ進《まゐら》せて、[3]わが身子共《み(こども)》ともに取《とり》のり、景綱がもとへ[4]ゆく。

母の尼上《あまうへ》是をみて、「わが身老《おい》おとろへたり。今《いま》[5]幾程《いくほど》の命なれば、を《(お)》さあい《(ひ)》人〳〵・わ御《ご》前《ぜ》の命に替らんとこそ思ひつるに、帰りきて二《ふた》たびうきめを[6]みせん事こそかなしけれ」とぞ歎《なげき》ける。

【現代語訳】

大和で、常葉はこのことを伝え聞き、「昔の郭巨は、母の命を助けるために、子どもを土に埋めようとして穴を掘ったところ、金の釜を掘り出し、母をも子どもをも助けたと聞いている。命があるなら、幼い者は再びもうけることもできよう。母はどうしてもうけることができようか」と言って、幼い人々を引き連れて、六波羅へ出頭したが、九条の女院にいとまごいに参上した。

女院は御覧になって、「どうしたのですか。この期間、どこにいたのですか」と仰せ下されたところ、「子どもの命を助けるために、大和というところに隠れておりましたけれども、罪もない母の命を失われると伺って、助けるために六波羅に出頭いたしますが、おいとまごいに参上しました」と申すと、女院は気の毒にお思いになり、「最後の装いは私がしよう」と言って、色とりどりの御衣を常葉に下さり、三人の幼い人たちの装束までも下されたたので、常葉は歎きの中でもこの上なく喜び、出発しようとすると、御車まで使用を許可していただき、我が身も子どももいっしょに乗り、景綱のところへ行く。

母の尼上はこれを見て、「私は年を取り、衰えてしまっている。今はもういくばくもない命だから、幼い人たちやおまえさまの命に代わろうと思っていたのに、帰ってきて、私を再びつらい目にあわせることこそ悲しいことだ」と言って歎いた。

【語釈】**○昔の郭巨は**　以下の説話の原拠は『孝子伝』による。↓補注一六四。**○郭巨**　『注好選集』上「郭臣《ママ》堀レ地埋レ児」に「字文挙。後漢河内人也」とある。**○母の命をたすけん為に**　『孝子伝』によれば、孫に食べさせようとして、郭巨の母が食をつづめていたので、母に食事を摂らせるため、子を埋めて殺そうとした、とある。**○金の釜**　『孝子伝』の「黄金一釜」とは、一釜の黄金である。「釜」は計量の単位。しかし我が国の説話は、漢文書きになっている『注好選集』の説話を除いて、すべて黄金の釜とする。江戸時代の『世事百談』巻之三「郭巨が黄金釜」、『秉燭譚《へいしょくだん》』巻三にこの考証がある。**○をさあい者は又もまうけて……**　「子可二再有一。母不レ可二再得一」とある『孝子伝』の文を和文になおしたもの。**○九条の女院**　九条院呈子。長承元年（一一三二）?～安元二年（一一七六）。太政大臣藤原伊通の娘。近衛天皇の后。久安六年（一一五〇）四月に女御。同六月に中宮となる。久寿二年（一一五五）七月に近衛院が崩じたため、八月に出家、保元元年（一一五六）十月皇后宮、同三年二月皇太后となる。安元二年九月十九日薨じた。四十二歳。九条院の院号宣下は仁安三年（一一六八）、後の呼称を用いたもの。女院は、三后・准母・女御・内親王などに授けられた尊号で、上皇に準ずる待遇を受けた。**○暇申**　お別れをいうこと。いとまごい。ここは一語の名詞であろう。覚一本『平家』に比較的用例が多い。**○出立**　服装の準備。身支度。**○わが身**　自称の代名詞。女性が使うことが多い。**○わ御前**　二人称代名詞。「vagoje」（天草本『平家』）。「わ」は親愛の意味をもつ接頭語。

【校訂注】 **1巨**　底本「臣」。監・康・半も底本に同じ。金・学二「巨」。その他の諸本仮名書きで「きよ」とある。金・学二に従って改めた。　**2おさあひ人々**　底本「おさあひ人々を」。内・金・学二・監を除く諸本に従って「を」を削除した。　**3わか身こともともに取のり**　底本「もろ共に取のり」。諸本異同が多いが、「もろ共に」の部分をみると、和・玄「我身ともともに・わか身共〈とも〉ともに」、書・康・竜「我身ともに・わかみともに」、内・学二「わか身こともともに・我身子共に」、金「我身子共をも」。いずれの本文も目移りによる誤写が考えられ、天に「わか身こともともに」、半に「我身子共トモニ」とある文を前提にするとこのような変化が理解できる。天・半に従って「もろ共に」を「わか身こともともに」と改めた。表記は天による。　**4ゆく**　底本「出にけり」。他本に従って改めた。　**5幾程の命なれは**　底本「幾程有へきならねは」。他本に従って改めた。表記は監による。　**6みせん**　底本「みん」。監・半は「見」とあり底本と同様に読むのであろう。しかしその他の諸本に「見（み）せん」とあるので、それらの諸本により「せ」を補った。

【解説】　当章段の内容を絵画化したものに『平治物語絵巻（常葉巻）』（箱書には「伏見常盤」と記される）がある。かつて毛利家に伝来したもので現在は個人蔵となっている。巻末に烏丸光弘（一五七九年～一六三八年）の極書《きわめがき》が付され、絵は土佐某、詞は仁和寺御室法守親王の筆とある。成立は鎌倉時代末（十三世紀後半から十四世紀前半）と推測されている（続日本の絵巻『前九年合戦絵詞　平治物語絵巻　結城合戦絵詞』解説（小松茂美氏執筆）など）。『看聞御記』応永三十二年（一四二五）十一月四日条によると「常盤絵二篇」が存在していたことが確認できるものの、この「常盤絵」と現存の絵巻との関係は不明である。

この絵巻は五段から構成され、第一・二段が常葉の六波羅出頭に関わる場面、第三・四段は経宗・惟方捕縛に関わる場面、第五段が頼朝配流に関わる場面となる。当章段に関わる内容としては、まず常葉母子が都の自邸に戻った場面。市女笠に蓑を身につけた常葉が馬に乗り、胸には牛若を抱いている。馬の口取り役の男の背に今若、女の背に乙若の姿が見え、乙若は荒廃した邸内を指さしている。続いて九条女院邸を訪れる場面。御簾を隔てて女院と対座して暇乞いする常葉の胸には牛若、彼女の右手に今若、乙若が並んで座っている。画面右方には常葉への贈り物を邸内の女房から受け取る下人の姿が描かれる。次に景綱の館で老母と対面する場面。景綱を前にともに涙する常葉と母、縁にはその様子を見つめる武士たちの姿がある（以上、第一段）。そして、六波羅邸で清盛と対面する場面。邸内の前庭には多くの武士たちが座っている。常葉は清盛に涙ながらに訴えかけている。その左手に今若と乙若が座り、今若は母の様子を心配そうに見守っているように見える（以上、第二段）。

この絵巻は九条本的本文を基調として作成され、流布本や金刀比羅本との関連性が認められる部分、『平家』や史書類によって増補したと考えられる部分などがあると指摘される（日下力氏『平治物語の成立と展開』後篇第一章第三節）。

【本文】

景綱まゐ《い》りて、清盛にこのよし申せば、「母の命をたすけん為にまゐ《い》りたるな。もとよりさこそ有《ある》べけれ。具《ぐ》して参れ」との給へば、常葉《ときは》を具して参りたり。母の尼公《にこう》もつれてまゐ《(い)》る。「聞ゆる常葉こそ召出《めしいだ》されて参りたれ。誰《たれ》かあづかりてうき目をみんずらん。いざや常葉が姿みん」とて、平家の一門、侍共《さぶらひども》に至るまで、みな六波羅へぞ参りける。

清盛侍《さぶらひ》へ出《いで》給ひ、常葉に対面して、「いかに、此間《このあひだ》いづくに有《あり》けるぞ」との給へば、常葉、「義朝のを《(お)》さあい《(ひ)》人〴〵の候《さぶらふ》を、取出《とりいだ》され、うしなはるべしと承り、かたはらに忍びて候《さぶらひ》つれ共、科《(とが)》もなき母の命をうしなはるべしと承り、たすけん為に参りて候《さぶらふ》。を《(お)》さあい《(ひ)》者共をうしなはせ給はば[1]、まづ《(ず)》わらはをうしなはせ給へ」とて泣居《なきゐ》たり。母の尼公後《うしろ》に、「孫と女《むすめ》とをうしなはせ給はば、尼をまづ《(ず)》うしなはせ給へ」とぞ歎きける。今若殿《いまわかどの》、敵《(かたき)》清盛の方一目《かたひとめ》、母常葉が[2]方を一目みて、「泣《なき》て物を申せば是非も聞え候はぬに。泣《(な)》かで申させ給[3]はで」と宣《のたまへ》ば、平家の人〴〵・侍共、「義朝の子なれば、を《(お)》さなけれ共申《まうし》つる事のおそろしさよ」とて、舌をふりてお《(を)》ぢあへり。

常葉十六歳より義朝に取《とり(を)》おかれて七年の契りなれば、いひ捨《すつ》る詞《ことば》までもかたくなゝる事一《ひとつ》もなし。常葉生年《しやうねん》廿三、九条の女院《にようゐん》の后立《きさき(だち)》の御時《おん(とき)》、都の内より見めよき女を千人そろへて、其中《そのうち》より百人、又百人が中より十人すぐり出《いだ》されける。其中にも、常葉一《いち》とぞ聞えける。千人が中の一なれば、さこそはうつくしかりけめ。異国に聞えし李夫人《りふじん》・楊貴妃《やうきひ》、我朝《わがてう》には小野小町《をののこまち》・和泉式部《いづみしきぶ》も是にはすぎじとぞみえし。貴妃が姿をみし人は百《もも》の媚《こび》をなすといへり。大宰大弐《だざいのだいに》清盛は、常葉が姿を見給ふより、[4]よしなき心をぞうつされける。清盛の給ひけるは、「勅定《ちよくぢやう》にて候へば、大方執行《おほかたとりおこなふ》にてこそ候へ。さればとて、いかでか情なき事は有《ある》べき」とて、景綱が本《もと》へかへされけり。

【現代語訳】

景綱が参上して清盛にこの由を申すと、「母の命を助けるために参ったのだな。初めからそうしていればよかったのだ。連れて参れ」と言われるので、常葉を連れて参上した。母の尼君も連れだって参上した。「美人の誉れ高い常葉が召し出されて参上するという。誰が預かって、つらい目をみるのだろう。さあ、常葉の姿を見よう」と言って、平家の一門の人々は従者たちに到るまで、みな六波羅に参上した。

清盛は内侍へお出になり、常葉に対面して、「どうだ。この期間、どこにいたのだ」と言われると、常葉が、「義朝の幼い人たちがおりますのを、お召し取りになり、きっと殺害なさるにちがいないと伺い、人目につかぬ所に隠れておりましたが、罪もない母の命をお召しになると聞きましたので、助けるために出て参りました。幼い者共の命を奪いなさるなら、まず私を殺して下さい」と言って泣いていた。母の尼君は後ろで、「孫と娘の命を奪いなさるのなら、この尼をまず殺して下さい」と歎いた。今若殿は敵清盛の方を一目、母常葉の方を一目見て、「泣いてものを申すから、筋が通らないのです。泣かずに申し上げなさらなくては」と言われると、平家一門の人々も従者たちも、「義朝の子だから、幼いけれども申したことの恐ろしさよ」と言って、舌を巻いて恐ろしがった。

常葉は十六歳のときから義朝に世話を受けて七年間の関係なので、ふと口にする言葉までも風情に欠けることは一つもない。常葉は生年二十三、九条の女院が后に立たれたとき、都の中から美貌の女性を千人揃えて、その中から百人、また百人の中から十人を選び出された。その中でも常葉は第一だと評判だった。千人の中の第一なので、さぞかし美しかったことであろう。中国で有名な李夫人・楊貴妃、我が国では小野小町・和泉式部もこれよりすぐれていることはあるまいと見えた。楊貴妃の姿を見た者は、百の媚びを生じると言っている。大宰大弐清盛は、常葉の姿を御覧になったときから、よこしまな心を常葉にお移しになった。清盛が言われるには、「主上の御命令でありますから、十中八九刑を執行することになっています。だからといってどうして不人情なことがあろうか」と言って、景綱のもとにお帰しになった。

【語釈】 ○**尼公**　尼である女性に対する敬称。諸本、仮名表記をとるものは、本文・ルビとも「あまぎみ」の例はない。○**誰かあづかりてうき目をみんずらん**　一体誰が常葉をあずかって、あとで処罰を命ぜられて、つらい思いをすることだろう、の意。○**侍へ出給ひ**　侍は内侍《うちさぶらい》。↓下「悪源太誅せらるる事」。○**かたはら**　人目につかないところ。○**泣かで申させ給はで**　泣かずに申し上げなさればいいのに、そうしないで。「で」は文末に、終助詞のように使われて、相手に対する非難の気持ちや、自己の後悔の念を表す。○**舌をふりて**　舌を巻いて。ひどく驚き恐れる様にいう。○**契り**　夫婦となったことをいう。○**いひ捨る詞**　不用意に口に出した言葉。お伽草子『和泉式部』に「いひすつる言の葉までも情ある也。たゞいたづらにくちはつる身を、と云、歌の心を忘れずして……」とある。仮名草子『薄雪物語』下に「そのうへ小町も、いにしへの身を後悔して、関寺にて、『言ひすつる言の葉までもなさけあれたゞいたづらに朽ちはつる身を』とよみ置き候」とある。小町の歌と称するものがあり、その一節をとったものであろう。○**かたくなゝる事**　聞き苦しいこと。風情に欠けること。○**后立**　皇后または中宮の位につくこと。「立后」ともいう。九条院は、久安六年（一一五〇）六月二十二日に、十九歳で中宮になった。常葉は永暦元年（一一六〇）に「常葉生年廿三」とある。九条院の立后の折に出仕するようになったとした場合、常葉はそのとき十三歳であったことになる。一類本には、同じく二十三歳とし、中宮御所へまいらせた、とあるのみで、后立ちの時とは限定していない。○**李夫人**　生年未詳～前一二〇年。漢の武帝の寵妃。絶世の美女で、舞に巧みであった。『朗詠集』巻上「秋」の十五夜の項に「楊貴妃帰唐帝思　李夫人去漢皇情」（源順）とあり、楊貴妃とともに美人の代表とされた。↓補注一六五。○**楊貴妃**　↓上「叡山物語の事」。李夫人とともに、美女を形容する場合、常に比較の対象となる、中国の代表的美人。↓補注一六五。○**小野小町**　生没年未詳。仁明・文徳・清和天皇の頃の女性。出自も諸説あり、敏達天皇の孫、出羽郡司良真の娘とも、参議小野篁《たかむら》の孫ともいう。六歌仙の一人で、歌人として名高い。古来美女の代表として想起され、その美貌と矜持故に、晩年の容色の衰えと、その零落とが説話として伝えられている。歌集に『小町集』がある。○**和泉式部**　貞元・天元頃（九七六～九七九）～万寿四年（一〇二七）以降。越前守大江雅致《まさむね》の娘。上東門院に仕えた女房で、和泉守橘道貞の妻。小式部内侍の母。後、冷泉院第三皇子為尊《ためたか》親王、その弟敦道《あつみち》親王との恋愛などあり、自由奔放、情熱的な人柄であった。平安時代の代表的な女流歌人。その晩年零落したとする説話が残るなど、小野小町とよく似通っている。歌集に『和泉式部集』『和泉式部続集』があり、日記に『和泉式部日記』が残っている。なお『古今集』仮名序の影響か、美女の代表として小野小町とつがえられる対象は衣通姫の場合が多く、和泉式部はほとんど例を見ない。○**百の媚をなす**　女性の美しく艶めかしいことの形容。出典は『白氏文集』所収の「長恨歌」にある一節「回レ眸一笑百媚生」。『白氏文集』が広く流布したこともあり、よく引用される。覚一本『平家』巻二「烽火之沙汰」に「この后一たびゑめば百の媚ありけり」とあり、『海道記』にかぐや姫伝説を引き、かぐや姫を「……一タビ咲メバ百ノ媚ナル」と形容する。○**よしなき心**　よこしまな心。常葉に対する横恋慕をいう。

【校訂注】**1給はゝ**　底本「給ひ候はゝ」。他本に従って「ひ候」を削除した。　**2か**　底本「の」。監・康・半を除く諸本に従って改めた。　**3給はて**　底本「給へ」。書を除く諸本に従って「へ」を「はて」に改めた。　**4よしなき心をそうつされける**　底本「よしなき心そつかれける」。天・和・玄・竜「よしなき心そうつられける」、書「よしなき心そうつされける」、監「よしなき心を被移ける」、康「よしなくうつられけり」、内・金・学二「よしなきこころ（心）をそうつされける」、半「無由心ヲ移ケル」。諸本区々であるが、「心を移す」と「心が移る」の二つの場合があるものの、底本と同様の文はない。監・半は「うつす」と読むべきであろうと考えられる上、結びが連体形になっているのを踏まえ、内・金・学二の本文に従った。表記は学二による。

【解説】　母としての子どもたちへの愛情か、娘としての老母への孝養かという二者択一に常葉は後者を選んだが、子どもたちを失う前に自身を殺せと清盛に迫る。この部分、既述のように心理描写に多くの言葉を費やす一類本（九条本）は常葉の真情を詳述する。それは感情を抑えて論理的であり、義朝の子をもつ母親のプライドをも感じさせる内容となる。

　左馬頭、罪ふかき身にて、其子共、皆うしなはれんを、一人をも助させ給へと申さばこそ、其理しらぬ身にても候はめ。子共、かくもならざらんさきに、まづ此身をうしなはせ給へと申さんを、などか聞しめされでは候べき。高きも卑も、親の子をおもふ心のやみは、さのみこそ候へ。この子共にわかれて、片時もたえて有べき身共覚え候はず。わらはをうしなわせ給ひて後にこそ、子共をば御はからひ候はめ。此心ざしを申さんためにこそ、左馬頭が草の陰に恥を見せて、かゝる憂形勢を思ひもしらず、これまで参て候へ。この世の御なさけ、後の世の御功徳、何事かこれに過さぶらふべき

また、常葉の訴えに今若が発した言葉「泣て物を申せば……」、これに対して平家方の人々が「義朝の子なれば……」と驚き怖れたという部分を一類本では、

六子、母の顔をたのもしげに見あげて、「なかで、よく〳〵申てたべや」と云ければ、只今までも、よに心強気におはしける大弐殿も、「けなげなる子が詞かな」とて、傍にうち向て、累に涙をながされけり。兵ども、あまた並居たりけるに、泪にむせびてうつぶさまになり、面を上たる者もなし。

と四類本とは対照的に六子（乙若）の健気さに清盛はじめ、居並ぶ武士たちが涙する。

さて、続く一節では常葉の美しさが取り上げられる。諸本間で異同はあるものの、内容は同趣であるが、四類本で常葉の美しさは和漢の名高い美女たちに勝るとも劣らないとする部分に留目しておきたい。一類本では「唐楊貴妃・漢李夫人が、一度咲ば百の媚をなしけんも、これには過じ」とある（古活字本は「唐の楊貴妃、漢の李夫人も、これにはすぎじ物を」）。四類本は、小野小町・和泉式部の名を加え、「長恨歌」を原拠とする一節の「一度咲ば」を削り（常葉の悲況を語る文脈を受けたためか）、「貴妃が姿をみし人」の文言に替え、「大宰大弐清盛は、常葉が姿を見給ふより、よしなき心をぞうつされける」という独自文へとつなげたと考えられる。つまり、四類本では常葉の美貌

を強調するとともに、その美貌に魅了された清盛を「よしなき心」を用いることで批判的に捉えている。六子の殊勝な言葉に図らずも涙してしまう清盛を描く一類本とは径庭《けいてい》がある。従来指摘されてきたように四類本における清盛像の矮小化、卑小化がみられるところである。

【本文】

其後《そののち》、常葉のもとへ御文《おんふみ》をつかはされけれ共、御返事《おんぺんじ》も申さねば、「三人のを《(お)》さあい《(ひ)》者どもをたすけお《(を)》くべし。したがはずは目の前にてうしなふべし」との給ひければ、常葉なほ《(を)》御返事をも申さず。母の尼公《にこう》いひけるは、「を《(お)》さあい《(ひ)》人々・尼が命をたすけんと思はば《(ご)》、仰《おほせ》にしたがふべし」と様《やう》く〜《やう》にいふ間、さすがを《(お)》さあい《(ひ)》人ぐ〜の命もを《(お)》しく、母の命《めい》をも背かじと思へば、御返事申《まうし》て、敵《かたき》の命《めい》にぞしたがひける。

侍共申《さぶらひどもまうし》けるは、「一人《いちにん》二人《にん》[1]にても候はず、敵《てき》の子《こ》共《ども》三四《さうし》人《にん》までたすけさせ給はん事、いかゞ候《さうらふ》べき」と申《まうし》ければ、清盛、「池の禅尼《ぜんに》のさりがたくの給へば、頼朝をだにたすけお《(を)》くに、それよりもを《(お)》さない者共をうしなは《(ひ)》ん事不便《(ふびん)》におぼゆるぞ」と、なかく〜しげにその給ひける。「人、木石《ぼくせき》にあらず。しかじ傾城《けいせい》の色にあはざらんには」と、文集《ぶんじふ》の文《もん》なり。理《ことわり》とぞ覚えける。

三人の子共の命《いのち》[2]をたすけしは、清水寺の観音の御利生《ごりしやう》といひ、日本一の美人たりし故なり。「みめは幸《さいはひ》の花」とは、かやうの事をや申《まうす》べき。

【現代語訳】

その後、常葉の所に御書状をお届けになったけれども、御返事も差し上げないので、「三人の幼い者たちを助けておこう。いうことをきかなければ、目の前で殺してしまうぞ」と言われたけれども、常葉はなおも返事も差し上げない。母の尼公が言ったことは、「幼い者どもとこの尼の命を助けようと思うなら、仰せに従いなさい」と、言葉を尽くして言うので、さすがに幼い人々の命も惜しく、母の命令をも背くまいと思ったので、御返事を差し上げて、敵の命令に従った。

侍どもが申したことは、「一人二人にとどまらず、敵の子どもを三、四人までもお助けなさることはどうでございましょう」と申し上げると、清盛は、「池禅尼が、断るわけにいかないようにいわれるので、頼朝をさえ助けて置いたのに、それより幼い者たちを殺すようなことはかわいそうに思われるぞ」と、もっともらしく言われた。「人は心のない木や石ではない。美人の美貌に出会わないにこしたことはない」とは、白氏文集のなかの文である。もっともだと思われた。

三人の子どもの命を助けたのは、清水寺の観音の御利益だとも言い、また日本一の美人だったからでもある。「美貌は幸せの花」とは、このようなことを申すのであろうか。

【語釈】　○不便に　かわいそうに。　○なかく〱しげに　いかにももっともらしく。　○人、木石に

あらず。しかじ傾城の色にあはざらんには　出典は『白氏文集』巻四「新楽府」。「人非二木石一皆有レ情、不レ如レ不レ遇二傾城色一」とある。『十訓抄』巻九ノ五にも「たゞ傾城の色にあはざらん事を希ふべし」とある。○**傾城**　美女。その色香に迷わされて、ついには一国をも傾けるに至る意からいう。『漢書』巻九十七「外戚伝」の、李延年の歌に李夫人を歌って「北方有二佳人一、絶世而独立。一顧傾二人城一、再顧傾二人国一、寧不レ知二傾城与二傾国一」とある。また『詩経』巻五「大雅瞻卬」に「哲夫成レ城、哲婦傾レ城」ともある。○**文集**　『白氏長慶集』（いわゆる『白氏文集』）のこと。白楽天（居易）の文集で、その友人元稹が長慶四年（八二四）に集めた前集五十巻と、白楽天自選の後集二十巻、続後集五巻の、計七十五巻あったが、現在はその一部を失っている。我が国には平安時代に渡来し、広く愛読された。「(文)集〈(ブン)シフ〉書也」（易林本）。「ぶんじふ」と読む。○**みめは幸の花**　容姿の美しいのは、幸福のもと。『平家』巻九「小宰相身投」に「みめはさいわいのはななれば、三位此女房をたまはつて、たがひに心ざしあさからず」とある。

【校訂注】　**1にても**　底本「も」。他本により改めた。　**2命をたすけしは**　底本「命たすかりしは」。他本により「を」を補い、「かり」を「け」に改めた。

【解説】　自身の意に従わぬ常葉を脅迫する清盛、そして老母の説得に翻心する常葉という設定は『平家』の祇王説話の影響を受けていると言え（長沢レイ子「『平治物語』における常葉説話の考察」、『語文論叢』三　など）、侍たちの懸念に対する清盛の発言を「なか〳〵しげに」と批判的に評することも『平家』が造型する清盛像のありように連関しよう。また、子どもたちの助命は観音の利生とともに「日本一の美人」に依るものとするが、「みめは幸の花」云々の結文が置かれることによって仏の救済以上に常葉の容姿の美しさによって彼らの助命がもたらされたのだとする。四類本は常葉の美貌を強調して一連の記事を閉じる。

一類本では、子どもたちの処遇に関して、清盛は「いひても〳〵、頼朝が死生によるべし」と述べ、常葉母子が生きながらえていることを「清水の観音の御助」、さらに頼朝が流罪にとどまったことを「八幡大菩薩の御はからひ」と仏神の加護として捉え、

> 兵衛佐は、東国伊豆国へながさるべしと定りてけり。まして常葉が子共はおさなければ、「たすかりぞせんずらん」と申あへりしが、子細なく、罪科なき者共なりとて、死罪をなだめられけり。

の一節で常葉関連記事を結び、四類本のような常葉と清盛の関係には触れることはない。だが、一類本は、いわゆる源家後日譚（四類本になし）の中の「牛若奥州下りの事」に、

> 大弐清盛は、尋常なる一局をしつらひて、常葉をすませてぞかよひける。むかしより今にいたるまで、賢帝も猛き武士も、情のみちには迷て、政をしらず、いさめるみちを忘れけるとかや。「傾城の色にはあはざらんには」と、香山居士が書置けるは理かな。（中略）常葉は、大弐に思はれて、女子一人まうけてけり。

として、圏点部からは清盛が常葉を寵愛していたことがわかる。四類本と同様に『白氏文集』を典拠とする文言を引くことから一類本でも常葉の美貌に心動かされた清盛を描出している。さらに「むかしより……」の一文が常葉との関係をめぐる清盛に対する批判となっている点も四類本に通じるところである。

一類本の源家後日譚は後補されたものとされるが（日下力氏『平治物語の成立と展開』前篇第四章第三節）、上述の引用部に限って言えば、常葉が清盛との間に一女をなした事実（↓下「金王丸尾

張より馳せ上る事」語釈）に依りつつ、四類本的本文を踏まえて付加されたと捉えることも可能であろう。

さて、日下力氏は『平治』の常葉関連記事が本来独立した語り物として存在していたであろうと指摘する。一類本において、各記事の導入部がいずれも定型的な詞章をもっていること、都落ちをめぐる日付設定に不整合性が生じていることなどをその理由としてあげている。また、常葉関連記事が清水観音の利生譚的側面をもっていることから清水寺周辺で成立し、盲女の語り物として享受されていたのではないかとする（前掲書、前篇第三章第一節など）。

経宗・惟方遠流に処せらるる事同じく召し返さるる事

【本文】

新大納言経宗《つねむね》は阿波国へながされ給ひ、一首読《よみ》て君《きみ》[1]へ進《まゐ》らせられけり。

　落《おち》たぎる水の泡ともなりもせで
　うきに消《きえ》せぬ身こそつらけれ

と読《よみ》てまゐ《（い）》らせられければ、やがて赦免《しやめん》あり。

又、経上《（へあが）》りて大臣になり給ひしかば、人、阿波大臣《あはのだいじん》とぞ申《まうし》ける。大宮左大将《おほみやのさだいしやう》伊通卿《これみちのきやう》の給ひけるは、「昔は吉備大臣《きびのだいじん》とてありけるなり。今は阿波大臣とていできたり。いつか[2]又、稗《ひえ》の大臣のあらんずらん」とぞわらはれける。

【現代語訳】

新大納言経宗は阿波国へ流されなさり、一首詠んで、二条天皇に差し上げなさった。

落ちたぎる水の泡ともなりもせでうきに消えせぬ身こそつらけれ

と詠んで差し上げなさったので、すぐに赦免があった。

また昇進して大臣になられたので、人は阿波の大臣と申し上げた。大宮左大将伊通卿が言われたことは、「昔、吉備の大臣といったものがいたという。今、阿波の大臣といったものが現れた。いつかまた稗の大臣が現れることだろう」と笑われた。

【語釈】　○**新大納言経宗**　↓上「信頼信西を亡ぼさるる議の事」。以下、経宗と惟方との流罪については、『平治』では唐突な感じがするが、『今鏡』「すべらぎの下」によって流罪の経緯が知られる。↓補注一六六。○**君**　経宗は二条天皇親政派であり、次の惟方の歌の宛て先が『続詞華集』によれば二条天皇である点から見て、ここも二条天皇であろう。○**落たぎる……**　滝から流れ落ちて湧き返る滝壺の泡となるわけにもいかないので、浮かびあがって消えることもできず、憂き境遇に死ぬこともできない身は、まことにつらいことであります。「浮き」に「憂き」をかける。『続詞花集』巻十七・八四七番、七巻本『宝物集』巻二によれば、保元の乱に流罪になった前左京大夫教長の歌である。○**経上りて**　位階を順に昇進して。↓補注一六七。○**大臣**　経宗は長寛二年（一一六四）一月二十一日に本位に復し、大納言に還任、閏十月二十三日に右大臣に昇進した（『公卿』）。○**大宮左大将伊通卿**　↓上「信西の子息尋ねらるる事……」。○**吉備大臣**　右大臣吉備真備。持統七年

（六九三）〜宝亀六年（七七五）。吉備国の豪族の出。養老元年（七一七）に留学生として入唐し、帰朝後、橘諸兄の下で活躍した。藤原仲麻呂政権の下で左遷され、再び入唐、帰国後、大宰大弐を経て、従二位、右大臣に至った。儒学・天文道・兵法などに通じた。ここは「吉備」に「黍」をかける。黍はイネ科の一年生草木で、実は淡黄色で粟よりやや大きく、食用にする。五穀の一。**○阿波**　「阿波」に「粟」をかけ、吉備（黍）に対置させたもの。粟はイネ科の一年生草木。実は黄色い小さな粒で、食用になる。五穀の一。**○稗**　黍・粟に対比させて、稗といったもの。イネ科の穀物。実は三角形で細長く、食用になる。普通、五穀とは米・麦・黍・粟・豆をいうが、『日葡』に五穀として米・麦・粟・黍・稗を挙げる。黍・粟・稗とも食用となるものの、米・麦に比較して食品価値は下がる。米大臣・麦大臣とせず、稗大臣といったところに、伊通の矜持と皮肉が籠められていよう。

【校訂注】　**1君へ**　底本ナシ。和を除く諸本に従って表記のとおり補った。　**2いつか又**　底本「いつ又」。天・和・玄・竜は底本に同じ。書・内・金・学二・康・半により「か」を補った。

【本文】
別当惟方《べつたうこれかた》は長門国名《な》田浜《たのはま》へぞながされける。是も一首奉らる。
　この瀬にもしづむときけば涙川
　ながれし《(い)》よりもぬる〻袖かな
とよみてまゐらせられければ、是もやがて赦免有《あり》ぬ。

【現代語訳】
別当惟方は長門国名田浜に流された。これもまた一首差し上げなさった。
この瀬にも沈むと聞けば涙川流れしよりも濡るゝ袖かな
と詠んで差し上げなさったので、これもすぐに赦免になった。

【語釈】 **○別当惟方** ↓上「信頼信西を亡ぼさるる議の事」。以下、惟方の流罪から赦免に至る経緯については、『今鏡』「すべらぎの下」に見える。↓補注一六八。**○長門国名田浜** 未詳。長門国は山口県西部。天・玄・書・竜「なたのはま」、和「なたはま」、監・康「名田の浜」、半「名田ノ浜」、内「はまな」、金・学二「名浜《なはま》」。いずれも未詳。他の史料にも長門国とあるのみ。周防国と長門国との境に名田島がある。あるいはそこを指すか。ここであれば、周防国吉敷郡のうち。『了俊紀行』に名が見え、椹野《ふしの》川が流れる。『道行きぶり』には「此方も猶なた島がたとて遠きひがたなり」とある。**○この瀬にも……** このたびの赦免にも洩れて、この名田浜の瀬に沈んだままになると聞くに付け、涙が川のように流れて、はじめてここに流されてきたときよりも、なおぐっしょりと袖が濡れました、の意。「この瀬」に、「この機会」と「この名田浜の瀬」とを掛ける。↓補注一六九。

【本文】
伏見《ふしみ》源中納言《げんぢうなごん》師仲《もろなか》は、三川《みかは》の八橋《やつはし》へながされけり。不破《ふは》の関を過《すぎ》給ふとて、関屋《せきや》の柱に、一首かうぞか〻れける。[1]

あづまぢをにしへむれ行《ゆく》人みれば
[2]うらやましきはこの世のみかは

八橋につき給ひ、かくぞ思ひつゞけけ《（こ）》る。

夢にだにおもはざりしを三川なる
けふ八はしをわたるべしとは

是も幾程なくして赦免ありぬ。

【現代語訳】伏見源中納言師仲は、三河の八橋へ流された。不破関を通り過ぎようとして、関屋の柱に一首このようにお書きになった。

あづまぢを西へ群れ行く人みればうらやましきはこの世のみかは

八橋にお着きになり、このように思い続けなさった。

夢にだに思はざりしを三河なるけふ八橋をわたるべしとは

これもほどなく赦免された。

【語釈】○伏見源中納言師仲　↓上「信頼・信西不快の事」。○八橋　在原業平の「から衣きつ〻なれにしつましあればはるばるきぬる旅をしぞ思ふ」という歌で有名な歌枕。↓中「謀叛人流罪……」。○**不破の関**　↓中「六波羅合戦の事」。○**関屋**　関所の建物。『新古今集』巻十七「雑歌中」摂政太政大臣（良経）の歌、「人住まぬふはの関屋のいたびさしあれにし後はただ秋のかぜ」とあるように、当時廃屋になっていたが、ここを通り過ぎる場合、ここで歌を詠むのが慣例となっていた名所。○**あづまぢを……**　東海道を、都のある西の方へ向かって群れて行く人をみるにつけ、うらやましく思うのは、現世で西へ向かう人ばかりではない。来世に西方浄土へ向かう人のこともうらやましくおもわれるほどである、の意。○**あづまぢ**　東海道のこと。○**夢にだに……**　三河国の八橋を、自分が実際に今日渡ることになろうとは夢にも思っていなかった、の意。出典未詳。

【**校訂注**】　**1ける**　底本「たる」。玄・書・竜は底本に同じ。和「たり」。天・監・内・金・学二・康・半・東大本に従って改めた。　**2うらやましき**　底本「うら山しき」。意改。

【**解説**】　当初は信頼に与《くみ》するも、途中で寝返った経宗と惟方が流罪となった事情は、補注に示した『今鏡』や『愚管抄』などに記されるところである。彼らが後白河院の勘気をこうむる経緯や信西の子息らの配流先からの召還などを語る一類本（古活字本も同趣）の内容を四類本は大幅に削ったかたちとなる。

これまで平治の乱勃発の一因として、後白河院政を推す信西側と二条親政を望む経宗・惟方側との対立があったと理解されてきた。この通説に異を唱えたのが河内祥輔氏『保元の乱・平治の乱』である。河内氏は『平治』を離れ、『愚管抄』を主たる考察対象に据え、平治の乱の経過を捉え直そうという。そこでは以下のような見解が示される。

後白河院には、鳥羽院の遺志（二条天皇直系による皇位継承）に反して、守覚法親王を皇位後継者に据える狙いがあり、鳥羽院の遺志の「遵奉者」である信西の存在が障碍になると考えた。そこで信西に対抗する者として信頼を登用し、十二月九日の挙兵を命じた。また、信西が梟首されたこと、信西の子息たちの流罪が実行されたことを考えると九日の事件において謀反人とされたのは信頼ではなく、信西であり、そこには後白河院の意志が働いていた。

九日の事件を受けて、内大臣藤原公教を中心とする公卿が密かに反後白河―信頼体制の行動を起こした。公教は「二条天皇の担ぎだし」と「平清盛の登用」という戦略をとり、六波羅への二条脱出を成功させた。この情報を告げられた後白河院は、信頼との結束も公教側との連携もせず、仁和寺へ赴くことで中立の立場に身を置いた。この時点において信頼は謀反人の立場に追いやられるが、彼には合戦の意志はなく、降参する選択もあり得た。しかし、義朝の意向によって戦わざるを得なくなった。敗戦後、捕縛された信頼は取り調べも受けず即刻斬刑に処される。これは信頼の口を封じ、謀反人として事件の全責任を負わせるためであった。この十二月二十五・二十六日の事件が後白河院と二条天皇の確執の出発点となる。

この新説に対して反論したのが、元木泰雄氏『保元・平治の乱を読みなおす』である。元木氏は、例えば、皇位継承問題から後白河院が信頼に信西殺害、挙兵を命じたとする河内氏の論考には「まったく首肯することはできない」とし、

院が信西を抹殺したいなら、罪をかぶせて配流すればすむ話である。また、二条を皇位の中心とする構想を破壊するために、なぜ後白河を擁立し、院政の中心にいた信西を殺す必要があるのだろう。滅ぼすなら二条側近の連中である。その中で、二条の外戚である経宗が、どうして二条の立場を否定する謀略に協力するのであろうか。また、守覚と同じく藤原成子を母とする以仁は、出家はしないが親王宣下さえも受けていない。後白河は成子所生の皇子を重視してい

ないのである。このように、ごく基礎的な事実をならべただけでも、氏の解釈にはまったく成立の余地がない。

とする。そして、信頼は「自在に強力な武力を行使しうる最大の武門」であり、「後白河の寵愛にすがるだけの無力な存在でもなかったし、急遽、不満分子の義朝と提携したわけでもなかった」という。一方、信西の場合、清盛とは「信頼と義朝との関係に比べればはるかにゆるやかな、政治同盟的な関係」にあり、「自在に義朝を動員できた信頼とは大きな相違があった。信頼・義朝関係と信西・清盛関係を同等にみる通説は、改めるべきである」と主張する。

また、平治の乱自体を次のように把握する。保元の乱の結果、院・摂関家を中心とした政治的枠組みが崩壊し、院近臣間での抗争が始まる。

かくして平治元年一二月、信頼と惟方・経宗が連係して信西を倒し、後白河院政をも停止した。しかし、信西打倒後の主導権をめぐって信頼と経宗・惟方が対立、後者が中立派と提携して王権を独占し、清盛の武力で信頼とその手兵源義朝を倒す。これが平治の乱である。いわば、保元の乱によって大きな枠組みが崩れたあとの混乱が惹起した事件と言える。

権威なき群小勢力の抗争だけに、武力が大きな意味をもったのは事実である。しかし、それは武士が台頭して貴族政権に対抗した結果ではなく、あくまでも貴族政権の内紛の結果であった。義朝は信頼に従属して行動したし、清盛も局外から招じ入れられ、結果的に勝者となったに過ぎないのである。

以上のような元木氏の見解もこれまでの平治の乱の捉え方とは異なっている。近時、河内・元木両説それぞれに対する賛否の論考が種々提起されているところである。

悪源太雷となる事

【本文】

去程《(さる)ほど》に難波《なんばの》三郎恒房《つねふさ》は、悪源太《あくげんだ》をきりて後《のち》、常に[1]邪気《じやき》心地《ごこ(ち)》ぞ出来《いでき》ける。恒房、「いかにしてか邪気心地《(ち)》をうしなふべき[2]」といへば、[3]「摂津国箕面《つのくにみのお》の滝へ詣《まゐり》[4]、滝の水にうたれてこそ邪気心地《(ち)》はうすると承り候へ」と人いひければ、やがて箕面へ詣《まゐり》、滝つぼをみて、「いか程ふかく有《ある》[5]やらん」といへば、寺僧共《じそうども》、「一里ふかく候とこそ申《まうし》つたへて候へ」といへば、例の邪気心地《(ち)》おこりて、滝つぼへ走入《はしりいる》。

ゆくへもしらずはる〴〵と入《いり》ければ、水もなき所へ行出《ゆきいで》たり。うつくしくかざりたる御所《ごしよ》とおぼしき所あり。門《もん》の口にたゝずみければ、内より、「あれは誰《た》ぞ」ととふ。「平家の侍《さぶらひ》難波三郎恒房と申《まうす》者にて候」。「さては難波といふものごさんなれ。とく〳〵帰れ。娑婆《しやば》にて子細があらんずるぞ。其《その》時まゐ《(い)》れ」といひければ、「是はいづくにて候《さうらふ》やらん。帰りては、何《いづく》[6]とか申《まうす》べき」といへば、「是は龍宮なり。参《まゐり》たるしるしに是をとらせん」とて、水精《すいしやう》の塔に仏舎利《ぶつしやり》を一粒入《いちりふいれ》てたぶ。給《たまはり》て懐中《くわいちう》して門を出《いづ》ると思ひければ、もとのごとく滝つぼへうかみ出《いで》けり。寺僧共に此《この》よしいへば、身の毛よだちてぞ覚《おぼえ》ける。

扨《さて》、都へ上りてこのよしを申《まうし》ければ、清盛不思議《(ふしぎ)》の思ひをなしたまひ、西山辺《にしやまへん》[7]講《かう》[8]谷寺《こくじ》にこめられけり。不思議《(ふしぎ)》にぞ覚《おぼえ》ける。

【現代語訳】

さて、難波三郎経房は、悪源太を切ってから後は、いつも邪気心地が現れた。経房が「どうしたら邪気心地をなくすことができるのだろうか」と言うと、「摂津国箕面の滝にお参りして、滝の水に打たれたら邪気心地はなくなると伺っております」と人が言ったので、すぐに箕面へ参り、滝壺を見て、「深さはどれほどあるのだろう」と言うと、寺僧たちが、「深さは一里ございますと申し伝えております」と言うと、いつもの邪気心地がおそってきて、滝壺に走って入って行った。

行く先も知らず、遥々と入っていくと、水もないところに行き出た。美しく飾った御所と思われるところがある。門の入り口にたたずむと、中から、「そなたはだれだ」と問う。「平家の侍で、難波三郎経房と申す者でございます」。「そうか、難波というものなのだな。早々に帰れ。人間世界でなにか問題が起きるだろう。その時に参れ」と言ったので、「ここはどこでございましょうか。帰った後、どこに行ってきたと申し上げたらよいのでしょうか」と言うので、「ここは龍宮だ。参った証拠にこれを与えよう」と言って、水晶の塔に仏舎利を一粒入れて下される。頂戴して懐に入れ、門を出たと思ったところ、もとの滝壺に浮かび出た。寺僧たちにこの由を語ると、寺僧たちは身の毛もよだつ思いにおそわれた。

そうして都に上って、この由を報告すると、清盛は不思議の思いを抱かれ、仏舎利を西山の辺、講谷寺にお納めになった。不思議なことと思われた。

【語釈】○**難波三郎恒房**　「経房」が正字。↓中「待賢門の軍の事……」。ただし『盛衰記』巻十一「経俊入ニ布引滝一」には、この人名を難波六郎経俊とする。↓補注一七〇。○**邪気心地**　邪気は病気などを引き起こす悪気。邪気心地は、物の怪に取り付かれた精神状態。「Iaqi」（『日葡』）。ただし諸本には「じやけ」とする伝本も多い。○**摂津国箕面の滝**　大阪府箕面市。大阪府の北西部に当たり、北の箕面山地と南の千里山丘陵との間の渓谷にある。『伊呂波』に「箕面寺。……有ニ滝三所一。最上者雄滝也。……第二者瓔珞滝也。……第三者雌滝也。……頂上之壺者龍穴也」とある。龍樹菩薩あるいは千手観音の浄刹と考えられており、『今昔』巻十四ノ二十一に、箕面の滝は龍樹菩薩の浄刹とある。また役優婆塞《えんのうばそく》はその滝壺に入っていって龍宮城に至ったと伝える（『広瀬社縁起』）。平安時代以降、聖などの修行が行われた。○**娑婆**　人間世界。○**子細**　事件。出来事。○**龍宮**　龍神の住む宮殿。多く海中もしくは滝の中にあると考えられた。龍神は「則千手の廿八部衆の其一なれば」（『平家』巻二「卒塔婆流」）とあるように、観音の二十八部衆の第一と考えられ、仏舎利を守護した。箕面は観音の霊地であり、『著聞集』巻二（五二話）に、行尊が箕面山に三ヵ月籠った折、夢に龍宮に行き、如意宝珠を得たとある。○**水精の塔**　水晶で作った五輪の塔。仏舎利を入れるのに用いられた。↓解説。○**仏舎利**　仏の遺骨。『三国伝記』巻一ノ一「釈迦如来出世之事」に「……栴檀ノ煙リ尽テ舎利ヲ分テ奉ルニ、先ヅ全身ノ舎利ト者四十四ノ大骨、八十三ノ小骨也。是ヲ龍宮海蔵ノ一百廿丈ノ石窟ニ収メタリ」とある。解説に引用する醍醐寺文書一八七号にも「仏舎利者、龍神之重宝也」とある。↓補注一七一。○**西山**　京都の西に連なる山々。↓中「義朝敗北の事」。○**講谷寺**　未詳。↓補注一七二。

【校訂注】 **1常に** 底本「常には」。和・書・竜・学二を除く諸本に従って「は」を削除した。 **2うしなふへき** 底本「うしなふへし」。文末は係り結びの結びであり「へき」とあるべきところ。内・金・学二に従って改めた。 **3いへは** 底本「いへ共」。康を除く諸本に従って「共」を「は」に改めた。 **4詣** 「まゐり」と読む。和に「まうて」とあるほかは、諸本すべて「まいり」「まゐり」「参り」、もしくは「参」とある。「詣マイル」(『名義抄』)。 **5有やらん** 底本「有らん」。書・康を除く諸本に従って「や」を補った。 **6何とか** 底本「何」に「イツク」と附訓。附訓を削除して「いづく」と読みをつけた。「何」を「いづく」と読むものとして、上「唐僧来朝の事」に「遺愛寺といふ寺は何に有ぞ」、「長良国は何ぞ」という例が見え、上「光頼卿参内の事……」にも「神璽・宝剣は何に」という例が見える。「何　イツクソ」(『名義抄』)。 **7西山辺** 底本「仏舎利をは西山辺」。他本に従って「仏舎利をは」を削除した。 **8谷** 底本「善」。仮名表記をとるものは天・和・玄・書・竜・内とも「こく」、漢字表記をとるものは監・金・学二・康・半とも「谷」。改めた。

【解説】 難波三郎が訪れた龍宮は「うつくしくかざりたる御所」であった。いわゆる浦島伝承に代表されるような理想郷としての龍宮がイメージされていると言えよう。龍宮の様子は諸書に描出されるが、以下にいくつか掲げる。

○宝剣ヲ尋侍ランガ為ニ、竜宮城ト覚シキ所ヘ入。金銀ノ砂ヲ敷、玉ノ刻階ヲ渡シ、二階楼門ヲ構、種々ノ殿ヲ並タリ。其有様、不レ似二凡夫栖一、心言難レ及。

(『盛衰記』巻四十四「老松若松尋レ剣事」)

○瑠璃ノ沙厚ク玉ノ甃暖ニシテ、落花自繽紛タリ。朱楼紫殿玉欄干、金ヲ鐺ニシ銀ヲ柱トセリ。其壮観奇麗、未曾テ目ニモ不レ見耳ニモ聞ザリシ所也。

(『太平記』巻第十五「三井寺合戦幷当寺撞鐘事付俵藤太事」)

○吠瑠璃の柱を立て、瑪瑙の行桁に、玻璃の壁を入れにけり。四種の満珠の瓔珞、玉の簾を掛け並べ、帳にも綾を掛けつゝ、床に錦の褥を敷き、沈檀を交へ、なを鸞鏡を磨き立。

（幸若舞曲「大織冠」）

○銀の築地をつきて、金の甍をならべ門をたて、いかならん天上の住居も、これにはいかで勝るべき。此女房のすみ所、ことばにも及ばれず、中〳〵申（す）もをろかなり。……さて女房申（し）けるは「これは龍宮城と申（す）所なり、此所に四方に四季の草木をあらはせり」

（お伽草子「浦嶋太郎」）

○時、幕ヲ引ノケテ見レバ、金銀瑠璃ノ宮殿有リ。是コソ龍宮也、ト云ヘリ。

（日光天海蔵『直談因縁集』七巻）

難波三郎の龍宮訪問の証拠として「水精の塔に仏舎利を一粒入て」与えられたとあるが、『渓嵐拾葉集』巻第十二「舎利与弥陀一体事」に、

弘仁皇帝御感得牙舎利ヲ相伝タリ。其安置ノ様ハ八寸ノ水精ノ塔安レ之。其上宝筐印塔金銅〈金銀ニテ鏤タリ〉其上三尺ノ八角ノ宮殿安レ之。

また、『塵添壒嚢鈔《じんてんあいのうしょう》』巻第十七には、

是ヨリ南大海ノ底、十六萬由旬行テ龍宮城アル。九萬八千ノ龍ノ中ニ、八龍第一ノ舎迦羅龍王、三重ノ水精ノ塔ニ納タル閻浮檀金千両ヲ乞ィ受テ来レト曰フニ……

『讃州志度道場縁起』では、

龍宮ノ楼閣重々タリ、門戸千々タリ。其ノ中ニ有リ二水精ノ十三重ノ塔一。高サ三十丈、安二置ス彼ノ玉（釈迦三尊像を内包した周囲八寸の「不向背珠」のこと）ヲ於其ノ塔ニ一。龍女昼夜不レ断エ備ヘ二香花ヲ一、龍ハ玉ノ前後左右ニ囲繞ス。

とある。龍宮では「牙舎利《げしゃり》」や「閻浮檀金《えんぶだごん》」、「玉」といった宝物を水晶の塔に納めていたことがわか

る。

醍醐寺文書一八〇号「藤原兼実願文案」によれば、寿永二年（一一八三）に兼実が東大寺の盧遮那仏の体内に仏舎利一粒を奉納した時は「水精小路〔塔カ〕」が用いられており、また醍醐寺文書一八七号「醍醐寺座主成賢仏舎利奉納状案」によれば、元久元年（一二〇四）六月二十九日に醍醐寺座主成賢が清滝宮に仏舎利一粒を奉納したときも「水精五輪塔、其上納二銀五輪塔一」とあり、祈雨のため、醍醐寺の清滝に水晶の塔に入れて仏舎利一粒を奉納している。同文書三一七三号「六条八幡宮神宝・文書奉納目録」にも、仏舎利一粒を「水精五輪塔」に入れて六条新八幡宮に奉納している。仏舎利は水晶の塔に入れて奉納する例が多かったようであり、このことは上に引いた三文献が伝えるような内容とも関連があろう。

【本文】

去程《(さる)ほど》に、難波《なんばの》三郎恒房、福原へ清盛の御《おん》つかひに下りて、上《のぼ》る程に、摂津国《つのくに》小屋野《こやの》に着《つき》ければ、晴《はれ》たる空俄《にはか》にくもりて、雷《いかづち》おびたゝしく鳴《(な)》りければ、難波三郎いひけるは、「悪源《あくげん》太《だ》をきりし時、『雷に成《なり》て、汝を蹴殺《(けころ)》さんずるぞ』といひしより後《のち》は、雷だに鳴《(な)》れば、思ひ出《いで》られておそろしきぞ」といひければ、乗替共《のりがへども》、「たゞ今鳴《(な)》り候《さうらふ》雷《(いかづち)》[1]も、悪源太に[2]てや候《さうらふ》らん」とい[3]へば、「何条其儀《なんでふそのぎ》有《ある》べき。悪源太切《きり》たりし太刀ぞかし」とて、太刀をぬき[4]て額《ひたひ》にあて、う[5]ちてゆく程に、あまりに雷《(いかづち)》つよく鳴《(な)》る間、郎等以下《らうどういげ》、松の下《(した)》にひかへ〳〵みる処に、雷はたと鳴《なり》お《(を)》ちければ、難波三郎持《もち》たる太刀なれば、しとゝうてどもものにてもなく、馬共《むまとも》に蹴殺《(ころ)》されてぞふしにける。
都にも六波羅にも雷おびたゝしく鳴《(な)》りお《(を)》ち〳〵、人をおほく蹴殺《(けころ)》しければ、清盛大《おほき》にさわ《(は)》ぎ給ひ、貴僧《きそう》・高僧に仰《おほせ》て、信読《しんどく》の大般若《だいはんにうや》をよませられければ、則《すなはち》雷しづまりぬ。おそろしくぞおぼえける。

【現代語訳】

そうしているところに、難波三郎経房は、福原へ清盛の御使いとして下って、上洛する途中、摂津国昆陽野に着いたところ、晴れていた空が急に曇って雷が激しく鳴ったので、難波三郎が言ったことは、「悪源太を切ったとき、『雷になって、おまえを蹴り殺してやろう』と言ったときから後は、雷さえ鳴れば、思い出されて恐ろしいぞ」と言ったので、乗替の馬を引く者たちが、「ちょうど今鳴っております雷も、悪源太でございましょうか」と言うので、「そんなことがあってたまるか。悪源太を切った太刀だぞ」と言って、太刀を抜いて額に当て、馬を走らせていくうちに、あまりに雷が強く鳴るので、郎等以下、松の木の下に馬を引き留めながら見ていると、雷が突然に鳴って落ちたので、難波三郎はちょうど太刀を持っていたので、びしっと打ったがものともせず、馬もろともに蹴り殺されて倒れてしまった。

都にも六波羅にも雷が激しく鳴っては落ち、鳴っては落ちして、人を多く蹴り殺したので、清盛はひどく騒がれて、貴僧・高僧にお命じになり、真読の大般若経を読ませなさったので、そこで雷は鎮まった。恐ろしく思われた。

【語釈】 **○福原**　神戸市兵庫区福原町。平清盛は福原に別荘を営んでいた。後、治承四年（一一八○）には、都を一時この地に移した。**○小屋野**　「昆陽野」が正字。ただし、『百錬抄』治承四年六月十五日条にも「小屋野」。伊丹市の西。広大な平地となっており、現在その一部は伊丹空港となっている。**○おびたゝしく**　激しく。近世以前は「おびたたし」。「Vobitataxi」（天草本『平家』）。**○乗替**　乗り換えるための馬。またその馬を預かる従者。**○何条**　「なんといふ」の縮約した語に漢字を当てたもの。「なでふ」とも。相手の意見に対する強い反発の気持ちを表す。**○はたと**　突然。「Fatato 副詞、不意に、または突然」、「Fattato 副詞、突然」（『邦訳日葡』）。**○しとゝ**　びしっと。物が激しく当たる様をいう。「Xitoto」（『日葡』）。**○信読**　「信」は「真」の当て字。「Xindocu ある経典を始めから終りまで全部読むこと」（『邦訳日葡』）。**○大般若**　『大般若波羅蜜多経』の略。唐の玄奘《げんじょう》の訳。六百巻。

【校訂注】 **1も**　底本「は」。他本に従って改めた。**2にてや候らん**　底本「にて候やらん」。内・監・半を除く諸本に従って改めた。**3いへは**　底本「いひければ」。他本に従って改めた。**4ぬきて**　底本「ぬき」。天を除く諸本により「て」を補った。**5うちてゆく**　底本「うちへゆく」。和「うちゆく」、書「ゆく」、内・金・学二「うつ・打」とあるほかは、諸本「うちてゆく」、「うつて行」、「打て行・打テ行」とある。「へ」を「て」に改めた。

【解説】　一類本には、上にみた難波三郎経房の龍宮訪問記事がなく、平家一門の繁昌、清盛の出家、経島築造などを記した後、悪源太雷化の一節が置かれる。その舞台は清盛一行が遊覧に赴いた布引の滝（神戸市中央区）となっている。

経房の雷死については、『十訓抄』六ノ二十四に、

およそ攘災、はかりこと、信力にはすぐべからず。千万の兵、大刀、鋒《ほこ》を捧げたりとも、そのせんなかるべし。

近くは平家の侍に、難波三郎経房といふもの、福原より京へ上りける道にて、神に蹴られたりけるには、安芸前司能盛、越中前司盛俊、おなじくうちつれたりけれども、二人はことなかりけり。盛俊は馬ばかりを損じたりける。経房、もとより仏神の行方も知らざりけり。太刀抜きて、肩にかかげたりけれども、しいだしたりけることもなかりけり。

とある。日下力氏は、この記事内容を実話として捉え、実際に起きた経房雷死事件をもとに、鹿谷事件で流罪となった藤原成親を暗殺した難波次郎経遠の名が『平家』を介して喧伝され、それによって難波氏の暗いイメージが定着化する中で悪源太雷化話は作り出されたとする（『平治物語の成立と展開』前篇第四章第一節）。

また、日下氏は、その舞台を布引の滝に設定した理由として、この地が伝統的な歌枕の名所であったこと、そして龍神信仰の存在が窺えることを指摘、一方、箕面の滝とするのは、この地が龍神信仰の拠点の一つであり、龍の住む滝、龍宮への入り口として一般に定着していたためで、これが金刀比羅本（四類本）段階で悪源太雷化話の舞台を布引の滝から箕面の滝に移し、経房龍宮訪問話が付加される要因であったとする（前掲書・後篇第四章第一節）。

経房が龍宮からもたらした仏舎利が清盛に渡るという話柄をもつ四類本の本文形成に関しては、補注で指摘するように「牙舎利相伝系図」に記される難波三郎から清盛へという仏舎利相承に関わ

る伝承との交渉も不可欠な要素となる。

頼朝遠流の事付けたり守康夢合せの事

【本文】

去程《さるほど》に、「兵衛佐《ひやうゑのすけ》頼朝、伊豆国蛭《ひる》が島へながさるべし」と定《さだめ》らる。池殿此《いけどのこの》よしきゝ給ひ、宗清《むねきよ》がもとへ、「頼朝を具《ぐ》して参れ」との給ひければ、弥《や》平兵衛《へいびやうゑ》宗清、兵衛佐殿を具《(ぐ)》し奉りて参《まゐり》たり。池殿、頼朝を近くよびよせ、姿をつく〴〵と見給ひて、「げに家盛が姿に少《すこし》もたがはず。哀《あはれ》、宮古《みやこ》の辺《へん》にお《(を)》きて、家盛が[1]形見に、常によびよせて見てなぐさまばや。はる〴〵と伊豆国まで下《くだ》さん事こそうたてけれ。わ殿《(どの)》をば家盛と思ひ、春・秋の衣裳は一年に二度下すべし。尼をば母と思ひ、むなしくならば後世《ごせ》をも[2]弔《とぶらふ》べし。又、伊豆国は鹿おほき所にて、常に国人《くにうど》よりあひて狩する所にて有《ある》なるぞ。人とよりあひ狩などして、ながされ人《びと》の思ふさまに振舞《ふるまふ》とて、国人にうッたへられ、二度《ふたたび》うきめをみるべからず」との給へば、兵衛佐殿畏《かしこまつ》て、「いかでかさやうのふるまひ候《(い)さうらふ》べき。[3]髻《もとどり》をもきり、父の後生《ごしやう》をも弔はばやとこそ[4]存じて候へ」と申されければ、「よく申《まうす》ものかな」とて、池殿涙をながされけり。[5]「とく〳〵」との給へば、御前《おんまへ》を出《いで》られけり。

【現代語訳】

そうしているうちに、「兵衛佐頼朝は伊豆国蛭が島へ流すことにする」と決定なされた。池殿はこの由をお聞きになり、宗清のもとへ、「頼朝を連れて参れ」と言われたので、弥平兵衛宗清は兵衛佐殿をお連れ申して参上した。池殿は頼朝を近くに呼び寄せて、姿をつくづくと御覧になって、「まことに家盛の姿に少しも違わない。なんとか都のあたりに置いて、家盛の形見として、いつも呼び寄せて、見て慰めとしたいものだ。遥々と伊豆国まで下してしまうことこそつらいことだ。殿を家盛と思い、春・秋の衣装は年に二度届けよう。この尼を母と思い、私が亡くなったら、後世を弔って下さい。また、伊豆国は鹿が多い所で、いつも国人が寄り集まって狩りなどをするところだと聞いている。他人と寄り集まって狩りなどをして、流され人が思うがままに振る舞っているといって、国人に訴えられ、再度つらい目に遭うことのないように」と言われるので、兵衛佐殿は居住まいを正して、「どうしてそのような振る舞いをいたしましょう。髻をも切り、父の後生をも弔いたいと思っております」と申されたので、「感心なことを申すものだ」と言って、池殿は涙をお流しになった。「早々に」と言われるので、御所をお出になった。

【語釈】　○蛭が島　静岡県伊豆の国市韮山町。もと狩野川の中州で、島のようになっていたという。現在頼朝の配所を示す碑が立っているが、頼朝のいたところが当該地であるか否か未詳。『尊卑』に「配二伊豆国比留島一」とあり、『平家』巻五「文覚荒行」にも「伊豆国蛭嶋へながされて」とある。　○**池殿**　池禅尼のこと。↓下「頼朝遠流に宥めらるる事……」。　○**宗清**　弥平兵衛宗清のこと。↓下「頼朝生捕らるる事……」。　○**家盛**　池禅尼の実子。清盛の弟。↓下「頼朝遠流に宥めらるる事……」。　○**哀**　下の「ばや」など願望を表すことばと呼応して「なんとか……したい」の意。　○**宮古**　「都」の当て字。　○**わ殿**　「わ」は、親愛・侮蔑などの意を表す接頭語。ここは親愛の意。　○**国人**　国衙領に住した有力名主層。「Cuniiúdo その国土着の人々」（『邦訳日葡』）。

【校訂注】　**1形**　底本「刑」。改めた。　**2も**　底本ナシ。内・康を除く諸本により補った。　**3髻**　底本「髻」に「モト、リ」と附訓。　**4存して候へ**　底本「存候へ」。監「思ひ候也」、康「おもひなりて候へ」、半「思ナリ候へ」。その他の諸本により「して」を補った。　**5とく〳〵**　底本「はやとく」。監を除く諸本に従って改めた。

【本文】

同《おなじき》三月十五日に、官人共《くわんにんども》相具《あひぐ》して都を出《いで》られけるが、粟田口《あはたぐち》に駒を留《とどめ》て都の名残《なごり》をを《(お)》しまれけり。越鳥南枝《ゑつてうなんし》に巣をくひ《(い)》、胡馬北風《こばほくふう》に嘶《いばふ》。畜類猶故郷《ちくるいなほこきやう》の名残をを《(お)》しむ、いかにいはんや人間においひ《(ひ)》てをや。人はみなながさるゝをば[1]歎け共、[2]兵衛佐殿《ひやうゑのすけどの》は悦《よろこび》なり。

「頼朝ながさるゝ、いざや見む」とて、山法師《やまぼふし》・寺法師《てらぼふし》、大津の浦に[3]市《いち》をなしてぞ立《たち》たりける。頼朝をみて、「眼威《がんゐ》・事柄《こと(がら)》人にははるかに越《こえ》たりけり。是を伊豆国にながしお《(を)》くは、千《せん》里《り》の野《の》に虎の子を放《はなつ》にこそあれ。おそろし〳〵」とぞ申《まうし》ける。

【現代語訳】

同じく三月十五日に、官人たちを相伴って都を出発なさったが、粟田口に馬をとどめて、都の名残を惜しまれた。南方の越の国からやって来た鳥は南向きの枝に巣を掛け、北方の胡の国からやって来た馬は北から吹く風にいななく。動物でもやはり故郷の名残を惜しむものだ、ましてや人間においてはなおさらである。人は皆、流されることを歎くけれども、兵衛佐殿には喜びであった。

「頼朝が流されるのを、さあ見よう」と言って、比叡山の法師・三井寺の法師が大津の浜に群をなして立っていた。頼朝を見て、「威厳のある目つきや風格は、人より遥かに優れているぞ。これを伊豆国に流しておくとしたら、千里の野に虎の子を放つ以外のなにものでもない。おそろしい、おそろしい」と言った。

【語釈】　○**同三月十五日**　永暦元年（一一六〇）三月十五日。ただしこの日付については存疑。↓補注一七三。　○**官人**　流人を配所まで送り届ける役人。「追立の官人」という。都を出るまでは検非違使が送り、その先は領送使が任を引き継ぐ。「Quannin」（『日葡』）。　○**粟田口**　京都市東山区粟田口。京都から東海道への出口。　○**越鳥南枝に巣をくひ、胡馬北風に嘶**　南方の越の国からやって来た鳥は、南向きの枝に巣を掛け、北方の胡の国からやって来た馬は、北風が吹くと故郷を懐かしんで嘶く、の意。ともに懐郷の念の深いことをいう。「越」は浙江・広東・広西以南の地をいう。

「胡」は中国北方の騎馬民族や、その地をいう。名馬の産地である。「嘶ふ」は「いななく」。出典は『玉台新詠』巻一。↓補注一七四。　○**畜類**　けだもの。　○**山法師**　比叡山延暦寺の僧徒。　○**寺法師**　三井寺の僧徒。　○**大津の浦**　琵琶湖西岸で、今の大津市の湖岸。　○**眼威・事柄**　「眼威」は威厳のある目つき。「事柄」は「骨柄」ともいい、風格、品位などをいう。　○**千里の野に虎の子を放**　「千里四方の広い野に虎の子を放つ」の意で、危険な物を野放しにして、のちの大きな災いの原因を作ることの譬え。出典未詳。↓補注一七五。

【校訂注】　**1は**　底本ナシ。他本により補った。　**2兵衛佐殿**　底本「兵衛佐」。監・康・半を除く諸本により「殿」を補った。　**3市をなしてそ立たりける**　底本「市をなして是をみる」。監・康・半を除く諸本に従って改めた。表記は和のルビを省いたものを用いた。

【本文】
弥平兵衛宗清《やへいびやうゑむねきよ》、名残《なごり》を(お)しみ奉りてうち送申《おくりまうす》程に、兵衛佐殿《ひやうゑのすけどの》勢多《せた》の橋を過《すぎ》給ふとて、「あれにみゆる森はいかなる所ぞ」との給へば、「建部《たけべ》の宮とて、八幡《はちまん》をいはひ進《まゐら》せ[1]て候」と申せば、「さらば今夜通夜《つや》して、暇申《いとままうし》て下《くだ》らばや」との給へば、宗清申《まうし》けるは、「『頼朝こそながされけるが、宿《しゆく》にはつかずして、山林にとゞまりけるよ』と、平家にきこしめされば、いかゞ候はんずらん」と申せ共、「氏《うぢ》の御神《おんがみ》に暇申さんは、なにかくるしかるべき」と宣《のたま》ひければ、建部の宮へ入《いれ》奉る。「南無《なむ》八幡大菩薩《はちまんだいぼさつ》、今一度《いちど》頼朝を都へ帰しいれさせ給へ」と祈られけるぞ[2]おそろしき。

爰《ここ》に[3]纐纈《(かうけつの)》源五《げんご》守康《もりやす》といふ者あり。義朝の郎等《らうどう》にてありしが、かたはらに忍び居て、常に兵衛佐殿のおはしける所へまゐ《(い)》り、なぐさめ奉りける程に、老母の尼公《にこう》ありしが、病付《やまひづき》て限りになりしかども、佐殿《すけどの》ながされ給ひしかば、名残を《(お)》しみ奉り、[4]都にては、「粟田口《あはたぐち》まで」と思ひ、粟田口にては、「せめて関山《せきやま》・大津まで」と思ひ、うち送り申《まうし》けるが、其夜《そのよ》は御供《おんとも》して建部に通夜したりけるが、夜半計《ばかり》に夢想有《むさうあり》しかば、人しづまりて後《のち》、頼朝の御《おん》そばへ守康参り、さゝやき事《ごと》をぞ申《まうし》ける。「今度伊豆国に御座候《おはしましさうらふ》共《とも》、御《ご》出家ばし候《さうらふ》な。不思議《(ふしぎ)》の夢想を蒙《かうぶり》て候。八幡《はちまん》へ参詣して候へば、御殿《ごてん》の内より、『頼朝が弓矢はいづくに有《ある》ぞ』と御尋《おんたづね》候《さうらひ》つれば、『是に候』とて、童子二《に》人《にん》弓矢を持《もち》て参りて候《さうらひ》つるを、『ふかく納《(おさ)》め[5]お《(を)》け。期《ご》があらんずるぞ。其《その》時頼朝にたぶべし』と仰《おほせ》られつれば、御殿にふかく納《(おさ)》めお《(を)》かれ候《さうらひ》き。又其後《そののち》、君しろき御直垂《おんひたたれ》にてまゐ《(い)》らせ給ひ、庭上《ていしやう》に畏《かしこまり》て御渡候《おんわたりさうらひ》つれば、銀《しろかね》の折敷《をしき》に打鮑《(うちあはび)》を六十七八本《(ほん)》がほどお《(を)》かせ給ひ、みづから御手《みて》にて、[6]『くは、頼朝たまはれ』とて、御簾《みす》の内よりお《(を)》しいださせ給ひ候《さうらひ》つるを、君まゐ《(い)》らせ給ひ、此《この》鮑《(あはび)》をふつ／＼と[7]まゐ《(い)》りつるが、わづかに一《いつ》本《(ぽん)》計《ばかり》のこさせ給ひ、[8]『すは、守康給はれ』とて、なげ出《いだ》させ給ひ候《さうらひ》つるを、守康[9]給《たまは》り、食するとも覚えず、懐中する共おぼえずして、[10]夢さめ候《さうらひ》ぬ。一定《いちぢやう》、君御代《みよ》に出《いで》させ給ひ候《さうらひ》ぬと覚え候。相構《あひかまへ》て御《ご》出家ばし候《さうらふ》な」とさゝやき申《まうし》ければ、佐殿、「人やきくらん」とおもはれければ、返事をばし給はず、うちうなづき／＼ぞせられける。

夜《よ》も明《あけ》ければ、大菩薩に暇申《いとままうし》て出《いで》られけり。守康申《まうし》けるは、「今日計《ばかり》御供申《おんともまうす》べく候へ共、老母の候《さうらふ》が、重病をうけて候《さうらふ》間《あひだ》、無覚束《おぼつかなく》候」とて、暇申《まうし》、それより都へ帰《かへり》けり。

弥平兵衛宗清《やへいびやうゑむねきよ》は、篠原までうち送り奉り、来《(こ)》し方《(かた)》・行末《ゆくすゑ》の事共よきやうに申《まうし(を)》おき、それより都へ帰《かへり》ければ、兵衛佐殿なゝめならず悦《よろこび》給ひ、名残を《(お)》しげにぞみえられける。

【現代語訳】

弥平兵衛宗清は名残を惜しみ申し上げ、うち送り申し上げるほどに、兵衛佐殿が瀬田の橋を通り過ぎなさろうとして、「あれに見える森はどういうところだ」と言われると、「建部の宮といって、八幡をお祀り申し上げております」と申したところ、「それなら、今夜は通夜をして、お別れを申し上げてから下りたいと思う」と言われるので、宗清が申し上げたことは、「『頼朝は流されたが、宿には着かずに、山林に留まっているぞ』と、平家の方でお聞きになったなら、どうでございましょう」と申したけれども、「氏の御神にお別れを申したとしても、どうして差し支えがあろうか」と言われるので、建部の宮へ入れ申し上げた。「南無八幡大菩薩、もう一度頼朝を都に帰し入れなさってください」とお祈りになったことは恐ろしいことである。

ここに纐纈源五守康という者がいた。義朝の郎等であったが、人目につかぬ所に隠れていて、いつも兵衛佐殿のいらっしゃるところへ参っては慰めて差し上げているうちに、老母の尼公がいたが、病気になって危篤となっていたものの、佐殿が流されなさったので、名残を惜しみ申し上げ、都では「粟田口まで」と思い、粟田口では「せめて関山・大津まで」と思い、うち送り申し上げたが、その夜はお供をして建部に通夜をしていたが、夜半頃に夢のお告げがあったので、人が寝静まってから、頼朝のそばに守康が参上し、ささやき事を申し上げた。「今回、伊豆国においでになりましょうとも、御出家だけはなさいますな。霊験あらたかな夢想をいただきました。石清水八幡宮へ参詣しましたところ、御殿の内から、『頼朝の弓矢はどこにあるのだ』とお尋ねがございましたところ、『ここにございます』と言って、童子二人が弓と矢を持って参りましたものを、『深くしまっておけ。必要な時期がやってこよう。その時頼朝に与えよう』と仰せになられたので、御殿に深く納め置かれました。またその後、御主君は白い御直垂で参詣なさり、庭上に畏まっておいでになられたところ、銀の折敷にのしあわびを六十七、八本ほどお置きになって、自ら御手で、『それ、頼朝、いただけ』と言って、御簾の内から押し出されましたのを、御主君は少しいただきなさり、このあわびをぷつんぷつんとお召し上がりになりましたが、わずかに一本ほどお残しになり、『それ、守康、いただけ』と言って投げ出されましたのを、守康がいただき、食したかどうかも分からず、懐に入れたかどうかも分からずに夢がさめました。きっと御主君が御代をお取りになるに違いないと思われます。決して決して御出家だけはなさいますな」とささやき申し上げたので、佐殿は「人が聞くといけない」とお思いになったので、お返事をなさらず、うちうなずき、うちうなずきなさった。

夜も明けたので、大菩薩にお別れを申し上げて、出発なさった。守康が申し上げたことは、「今日だけはお供して差し上げるのが本当でございますが、老母のございますのが重病になっておりますので、心配でございます」と言って、お別れを申し上げ、そこから都へ帰った。

弥平兵衛宗清は、篠原までうち送り申し上げて、過去のことや将来のことをよく取りはからうように申しつけて、そこから都へ帰ったので、兵衛佐殿はひとかたならずお喜びになり、名残惜しげにお見受けした。

【語釈】　○**勢多の橋**　滋賀県大津市瀬田橋本町。琵琶湖の南端、湖水が瀬田川となって流れ出すところに架かっている橋。瀬田の長橋とも唐橋ともいう。古代末、東国から京都に入る折の要衝となっていた。往時の橋は、現在の橋よりやや下流にあった。　○**建部の宮**　大津市瀬田神領の建部大社。瀬田の唐橋から五百メートルほど東にある。祭神は大己貴命《おおなむちのみこと》とも日本武尊ともいい、古来、武神として有名である。　○**八幡をいはひ**　八幡は八幡大菩薩。→上「叡山物語の事」。ただし建部社の祭神を八幡とする根拠不詳。→補注一七六。　○**通夜**　社寺に参籠して、一晩中祈願すること。　○**宿**　宿駅。宿場。　○**氏の御神**　源氏の氏神は八幡大菩薩。　○**纐纈源五守康**　美濃源氏、岐阜県可児市の住人。ただし四類本の表記は様々である。→補注一七七。　○**かたはら**　人目につかない所。　○**限り**　危篤状態。　○**関山**　逢坂山。　○**夢想**　神仏が夢の中に現れて、お告げをすること。　○**八幡へ参詣して**　八幡は石清水八幡宮。　○**童子**　仏・菩薩・諸天などに随侍する眷属のうち、童形をした者をいう。　○**銀**　「Xirocane」（『日葡』）。　○**折敷**　食器を載せるのに用いた角盆。「Voxiqi」（『日葡』）。　○**打鮑**　鮑の肉を薄く細長く切り、延ばして干した物。儀式の席に酒の肴として用いたが、のち長寿に意をとって進物に添えるようになったという。〇六十七八本　「六十余州を指したものか」(日本古典文学大系)。〇くは　それ。相手に注意を促したり、驚いたとき発することば。〇ふつくと　物を断ち切る音などにいう語。「Futçufutçuto 副詞、根もとからばっさりと切るさま、または、きっぱりと返答するさま、など」(『邦訳日葡』)。〇すは　それ。相手に注意を促したり、驚いたとき発することば。「Suua…… 驚きを示す感動詞」(『邦訳日葡』)。〇一定きっと。「Ichigiô……また、確実な決まった事」(『邦訳日葡』)。〇篠原　→中「義朝奥波賀に落ち著く事」。

【校訂注】　1て　底本ナシ。他本によって補った。　2そ　底本「こそ」。他本に従って「こ」を削除した。3かうけつの源五　底本「かうけつの源太」とあり、「かうけつ」の右に「上野」と傍書。姓の部分は諸本区々であるが、傍書の「上野」は誤り。よって削除した。「かうけつ」には杉原本に従って「纐纈」を当てた。また名の部分は、竜に「けんた」とあるほかは、諸本すべて「けん五・げん五・源五」。これらの諸本に従って「太」を「五」に改めた。↓補注一七七。　4都　底本「最後」とあり右に「宮古」と傍書。他本に従って「都」と改め傍書を削除した。　5をけ　底本「をき」とあり、「き」の右に「ケイ」と傍書。監・半に「置」とあるような本文の読みに由来するものと思われる。天・玄・康に従って「き」を「け」に改め、異本注記を削除した。　6くは　底本「く」にミセケチ「す」と訂す。「すは」とあるのが金刀本系の三本のみであるので、訂正前の本文に従い、傍書を削除した。　7まいりつるか　底本「まいり候つる」。半「まいり候つるか」。半・康を除く諸本に従って、「候」を削除し、「か」を補った。　8すは　底本「くは」とあり、「く」にミセケチ「す」と訂す。内・近・学二・監・康・半に従って訂正した本文に従った。　9給り　底本「給りて」。天・竜を除く諸本に従って「て」を削除した。　10夢　底本「夢は」。他本に従って「は」を削除した。

【解説】守康がみた夢とは頼朝の全国支配を予言するものであった。一類本（九条本）では、君は浄衣に立烏帽子にて、石清水へ御参詣あり。盛康、御供申て候しが、君は神殿の大床、盛康は瑞籬の下に祇候し候。御歳十二三ばかりの天童の、弓箭をかいいだひて大床にたち給ひつるが、「義朝が弓・箙、めして参りて候」と申されければ、御宝殿の内より、けだかき御声にて、「ふかく納をけ。終には頼朝にたばんずるぞ。これをまづ頼朝にくはせよ」と仰られければ、天童、御簾のきはへ参て、をし出されたりける物をかきいだきて、君の御まへに置給ふ。何ものぞと見れば、熨斗鮑、六十六本あり。さきの御声にて、「頼朝、それたべよ」と仰られければ、御手にかい握て、広所を三口まいりて候。細き所をば、盛康に投て給りしを、懐中して、によほ〳〵よろこぶと見て、夢さめ候ぬ。この夢を心の中に合候やうは、御当家の弓矢をば、大菩薩の御宝殿に納させ給ひて候ける頭殿こそ、一旦朝敵となりて亡させ給共、君の御向後はたのもしき夢想也。六十六本の鮑は、六十六ケ国を掌に握らせ給ふべき相也。参り残ッしを給ッて、懐中すと見て候へば、人数ならぬわれらまでも、たのもしくこそ候へ。
と盛康（守康）の夢告と夢解きが示される。夢解きでは、弓矢を介して源家再興、義朝から頼朝への棟梁の継承が示唆され、また、六十六本の鮑を食することが日本全土の支配の象徴であると明確に語られる。四類本の夢解きが「一定、君御代に出させ給ひ候ぬと覚え候」とあるだけで、夢告も全体的に一類本を簡略化したかたちとなっている。

このような頼朝覇権獲得に関わる夢告は安達盛長が語り、大庭景能《かげよし》が夢解きを行うというかたちで延慶本『平家』巻四、『盛衰記』巻十八、『源平闘諍録』巻一之上、真名本『曾我物語』巻三、仮名本『曾我物語』巻二、幸若舞曲「夢合せ」にも記される（文献によって夢告や夢解きの内容等に異同がある）。以下に一類本との関連性が指摘される「夢合せ」（福田晃氏「曲目解説（夢合せ）」、『幸若舞曲研究別巻』）における盛長の夢告内容を引く（実線部は一類本の詞章と重なる部分）。

先一番の御夢想に、東山小松原、紫の八重雲をかき分け、つる〳〵と出させ給ふ朝日を、君の三五に抱き取らせ給ふ、と見参らせて候。その次の御夢想に、君は白き浄衣に立烏帽子、浅い沓を召され、相模の国矢倉が岳に御上がり有て、東西南北へ七足づゝ歩ませ給ふ、と見参らせて候。其後、矢倉が岳に御腰を休めさせ給ふが、東へも南へも西へも向かせ給はず、北へ向かせ給ひ、笑みを含ませ給ふ、と見参らせて候。その次の御夢想に、君の弓手の御足を、鬼界が島の方へ踏み下ろさせ給ひ、扨又、馬手の御足を、外の浜の方へ踏み下ろさせ給ふ所に、君の御寵愛に思し召す大場の平太景義、白き瓶子に蝶形に口包ませ、肴に九穴の鮑をもつて御前に参る。君は御覧じて、鮑の太き所を御手に持たせ給ひて、酒をたぶ〳〵と御控へ有て、「いかに貴僧法師、肴一つ」とありしかば、貴僧承て、御前をづんど立て、鴫が入首、鴫の羽返し、さつとさひて祝ひのわかをぞ上げにける。その次の御夢想に、君の左右の御袂に、三本の姫小松を育て置かせ給ふと、確かに盛長めが見参らせて候ぞや。

これに続いて、景義（景能）が夢解きを行う。例えば、「東山小松原……君の三五に抱き取らせ給ふ」の一節に関しては「疑ひもなく我が君は、日の本の征将軍と仰がれさせ給ふべき、御瑞相の御夢想也」と任征夷大将軍を予告し、そして「君の弓手の御足を……肴に九穴の鮑をもつて御前に参る」については「鮑は海の物なれば、鬼界、高麗、契丹国、海上は櫓櫂の届かん程、我君の御知行に参らふずるこそ、めでたけれ」とその覇権が日本国内はもとより、国外まで及ぶと解く。

【本文】

去程《さるほど》に、伊豆国蛭が島におき奉《(を)》り、伊東・北条に、「守護し奉るべし」と申《まうし(を)》おき、官人《くわんにん》都へのぼりけり。

【現代語訳】

そうしているうちに、伊豆国蛭が島に置き申し上げ、伊東・北条に、「守護して差し上げよ」と申し置いて、官人は都へ上っていった。

【語釈】　○**伊東・北条に……**　この部分、金刀本系列三本は「伊東北条に守護し申し上げるべき由を申し置いて」とあり、半を含む蓬左本系列は「伊東北条に守護し奉るべしと申置き」とある。後出の本文がどちらの系列に由来するかの指標となっている。　○**伊東**　伊東祐親。生年未詳〜養和二年(一一八二)。工藤氏の一族。祖父寂心の養子になり、河津を相続したが、伊東を横領し、伊東氏を称した。曾我兄弟の祖父。子祐重は伊東横領に絡んで工藤祐経に殺され、曾我兄弟の仇討ちとなった。娘は伊豆に流された頼朝との間に一子をもうけたが、祐親は平家をはばかってこれを殺した。頼朝挙兵後捕らえられて自害した。　○**北条**　北条四郎時政。保延四年(一一三八)〜建保三年(一二一五)。時方の子(『尊卑』)とも、時家の子(『北条系図』)ともいう。『吾妻鏡』治承四年(一一八〇)四月二十七日条によれば、上野介平直方五代の子孫。娘政子が頼朝と結婚したことで、頼朝を助けて挙兵する。鎌倉幕府成立後、重きをなしたが、頼朝死後、次第に専横が目立つようになり、子息義時と対立、失脚して出家した。

【解説】四類本は頼朝の伊豆蛭が島下着をもって全巻の結びとする。一類本では、頼朝は鏡の宿で盛康と別れ、不破の関、青墓の宿を経て、熱田神社に着く。そこで、頼朝と同じ当社大宮司季範の娘を母とする妹（坊門の姫）と弟（希義《まれよし》）の行方が語られ、「希義は南海土佐国、頼朝は東国伊豆国、兄弟、東西へわかれ行、宿執のほどこそむざんなれ」の一文で「頼朝遠流の事……」の章段を閉じ、頼朝の伊豆到着を記さない。その後に先掲の悪源太雷化記事が置かれ、「牛若奥州下りの事」、「頼朝義兵を挙げらるる事……」といわゆる源家後日譚が続く。この二章段の内容を大まかに示すと、義経の鞍馬入りから奥州下向、そして、頼朝挙兵、平家打倒、長田忠宗・景宗父子への復讐や纐纈源五盛康らへの報恩、後白河院崩御や頼朝死去などが記事の繁簡を伴って記される。

そして、一類本（九条本）は、

九郎判官は二歳のとし、母のふところにいだかれてありしをば、太政入道、わが子孫をほろぼさるべしとは思はでこそ、たすけをかるらん。今は、かれが為に、累代の家をうしなひぬ。趙の孤児は、袴の中にかくれ泣かず。秦のいそんは、壺の中に養れて人となる。末絶まじきは、かくのごとくの事をや。

の一節で物語を締め括る。義経を生かしたことが仇となったのだと清盛を批判するとともに義経の強運と源氏の再興を印象づける。また、一類本と同趣の後日譚をもつ古活字本は、一類本の結尾に続き、義朝・頼朝・義経いずれも卯年生まれであることを述べ、

三人ともに、単閉《（マヽ）》のとしの人なり。中にも頼朝、平家をほろぼし、天下をおさめて、文治の始め、諸国に守護をすへ、あらゆる所の庄園、郷保に地頭を補して、武士の輩をいさめ、すたれたる家をおこし、絶えたる跡をつぎて、武家の棟梁となり、征夷将軍の院宣をかうぶれり。卯

は是東方三支の中の正方として、仲春をつかさどる。柳は卯の木也。三春の陽気を得て、天道めぐみの眉をひらき、いとなみしげくさかふれば、柳営の職には、卯の歳の人は、げに便有りける者かな。

と平家打倒、天下平定、そして征夷大将軍任官といった頼朝の讃美で結ばれる。

このように『平治』には三つのパターンの終わり方がある。『平家』の終わり方にも三態あり、頼朝の果報を寿ぐ頼朝賛嘆型（延慶本）、六代の死をもって終わる断絶平家型（八坂系諸本）、建礼門院の最期を語る女院往生型（覚一本）がある。多くの諸本と物語の結末に複数のパターンをもつことは軍記作品の特徴の一つと言えよう。

室町時代後期成立の可能性がある四類本『平治』は、同時代の文学作品と交渉しつつ、先行する『平治』そして『平家』の物語内容や詞章などを直接的あるいは間接的に受け継いでいることは間違いない。こうしたなかで源家後日譚を切り出し、頼朝の蛭が島下着で物語の終結とする四類本は、源家後日譚すなわち『平家』と重なる物語内容を語らない形の終わり方を選択したことになる。その結果、四類本は『平家』の前史を語る物語として位置づけられることにもなるのである。↓本書、「解説――四類本系統の『平治物語』について」。

補注

一　文武の二道を説く書物は多い。以下、列挙する。

○有二文事一者、必有二武備一。有二武事一者、必有二文備一。（『史記』「孔子世家」）

○昔承桑氏之君、修レ徳廃レ武以滅二其国一。有扈氏之君、恃レ衆好レ勇以喪二其社稷一。明主鑒レ茲、必内修二文徳一、外治二武備一。（『呉子』序）

○兵者以レ武為レ植、以レ文為レ種。武為レ表、文為レ裏。（『尉繚子』「兵令上」）

○夫有レ文無レ武、無二以威一レ下。有レ武無レ文、民畏不レ親。文武倶行、威徳乃成。（『説苑』巻一「君道」）

○朝家には、文武二道を分きて、左右の翅とせり。文事あれば、かならず武備あるいはれなり。（『十訓抄』第十）

○サレバ文武ノ二道同ク立テ可レ治今ノ世也。（『太平記』巻十二「公家一統政道事」）

○文武両道ハ、如二車輪一、一輪欠バ則不レ渡レ人、然共戦場ニ文者ハ功ナキ者也、爰ヲ以文ハ治ノ元ニテ太平ニ用、武ハ乱国ニ用ユト云事ヲ可レ知、（『等持院殿御遺書』）

○むかしより今に至るまで、文武二にわかれ、その徳天地のごとし、ひとつもかくるときは、則国をおさむる事有べからず、これによりて公家には文を持て先とす、詩歌くわんげんの芸これなり、当道には武を持てさきとす、弓馬合戦のみちこれ也、（『新田左中将義貞教訓書』）

○それ天下おさまれるときは、文をもつてまつりごとをおこなひ、いよ〳〵世をおさむるものなり、もし四夷のみだれあるときは武をもつててきをたいらげ、あたをしりぞけ、世をしづむるものなり、（慶応大学図書館蔵『土くも』）

○それ国をおさむる大将は、文武の両道、一つもかけては其国をだやかならず、おさまる世には、文をもつて、しめし、みだるゝ時は、武をもつて、是をしづめ、……（光慶図書館旧蔵『ごゑつ』）

○ことさらよしたかは、ゆみやをとりてならびなし、ぶんぷ二だうの物のふなり、（寛永写本『しみづ物語』）

『異制庭訓往来』六月七日状に文武兼行の先例を述べ、蕉夜十日状には、文武兼備の武将として田村・利仁・頼光・保昌の名を挙げ、文武をわきまえない武将として将門・純友が挙げられている。我が国においては、とりわけ室町時代に文武二道の兼備が強調されたようである。

二

左文右武については、以下の書物に見えている。

○古者賞ニ有功一、褒ニ有徳一。守成尚レ文、遭遇右レ武。（『史記』「平津侯主父列伝」）

○故礼与レ法表裏也。文与レ武左右也。（『司馬法』「天子之義」第二）

○左文右武憐ニ君栄一、白銅鞮上慙ニ清明一。（唐の李咸用「遠公亭牡丹詩」）

○或右レ文而左レ武、或先レ吁而後レ唱。（唐の潘炎「君臣相遇楽賦」）

○国の老父ひそかに文を左にして武を右にするに……（『鴉鷺物語』）

○文を左にし、武を右にす。鳥の二翼のかけてかなはざるがごとし。

（『六代勝事記』「後鳥羽」の条。延慶本『平家』第六末三十六「文学被流罪事」にも引用）

○夫文武者、国之大道也。雖レ為ニ月氏震旦一、以レ此治ニ天下一、振ニ威権一而左レ文右レ武者也。

（『兵将陣訓要略鈔』「弓箭記録」）

○サレバ文武ノ二ハシバラクモステ給ベカラズ。「世ミダレタル時ハ武ヲ右ニシ文ヲ左ニス。国オサマレル時［ハ］文ヲ右ニシ武ヲ左ニス。」トイヘリ。（『神皇正統記』巻中「嵯峨」）

○左文右武之道並松柏貞節之栄（『願文集』「長谷寺造供養」（康正二年四月日））

○武官置ニ筥内之右一、文官置ニ筥内之左一、是若左レ文右レ武之儀歟、是ハ不ニ指作法一、左レ文右レ武之儀ニ相当ト心中思也、（『台記』保延二年（一一三六）十一月十日条）

三

古活字本には、「一両端も（つ）てかなふとき、四海風波の恐なく、八荒民庶のうれへなし。夫澆季に及びては……」とある。古活字本に比べて、四類本の「四海風波の恐なく」から「夫末代の流に及で……」への接続が悪い。対句表現を考えると、古活字本に見られるように、「八荒民庶のうれへなし」の脱文をも考える必要があろう。

四　この故事は、我が国では『白氏文集』がよく読まれたこともあって、あまねく知られていた。

○意為レ恩使命依レ義軽、今為二将軍一雖レ死不レ恨。彼焼レ鬚咬レ膿何得レ加レ之。（『陸奥話記』）

○唐の太宗文皇帝は、瘡をすひて、戦士を賞し、漢の高祖は、三尺の剣を帯して、諸侯を制したまいき。（『曾我物語』巻一「神代のはじまりの事」）

○又唐太宗文皇帝ハ、剪レ鬚焼レ薬、功臣李勣賜、含レ血吮レ瘡、戦士思摩ヲ助ケリ。（『盛衰記』巻十一「静憲入道問答」）

○されば、たうのたいそう、ぶわうは、きずをこうて、せんじをなし、かんのかうそは、三じやくのけんをたひして、しよかうをせひし給ふ。これしかしながら、ぶんぶ二だうにしくはなし。（『常盤物語』）

その他、『八幡愚童訓』、幸若舞曲『八島』、『太平記』巻三十二「神南合戦事」にも見えている。また『吾妻鏡』建久三年十月三十日条に「唐国太宗之鬚、施二賜薬之仁一、和朝宗親之鬚、彰二惜紘之志一、所レ焼雖レ同、所レ用相異者歟」とあり、鬚を焼くということがあれば、太宗の故事が思い合わされるほど有名であったものらしい。

五　この詞章も諸書に見受けられる。

○意為レ恩使、命依レ義軽。（『陸奥話記』）

○心ハ恩ノタメニツカヘイノチハ義ニヨリテカロキモノナリ。（『百座法談聞書抄』）

○専諸・荊卿ガ心ハ恩ノ為ニ仕ハレ、侯生・予子ガ命ハ義ニ依テ軽シトモ、是等ヲヤ可レ申。（『太平記』巻十一「筑紫合戦事」）

○心為レ恩被レ仕、命依レ義軽。（真名本『曾我物語』巻三）

このほか『盛衰記』巻三十一「畠山兄弟賜暇事」、『義貞記』、『新田左中将義貞教訓書』、謡曲『巴』、幸若舞曲『八島』など、軍記および軍記に素材をとった謡曲・幸若舞曲などを中心に、「沙門行慧〈九条道家〉願文」（九条家文書、『神奈川県史』資料編1古代・中世1）などに至るまで、数多く引用されている。

六　「鶏国」に該当するかと思われる国名には、①新羅の別称、鶏林国、②『教訓抄』巻六に見える鶏頭国、③『魏書』から『新唐書』に至る五正史に見える、契丹の異種、奚国、④契丹国がある。このうち①〜③は

「外祖の恥を雪む」という事跡に合致しないが、他に徴すべき資料もない。検討に値するのは④の契丹国である。

契丹は四類本『保元』下にも「天竺・震旦・鬼界・高麗・契丹国に至迄」、延慶本『平家』第五末三「宗盛院宣ノ請文申ス事」に「牽レ浪随レ風可三零二行御新羅、高麗、百済、鶏丹一、終可レ成二異国之財一歟」、長門本『平家』巻四「讃岐院御事」に「しんら、はくさい、けいたんに至るまで」、『盛衰記』巻十七「謀叛不遂素懐事」に「新羅・百済・高麗・契丹ニ至マデ」、幸若舞曲『百合若大臣』に「此の鷹が鬼界・高麗・契丹国へも揺られずして、今この島に揺られ来て、再び物を思はする」、『伏屋の物語』にも「にしはきかい、かうらい、けいたんごく」、奈良絵本『ふくろふ』に「そのほか、たうど、てんぢく、わがてう、きかい、かうらい、けいたんごく」とあるなど、国づくしという形で表現する場合は、契丹はつねに朝鮮半島の国々の後に記される。つまり我が国から見た場合、鬼界、高麗とたどったその西にあった国と見なされていた。また「契丹国」という呼称が江戸時代になっても用いられている（『祢津松鷗軒記』）点から判断すると、この名は、契丹（きったん、キタイ）、あるいはその後身の遼を指すのみならず、中国北方から沿海州にかけて興亡した騎馬民族国家全体を総称する呼称でもあったようだ。

前引の延慶本『平家』、『百合若大臣』から推測できるように、この契丹国は海岸部にあったと見なされていた。この点は、幸若舞曲『大織冠』にも「みづからと申すは、契丹国の大王のいつきの姫にてさぶらふなるが、ある后の讒により、空舟に作り籠め、滄波万里へ流さるる」とあり、『盛衰記』巻三十八「重国花方帯院宣西国下向……」にも「我朝之御宝、引レ波、随レ風、赴二新羅、高麗、百済、契丹一」とあるのが傍証となる。これらを勘案すると、『十訓抄』巻七に「都を離れて鶏丹といふ国あり。金多くあるによりて、大金と名づく」とあるように（南宋で作られた『宣和遺事』前集上にも「以二其国産一金、故号二大金一」とみえる）、我が国では、契丹国と、沿海州に興隆した金朝とが混同されていたことが知られる。『十訓抄』の説話は、宋の徽宗の時代のことであるが、この「鶏国」が金朝を指すとすれば、「明王」とは、徽宗の時代に金を建国した完顔阿骨打を指すことになろう。

『十八史略』巻六「宋太宗」（在位九七六年～九九七年）条に女真が宋を離れて、契丹に臣属した記事が見える。また、同書巻七「徽宗」（在位一一〇〇年～一一二五年）条に「遼主弘基殂。号二道宗一。孫延禧立。号二天祚一」とあり、続いて「女真阿骨打立。女真本名朱里真。粛慎之遺種而渤海之別族也。或曰、本姓拏、辰韓之後、三国志所レ謂挹婁、元魏所レ謂勿吉、唐所レ謂黒水靺鞨者其地也。有二七十二部落一。本不二相統一。自二太中祥符一以後、絶不下与二中国一通上。有二生女真者一。其類猶繁。其酋曰二巖版一。有レ孫曰二楊哥太師一。遂雄二諸部一。或曰、楊割之先、新羅人完顔氏、女真妻レ之以レ女、生二子二人一。長曰二胡来一、伝二三人一而至二楊割一。阿骨打其子也。為レ人沈毅有二大志一」と、完顔氏の出自を新羅人とし、遼に臣属していた女真の女を妻としたという一説を載せる。『宣和遺事』前集上にも、「是歳女真阿骨打称レ帝。姓王、名旻。本新羅人。号二完顔氏一」と、新羅の人であった旨を記す。これらに従えば、阿骨打の母も女真の女であったということになり、女真は阿骨打にとっては外祖であった。さらに「徽宗」条に「女真阿骨打、以二重和元年戊戌一称レ帝。初遼主天祚、刑賞僭濫、荒二於禽色一、歳索二名鷹海東青於女真一。女真与二其隣東北五国一戦闘、乃能獲二此禽一以献。不レ勝二其擾一。阿骨打遂叛。……阿骨打遂建レ号改二名旻一、国号二大金一。明年破二遼上京一」とある。

新羅人の子孫であった完顔阿骨打が、外祖父の一族である女真を統率し、臣属させられていた遼を滅亡させ、金朝を樹立したということになり、「鶏国の明王はみづから手を下し、外祖の恥を雪む」という事跡に合致しそうである。

七

『史記』「周本紀」に「釈二箕子乃囚一」「表二商容之閭一」「封二比干之墓一」などとある。日本古典文学大系『平治』に、この事跡を言ったものかと注する。「旧苔・旧臣……」に関連のありそうな「封二比干之墓一」とは、殷の忠臣比干を称え、その墓に新たに土盛りを施し、墓の境界を明確にしたという意味であり、「生涯の名を……」に関連しそうな「表二商容之閭一」とは、おなじく殷の忠臣商容の住んでいた村に目印を立てたという意である。

この二つの事跡が特に有名であった点は、『礼記』第十九「楽記」や『書経』周書「武成」、『淮南子』第九「主術訓」、同第十二「道応訓」、同第二十「泰族訓」に引かれていることからも知ることができる。また『史記』の「留侯世家」には、文治に傾く漢の劉邦にむかって、張良が周の武王のこの故事を引いて諫める場面がある。それによれば、この逸話は武王の文治を象徴するものと見なされている。武王の事績としてはさらに『列仙伝』「仇生」の項に「（仇生）自作二石室一。至二周武王一、幸二其室一而祀レ之」という記述も残る。これらのいずれかが、ここにいう「旧苔・旧臣……」および「生涯の名……」という『平治』の文と対応するもののごとくである。

しかしその一方で、この序文の文意からして、「我と手を下し、よく戦をなさねども」という例証として武王（発）を引くことは誤りである。武王はその名が示すように、武力によって殷の紂王を討ち、天下を平定した後はじめて武を捨てて文治を行った王である。「人に志を顕せば必帰す」という例ならば、武王の父文王（周の西伯昌）の方がふさわしい。「文王以レ文治、武王以二武功一、去二民之災一」（『論衡』巻二十五「祭意」）、「周伯昌行二仁義一而善謀。太子発勇敢而不レ疑」（『淮南子』第十二「道応訓」）とあるように、武王は武功を、文王は仁義を称えられた人物である。『淮南子』第十八「人間訓」、『呂氏春秋』孟冬紀「異用」、『新序』巻三「雑事」、『新書』「論誡篇」に、池を掘った時に出てきた遺骨を文王が衣棺をもって葬させた逸話が記される。また『抱朴子』外篇巻三十九「広譬」に「枯骨掩而参分之仁治（野ざらしの骨を葬ったところ、殷の民の三分の二が文王の仁徳になついてきた）」とあり、該当しそうな事跡が残る。

また「よく戦をなさねども、人に志を顕せば、必帰す」という詞章を重視すれば、これは白楽天の「七徳舞」に「則知不二独善戦乗一時、以レ心感レ人、人心帰」とあるのをふまえて文をなしているのであるから、この文の対象者は唐の太宗ということになる。唐の太宗の事績でいえば、「七徳舞」に「推レ心置二人腹一忘卒遺骸散レ帛収」と見える。注に「貞観初詔二天下一陣死骸骨致レ祭瘞二埋之一。尋又散レ帛以求レ之也」とあり、『白氏長慶集諺解』第一に「忘卒遺骸散レ帛収トハ、隋ノ兵士戦死スルモノ骸骨草野ニ暴露スルヲ帛散ジ与テ人ヲシテ収メ葬シムルナリ」との解が記されている。唐の太宗のこの徳行も、周の文王の故事を模範としてなされたものであろう。この太宗の徳行は『太平記』巻三十一「神南合戦事」に「唐ノ太宗戦ニ臨デ、戦士ヲ重クセシニ、血ヲ含ミ疵ヲ吸ノミニ非ズ、亡卒ノ遺骸ヲバ、帛ヲ散ジテ収シモ、角ヤト覚テ哀ナリ」とあり、我が国の文献にも言及される。また『資治通鑑』巻一百九十七「太宗」条に「（貞観十九年）丁巳。詔諡二殷太師比干一、曰二忠烈一、所司封二其墓一。春秋祠以二少牢一。給二随近五戸一。供二灑掃一」と、武王の事績を模範とした、生涯の名を銘に刻むという事跡に該当しそうな記事も見える。「七徳舞」自体、太宗が周の武王の七徳を舞にしたものと、白楽天が太宗の七徳を詩にしたものとが混同されていた可能性もあり、また『常盤物語』に「たうのたいそう、ぶわうは、きずをこうて、せんじをなし」ともあり、一部で唐の太宗と周の武王が同一人物扱いされた例も見えるので、ここには唐の太宗の事績を記しながら、人名において周の武王との混同があるか。

八　「余桃の罪」に関しては、次の諸書にみえる。

〇昔弥子瑕有ㇾ寵㆓於衛君㆒。衛国之法、竊駕㆓君車㆒者罪刖。弥子瑕母病、人間往夜、告㆓弥子瑕㆒、弥子矯駕㆓君車㆒、以出。君聞而賢ㇾ之。曰、孝哉。為ㇾ母之故、忘㆓其刖罪㆒。異日与ㇾ君遊㆓果園㆒。食ㇾ桃而甘、不ㇾ尽㆓其半㆒、啗ㇾ君。君曰、愛ㇾ我哉。忘㆓其口味㆒、以啗㆓寡人㆒。及㆓弥子色衰愛弛㆒、得㆓罪於君㆒。君曰、是固嘗矯㆓駕吾車㆒、又嘗啗ㇾ我以㆓余桃㆒。故弥子之行未ㇾ変㆓於初㆒、而以㆔前之所㆓以見ㇾ賢、而後獲ㇾ罪者、愛憎之変也。（『韓非子』「説難篇」。『壒嚢鈔』巻二ノ三十一も同じ）

〇弥子瑕愛㆓於衛君㆒。衛国之法、竊駕㆓君車㆒罪刖。弥子瑕之母疾、人聞夜往、告ㇾ之。弥子瑕擅駕㆓君車㆒而出。君聞ㇾ之賢ㇾ之。曰、孝哉。為ㇾ母之故、犯㆓刖罪㆒哉。君遊㆓果園㆒。弥子瑕食ㇾ桃而甘。不ㇾ尽而奉ㇾ君。君曰、愛ㇾ我而忘㆓其口味㆒。及㆓弥子瑕色衰愛弛㆒、得㆓罪於君㆒。君曰、是故嘗矯㆓吾車㆒、又嘗食ㇾ我以㆓余桃㆒。故子瑕之行、未㆓必変ㇾ初也。前見ㇾ賢、後獲ㇾ罪者、愛憎之生ㇾ変也。（『説苑』巻十七「雑言」）

九　醍醐天皇。元慶九年（八八五）～延長八年（九三〇）。宇多天皇の第一皇子。母は藤原高藤の娘、胤子。在位寛平九年（八九七）～延長八年。菅原道真を右大臣に登用するなど、天皇親政による積極的な政治を行った。『三代実録』『古今集』『延喜式』などが編集されたのは、この時代のことである。延長八年九月崩、四十六歳。

村上天皇。延長四年（九二六）～康保四年（九六七）。醍醐天皇の第十四皇子。母は藤原基経の娘、穏子。在位天慶九年（九四六）～康保四年。藤原忠平の死後、摂政関白を置かず天皇親政を行った。康保四年五月崩、四十二歳。

一〇　藤原義懐。天徳元年（九五七）～寛弘五年（一〇〇八）。一条摂政伊尹の五男。母は中務卿代明親王の

娘。花山天皇の母懐子の弟にあたる関係で、花山朝の政務を執行した。花山天皇の即位後、永観二年（九八四）正月から寛和元年（九八五）十二月の間に、位は従四位上から従二位に、官職は参議を経て権中納言に進んだ。翌年六月、花山天皇の退位に伴い出家。

藤原惟成。天暦七年（九五三）〜永祚元年（九八九）。右小弁雅材の子。母は摂津守中正の娘。正五位上、権左中弁、左衛門権佐、民部権大輔。寛和二年六月花山天皇の退位に伴い出家。「世号二五位摂政一」（『勅撰作者部類』）。その権勢の様は、有国が惟成に名簿を提出し、「入二一人之跨一欲レ超二万人之首一」と語ったことに、よく示されている（『江談抄』第三）。

二人の花山朝における政務は、物価の統制、庄園の整理などによる。諸書に善政として引かれる。

○その中納言（義懐）、文盲におはせしかど、御心だましひいとかしこく、有識におはしまして、花山院の御時のまつりごとは、たゞこのとのと惟成の弁としてをこなひたまひければ、いといみじかりしぞかし。そのみかどをば「内をとりの外めでた」とぞ、よの人申し。（『大鏡』巻三「伊尹」）

○花山院御時、中納言義懐外戚、惟成弁近習之臣、各執二天下之権一。（『袋草子』上。『著聞集』四七二話ほぼ同文）

○円融院末、朝政甚乱。寛和二年之間、天下之政忽返二淳素一。多是惟成弁之力云々。（『江談抄』第二）

○太政大臣雖レ有二関白之号一、委二万機於義懐一。（『愚管抄』巻二「花山」）

○此花山院ニハ義懐中納言コソハ、外舅ナレバ執政スベケレドモ、践祚ノ時ハ蔵人頭ニコソハジメテ四位侍従ニテ任ジテ、ヤガテトク中納言ニナリテ、三条関白ハ如レ元トテオハシケレドモ、国ノ政ハヲサエテ義懐ヲコナヒケルホドニ、ワヅカニ中一年ニテ不可思議ノヤウイデキニケレバイフバカリナシ。（『愚管抄』巻三「花山」）

二　『百錬抄』保元元年十月二十日条に「更置二記録所一」、『愚管抄』巻五に「延久例ニ記録所オコシ立テユ、シカリケリ」、『今鏡』第三「大内わたり」に「世を治めさせ給ふ事、昔に恥ぢず、記録所とて、後三条の院の例にて、かみは左大将公教、弁三人、寄人などいふものあまた置かれ侍りて、世の事をしたゝめさせ給ふ」とある。また『東斎随筆』に「記録所トテ天下ノ政ヲ、コナハレシ事、後三条院ノ御時アリシ後ハ、此御代ニ寄人ナンド云物、アマタヲカレテ、ゲニ〴〵シキコト共アリ」などと見えている。この時の記録所の人事は『兵範記』十月十三日条に載る。

一二　金には「外」を上の文に続け「遷幸をなし奉る外《ほか》墎《くわく》中の部《ぶ》」とし、和「外《くわい》くわくちうの部」、書「くわいくわくちうの都」などとある。また陽明本・古活字本は「中の部」を「重畳たる」、杉原本「てう〴〵たる」と、外郭の形容に改めているが、ここは大内裏の建造物を単に列挙するだけの文である。「中部（なかのへ）」の意味が不明になった後、「ちうのふ」と読み、改めてそれを「ぢうでふ」と誤り、その合理化をはかったものであろうか。あるいは、「中重」を「ちうちょう」と表記し、後、「ぢうぢょう」と読み誤ったものか。いずれにしても、四類本は当然のこととして、現一類本も、内裏が荒廃し、中重自体が存在しなくなり、その呼称が忘れ去られた後に本文が改変されたものであることは確実であろう。

一三　「雲の」とある部分には諸説があるが、「花の欀」の「花の」と同様、美称と考えられる。赤木文庫旧蔵『酒典童子』や『太平記』巻三十六「天王寺造営事」に「虹ノ梁・鳳ノ甍」、『盛衰記』巻三「実定厳島詣事」に「雲ノ楣霞ノ軒、幾廻カハ年ヘケン、玉ノ簾錦ノ帳、馮ヲ懸テ日ヲ送レリ」、『石山寺石記』に「雲の楣、霞の楯、傾斜の期やうやくちかづき、鳳の甍、虹の梁、罅漏の時すでにいたりぬ」、『伽婢子』巻一「龍宮の上棟」に「玉のいしずゑをすへ、虹のうつばり、雲のむなぎ、文の柱、みな具はり」などとあるように、「雲の」は、他の「虹ノ」「鳳ノ」「霞の」「玉の」「錦の」「文の」などと同様に美称として用いられていると考えられる。ただし、『玉台新詠』巻七「艶歌曲」に「雲楣桂成ㇾ戸　飛棟杏為ㇾ梁」とみえ、「雲楣」は「雲にそびえる楣」の意のよし。

一四　内宴は、長元以後絶えていたものを信西が復活させたものである。『兵範記』保元三年（一一五八）正月二十二日条に「被ㇾ行二内宴一。長元以後中絶云々」とあり、『百錬抄』同日条に「被ㇾ行二内宴一。長元七年以後。歴二百廿三年一。今被二興行一。一昨日依ㇾ雨延引」とある。また『著聞集』九八話に「内宴は弘仁年中にはじまりたりけるが、長元より後たえておこなはれず。保元三年正月廿一日にをしおこなはるべきよし、さたありけるほどに、その日は雨ふりて、廿二日におこなはれけり」とある。保元三年の内宴の具体的な様子については、『今鏡』「すべらぎの下」（『東斎随筆』ほぼ同じ）に「廿日、内宴行はせ給ふ。百年あまり絶えたる事を行はせ給ふ」とある。

また、保元四年正月二十一日にも行われた。『百錬抄』に「廿一日。内宴。妓女奏二舞曲一。如二陽台之窈窕一。我朝勝事在二此事一。信西入道奉レ勅。令三練二習其曲一」とあり、『山槐記』にはこの時の内宴の様を詳述する。

一五　『百錬抄』保元三年（一一五八）六月二十九日条に「相撲節保安以来不レ被レ行。経二卅余年一所二興行一也。七八月共為二御忌月一。仍今月行レ之」とあり、『今鏡』「すべらぎの下」には「六月すまひの節行はせ給ふ。これも久しう絶えて、年頃行はれぬ事なり。十七番なむありける」とある。また『兵範記』には、この折の相撲の節の詳しい記事を載せ、六月二十二日の内取から始まって、二十七日の召合、二十八日の抜出御覧まで、委細を尽くしている。『著聞集』三七〇話に「安元より以来絶て、其名のみきく」とあり、安元年間（一一七五〜七七）を最後に再び中絶した。

一六　○大国アマタ賜テ、家中タノシク、子息所従ニ至マデ飽マデ朝恩ニ誇タル人ノ、何ノ不足アリテカ懸ル事思立給ケン、天魔彼身ニ入替リ、家ノ滅ンズルニヤト浅猿。（『盛衰記』巻三「重盛宗盛左右大将事」）

○かゝる学問いみじき人の如何なる天魔のすゝめにやありけん、十五と申《す》秋のころより学問のこゝろ以ての外に変りけり。（『義経記』巻一「牛若鞍馬入の事」）

○此僧正ハ如レ此名利ノ絆ニ羈レケルモ非二直事一、何様天魔外道ノ其心ニ依託シテ挙動《ふるまは》セケルカト覚タリ。（『太平記』巻十二「千種殿并文観僧正奢侈事……」）

○恣に権をとつて重恩身にあまりて何の不足かあるべきに、いかなる天魔の入かはりけむ……（『室町殿物語』巻一）

○いかなるてんまがいりかはりてやあるらん。（『花世の姫』）

○いか成天まの、いりかはりけん。（『箱根本地由来』）

特に、分を弁えない願望の由縁を天魔に求める例が多い。

一七　諸大夫の規定には諸説があるが、次の『大槐秘抄』（藤原伊通作）の用例が参考になる。

○よき諸大夫とあやしのきむだちとは、はるかに絶席したるものにてなむ候ける。○見し世まで五節などの殿上の座には、諸大夫は座をよしあるきむだちにはゆづりて。しもにこそゐ候しか。

とあって、同じ殿上人であっても、諸大夫は「きむだち」と対比されている。公達と対比されている点から判断すると、本来四位、五位を極位とする家柄の者を諸大夫と呼んだものであろう。しかし、この引用文からも判断できるように、平治の乱以前から、公達と諸大夫との境界に混乱が生じはじめており、諸大夫のなかでも異例の出世を遂げた者がいる。『大槐秘抄』に載る、藤原清隆、六条修理大夫藤原顕季、藤原家成などがそれである。

猫間中納言と称された清隆は、歌人家隆の祖父に当たる人物であるが、権中納言・正二位まで昇進し、出家している。『大槐秘抄』には、諸大夫は臨時祭のとき、一舞はしないのが通例であったが、中納言入道清隆がはじめて諸大夫として一舞をしたと載せ、つづいて「そののちはみだれたることにや候らん」と記している。また、顕季はその母親子が白河院の乳母であった関係上、異例の出世を遂げ、修理大夫・大宰大弐・正二位まで昇進している。『今鏡』第二「釣せぬ浦々」に「六条修理大夫顕季といひし人、世おぼえありておはせしに」とあり、『大槐秘抄』にも「諸大夫の上居このみはじめ候事も。顕季の三位のし出したる事にこそ候めれ」などと、顕季の権勢が記される。このように、諸大夫であるにもかかわらず中納言まで進んだ例は見受けられるが、清隆・顕季とも大納言には任官していない。「諸大夫の大納言になる例、絶て久しく成ぬ」とある点は事実であったらしい。

『愚管抄』巻七に「光頼大納言カツラノ入道トテアリシコソ、末代ニヌケイデヽ人ニホメラレシカ。二条院時ハ、『世ノ事一同ニサタセヨ』ト云仰アリケルヲ、フツニ辞退シテ出家シテケルハ、誠ニヨカリケルニヤ。タヾシ大納言ニナリタルコトコソヲボツカナケレ。『諸大夫ノ大納言ハ光頼ニゾハジマリタリ』ナンド人ニイハルメリマデ也。カヽラン人ハナラデ候ナンナドヤ思フベカラン。昔ハ諸大夫ナニカト器量アル士ヲバサタナカリキ。サヤウノコロハ勿論也。ヒサシクカヤウノ品秩サダマリテ『諸大夫ノ大納言ミツヨリニハジマリタル』ナドイハル、事ハ、上品ノ賢人ノイハルベキ事ニハナキゾカシ」とあって、藤原光頼の人柄を称えるとともに、諸大夫の家柄で大納言になった（永暦元年（一一六〇）八月十一日）ことを、「品秩」を乱すものとみている。慈円に限らず、このような家格意識があったものと見える。

一八　阿古丸権大納言宗通を白河院が大将に昇進させようとしたときに、堀河天皇が許可しなかったとの逸話は、『今鏡』第五「花の山」に詳しい。

○……白河院、宗忠のおとど頭弁におはしける時、「きと参れ」と侍りければ、「遅くや思し召すらむ」と恐れ思しけれど、いと心よき御けしきにて、堀河の帝位におはしましし時、「内へ参りて申せ」とて、「大将あきて侍るに、『宗通なし侍らむ』と思ひ給ふなり。幼くよりおほした て侍りて、さりがたく思ふあまりになむなど、奏せよ」と侍りければ、「わづらはしきことにかかりぬ」と思ひながら、参り給へりけるに、内は御笛吹かせ給ひて、聞し召しも入れざりけるを、暇うかがひて、「かく」と奏し給ひければ、御返事もなくて、なほ笛吹かせ給ひて、入らせ給ひにけるを、「いかさまにも御はからひにこそ侍らめ。『かく仰せ遣はすべし』とおどろかし申されければ、出でさせ給ひて、「『いそぎて御返事申せ』と侍りつるものを」と思ひて、『世の政は、司召にあるべきなり。しかあれば、大臣大将などよりはじめて、叡負のまつりごとびとまで、人とも思ふ給へ侍らず。かかる仰せ侍れば、恐れながら申し侍るになむ。昔うけたまはり侍りし仰せに、『世の政は、司召にあるべきなり。しかあれば、大臣大将などよりはじめて』耳おどろくばかりの官をば、よくためらひて、世の人いはむことをきくべきなり』とうけたまはり侍りしより、『いとかしこき仰せなり』と、心の底に思ひ給へてなむまかり過ぎ侍る。この大将の事は、しかるべきにとりて、家忠こそ関白の子にて侍るうへに、位も上臈に侍るを、越え侍らむやいかゞと思ひ給ふに、下臈なりとも、身の才など優れ侍らば、その方とも覚え侍るべきに、それも勝りたることも侍らず。いかにも御はからひに侍るべしと申せ」とのたまはせければ、帰り参られ侍りけるに、いそぎ問はせ給ひけるに、「かく」と申しければ、院聞かせ給ひて、「しばしさぶらへ」とて、重ねて召して、「えもいはずのたまはするものかな。まことに理なり」とて、家忠仰せくだすべきよし侍りてぞ、この大臣大将にはなり給ひける。

家忠が右大将になったのは、康和五年（一一〇三）十二月二十一日のことであり、家忠は権大納言・正二位、四十二歳であった。一方の宗通は、権中納言・正二位、右衛門督、検非違使別当、三十三歳である。堀河天皇が白河院に対して「世の政は、司召にあるべきなり」という、かつて白河院から聞き及んだことばをそのまま返しているが、信西が後白河院を諫めることば、「君の御政は、まづ司召をもッて先とす」と論理が同じ点で注目される。

一九　醍醐寺文書三〇七号「僧正成賢書状案」（大日本古文書）に、年次未詳六月二十四日付「冷泉殿」あての成賢の書状に、「玄宗皇帝絵銘被㆑下間、被㆑借候」という文が見える。ここに見える「玄宗皇帝絵」は、長恨歌絵や安禄山を描いたという信西の絵とどのような関係にあったかは未詳であるが、解説にも記されているように、当時、玄宗、楊貴妃、安禄山は格好の画材であったことが知られよう。なお成賢は醍醐寺の座主であり、信西の孫、桜町中納言藤原成範の子で、叔父勝賢の弟子。

二〇　馳引については『平治』の諸注に二つの解がある。一は、馬に乗り、駈けながら弓を引くこと。他は、馬を走らせたり、急に後に引き戻したりする乗り方である。『貞丈雑記』巻十二「武芸之部」に「馳引と云事。馳は馬をはするを云。引は弓を引事也」とあり、これが馳引に関しての古い説であり、現代の辞書類もこの説を採用している。

「馳引」の用例はきわめて少ない。『庭訓往来』「正月状往」に「尋常ノ射手、馳挽ノ達者、少々御誘引有テ、思シ食シ立チ給ハバ、本望也」とある。ここでの「尋常」は「すぐれた」の意。これを受けた「正月状返」には「百手ノ達者、究竟ノ上手、一両輩可㆓同道㆒也」とある。「尋常ノ射手」と「百手ノ達者」が対応し、「馳挽ノ達者」と「究竟ノ上手」とが対応している。一月の書状は弓矢に関するものであるので、これは、明確ではないが、馬を走らせながら弓を引く意にとれる。

しかし『渋柿』所収の「泰時御消息」には「大方は病もはなれば。常に馳引〔挽ィ〕をもして風にあたり。中にも普通のには超えたる具足にて。物毎に弓の眼を引折て。身をせめらるゝ事。今は有べからず」とある。この文は非常に曖昧であるが、病後の回復措置として、「常に馳引〔挽ィ〕をもして風にあた」ることを推奨し、「物毎に弓の眼を引折て。身をせめらるゝ事」という激しい動作を禁じているのであろう。「風にあた」るために馳引をするのであるから、ここは馬による遠乗りと解釈できよう。馬を急に走らせたり止めたりすること、馬を走らせながら弓を引く訓練などの激しい動作は「風にあた」ることとはそぐわない。また覚一本『平家』巻十二「六代被斬」に、潜伏中の越中次郎兵衛盛嗣について、「よるになればしうとが馬ひきいだいてはせひきしたり、海の底十四五町、廿町ぐゞりな（ン）どしければ」という文が見える。夜中に馬を走らせながら弓を引いて目的物を射ることは考えられないから、この場合も馬で長距離を馳せる意か、馬を走らせたり急に引き止めたりする意と考えられる。

『平治』の本文では、「馳引、越物、馬の上にて敵に押しならべ引組で落るやう」とあって、すべて馬の乗り方に関係する武芸である。上「源氏勢汰への事」の章段では、信頼は馬には乗るものの弓は所持していない（一類本も同じ）。この点は成親も同じであり、貴族のたしなみとして弓は引いたであろうが（『大鏡』、道長の競射参照）、合戦の場であったとしても、貴族は馬上で弓を引くような武士の所作をまねることはなかったのではないかと思われる。使用しないものを練習するということもないとも考えられるのであるが、信頼は「馬の上にて敵に押しならべ引組で落る」というおよそ貴族に似つかわしくない武芸をも習ったということになっている。通説に従って、馬に乗り、駈けながら弓を引くことと解しておくが、さらなる用例の検討が必要である。

二　『古事談』第四に「平治合戦之時、六波羅入道、自二南山一帰路之翌日、聟侍従信親〈信頼卿息〉送二遣父許一之共侍四人、皆布衣著二下腹巻一」とあって、信親が清盛の聟になっていたとの記述がある。他に徴すべき史料が見えないので事の真偽は不明であるが、『古事談』の史料的価値からいっても、清盛は信頼の子の信親を聟に取り、信西との間にバランスを取っていた可能性が大きい。このほかにも、清盛は多くの養子を抱えていたらしく、『尊卑』に載せる範囲でも、盛国の孫清邦、親隆の子全真、季実の子季盛、有保の子経光の名が見える。中でも季盛は父季実とともに、義朝に与し、平治の乱の後、父とともに斬られているような人物である。清盛は自家の勢力を伸ばすために、季実なども養子縁組をするという形で結びついていたものと見える。

三　院政期には熊野参詣が隆盛を迎えた。『盛衰記』巻三「法皇熊野御参詣事」には、白河院の三山五度、鳥羽院の三山八度、後白河院本宮三十四度、新宮・那智十五度が記録されている。白河院の寛治四年（一〇九〇）の参詣では、「道之間十八日」（『熊野権現金剛蔵王宝殿造功日記』）とあるように、片道十八日かかっている。参詣の実態については『熊野山御幸記』『両院熊野御詣記』に詳しい。

二三　『貞丈雑記』巻十二に、「いかもの作りの太刀も銀つゝみにておびとりを通す所に銀の細長輪を七ツ入て帯取を通す也。一の足、二の足合せて輪十四也。一ツ足に輪を七ツ入る。是を七ツ足といふ也。鞘には鹿の皮の尻鞘を懸る也。一体慄々舗《りりしく》いかつらしく見ゆる故いか物作りと云」とあり、『刀剣問答』に「諸聞書条々に云、太刀にいか物作りと云事を今の世に是を知らず。鹿の皮の尻鞘かけて、足は兵庫鏁七足也。柄のかぶと金も常よりは甲高きなり。武者の時はく太刀也云々。兵庫に七足とハ兵庫鏁のごとく鏁を付るを云。七足とハ足になゝ筋ツゝ付るを云也」とある。

二四　『曾我物語』巻五「呉越のたゝかひの事」に「軍の勝負は、勢の多少によらず、たゞ時の運により、又は大将のはかりことによるなり」とあり、『盛衰記』巻二十七「周武王誅紂王」に「武王勢ノ少キヲ嘆キケレバ、臣下太公望ガ云、軍ハ勢ニハヨラズ、謀ヲ先トスベシ。千仞ノ堤ニ尺水ヲサグリテ兵ヲ傾、万丈ノ谷ニ円石ヲ倒《さかしまに》シテ、敵ヲ亡ス、皆是謀ノ賢キ也。君嘆事ナカレトテ、周ノ兵ヲ殷ノ勢ニ移シテ攻戦ケル」とある。また、『ごゑつ』に「いくさのせうぶ、かならずしも勢のたせうによるべからず。たゞ時のうんにより、まさに大将のはかりことにあり」とある。このうち、『盛衰記』の後半部は、『淮南子』「兵略訓」に「善用レ兵者、勢如レ決二積水於千仞之隄一、若レ転二員（＝圓）石於万丈之谿一」とあり、『孫子』「軍形第四」に「勝者之戦。若レ決二積水於千仞之谿一者形也」、同「兵勢第五」に「故善戦レ人之勢。如レ転二圓石於千仞之山一者勢也」と見える。

二五　重成の系図は『尊卑』と『和田系図』とで異同がある。

満政—忠重—定宗—重宗—重実┬重遠
　　　　　　　　　　　　　└重成　（『尊卑』）

満正—忠重—定宗—重遠┬重成
　　　　　　　　　　└重実　（『和田系図』）

『平治』によると、重成は義朝の「従子」であったという。これは『尊卑』の重遠の注に「義家朝臣聟」とあるのに関係するものらしく、義家の娘との婚姻が成り立つには、重遠は重宗の孫であるより、実子であるべきだろう。「従子」が事実とすれば、重成は重遠の子ということになる。そのように考えると、『尊卑』の重遠に付された「祖父重宗為猶子擬四男」という注は誤りということになり、むしろ『和田系図』の重実に付された「祖父重宗為子」という注記の方が信憑性が高いと思われる。重成と重実との関係は、兄であった重実が弟重成を養子にしたのであろう。その場合、系図は次のようになる。なお『和田系図』によれば、重成は「元兵衛尉。式部大夫」とある。

```
┌満仲―頼信―頼義―義家┬為義―義朝
│                    └女子
└満正―忠重―定宗―重宗┬重遠┬重実
                      │    └重成
                      └重実―重成
```

二六　『著聞集』六八九話に次のような説話を載せる。
○後白川院御時、兵衛尉康忠といふもの候けり。三条烏丸殿の兵乱の夜、うせにしものなり。仁安の比、黒まだらなる男犬の異躰なる、院中にみえけり。或もの〻夢に、康忠院中に祇候の志深くて、この犬になりたるよし見たりける、あはれなる事也。
また、『十訓抄』巻四ノ三に、「北面に泰忠が候ひけるを」とみえる「泰忠」も同一人か。

二七　鎌田次郎正清の父の名に異説がある。『保元』中「白河殿攻め落す事」には、「今日の大将軍下野守殿の御めのとご、鎌田庄司正致が嫡子、鎌田次郎」とみえる。『尊卑』には「秀郷―公光―公清―助清―助道―通清―正清」とあり、また『山内首藤系図』は、師尹流とするものの、「師尹―済時―師通―通家―資清―資通―通清―正清」とあり、父の名は『尊卑』と同じく通清である。通清に従うべきであろう。
鎌田姓は、父通清の時に名乗り始めたようであるが、現在の静岡市駿河区の大字として残る旧駿河国有度郡鎌田郷がその本貫の地としてもっとも可能性がある。ここは静岡市の安倍川の下流域で、長田郷に隣接する。この長田が長田庄司忠致の本貫の地であったと思われる（忠致の住国尾張国には該当する地がない）。正清が忠致の聟であった点を考えると、この隣接する鎌田と長田は注目に値する。補注一四二参照。

二八　本文に「母方の祖父三浦の許に有けるが」とあるが、委細は未詳。義平の母は語釈に記したとおり、橋本の遊女とも朝長の母に同じともいう。朝長の母は、範兼（則兼）の娘という説のほかに、『吾妻鏡』治承四年（一一八〇）十月十七日条には典膳大夫久経の娘とする。そのほか『大江氏系図』の、大江広元の娘の注記に「源義朝妾、義平母」とある。これらを総合すると、義平の母に関する説は五説あることになり、その真偽は不明である。いずれにしても、義平の母が三浦義明の娘であったという説の所拠不明。しかし、義平が鎌倉悪源太と呼ばれているとおり、鎌倉は源氏にとって頼義以来の拠点であった。三浦氏は義朝に従って大庭御厨に侵入するなど（平安遺文・二五四八号）、義朝との関係も密接であった。なお『武蔵七党系図』の「経行」の女子の注に、「秩父権守重綱妻。号二乳母御所一。悪源太殿称二御母〈乳イ〉人一」とある。義平が東国で生育したことは確かであろう。

二九　「見えたる事」は、次の用例が参考となる。まず幸若舞曲『堀川夜討』に「見えたる事もなきものを、切て捨つるは無残也。げにと汝過さずは、精進つゐでに起請を書け」とある。この場合は「明白な証拠」であろう。また写本『滝口物語』（歓喜寺蔵）に「さへもんはこれを見て、女房はおかしきせいかなと、見えたる事もなきに、何けしからずと、ゐひければ」とあり、この場合は「その証明になる事柄」「証拠」「結果」であろう。また『発心集』巻八ノ七には「見えたる事の便りには」とあり、この場合は「直接見た事実」「結果」である。これらの用例から考えると、「見えたる事」とは、「物事の、目に見えるように表面に現れた結果」あるいは「証拠」を指しているようである。ここは、合戦の帰趨・結果をいうのである。

三〇　七旬については、「七十日」と「七十歳」の両説がある。信西は、『本朝世紀』天養元年（一一四四）二月七日条に「少納言高階通憲。源俊長。拝任後始従事」とあるので、この年の一月二十四日の除目で少納言に任じられたものであろう（同時に藤原に復姓）。この時信西は三十九歳で、同年七月二十日に出家するのであるから、七十歳ととる説は、物語の上で急ぎ出家した信西の切迫感にそぐわない。そこで「七十日」と解したくなるのであるが、次の理由から「七十歳」ととるべきであろうと思う。

○我年既ニ八旬ニ余マデ貧家ニシテ　（『私聚百因縁集』巻九「貧家翁事……」）
○しつしゅんにあまるほどなるあやしきらうそう　（『小枝の笛物語』）
○六十にあまり七旬に及うだる尼公　（幸若舞曲『八島』）

〇八旬にあまる母をもちて候　　　（『曾我物語』巻七「三井寺大師事」）

などの例でわかるとおり、「あまる」という動詞は、つねに年齢とともに使われている。四類本『平治』の作者が信西出家の折、信西の年齢を何歳とみなしていたか不明であるが、作者はおそらく信西の実年齢を知らないまま、七十歳近くに考えていたことになろう。

なお、信西が少納言に任じられてから出家まで、六ヵ月が経過している点からいって、少納言入道と呼ばれたいために少納言になり、すぐに出家したとする『平治』の設定は、史実に反する設定である。

三一　『戦国策』に「聶政之刺二韓傀一也、白虹貫レ日」とある。有名な天変であるが、平治の乱の前後には「白虹」がどのような現象を指すか明確ではなかったらしい。例えば、『吾妻鏡』貞永元年（一二三二）閏九月四日条および延応元年（一二三九）三月五日条によると、白虹と白気・彗星・蚩尤旗・交暈・重暈などとの区別が明確でなかったさまが窺える。

また、『続日本紀』養老五年（七二一）二月癸巳日条に「日暈如二白虹貫一」とあり、『史記』にも「白虹貫レ日不レ陥」という表現もある。これらの例や、彗星と混同する点から判断しても、太陽に白い虹のような細い暈気がかかることをいうように思われるのであるが、『明月記』建保五年（一二一七）二月十四日条には「道昌申云、白虹貫レ日由、正暦三年有二如レ此笠一、〈二重〉、非二指変一由申レ之、図之体如レ此、笠輪二重也」として、太陽を示す円とともに、その最上辺を中心にした、やや小さい二重円を描いてある。

三二　『平治』上「信西の子息遠流に宥めらるる事」には十二人の名が列挙されているが、恐らくこの十二名と同一の子息達が、ともに後白河上皇の御所で御遊に列席していたというのは虚構であろう。僧籍にあった静憲、寛敏、勝憲、憲耀、覚憲、明遍の名がともに見えるのも不審であるが、勝憲については、『高野春秋編年輯録』巻第六に「勝憲来三奔自二醍醐山一。是依四聞三怖父信西入道之遭二誅戮一也」とあって、平治の乱の当時、勝憲は醍醐寺にいて、信西の死を知り高野に逃げ込んだと記されている。勝憲は都にいなかったことが明らかである。また明遍は、そのような晴れがましい場の嫌いな人物であり、到底この場に列席していたとは考えられない。単に、信西の子息の中でとりわけ名の知れた十二名を列記したにすぎないのであろう。

三三　『玉葉』正治二年（一二〇〇）十月十七日条に見える「木星入二御命位一」が「木生寿命亥にあり」という

天変にあたるか（早川厚一氏「『平治物語』成立論の検証」『名古屋学院大学論集　言語・文化篇』19－1）。木星は「木之精、其位在二東方一、主レ春、蒼帝之子、人君之象、五星之長、司農之官」（『暦林問答集』上）とあるように、「人君」「帝王」の象徴である。

寿命位は、天球の卯の方角、蝎虫宮の下部。黄道二十八宿の氏宿・房宿・心宿の下部にあたるか（『宿曜運命勘録』）。歳星（木星）は、卯年には大抵卯の宮に宿るゆえに歳星という名を持つ。「木星寿命位にあり」という天変がいかなる意味をもっていたものか不明であるが、寿命位の上、黄道上の氏宿（天秤座）に木星が入る現象は、天変として古記録に記しとどめられている。『日本紀略』寛平二年（八九〇）十一月二日条に、「歳星犯二守氏一、相去一尺」とあり、『大鏡』花山院出家の折に、安倍晴明が「帝おりさせ給ふ天変」と見たものも、天文学的計算によれば「歳星入氏」である可能性が大きいという（斉藤国治氏『星の古記録』）。木星は帝王の象徴であるから、それが寿命位（氏宿）にかかったときは帝王廃位、あるいは帝王の死の予兆と見たということであろう。しかし西暦一一六〇年二月一日には、木星はほぼ中空、オリオン座の北にあり、天秤座は地表面下にあった（Peace氏作製の天文ソフト『Star gazer for Win32』を使用した検索による）。寿命位があったとしても、平治元年（一一五九）十二月には木星はそこにはなかったということである。

底本には、「石堂山の後、志賀楽が峯をはるぐ〵分入に、亦天変あり」とし、信西の逃亡時にはじめて現れた天変とするが、上記『玉葉』に「今月廿日比、木星入二御命位一、仍所レ修也」とあるように、十七日の時点ですでに二十日に生起することが予測されている天変である。仮に信西が気づかなかったとしても天文博士等にはすでに解っていたはずであり、それを防ぐための祈り（歳星祭）も行われていたであろう。とすれば、信西にこの天変が認知されていなかったはずはなかろう。また、一類本には、「宿運、此時やつきけん、三日さきだつて出たる天変を、今夜はじめてぞ見付ける」とあり、天変が現れて三日目に信西が気づいたとするが、しかしこれが史実であれば、天変の出現する三日前（信西の気付く六日前）には天文博士等には気づかれていて、歳星祭などが行われていたはずである。信西が知らないはずはなく、これも虚構と見なされる。いずれにしても、十二月九日にこの天変が現れたとする『平治』の記述は虚構である。

これは『愚管抄』に「本星命位ニアリ」とあるものを転用した創作と見なせよう。あるいは『愚管抄』の意味を解しない辻褄合わせであったのかも知れない。「本星」は生まれた年によって決まっている自分の星、「本命属星」のことであろう。北斗七星の各星（貪狼・巨門・禄存・文曲・廉貞・武曲・破軍）をいう（『掌中歴』）。例えば子歳生まれの人は貪狼星が本命星である（『本命抄』）。九条兼実は久安五年（一一四九）己巳の年の生まれであったので武曲星が本命星である。『玉葉』建久八年（一一九七）四月二日条に「有二北斗本拝事一、……仮令、巳年生人、巳年巳月巳日巳時、向二巳方一、拝二本命星一也、十三年一度廻遇云々」とある。また命位は、本命位の略であろう。辰歳生まれの人は、本命位三方主が火・金・月とある（『宿曜運命勘録』）。『宿曜運命勘録』には「右依二諸曜之行度一。定二一生年限一。任二天都之暦行一勘二寿祚之長短一。但於二運命一者有二多□一。所謂一者依二本経本書一定レ之。二者依二命位三方主一定レ之。三者以二金水二曜所レ管定レ之」ともある。『愚管抄』の「本星命位ニアリ」という記事は、信西の本星が本命位にあったということで、信西自身「イカニモノガルマジ」と言っているように、信西の寿命が尽きたことを知らせる天文現象であった。『平治』はここで、後白河上皇の生命の危機を示す天変に転用し、その危機を肩代わりする人物として信西を造形したのである。

三四　『漢書』巻二十六「天文志」に「太白兵象也」、『暦林問答集』上に「金之精、其位西方、主レ秋、白帝之子、以司二凶兵一」と記されるように、金星は兵・凶兵を司る惑星である。また、『史記』巻二十七「天官書」に「太白大臣也」、『晋書』「天文志」中に「太白主二大臣一」とあるように、大臣を象徴する場合もあった。金星は、通常見えない位置や時間に出現したり、運行が乱れたりすると、凶事の起こる前兆と考えられた。その中で、中国・日本ともに特に記事の多いのが「太白経天」と「太白昼見」である。『史記』巻二十七「天官書」に「昼見而経レ天、是謂二争明一」、『後漢書』巻十一「天文志」中に「(永初) 五年六月辛丑、太白昼見、経レ天」とあって、一連の運行と見なされうるが、『漢書』巻二十六「天文志」の太白経天に付された晋約の注に「日陽也。日出則星亡。昼見二午上一為レ経レ天」とある。これは恐らく『晋書』「天文志」下に「六月甲申、太白昼見。案劉向五紀論曰、太白少陰、弱不レ得二専行一故以二巳未一為レ界。不レ得二経レ天而行一。経レ天則昼見」という記述と関係するものであろう。つまり金星は陰星であり、太陽が輝いている間は太陽の光に邪魔されて見えなくなってしまう。金星の見える境界が東は巳、西は未ということになろう。それがまれに巳を過ぎても金星が光を失わずに太陽とともに移動して行くことがある。これを太白昼見という。さらに、金星が子午線を越えても光を失わないことがある。これが太白経天ということになる。『南斉書』巻五「天文志」下には「太白昼見当レ午」、「太白昼見在二午上一」、「太白昼見当二午上一」といった表現が多く見える。永明十一年五月戊午条には「太白昼見当レ午名為二経天一」との説明も記される。ところが、『玉葉』治承五年（一一八一）三月七日条には「又云、道之秘事、在二太白経天一、只以二昼見一奉レ奏、専不レ可レ然事也、不レ当レ午而当レ午、以為二経天一」とあって、「不レ当レ午而当レ午」は「子午線にかかるか、かからない」とでも解釈するのであろうか。

　太白昼見の古記録は多く、『後漢書』巻十一「天文志」中や、『南斉書』巻五「天文志」下には多くの実例が記されている。我が国のものでは、『続日本紀』神亀二年六月癸酉、同五年五月乙卯、『本朝世紀』久安六年（一一五〇）七月十二日条などに散見する。この天変は、『漢書』巻二十六「天文志」に「昼見与レ日争レ明、彊国弱、小国彊、女主昌」（『晋書』「天文志」中も同文）とあるように、天下の大乱、下克上の前兆とされている。

　また太白経天の古記録も多く、『続日本紀』神亀五年八月丁卯、『三代実録』貞観九年九月二十七日条、同十三年正月十四日条、同十七年五月十四日条、『吾妻鏡』元仁二年三月二十四日条に見える。『権記』正暦三年正月四日条には「昼午時太白経レ天見」と、正午に金星が見えたと記されている。太白経天は、『史記』巻二十七「天官書」に「経レ天、天下革レ政」、『漢書』巻二十六「天文志」に「太白経レ天、天下革、民更レ王、是為レ乱レ紀。人民流亡」、『晋書』「天文志」中に「為二兵喪一、為二不臣一、為二更王一、彊国弱、小国彊」とある。天下大乱、革命の前兆と考えられた。『吾妻鏡』に載る天変の折は、その災難を除くため祈りが行われている。

三五　「木生寿命亥にありて、大伯経典に犯せる」という「犯す」とは天文用語でいう「犯」のことである。太白に犯される星は文脈から考えて木星である。この古記録も多く、『続日本紀』養老六年七月丁酉、神亀二年十月己卯、『本朝世紀』久安五年七月二十八日、『吉記』養和二年三月二十八日、『吾妻鏡』建保三年十二月十九日の各条に見える。この天変は、『本朝世紀』に「太白歳星相犯。相去八寸許也。在二張六度一。占云。飢饉。将軍可レ慎」、『吉記』に「太白西瓮之位、主二西武大将軍一也、歳星東震之位也、合、国失レ地、不レ出二二年一、有レ兵、天下大飢、盗賊起、天下火、女主病、五穀不レ収、南国以レ兵飢、王者誅、将軍疾病、大将死、必有二亡主一」、『史記』巻二十七「天官書」に「(歳星)与二太白一闘、其野有二破軍一」、『晋書』「天文志」中に「太白犯二歳星一在レ奎、占曰大兵起」、『天文要録』に「飢、為二疾内乱一」、「其国失レ地」、「其国有レ兵」、「天下盗賊多」、「女主病」とある。つまり、人君の象徴である歳星を凶兵の象徴である太白が犯すということであり、信西は「王者誅」あるいは「必有二亡主一」と見なしたことになる。

三六　半井本は四類本の「異国の事を問懸けたり」以下問答部分のすべてを欠き、「异国ノ事ヲ問懸タリケレバ、异国ノ事ノミナラズ、天竺・震旦ノ事マデモ残所無アリノマヽニ答ヘケレバ、唐僧、我国ヨリ渡レル物カ、此国ヨリ渡テ学ビタルカト問バ……」とある。しかし、「异国ノ事ノミナラズ、天竺・震旦ノ事マデモ」とあるのは不自然である。「异国」とはつまり「天竺・震旦」のことである。これは四類本に「異国の事を問懸たり。……（ここに問答が入る）……と一々に答へければ、唐僧、我国より渡れる者か。此国より……」とある問答部分を省略し、その前後をつなぎあわせた形であろう。つまり省略された問答部分が天竺・震旦の事柄であったので、「异国ノ事ノミナラズ、天竺・震旦ノ事マデモ残所無アリノマヽニ答ヘケレバ」と書き改めたものらしい。三類本（半井本系列）は四類本から、本筋に関係しない「唐僧来朝の事」「叡山物語の事」を省略し、前後をつなぎ合わせたのであろう。

三七　那智山と観音の関係は、観音浄土と那智の地形が似通っていたことに源があろう。『平家』巻二「康頼祝言」に「南を望めば、海漫々として、雲の波煙の浪ふかく、北をかへりみれば、又山岳の峨々たるより、百尺の滝水漲落たり。滝の音ことにすさまじく、松風神さびたるすまひ、飛瀧権現のおはします那智のお山にさにたりけり」と、鬼界島の一角が那智になずらえて描写されるように、補陀落浄土に擬される地である。那智は補陀落の東門とみなされており、淡海沙門と信西との出会いが、那智に設定されているのも、室町時代における熊野信仰の盛行と無縁ではないであろう。

三八　『和漢三才図会』巻九十三に「延命草」を載せる。これには「ひきおこし」と訓があり、高さ二、三尺の草であるというが、別物であろう。『酉陽雑俎』巻一の「白華」に附された今村与志雄氏の注によると、『三洞珠嚢』巻四に「白華」の項があり、その別称として「延命」を載せるという。氏はこれをヤモリの類らしいと推測されているが、その異称の中に「章草」「家芝」「長生草」などがあるところから判断すると、草の類であるようだ。もしそうだとしたら、延命草とは、この白華のことかも知れない。しかし、白華なるものも具体的に何をさすか不明。延命草は、あるいは後出の乱樹などと同様、名医扁鵲にちなんだ架空の植物名である可能性が大きい。

三九　乱樹は未詳。あるいは酒豪で有名な汝陽郡王李璡にちなんだ架空の植物名か。杜甫の「飲中八仙歌」に「汝陽三斗始朝レ天　道逢二麹車一口流レ涎　恨不下移レ封向中酒泉上」と、その酒豪ぶりが描かれる。「三斗始朝レ天」とは「三斗飲んでから朝廷に出仕する」の意。「麹車」とは麹を積んだ車のこと。乱樹とは酒豪李璡にふさわしい名である。

四〇　長良国とは那掲羅曷国のことと考えられる。『大唐西域記』巻二「那掲羅曷国」の条に、次のような記事がある。

○城東二里有二窣堵波高三百余尺一。無憂王之所レ建也。編レ石特起。刻彫奇製。釈迦菩薩、値二然燈仏一、敷二鹿皮衣一、布レ髪掩レ涅、得二受記一処。時経二却壊一、斯迹無レ泯。或有下斎日天雨二衆花一、群黎心競、式修中供養上。其西伽藍、少有二僧徒一。次南小窣堵波。是昔掩レ涅之地。無憂王避二大路一、遂僻。

この『大唐西域記』の記述はことごとく、この信西の答と対応していると見てよい。「城」と「都城」、「東」と「辰巳」、「二里」と「二百里」、「無憂王」と「梵王」、「窣堵波高三百余尺」と「三百余尺の馬脳の塔」、「天雨二衆花一」と「摩訶蔓陀羅華、摩訶蔓珠沙花、四種等の天花」、「釈迦菩薩、値二然燈仏一、敷二鹿皮衣一、布レ髪掩レ涅、得二受記一処」と「釈尊、燃燈仏の道とて髪をおろし給し所也」とが対応している。また、『大慈恩寺三蔵法師伝』巻二にも、同様の記事をのせている。

○下レ嶺済レ河至二那掲羅喝国一〈北印度境〉大城東南二里有二窣都波一。高三百余尺。無憂王所レ造。是釈迦菩薩於二第二僧祇一遇二然燈仏一。敷二鹿皮衣一及布レ髪掩レ泥得二受記一処。雖レ経二劫壊一此跡恒存。天散二衆華一常為二供養一。

「東南」と「辰巳」とが一致する点からいえば、こちらの方が典拠となったものか。この長良国に関する問答は、『大唐西域記』あるいは『大慈恩寺三蔵法師伝』をもとに、架空の国として作り上げられたものであろう。ここは余人の知り得ない、信西の博識ぶりを強調するのが目的であるから、わざわざ典拠が見つからないような細工をしたものと見える。

四二　『沙石集』巻三ノ一に「又金剛経ニ釈迦大師、昔、菩薩ノ行ヲ行ジテ、菩提心ヲ発シ、燃燈ノ記ヲウケ給シ事ヲ説トシテ、『我菩提ニヲイテ、少分モ所得ナシ。若シ菩提ニ所得アラマシカバ、燃燈仏、我ニ記ヲサヅケ給ハジ。所得ナカリシ時、当作仏ノ記ヲヱタリ』ト、ノ給ヘリ」とあり、『曾我物語』巻三「臣下ちやうしが事」に「釈迦如来の昔、善恵仙人と申せし時、道をつくりたまふ中間に、燃燈仏をとをりたまふ。道あしくして、わづらひたまふ時に、仙人、泥の上にふしたまひて、御髪をしき、仏をとおしたてまつる」とある。また、文明本『玉藻前物語』にも「たしやうしやかによらいは、せんあく人といわれさせ給しとき、ねんどうぶつみちをつくらせ給しに、みちのわるくてたちわづらわせ給しに、ぜんあくせん人御かみをみだしてほとけをとをしたてまつり給ふ」とある。

これらは『仏本行集経』第三「受決定記品」の次の記述に基づく。

○時然燈仏以二神通力一、変二一方地一、如二稀土泥一。時彼人衆見二此路泥一、各各避行。無レ有下一人入二於泥一者上。我時行見速往二泥所一。見二彼泥一已。即生二此念一。如レ是世尊。云何令下践二此泥中一行上。若泥中行泥汚二仏脚一。我今乃可下将二臭肉於此泥上一作中大橋梁上。令下仏世尊覆二我身一過上。我時即舗二所有鹿皮一解レ髪布散。覆レ面而伏。為レ仏作レ橋。一切人民未レ得二践過一。唯仏最初踏二我髪上一。……

四三　薬寿王は病に効能があった。『注好選集』中に「此菩薩者、昔名二喜見一、中日二星光一。即得二雪山之薬一施二衆僧一」とあり、『盛衰記』巻二十九「三箇馬場願書事」に「観音現二薬樹王之身一、寧不レ含二不老不死之薬一乎」とある。また『法然上人行状絵図』第十四に「薬王樹にふるゝものは、毒なれどもくすりとなる」などの例が見いだされる。にもかかわらず、鼓に薬王樹の木の葉を塗る件に関しては所拠が見あたらない。やや近いものに、『野守鏡』下に、「又波斯匿王敵国のたゝかひにくすりをつゞみに塗りてうちければ、その声にひかれて毒の箭ぬけて害をなさゞりける」という例が見える。

それとは反対に、毒を鼓に塗るという「毒鼓の縁」が見えている。まず『沙石集』巻二ノ十「仏法之結縁不レ空事」に、「毒鼓ノ縁トイフハ、鼓ニ毒ヲ塗テ、是ヲ打ニ、声ノ聞ル所ノ衆生、皆命ヲ失フ」とあり、南本『涅槃経』「菩薩品」にも、一つの譬喩として「有レ人以二雑毒薬一用塗二大鼓一於二衆人中一撃令レ発レ声。雖レ無二心欲一レ聞聞レ之皆死。」とあり、この一文と反対の発想によるものを載せている。南本『涅槃経』「菩薩品」には、このほかに薬王樹に言及するとともに、「以二此良薬一用塗二革屣一。以二此革屣一触二諸毒虫一毒為レ之消。唯除二一毒一」という譬喩も見える。『涅槃経』「菩薩品」の様々な記事を取捨して、新たに薬寿王の効能を創作したものか。

四三　中国で単に「西山」といった場合、『史記』「伯夷列伝」に「登二彼西山一兮采二其薇一」と見える首陽山が名高い。その他『中国歴代地名要覧』に十三ヵ所の「西山」を載せ、『曾我物語』巻七「千草の花見し事」に天竺の西山の名が見える。いずれも該当するか否か未詳。内閣文庫蔵『横座房物語』に「商山峯云二波塵一虫、首戴二諸宝一、恒供二養諸仏一思発レ心」と、『平治』とほぼ同じ文を載せる。ここでは商山である。「西」と「商」は崩した場合、字体が似るので、いずれかが読み誤ったものであろう。商山は中国の陝西省商県の東南にある山。商嶺・商坂ともいい、四皓が籠った山として名高い。上「主上六波羅へ行幸の事」の「綺里季」の項参照。

四四　『中国歴代地名要覧』に七ヵ所の「長山」を載せるが、該当するか否か未詳。会稽の長山なら、『世説新語』「言語」第二に「東陽長山」と見え、劉孝標注に「会稽土地志曰、山靡迤而長、県因レ山得レ名」とある。もしこれなら、『抱朴子』内篇巻四「金丹」に「又按二山経一可三以精レ思合二作仙薬一者有二華山……長山、太白山、終南山一。今中国名山不レ可レ得レ至。江東名山之可レ得レ往者有二霍山一、在二晋安一。長山・太白在二東陽一」とある。仙道の山である。『海道記』「萱津より矢矧へ」の条に「呉山の長坂」とあるのも、この長山か。ただし「三重の滝」との関係、所拠未詳。

四五　「竹馬に鞭打つ」といった表現は、『朗詠集』巻下「仏事」に「浪洗レ欲消、鞭二竹馬一而不レ顧。雨打易レ破、闘二芥鶏一而長忘」と見え、これを踏まえたものとして、金沢文庫古文書・六九二九号「安達泰盛卅三年忌表白文」に「中陰之作善五旬之勤行只竹馬挙レ鞭為レ戯無レ務レ之、令レ戦二介鶏一送レ時周忌之追善年々之廻忌無レ勤レ之」とある。この「鞭二竹馬一」「竹馬挙レ鞭」とは、「竹馬の遊びに夢中になって」の意であり、「道心を催す」との接続具合が悪いばかりか、むしろ仏道の妨げとなっている。また謡曲『百万』に「竹馬にいざや法の道、竹馬にいざや法の道、真の友を尋ねん」といった詞章が見える。これを利用すれば、「竹馬に鞭打つ」とは、「法の道に励んで」という意味になろうか。

四六　『盛衰記』巻十八「文覚高雄勧進……」に「笙笛ヲバ鳳管ト云。昔令公ト云シ鳳凰ノ啼音ヲ聞テ此笛ヲ作レリ」とある「令公」に同じか。もしこれならば、黄帝の臣、伶倫である。嶰谷の竹をとって、三寸九分の笛を作り、鳳凰の鳴き声を聴いて、呂律を定めた（『説苑』巻十九「脩文」。『呂覧』の「仲夏紀・古楽」に同話）。『本朝文粋』巻十三「村上天皇供養雲林院御塔願文　江納言」に「故別命二伶倫一。整二理音楽一」とある。楽人のことを伶人というのはこの伶倫の名に由来する。ただし、天人との逸話、所拠未詳。

四七　『紫式部日記』寛弘五年九月十一日条に「御湯まゐる。……とりつぎて、うめつゝ、……御瓫十六に余れば、いる」とあり、瓫十六杯の湯で産湯を使ったことが記されている。また、『栄花物語』巻八「はつはな」に「御湯参る。……取入れつゝむめて御瓫に入る。十六の御瓫なり」とある。うめた湯を十六杯の瓫に入れて、それで産湯を使ったのである。いずれも一条天皇の中宮彰子の産んだ敦成親王の産湯を使う場面であるが、これより判断すれば、瓫のほとりとは、産湯を入れた瓫のほとりということになろう。すなわち、はじめて産湯を使った時、ということであろう。ただしこの項、所拠未詳。

四八　『神皇正統録』中巻「後白河院」の条に「此帝御宇保元元年丙子歳春、鳥羽法皇比叡山御幸」とあるが、信を置きがたい。『天台座主記』によれば、久寿二年（一一五五）十一月五日に天台座主行玄が死去、翌久寿三年（四月に保元と改元）三月三十日に、最雲が座主に任ぜられるまで、天台座主は欠員となっている。座主不在の久寿三年春（保元元年は四月から）に、鳥羽法皇の叡山御幸があったとは考えられない。

四九　単に「大師」といえば天台宗の開祖伝教大師最澄のことと考えられるが、ここは解説に引用する『古事談』第一および『沙石集』巻二の説話に見られるように、「前唐院ノ宝蔵」に収められた「大師修禅定の具足ども」であるので、慈覚大師円仁である。前唐院は、慈覚大師の廟堂であり、唐から持参した真言秘法の道具などを安置するために建立したものである。もと唐院といい、後、智証大師円珍が同様の唐院を建てたため、それと区別するために前唐院と称したもの。『叡岳要記』上「前唐院」の項に「安㆓置慈覚大師新従㆑唐所㆑渡真言秘教、曼荼羅道具幷天台教迹戒律坐禅諸宗章疏。伝教大師等影㆒。〈具載㆓進官目録㆒〉及慈覚大師真影坐像等㆒」とある（『山門堂舎記』ほぼ同じ）。『妙香院宮御山務日記』の「前唐院の解文案」にも「当院奉納之法文聖教道具宝物等者、慈覚大師自㆓斯那国㆒所㆓将来㆒也……延文三年六月日」とある。延文三年（一三五八）当時でも、慈覚大師将来の道具類が残されていたことが知られる。

また根本経蔵の項に「安㆓置一切経律論賢聖集幷唐本天台章疏、新写経、伝記、外典、伝教大師平生資具、八幡給紫衣等㆒」とあり、最澄の遺品は根本経蔵（止観院経蔵）に、円仁の遺品は前唐院に収められていた。したがって、この「大師」は慈覚大師円仁と見なさなければならない。

五〇　『摩訶止観』第四下に、次のように睡眠蓋を説いている。

○睡眠蓋者。心神昏昏為㆑睡。六識闇塞、四支倚放、為㆑眠。眠名㆓増心数法㆒。烏闇沈塞密来覆㆑人。難㆑可㆓防衛㆒。五情無㆑識、猶如㆓死人㆒。但於㆓片息㆒名為㆓小死㆒。若喜㆑眠者眠則滋多。薩遮経云、若人多㆓睡眠㆒懈怠妨㆑有㆑得。未㆑得者不㆑得、已得者退失。若欲㆑得㆓勝道㆒除㆓睡疑放逸㆒。精進策㆓諸念㆒、離㆑悪功徳集。釈論云、眠為㆓大闇㆒。無㆑所㆑見。日日欺誑奪㆓人明㆒。亦如㆑臨㆓陣白刃間㆒。如㆘共㆓毒蛇㆒同㆑室居㆖。如㆓人被㆑縛将去殺㆒。爾時云何安可㆑眠。眠之妨㆑禅其過最重。是為㆓睡眠蓋㆒。

五一　『邦訳日葡』に「Iorŏ　ジョラウ（助老）座敷（*Zaxiqui*）で老人やその他の人々に用いられる、短くて小さい杖のような物で、下顎をその上にもたせかけて支える物」との説明があり、『禅林象器箋』廿八類「器物門　禅板」の条に「然今時夏月、横安㆓膝上㆒、定㆓印乎其上㆒。或支㆑頤、与㆓助老㆒同㆑用而已」と見える。これによれば助老は禅板と同じく、頤を支えるのにも使用したと考えられる。この点では『日葡』の解と同じであろう。しかし本文に見えるように、胸が痛むときに、その痛みを和らげるために使用した物ではないらしい。この本文がどの程度にその形状を伝えているか不明であるが、「二尺ばかりある木を枠のごとくにちがへて、先毎に絹をかけて塗たる物」とある点は、折畳み椅子のようなものであったろうか。この点でも、「短くて小さい杖のような物」という、『日葡』の解と矛盾する。

五二　四類本はこの「四種の物」が何を指しているか明確でないばかりか、後の方にも「三種の中の禅鞠は、止観の第四巻にみえたり」と、残りの二つが何を指すか明確でない「三種」の語が見える。しかもすでに最初の問答で禅鞠についての説明を終えているにもかかわらず、再びとってつけたような禅鞠についての説明が繰り返される。古活字本は、最初に「禅鞠と中候。止観の第四巻にみえたり。たとへば、大師禅定のとき、ねぶりあれば、是を頂上にをく。……」とあって、文意、文章の流れともきわめて明確である。「四種」と「三種」との関係、禅鞠が二ヵ所に現れる点で、四類本にはなんらかの混乱があるわけで、古活字本のような本文を簡略化しようとして、錯誤を起こしてしまったものと見える。

なお、『下学集』に「柱杖・払子・竹篦〈打レ人杖也〉・助老・禅板・蒲団・弁香、〈以上七種禅家所レ用具足也〉」と、七種の具足が記される。

五三　比叡山南渓蔵所蔵の『普賢延命法　六秘々　三昧流』に「嫡流ノシルシ者、乙護法所持ノ十九箱ヲ相伝ノ故也。不レ然者不レ可レ有ニ嫡流之義一。不レ知ニ此子細一他流之輩何カ谷流ニアラザル」とある（多賀宗隼氏「二九一箱」、『論集中世文化史下　僧侶篇』。引用も同書による）。また『真言伝』巻六に「天台慈覚三昧の流に、乙護法十九の箱とて、相承の聖教侍り。これ皇慶阿闍梨、乙丸をして守護せしめける聖教の答といへり」とある。「第十九」の意味は不明であるが、例えば『観世音寺資財帳』に「第一韓櫃……第十六韓櫃」とあるように、資財を入れた櫃に付けられた番号であったと考えられる。それが皇慶以後、特に第十九の箱が重視され、三昧流に伝来していったものであろう。

この十九の箱の中身は時に応じて変更されていったものらしい。比叡山南渓蔵所蔵の『秘々』によれば、「密」と「印」と題された二書があり、同じく南渓蔵所蔵の『青蓮院門流』によれば、「池上十九箱」の中身として、座主行玄大僧正の秘書二合、観性法橋の「大海抄」上下、成円法印の「定上」「恵下」二合、飯室僧正良快の「御抄」上中下三合、座主慈賢僧正の「薄草子」と号する抄二合などが記されている。このうち、観性は慈円の師、良快、成円、慈賢とも慈円の弟子であるので、慈円の周辺で、聖教の再編整理などが行われている様が窺える。多賀宗隼氏は、南渓蔵所蔵の『八深抄』の奥書を引き、「右によれば、谷、即ち皇慶のころの『聖教』の実態がうかがわれる。即ちそれは以前は、本経儀軌そのものの伝受が中心であったのが、この頃からその『不審を決し』その解釈を示すところの、叡山学匠の私記・私抄が重きをなすに到り、それが伝受される習慣を生じたのであり、それらをおさめた皮子が伝えられたのが、いわゆる十九箱の起源であるとしている、と解せられる」と言われる（「二九一箱」。その他、「慈円自草の一冊子について」、「青蓮院門流」も参照。いずれも『論集中世文化史下　僧侶篇』所収）。

　このように、箱の中身に変化はあったものの、それが皇慶の正統を継ぐ三昧流の正嫡たる所以とみなされ、それを乙護法が守護するとの伝承が生じていた点も、これらの史料からいって明らかである。しかし『平治』に、この十九の箱が保元元年以前に宇都宮の御殿に納められたとする点は、なんら伝承が見いだせないばかりか、現に慈円が第十九箱というものを、師観性から伝受している点からいっても、すくなくとも鎌倉初期以前には、ありえなかったものと判断せざるを得ない。この点も恐らく第十九の箱が、単に伝承の世界のものとなった頃に、この「叡山物語の事」が増補されたことを示しているものと思われる。

　皇慶は贈中納言橘広相の孫。書写山の性空上人の甥に当たる。七歳で比叡山に登り、静真に師事。後、東寺の景雲より東密を授けられ、台密・東密を融合した。皇慶の門下に、大原僧都長宴、阿闍梨院尊、井房阿闍梨安慶などが輩出し、「慈覚大師之門徒。志二真言一学二密教一者。誰非二闍梨流一」（大江匡房『谷阿闍梨伝』）と評されている。

　なお、性空に仕えていた乙護法が、皇慶に仕えるようになったのは、両者の縁戚関係によるのであろう。

五四　補注五三に引いた『真言伝』のほか、『日吉山王利生記』第三に「皇慶には乙護法奉仕せられけり。是は鎮西せぶりの大明神童形に変じて、書写山性空上人に仕へ申されけるが、後は乙丸もて、この皇慶にぞつかへられける」とある。

　性空に仕えた乙護法・若護法のことは、『今昔』巻十二ノ三十四、『明匠略伝』下の性空伝、『播磨国書写山縁起』、『元亨釈書』巻十一の性空伝を参照されたい。現在書写山円教寺開山堂に、乙護法・若護法をまつる護法堂がある。皇慶に仕えた乙護法は、『谷阿闍梨伝』に乙丸という童子が見え、その形姿を「身体肥壮。其首如レ髠。視瞻意気。殆鬼神中之人也」と描いたのが最初らしく（『明匠略伝』上「皇慶伝」にも乙丸の名が見える）、次第に乙護法の使者となり、後には乙護法そのものと混同されていったようである。

　なお、護法神は『性霊集』巻九に「梵釈・四王・龍神等護法諸天、影嚮衆来二入道場一」とあるように、元来は仏法を守護する神の意で、梵天・帝釈・四天王・龍神などの総称であったが、その中でも毘沙門天の五童子や弁才天の十五童子のように、それぞれに仕える童子を指すことが多い。性空に仕えた乙護法・若護法のほか、三井寺の尼護法、『信貴山縁起』の剣の護法などがよく知られている。また葛城・熊野・比叡山などでは、その護法を総称して満山護法という。

「乙護法、使者たるによッて」という文は古活字本では「乙護法使者たり」とある。この場合は、乙護法が使者となって、宇都宮の御殿に第十九の箱を納めたという意。

五五　天台大師智顗。大同四年（五三八）～開皇十七年（五九七）。俗姓陳氏。潁川の生まれ。天台宗の実質的な開祖。出家後、経・律を学んだが、後、『法華経』を講じ、太建七年（五七五）天台山に入り、天台宗を開いた。隋の煬帝の信任厚く、智者大師の号を贈られた。前唐院には「天台智者大師所レ着衲。帽子。幷師子形禅鎮子」が納められていた（『本朝世紀』康治元年（一一四二）九月十四日条）。

五六　『叡岳要記』上「文殊楼院」の条に「右院慈覚大師草創也。……貞観二年大師文殊閣可二制作一状具注言上。即降二天恩一施二加料物一。同三年台山霊石埋二壇五方一始作。六月七日奉レ造二文殊尊像一。五台山香木入二其中心一安二置楼下一」とあり、『慈覚大師伝』に「二月十五日。依二宣旨一。以二大法師承雲一、為二文殊楼検校一也。六月七日。造二文殊尊像一。〈以二五台山香木一入二其中心一〉」とある。また『天台座主記』「安恵和尚」条に「（貞観八年六月）七日造二文殊尊像一〈以二五台山香木一入二其中心一〉、安二置楼中一。十月廿六日供養」とある。

五七　『類聚国史』巻百八十「仏道七諸寺」所収の承雲申牒に「昔者慈覚大師入唐求法之日、巡二礼台山一之時、感二遇文殊化現獅子聖燈円光一、頼二此大聖之感応一、得レ遂二『於』求道之大願一、欲レ使下彼大聖之応化、感来二於我本朝一、鎮二護国家一、利中益黎庶上。由レ是祈下乞於二五台現化之処一掘中取五峯清浄之土上、経二歴一紀一跋二渉万里一、秘二蔵潔塊一、将来此間一埋二置五方之壇下一、構二造二重之高楼一」とある。『慈恵大僧正伝』にも「又山上有二文殊堂一。慈覚大師所二造立一也。文殊所レ乗師子足下之土者、五台山文殊化現師子所レ踏之跡也。而高楼焼亡、灰燼多積。師子跡土、混沌難レ弁。和尚移二文殊楼之昔跡一、建二虚空蔵之峻嶺一。雖レ造二師子一無レ足下土一。在々諸徳皆長太息。和尚開二一篋一、中出二一裏物一。其上銘二五台山師子跡土一也。是又大師入唐之時所二

取得レ也。如レ旧以二其土一置二師子足下一。芳縁之至、見者喜歎」とある（『慈恵大師伝』も同意）。

この文殊化現の師子の足下にあった土というのは、『入唐求法巡礼行記』には具体的な記述はなく、わずかに第三「西台」の項に、文殊と維摩とが対談したという大岩について記した後、「其両座中間於二下石上一有二師子一。蹄跡踏二入石面一、深一寸許。巌前有二六間楼一。面向レ東造、南頭置三文殊像騎二双師子一」という記述があるにすぎないので、本当に円仁が将来したものか否か定かではない。

ところがこれが『慈覚大師伝』になると、「初礼二中台一。台上之池中、有二文殊石像一。巡礼已畢。次向二西台一。去二中台一廿許里。又向二北台一。去二中台一卅許里。欲レ至二北台一、雲霧満レ山、蹊路難レ尋。纔及二霽来一、望二見前路一、有二一師子一。其形可レ怖。心神失レ拠。廻レ身郤走。少時稍復進行。師子蹲踞。猶レ当二中路一。大師弥懐二驚畏一、退行二素所一。恨惆良久、移レ時又進。師子於レ是忽焉不レ見。大師深怪二思之一」という説話が加わり、神秘化されたものとなっている。

これらの記事を考えてみると、円仁が五台山から「五峯清浄之土」を持ち来たったことはありえたであろうが、それは必ずしも獅子の足下にあった土ではなかったようだ。それゆえ承雲の申牒では「五方之壇下」に埋めたとあるのだが、『慈恵大僧正伝』や『慈恵大師伝』になると、獅子の足下の土に変化したのに応じて、此土の比叡山における埋置場所も文殊楼の獅子の像の足下と変化していったもののようである。

また『叡岳要記』の文殊楼の項には、五方の壇下に埋め置いたものは「台山霊石」とあり、土とは別とし、『台記』久安三年（一一四七）六月十九日条には「宝物之中、有二五台山沙一、法皇少分取懐レ之」とあり、ここでは「沙」とし、しかも埋められたものではなかったようである。『本朝世紀』康治元年（一一四二）九月十四日条にも「清涼山石」が前唐院に納められていたとある。五台山の様々なものがもたらされていたということであろう。

ところで、『七大寺年表』天平勝宝六年（七五四）条に「四月於（東大寺）大仏前立二戒壇一。天王受二菩薩戒一。後於大殿西別作二戒壇一。持来五台山之土加レ之云々」という記事が見えている。

五八　『叡岳要記』下「慈覚大師如法経事」に次のように記す。
○延久五年阿闍梨伝燈大法師良正〔心歟〕、謹慎奉三勧二請之一。〈異本延久四年勧請〉予感二夢想一云。俗人威

徳魏々二人来告。汝知否。我等二人被ニ擯出一之条如何。聖人尤愚哉。我等二人本意唯有ニ一乗守護一。願者枉レ理聖人蒙ニ芳恩一。欲レ入ニ卅神結番一。張示則隠失畢。夢覚後、驚奉レ入ニ大原野北野之両神一也。又苗鹿大明神故慈覚大師御時為ニ如法経守護一雖レ不ニ結番一、心奉ニ勧ニ請日本国有徳神一。其内苗鹿大明神被レ除ニ結番一間、大師所望、吾幸此山麓従レ昔于レ今垂跡、守ニ護大師仏法一之仁候。無ニ本意一如法経奉ニ守護一被レ除候者哉、申給間、大師陳曰、自然懈怠、速来令レ勤ニ番役一云々。仍苗鹿大明神成ニ悦喜一手被レ奉ニ柱一本一云々。

五九　『慈覚大師伝』に「於レ是、尋ニ此山北洞幽閑之処一、結レ艸為レ菴。絶レ跡待レ終。今之首楞厳院是也。俗曰ニ横河一矣。蟄居三年、練行弥新。……以ニ石墨艸筆一、手自書ニ写法華経一部一。修ニ行四種三昧一。即以ニ彼経一納ニ於小塔一、安ニ置堂中一。後号ニ此堂一曰ニ如法堂一」とある。この慈覚大師円仁が庵を結んだ「此山北洞」が杉の洞を指しているのであろうが、杉とは明記されていない。

『今昔』巻十一ノ二十七には「亦、大師、此ノ山ニ大ナル椙有リ。其木ノ空ニ住シテ、如法ニ精進シテ、法花経ヲ書給フ。既ニ書畢テ後、堂ヲ起テ、此ノ経ヲ安置シ給フ。如法経、是ニ始ル。其時ニ、此ノ朝ノ諸ノ止事无キ神、皆誓ヲ発シテ、『番ヲ結テ、此ノ経ヲ守リ奉ラム』ト誓ヘリ。于今其経、堂ニ在マス、亦、椙ノ空有リ」とあり、『叡岳要記』下「慈覚大師如法経事」の項には「天長六年〈己酉〉慈覚大師御年三十六、於ニ首楞厳院椙穴一締ニ草庵一殖ニ皮麤庭一三ヶ年。昼夜三時読ニ天台法華懺法一。忽好ニ坐禅練行四種三昧一。同八年初秋天。手自以レ草為レ筆。以レ石為レ墨、以ニ禅定智水一一字三礼書ニ写妙法蓮華経一部一。同九月十五日、椙穴中草庵堀ニ請当山座主義真阿闍梨一。遂ニ十種供養一」とあり、杉の洞穴となっている。

ここに見える首楞厳院は、もと、根本如法堂の呼称であったが、後、円仁が横川の中心になる根本観音堂（横川中堂）を建て、それに改めて首楞厳院という名を附したという（『比叡山の宗教と歴史』）。

六〇　『著聞集』三九話に次のような説話を載せる。

○弘仁五年春、伝教大師渡海の願をとげんがために、筑紫にて、さまぐ〜の作善ども有けり。五尺千手観音を造奉、大般若二部一千二百巻、法華経一千部八千巻をうつし奉らる。又宇佐宮にて、みづから法華経を講じ給に、大菩薩託宣し、「我不レ聞ニ法音一、久歴ニ歳年一。幸値ニ遇和尚一得レ聞ニ正教一、兼為レ我修ニ種々功徳一。至誠随喜、何足レ謝レ徳矣。而有ニ我所持法衣一」とて、則託宣人みづから宝殿をひらき、手に紫袈裟一、紫衣一をさゝげて、「奉㆓上和尚㆒。大悲力幸垂㆓納受㆒」と示給けり。祢宜・祝等此事をみて、「昔よりいまだかゝる事見きかず」といひけり。件御衣いまに叡山根本中堂の経蔵にあり。鳥羽院臨幸の時も、御拝見ありけり。後白河院御幸の時も、拝せさせ給けるとなん。

この説話は、きわめて著名なものであったらしく、管見では『叡山大師伝』・『日本高僧伝要文抄』・『拾遺往生伝』巻下三・『大日本国法華験記』巻上三・『三宝絵詞』巻下三・『今昔物語集』巻十一ノ十・『私聚百因縁集』巻七・『本朝高僧伝』・『元亨釈書』巻一「最澄」・『帝王編年記』巻十二・『伝智論』巻一ノ一・『宇佐八幡宮縁起』・『八幡愚童訓』下「仏法事」・『東大寺八幡縁起』・『叡岳要記』、特殊なものでは「大伝法院并墎　内堂塔本尊仏具等事」・「豊福寺鎮守遷宮祭文」・「感語抄神道口決」などに、精粗さまざまに、この逸話をとどめている。

六一　この袈裟（『本朝世紀』は「衾」とするが、「袈裟」とする例が多い）の安置場所については諸説がある。

①単に比叡山とするもの……『拾遺往生伝』『三宝絵詞』『叡山大師伝』
②根本経蔵とするもの……『著聞集』『叡岳要記』『山門堂舎記』『三塔諸寺縁起』
③宝蔵とするもの……『大日本国法華経験記』
④前唐院とするもの……『宇佐八幡宮縁起』『本朝世紀』
⑤山王院とするもの……『八幡愚童訓』

このうち、③の宝蔵は、『叡岳要記』にも『山門堂舎記』にも名が見えず、『沙石集』第二に「前唐院ノ宝蔵」とあるものを指すのであろう。とすれば、これは④の説と同じとなる。当代史料である『本朝世紀』に前唐院とするのであるから、本来前唐院にあったのであろうが、『山門堂舎記』「根本経蔵」の項に「伝教大師平生資具。八幡給紫衣等安㆓置之㆒」とあるのをみると、後に根本経蔵に移されたものであろう。

六二　宇佐八幡宮は八幡三所大神ともいわれる。ただし、祭神に誉田別尊を当てるのは『宇佐託宣集』以降のことという。また大帯姫命の合祀は、弘仁十四年（八二三）のことである。いずれにしても、平治の乱の頃にはこの三所を三神に当てていた。

『厳神抄』の「聖真子権現ノ御事」の項に「此神ハ自㆑元俗形ニテ御座ケルガ。大師ニ値ヒ奉テ。灌頂受戒ノ後。聖真子菩薩ト申ス御名ヲバ。大師ノ時玉ヘル神号ナリ。此神ハ又宇佐八幡ト一躰ニテ御スナリ。其旨八幡宮ノ御託宣ニ分明ナル事ナリ」とある。

日吉社は、東本宮系四社（大宮・八王子・三宮・十禅師）に加えて、平安時代に、三輪・八幡・白山を新たに勧請し、合わせて山王七社といった。

六三　多羅葉は『大唐西域記』十一に「其葉長広、其色光沢。諸国書写莫レ不二採用一」とあるように、写経の紙の代用とされていた。また真偽不詳ながら、多羅葉で作った直垂が見える（『盛衰記』巻十六「三位入道芸等ノ事」）。ここは多羅葉に書写された経文のことであろう。幸若舞曲『大織冠』に「梵本の法華経を多羅葉にて阿難尊者のあそばしたる七帖」が興福寺伝来の宝物として見え、『寺徳集』上「大師将来重宝事」に「多羅葉梵本」が園城寺の寺宝として見えている。また『天満天神縁起』にも、寺宝として「天竺ノ多羅葉」が見え、奈良絵本『宝くらべ』にも「たうど、てんぢく、わがくにのたからは、そのかずをつくしもち侍る。まづてんぢくの御たらし、ぶつしやり、たらようの御きやう」とある。インド伝来の、多羅葉の梵本は宝物として扱われていたのである。ここも、これらの例から判断して、天竺から伝来した多羅葉の梵本のことと考えられる。ただし、『泉涌寺不可棄法師伝』に、俊芿が中国から持ち帰った品目の中にインドの多羅葉一片が見え、これは特に梵字が書いてあったようには見えない。

六四　『叡岳要記』上「清涼山有二地獄一事」に『入唐求法巡礼行記』を引く。恐らく、ここでいう焦熱地獄とは、本当の地獄ではなく、清涼山にあった地獄のことであろう。『入唐求法巡礼行記』巻三に「従二羅漢台一向二東南一下、路辺多有二焦石一満レ地、方円有二石墻之勢一、其中焦石積満、是化二地獄一之処、昔者代州刺史性暴不レ信二因果一、聞レ有二地獄一不レ信、因遊賞巡レ台観望、到二此処一急然見下猛火焚二焼巌石一、黒烟衝レ天而起、焚石火炭赫奕而成二囲廊一、獄卒現前忿□（『叡岳要記』に「勃」）上、刺史驚怕、帰二命大聖文殊師利一、猛火即滅矣、其迹今見在、焦石塁為レ垣、周五丈許、中満二黒石一」とある。おそらくこれを焦熱地獄といったものであろう。しかし焦石とあるものの泗浜石とは無関係。あるいは、『叡岳要記』上の「文殊楼」の項に「貞観二年大師文殊閣可二制作一状具注言上。即降二天恩一施二加料物一。同三年台山霊石埋二壇五方一始作」とある、天台山の霊石がそれにあたるか。いずれにしても混乱があるか、問答を創作したかであろう。

六五　この説話は、様々に変形されて伝えられている。まず『下学集』には、

〇塞、采〈二字義同。博奕所レ採也。夫毎ニ采目一過半用ニ重字一。呼レ之云ニ重一重二朱三朱四重五重六一。然至ニ四三目一云レ朱何哉。其義云、後一条院与レ臣打ニ雙六一。採レ籌急呼ニ四三目一心中祈念。若四三目出来、則使ニ其目一為ニ五位一。時采之目転躍而成ニ四三一。院大悦与ニ籌五位一而賜ニ朱衣一。由レ之呼ニ四三目一曰ニ朱三朱四一也。朱色五位之衣也。又玄宗皇帝与ニ楊貴妃一采戦之時、将レ負。心欲ニ重四一、連呼叱。骰子転成ニ重四一。帝大悦賜ニ四緋衣一云々。和漢共有ニ此故事一。可レ記。馬骰又采也。緋衣即朱衣也。〉

とあり、後一条院の事とする（経亮本『節用集』・永禄五年本『節用集』・高野本『節用集』も同じ）。

また、幸若舞曲『和田酒盛』や仮名草子『露殿物語』、浄瑠璃『祇園女御九重錦』に、玄宗が虞氏君と楊貴妃のいずれを一の妃に付けるか迷った末、雙六で決着を付けようとした話を載せる。『和田酒盛』は、

〇天宝十二年七月七日の日、紫宸殿の額の間に、二人の后召されて、瑠璃の盤に、白石黒石を手図に、水牛の角の賽を銀の筒に入れ、「早く三番一得の勝負に賭けて位を争ひ給へ、后たち」と宣旨なる。后は聞こし召されて、「恨みも恋も残らず。さらば打たん」とて、賽の目を合はせらる。初めの勝ちは楊貴妃、その次は虞氏君、手詰の勝負になつて、折羽に成りにければ、楊貴妃の乞目に重三を請はれたり。虞氏君の乞目に重四を請はれたり。両の心いくばくぞ。重三にも重四にも方切つて下りずし、筒の内でこの賽、あふ、二つづつに破れては、四つになつてぞ出でにけり。楊貴妃の請はれたる重三も下りてあり。虞氏君の請はれたる重四も下りてあり。御門叡覧〔ましまし〕、「あふ、やさしの賽や。汝は牛の角なるが、人の心を千々に知つて、さやうにふるまふかや。さらば官をなせ」とて、賽の目に朱をさいて、その時までは、重一、重二、重四、重五、重六と申せしが、朱三、朱四と申す事、此の御代よりも始まれり。

と、この説話の変形されたものがみえる。

なお、東洋文庫『西陽雑俎』巻五に、思ったとおりの目を出すための呪文、「伊諦弥諦、弥掲羅諦」があったことを載せ、そこに附された今村与志雄氏の注によると、清の歴史学者趙翼に、「骰子四緋」（『陔余叢攷』三十三）があり、賽の四の目に紅を加えた由来の考察があるとするが、未見。

六六　冥官の具体的な描写については、『大日本国法華経験記』巻上に「冥官冥道首戴ニ冠、鬼身着ニ欠掖一、或

着二甲冑一、又着二裲襠一、腰帯二厲鏤一、手捧二戟鉾一、或向二書案一開二笈櫝等一、或箇牒註二記善悪一。見二其作法一、尤可二畏怖一」とある。

『十王経』の司録記神のことと考える説もあるが、『鴉鷺物語』には「上は梵天帝釈四大天王、下は炎魔法王太山府君五道冥官司命司録……」とあって、「五道冥官」「司録」とを併記しているのであるから、一応別のものと考えるべきであろう。

「第三の冥官」は古活字版『田村の草子』に「第三のみやうくはんを御使にて」と見えている。また『江談抄』第三「雑事」に「高藤俄頓滅云々。篁即以二高藤手一引発。仍蘇生。高藤下レ庭拝レ篁云、不レ覚俄到二閻魔庁一、此弁（篁）被レ坐二第二冥官一、仍拝レ之云々」とあり、小野篁が閻魔庁の第二の冥官に連なった旨が記されており、『三国伝記』巻四ノ十八には「炎魔王宮ニ到リ裁断ニ合ヘル時ニ、第三ノ冥官ハ篁ナリケレバ」ともある。また『太平記』にはいくつか例があり、巻十一「書写山行幸事……」に「先杉原一枚ヲ折テ、法華経一部八巻幷開結二経ヲ細字ニ書タルアリ。是ハ上人寂寞ノ扉ニ御坐テ、妙典ヲ読誦シ給ケル時、第八ノ冥官一人化人ト成テ、片時ノ程ニ書タリシ御経也」とあり、巻二十六「芳野炎上事」に「笙ノ岩屋ノ日蔵上人頓死シ給タリシヲ、蔵王権現左ノ御手ニ乗セ奉テ、炎魔王宮ニ至給フニ、第一ノ冥官、一人ノ倶生神ヲ相副テ、此上人ニ六道ヲ見セ奉ル」とある。『太平記』の諸注は、「第八の冥官」をおおよそ十王の第八平等王にあてており、これに従えば、第三の冥官は十王の第三宋帝王ということになる。

しかし、このような解釈に疑問を抱かせる次のような用例がある。『太平記』巻十二「大内裏造営事……」に、右大臣公忠が頓死した後、三日にして蘇生したという著名な説話を載せ、その折の公忠の言葉として、次のように記している。

○臣冥官ノ庁トテヲソロシキ所ニ至リ候ツルガ、長一丈余ナル人ノ衣冠正シキガ、金軸ノ申文ヲ捧テ、「粟散辺地ノ主、延喜帝王、時平大臣、……阿鼻地獄ヘ可レ被レ落」ト申シカバ、三十余人並居玉ヘル冥官大ニ忿テ、「不レ移二時刻一可レ及二其責一」ト同ジ給シヲ、座中第二ノ冥官、「若年号ヲ改テ過ヲ謝スル道アラバ、如何シ候ベキ。」ト宣シニ、座中皆案ジ煩タル躰ニ見ヘテ、其後、公忠蘇生仕候。

これによれば、「三十余人並居玉ヘル冥官」の中の「座中第二ノ冥官」ととれ、序列第二位の冥官のように解釈できる。そして実際、これと同話を載せる『古事談』第一「王道后宮」では、当該部分が「堂上有下紆二朱紫一者三十余輩上。其中第二座者咲云……」となっている（『江談抄』第三もほとんど同じ）。第三の冥官は閻魔王宮の席次第三位の役人と解すべきであろう。大臣であった篁が死後第二の冥官に列なった点から推すと、信西の現世での位階、納言に相当する冥官を第三とするのであろうか。なお、『江談抄』や『古事談』に「三十余輩」とされた冥官の総数は、例えば大江匡房が初めて『公卿』として名を出す、応徳三年（一〇八六）の公卿の数が三十人であるので、現世の堂上を地獄の閻魔王庁に投影したものと言えよう。『古事談』の「紆二朱紫一者」とか、『今昔』巻七ノ二に「赤キ衣ヲ着タル冥官」などとある点も、現世の位階がそのまま持ち込まれているものと見なされる。

六七 本文中、「信西の申状にて、勅使来り、掘おこして、死骸をむなしく捨られぬ」とあるところ、『保元』の諸本その他に対応するものとしないもののあるのが注目される。

半井本は、下「左大臣殿ノ御死骸実検ノ事」に「其正体共見モ分ズ。埋ニ及バズ。滝口共、打捨テテコソ帰ヘリニケレ」とあって、『平治』の本文に合致している。金刀比羅本も「誰とも其正躰見分ず相替ぬれば、埋に及ず、滝口共に打捨てぞ帰ける」とあって、同様である。また、延慶本『平家』では、第一末三十八「宇治悪左府贈官事」に「余リカハユク目モアテラレザリケレバ重テ見ニ及ハズ、此人々ハ帰ニケリ」、あるいは「昔掘ヲコシテ被レ□給ニシ後ハ死骸路ノ頭ノ土トナリテ年々ニ春ノ草ノミシゲレリ」と、頼長の死骸は、再び墓に返されることなく、路傍に捨てられたとする。

ところが、鎌倉本『保元』には「余にかわゆくめも不被当けれは重て見に及す、如元掘埋てけり」と、明確に、死体をもとの墓に埋め戻したとする。いずれにしても、四類本『平治』は、鎌倉本『保元』とは別の伝承を継承していることになる。鎌倉本『保元』と四類本『保元』とが密接な関係にあるのに比較して、この齟齬は、注目に値する。

六八 この諺と思われる詞章は、鎌倉後期から室町時代にかけて、使われたものであろう。

○今日者雖レ為二人之上一明日者又為二身之上一者歟、（『東寺百合文書』弘安元年五月若狭国太良荘百姓等申状）

○今日ハ人ノ上ト思共、明日ハ必身ノ上ト思フベシ。（『盛衰記』巻四十五「内大臣京上被レ斬……」）

○昨日ハ他州ノ憂ト聞シカド、今日ハ我上ノ責ニ当レリトハ、加様ノ事ヲヤ申スベキ。

(『太平記』巻九「主上上皇為二五宮一被レ囚給事……」)

○弓矢取る身の習ひ、今日は人の上、明日は御身の上、皆かくこそ候はん。

(『義経記』巻五「忠信吉野に留まる事」)

○弓取は今日は人の上、明日は我が身の上なるべし。(幸若舞曲『和田酒盛』)

○夫、弓取と申すは、今日は人の上、明日は我が身の上にて候へば、(幸若舞曲『景清』)

○弓取と申すは、今日〔は〕人の上、明日は我が身の上ぞかし。(幸若舞曲『八島』)

六九　家貞が清盛の熊野参詣に随行していたかどうか、これは可能性としては小さいと思われる。『大悲山寺縁起』の奥書に、この縁起の作者を信西とした上で、次のような記事が記されている。

○奉安置／仏舎利一粒。唐羅漢十六鋪。／平治元年五月廿三日／正四位下行大宰大弐平清盛／奉渡橋　大施主人　沙弥　生西／建立大門一宇。同年十月　日／沙弥生西筑後入道

ここに清盛と並んで名の見える「沙弥生西筑後入道」というのが、家貞ではないかと思われる。『盛衰記』巻四「師高流罪宣事」に「故筑後入道家貞」(延慶本「故筑前入道家貞」)と見える。とすれば、家貞は平治元年(一一五九)五月には既に出家しており、当時七十六歳という高齢でもあり、熊野参詣に随行していた可能性は極めて小さい。出家の故に同行していなかったと断言はできないまでも、「筑後守家貞」という呼称が不適切であるばかりか、鎧直垂姿で随行するなど、現役の武士として描くのも誤りである。同様に随行していなかった重盛と家貞の連携のとれた活躍を描くなど、この家貞の活躍を描く記事自体の史実性は疑わしい。

七〇　系図は次のとおり。

実方―長快―湛快―湛増　(『尊卑』)

実方―泰救―快真┬長快
　　　　　　　　└湛快┬湛実
　　　　　　　　　　　└湛増　(『熊野別当系図』)

屋代本『平家』剣巻には、熊野別当教真の子とする。『尊卑』『熊野別当系図』に世系の乱れはあるが、湛快の二男であったと考えてよいであろう。『熊野別当代々記』によれば、文治三年（一一八七）から十二年間別当を務めた。『古事談』第四に、承元三年（一二〇九）に死亡している記事が見える。

しかし平治の乱の折の別当は湛増ではなく、父の湛快であった。湛快は、第十八代熊野別当。第十五代別当長快の子。『濫觴抄』下に、永久五年（一一一七）に法印に叙されたとあり、『熊野別当代々記』に「近衛院久安二年三月補任。治山廿八年」と見える。久安二年は西紀一一四六年にあたる。『兵範記』仁平二年（一一五二）十月十一日条には「別当僧都湛快」と見える。ここでも『平家』で活躍する人物を『平治』に取り込み、『平家』の物語の伏線とする指向が見受けられる。

七二　上山勘太郎氏蔵『湯浅氏系図』（『金屋町誌』所収）によれば、湯浅氏は俵藤太秀郷の子孫。父は長岡太郎と号した宗長。祖父師重が紀伊守となり、紀伊国に地盤を築いたらしい。『梅尾明恵上人伝記』に「沙門高弁は紀伊国在田郡石垣の吉原村にして生る。……母は藤原宗重が女也」とあり、『仮名行状』も母を藤原宗重の四女とする。また『鎌倉遺文』一八二九号文書「将軍家政所下文案」に、宗重の七男宗光を藤原宗光とする。宗重は藤原氏であったことは確かであろう。
『粉河寺縁起』には、父親と推測される宗永（系図に宗長）について、「武勇の家に生ず」としている。武家藤原氏という点は秀郷の子孫とする系図に合致する。『兵範記』仁安元年（一一六六）十月二十一日、同二年正月二十七日条に「少監物藤原宗重」の名が見えるが、これが湯浅権守であろうか。また『兵範記』久寿二年（一一五五）十月十二日条に、難波二郎と思われる経遠、館太郎と思われる貞安らとともに名の見える「宗重」も、湯浅権守らしく思われる。これが湯浅権守だとしたら、保元の乱以前から平家の家人であったことになる。なお宗重は、承安四年（一一七四）以前に出家、吉田経房との交流もあった（『吉記』同年九月二十、二十五日条）。

七三　伊藤武者景綱は生没年未詳。『保元』上「官軍勢汰……」に「古市伊藤武者」と見える。『古事談』第四には、景綱を「伊藤五」とするが、伊藤五は景綱の子である。『盛衰記』巻十五「宇治合戦」に「伊勢国住人古市ノ白児党」がみえる。白子は鈴鹿市白子。古市は津市白山町古市であろう。白子近辺に古市はない。

白山町の古市は平家の本拠地であった阿濃津から古市、室生寺、長谷寺、奈良を経て六波羅に行く、初瀬街道沿いにあった。

七三　『盛衰記』巻二十「八牧夜討」に「当国（伊豆国）住人ニ加藤太光胤・加藤次景廉トテ兄弟二人アリ。是ハ、……能因入道ニハ四代ノ孫子也。彼能因ガ子息ニ月並ノ蔵人ト云ケル者、伊勢国ニ下テ柳ノ馬入道ガ婿ニ成テ儲タリシ子ヲ、加藤五景貞ト云キ。後ニハ使宣ヲ蒙テ加藤判官トゾ云ケル。其子ドモ也ケレバ、加藤大。加藤次ト云。本伊勢国ニ住ケルガ、父景貞ニ敵アリ。平家ノ侍ニ伊藤ト云者也」とある。能因は橘氏であるので、その子孫というのは誤りである。しかし、加藤五が伊勢国の住人であったことは事実である。『吾妻鏡』治承四年（一一八〇）八月二十日、二十四日、二十七日条などに「加藤五景員」とある。子息に光員がいるから、『尊卑』の景清は景員の誤りであろう。二十七日条には「就中景員衰老之間」とあり、高齢であったことがわかる。平治の乱の折は、四十歳ほどであったろうか。しかし伊勢国の加藤氏は源氏相伝の郎等で、景道あるいは景員が平氏につくことはなかったと思われる。むしろ『盛衰記』に記されるように、伊藤氏との勢力争いに敗れた末、伊豆国に移ったというのが史実であろう。後に、加藤太光員は伊勢国豊田庄、池田別府、中跡庄、長田庄などの地頭に任命されている（鎌倉遺文・文治三年（一一八七）三月卅日付「公卿 勅使伊勢国駅家雑事勤否散状事」）。伊藤氏と加藤氏がともに並んで清盛を出迎えるということはあり得なかった。ここは後世の改竄であったろう。

古活字本は加藤の名を出さず、「伊勢国住人、伊藤の兵ども」とあり、陽明本は伊藤武者景綱に続けて館太郎貞保・後平四郎さねかげを載せる。館太郎貞保は『盛衰記』巻二十九「礪並山合戦」に「伊勢国住人館太郎貞康」、長門本『平家』巻八「宇治橋軍事」に「伊勢国住人古市白児党に館六郎真康、同十郎真景」（「館六郎真康」は、館太郎貞康の誤りであろう）、『吾妻鏡』養和元年（一一八一）八月十六日条に「館太郎貞保」とある。『姓氏家系大辞典』に「伊勢平氏の一にして三重郡に拠る」と説明を加える。後平四郎は、桓武平氏、将門の弟将平の子孫（『尊卑』の将平の注記）。覚一本『平家』に「黒田後平四郎」とあるように、三重県津市河芸町南（北）黒田の住人。黒田御厨があった。長門本『平家』巻八「宇治橋軍事」には「伊勢国住人古市白児党に……黒田後平五」という名が見える。また『吾妻鏡』承久三年（一二二一）六月十八日条、宇治橋での死者の中に「後平四郎」の名がみえる。古市白子党は桑名市の志知、四日市市の阿倉川・日永、鈴鹿市の白子、津市の黒田・古市をはじめ、広範囲に及んだ武士団であった。

七四　諸注に「矢先をそらして」、「脇へ寄せて」などの解がある。しかし、次の用例から、「見えないように隠し」と取るべきである。『今鏡』巻六「竹のよ」に「この中納言、人がらはよくおはしけるにや。院に和歌会せさせ給ひけるに、歌人にまじりて歌書きたる、胸にも入れ、ひきそばめなどはし給はで、いつとなく捧げておはしければ」とあるのは、「目に付かないように隠す」の意であろう。『太平記』巻二十四「三宅・荻野謀叛事……」に「爰ニ只今物切タリト覚シクテ、鋒ニ血ノ著タル太刀ヲ、袖ノ下ニ引側メテ持タル法師」とあり、同巻二十九「将軍上洛事……」に「思モ寄ヌ方ヨリ、敵ノ後へ蒐出ント、旗竿ヲ引側メ笠符ヲ巻隠シ、東山へ打上ル」、また同「樫木ノ棒ノ一丈余リニ見ヘタルヲ、八角ニ削テ両方ニ石突入レ、右ノ小脇ニ引側メテ」も同様、見えないように隠す、の意であろう。また謡曲『熊坂』に「道より取つて返し、例の薙刀ひき側め、折り端戸を小楯にとつて、かの小男を狙ひけり」とあるのも同様。謡曲『巴』に「巴すこしも騒がず、わざと敵を近くなさんと、薙刀引き側め、すこし恐るる気色なれば、敵は得たりと斬つて掛かれば」とあるのも、相手を油断させるために、薙刀を隠しているのである。

七五　平治の乱の折の左大弁は藤原顕時であり、陽明本も「右大弁さいしやう顕時」とする。顕時は因幡守長隆の一男。母は高階重仲の娘。平治の乱の折には従三位・参議・左大弁・勘解由長官であり、席次は下に藤原俊通がいる。陽明本作者の思い違いであったにせよ、末席の宰相は本来顕時とあったと考えられる。それが長方に取り替わった理由は、恐らく『平家』巻二「座主流」に「八条中納言長方卿、其時はいまだ左大弁宰相にて、末座に候けるが」とある記述と関係していよう。『平家』の記述は、治承元年（一一七七）のこととなっており、長方は治承三年に左大弁になっているので、これも誤りには違いないが、『平治』の場合は、左大弁でもなく参議でもない長方をもってきているのである。多分これは『平治』に『平家』と同様の記述のあることに気づいた後の作者が、顕時よりも知名度の高い長方に、名を取り替えたためと考えられる。この点からも、四類本『平治』は『平家』の影響を受けて、本文を改作していることが推測できる。

七六　『兼邦百首歌抄』に「天のかぐ山の榊をねこじて岩戸の前にたて置。神鏡をかけ奉り、きせいありし也。

一番にいる所の鏡、諸神の御心にあはず。海の底へしづめられき。是をとりあげて祝奉所、紀伊国なぐさの郡におはします。日前宮是也。二番にいたてまつるかゞみ内侍所也。垂仁天皇の御宇迄大内におはしましき。うつしの神器の鏡を、今に当帝に至るまで、内侍所とがうしてあがめたてまつり給ふ也。本の鏡は大神宮内宮の御身躰也」とあり、『盛衰記』巻四十四「宮人曲並内侍所効験事」に「内侍所ハ、昔天照太神天岩戸ニ御座ケル時、我御形ヲ移留給ヘル御鏡也。捧二天神手於宝鏡一天忍穂耳尊ニ授給テ云、我子孫此ノ宝鏡ヲ視《ミソナハ》シテハ、必我ヲ見ト思ヘ、同殿ニ床ヲ一ニシテ奉レ祝トテ奉レ授ヨリ次第ニ相伝ヘテ、一御殿ニ有二御座一ケルヲ、第十代崇神天皇御宇ニ及デ、恐二霊威一給テ被レ奉レ遷二別殿一、後ニハ温明殿ニゾ御座ス」とある。また『著聞集』一話にも「内侍所は、昔は清涼殿にさだめをきまいらせられたりけるを、をのづから無礼の事もあらば、其恐あるべしとて、温明殿にうつされにけり。此事いづれの御時の事にか、おぼつかなし」とある。

七七　諸書には次のように見える。

○許由字武仲。陽城槐里人也。……尭譲二天下於許由一。由於レ是遁耕二於中岳穎水之陽箕山之下一。……尭又召為二九州長一。由不レ欲レ聞レ之、洗二耳於穎水浜一。時其友巣父牽レ犢欲レ飲レ之。見二由洗一レ耳問二其故一。対曰、尭欲三召レ我為二九州長一、悪レ聞二其声一。是故洗レ耳。巣父対曰、子若処二高岸深谷一、人道不レ通。誰能見レ子。子故浮游欲三聞二求其名誉一、汚二我犢口一。牽レ犢上レ流飲レ之。　（『高士伝』）

○皇甫謐曰、由字武仲、陽城槐里人也。尭舜皆師而学事焉。後隠二於沛沢之中一、尭乃致二天下一而譲焉。由為レ人拠レ義履レ方、邪席不レ坐、邪饍不レ食、聞二尭譲一而去。其友巣父聞三由為二尭所一レ譲、以為レ汚レ己、乃臨レ池洗レ耳。池主怒曰、何以汚二我水一。由於レ是遁耕二於中岳穎水之陽、箕山之下一、終身無下経二天下一色上。死葬二箕山之巓一、在二陽城之南十里一。尭因就二其墓一、号曰二箕山公神一、以配二食五岳一。世世奉祀至レ今不レ絶也。　（『世説新語』「言語第二」の劉孝標の注）

○尭と申みかど許由にくらひをゆづらんとてみたまひてめしけるを、きたなき事をきゝつといひて穎水といふかはにみゝをあらひけるも、いかなる事にかとおかしきやうにきこゆ。又巣父といふひと牛をゝひてこの河をわたらんとするに、きたなき事きゝて、みゝをあらひたるながれにしもけがるべきかはとて、はるかによけてとをりけんもおこがましくこそ覚れ。（『唐物語』）

○此人従㆓少時㆒不㆑好㆑艶。常観㆓世間不定㆒。不㆑求㆓栄爵㆒。不㆑耕㆓田畠㆒。即時到㆑江釣㆑魚。勅使来云。卿任㆓大臣㆒。時許由観㆑可㆑発㆑貪念㆑可㆑賀㆑栄。江水洗㆑耳。不㆑聞㆑宣也。（『注好選集』上「許由洗耳第八十一」）

○賢キ人ハ皆過去遠々ノ流転ヲ感ジテ。名利ヲ求ヌ事ニテコソ侍メル。許由ハ位ニ可㆑付由ヲ聞テ耳ヲ洗ヒ。巣父其河ノ流ヲ忌ミシハ諸行無常ヲ観ル也。（『康頼宝物集』）

○許由ト云シ賢人ハ、帝王ヨリ大臣ニナサルベキヨシノ宣旨ヲ聞テ、潁川ト云河ニ行テ耳ヲ洗テ、蒼夫ト云フ賢人、牛ヲ引テ潁川ヘ行テ水ヲ飼トス。許由ガ帰ルニ行遇ヌ。許由ガ云、「大臣ニナサルベキ宣旨ヲ聞テ、耳ガヨゴレテ覚ヘツレバ、潁川ニテス、ギテ帰ル也」ト云。「サテハ其水ハヨゴレヌルニコソ、牛ニハカワジ」トテ、巣父牛ヲ引テ帰リヌ。許由耳ヲ洗ヒ、巣父牛ヲ引ト申伝ヘタルハ此事也。（『沙石集』巻十本）

○昔、さる例あり。大国に、潁川といふ川あり。巣父といふ者、黄なる牛をひきてきたる所に、許由といふ賢人、此川の端にて、左の耳をあらひゐたり。巣父、これを見て、「なんぢ、何によりて、左の耳計をあらふにや」ととひければ、許由こたへていはく、「われは、此国にかくれなき賢人なり。わが父、九十余にして、老耄きはなし。われいまだ幼少なり。されば、神拝・政事みだりにして、あるかひなき身なれば、都をいでぬ。此程、きゝつる事、みな左の耳なれば、よごれたるなり。それをあらふにや」といひけり。巣父きゝて、「さては、此川、七日にごるべし。よごれたる水かひて、益なし」とて、牛をひきてかへりしが、又たちかへり、「さては、なんぢは、いづくの国にゆき、いかなる賢王をかたのむべき」ととふ。「賢臣二君につかへず、貞女両夫にまみえず」と也。されば、首陽山に蕨をおりてすぎけるとぞ申つたへたる。（『曾我物語』巻五「巣父・許由が事」）

○サテモ何クニカ賢人アリト、隠遁ノ者マデモ尋求メ給ヒケル処ニ、箕山ト云所ニ許由ト申ケル賢人、世ヲ捨光ヲ韜テ、只苔深ク松痩タル岩ノ上ニ一瓢ヲ懸テ、瀝々タル風ノ音ニ人間迷情ノ夢ヲ醒シテゾ居タリケル。帝尭是ヲ聞召テ即勅使ヲ立ラレ、御位ヲ譲ベキ由ヲ被㆑仰ケルニ、許由遂ニ勅答ヲ不㆑申。剰松風渓水ノ清キ音ヲ聞テ爽ナル耳ノ、富貴栄花ノ賤シキ事ヲ聞テ汚レタル心地シケレバ、穎川ノ水ニ耳ヲ洗ケル程ニ、同ジ山中ニ身ヲ捨隠居シタリケル巣父ト云賢人、牛ヲ引テ此川ニ水ヲ飼ントシケルガ、許由ガ耳ヲ洗フヲ見テ、「何事ニ今耳ヲバ洗フゾ。」ト問ケレバ、許由、「帝尭ノ我ニ天下ヲ譲ラント被レ仰ツルヲ聞テ、耳汚タル心地シテ候間洗フ也。」トゾ答ヘケル。巣父首ヲ掻テ、「サレバコソ此水例ヨリモ濁テ見ヘツルヲ、何故ヤラント無二覚束一思ヒタレバ、此事ニテ有ケリ。左様ニ汚タル耳ヲ洗タル水ノ流ヲバ、牛ニモ飲フベキ様ナシ。」トテ徒ニ牛ヲ引テゾ帰リケル。（『太平記』巻三十二「直冬与二吉野殿一合体事……」）

その他にも、『和漢朗詠集』下「仙家」、『世俗諺文』、七巻本『宝物集』巻二、『沙石集』巻二、『平家』巻二「教訓状」、同巻三「城南之離宮」、『盛衰記』巻二十八「宗盛補二大臣一……」、同巻三十「実盛被レ討……」、『夢中問答集』中に断片的な記述がある。

七六 『淵鑑類函』の「予章」の部に「高士伝曰、尭聘二許由一為二九州長一。由悪レ聞、洗二耳於河一。巣父見謂レ之曰、予章之木生二於高山一、工雖レ巧而不レ能レ得。子避レ世何不二深蔵一」という引用文が見える。これによれば、通行している増訂漢魏叢書所収の『高士伝』のほかに、『淵鑑類函』に引く、異文の『高士伝』があったらしく、そこには深山岨谷に生ずる「予章之木」に言及するものがあったらしい（南方熊楠氏「巨樹の翁の話」、『南方熊楠全集』２）。『平治』のこの説話は、『淵鑑類函』所収の『高士伝』の系統に属するものらしい。しかしこの『高士伝』にも「予章」（クスノキ）とあるのみで、廻生木という名は見あたらない。恐らくこの説話の流伝の間に、新たな名前が創作されたものであろう。そして最も可能性が大きいのは、『平治』の改作者が、この文を書くに当たって命名したということであろう。なお、この予章・廻生木にからんでいえば、管見によれば日本の他の作品に引く説話ではいずれもこの項目がなく、『平治』のみが特殊な伝承を伝えていることになる。ちなみに『淵鑑類函』は清の康熙帝の勅命によって成ったものという。

七九 「死罪一等を宥め」「死一等を宥め」という表現は、軍記によくみかける表現ではあるが、軍記特有の表現ではなく、史書に実例のある表現である。『類聚国史』から引用する。

○特降二死罪一等一。配二流佐渡国一。（仁明、承和六年三月丁酉）

○詔減二死一等一処二之遠流一。（文徳、仁寿四年十月甲戌）

○勅降レ死流二隠岐国一。（桓武、延暦十二年十月辛亥）
○死罪宜下降二一等一処中之遠流上。（陽成、元慶三年十二月十五日）
○斬刑宜下減二一等一処中之遠流上。（清和、貞観元年十二月二十七日）
○宜下減二一等一処中之遠流上。（清和、貞観十三年十月二十三日）

平安時代は死刑が行われなかったため、重罪の場合はほとんど死罪一等を減じて遠流に処せられていた。これらの例から、「死罪一等を宥め」とは「第一等級の死罪を軽くし」の意ではなく、「死罪を一等級だけ軽くし」の意であることが分かる。なお、この五刑が鎌倉時代以降も存在していたことは、『太平記』巻二十一「佐渡判官入道流刑事」に「五刑ノ其一ヲ以テ山門ニ理ヲ付ラル、上八」とあることによって知られる。

八〇　『三会定一記』第二、平治元年（一一五九）の講師覚憲に注して「或記云。抑当講覚憲。親父入道依レ斬頭。後二会不レ遂レ之。教縁律師遂レ之。而依二父罪科一。僧俗子息等。皆悉可レ被三配二流諸国一之由宣下了。雖レ然至二覚憲已講一者。依レ未二事秘露一。住京之間被レ免了。則大明神冥助之由。人々有二夢想告一云々。即房信〔教文房〕所レ語也。本可レ被三配二流安芸国一云々。而被三相二定伊豆一。斯一神徳也」とあり、別の情報が伝えられている。

八一　土谷恵氏「鎌倉時代の寺院機構―鎌倉初期の醍醐寺と座主職をめぐって―」（高木豊氏編『論集日本仏教史4　鎌倉時代』）補注六三において、勝賢の住坊清浄光院が法住寺内の紀伊二位堂であったことをもとに、「……『尊卑分脈』によると朝子所生の通憲の子には、成範・修範がいるが、勝賢に入壇したのはこの一家についてみると、朝子所生の成範・修範とその子息たちにほとんど限られているのに気づく。そこで勝賢の母について諸書に記載はないものの、その生年からも勝賢もまた朝子所生であることに疑いはなく、後白河院の意向による座主補任の背景にはその乳母朝子の存在があったとみなされよう」と指摘されている。

八二　『今鏡』第三、すべらぎの下「内宴」に「かくて年も替りぬれば保元三年……。廿日、内宴行はせ給ふ。百年あまり絶えたる事を行はせ給ふ。世にめでたし。題は『春は生る聖化のうち』とかぞ聞え侍りし。関白殿など上達部七人詩つくりて参り給ひける」とあり、『古事談』第六にも「俊憲卿書二内宴序一〈西岳草嫩馬嘶二周年之風一　上林花馥風馴二漢日之露一〉之時。持二来通憲入道之許一命二見合一ケレバ、一覧之後、剋限已至、早清書ト云ケレバ、猶一両返読ナドシテ、有二沈思之気一。起後入道云、コ、ガ法師ニハマサリタルゾトテ涕泣云々。件序入道モ書儲懐中ニ持タリケレド、尚劣タリケレバ、不二取出一云々」とある。頼瑜の『真俗雑記問答鈔』第十（第十四）ノ二十五「俊憲秀句事」にも、『古事談』を踏まえたらしく、「内宴詩序云。上林花芳鳳馴《ナレ》二漢内ノ之露ニ一。西丘草嬾ノ馬嘶《イバフ》二周年ノ之風ニ一文。通憲、俊憲ノ為ニ内宴ノ序ヲ自ラ書キテ懐中シテ、俊憲持参シテ見参ニ入ルルノ時、此ノ句ノ時、随喜落涙シテ清書ヲ勧ム。立チ帰ル時ニ、北方ニ向ヒテ、此ガ我ニ勝ルゾト云ケリ」（原変体漢文）とある。また『東斎随筆』六八話には、『今鏡』を引いていると思われるが、「内宴トテ、モ、トセアマリ絶タル事ヲモ行ハレテ、題ニハ、『春生聖化中』ト云文字ニテ、詩ヲ作ラシム。……詩ヲバ仁寿殿ニテ講ゼラル」とある。

この折に俊憲が評判になったことは事実であった。前引の『古事談』のほか、『著聞集』九八話にも保元三年正月二十二日の内宴にふれ、続いて「このたびぞかし、俊憲宰相、蔵人・左少弁・右衛門権佐・春宮学士にて、かきひゞかして侍けることは」とある。

また信西も詩文の才があったことは、孫である海恵が信西の遺文を編集した『筆海要津』によって知られる。山岸徳平氏「海恵僧都と海草集」（『山岸徳平著作集』I）、山崎誠氏「藤原通憲の修辞学」（『講座平安文学論究』九）、同「国立歴史民俗博物館蔵『筆海要津』翻刻並びに解説」（国文学研究資料館編『調査研究報告』一四）を参照。

八三　「西岳」は中国の華山の別称。陝西省華陰県の南にある、終南山脈の中の山で、五岳のひとつ。国家の鎮めとして尊崇された。天子が巡守し、国家の安泰を願った。西岳の馬のことは、『書経』「武成」に「乃偃レ武修レ文、帰二馬于華山之陽一、放二牛于桃林之野一、示二天下弗レ服一」とあり、『史記』巻二十四「楽書」に「馬散二華山之陽一而示レ以レ無レ所レ為。……牛散二桃林之野一而不二復服一」とある。同巻五十五「留侯世家」に「休二馬華山之濾陽一示レ以レ無レ所レ為。……放二牛桃林之陰一以示レ不二復輸積一」、『説苑』巻十五「指武」に「縦二馬華山一放二牛桃林一」など、これに絡んだ文が見え、他にも『漢書』の「張良」伝や、『韓詩外伝』などにも同様の文が見える。これは、周の武王が殷を滅ぼした後、戦争に用いられた馬や牛を華山や桃林に放し、以後は文事によって天下を治めてゆく決意を示した故事を記したものである。この故事はきわめて有名であり、我が国のものでは、『平安遺文』二八四八号、保元元年閏九月八日付「後白河天皇宣命案」に「放二馬於華山之陽一」とあり、『天台勧学講縁起』の慈円の筆になると思われる部分に「五畿七道縦二馬於花山一、百姓万民養二牛於桃林一」とある。また『建武年間記』の「二条河原落書」に「花山桃林サビシクテ、牛馬華洛中ニ遍満ス」とあり、『太平記』巻十二「大内裏造営事……」に「今兵革ノ後、世未レ安、国費ヘ民苦テ、不レ帰二馬于花山陽一不レ放二牛于桃林野一」、七巻本『宝物集』巻六に「政しづかにして、民、馬を花山にはなつ」などとあるのは、周武の故事を知ってはじめて文章の意味が理解できるものである。

八四　上林苑は秦の始皇帝が造作し、漢の武帝がさらに規模を拡張したもので、長安の西にあった。その周囲三百里、中に三十六の苑、十二の宮、二十五の観を配置し、天下の珍しい禽獣および草木を集めたという。その様は、漢の司馬相如の『上林賦』（『文選』巻八所収）や、『西京雑記』に描かれている。上林苑の鳳凰のことは、前漢の第九代（六代、十代とも）宣帝の時に当たって、鳳凰が上林苑に集まったとの記事が『漢書』「宣帝紀」、『論衡』巻十六「講瑞」、同巻十九「宣漢」に見える。『漢書』から一例を引けば、神爵四年十二月に「鳳凰集二上林一」とあり、それにちなんで翌年、五鳳元年と改元している。その他、『漢書』の「五行志」には、宣帝の世にしばしば奇瑞のあったことが記されている。

八五　『百錬抄』承安四年五月二十八日条に「最勝講結願。権少僧都澄憲転二大僧都一。是近日有二炎旱之愁一。第二日夕座講師可レ降レ雨之由表白之間、甘澍忽下。不レ堪二叡感一。所レ被レ行二勧賞一也」とあり、『玉葉集』巻十五に「高倉院御時ひさしく雨ふり侍らざりける夏、法印澄憲最勝講の講師にまゐりて雨ふるべきよしの説法めでたくして高座よりおるるままに、やがて雨ふりて世の中ののしり侍りければ、よろこびいひつかはすとて、／俊恵法師／雲のうへにひゞくをきけば君が名の雨とふりぬるおとにぞ有りける」とあり、『著聞集』六〇話に「高倉院御時、炎旱年をわたりけるに、承安四年内裏の最勝講に、澄憲法印御願旨趣啓白の次に、龍神に訴申て、忽に雨をふらして、当座に其賞をかうぶりて、権大僧都にあがりて、上臈権少僧都覚長が座上につきけり。其時の美談此事に有けり」とある。その他『古事談』第三、『盛衰記』巻三「澄憲祈雨事」、『興福寺略年代記』、『壒嚢鈔』にも同話が見える。その折の、澄憲の表白文は『盛衰記』に載る。

なお『盛衰記』には、清盛が澄憲への意趣返しに「人ノ病ノ休比ニ医師ハ験アリ。是ヲ医師ノ高名ト云様ニ、春ノ比ヨリ旱シテ、五月雨ノ降比ニ説法仕合セテ、澄憲が高名ト人ノ沙汰スラン事、イトオカシキ事也」と揶揄したことが載る。

八六　『両院熊野御参詣記』『熊野御幸記』に、熊野より帰洛の後、稲荷社に参詣し、奉幣・御拝があったことを記している。また『熊野権現金剛蔵王宝殿造功日記』にも「京付廿六日〈己酉〉、依二凶会一无二稲荷参詣一」、「廿七日庚戌、有二稲荷御参詣一」と記されている。「熊野へ参る人は稲荷へ参る事なれば」という慣習が確立していた。

熊野と稲荷との結びつきは、やや時代は下るが、『真言伝』巻四「泰超和尚」の項に「又諸の神社に向て、其本覚を問ふ。稲荷社にして数日念誦するに、夢に一人の女ありて、帳の中より出でゝ告て云、本体観世音、常住補陀落、為レ度二衆生一故示二現大明神一云々」とあり、熊野と稲荷とが観音・補陀落を介して結んでいる様が窺える。また『二十二社註式』の「稲荷社」の項に「或記曰。人皇五十二代嵯峨天皇弘仁二十二年夏。智証大師参二熊野一。以二顕密法一還向之時。過二紀伊国石田川下稲羽里一之間。一人老翁多苅レ稲荷レ之。二人女亦載レ稲。不レ知二行方一失訖。其夜大師夢。一人老翁者上宮。二人女中社云々」とあって、稲葉根王子に稲荷の上宮と中社の明神が出現したことが記され、『稲荷鎮座由来』には、『二十二社註式』の智証大師が弘法大師空海にとりかわっただけの異伝を載せ、そこに「彼紀州之化人来。臨二東寺南門一。荷レ稲提二椙葉一。率二両女一具二二子一矣」という記述が見える。ここでは熊野の稲と稲荷の神木杉の葉とが、稲荷明神の両手に握られている。これらの伝承は、空海あるいは円珍を通じて熊野と稲荷とが結びついたというより、むしろ熊野と稲荷との結びつきが先行し、その解釈として空海あるいは円珍が利用されたということを語っているようである。ここでは熊野の稲の替わりに、切目王子の神木梛の葉が、稲荷社の杉の葉に結びつけられているのである。

八七　康頼は『勅撰作者部類』二に「使、平康頼、信濃守中原頼季子」とあり、『兵範記』嘉応二年（一一七〇）四月十九日条に「左衛門尉中原康頼」とある。もと中原氏か（『平治物語注解』）。また『兵範記』仁安三年（一一六八）正月十一日条に「左兵衛尉中原康頼」とあるのも同一人であろう。『清獬眼抄』によれば、安元元年（一一七五）のこととして「平尉〈康頼〉」とある。嘉応二年から安元元年の間に改姓したものであろう。芸能に通じ、今様（『梁塵秘抄口伝集』『平家』巻一）や夢占い（『古事談』第二）にも堪能であったという。鹿谷の謀議に加わり、鬼界島に流され、帰洛後、双林寺で『宝物集』を書いたというが、『吾妻鏡』によれば、阿波国麻殖保の保司に任ぜられたりしている（文治四年三月十四日条）。これは康頼が阿波国の出身という点の裏付けとなろう。

八八　この部分、後白河上皇が北野の方を拝して、「事故なくは、日吉へ御幸成べき」由願をかけたとある。このことは『平治』作者の創作ではなかったらしく、『百錬抄』永暦元年（一一六〇）二月二十六日条に「召二諸卿於院一。令下定中皇居幷日吉社先二八幡賀茂一可レ有二御幸一。又四月御熊野詣可レ有レ憚哉事上」とあり、同三月二十五日条に「上皇始参二詣日吉社一。御遜位之後。始神社御幸也。平治逆乱之時。別有二御願一之故也」とあって、平治の乱の折の御願に基づいて、日吉御幸を急がせたことがわかる。恐らく『平治』の描くような事情に基づいた御幸と思われる。

北野社は村上天皇の天暦元年（九四七）（一説に九年）に北野の地に移されたのであるが、その折の別当は比叡山曼殊院の院主であった大僧正忠尋であった。北野社は草創の時から比叡山との関係が深く、代々の別当は曼殊院の院主から任命されたという。治承元年（一一七七）に延暦寺の大衆が藤原師高の流罪を求めて嗷訴をかけているが、その折には日吉・八王子・客人・十禅師などの神輿のみならず、祇園・北野の神輿が加わっている（延慶本『平家』第一本卅六「山門衆徒内裏へ神輿振奉事」）。北野社が比叡山の末社となった年次は未詳であるが、平治の頃には完全にその支配下にあったようである。

八九　『兵範記』保元元年（一一五六）七月十三日条に、

○上皇出二御仁和寺五宮一。五宮此間御二坐鳥羽殿一、上皇自二仁和寺一被レ献二御札於五宮一、被レ申レ内、即可レ被レ奉二守護一由被レ申二彼宮一、彼宮固辞、仍移二居寛遍法務土橋旧房一、式部大夫源重成依二勅定一、奉三守二護之一。

とあり、『保元』中「新院御出家の事」に、

○五の宮は、故院の御孝養の為とて、鳥羽殿へいらせ御座あひだにてわたらせ給ひけるに、急告申たりければ、大にさはがせ給て、「御所へ入まいらせむこと、凡叶まじ。寛遍法務の坊へ出し参らせて後、内裏へ申

べし。」とて、やがて内裡へ申されければ、佐渡式部大夫重成をめされて守護したてまつる。

とある。

『兵範記』にいう「土橋旧房」と尊寿院とが同一のものを指すか否か不明である。『山家集』には「仁和寺の北院」とある。『兵範記』保元元年七月二十三日条に「今夕、入道、太政天皇（崇徳院）、被ㇾ奉ㇾ移二讃岐国一。……当日五位蔵人資長、依二勅定一、参二向仁和寺御在所一奉ㇾ出ㇾ之」とあるところを見ると、仁和寺内の尊寿院と土橋の旧房とは同じものを指すのであろうか。あるいは『東寺長者御祈賞記』によると、寛遍は保元元年には尊寿院に住んでいた様が窺えるので、あるいは尊寿院に移る前に住んでいた旧房を指すか。いずれにしても仁和寺内にあったようであるが、仁和寺内での所在地未詳。慈光寺本『承久記』下には、仁和寺の僧として「土橋威儀師」が見える。

九〇 「坊門局（坊門殿）」と呼ばれる女性は、おそらく師仲の娘であろう。

年代的な計算上、『平治』に登場する「坊門局」でありうる坊門局（坊門殿）には、①関白師通娘（？）、②左大臣藤原頼長娘、③右大臣藤原公能娘、④兵衛尉平信重娘（円恵法親王の母）、⑤二条院の乳母の五名が見出せる。このうち検討に値するのは③④⑤の三名である。

③公能娘は、『兵範記』仁安三年（一一六八）八月二十七日条に「今日斎宮卜定、上皇女宮、生年十一歳、母故右大臣公能女、今皇后宮女房坊門殿也」とある。皇后宮（公能女忻子）は保元三年（一一五八）に中宮として入内しているから、その当時から忻子に仕え坊門殿と名乗っていたとすれば、『平治』にいう坊門局に該当する可能性がある。

④信重の娘は、『本朝皇胤紹運録』の、後白河院の子、円恵法親王の注記に「母坊門局。兵衛尉信業女」とあり、『皇胤系図』に「母坊門局。兵衛尉信重女」とある。信業と信重とは親子であり、信重が父、信業が子にあたる。『山槐記』治承三年（一一七九）四月十一日条に「件女房母大膳大夫信業妹也。姉号坊門殿。〈院寺宮母〉」とあるので、この女性は、信重の娘、信業の姉（妹）であることが推察できる。兄弟の信業が平治元年に二十二歳であるので、信重の娘は、候補として残る。

⑤「二条院御めのと坊門殿」（『梁塵秘抄口伝集』巻十）。二条院の乳母である「坊門局」は、『二条院御即

位記』に「左方褰帳源有子。〈左大臣有仁公女。……〉右方褰帳典侍源朝臣公里子。〈坊門局。御乳母〉」と見えている「源公里子」がそれに該当する。ところがこの「公里子」は、『保元三年番記録』の二条天皇の即位記事を見ると、「二九女嬬幷褰帳。〈左方源有子。故左大臣有仁公女。右方典侍源顕子。《御乳母》〉」とあって、同一の行事を記したものであるにもかかわらず、ここでは「源顕子」となっている。さらに『兵範記』保元三年十二月二十日条にも二条天皇の即位記事があり、「褰帳。〈左故左大臣有仁女。右典侍重子御乳母〉」とあって、ここでは「重子」となっている。さらには『東宮冠礼部類記』に二条天皇の元服記事があり、そこには「奏聞詔書幷位記。〈東宮御乳母二人。《坊門殿。土佐殿。》宣旨。《御乳母坊門殿舎弟。》〉」という記述が見え、この三名と見なされる名が同書の別の記事に見えている。そこには「有二詔書幷女叙位記請印一。従五位下源保子。同師子。〈今上御乳母。〉重子。〈宣旨。〉」とある。この三名は、『兵範記』久寿二年（一一五五）十二月九日条にも「女叙位。従五位上源保子。源師子。源重子」と三名そろって名を出しており、久寿二年九月二十三日に行われた、東宮（二条院）元服の際の労に対する叙爵と考えられる。『東宮冠礼部類記』に見える「土佐殿」は、源光保の娘、鳥羽院土佐局のことであり、父光保の名から見て「源保子」がその人であろう（『今鏡』第三「鄙の別れ」に、光保の娘か妹かが二条天皇の乳母であったと記されており、『愚管抄』巻四「後白河」条に「光安ガムスメノ土佐殿トイヒケル女房」、また『禁秘抄』上「典侍」の項に「二条院御時源光保女為二御乳母一。為二典侍一」とある)。

以上の史料を検討すると、「坊門局」は、二条天皇の乳母で、源氏の出自であることがわかる。しかし、その名は、史料によってまちまちで、公里子・顕子・師子・重子の四つの可能性があることになる。このうち重子については、これらの史料を勘案して、女房名を「宣旨」といい、坊門の局の妹であったと断定しておいて差し支えないと思われる。残る三人のなかで、どれが坊門局の本名であったかと考えると、このいくつかの史料の中で、姓名に関してもっとも信用がおけるのは、当然『兵範記』久寿二年十二月九日の叙位の記事であろうから、坊門局は源師子という名であったことがわかる。①②③は藤原氏であり、④は平氏であるから、これらは少なくとも二条天皇の乳母であった「坊門局」とは別人である。

九条本『平治』に、内侍所を「女房坊門局の宿所、姉小路東洞院にかくし置」いたとする。坊門局の宿所姉小路東洞院とは実は源師仲の宿所でもある（『古事談』第一に、師仲の家を「姉小路北、東洞院西南角」と載せ、『百錬抄』永暦元年四月二十九日条に「師仲卿姉小路東洞院家」とある）。また源師子が、師仲と名の一字を共有している点（当時の女性は、父の一字を受け継ぐ例が多い。ここに載せた史料でも左大臣有仁の娘が有子である）、また次項に引く『古事談』、『百錬抄』に内侍所は師仲の手によって姉小路東洞院に隠されたとする点からいっても、坊門局とは、二条天皇の乳母で、源師仲の娘、師子であったと推測して誤りないであろう。

九一　師仲が内侍所を隠した場所としては、次のとおり異説がある。

①九条本「女房坊門局の宿所姉小路東洞院」
②古活字本・四類本「坊門の局の坊城の宿所」
③『古事談』第一「平治逆乱之時、師仲卿奉ㇾ取二内侍所一、奉三安二置家〈姉小路北、東洞院西南角云々〉之車寄妻戸中一」
④『百錬抄』永暦元年（一一六〇）四月二十九日条、「信頼卿乱逆之間。師仲卿破二御辛櫃一。奉ㇾ取二御躰一。於二桂辺一経二一宿一。其後奉ㇾ渡二清盛朝臣六波羅亭一。造二仮御辛櫃一奉ㇾ納。自二師仲卿姉小路東洞院家一。所ㇾ還二御温明殿一也」
⑤『體源抄』十上「近クヰ治ノタビハ、師仲トイヒシ人、コレヲトリマイラセテ、シバラクカクシマイラセタリシカドモ、後ニハイデキヲハシマシテ、モトノゴトクヲハシマシケルヲ、平家ノトキ又万里ノ滄海ニ……」
⑥『吾妻鏡』文治元年（一一八五）三月二十四日条、「平治逆乱之時者、令ㇾ移二師仲卿之袖一給。〈其後奉ㇾ入二新造櫃一。民部卿資長為二蔵人頭一沙二汰之一〉」

⑤の『體源抄』と⑥の『吾妻鏡』の説は、具体的な地名が記されていないが、師仲の自宅に隠したとみてよいだろう。もし、坊門局が師仲の娘師子であるとしたら、坊門局の宿所も、師仲の宿所も姉小路東洞院であるから、同一の場所をさしているものと推測される。そのなかで、四類本と十一類本とが「坊城の宿所」とするのは、後代の改作であろうと思われる。

九三　『玉葉』治承五年（一一八一）二月二十三日条に、次のような記事がある。

○入夜外記大夫［師］師景参上、持来素書一巻、依先日召也。今日依吉曜、持参之由所申也。此書、相伝之人甚少。先年祖父師遠、自白川院下給、深以秘蔵、伝在彼家。余聞此由、仰可加一見之由。雖子孫、容易不可伝授之由師遠書起請。仍恐懼甚多、進退惟谷。竊致起請之間、夢中有可許之告、〈其状在別紙、他事等相交。為師景、為余、総以最吉之詳也〉、仍手自終写効、今日所持参也。霊告厳重、殆拭感涙。余謹正衣裳、以読合之、〈余披新、師景持本也〉。張良一巻書即是也。黄石公於圯上授子房、伝之登師傅之書也。而余不慮得之。豈可不悦哉。抑張良一巻之書、或称六韜、或謂三略。其説区々、古来難義也。然而、晋簡文帝説、尤足為証拠、何況、六韜者、即太公之兵法也、黄公更授子房之条、其理頗不当歟。三略者、張良自所作也。然者、於圯橋之上、自黄公之手受之書、即以素書、可謂真実。彼三略者、伝得此書之後、所制作歟。世人深不悟此義歟。但区々末生、難決是非。只任一旦之愚案、為後鑒、録子細許也。又此書相承次第、加匡房説者、彼張良末胤、渡我朝、所謂、張修理〈不知実名〉是也。件男伝持此書、為故資綱中納言家僕。仍令進主君歟。在彼中納言家云々。其子家賢卿之時、進白川院、自彼院、師遠所下賜也。余案之、件書端、小野宮右府以此書、有被送入道中納言顕基卿許之状。資綱者顕基子也。以之推之、彼張修理、祗候資綱卿之許之間、以其因縁、伝此書歟之由、匡房卿致邪推歟。実資公、已伝此書、何必限張修理哉。是又愚案也。定不叶正説歟。

張良の一巻の書といわれる兵法書が我が国に伝来しており、それが『素書』と考えられていたことが記されている。また兼実が張良の著作と見なしている『六韜』や『三略』についても、『義経記』巻二「義経鬼一法眼が所へ御出の事」では『六韜』を一巻の書と見なしており、幸若舞曲『未来記』では一巻の書に『三略』をあてている。

このような仮託書が流通していたためでもあろうが、一巻の書という書名は多くの書物に名を留めている。『盛衰記』巻三十六「維盛住吉詣……」には、無常の例証として「漢高三尺ノ剣ヲ提シ、獄卒ノ武キヲバ征セズ。張良一巻ノ書ニ携シ、閻王ノ攻ニハ靡ケリ」とし、その他、『太平記』巻二一「南都北嶺行幸事」、幸若舞曲『満仲』、絵巻『土ぐも』などに名が見える。後、『判官みやこばなし』などに引き継がれると、この書は「四十二ヶ条の兵法の巻物」、「四十二ヶ条の兵法」とも呼ばれ、更に神秘化、荒唐無稽化していく。

なお、張良の一巻の書に『六韜』や『三略』を当てるのは唐代以来のことで、『唐太宗李衛公問対』「問対上」には「張良所レ学、太公六韜三略是也」と、一巻の書という表現こそ見えないものの、『六韜』『三略』がそれに当てられている。

九三　張良は「高祖ガ第一ノ眷属」（『今昔』巻十ノ三）とあるように、高祖の側近であったが、病弱で専ら参謀格であった。しかし我が国では武勇の人としても見なされていた。『義経記』巻一「義朝都落の事」に「漢の樊噲、張良は武勇といへども名をのみ聞きて目には見ず」、同巻四「土佐坊義経の討手に上る事」に「此殿は打物取ては樊噲、張良にも劣らぬ人ぞ」、幸若舞曲『八島』に「此の者どもは、異国の樊噲張良をあざむく程の仁でざう」とあるなど、いずれも勇猛さを表現するときには、樊噲とともに引き合いに出された。

張良と黄石公との出会いは、『史記』巻五十五「留侯世家」に見える（『漢書』巻四十「張良伝」および『蒙求』五二七話にも見える）。

○……良嘗間従容歩游二下邳圯上一。有二一老父一。衣レ褐、至二良所一。直堕二其履圯下一、顧謂レ良曰、孺子下取レ履。良愕然。欲レ殴レ之。為二其老一彊忍、下取レ履。父曰、履レ我。良業為取レ履因長跪履レ之。父以レ足受笑而去。良殊大驚随目レ之。父去里所。復還曰、孺子可レ教矣。後五日平明与レ我会レ此。良因怪レ之。跪曰、諾。五日平明良往。父已先在。怒曰、与二老人一期、後何也。去曰、後五日早会。五日鶏明良往。父又先在。復怒曰、後何也。去曰、後五日復早来。五日良夜未レ半往。有レ頃父亦来。喜曰、当レ如レ是。出二一編書一曰、読レ此則為二王者師一矣。後十年興。十三年孺子見レ我、済北穀城山下黄石即我矣。遂去、無二他言一、不二復見一。旦日視二其書一。乃太公兵法書也。良因異レ之。常習二誦読之一。

また我が国のものでは、『十訓抄』巻七に見える。

○漢の高祖の臣張子房、黄石公が兵書つたへて、支度をなして項王をうちえたり。高祖ほめてのたまはく、「はかりごとを帷張の中にめぐらして、勝つ事を千里の外に決する事、我、子房にはしかず」となり。「張良が一巻の書は、立ちどころに師傅に登る」とは、これを書けり。その他、謡曲『鞍馬天狗』、絵巻『土ぐも』、『判官みやこはなし』、『壒嚢鈔』などにも、一巻の書が見える。

九四　『史記』巻五十五「留侯世家」に次のような記事がある。

……

○上（高祖）欲下廃二太子一立中戚夫人子趙王如意上。大臣多諫争。未レ能レ得二堅決一也。呂后恐、不レ知レ所レ為。

漢十二年、上従三撃二破布軍一帰、疾益甚、愈々欲レ易二太子一。留侯（張良）諫。不レ聴。因レ疾不レ視レ事。叔孫太傅称説引二古今一、以レ死争二太子一。上詳許レ之。猶欲レ易レ之。及二燕置酒一、太子侍。四人従二太子一。年皆八十有余、鬚眉皓白、衣冠甚偉。上怪レ之。問曰、彼何為者。四人前対、各言二名姓一。曰、東園公、甪里先生、綺里季、夏黄公。上乃大驚曰、吾求レ公数歳、公辟二逃我一。今公何自従二吾児一游乎。四人皆曰、陛下軽レ士善罵。臣等義不レ受レ辱。故恐而亡匿。窃聞、太子為レ人、仁孝恭敬愛レ士、天下莫乙不下延レ頸欲中為二太子一死上者甲。故臣等来耳。上曰、煩レ公。幸卒調二護太子一。四人為レ寿。已畢、趨去。上目二送之一、召二戚夫人一、指二示四人者一曰、「我欲レ易レ之、彼四人輔レ之、羽翼已成、難レ動矣。呂后真而主矣」。戚夫人泣。上曰、「為レ我楚舞。吾為レ若楚歌」。歌曰、「鴻鵠高飛、一挙千里。羽翮已就、横二絶四海一。横二絶四海一、当可二奈何一。雖レ有二矰繳一、尚安所レ施」。歌数闋。戚夫人嘘唏流涕。上起去、罷レ酒。竟不レ易二太子一者、留侯本招二此四人一之力也。

また『唐物語』にも次のようにこの逸話を載せる（尊経閣文庫本。『校本唐物語』）。

○昔漢高祖と申御かどおはしけり。呂后ときこえ給后恵太子の母にてたれよりも御心ざしをもくみえさせ給けるに、ほかはらの親王に趙の隠王と申人を御心ざしのあまりにや、御かど東宮にたてんとおぼしける御気色を呂后み給て、あさましう心うき事におぼして陳平張良ときこゆる二人の臣下をめしよせて、かゝるいみじきことなんある。いかにしてかこのうらみをやすむべきとの給あはするを、げにとやおもひけん、かなはざらんまでもはからひ侍べしとこたへてかへりぬ。又このゝち二人の人も世中みだれなんずる事をなげきて、をの〳〵はかり事をめぐらしけり。商山といふ山によをのがれつゝ、みかどのめすにもまいらでこもりゐたる賢人四人あり。それをこしらへいだして、この恵太子につけたてまつりたらば、さりともはづる心おはしなん物を、とおもひよりて、この山のなかにたづね行にけり。四人のひとうちみつゝ、おどろきていはく、なにごとに、いとかくあやしげなるすみかにはわたり給へるにかときこえさするに、よのなかみだれんとつかまつれば、吾らが身までもなげきふかくて、この山にかくれゐむとおもふ心侍り。しかれども、よのなかのほろびおさまらざらむ事は、たゞその御こゝろなりといへるに、このひとうちわらひて、君も我に所をき、はぢ給はぬ事、いとありがたかるべけれど、むなしうかへしたてまつらんもむげになさけなき様なれば、後のことをかへりみず、けふばかりは御をくりにまいるべしといへりければ、かぎりなくうれしくおぼえて、四人のひとをぐしつゝとう宮の御もとへまいりぬ。たちまちに学士といふつかさになりて、ふるまひたまふべきありさまなど、こまやかにをしへたてまつるに、たのもしくおぼさるゝ事かぎりなし。かくてとしたちかへるあした、とう宮内にまいり給へる御ともに、この人ども四人いとうや〳〵しくふるまひ、けだかきさまにて御ともに侍けるを、御門よりはじめつかうまつる人どもゝ、をの〳〵あやしげに思へり。みかど、これはたれにかとたづねとはせたまへば、御ともに候ける人申ていはく、ひごろめしつる商山の四皓にのたまはく、侍ときこえさせ給けるに、御心もおくせられてあさましくぞおぼされける。これによりて、帝四皓にのたまはく、我むかしより、なんぢに国のまつり事をまかせんとおもへりしかども、あへてきかざりき。しかるをわかくいとけなき春宮にしたがえる心しりがたし。四皓申ていはく、君は御心かしこくて、世中をたいらげ、くにをおさめ給へども、人をあなづり、かしこきをもかろめ給あやまちおはします。春宮はわかくおはすれども、御心をきてなさけふかく、礼儀をたゞしくし給ときこえ侍によりて、まいりつかうまつれりときこえさせければ、春宮は我よりも心かしこきにや［とお］ぼして、この事をおもひとまらせ給にけり。

九五　『愚管抄』巻五に、基実の六波羅参着に関して、次のような記事をとどめる。

〇大殿、関白相グシテマイラレタリケリ。大殿トハ法性寺殿ナリ。関白ハソノ子、十六歳ニテ保元三年八月十一日二条院受禅ノ同日ニ、関白氏長者皆ユヅラレニケル。アナワカヤト人皆思ヒタリケリ。コノ中ノ殿トゾ世ニハ云メル。又六条摂政、中院トモ申ヤラン。コノ関白ハ信頼ガ妹ニムコトラレテ有ケレバ、スコシ法性寺殿ヲバ心オカンナド云コト有ケルニヤ。六波羅ニテ院・内オハシマシケル御前ニテ人々候ケルニ、三条内府清盛方ヲ見ヤリテ、「関白マイラレタリト申。イカニ候ベキヤラン」ト云タリケレバ、清盛サウナク、「摂籙ノ臣ノ御事ナドハ議ニ及ブベクモ候ハズ。マイラザランヲゾワザトメサルベク候。参ラセ給ヒタランハ神妙ノ事ニテコソ候ヘ」ト申タリケル。アハレヨク申物カナト聞ク人思ヒタリケリ。

九六　『荒木系図』に「保元元年三月二日辞レ京相州下向。平治乱上洛。高名。敗北之後又下向。住二波多野一。嘉応元年二月十五日死。六十二歳」とあって、『平治』同様、平治の乱に参戦したとするが、疑問が残る。『秀郷流系図』には「保元二年〈吾妻鏡作二三年春一〉二月一日頓辞二洛陽一住二相州一」とある。これに対応する記事が『吾妻鏡』治承四年十月十七日条に見え、「義常（義通息）姨母者、中宮大夫進朝長母儀、〈典膳大夫久経為レ子〉、仍父義通就二妹公好一、始候二左典厩（義朝）一之処、有二不和之儀一。去保元三年春之比、俄辞二洛陽一、居二住波多野郷一云々」とある。これに従えば、義通は平治の乱の直前に義朝と不和となり、相模の波多野に帰ってしまっており、平治の乱に参戦した可能性は小さい。この記事は頼朝旗揚げに、与同するよう求められた波多野右馬允義常（義通の子）と山内首藤滝口三郎経俊（俊通の子）とが応じず、「剰吐二条々過言一」いたという、同年七月十日の記事をうけ、十月十七日に下河辺庄司行平等が誅伐に発向したところ、義常はすでに自殺していたとする記事の後に附されたものである。経俊の父山内首藤刑部俊通と弟首藤滝口俊綱は、平治の乱に討ち死にしているので、経俊の吐いた「条々過言」は、父と弟の戦死に起因しているらしいことは推測できるが、義常の方の理由は必ずしも明確ではない。『盛衰記』巻二十「佐殿大場勢汰事」には「源平共ニ兼テ勝負ヲ知ザレバ、後悔ヲ存ズル故也」と、義常の日和見と記しているが、単なる日和見で追討されることもあるまいから、『吾妻鏡』に載せるような悪口があったのであろう。とすれば、この過言は、『吾妻鏡』に記されるような、父義通と義朝との不和に起因していたものと考えられる。『保元』にも、義通が義朝を批判的に見ていた様が暗に示されている（中「為義最後の事」、「義朝幼少の弟悉く失はるる事」）。この悪口は、おそらく父義通が語っていたであろう、義朝に対する批判を中心としたものであり、源氏の没落は、保元の乱の折に、一族をすべて滅ぼしたためであり、自業自得だとでも言ったものであろうか。

また、義通は朝長の母の姉の夫であり、この由縁で保元の乱に参戦したというのだから、平治の乱に参戦していれば、朝長に従っていたであろう。ところが『平治』には勢揃えと東国落ちのところに名を連ねるだけで、いささかの活躍もしていない。これらの点を勘案すれば、『平治物語注解』にいうように、平治の乱には参戦していなかったと考えざるを得ない。

九七　源平の合戦の頃に活躍する大胡姓を名乗る武士は、『総本山知恩院旧記採要録』に大胡太郎隆義が見え、覚一本『平家』巻十「藤戸」に大胡三郎実秀が見える。後者は『法然上人絵伝』に大胡実秀、『法然消息』に大胡太郎実秀と見える人物である。『足利氏系図』によると、この父に当たるのが大胡太郎隆義で、『吾妻鏡』建久元年（一一九〇）十一月七日条、同六年三月十日条などに大胡太郎と見える人物が該当するか。『義経記』巻三「頼朝謀反の事」に「上野国には大胡太郎」ともある。大胡は、俵藤太秀郷の子孫、足利成行の子重俊が大胡太郎と名乗っているので、この重俊の一族と考えられる。なお、大胡は『盛衰記』に「応護」ともあるように「おおご」と読む。

九八　大室氏の系図は、「経基―満快―頼季―忠季―貞頼―頼行―満致―政信―幸信―幸氏―幸満」と続き、経基から八代目の政信が義朝と世代的には一致する。『尊卑』政信の注には「大室権守。左衛門尉。加賀守」とあり、その子幸信の注には「木工助。大室太郎」、さらに幸氏の注には「大室木工左衛門尉」、同じく幸満は「大室太郎」と注する。源氏嫡流との比較上、政信かその子幸信の可能性が大きい。

九九　大類氏の系図は『武蔵七党系図　有道』によれば、「伊周―遠峯―経行―行重―行弘―行俊」となっている。このうち、行重の妹の注には「秩父権守重綱妻。号二乳母御所一。悪源太殿称二御母〈御乳イ〉人一」とある。大類太郎は、行重の孫、武者太郎行俊か。同書注に「平治乱於二中御門一討死。廿五歳」とある。大類は武者太郎の弟、武者三郎行綱の子行義の注に「大類五郎左衛門尉」と見えるが、行俊には附されていない。なお、『保元』上「官軍勢汰へ……」に見える「秩父武者」は行重の子行弘であろう。

一〇〇　片切小八郎大夫景重は清和源氏であるが、あるいは同一人かと思われる景重がもう一人系図に見える。『尊卑』の俵藤太秀郷の子孫、島田権守（駿河権守とも）景親の子、同じく藤原利仁の子孫島田権守惟重の子に、景重と見える人物がそれである。秀郷流の方には「島田八〈小八〉郎大夫」と注し、『大友系図』および『尊卑』の利仁流の方に「吉田小八郎大夫。源義朝被官。平治殞レ命了」と見える。この両人は同一人である。父の名は異なるものの、父はともに島田権守であり、当人はともに小八郎大夫である。彼の兄か弟に当たる貞成は、『保元』上「官軍勢汰へ……」に「信濃国には、舞田近藤武者」として名を出す近藤武者貞成であるが、『尊卑』の秀郷流の景頼に注して「島田二郎。近藤武者。改二貞成一。武者所」とあり、利仁流貞成に注して「近藤武者」、また『桐原系図』に「貞守〈員イ〉。近藤武者」と見えている。秀郷流、利仁流ともに現れるのは、後藤兵衛実基の項に注したような事情によるか。この近藤武者、および小八郎大夫は、「利仁―叙用―吉信―公範―範経―範明―惟幸―惟重―景重（貞成）」とあって、後藤氏ともども後藤内則明（範明）の子孫である。貞成が、島田という駿河国の地名を名乗っていたにもかかわらず、後に舞田を名乗るのは、駿河から信濃へ移ったからであろう。ここに見える小八郎大夫も島田あるいは吉田という駿河国の地名を号としており、信濃国片切に移ったと考えられる。島田小八郎大夫も信濃国にゆかりがあり（祖父惟幸が信濃に住んだ）、『桐原系図』に見るように平治の乱に参戦しており、兄（弟）貞成が保元の乱に参戦しているところを見ると、おそらく同一人物であろう。後藤内則明の家系は源氏相伝の郎従である。

なお、小八郎大夫景重が源氏の系図上に現れるのは、為行の養子になったからだと思われる。『尊卑』によれば、「経基―満快―満国―為光―為公―為基―為行―景重―為安」と、「為」という字を持つ者が四代続き、景重の子も為安と名乗っているのであるから、景重という名は異質である。片桐の住人源八為行の養子（聟）となったものであろう。

一〇一　底本・金刀本・半井本とも「強戸」。「神戸」もしくは「郡戸」とあるべきか。「神戸」は飯山市大字寿に「顔戸」（江戸時代に「神戸」を改名）、松本市笹賀に「神戸」、諏訪市四賀に「神戸」などが見える。特に諏訪市の神戸は、諏訪郡富士見町の「御射山神戸（みさやまごうど）」に対し、「里神戸」と呼ばれ、桑原氏の居所桑原村の東に当たる。『和名抄』にも「桑原〈久波波良〉神戸」と見える。また、「郡戸」は、下伊那郡に見える。ここは『吾妻鏡』文治二年（一一八六）三月十二日条に名が見え、藤原基通の所領であった。いずれにしても、世系、地名ともに未詳。

一〇二　『武田系図』の信景の弟信光の注に「伊沢五郎。石佐和トモ。伊豆守。親父籠居、兄被レ誅後、所領被レ召上」。伊沢許二知行一。其後度々武功。……」と見える。また、別本『武田系図』信光の注に「右大将家賜二甲州石和荘一。仍号二石和一」とある。この両条を勘案すると、信景は何らかの理由で誅され、以後、石禾庄は没官領となって武田氏の手から離れ、源平の合戦後、頼朝から信景の弟信光が再び安堵されたもののようである。源平の合戦に信景が名を出さないことも考え合わせると、信景は何らかの理由で誅殺されたものと見なされる。

一〇三　日本古典文学大系本は、『軍用記』の「黄に返すとは……黄に染め返すをいふ也」という文を引く。国語辞典類も、この『軍用記』の説を受けているのであろう、「ある色に染まっているものを、他の色に染める。染め直す」などとある。しかし、これでは「黄に返す」という場合、不都合である。染色の濃淡から見て、一旦ある色に染めたものを、黄色に染め直すことは事実上不可能であろう。そこに引かれる用例は、

○小桜を黄にかへいたる鎧　（『平家』巻一「御輿振」、巻九「一二之懸」）

○卯の花を黄にかへして、袖じるし付たるよろひ　（浄瑠璃『最明寺百人上臈』「含み状」）

などである。これらの用例も、白く抜いておいた小桜や、卯の花の部分のみを黄色に染め直して、結果的に二色の配色をしたものと考えられる。

また、本文に「菊の丸を黄に返たる裾金物」とあるが、「黄に返す」とは、鎧の弦走（腹から胸を覆う革張りの板）や鳩尾の板（左胸に垂らす板）に張った革の染め方をいうのである。染色であったら、底本のように金属である裾金物を黄に返すことはできないであろう。古活字本は「むらさきすそごの鎧に、菊のすそ金物を打たるに」とあって、「黄に返す」という語句は見えない。四類本の誤りであろう。

ただ、この勢汰に登場する人物で、「黄に返たる裾金物」を打った鎧を着用しているのは大将軍である信頼一人で、成親は「鴛の円の裾金物」、義朝は「獅子の丸の裾金物」を打った鎧を着用している。信頼の出で立ちには「金作の太刀」、「金覆輪の鞍」があるので、この裾金物も金色に光っていたものと考えられる。とすれば、「菊の丸を黄に返たる裾金物」とは「菊の丸」の図案に金箔を貼って装飾したものと見なされるであろう。

一〇四　『大内問答』に「金作の腰刀ハ御禁制事ニ而候。乍レ去いか程に作たるをこがね作と可レ申哉と、もともと

よりも不審申候に、……折かね、くりかた、柄口など色絵たるを金作と申候。こじり、柄頭、目貫、かうがい、小刀柄、金ニ而仕たるは一段のこがね作たるべし」とある。ところがこれと依拠資料を同じくすると思われる『宗五大艸子』には「金作ハ御禁制にて候。乍レ去いか程を金作と申べきぞと候し。おりがね、くりかた、つか口などばかり金にて候ハくるしからず候。如レ此作たるは色ゑたるにて候。こじり、柄頭、めぬき、かうがい、小刀のつか金にて候はんずるが金作たるべく候か」とあり、解釈の相違がみられる。

一〇五　『保元』上「官軍勢汰へ……」に「抑此鎧を八龍と申は、祖父八幡太郎義家、後三年の戦の時、八幡大菩薩の使者の神、八陣守護の為に、八大龍王の形を金を以てうちのべて、甲のまつかう、鎧の胸板、をしつけに付たる間、八龍とぞ名付たる。八領の鎧の中に殊秘蔵の重宝也。然間嫡々たるにより是を相伝す」とあり、正嫡子が継承したという。

また『盛衰記』巻四十二「屋島合戦……」には「判官宗行ヲ召テ、……銀ニテ鍬形打タル龍頭ノ甲ヲ賜ハル。此甲ト云ハ、源氏重代ノ重宝也。銀ニテ龍ヲ前ニ三、後ニ三、左右ニ一宛打タレバ、八龍ト名附タリ。保元軍ニ、鎮西八郎為朝ノ著タリケル重代ノ宝ナレ共、命ニ替ントノ志ヲ感ジ、強力ノ挙動神妙也トテ是ヲ給フ」とある。これは兜だけになっており、しかも保元の乱に為朝が着用したとする。

一〇六　『武田弓箭故実』に「去者随兵軍陣ナドノ弓ハ、下地黒クヌリ、千旦巻スベシ。千旦巻ト云コト蛇ノ体ヲ表スルナリ。其上ニ重籐ヲツカフ。寸法二寸バカリ、間五分バカリ、矢摺五分計也。ウラ筈ハ少長ク、本筈ハ少短シ。ウラ筈本筈赤塗ナルベシ。但武田小笠原両家ハ、本重籐ニ握ノ上三所籐也」とある。また『軍用記』四によれば、軍陣用の弓は、一旦、弓全体を、漆をつけた唐糸で強く隙間なく巻き、何度も黒漆で塗り込めては乾かす。それを砥石で砥ぎ、黒塗りの弓を作る。そしてその上に飾りの籐を、重籐や三所籐に巻くとなっている。いずれにしても、弓全体を唐糸もしくは籐で巻き付け、その上に飾りの籐を巻くのである。ここに見える本重籐三所籐とは、握りの下を重籐にし、握りの上は七、八ヵ所に、三の字の形に籐を巻いたものをいう。

『平義器談』下に、重籐の弓について、「藤をしげくつかふ事は湿にあひてははなれざらしめんが為なり。武田小笠原等の伝には弓を黒くぬり、弣《ユツカ》上に三十六所藤を巻、弣下二十八所藤をまく。三十六禽二十八宿にかたどる。上下にかぶら藤千段巻日輪巻月輪巻矢摺引目たゝき等の藤あり。……古代には数定めもなく唯しげく藤を巻しを重籐といひしにはあらずやとおもはるゝ。されども証拠なければ詳ならず」とある。

一〇七 『筥根山縁起』に「又源義経征西之日、奉㆓納利剣于王扉㆒、名㆓薄緑㆒」とその名が見え、『平家』「剣巻」上に「当時謀反発テ代ヲ取ラントスル兵衛佐ノ代官ニテ木曾追討シ、幷ニ平家ヲ責下ラント出立其聞ヘアリ。源氏重代ノ剣膝丸蛛切、今ハ吠丸トテ為義ガ手ヨリ教真得テ、権現ニ進セタリケルヲ、熊野ヨリ申給テ、都ニ登リ、九郎義経ニ渡テゲリ。義経殊ニ喜テ、薄緑トゾ名ヲ改メケル。此名ヲ付ケル事ハ、熊野ヨリ春山ヲ出タリ、夏山ハ緑モ深シ。春ハ緑モ薄ケレバ、春山ヲ出タレバトテ薄緑トハ名付タリ」と、その名の由来に触れる。さらに「剣巻」下に「（曾我）五郎箱根ノ別当行実手ヨリ兵庫鏁ノ太刀ヲ得テゲレバ、思フサマニ親ノ敵討テムゲリ。此太刀ハ九郎判官ノ権現ニ進セタリシ薄緑ト云剣ナリ。昔ノ膝丸是也」とあり、後に曾我五郎が工藤祐経を討ち取った太刀とする。膝丸は「剣巻」によれば、源（多田）満仲が八幡大菩薩に祈念して作った太刀で、鉄を六十日間鍛え、二尺七寸に仕上げた二振の一方とする。一方を髭切、他方を膝丸と名付け、源氏に相伝された。命名の由来は、罪人で試し切りをしたところ、両の膝を切り落としたからという。ところが『曾我物語』は、曾我五郎の所持した太刀を友切といい、義経が箱根権現に奉納したものとするものの、その太刀は源頼光が作らせた二尺八寸の兵庫鏁の太刀とし、源氏相伝の間に、てうか、虫ばみ、毒蛇、姫切、友切と名を変えたとするだけで、薄緑という名を載せない（巻八「箱根にて暇乞の事」）。のみならずここに見える友切という名は、「剣巻」によれば鬚切のことであり、しかも『曾我物語』巻九「五郎めしとらるゝ事」には、五郎の太刀とは別に頼朝が帯く鬚切の名が見えるなど、伝承に混乱が見られる。「剣巻」によれば、この薄緑は平治の乱の折は熊野にあったことになり、『曾我物語』によれば、友切は平治の乱の折に、義朝が戦勝祈願に鞍馬の毘沙門に奉納したとあり、朝長が帯いたとする『平治』と異なった伝承をとどめる。

また『異制庭訓往来』には、膝丸は太刀の名ではなく、源氏相伝の鎧の名とするなど、その伝承の真偽は見極めがたい。この薄緑は、『異制庭訓往来』にも名を載せず、平治の乱の折に「薄緑」と名付けられた太刀が源氏に伝わっていたか否かも定かではない（義経が命名したとすれば、なおさらである）。一類本『平治』にはそもそも朝長の装いが記されていない点から判断しても、四類本に名が書き込まれたのは時代が下ってからではないかと思われる。臆測すれば、「剣巻」や『筥根山縁起』などと発生源を同じくするのではないか。

一〇八　『兵具雑記』の「梨打烏帽子之事」の項に「少やはらかにこしらへて、緒あるべからず。鉢巻に付様あり。是は甲の下に着べきためなり。甲をとる時、もとどりのみゆるは、もとどりはなしとて、天のおそれ有に依て、是を用る。殊に合戦のあらん日は、大将軍是を用る」とある。『吾妻鏡』建保元年（一二一三）五月二日条に「于時相州有二囲碁会一。……起レ座、改二折烏帽子於立烏帽子一、装二束水干一参二幕府一給」とあり、『明月記』建仁元年（一二〇一）十月五日条に「暁鐘以後営参、左中弁夜前示送云、折烏帽子可レ参、但於二三津辺一可レ用二立烏帽子一」とあるように、折烏帽子は私的に、立烏帽子は公的な場で用いた。ここは恐らく、兜の下に着用するための梨打烏帽子を引き立て立烏帽子にして、公卿の前に参上したのであろう。『平治物語武器談』に「打ゑぼし引たてとは、冑の下に打ゑぼしをかぶりたるは、御前へ出るとて、かぶとをぬぎて、ゑぼしを引立て、甲冑にてひしげたるを引立直して参りたるなり」とある。

なお、『太平記』巻二十一「天下時勢粧事」に「公家ノ人々、イツシカ云モ習ハヌ坂東声ヲツカイ、著モナレヌ折烏帽子ニ額ヲ顕シテ、武家ノ人ニ紛ントシケレ共」とあるところを見ると、折烏帽子は専ら武士が着用したもので、額を大きく露出して付けたものか。

一〇九　『詩経』の唐風「鴇羽」に「粛粛鴇羽、集二于苞栩一、王事靡レ盬、不レ能レ蓺二稷黍一、父母何怙、悠悠蒼天、曷其有レ所」（『玉函秘抄』中、『世俗諺文』にも引用）、同じく小雅「採薇」に「王事靡レ盬、不レ遑二啓処一」とあるのが出典に当たる。我が国のものでは、『十七条憲法』に「八曰、群卿百寮、早朝晏退。公事靡レ盬、終日難レ尽。是以遅朝不レ逮二于急一、早退必事不レ尽」、『本朝文粋』巻十三「為二員外藤納言一請三修二餝美福門額字一告二弘法大師一文　大江以言」に「王事靡レ盬。盍レ鑑二於此一」、『本朝続文粋』巻五「請レ罷二左近衛大将一状　実綱朝臣」に「然而当二王事靡ㇾ盬掌二戎政一而在レ公」などとあるのが、本来の用法である。

また『平治』と同様の意味で使用されている用例としては、『神明鏡』上に「王事盬キ事ナシ、朝敵滅ブ可也」、『釈氏往来』の六月状に「唯従二王事靡ㇾ盬、偸憑二仏力之不ㇾ空」、『走湯山縁起』巻二に「爰神感不二虚捐㆒。王事靡㆑盬、邪臣被㆓討罰㆒畢」、『宇都宮大明神代々奇端之事』に「依㆓王事靡㆑盬神力振㆒㆑威。凶徒即時令㆓滅亡㆒畢」などとある。また『長谷寺験記』上第一に「我ハ是日本ノ王ノ遣唐使也。王事盬キ事無シ。鬼神何ゾ伺ヒ来ル乎」とある。

二〇　藤原利仁の子孫、左衛門尉安範の子に、家安が見える。『尊卑』に「家安〈イ—康〉。右衛門尉。監物。弘安六三廿六使宣、即転左」とある。弘安六年（一二八三）とあるので、年代が合致しないようであるが、あるいはこれは、後に四類本・十一類本が名を書き加えたからではないか。一類本には「進藤左衛門尉」とあるのみで名を記さない。

進藤氏は、小一条院の帯刀長為延の子、為輔が修理少進に任ぜられ、進藤と号したのに始まる。その曾孫為範は、『尊卑』に「仁安二正卅使宣。同年三十九申畏。同三年正六叙留。右馬允、従五下、右衛門尉。……建仁二十廿一死〈八十一〉」とある。『清獬眼抄』の「焼亡事」の項に仁安二年のこととして「進藤右衛門大夫為範」と見え、同書「内裏焼亡事」の項にも「藤尉為範」とあるので、『尊卑』の記載は信じてよいと思われる。とすれば、為範（家安の祖父）は平治元年に三十八歳となるので、一類本にいう進藤左衛門は、為範かあるいはその兄弟か、子供かということになるのではあるまいか。『尊卑』に載せる範囲では、いずれも「出家」とあったり、為範があまりにも若すぎるときに生んだ子と計算上はなったりで、適当な人物は見出せない。なお『盛衰記』巻三十一「木曾登山……」に、知盛の侍として「進藤滝口俊方」の名が見えるが、これも『尊卑』の進藤氏の系図には見えない。

二一　小烏の伝来について、『平家』「剣巻」は、六条判官為義が源氏相伝の吠丸（膝丸、蜘切、薄緑も同じ太刀）を熊野に奉納したため、獅子子（鬚切、鬼丸、友切も同じ太刀）の対に、新たに作ったものとし、為義から義朝に伝来し、義朝が野間で討たれた後、長田庄司忠致の手を経て清盛に届けられたという。これに対し、『盛衰記』巻四十「唐皮小烏抜丸の事」には、桓武天皇が南殿にいたとき、八尺の霊烏が飛び来たり、羽の中より落とした太刀とし、代々内裏に伝来したものを、貞盛に下賜し、以後平家嫡流が伝領したとする（同書巻一「兼家季仲基高家継忠雅等拍子……」にも、忠盛から清盛が伝領したとする）。

またその名の由来は、「剣巻」に「目貫ニ烏ヲ作リテ入タリケレバ、小烏トゾ名付タル」とあり、『盛衰記』巻四十の方は「八尺ノ大霊烏ノ中ヨリ出タル物ナレバトテ、小烏トゾ名附サセ給ヒケル」と見える。他に資料が見いだせないので、真偽のほどは不詳。

一二　軍記物語、室町時代の物語などを中心に、次の諸書に用例が見える。

○漢の樊噲・張良は武勇といへども名をのみ聞きて目には見ず。（『義経記』巻一「義朝都落の事」）

○此殿は打物取（り）ては、樊噲・張良にも劣らぬ人ぞ。（『義経記』巻四「土佐坊義経の討手に上る事」）

○東八ヶ国の中に、男子もちたらん人は、滝口殿およびて、ものあやかりにせよ。器量といひ、弓矢とりてわ、樊噲・張良なり。（『曾我物語』巻一「奥野の狩の事」）

○何ナル樊噲・張良トモイヘ、片時モ不ㇾ可ㇾ怺。（『太平記』巻二十八「三角入道謀叛事」）

○此人々の有様は、樊噲、張良、安禄山も面をそばめつつ恥ぢぬべし。（幸若舞曲『高館』）

○異国の樊噲、張良もかくやと思ひ知られてあり。（幸若舞曲『高館』）

○樊会いさみをなせば髪甲のはちを生抜。（幸若舞曲『鎌田』）

○むかしをつたへ聞にも、もろこしのはんくわい、ちやうりやうは、千ぎ万ぎのひとをもおそれずしたがへしこそきけ。（『羅生門』）

○はんくわい、ちやうりやうごときのつはもの千ぎ万ぎこもるとも、人ならばおそれ給はじ。（『羅生門』）

○或は樊噲張良が武芸あれば、闘諍の罪とてぢごくにおとし、（『ゑんま物語』）

○かれら思ひきつてたゝかはゞ、はんくわい、ちやうりやうなりともかなふべしとはおぼえず。（『堀江物語』）

○ゑつわうこうせんは、かたきをくだき、つよきをやぶる事、かううがいきほひをもあざむき、はんくわい、ちやうりやうがいさみにも、過たりければ、（『ごゑつ』）

一三　辞書類をはじめ、大庭と南庭とを同一視する解がしばしば見られるが、これは本来別の庭であり、それを混同することによって、『平治』のように、南庭にあった右近の橘と左近の桜との間に椋の木が植えられていたかのような記述が生じた（この記述によれば、紫宸殿の南階の真ん前に、高さ二十メートルにもなる木が植わっていたことになる）。今『江家次第』等によって大庭の用例を確認してみると、

○建礼門前立二七丈幄一、……王卿先就二左仗一、奉レ仰相率出二春華門一各取二弓矢一着二幄下座一。〈不レ承二不出御仰一直就二大庭一、失由、見二貞信公天慶二年御記一〉（『江家次第』射礼）

○次着二大庭幄一。〈出レ自二春華門一取二弓矢一〉（『江家次第』射遺）

○上卿令レ持二筥於外記一、引二王卿以下一経二春華門一着二大庭座一、去二春華門巽角一七八許丈。

（『江家次第』信濃御馬）

○上卿帰着之後、相議着二大庭一、〈自二春華門一出〉（『西宮記』駒牽）

○大庭装束　去二建礼門巽角一七八許丈。立二親王以下参議以上座一。（『政事要略』巻二十三）

などとある。これらはすべて内裏南面の春華門・建礼門の外となっている。建礼門は白馬陣ともいい、白馬の節会、射礼、相撲などがこの門の前で行われた。この建礼門の前の広場は、中務省・陰陽寮・西雅院で区切られた、相当な広さであり、ここを大庭といったものである。『江家次第』や『政事要略』を見る限り、大庭と南庭の混同はない。

大庭の椋の木の位置は、正確には知ることができない。『宝物集』に「中ノ御門ヲ入テ、大膳職・陰陽寮ナドヲ打過テ、大場ノ椋ノ木ノ本ヲ見ルニモ、白馬ノ節会思出サレテ、……春華門ヨリ入リテ見レバ、……」と記されており、春華門をくぐる前に、「椋ノ木ノ本ヲ見ル」とあるところを見ると、春華門・建礼門の外にあったことは確かである。また『安徳天皇御即位記』に「左右兵衛隊二承明門外一、左右衛門隊二建礼門外一。隼人司相分陣二衛門陣一。当二大庭椋樹一西去数丈、立二朱雀門代幄一。〈七間〉」とあり、「当二大庭椋樹一西去数丈、立二朱雀門代幄一」とある点から、大庭の椋の木は、建礼門の中心線から数丈東にあったことが推測できる。また『政事要略』の「大庭装束」の項に「当二建礼門東掖棟樹一南去一許丈、立二上卿已下座一」という記事が見える。「棟樹」はおそらく「椋樹」の誤りで、もしそうだとすると、大庭の椋の木は建礼門の脇門の前にあったと推測される。

なお、この椋の木は、南北朝の頃まで枯れずに残っていた（『明徳記』、『太平記』巻二十七「雲景未来記事」、『実躬卿記』正安三年十一月二十日条）。

二四　『吾妻鏡』文治五年（一一八九）七月八日条に「又下河辺庄司行平依レ仰調二献御甲一。今日持二参之一。

……御覧之処、冑後付笠標、仰曰、此簡付袖為尋常儀歟、如何者。行平申云、是曩祖秀郷朝臣侍例也。其上、兵本意者先登也、進先登之時、敵者以名謁知其仁。吾衆自後見此簡、可必知某先登之由者也。但可令付袖給否、可在御意。調進如此物之時、用家様者故実也云々」とある。標は鎧の袖に付けたのである。この記事によれば、鎧に付けるものも、笠標と称している。

二五　大蔵（大倉）の合戦については、『百錬抄』久寿二年（一一五五）八月二十九日条に「近日風聞云、去十六日、前帯刀長源義賢与兄子義平於武蔵国合戦」とあり、『吾妻鏡』治承四年（一一八〇）九月七日条に「義賢、去久寿二年八月、於武蔵国大倉館、為鎌倉悪源太義平主被討亡」とあるほか、『帝王編年記』巻二十、『神皇正統記』中「近衛院」項、『平家』巻六「廻文」、『立川寺年代記』などに見える。

なお『見聞私記』には「（久寿二年）四月廿二日大蔵合戦。八月十六日帯刀先生義賢与悪源太義平合戦」とあり、二度にわたって戦いがあったように記されている。峰岸純夫氏「鎌倉悪源太と大蔵合戦——東国における保元の乱の一前提」（『三浦古文化』四三）参照。

二六　大庭の椋の木と、左近の桜・右近の橘は別の庭にあった（「大庭の椋の木」参照）。しかし、この部分の記述を見ると、左近の桜と右近の橘との間に、大庭の椋の木があったかのような記述になっている。これは事実に反して、紫宸殿の前の南庭と大庭とが混同された結果から来たものと思われる。このような混乱が生じるのは、内裏が荒廃し、その具体的な有様が忘れ去られた頃に、これらの本文が書かれたことを示していよう。その他にも、四類本が大内裏の構造・地理を知らないと思われる描写は多い。

二七　唐皮は、『盛衰記』巻四十「唐皮小烏抜丸事」によれば、桓武天皇の伯父慶円が綸言によって祈りだした物であり、桓武天皇以降六代までは皇城の宝となっていたが、貞盛に下賜され、以後平家に伝来したとする。『平家』巻十「維盛出家」にも「平将軍貞盛より当家に伝へて、維盛までは、嫡々九代にあひあたる」と、その伝来を記す。

二八　鷙は『大漢和辞典』によると「アラドリ」のことで、鷹鸇の属をいうとある。また『酉陽雑俎』巻二十「肉攫部」の説明によると、鷙鳥は猛禽類の総称で、鷹狩りに使う鳥を指しており、特定の鳥の名ではないらしい。謡曲『望月』に「鷙といふ鳥は小さけれども、虎を害する力あり」、内閣文庫蔵『横座房物語』に

「嶋ト云フ鳥ハ、三寸ニ足ラザレドモ、虎ヲ害スル謀アリ」（原変体漢文）、『史記抄』巻十五に「蝮鷙トハ、毒レ人コトハ蝮ノ如クナリ、搏撃スルコトハ鷙鳥ノ群鳥ヲ撃ガ如ナリ」とあるなど、我が国ではその実体がよくわからないまま、勇猛な鳥としてイメージされていたようである。

「三年飼て」というのは、雛鳥のときから三年間養育して、という意味であろう。「三年」という年月が何を意味するか、出典が明らかでない今、不明であるが、鷹の類は一年ごとに三度毛変わりし、三年後に「鶬」とよばれる成鳥になる。恐らくこの三年は、鷙が幼鳥から成鳥になるのに要する年月であろう。

「故人」は、静残に「胡人」とあるのがよいか。補注六に『十八史略』の「歳索二名鷹海東青於女真一」を引いたように、女真の地は「名鷹海東青」の産地でもあり、古来鷹狩りに使う鷹は胡の地に求められた。ただし半・金・蓬とも「故人」とあり、幸若舞曲『景清』の同一文にも「古人」とある。

二九　関連する説話は『盛衰記』に見える。

○忠盛都ニ帰上、六波羅ノ池殿ノ山庄ニテ、昼寝シテ前後モ知ズ座シケルガ、此木枯ノ太刀ヲ枕ニ立テ置タリ。大蛇池ヨリ出テ口ヲ張、游近付、忠盛ヲ呑ントス。木枯鞘ヨリ颯ト抜テ、ガハト転ビ倒ル、音ニ驚テ、忠盛起直テ見給ニ、剣ハ抜テ鐔ヲ蛇ニ向タリ。蛇ハ剣ニ恐テ水底ニ沈ニケリ。太刀ガハト倒ル、ハ主ヲ驚サンガタメ、鞘ヨリ抜タルハ主ヲ守リテ、大蛇ヲ切ンガ為也ケリ。其ヨリシテ木枯ノ名ヲ改テ、抜丸トゾ呼レケル。　（『盛衰記』巻四十「唐皮小烏抜丸事」）

また抜丸が忠盛から頼盛に伝えられたことについては、『盛衰記』巻四十「唐皮小烏抜丸事」に「平治ノ合戦ニ、頼盛三河守ニテ、熊手ニ懸ラレテ討ルベカリケルニモ、此太刀ニテ鏁金ヲ打切テ遁給ケリ。斯ル目出キ剣ナレバ、嫡々ニ伝ハルベカリケルヲ、頼盛当腹ニテ相伝アリケレバ、清盛頼盛兄弟ナレ共、暫ハ中悪ク御座ケリト聞エキナンド、細カニ物語シ給テ……」とあり、同書巻一「兼家季仲基高家継忠雅等拍子……」にも、抜丸の伝領を巡って、清盛と頼盛の不快を伝える。四類本は、この清盛と頼盛との不快について記さないが、一類本には、「清盛、嫡子なれば、さだめてゆづりえんと思けるに、頼盛、当腹の愛子たるによって、此太刀をゆづり得たり。これによって、兄弟の中、不快とぞきこえし」とある。

三〇　平家方に属して「藤内」を名乗った武士は、『吾妻鏡』文治二年（一一八六）九月二十五日条に、もと貞能法師の郎従高太入道丸の舎弟という藤内吉助という名が見え、『醍醐寺雑事記』上之下に、壇浦で生け捕りになった人名の中に「藤内左衛門信康」、死亡者の中に「備中吉備津宮神主権藤内定綱、同舎弟」などが見える。また『吾妻鏡』建久四年（一一九三）五月二十八日条に「又有二備前国住人吉備津宮王藤内者一、依レ与二于平家家人瀬尾太郎兼保一為二囚人一被二召置一之処」とあり、工藤祐経とともに曾我兄弟に討たれたとする（『神皇正統録』下・『曾我物語』巻九）。藤内左衛門信康も権藤内定綱も、ともに吉備津宮の神官の藤井氏の一族であったと思われる。従って兵藤内家俊も藤内太郎家継も、吉備津宮の神官藤井氏の一族か。

三二　渡辺党は頼光の子孫相伝の郎等であったらしく、『渡辺系図』によれば、省・授・競が頼政の郎等として記されている。半井本『保元』の「官軍勢汰へ」には「兵庫頭源頼政ニ相随フ兵ノハ、渡辺党ニハ、省播磨次郎、子息授ノ兵衛、ツヾクノ源太、与ノ右馬允、競ノ滝口、丁七唱、清シ、灌」と見える。また『盛衰記』巻十五「宇治合戦……」にも「渡辺党ニ、省、連、至、覚、授、与、競、唱、列、配、早、清、進」と、一文字名が見え、『山槐記』治承四年（一一八〇）五月二十六日条に、頼政の郎等らしい、「源勧〈字佐知源太〉、唱法師〈長七入道〉、源副〈源八〉、源加〈字坊門源次〉」の名が見える。

三三　季札の説話は次の書に見える。

○季札之初使北、過二徐（君）一。徐君好二季札剣一。口弗二敢言一。季札心知レ之。為レ使二上国一、未レ献。還至レ徐。徐君已死。於レ是、乃解二其宝剣一、繫二之徐君冢樹一而去。従者曰、徐君已死。尚誰予乎。季子曰、不レ然。始吾心已許レ之。豈以レ死倍二吾心一哉。　（『史記』巻三十一「呉太伯世家」）

○延陵季子将二西聘一レ晋。帯二宝剣一、以過二徐君一。徐君観レ剣不レ言而色欲レ之。延陵季子為二上国之使一、未レ献。然其心許レ之矣。致二使於晋一。故反則徐君死二於楚一。於レ是脱レ剣致二之嗣君一。従者止レ之曰、此呉之宝、非レ所二以贈一也。延陵季子曰、吾非レ贈レ之也。先日吾来。徐君観二吾剣一。不レ言而其色欲レ之。吾為レ有二上国之使一、未レ献也。雖レ然吾心許レ之矣。今死而不レ進、是欺レ心也。愛レ剣偽レ心、廉者不レ為也。遂脱レ剣致二之嗣君一。嗣君曰、先君無レ命。孤不二敢受一レ剣。於レ是季子以レ剣帯二徐君墓樹一而去。徐人嘉而歌レ之曰、延陵季子兮不レ忘レ故、脱二千金之剣一兮帯二丘墓一。　（『新序』巻七「節士」）

○季子使二於上国一、道過レ徐。徐君好二其宝剣一、未二之即予一。還而徐君死、解レ剣帯二塚樹一而去。廉譲之心、恥レ負二其前志一也。（『論衡』巻四「書虚」）

そのほか『蒙求』四〇七話、『韓詩外伝』十、『呉越春秋』にも見えるが、いずれも徐君と季札との関係で、『平治』とは大差がある。

我が国のものでは、七巻本『宝物集』巻五に、

○徐君といひし人、季札と云人のはきたる太刀をこひければ、「ものへゆく事のあれば、いまかへりきて、とらすべし」といひてさりぬ。季札、かへり来て、乞ひし剣をとらせんがために、徐君をたづぬるに、「はやくうせにき」といひければ、徐君が塚をたづねてぞ、こひける太刀をかけ侍りける。徐君が塚の上に季札が剣をかくと云は是也。

とある。そのほか『今昔』巻十ノ二十、『注好選集』巻上、『康頼宝物集』巻下、『十訓抄』巻六、『盛衰記』巻十五「季札剣事」にも見える。また『三教指帰』に「呉剣未レ許徐子臨レ墓」とあり、『金葉集』（三奏本）巻九の俊頼の歌に「なき陰に懸けける太刀もある物をさやつかの間に忘るべしやは」と詠まれるなど、有名な逸話であった。

三三　千束が崖の比定地は未詳。名は四類本内部では、「てつか」「てづか」「ちつか」などの表記の違いがあるが、これらはいずれも「千束」の読み（誤り）に由来するといえよう。また『愚管抄』も「千束」、幸若舞曲『鎌田』に「せんぞく」とある。『義経記』巻一には「山賊」と取り違えた例が見えるから、もともと依拠したものは「千束」であったろう。

三四　一類本には、次のように義隆の最期を載せている。

○爰に義朝の伯父陸奥六郎義高は、相模の毛利を知行せしかば、毛利冠者共申けり、此人、馬がつかれて少しさがりたりけるを、法師原が中にとりこめて、さん〴〵射けるほどに、義高、太刀うち振て追払〳〵しけれども、山陰の道、難所なれば、馬のかけ場もなし、結句、内甲を射させて心ち乱れければ、下立てしづ〳〵と座し居つゝ、木の根により、息つきゐたり。山徒の中に長七尺ばかりなる法師の、黒皮威の大腹巻の、同毛の袖付たるに、左右の小手さして長刀持たるが、義高をうたんと寄りあひけるを、上総介八郎、とつて返して馬よりおり、件の法師とうちあふたり。介八郎が下人、左馬頭に追着て、「毛利殿、いた手おは

せ給ひて候を、敵に頸とられじとて、介八郎殿かへしあはせられ候つるが、それも今は討れやし候ぬらん」と、つげたりければ、左馬頭、聞もあへず取て返しておめいてかく。平山武者所・長井斎藤別当も返しけり。左馬頭、矢取てつがひ、「にくい奴原かな。其儀ならば、一人もあますまじき物を」と、大音あげてのゝしりかけて、あいぢかにせめよりければ、山僧、方々へ逃散にけり。中にも、毛利冠者をうたんと寄りあひつる法師、山へにげのぼりけるを、義朝、つがふたる矢なれば、よつぴいてはなつ。かの法師が腹巻の押付の板をつッと射ぬき、あげざまに射たる矢なれば、胸板のはづれへ、矢さき五六寸ばかり、射出たり。うつぶしざまに、がはとまろびて失せにけり。

「かやうに敵を射ちらして、左馬頭、馬よりおり、」毛利冠者の居たる所に行て、手に手を取くみ、「いかに候、毛利殿。いかにく〵」と問はれければ、毛利六郎、目をひらき、義朝の顔をたゞ一目見、涙をはらく〵とながしけるを最後にて、やがてはかなく成にけり。

一三五　お伽草子『一寸法師』に「さて、此程疲れにのぞみたることなれば、まづく〵飯をうち出し、いかにもうまさうなる飯、いづくともなく出でにけり」とあり、日本古典文学大系『沙石集』拾遺六七話に「昔五百ノ長者、山中ニシテ路ニ迷テ、ツカレニノゾメリ。樹神有テ、是ヲアハレミテ、指ノサキヨリ、甘露美食ヲ出シテ、是ニアタフ」とある例などによって、「疲れに臨む」とは、単なる疲れをいうのではなく、空腹の表現であることが理解できる。

一三六　『比古婆衣』巻七に「横首杖は杖の首に鐘木の如く横木あるをいへば、鹿杖とは別なるを同物の如くに注し載せられたるは、鹿杖の首にはなべて横木をものする例なりつるから横首杖を併せて加世都恵とは訓めるなり」と、『和名類聚抄』の注記にコメントする。もともと鹿杖は「鹿ノ角ヲ付タル杖」(『今昔』巻二十九ノ九)を意味した。これは「わさづの」ともいって、聖の持ち物であったらしい。『梁塵秘抄』巻二に「ひじりの好むもの、木の節わさづの、鹿の皮」とあり、『愚管抄』巻三にも「惟成ハ賀茂祭ノワサヅノヒジリシテワタルホドニ」などとある。聖のトレードマークとなっていたらしい。

一三七　関連の説話は次の書に見えている。

○昔有レ人、在二道上一行。見三道有二一死人一。鬼神以レ杖鞭レ之。行人問言。此人已死、何故鞭レ之。鬼神言。

是我故身。在生之日不レ孝二父母一。事レ君不レ忠。不レ敬二三尊一。不レ随二師父之教一。令二我堕一レ罪苦痛難レ言。悉我故身。故来鞭耳。稍稍前行復見二一死人一。天神来下、散二華於死人屍上一。以レ手摩二抄之一。行人問言。観レ君似二是天一。何故摩二抄是死屍一。答曰。是我故身。生時之日孝二順父母一。忠信事レ君。奉レ敬二三尊一。承二受師父之教一。令二我神得一レ生レ天。皆是故身之恩。是以来報レ之耳。（『天尊説阿育王譬喩経』）

○昔外国有レ人死。魂還自鞭二其屍一。傍人問曰。是人已死。何以復鞭。報曰。此是我故身。為レ我作レ悪。見二経戒一不レ讃。偸盗欺詐。犯二人婦女一。不レ孝二父母兄弟一。惜レ財不レ肯二布施一。今死令三我堕二悪道中一。勤苦毒痛。不レ可二復言一。是故来鞭レ之耳。〈出譬喩経〉（『経律異相』巻四十六）

○昔、目連尊者、広野を過ぎ給ひけるに、恐ろしげなる鬼、槌を持ちて白き骸を打つあり。あやしくおぼして問ひ給ふに、答へて云はく、「此れは、おのれが前の生の身なり。我が世に侍りし時、此の骸を得し故に、物に貪じ、物を惜しみて多くの罪を造りて、今は餓鬼の身を受けたり。苦をうくる度に、此の骸の妬うらめしければ、常に来て打つなり」と云ふ。これを聞きをはりて、なほ過ぎ給ふ程に、或る所に、えもはぬ天人来て、骸の上に花を散らす。又これを問ふに、天人答へて云はく、「これは、即ち我が前の身なり。此の身に功徳を造りしによりて、今天上に生れて、諸々の楽を受くれば、其の報ひせむが為に来て、供養するなり」とぞ答へ侍る。（『発心集』巻七ノ十二）

謡曲『山姥』には「寒林に骨を打つ、霊鬼泣く泣く前生の業を恨み、ぢんやに花を供ずる天人、返すがへすも帰性の善を喜ぶ」とあり、謡曲『笠卒塔婆』・謡曲『榼天狗』にもほぼ同文が載る。日本古典文学大系『謡曲集　下』の『山姥』の補注に、金刀本『平治』の当該文を引き、「直接右の説話（『天尊説阿育王譬喩経』）に基づいて綴った文ではなくて、説話を和らげた対句の成句が既にあったのを利用したものであろう」という。従うべきであろう。

三八　基成が陸奥国へ流されたことについては、『義経記』巻八「秀衡が子供判官殿に謀反の事」に「民部権少輔基成と云ふ人あり。平治の合戦の時、失せ給ひし悪衛門督信頼の兄にておはします。謀反の者の一門なればとて、東国に下られたりけるを、故入道情をかけ給へり。その上秀衡が基成の娘に具足して、子供数多あり。嫡子二男泰衡、三男和泉三郎忠致、これら三人が外祖父なり。されば人重くし奉り、少輔の御寮とぞ申

(す)」と載せる。この記事の信憑性については、『尊卑』の基成女の注に「陸奥国住人秀衡妻、泰衡母」とあり、泰衡の注には「母民部少輔基成女」とあることによって確かめられる。また真名本『曾我物語』にも、「申二彼虎一遊君、母自レ本平塚宿者。尋二其父一、平治乱時被レ誅悪右衛門督信頼卿舎兄民部権少輔基成、被レ流二奥州平泉一人御乳母子云二宮内判官家長一人娘」とあり、陸奥国に流された由、記される。

一二九　清盛が正三位に叙せられたのは、翌年永暦元年（一一六〇）六月二十日のことである。『公卿』の永暦元年の条に「正三位平清盛〈四十三〉六月二十日叙（二階。元正四位下。大宰大弐如レ元。行幸六波羅賞）。八月十一日任二三木一。（大弐如レ元）」とあり、日付の誤りのみでなく、その賞も六波羅行幸賞であって勲功ではなかった点でも、虚構された記事である。

一三〇　「須磨より明石の浦づたひ」は定型の表現。次のような例がある。

○須磨や明石の浦づたひ、淡路の瀬戸をおし渡り、絵島が磯の月を見る　（覚一本『平家』巻五「月見」）

○或は須磨より明石の浦づたひ、泊さだめぬ梶枕……　（覚一本『平家』巻九「落足」）

○古は名をのみきゝし須磨より明石の浦づたひ　（覚一本『平家』灌頂の巻）

○須磨や明石の浦伝ひ、源氏の通ひし道なれば、平家の陣にはいかゞとて　（謡曲『西国下』）

○須磨より明石の浦伝ひ、岸うつ波に袖濡らし、浦吹く風に身をまかせ　（お伽草子『浄瑠璃十二段草紙』）

○光源氏の大将の須磨より明石の浦づたひ、よせくる波をながむれば、くだけて月ぞやどりけると……　（お伽草子『いはやのさうし上』）

一三一　『後撰集』巻十二「恋四」にも「相しりて侍りける人の、近江の方へまかりければ／関越えて粟津の森のあはずとも清水に見えし影を忘るな」、『千載集』巻八「羈旅」に「中院右大臣家にて、独行関路といへるこころをよみ侍りける　大納言定房／こえて行くともやなからむあふ坂のせきのし水のかけはなれなば」など、関の清水に影を映すという歌は多い。

『無名抄』によれば、建暦元年（一二一一）当時、この清水は関の走り井と混同され、あるいはその所在も人々に忘れ去られており、既に水も無かったと記されている。平治の乱後五十年ほどのことであるので、平治元年から建暦の間にこの関の清水が涸れたとも考えられるが、恐らく平治の乱の頃にも関の清水は涸れてしまっていたであろう。ここに「関の清水を見給ひて」とあるのも虚構ということになろう。

一三二　『続詞花集』巻十五「旅」に「事ありてあづまの方へまかりける道に、京よりあはれなる事ども申し送れりける消息の返事に　法眼静賢／恋しくは来ても見よとて相坂の関の清水にかげはとめてき」とあり、作者を静賢とする。また『康頼宝物集』上には「通憲ノ少将ノ御子達モ思々ニ流サレ行ケル中ニ／恋シクハキテモ見ヨトテ相坂ノ関ノ清水ニ影ハトメテキ」とあり（七巻本・巻二は第二句「きても見よとの」）、作者を静憲とする点は同じである。四類本は増補に際して、誤ったか虚構したか、いずれかであろう。補注一三一にも記したように、関の清水はすでに涸れていた可能性が大きく、ここは静憲が歌枕を利用して詠んだ歌を、成憲の詠として仮託したものであろう。

一三三　この成憲の歌は、『続詞花集』巻十七「雑中」に「おほやけの御かしこまりにて、下野国につかはされける時、むろの八島を見て　藤原成範朝臣／わがために有ける物を東路の室の八島に絶えぬ思ひは」とあり、『今鏡』「すべらぎの下」に「左兵衛督成範と聞え給ふも、紀伊の二位の腹にて、その折、播磨の中将、美濃の少将など聞えし、衛門督の乱れに、ちり〴〵におはせし時、中将下野へおはして、かれにて詠み給ひける／わがためにありけるものを下野や室の八島に絶えぬ思ひは」とある。また『康頼宝物集』上にも「通憲ノ少将ノ御子達モ思々ニ流サレ行ケル中ニ」という詞書のもと、補注一三二の静憲の歌とともに、成範の歌として、「我タメニ有ケル物ヲ下野ヤ室ノ八嶋ニタエヌ煙ハ」とある（七巻本・巻二は第三、五句「東路や」「たえぬ思ひは」）。「思ひ」とする『続詞花集』や『今鏡』、七巻本『宝物集』に対し、「煙」とする点で、『平治』と『康頼宝物集』とが共通するのが注目される。その他、『今撰和歌集』「雑」、『宴曲集』「羇旅」などに見える。

一三四　義朝主従が落ち延びた所は、一日に一〜一・五メートルも雪が積もることがある、日本有数の豪雪地帯である。義朝主従は、伊吹山の裏手、草野から美濃国へ越したという説もあるが、その奥伊吹方面はスキー場になっているほど雪が積もる。『吾妻鏡』によれば、当日は「白雪埋ㇾ路」という状態であった。麓でさえこのような状態の時に、冬山の装備の整わない義朝主従が、伊吹山の裏手を山越えすることが可能であったとは思われない。また時間的に見ても山越えのルートはありえない。地理的に見て、一行は北国脇街道に出た後、小関を迂回するため、伊吹山の南麓を辿り、その後東海道に出て、奥波賀まで落ちたものと考えられる。

一三五　大炊の出自に関しては次のような史料がある。

○於二青波賀駅一、被三召二出長者大炊息女等一有二纏頭一。故左典厩都鄙上下向之毎度、令三止二宿此所一給之間、大炊者為二御寵物一也。仍被レ重二彼旧好一故歟。故六条廷尉禅門最後妾〈乙若以下四人幼息母。大炊姉〉、内記平太政遠〈保元逆乱時被レ誅。乙若以下同令二自殺一了〉、平三真遠〈出家後、号二鷲栖禅〈師脱カ〉源光一、平治敗軍時、為二左典厩御共一、廻二秘計一、奉レ送二于内海一也〉、大炊〈青墓長者〉、此四人皆連枝也、内記平太行遠子息等云々。（『吾妻鏡』建久元年（一一九〇）十月二十九日条）

○其後幼稚之弟乙若、亀若、鶴若、天王等至迄、宣旨ニ依テ彼処ニ而頸ヲ斬訖。皆四人之子等之母、之ヲ聞而悲嘆ニ絶ズ、柱川ノ渕而身ヲ投死。于時年三十七歳。是美濃国住人内記平太夫行遠之女、青墓長者大炊之妹也。（『神皇正統録』中「後白河院」）

内記平太については、『長秋記』天永四年（一一一三）三月四日条に「横山党依三殺二害内記太郎一、被レ下二追罰宣旨一」という記事があり、これと関連するものとして『小野氏系図』の一本、「隆兼」の注記に「依レ打二六条判官殿御代官愛甲内記平大夫一。蒙二十七ヶ条之衾宣旨一」とあり、秩父権守重綱、三浦平太郎為次、鎌倉権五郎景政らに攻められたという記述がある。これによれば、内記平大夫は、義朝の父為義の被官であり、相模国愛甲庄を管理していたようである（湯山学氏「相模国愛甲郡の庄園」、『地方史研究』一四四）。この内記平太郎・内記平大夫がおそらく大炊や源光の父内記平太行遠に該当するものと推測できる。行遠を討った隆兼が後に為義に赦され、愛甲庄を拝領している点を見ると、内記平太も武蔵七党横山党小野氏の一族であったか。

一三六　ここで、乙若が波多野次郎義通に語ったという言葉は、金刀比羅本『保元』下「義朝幼少の弟悉く失はるる事」によれば、次のようなものであったという。

○扨も義通よ、下野殿に申さんずる様はよな、此事共は清盛が讒言に依てたばかられさせ給にこそ。昔も今も例なき現在の父の頸を切、兄弟を失ひ終て、身一つに成て只今平氏にすべられ、終には我身も亡び失て、源氏の種の絶ん事こそ口惜けれ。其時乙若は少けれ共能云けりと思合せ給はんずるぞ。遠くは七年、近は三年の中をば過し給はじと慥申べし。

しかし、これは『平治』の乙若の言葉とはうまく対応していないようである。むしろ、その折の、「哀、下野殿はあしくも計給ふ物かな。人の世に有と云は、一門兄弟の広きをこそ云なれ。我等三四人助をかせ給たらば、好方人にてこそあらんずれ。よからん郎等二三百人にはいかでかかへさせ給ふべき。たゞ今後悔し給はむずる物を。能々はかはひ給はで」とある亀若の言と対応している。

三七「小平といふ山寺」とは、「小平寺」という名の山寺であろう。この寺の名は、九条本には「近江国大吉寺」とある。これがこの物語の本来の表記であったと推測される。というのは『吾妻鏡』文治三年（一一八七）二月九日条に「有二大夫属定康一、関東之功士也。……去々年平治元年十二月合戦敗北之後、左典厩令レ赴二東国美濃国一給。于時寒風破レ膚、白雪埋レ路、不レ［便脱カ］二進退行歩一。而此定康、忽然而令三参二向其所一之間、為レ遁二平氏之追捕一、先奉レ隠二于氏寺〈号二大吉堂一〉天井之内一、以二院主阿願房以下住僧等一、警護之後、請二中私宅一、至二于翌年春一、竭二忠節一云々」とある記事に「大吉堂」が見えているからである。この記事では、定康はあたかも義朝をもかくまったかのように読めるのであるが、義朝と頼朝とは別行動であり、義朝は十二月二十九日には既に奥波賀に到着していたらしいので、この記事はもっぱら頼朝に関わるものであろう。ここに見える定康とは、屋代本『平家』「剣巻」に「兵衛佐頼朝ハ山口ニステラレタリシガ、東近江草野丞〈庄司イ〉ト云者ニ被レ養テ、或ハ御堂ノ天井ニ陰居タリシ程ニ」と見える草野庄司のことと思われる。幸若舞曲『文覚』にも、頼朝の発言として「いかに候、父御前。さても西［坂本まで］は御供申して候ひしが、暗さは［暗し］、雪は降る。追ひ後れ申し、草野といへ［る］山里に隠れて年を送り、……」とあって、頼朝の隠れた地が草野（長浜市野瀬町）の大吉寺であった点の傍証となる。大吉寺は貞観五年（八六三）安然の開基になる天台宗の寺で、平治の頃の本堂は天吉寺山（標高七五〇メートル）の山頂付近にあった。織田信長の近江攻めの折に灰燼に帰し、現在は麓に一宇の堂が残るのみである。山頂にはかつての僧坊の礎石、頼朝奉納の供養塔があり、寺には頼朝の御教書が伝来しているという。山頂への道は谷川沿いの険阻な細い山道で、官軍の追及を逃れ、身を隠すには格好の地形である。

大吉寺が、小平寺と誤られていった（仮託された）経緯はつまびらかではない。あるいは、護良親王幽棲の地として名が知られるようになって以後、太平寺という名に取り替えられ、さらに大原が小原と表記されることがあるように、太平寺が小平寺と表記されるようになったものか。

太平寺は滋賀県米原市伊吹にあった寺で、長尾護国寺、弥高護国寺、観音護国寺とともに、伊吹四ヵ寺と総称された。正しくは太平護国寺という。その故地は伊吹山の中腹に当たり、眼下に姉川を見下ろすところにある。眼下の姉川（小平といふ山寺のふもとの里）は鵜飼が漁を行うには格好の地である。なお、この太平寺説に関しては『伊吹町史』を嚆矢とする。

日本古典文学大系本は「栗太郡栗東町小平井か、未審」とするが、小平井では、義朝主従の行程が地理的に前後する。また小平の地を上平寺を指すかとの説もあるが、上平寺（弥高護国寺の地）は藤川の上流部にあたり、鵜飼が鵜舟を浮かべて漁をするには川幅が狭く水深も浅すぎて、鵜飼の居住する地としては難がある（頼朝と鵜飼が出逢った地が小平であった。鵜飼はもともと小平に居住していたと見なせる）。当時の鵜飼漁も鵜舟と松明を使っていたことは、七巻本『宝物集』巻五に「さきた河くだす鵜舟」とあり、「はやせ河くだす鵜舟のかゞり火」とあることにより確かめられる。

太平寺は、宝亀元年（七七〇）の開基になり（『興福寺官務牒疏』）、康治元年（一一四二）に再興され、『参考太平記』所引の金勝院本に、護良親王の幽棲した寺として「太平寺ト云山寺」とその名が見える。伊吹四ヵ寺の随一の寺として、百十六の僧坊を擁した大寺であったというが、現在は廃寺となって麓に移っている。『近江輿地志略』巻八十一によれば、江戸時代にはすでに僧坊三宇、門前の在家二十八軒ほどとある。太平寺は「タイヘイジ」もしくは「オホヒラデラ」と読む。

一三八　この諺は主に室町時代に多く使用されたらしく、以下の作品に見えている。

○情は人の為ならず、よしなき人に馴れそめて、出でし都も偲ばれぬほどになりにける。くく。

（『閑吟集』一一八）

○情は人のためならず。／よしなや人になれそめて、いでし都もしのばれぬ程になりにけり。

（謡曲『粉川寺』）

○思ひ知らずや世の中の、情は人のためならず。（謡曲『葵上』）
○情の人の為ならじ。今此際の御命に代り申さずは、弓矢の家の名ぞ惜しき。（謡曲『仲光』）
○うたてのおほせや、なさけは人のためならず。（写本『姫百合』）
○たゞ人はなさけあれ、なさけは人のためならずとうらやまざるはなかりけり。（『常盤物語』）
○たゞ人は情あれ、情の人のためならず。（幸若舞曲『山中常盤』）
○只人には情けあれ、情は人のためならず。まはれば我身に報ふぞかし。（お伽草子『秀衡入』）
○さのみ情をふりすてそ情は人のためにあらねば（お伽草子『和泉式部』）
○情ハ人ノ為ナラズ。（『太平記』巻六「赤坂合戦事……」）
○情ハ人ノ為ナラズトハ、加様ノコトヲゾ申ベキ。（『太平記』巻二十六「四条縄手合戦事……」）
○情は人のためならず（『曾我物語』巻四「虎を具して、曾我へゆきし事」）
○情は人の為にもあらばこそ。（『義経記』巻六「静若宮八幡宮へ参詣の事」）
○十三や　さのみなさけはふり捨てそ　なさけは人のためとあらねば（仮名草子『薄雪物語』）

なお、『閑吟集』の歌謡は謡曲『粉川寺』（廃曲）から採ったものという。

一三九　『小野氏系図』の横山隆兼の注記に、隆兼が「六条判官殿御代官愛甲内記平大夫」を討ったことが記される。また『長秋記』天永四年（一一一三）三月四日条に「横山党依レ殺二害内記太郎一、被レ下二追罰宣旨一」とある。源光は恐らくこの内記平大夫（内記太郎）の子にあたるのであろう。源光と源氏との関係は少なくとも父行遠以来のものであった。行遠の子供たちは、大炊の姉が為義の妾となり、乙若以下四人の子供を産んでいる。また大炊が義朝の妾となっている点など、行遠以来の関係によるのであろう。相模国愛甲庄は為義の所領であり、被官であった内記平大夫を代官として庄園管理に当たらせていたものらしい。愛甲庄に隣接するのが毛利庄で、そこは義朝の叔父陸奥六郎義隆（号毛利冠者）の所領であった。ともに八幡太郎義家の所領を伝領したものであろうという（補注一三五、湯山論文）。
しかし源光の世系は未詳である。『姓氏家系大辞典』所引の『名細記』に、『保元』に名の見える平野平太と源光の父内記大夫行遠とを同一人物とする。しかし『吾妻鏡』建久元年十月二十九日条に、行遠の子政遠が保元の乱に誅されたとあるので、この平野平太は源光の兄「内記平太政遠」ではないかと思われる。いずれにしてもこの平野氏であれば、『尊卑』真作流の清兼の条に「従五下。進士大夫。号二中河進士一。或系図云、美濃平野氏云々。住二美濃国中河一」とあり、この清兼の一族ということになる。清兼の祖父良朝の注に「美乃国平野権寺主。……住二中河一」とあって、この良朝のときに美濃国に移ったことになる。しかし、清兼の子孫に行遠・政遠・真遠の名が見えないばかりか、真遠・行遠および真遠の兄政遠に共通する「遠」の字を名に使用した人物も見当たらない。補注一三五も参照。

一四〇　現在揖斐川の本流は大垣市の東を南に流れているが、鎌倉時代には現在の杭瀬川の川筋を流れていた。叡尊の『関東往還記』弘長二年（一二六二）二月九日条に「於二同国株河東岸笠縫、今宿一中食」とあるように、大垣市笠縫町の西を流れていたことがわかる。またこの株河が現在の杭瀬川のことではなく、揖斐川の本流であった点は、『東関紀行』に「株瀬川といふ所に泊りて、夜ふくるほどに川端にたち出でて見れば、秋のなかの晴天、清き川瀬にうつろひて、照る月なみも数みゆばかり澄みわたれり」（『盛衰記』巻十二「大臣以下流罪」にも同文）とあり、大河を暗示する描写になっている。『覧富士記』に「くゐぜ川わたるとて、夕されば霧たど〳〵し河の名のくゐぜもとめて舟や繫がん」とあり、『ふぢ河の記』には「くゐせ川といふ所を舟にてわたりて」とあり、享禄三年（一五三〇）に大洪水で川筋が大垣市の東に移動する以前は、舟で渡るほどの河幅であったことが記されている。また『吾妻鏡』承久三年（一二二一）六月七日条に「凡株河、洲俣、市脇等要害」とあるように、しばしば株河（揖斐川）、洲俣川（長良川）に陣が布かれるのは、この両河川の河幅が広いため、防御の陣を布くのに適していたからである。

　江戸時代の美濃国の地図をみると、揖斐川は岐阜県揖斐郡池田町舟子の辺から分流し、一方が現在の揖斐川の流域を流れ、他が現在の杭瀬川の流域を流れている。享禄三年（一五三〇）に、揖斐川本流はこの舟子で流れを東に変えたのである。

一四一　折戸の名は、『盛衰記』巻三十三「行家与二平氏一室山合戦」に「美濃国住人ヲリトノ六郎重行」が見え、この「ヲリト」が折戸に該当するか。諸本の異同を見ると、九条本には「こうつ」とあり、これは恐らく「国府津」であろう。「府津」とある古活字本はそれと関連し、本来「国府津」とあったものと見なされる。

しかし、金刀本系列の諸本では、内閣本が「おりしも川にせきすへ」（「おりしもつにせきすへ」とも読める）とある点をみると、四類本においては、折戸が本来固有名詞であったと断定することはできない。学二本に「折下津」とある点から見れば、金刀本の「おりくたり津」という表記は、「をり下津」などを仮名書きにした際の誤りと見なされる。この辺の解釈は、「くいせ河をぞくだしける。をりしも、川に関据ゑ」、「くいせ河を下しけるをり、下津に関据ゑ」など、多様な解釈を許す表現であって、なんらかの本文上の誤りを合理化した結果ではないかと思われる。また、このような「折下津」といった表記から「折津」もしくは「下津」が派生したということも考えられる。下津《おりつ》と折戸は同地異名である。

折戸は愛知県稲沢市下津各町が当時の宿駅として著名であった。『沙石集』巻六ノ一八に「尾張国折津ノ宿」、『十六夜日記』二十日条に「尾張国おりとといふむまや」、『盛衰記』巻二十七「墨俣川合戦……」に「尾張国折戸ノ宿」などとみえる。『関東往還記』弘長二年（一二六二）二月十日条にも「於二同国折戸宿一中食」とある。ここも『沙石集』巻二ノ四に「本国へ下程ニ、下津河水マサリテ、叶ズシテヤスラフ程ニ」とあるように、恐らく木曾川の一支流が流れていたものと推測される。前引の『盛衰記』には、新宮十郎行家が墨俣川（長良川・旧木曾川の合流点）の陣、小熊の陣と落とされ、折戸、続いて熱田、矢作川と次第に退却しながら陣立てをして戦っている。折戸に陣を取ったのも、そこが墨俣・矢作と同じく、下津川の利を狙ったからと思われる。

なお、岐阜県養老町には、義朝主従の逃走路を津屋川からとする伝承が残っており、それによれば、養老寺の東二キロメートルほどの所に源氏橋という橋があり、この橋の下から柴舟で下ったとある。現在の津屋川は、川幅が狭いうえ浅く、そこから人を乗せた舟を下せるとは思えないが、かつて津屋川に沿って杭瀬川（あるいは牧田川）が流れていたらしい徴証も、津屋川左岸の堤防の高さから推測されるので、考慮に入れておくべき伝承と考えられる。源氏橋に立つ、養老町の案内板を写しておく。

○源氏橋。今は津屋川と云うが田跡川と云った頃から木橋であったが今では石組みに変った。その橋の東側に四角の太い石標があり、「源氏橋」の三大字を刻し下部に〈白出十八丁養老公園〉と刻示し、裏面に明治十三年多芸郡飯木村とあり。此橋から源義朝主従を柴船に載せて乗出したから今も源氏橋と云うている。

○鎧掛の榎。源義朝公が平治の乱に敗れて、尾張国野間の内海に遁れる時、此処を経過して飯木村の西部の地で休息した。その傍らにあった樹上に鎧を掛けた樹を植え継いできて、先頃此処に移植したものである。「鎧掛の榎」と云うが今も此処に生育している。その休息した地域を今も「休息所」と称している。

一四二　長田庄司忠致の家系については、桓武平氏であることは一致するものの、諸説がある。まず『尊卑』及び『系図綜覧』では、「高望王―良茂―良正―致頼―公致―致房―行致―致俊―忠致―景致」とあり、『桓武平氏系図』では、「高望王―良兼―公雅―致頼―致経―致房―行致―忠致―景致」となっている。また『平治』の諸本ではおおむね平大夫知（致）頼の末孫、賀茂次郎行房の孫、平三郎宗房の子とあり、『参考平治物語』所引の岡崎本には、高望王八代の後胤、平大夫ムネヨリ五代の末孫、賀茂次郎ムネフサの孫、平三郎ユキムネの子とする。先祖平五大夫致頼は頼信・保昌・維衡とともに、その勇武を称された武士。

忠致は、古活字本・九条本などに、寿永二年（一一八三）に頼朝に降り、頼朝配下として西国の戦いに軍功を立てたものの、壇ノ浦の合戦後張り付けにされたとする。→下「長田六波羅に馳せ参る事……」。

長田庄司の「長田」がどの地に由来するか未詳。『姓氏家系大辞典』に伊勢国飯野郡長田に由来するかといい、日下力氏は愛知県の長田川流域を本拠地とするかといい、また豊田市司町の長田館跡をその遺跡とする『豊田市史』を紹介する。『吾妻鏡』治承四年（一一八〇）十月十三日条、十四日条、あるいは『神皇正統録』中の記事に、源氏の再起の時、平家方として長田入道が駿河の目代橘遠茂らとともに駿河武士を率いて、甲斐源氏の動きを封じるために富士山麓に出陣している点、さらに静岡市鎌田に本拠をおいていた鎌田兵衛正清を婿としていた点から考えると、駿河国有度郡長田村（現静岡市駿河区鎌田の内）に由来するか。

一四三　九条本・古活字本には、頼朝の挙兵に長田親子も従って奮戦した旨を記し、平家滅亡後、二人は磔になったと記す。九条本には、

○左馬頭討たりける長田庄司忠宗・子息先生景宗は、平家へも参らず。重代の主、討たりしかば、天の責をや蒙りけん、五十騎ばかりにて頸をのべて、鎌倉へぞ参ける。兵衛佐、「いしう参りたり」とて、土肥次郎に預らる。其後、木曾追討の為に、蒲冠者範頼・九郎冠者二人、兄弟をさしのぼせらる。木曾を追討して、一ノ谷の合戦にうちかち、軍の次第を注進せられける御使ごとに、「長田が合戦はいかに」と御尋あり。「大

剛の者にて候ける。所々にて神妙にふるまひ候」と申ければ、「此等父子に、向後、合戦なさせそ」とぞ、の給ひける。平家、長門国壇浦にて亡終て後、長田、鎌倉へ参りたりければ、「成綱に申ふくめたる事有。とく／＼本国へ帰りて、故殿の御菩提をとぶらへ」と被レ仰ければ、長田、よろこびて上りにけり。安堵の思ひをなす所に、弥三の小次郎、押寄て、忠宗・景宗をからめとり、磔にこそしてンげれ。世のつねの磔にはあらず、義朝の墓の前に板を敷て、左右の足手を大釘にて板に打付、足手の爪をはなち、頬の皮をはぎ、四五日のほどに、なぶり殺しにぞころされける。相伝の主をうちて、子孫繁昌せんとこそ思つらめども、因果、今生にむくひ、名をながし、恥をさらしけり。

古活字本は、同様の記述の中に「又何者かしたりけん、／きらへども命の程は壱岐のかみ美の尾張をば今ぞ給はる／かりとりし鎌田が頸のむくひにやかゝるうきめを今は見るらん／とよみて、作者に、鎌田政家と書たる高札をこそ立たりけれ」と、落書があった旨を記す。四類本はこの後日譚を欠くが、この後日譚が前提にあって「源氏世に出て後は、長田堀頸にせらるゝか、張付になるか、あはれ長田が果を見ばや」という、人々の感想が記されたものであろう。この記事のあった状態が『平治』本来の姿と見える。『吾妻鏡』治承四年（一一八〇）十月十三日、同十四日条、『神皇正統録』中に、頼朝の旗揚げに呼応した甲斐の武田太郎信義らを討つために、長田入道父子が発向したが、子息二人が討ち死にしたという記事がある（『神皇正統録』は長田父子とする）。この長田入道父子は忠致と景致であろうと思われる。『鎌倉遺文』一二八五五号、建治三年（一二七七）九月十一日附「日蓮書状」に「大将殿（頼朝）はおさだを親のかたきとをほせしかども、平家を落さざりしには、頸を切給はず」という一文がある。日蓮の証言が事実であれば、長田忠致らは捕虜になったのであろうし、『吾妻鏡』、『神皇正統録』の記事が事実とすれば、日蓮はその知識を『平治』から得ていたということになろうか。

一四　このあたり、四類本の文章は脱文があるらしく、史思明を安慶緒の子息とする点で誤りがあるのみならず、文意が曖昧である。康・半を含めて、四類本の中では唯一金刀本が「異国の安禄山は主君玄宗をかたぶけ、養母楊貴妃をころし、天下をうばひとりしかども、其子安慶緒にころされ、安慶緒は又ちゝをころしたるによつて、史明師にころされて、ほどなく禄山が跡絶ぬ」とあり、文意が明確である。しかし、四類本の中で、同系列の内閣本、学二本も他の諸本と同じである点をみると、金刀本のみが異質の本文を伝えていることに疑問が残る。ここは、金刀本が古い本文を伝えていると見るよりも、流布本で補訂をしたと考えるべきであろう。古活字本には「安禄山が主君玄宗をかたぶけて、養母楊貴妃をころし、天下を宰どりしか共、其子安慶緒にころされ、安慶緒は又、父をころしたるによ（っ）て、史思明に害されて、程なく禄山が跡たえぬ」とあり、金刀本とほぼ同文である。金刀本が古活字本（流布本）の本文によって、自身の本文を訂正している例である。

一四五　常葉の父の出自が大和国であったらしい徴証は、『平治』四類本に「大和国宇多郡龍門の牧岸の岡といふ所に伯父のありしかば」とあり、一類本に「大和の宇多の郡に」「したしき者共」がいたとある（中「常葉落ちらるる事」）。この「したしき者共」の名を幸若舞曲『靡常盤』では加藤次兵衛としている。また幸若舞曲『山中常盤』には「大和げんじの大将に、宇田のとうじがむすめ、ときはとはみづから也」とあって、大和源氏宇田藤次の娘とする。大和源氏は清和源氏の一流で、頼光の弟頼親から始まる。本拠は大和国宇陀郡である。常葉の父とされる藤次はその名乗りからみて源氏であったとは考えられないが、大和源氏と党的結合があったものか。常葉はその父が京の女に産ませた子であろう。『義経記』巻一「常盤都落の事」には「常盤が母関屋と申（す）もの、楊梅町にありけるを、六条より取いだし」とある。これらは当然伝承の域を出ないが、常葉の父は大和国の出身、母は都の人であったことは事実であったろう。

一四六　大原以下の地名は、たとえば『平家』巻二「烽火之沙汰」に「淀・はづかし・宇治・岡の屋、日野・勧修寺・醍醐・小黒栖、梅津・桂・大原・しづ原、せれうの里と、あぶれゐたる兵共……」、また『保元』中「義朝弟ども誅せらるる事」に「八郎為朝は大原の奥に有けるが、太刀打振て鳥の飛がごとくに失にけり。残五人の者共、鞍馬・貴布祢・芹生の里、所々につかれ臥て有けるを、押寄〳〵からめとる」とあるなど、都周辺の、身をひそませる場合、よく現れる地名である。特に、屋代本『平家』巻二「重盛卿父禅門諷諫事」には「淀・ハツカセ・宇治・岳ノヤ・醍醐・小栗栖・日野・勧修寺・大原・シツ原・セレウノ里・梅津・桂ニアフレヰタル兵共」とあり、大原・静原・芹生の里・梅津・桂については、地名列記の順序も同じである。

一四七　ここに見える芹生は京都府京都市右京区京北芹生町であり、他に、隠遁の地として知られた大原の芹生があった。しかし、補注一四六に引いた文章から、ここは京北芹生町と見なせる。『保元』の例では、大原から落ちた者達を、鞍馬・貴布祢・芹生の里で捕らえたとあるから、大原の芹生ではあり得ないであろう。また、屋代本の地名配列によれば、京都の南から東に行き、醍醐・日野をとおり北上、大原・静原から西に向かい芹生の里に至る。その後南下して、梅津・桂とあるから、ここも京北町の芹生を指しているのであろう。

一四八　この兵法の教えは、『著聞集』三三七話に「其後、永保の合戦の時、金沢城をせめけるに、一行の鴈飛さりて、苅田の面におりんとしけるが、俄におどろきて、つらをみだりて飛帰けるを、将軍あやしみて、くつばみをおさへて、『先年江帥のおしへ給へる事あり。夫軍、野に伏す時は、飛鴈つらをやぶる。此野にかならず敵ふしたるべし。……』よし下知せらるれば……」とあって、八幡太郎義家が大江匡房から学んだ軍陣訓としている。この軍陣訓は有名なものであったらしい。

○勇士臥」野帰鴈乱」連ト云本文アリ。（『盛衰記』巻二十三「実盛京上」）
○兵、伏」野飛雁乱」列ト云、兵書ノ詞……（『太平記』巻二十八「三角入道謀叛事」）
○又戦場ニ臥時、雁列ヲ乱ト云事アリ。（『義貞記』）
○鴈行乱ル、時ハ兵ノ野ニ臥事ヲ悟リ、冬ハ深雪ノ中ニ迷テ道ヲ老馬ニ任。管仲ガ賢跡ヲ知ル。
（『神明鏡』上）

　これらをみると、『孫子』を出典とすると断ずるのがためらわれる。『神明鏡』にいう管仲と、この軍陣訓との関係も未詳。ただし老馬の件は、『韓非子』「説林篇」に、桓公が遠征の帰途、道を見失い、管仲が老馬を放して道を尋ね得た話が見える。なお『下学集』『伊呂波』に大なるものを鴻といい、小なるものを雁というとみえる。

一四九　「手を合、念仏申されければ、難波うしろにまはるとぞ見えし、御頸は前に落にけり」という文も四類本の特徴的な文である。一類本・十一類本は文章そのものが全く異なっている。この特徴的な文も鎌倉後期、室町時代の作品にみかけられる。

○立返ウツブクカト思ホドニ、女ノ頸ハ前ノ梃ヘゾ落ニケル。
(延慶本『平家』第二末二「文学ガ道念之由緒事」)

○而レ共土佐府ト云者剣抜キ、御後ロノ方ヘ立寄リケレバ、御首ハ前ニ落テ髑髏ハ王子ヲ懐ナガラ辷ニケリ、
(赤木文庫本『神道集』「熊野権現事」)

○南無阿みだ仏と申させ給ふ所に、藤内よると見えしかば、御くびはまへゝおちにける。
(写本『木曾よし高物語』)

○とをかげたちをぬきて、御そばによるかと見へしが、御くびはまへにぞおちにけり。
(寛永十四年写本『しみづ物語』)

○かやうによみ給ひて、にしにむかひ十ねんしたまふを、太刀どり御うしろへまはるかとおもへば、御くびはまへにころびける。(『聚楽物語』下)

一五〇　頼朝の妹夜叉御前が、頼朝捕縛の時、「いっしょにつれてゆけ」とすがったとする場面構成は、延慶本『平家』第六末十七「六代御前被召取事」の六代捕縛の場面に似る。

○既ニ輿ニ乗リ給ケレバ、妹ノ夜叉御前ナゴリヲ、シミ給テ、兄御前ハイヅチヘゾヤ。母御前トモツレ給ワデ、タダ独ハイカニ。我モ行ム。母モ乗給トテ走出給ケルヲ、女房泣々取留テケリ。

兄が捕らえられる場面に居合わせた妹、そしてその名が夜叉御前である点も、この両者に関係のあったことを思わせる。

一五一　『十訓抄』第五「可レ撰二朋友一事」に、異説を載せる。

○安康天皇は御弟の大草香皇子の家室、容姿すぐれ給へるよし聞き給ひて、使を遣はして、乞はせ給ひけるに、領状を申されけり。御使する人、皇子に意趣かありけむ、これを失ひ奉らむために、惜しみ給ふよしをはかり申しければ、帝、兵を遣はして皇子をうちて、その室を取りて、わが后にし給ひけるほどに、あへなく御継子の眉輪王のために、殺害せられ給ひにけり。

させる后のすすめにあらねども、ひがことをもととして、悪縁に契りを結び給へるにや。

一五二　『呉越春秋』巻七「勾践入臣外伝」には次のようにある。

○越王、明日謂㆓太宰嚭㆒曰、囚臣欲㆓一見問㆒㆑疾。太宰嚭即入㆓言於呉王㆒。王召而見㆑之。適遇㆓呉王之便㆒。因入太宰嚭奉㆓溲悪㆒以出㆓逢戸中㆒。越王因拝請㆘嘗㆓大王之溲㆒以決㆗吉凶㆖。即以㆑手取㆓其便与㆒㆑悪而嘗㆑之。因入曰、下囚臣勾践賀㆓於大王㆒。王之疾至㆓己巳日㆒有㆑瘳。至㆓三月壬申㆒病愈。……呉王大悦曰、仁人也。乃赦。越王得㆑離㆓其石室㆒去就㆓其宮室㆒。執㆓牧養之事㆒如㆑故。……其後呉王、如㆓越王期㆒㆑日疾愈。

『呉越春秋』はこの引用文の前に、勾践が范蠡の献策を受けて、夫差の溲悪を嘗めようと申し出たとする。

これが我が国の軍記物語に引かれる説話になると、異説が多く見られるようになる。

○夫差病スル事有キ。療術力ナキニ似タリ。医師ノ云、「尿ヲ令㆑飲、味ヲ以テ存否ヲシラン」ト云ケレ共、彼ヲ飲マントト云臣妾ナシ。囚勾践ガ云、「我無益ノ謀叛ヲ起シテ、誤テ虜レヌ。其咎死刑ニアリト云ヘドモ、君ノ恵ニ依テ命ヲ助ラレタリ。洪恩生々ニ難㆑報。須恩ヲ謝セン」ト云テ飲㆑之。夫差其志ノ深事ヲ感ジテ、本国ニ返遣シツ。　（『盛衰記』巻二「会稽山」）

○呉王病シケル時、医師ヲ請テ是ヲ見ス。医師ノ云、「尿ヲ人ニ呑セテ其味ヲ以テ命ノ存亡ヲ知ン」ト申セドモ、宮中ノ男女共ニ呉王ノ尿ヲ呑ント云者ナシ。勾践進出テ云、「吾君ノ為ニ命ヲ被㆑助テ其思尤深シ。尿ヲ呑テ報奉ラン」ト申テ、即是ヲ呑。味タガハザリケレバ、呉王ノ病愈ニケリ。呉王後ニ越王ノ志ヲ悦テ、本国ニ返遣ス。　（『盛衰記』巻第十七「始皇燕丹・勾践夫差」）

○斯リケル処ニ、呉王夫差俄ニ石淋ト云病ヲ受テ、身心鎮ニ悩乱シ、巫覡祈レ共無㆑験、医師治スレ共不㆑痊、露命已ニ危ク見ヘ給ケル処ニ、佗国ヨリ名医来テ申ケルハ、「御病実ニ難㆑重医師ノ術及マジキニ非ズ。石淋ノ味ヲ嘗テ、五味ノ様ヲ知スル人アラバ、輙ク可㆑奉㆓療治㆒」トゾ申ケル。「サラバ誰カ此石淋ヲ嘗テ其味ヲシラスベキ」ト問ニ、左右ノ近臣相顧テ、是ヲ嘗ル人更ニナシ。勾践是ヲ伝聞テ泪ヲ押ヘテ宣ク、「我会稽ノ囲ニ逢シ時已ニ被㆑罰ベカリシヲ、今ニ命助置レテ天下ノ赦ヲ待事、偏ニ君王慈慧ノ厚恩也。我今是ヲ以テ不㆑報㆓其恩㆒何ノ日ヲカ期セン」トテ潜ニ石淋ヲ取テ是ヲ嘗テ其味ヲ医師ニ被㆑知。医師味ヲ聞テ加㆓療治㆒、呉王ノ病忽ニ平愈シテゲリ。呉王大ニ悦デ、「人有㆑心助㆓我死㆒、我何ゾ是ヲ謝スル心無ランヤ」トテ、越王ヲ自㆑楼出シ奉ルノミニ非ズ。剰越ノ国ヲ返シ与ヘテ、「本国ヘ返リ去ベシ」トゾ被㆓宣下㆒ケル。……遂ニ勾践ヲ本国ヘゾ被㆑返ケル。

（『太平記』巻四「備後三郎高徳事付呉越軍事」。『三国伝記』巻六「呉越戦事」ほぼ同じ）

○かゝる所に、敵の呉王、にわかに石淋といふ病をうけて、心身とこしなへに悩乱す。巫覡いのれ共、験なく、医師治すれども、いへずして、露命すでにあやうかりけり。爰に、他国より名医きたりて、「この病、まことにおもしといへども、医術およびがたきにあらず。もしこの石淋をなめて、五味のやうをしる人あらば、その心をうけて療治せんに、すなわちいゆべし」と申ければ、「誰か、此石淋をなめて、あぢはひのやうをしるべきか」ととふに、左右の近臣、みなあひかへり見て、なむる者なし。勾践、これをきゝたまひ、「われ、会稽山にかこまれ、すでに誅せらるべかりしを、今までたすけをかれて、天下の赦をまつ事、ひとへに君王の厚恩なり。今、われ、これをもて報ぜずは、いつの日をか期せん」とて、ひそかに石淋の取てなめ、そのあぢわいお医師につげければ、医師すなはちあぢわいをきゝて、療治をくわふるに、呉王の病、たちまちに平癒す。呉王、大によろこびて、「人、心あり、死をたすけずは、いかでか今謝心あらん」とて、越王を土の籠よりいだし、あまつさへ越の国をあたへ、「本国に返したまふべし」と宣下せられけり。……勾践を本国に帰されけるぞ、運のきはめとおぼえける。（『曽我物語』巻五「呉越のたゝかひの事」）

また、『式目聞書』上「一、殴人咎事」にも簡略ながらこの説話を載せる。

『平治』の当該説話では、勾践が「病人の死生を知るはやすき事也」と自ら申し出たことになっており、『盛衰記』巻二「会稽山」、同巻十七「勾践夫差」、『太平記』巻四「備後三郎高徳事……」、『三国伝記』巻六「呉越戦事」、『曽我物語』巻五「呉越のたゝかひの事」では、医師が、尿を飲めば判断できると進言したとなっている。また『式目聞書』上「一、殴人咎事」には、勾践が膿をすすったとある。『平治』の説話は、これら軍記物語の中でも特殊な伝承となっている。

一五三　『呉越春秋』巻十「勾践伐呉外伝」に次のようにある。

○道見二鼃張一腹而怒。将レ有二戦争之気一。即為レ之軾。其士卒有レ問二於王一曰、君何為敬二鼃虫一而為レ之軾。勾践曰、吾思二士卒之怒一久矣。而未レ有下称二吾意一者上。今鼃虫無知之物見レ敵而有二怒気一。故為レ之軾。於レ是、軍士聞レ之莫レ不レ懐二心楽一死。

また『韓非子』「内儲説上」にも次のようにある。

○越王慮レ伐レ呉、欲二人之軽一レ死也。出見二怒鼃一、乃為レ之式。従者曰、奚敬二於此一。王曰、為二其有一レ気故也。明年請二以レ頭献一レ王者、歳十余人。由レ是観レ之、誉レ之足二以殺一レ人矣。一日、越王勾践見二怒鼃一而式レ之。御者曰、何為式。王曰、鼃有レ気如レ此、可レ無二為式一乎。士人聞レ之曰、鼃有レ気、王猶為式。況士人有レ勇者乎。

その他、『帝範』巻下「閲文」篇、『貞観政要』巻九「征伐」、『抱朴子』内篇巻二「論仙」に引かれ、『伍子胥変文』にもやや変形された形で伝えられている。

また我が国のものでは、『明文抄』巻五は断章なので省略するが、『盛衰記』巻第十七「始皇燕丹・勾践夫差」に「勾践赦サレテ本国ニ帰ケル路ニ、蛙ノ水ヨリ出テ躍ケレバ、馬ヨリ下テ是ヲ敬フ。奢レル者ヲ賞スル心ナルベシ」とみえ、『太平記』巻四「備後三郎高徳事付呉越軍事」（『三国伝記』巻六「呉越戦事」ほぼ同文）にも「越王已ニ車ノ轅ヲ廻シテ、越ノ国へ帰リ給フ処ニ、蛙其数ヲ不レ知車前ニ飛来。勾践是ヲ見給テ、是ハ勇士ヲ得テ素懐ヲ可レ達瑞相也トテ、車ヨリ下テ是ヲ拝シ給フ」とある。また『曾我物語』巻五「呉越のたゝかひの事」には「越王よろこびて、車の轅をめぐらし、いそぎ国にぞかへりける。道のほとりに、蛙おほくあつまりて、路頭おふさぐ。勾践、これを見て、『勇士をゑて、素懐を達すべき瑞相、めでたし』とて、車よりおりて、是をおがみてとをられけるが、はたしていふごとく、本意をとげ給ひにけり」などと見える。我が国のものは、『明文抄』の断章を除けば、罪を赦され、呉から越へ帰国する途次での逸話となっているが、『呉越春秋』は、勾践が呉を攻めて、呉と戦っていた時のこととする。

一五四『式目聞書』上「一、殴人咎事」に「雪と云字をば、はぢを清むると云時ならでは、清むと読ず。是古事なり。異朝に越王勾践と呉王夫差のたゝかひに、越王切負、呉王に生捕れ奴と成しなり。然に呉王うち臥大事の腫物を出して、うみを越王にすわせなどせしなり。則美女、宝器を送て、願は呉王に申て、勾践の罪を鞠といわんと云。勾践云、敢徳を不レ可レ忘。則美女、宝器を送。嚭、是を得て、呉王に申て罪を赦す。呉の大臣伍子胥が曰、夫勾践は賢君なり。范蠡又良臣なり。若是を許さば、後必是を患ん。呉王听す。遂に勾践を赦す。越王、其時会稽の山に出、雪にてうみをすゐたりし口を清む。此故に、恥を清むといふ時ならでは、此雪と云字をかゝざりし」とある。荒唐無稽な話であるが、このような解釈が行われていたものとみえる。

一五五　「三十三身の春の花、匂ふ袂は数をしらず。十九数の秋の月、もりこぬ宿はよもあらじ」という詞章については、古活字本は「三十三身の春の花、にほはぬ袖もあらじかし。十九説法の秋の月、照さぬむねもなかるべければ、……」となっている。

「春の花」と「秋の月」が対となった章句は、語釈の「唐の太宗は……」のところにも見られるように用例は極めて多い。そのなかで、『平治』の詞章に近い文になっているものに次の詞章がある。

○大慈大悲ノ春ノ花、十悪ノサトニカウバシク、三十三ジムノ秋ノ月、五ヂヨクノ水ニモヤドリケリ。（『六代御前物語』）

○大慈大悲の春の花、十悪の里に香ばしく、三十三身の秋の月、五濁の水に影清し。（謡曲『田村』。謡曲『花月』も同文）

○普門示現之春花、薫㆓迷昏三有之衢㆒。済生利物之秋月、浮㆓悪世五濁之水㆒。（『鷲林拾葉集』「特請願十方檀那之助成遂三十三所之巡礼蒙観音大士冥応備二世悉地子細之状」）

また、ほとんど『平治』の詞章に重なるものには次の例がある。

○三十三身ノ春ノ花、匂ハヌ里ハ无キ物ヲ　十九説法ノ秋ノ風、吹キ来ヌ家ハ非ジカシ。（真名本『曾我物語』巻三）

○女体ハ観音ナリ。此亦三十三身ノ春ノ花、匂ハヌ里ハ非ジカシ。十九説法ノ秋ノ月、照サヌ家ハ非ジ。（赤木文庫本『神道集』「二所権現事」）

○卅三身ノ春ノ花、匂ハヌ梢ハ非ジカシ。廿〈十イ〉九説法ノ秋ノ月ハ、照サヌ里モ非ジカシ。（赤木文庫本『神道集』「三島大明神之事」）

○三十三身の春の花、衆生の袂にかうばしく、十九しゆの秋の月、もりこぬやどは有まじと、（観音の）御ちかひましませば、（写本『鶴の翁』）

これらの例をみると、定型の語り口があり、それに合わせて語句を入れ替え、成文化しているようである。そして、これらの例からいえば、『平治』と類似する表現をもった作品が、すべて室町時代のものである。

る点は興味深い。常葉説話がこれらの作品と同様の土壌の上で、改作されたことを示していよう。

一五六　この章句は恐らく澄憲の『澄憲作文集』「生死無常」に「唐太宗ハ栄花ヲ一生ノ春ノ林ニ開キテ　忽ニ無常ノ風ニ随ヒ　漢明帝ハ寿福ヲ千年ノ秋ノ月ニ期シテ　虚シク必滅ノ雲ニ隠ル」とあるのを変形したものであろう。この章句は、「唐の太宗は一生の栄花を春の林において花開かせたが、すぐに無常の風に誘われ散っていった、漢の明帝は千年の寿命を秋の月のもとに願ったが、虚しく必滅の雲に覆われて隠れてしまった」という意味。なお、延慶本『平家』第五末廿七「惟盛ノ北方歎給事」にも「唐太宗ノ栄耀ヲ万春ノ花ニ開キ、遂ニ無常ノ風ニ随ヒ、漢明帝ノ寿福ヲ千秋ノ月ニ期セシ、虚ク必滅ノ雲ニ隠レヌ」とある。四類本は対句が崩れているので、本来『作文集』のように、「無常・必滅」は避けがたいことの例として使われた章句と思われる。四類本は、それぞれの後半部を切り取り、仏像・経典の功徳により、永遠の栄華と寿命を保証されたという意味に転用したものであろう。なお、四類本は、対句が崩れている点からいっても、訛伝とみなされよう。

一五七　「寺〴〵の鐘の音、今日も暮ぬとうちしられ」という詞章は、『拾遺集』のほかに、『後鳥羽院御集』「元久元年十二月賀茂上社三十首歌雑六首」の中に「山寺のけふも暮れぬと鐘の音に涙うち添ふ袖の片敷き」とあり、散文での用例は次の諸書に見える。

○向ひの寺の鐘のこゑ、枕をそばだてゝ、「今日も暮れぬ」と、かすかなる響きを聞きて、

（『源氏物語』「総角」）

これは、白楽天の「香爐峰下新卜山居……」という詩の一節（『枕草子』にも見える）と併せて文飾に使っている。

○入相の鐘の声、今日も暮れぬと聞くを……

（『栄花物語』巻十六「もとのしづく」）

○寂光院ノ入合ノ鐘今日モ晩ヌト打シラレ、

（延慶本『平家』第六末二十五「法皇小原ヘ御幸成事」）

○寂光院の鐘の声、今日も暮れぬと打ち知られ、

（覚一本『平家』灌頂巻）

○入相ノ野寺ノ鐘ノ音、今日モ暮ヌト打響ク。彼遺愛寺ノ辺ノ草庵ニ似タリケリ。

（『盛衰記』巻十「丹波少将上洛」）

○関寺の入相の鐘今日も暮れぬと打鳴らし、（『義経記』巻七「判官北国落の事」）

○今日も暮れぬと聞きわぶる。野寺の鐘のこゑ〴〵。永き眠りや覚めぬらん。（宴曲・外物「秋夕」）

○日もやう〴〵いりあひの、野寺にひゞくかねの声、じやくめついらくときこゆれば、けふもくれぬとうちおどろき、（奈良絵本『神代小町』）

○折節古寺の入相の物すごく、かすかに聞えければ、今日も暮れけるになどと、一人口ずさむところに、（お伽草子『付喪神』）

室町期の用例が多い。なお『拾遺集』の歌は、廬綸の「酬二李端病中見一寄詩」に「野寺昏鐘山正陰　乱藤高竹水声深」（『三体詩』所収）とあるものの翻案であろうか。

一五八「人をとがむる里の犬、声すむ程に夜はなりぬ」も、原歌は未詳ではあるが、和歌を源泉とするものであるらしい。いくつか関連する歌が見える。

○おともなくよはふけすみて遠近の里の犬こそ声あはすなれ（『玉葉集』巻十五「雑歌二」題しらず　従三位為子）

○一筋にいとひすつべき家の犬なにのよごと（よどこイ）の人とがむらむ（『夫木抄』巻二十七「雑部九動物部」、百首歌「獣五首」中、民部卿為家卿）

○主しらぬ岡べの里をきてとへば答へぬさきに犬ぞとがむる（『夫木抄』巻二十七「雑部九動物部」、「十題百首」後京極摂政）

○行きくれて宿とふ末の里の犬とがむる声を知べにぞする（『風雅集』巻九「旅歌」、題知らず　和気仲成）

また四類本の詞章と似通うものに次のような詞章がある。

○ツヽキノ里モヲトモセズ、人ノトガムルサトノイヌ、コヱスム程ニナリテコソ、法輪寺ニハ入ニケレ。（『盛衰記』巻三十九「横笛」）

○行きかふ人は絶えはてて、人をとがむる里の犬、声すむ程になりしかば、（絵巻『横笛草紙』）

○人を咎むる里の犬、声澄むほどにもなりしかば、（写本『浄瑠璃十二段草紙』）

○人をとがむる里のいぬ、おとすむほどになりければ、（写本『鉢かづき』）

その他、単に「人をとがむる里の犬」を含む詞章は、

○ふけぬるか人を咎むる里の犬上の　（『宴曲集』巻四「海道上」）

○いたく夜ふけにければ、人をとがむる里の犬も侍らず。（『撰集抄』巻七ノ一「唐亭子事」）

○夜ハ孤村ノ辻ニイテ、人ヲ尤ムル里ノ犬ニ御心ヲ被」悩、（『太平記』巻五「大塔宮熊野落事」）

○人の咎めぬ里犬あるやとばかり疑はれ　（古活字本『唐糸さうし』）

○人をとゞむるさとのいぬ　（寛永写本『しみづ物語』）

鎌倉中期以降の作品ばかりである点、とりわけお伽草子の類にこの詞章が頻出する点は注目すべきであろう。

一五九　同様の詞章は、管見では謡曲の中で使われているのみである。

○松根に倚つて腰を摩れば、千年の翠手に満てり。　（謡曲『阿古屋松』）

○松根に倚つて腰を摩れば、千年の翠手に満てり。梅花を折つて頭に挿せば、二月の雪衣に落つ。（謡曲『高砂』）

○梅花を折つて頭に挿まざれども、二月の雪は衣に落つ、（謡曲『弱法師』）

特に『弱法師』の詞章と発想を一にする点は、注目点である。

一六〇　次のような作品に同様の文章が見えている。

○むげにおさなきをば水に入、つちにうづみ、すこしおとなしきをばをしころし、さしころす。（『六代御前物語』）

○此ひごろ平家の子どもとりあつめ、水に入、つちにうづみ、あるひはをしころし、さしころし、さま〳〵してうしなふよしきこゆなれば……　（『六代御前物語』）

○明々日にならば今若殿は大人しきとて六条河原にて斬らるべし。つぎ乙若殿は刺殺し、牛若いまだ若なれば母諸共に生捕られ、加茂川か桂川に沈められなん。（幸若舞曲『伏見常盤』）

○平家ノ子孫ナラヌ者ヲモアマタ召取ケルトカヤ。少モヲトナシキヲバ首ヲ切指殺ス。無下ニ少キヲバ厭公殺、水ニ沈メ、穴ヲ堀テ埋ミナムドゾシケル。（「厭公殺」は「壓殺」を見誤ったもの。「おしころし」と読

む)　（延慶本『平家』第六末十六「平家ノ子孫多ク被失事」）

○日来平家ノ子孫共尋集テハ、或ハ首ヲ切リ、指殺シ、或ハ水ニ沈メ、土埋ムナムド、母上聞置給ケレバ、
（延慶本『平家』第六末十七「六代御前被召取事」）

『六代御前物語』の文章と延慶本の文章とは、明らかに直接関係が推測されるものの、その前後関係は未詳である。『平治』の文章もいずれかの作品の影響下にあるのであろう。

〔六一〕　この詞章は、次の諸書に見かけられる。

○柴のあみ戸、竹のすいかき、たかすかき、竹の簾もあれはて〻　（岡山大学本『平家』巻二十「灌頂巻」）

○山がつのあし屋にかけるたかすがきふしにくしとも思ひけるかな
（『堀河百首』「恋」。『夫木抄』巻三十「雑」にも）

○五月雨にしづのしのやのたかすがきふしところまで水はきにけり
（『月詣集』巻五「五月付恋中」大納言実国）

○我も伏憂き竹簀　（『宴曲集』巻三「袖志浦恋」）

「伏し（節）」は「竹」の縁語。藤原定家の「花月百首」に「竹の垣松の柱は苔むせど花のあるじぞ春さそひける」とあり、これは『源氏物語』の「須磨」に「所のさま絵にかきたらむやうなるに、竹編める垣しわたして、石の階、松の柱、おろそかなるものから、めづらかにをかし」とあるものをふまえた歌。ところがこの『源氏物語』の一文も、白楽天の「香炉峰下新卜二山居一草堂初成偶題二東壁一」に「五架三間新草堂　石階桂柱竹編牆」とあるものによっている。これらをみると、単に粗末な家を描写する場合に、常套句のように使われ、実体とかけ離れたものとなっているのであろう。

〔六二〕　ここに見える詞章が、歌謡として広まるのはやはり室町時代であって、管見では次の五例が見出せる。

○浮きてや浪にめぐるらむ、世を宇治河の水車　（宴曲『拾菓集』下「車」）

○宇治の川瀬を見渡せば、憂世にめぐる水車　（南都本『平家』巻一「徳大寺厳島詣事」）

○宇治の川せの水車、なにとうき世をめぐらふ　（『閑吟集』六四）

○うぢの川瀬の水車何とうき世をめぐるらん　（『宗安小歌集』一一八）

○京よりいざなはれくる人〳〵、尺八・笛ふきならし、宇治の川瀬の水車何とうき世をめぐるなど、此比はやる小唄、興に乗じ侍り。（『宗長手記』）

宴曲の一節であった詞章が改作され、小歌として独立し、『閑吟集』に収録されたものであろう。『宗長手記』に「此比はやる小唄」とあり、『閑吟集』の成立が永正十五年（一五一八）であり、『宗長手記』のこの記事が大永四年（一五二四）のものである点を考慮に入れると、現四類本の成立が永正以降である可能性も排除できない。

一六三 『義経記』巻一「常盤都落の事」には「永暦元年正月十七日の暁、常盤三人の子どもひき具して、大和国宇陀郡岸岡といふところにけいやくの親しきものあり。これを頼みたづねてゆきけれども、世間の乱るゝおりふしなれば、頼まれず。その国のたいとうじといふところに隠れゐたりける」とあり、岸岡から「たいとうじ」へ移ったとする。「たいとうじ」は未詳。信西が隠れたという田原の奥に大道寺があるが、これは山城国。龍門の近くには大蔵寺が見えるが、これは『大和志』に「オホザウ」とルビ。日本古典文学大系『義経記』に、「大和宇陀郡大宇陀町に大東の地名あり、そこか」とする。

一六四 郭巨の説話は『孝子伝』（『蒙求』にも引用）にみえる。

○後漢郭巨家貧養二老母一。妻生二一子一。三歳、母常減レ食与レ之。巨謂レ妻曰、貧乏不レ能二供給一。共レ汝埋レ子。子可二再有一。母不レ可二再得一。妻不二敢違一。巨遂掘レ坑二尺余、忽見二黄金一釜一。釜上云、天賜二孝子郭巨一、官不レ得レ奪、人不レ得レ取。

この説話は『蒙求』がよく読まれたこともあって、我が国でも広く知られたものらしく、次のような作品に見受けられる。

○今ハ昔、震旦ニ□□□代ニ河内ト云フ所ニ郭巨ト云人有ケリ。其ノ父亡ジテ、母存セリ。

郭巨、懃ニ母ヲ養フニ、身貧クシテ常ニ飢ヘ困ム。然レバ食物ヲ三ニ分テ母ニ一分、我レ一分、妻一分ニ充タリ。如此クシテ年来、老母ヲ養フ間ニ、妻、一ノ男子ヲ生ゼリ。其ノ子、漸ク長大シテ、六、七歳ニ成ル程ニ、此ノ三ニ分ケツル食物ヲ四ニ分ク。然レバ、母ノ食物弥ヨ少ク成ヌ。郭巨、歎キ悲ムデ妻ニ語テ云ク、「年来、此食物ヲ三ニ分テ母ヲ養ヒツルニ、猶シ少シ。而ルニ此男子生レテ後ハ四ニ分レバ弥ヨ少シ。

我レ、孝養ノ志シ深シ。『老母ヲ養ハムガ為ニ此ノ男子ヲ穴ニ埋ムデ失ヒテム』ト思フ。此レ、難有キ事也ト云ヘドモ、偏ニ孝養ノ為也。汝ヂ、惜ミ悲ム心无カレ」ト。

妻、此ノ事ヲ聞テ涙ヲ流ス事、雨メノ如クシテ答ヘテ云ク、「人ノ子ヲ思フ事ハ、仏モ一子ノ慈悲トコソ譬ヘ説キ給ヘレ。我レ、漸ク老ニ臨テ適マ一人ノ男子ヲ儲タリ。懐ノ内ヲ放ツソラ猶シ悲ノ心難堪シ。何況ヤ、遥ナル山将行テ埋ムデ還ラム事コソ可譬キ方モ不思ネ。然リト云ヘドモ、汝ガ孝養ノ心尤モ深クシテ、思ヒ企テム事ヲ我レ妨ゲバ、天ノ責メ可遁キ方无カリナム。然レバ、只、汝ガ心ニ任ス」ト。

其ノ時ニ、父、泣々ク妻ノ言ヲ感ジテ、妻ニ子ヲ令懐テ、我ハ鋤ヲ持テ遥ニ深キ山ニ行テ、既ニ子ヲ埋マムガ為ニ、泣々ク土ヲ掘ル。三尺許リ掘ル時ニ、底ニ、鋤ノ崎ニ固ク当タル物ノ有リ。石カト思テ、堀リ去ケムト思テ、強ニ深ク掘ル。猶、責メテ深ク掘テ見レバ、石ニハ非ズシテ一斗納許ナル黄金ノ釜有リ、蓋有リ。其ノ蓋ヲ開テ見レバ、釜ノ上ニ題テ文有リ。其ノ文ニ云ク、「黄金ノ一ノ釜、天、孝子郭巨ニ賜フ」ト有リ。郭巨、此レヲ見テ、「我ガ孝養ノ心ノ深キヲ以テ天ノ賜ヘル也」ト喜ビ悲ムデ、母ハ子ヲ懐キ、父ハ釜ヲ負テ家ニ還ヌ。

其ノ後、此ノ釜ヲ破リツツ売テ、老母ヲ養ヒ世ヲ渡ルニ、乏キ事无クシテ既ニ冨貴ノ人ト成ヌ。其ノ時ニ、国王、此ノ事ヲ聞キ給テ、恠ミヲ成シテ、郭巨ヲ召テ被問ル、ニ、郭巨、前ノ事ヲ陳ブ。国王、聞キ驚キ給テ、釜ノ蓋ヲ召シテ見給フニ、実ニ其ノ文顕也。

国王、此レヲ見給テ、悲ミ貴ビテ、忽ニ国ノ重キ者ト用ラル。世ノ人、亦、此レヲ聞テ孝養ヲ貴キ事ナム讃メケルトナム語リ伝ヘタルトヤ。

（『今昔』巻九ノ一「震旦ノ郭巨、孝老母得黄金釜語第一」）

○又郭巨ト云者ハ親ヲ養ンガタメニ。悲シカリケル子ヲ山中ニ掘リ埋ミシ程ニ。天道ノ御悲［憐］有テ金ノ釜ヲ掘出ス事有シ也。

（『康頼宝物集』上）

○字文挙。後漢河内人也。至レ老尤深。家貧生二一男子一。三才之時。語レ妻云。養レ子之間可レ闕二老母孝一。因レ之吾堀二穴吾子一。偏孝レ母。以妻負レ児。父取レ鋤。行レ山堀レ穴。即従二地底一得二黄金一釜一。返不レ捨レ子。以二其財一孝レ母。養二妻子一者也。

（『注好選集』上「郭巨堀地埋児第四十八」）

○唐に郭巨といふ者有き。家貧にして老母を養ふ。其妻一子を生む。三歳に成ころ。老母常に食事を分て此孫に与ふ。郭巨妻に語て曰。貧くして事不レ足。此子をば埋むべし。子は二度有べし。母は二度得べからずと云。妻もさらばとて。終に穴を掘事三尺にして。忽に黄金の釜をほり出す。釜の上に文あり。曰。天より孝子郭巨に給はる。臣も奪ふ事を不レ得。人も取事不レ能とありけるとかや。是孝行故に幸に逢るなり。

（『慈元抄』上）

○郭巨は、河内と云所の人也。家貧して母を養へり。妻一子を生て、三歳になれり。郭巨が老母、彼孫をいつくしみ、わが食事を分与けり。或時郭巨妻に語様は、「貧ければ、母の食事さへ心に不足と思ひしに、其内を分て孫に給はれば、乏かるべし。是偏にわが子の有（り）し故也。所詮汝と夫婦たらば、子二度有（る）べし、母は二度有（る）べからず。とかく此子を埋て母を能養度思ふ也」と、夫云ければ、妻もさすが悲しく思へ共、夫の命に違はず、彼三歳の児を引つれて、埋に行侍る。則郭巨涙を押て、少掘たれば、黄金の釜を掘出せり。其釜に不思議の文字すはれり。其文に曰、天賜二孝子郭巨一不レ得レ奪民不レ得レ取と云々。此心は、天道より郭巨に給程に、余人取べからずと也。則其釜を得て喜、児をも埋ず、友に帰、母に弥孝行を尽せるとなり。

（お伽草子『二十四孝』）

その他、七巻本『宝物集』巻一、『十訓抄』巻六ノ十七、幸若舞曲『和田酒盛』、謡曲『玉取』、『恋塚物語』巻下などにも言及される。

一六五　古活字本には、「唐の楊貴妃、漢の李夫人も、これにはすぎじ物を」とある。「楊貴妃・李夫人の妙なりし姿」（七巻本『宝物集』巻二）などと、この中国の美女二人をつがえるのは、語釈に引いたように『朗詠集』巻上、源順の句に由来するのであろう。この二人が、美女を形容する場合に比較の対象として引用される例は鎌倉中期以降で次の作品に見える。

○古ノ楊貴妃、李夫人ノ児ト申、カヲフシ、蓮ノマナジリモ、我子ニハマサラジト思。

（『雑談集』巻四ノ十「京ニアル女房ノ女ニ後レテ道心ヲ発ス事」）

○前腹ノ姫君達ハ、何モ々モ形厳シク、楊貴妃カ如ク也、又李夫人ニ異ナラズ、

（東洋文庫本『神道集』「赤城大明神事」）

○せいたいのまゆつきあひ〳〵しく、ひすいのかんざしたけにあまれる。ふようのまなじりけだかくして、

りうはつ風にけづれるよそをひ、やうきひ、りふじんもかくやとぞおぼえたる。

（長門本『平家』巻十「文覚房発心因縁事」）

この修辞が多用されるのはお伽草子の類が多い。

○顔の愛敬のいつくしく、楊貴妃・李夫人もいかでかこれにまさるべき。（写本『鉢かづき』）

○むかしのやうきひ・りふじんも、このひめぎみにはいかでまさるべき。（古写本『千じゅ女』）

○又は、やうきひ・りふじんも、これにはいかでまさるべき。（奈良絵本『いそざき』）

○たうのやうきひ、かんのりふじんも、かほどにはあらじとおぼえて、（絵巻『瓜子姫物語』）

○たうのやうきひ、かんのりふじん、わがてうにては、そとほり姫、をのゝ小まちなども、これにはいかでまさりなん。（奈良絵本『かざしの姫』）

○やうきひがしんそうにありしすがた、りふ人がけぶりのうちにみえしかたちも、これにはいかでまさるべき。（奈良絵本『七草ひめ』）

○李夫人楊貴妃、衣通姫、小野小町と聞伝へしも、是にはいかでまさるべき。（お伽草子『さいき』）

○姫君の御ありさま、漢の李夫人・楊貴妃も、これには過ぎじとぞ見え給ふ。（お伽草子『文正さうし』）

○むかしのりふじん・やうきひ・そとおりひめとやらんも、これにはまさらじとおもへば、（絵巻『賢学草子』）

その他、対象をこの二人の上位に置かないまでも、同等に扱う表現をとるものとしては、次の例がある。

○むかしのやうきひ・りふじんも、かくやといにしへの事までおぼしめしいでける。（奈良絵本『小伏見物語』）

○そのかたち云はかりなく、まことに玄宗皇帝の楊貴妃、漢の武帝の世なりせば、李夫人かとも思ふべし。（奈良絵本『木幡狐』）

○もろこしのいにしへならば、りふじん・やうきひともおもふべし。（奈良絵本『じぞり弁慶』）

○かのりふじんの玉のすがた、やうきひの花のかほばせも、かくやとおもひしられたり。（絵巻『神代小町』）

一六六　『今鏡』「すべらぎの下」に、次のような記事が見える。

○帝の御母方、また御傅などいひて、大納言経宗、別当惟方などいふ人二人、世を靡かせりし程に、（後白河）院の御ため御心にたがひて、あまりなる事どもやありけむ、二人ながら内に侍はれける夜、あさましく聞えしに、如何なる事かあらむずらむと聞えけれど、法性寺の太政大臣（忠通）の、切に申し和げ給ひて、各々流されてき。

○その頃、大納言（経宗）宰相（惟方）二人、院の御ため御心にたがひ給ふとて、阿波の国、長門の方などにおはしき。

この事件は、『公卿』永暦元年（一一六〇）条の経宗・惟方の注記に「二月廿八日解官（去廿日有レ事）」、『百錬抄』永暦元年二月二十日条に「院仰二清盛朝臣一、搦二召権大納言経宗、別当惟方卿於禁裏中一」などとあるように、二月二十日のことであった。『醍醐寺座主譲補次第』の「第十七代明海」条に「廿日天下騒動」とあって、このことが裏付けられる。ここで後白河院の心に背いたという事柄は、『愚管抄』と『清獬眼抄』にその経緯を載せている。

○カクテ二条院当今ニテオハシマスハ、ソノ十二月廿九日ニ、美福門院ノ御所八条殿ヘ行幸ナリテワタラセ給フ。後白河院ヲバソノ正月六日、八条堀河ノ顕長卿ガ家ニオハシマサセケルニ、ソノ家ニハサジキノアリケルニテ、大路御覧ジテ下スナンドメシヨセラレケレバ、経宗・惟方ナドサタシテ堀河ノ板ニテ桟敷ヲ外ヨリムズ〳〵ト打ツケテケリ。カヤウノ事ドモニテ、大方此二人シテ世ヲバ院ニシラセマイラセジ、内ノ御沙汰ニテアルベシ、ト云ケルヲキコシメシテ、院ハ清盛ヲメシテ、「ワガ世ニアリナシハコノ惟方・経宗ニアリ。コレヲ思フ程イマシメテマイラセヨ」トナク〳〵仰アリケレバ、ソノ御前ニハ法性寺殿モオハシマシケルトカヤ。清盛又思フヤウドモ、アリケン。忠景・為長ト云二人ノ郎等シテ、コノ二人ヲカラメトリテ、陣頭ニ御幸ナシテ御事ノ前ニ引スヘテ、オメカセテマイラセタリケルナド世ニハ沙汰シキ。ソノ有サマハマガ〳〵シケレバカキツクベカラズ。人皆シレルナルベシ。サテヤガテ経宗ヲバ阿波国、惟方ヲバ長門国ヘ流シテケリ。　（『愚管抄』巻五「二条」）

○後清録記云。永暦元年三月十一日庚寅。有二流人一。依レ召参内。／流人。／大納言経宗。〈阿波。章貞〉／

中納言師仲。〈下野。信隆〉／別当惟方。〈長門。能景〉／兵衛佐頼朝。〈伊豆。支忠〉／同舎弟希義。〈土佐。年九。予〉／去九日戊午。於二近江国一頼朝被レ搦。上洛了。　　（『清獬眼抄』）

　配流先は三月十一日に決められた。

一六七　ここに「又」とあるが、この語は直前の「赦免あり」に続いていて、本来「赦免ありぬ」の「ぬ」であった可能性がある。康に「赦免ありぬ」としていることに加えて、後出の別当惟方の赦免について「是もやがて赦免有ぬ」、中納言師仲について「是も幾程なくして赦免ありぬ」とあり、両者とも経宗の赦免を受けて「是も」「有ぬ・ありぬ」となっているからである。諸本をみると、天・書・竜に「また」とあるほかは、底本・和・玄・監・内・金・学二・半とも「又」という漢字を使っている。もしこの「又」が前文の「赦免ありぬ」の「ぬ」であったとしたら、当然、この「又」はカタカナの「ヌ」であったことになり、その場合、現存の四類本はすべて、カタカナ書きの本文から派生したということになろう。

一六八　別当惟方の歌に関しては次の作品に記事がある。

○前左兵衛督惟方／ながされたる物ども、ほどへてみなめしかへしけるに、一人なほ赦されざりければ、内のわたりの女房のもとへおくりける／このせにもしづむときけば涙河ながれしよりも袖ぞぬれける
（『続詞花集』巻十七・八五〇番）

○かやうにて、今は何事かはと覚えしに、かくおはしますべかりけるを、その折もいかゞ疑はせ給ひけん、皇子〈高倉〉の御方人と思しき、官退きなどして、また流させ給へりき。大方六七年の程に、卅余人のちり〳〵におはせし。あさましく侍りしに、やう〳〵よろしきにや従ひけむ、召し還されしに、惟方いつとなくおはせしかば、かしこより都へ、女房につけてと聞えし、／この瀬にも沈むと聞けば涙川流れしよりもぬるゝ袖かな／とぞ詠まれける。　（『今鏡』「すべらぎの下」）

○別当惟方卿は、二条院の御めのとにて、世におもくきこえけるが、あしく振舞けるによりて、後白河院御いきどをり深かりければ、出家して配所へおもむかれけり。其後おなじくながされし人〳〵ゆるされけれども、身ひとりは猶うかみがたきよしをつたへきゝて、／この瀬にもしづむときけば涙川流しよりもぬるゝ袖哉／とよみて故郷へをくられたりけるを、法皇伝きこしめして、御心やよはりけむ、さしも罪ふかくおぼし

めしけるに、この歌によりて、めしかへされけるとかや。
（『著聞集』一九二話。『十訓抄』巻十ノ三十五ほぼ同文）

なお『著聞集』一九二話、『十訓抄』巻十に見えるように、惟方が配流の折に出家したことは事実であったらしく、『今鏡』「すべらぎの下」にも「宰相は憂きめ見たりとて、頭剃されにけり」とあり、『公卿』永暦元年（一一六〇）条に「二月廿八日解官（去廿日有レ事）。三月十一日配二流長門国一。即日出家（或以前出家。法名寂信。号粟田口別当）」とある。

一六九　この歌は、補注一六八に引いた『続詞花集』、『今鏡』、『著聞集』のほか、次の歌集に見える。
○前左兵衛督惟方／とをき国に侍ける時、同じさまなる物ども事なをりて上ると聞ゑける時、そのうちにも洩れにけると聞ゝて、都の人のもとにつかはしける／この瀬にも沈むと聞くは涙川ながれしよりも猶まさりけり
（『千載集』巻十七「雑歌中」）
○事ありて遠き国へまかりけるに、かたへの人に帰りのぼるべしと聞けるに、我はさもあらざりければ、都なるはらからのもとへつかはしける／この瀬にも沈むときけば涙川ながれしよりもぬるる袖かな
（『治承三十六人歌合』三番右）

一七〇　『盛衰記』巻十一「経俊入布引滝事」は次のとおり。
○加様ニ事ニ触テ思慮深ク、君父ニ仕ルニ私ナシ。賢キ計ヲノミシ給ケルニ、小松殿常ニ被レ仰ケルハ、「重盛一期ノ間サシタル不覚ナシ。但経俊ヲ失タリシ事コソ思慮ノ短至リ、永不覚ト覚シカ」トゾ宣ヒケル。タトヘバ小松殿、布引滝為二遊覧一御参アリ。景気実ニ面白シ。……小松殿被レ仰ケルハ、「滝壺覚束ナシ、底ノ深サヲ知バヤ。此中ニ誰カ剛者ノシカモ水練アル」ト尋給ケレバ、備前国住人難波六郎経俊進出テ、「甲臆ハシラズ候。滝壺ニ入テ見テ参ラン」ト申。「然ルベシ」トテ免サレタリ。経俊ハ紺ノ褌《たふさぎ》カキ、備前造ノ二尺八寸ノ太刀随分秘蔵シタリケルヲ脇ニ挟テ、髪ヲ乱シテツット入。四五丈モヤ入ヌラント思程ニ、底ニイミジキ御殿ノ棟木ノ上ニ落立タリケルガ、腰ヨリ上ハ水ニアリ、下ニハ水モナシ。穴フシギト思ナガラ、サラ〳〵ト軒ヘ走下タレバ、水ハ遥ニ上ニアリ。コハ何トアル事ヤラント、胸打騒ギケレ共、心ヲシヅメテヨク見ント思テ、軒ヨリ庭ニ飛下、東西南北見廻バ、四季ノ景気ゾ面白キ。……経俊立廻テ、穴目出、是ヤコ

ノ費長房ガ入ケル壺公ガ壺ノ内、浦嶋ガ子ガ遊ケン名越ノ仙室ナルラント、最面白思ツ、、暫タチタリケレ共、如何ニト、ガムル者モナシ。良立聞バ、ホノカニ機織音ノシケレバ、太刀取直シテ、声ヲ知ルベニ内へ入見レバ、年三十計ナルガ、長八尺モ有ラント覚ユル女也。経俊ニハ目モ懸ズ機ヲ操テ居タリケリ。難波六郎問ケルハ、「是ハイヅクニテ侍ルゾ、イカナル人ノ栖ゾ」ト云バ、女答云、「是ハ布引ノ滝壺ノ底、龍宮城也。アヤシクモ来者哉」ト云テ、又モ云ハザリケリ。経俊浅間シト思テ、御所ノ上へ飛上リ、楝木ノ上ニ立タレバ、腰ヨリ上ハ水也ケリ。力ヲ入テ躍タレバ、水ノ中ニ入。暫有テ滝壺へ浮出タリ。小松殿待得給テ、「イカニヤ〳〵」ト問給ヘバ、経俊有ノマ、ニゾ語リケル。詞未ヲハラザリケルニ、滝ノ面ニ黒雲引覆、雷鳴アガリテ、大雨降、イナビカリシテ目モ開キガタシ。経俊ハ腹巻ニ太刀ヲヌキ、小松殿ニ申ケルハ、「我ハ必ズ雷ノ為ニ失ナハレヌト覚侍リ。程近ク御渡アラバ御アヤマチモコソアランカ。少シ立サラセ給テ事ノ様ヲ御覧候へ」ト申セバ、「実ニサルベシ」トテ、二町計ヲ隔テ見給ヘバ、黒雲経俊ヲ引廻シ、雷ハタト鳴カトスレバ、又雷ノ音ニハアラデハタト鳴ヲトシケリ。ヤガテ空ハ晴ニケリ。其後小松殿、人々相具シ給テ、近ク寄テ見給ケレバ、経俊ハ散々ニサケキレテ、ウツブシニ臥テ死ニケリ。太刀ニハ血付テ、前ニ猫ノ足ノ如ナル物ヲ切落シタリ。係ケレバ、小松殿常ニ物語シ給ケルハ、「是程ノ大剛ノ者ニテ有ケルヲ、思慮ナク其身ヲ亡シタル事、我一期ノ不覚也」トゾ仰ケル。

一七　『鎌倉遺文』二一五三一番文書に、「牙舎利相伝系図」というものを載せている。これは近江国来迎寺に所蔵する文書である。内容は、次のとおり。

○「牙舎利相伝系図」

牙舎利分布八粒〈勢重六分許、為頭告三四分二三分許也、色□大旨如前牙舎利、但相交青白色、〉

此牙舎利濫觴者、平家太政入道之侍仁、有二難波三郎成房云者一、於二摂津国布引滝上一執合。竜王、項仁係二錦袋一、件袋ヲ取レ之、彼袋之内有二牙舎利一、長七寸広二寸許也、衆色相交レリ、瑩徹照曜、彼牙仁如レ鈴連付天有二分散一、次第々々落々、太政入道安二置之一、以二百人僧一令二供養一、深納二于持仏堂一奉レ崇、而持仏堂預仁有二観音房云者一、奉レ請レ之、

委細記文有別紙、

龍王
難波三郎――盛房

太政入道――清盛

観音房
越中二郎兵衛□俊舎弟也、於清水寺礼堂、
俄誕生、故名観音房、而太政入道付使也、

高倉局
高倉局者、親父隆兼法師、母儀高松
女院也、高松女院者、鳥羽院宮也、

大納言局

右衛門佐局

大中臣氏女

報円上人――安養寺長老

本昭上人――同

浄覚上人――同嘉暦元年丙寅

豪慶――文和二年十一月一日
奉相伝之、

彼舎利分散内二粒也、
霊鷲山蔵
元応国清寺
紫雲山聖衆来迎寺
(別紙)
此内一粒者、雖慇懃所望之、依難治事、不相伝之、而乾元、年正月十日御舎利奉出、便宜又所望之、又終不度而御舎利奉納、後御舎利自然机上現神反之上、無力相伝之、
乾元二年五月十日此相伝渡畢、
小比丘（梵字二字）（花押）」

これでみると、乾元二年（一三〇三）には、すでに、このような伝承が存在していたことがわかる。この文書は、難波三郎を盛房（成房とも）としたり、高倉局（八条院高倉）の父を隆兼法師と誤る（実父は安居院の澄憲。澄兼の誤刻か）など信用できないところも多い。しかし、四類本に比べると、難波三郎の荒唐無稽な滝壺訪問などはなく、単に龍王から奪い取ったとある点のほか、八条院高倉の母を高松女院とするなど、秘められた事情にも通じているところもあり、より古い伝承を伝えているようである。このような伝承の存在を前提に、『盛衰記』のような説話と結合させ、この難波三郎龍宮訪問の物語が作られたものであろう。

一七三　西山の講谷寺は未詳。『法然上人行状絵図』には、しばしば西山が記されるが、そこに見える寺名も善峯寺、光明寺、広谷、月輪殿に限られており、講谷寺なる寺名は現れない。また清盛との関連で言えば、『山槐記』治承二年（一一七八）十一月十二日の中宮徳子の御産記事に、安産祈願のため白布を神社四十一社、仏寺七十四寺に奉納しているが、そこにも講谷寺は見えない。恐らく実在した寺ではあるまい。仮名書きで「かうこくし」と誤読する可能性のある西山の寺に香隆寺があるが、龍神・雷神・仏舎利との関連から言っ

て、該当しないもののごとくである。また、広谷は「こうこく」と音読できるが、補注一七一に記したように、仏舎利相伝の話と龍宮訪問の話が別個に成立しており、それを四類本の作者が結合させ、この物語を作り上げたとした場合、もともと仏舎利は、寺に奉納されていないのであるから、この寺の名前自体虚構の産物と推測できる。その意味で、寺名を全く無視した場合、この講谷寺に最もふさわしい寺が西山に一つ存在する。それは月輪寺である。月輪関白藤原（九条）兼実の別業として有名なこの寺には、龍神・仏舎利と絡む次のような伝承が残る。

○鎌倉山月輪寺　愛宕山ニ在リ。……愛宕山ニ五峯有リ、此レ其ノ一ナリ。大鷲峯ト名ヅケテ、慶俊僧都ノ草創ナリ。空也一人月輪寺ニ来住ス。寒蟬滝《ひぐらしのたき》の龍女〈滝ハ坤ノ方十町許ニ在リ〉女ニ化シテ来タル。上人ヲ見テ曰ハク、師ノ誦経ノ軸ニ必ズ仏舎利有ラン、我ニ与ヘヨト。軸ヲ割ケバ果シテ言ノゴトシ。乃ツテ之ヲ授ケケレバ龍女三熱ノ苦シミヲ免ル。蓋シ此ノ山ニ水無シ。報恩ノ為ニ水ヲ奉ラン。即日ニ石崖ノ罅（割れ目）ヨリ清水迸リ出デ、斛《く》ミ用ヰレドモ竭キズ。今ニ霊水ト云フ是ナリ。凡ソ月輪ト称ズル処ニ三処有リ。昔九条禅閤ノ月輪殿、即チ此処ナリ。（『和漢三才図会』巻七十二之末「山城仏閣」＝原変体漢文）

ここには空也の名とともに、龍女・仏舎利が見えている。また『愛宕山縁起』（『山城名勝志』所収）にも、役小角と雲遍上人と二人して愛宕山に登り、滝の上に千手観音を安置し、五岳を置いたと記す。仏舎利を手に入れた箕面の本地は千手観音・龍樹菩薩であり、「龍宮」の項に記したように、龍神は観音二十八部衆の第一であり、仏舎利を守護すると考えられていた。ここにも愛宕山が龍神と関係する伝承が認められよう。

さらには、お伽草子『梵天国』には、雷を七日間内裏で鳴らせてみせよと命を受けた中将に代わって、梵天王の姫が八大龍王を呼び寄せる情景が記されるが、そこには「いづくよりとは見えねども、からかさほどの黒雲、愛宕の嶽に飛び来り姫君の御前に舞下る」とあり、愛宕山の上より龍王が出現する。また姫君の前に出現した龍王に向かって、姫が「いかに龍王たち聞き給へ。……急ぎ内裏へ参り、七日鳴りて御目にかけよ」とあるように、龍神と雷神は全く同一視されていた。難波三郎が龍宮において「娑婆にて子細があらんずるぞ。其時まゐれ」と言われ、結果として雷に打たれて死ぬ点も、この龍神と雷神との同一視があってのことである。

愛宕山・月輪寺に関する伝承が、どの時代まで遡れるものか不明であるが、『河海抄』に「彼山縁起」を引いて、空也上人が月輪寺を観音浄土とみなし、そこで多年練行したとあるので、少なくとも南北朝の時代までは遡れそうである。このように月輪寺は、本尊を千手観音とする点といい、寒蝉滝の存在といい、龍女が仏舎利を乞う点といい、清盛が箕面の滝の底の龍宮から得た仏舎利を返納する寺として最もふさわしいといえよう。なお、月輪寺は、兼実の『玉葉』には「西山草庵」、「西山之別所」などとあって、月輪という名を記さないが、『法然上人行状絵図』には兼実と絡んで「月輪殿」が散見する。

月輪寺がなぜ講谷寺と記されているかと考えるとき、二つの理由が推測できる。一つは単純な誤読・誤写と見る場合であるが、その場合、「かつりん寺」が「かうせん寺」と誤られたと見るべきであろう。「理」と「勢」の草体は不注意による誤読はありそうである。とすれば、月輪寺→かつりん寺→かうせん寺→講善寺→講谷寺という変化が考えられる。もう一つは、意識的変改と見る場合である。四類本には、ナガラハーラを長良と変改する例、扁鵲の延命草、汝陽王李璡の乱樹、巣父の廻生木など、およそ言葉遊びとしか思えないような命名が散見する。ここもその一種と考えれば、講谷寺は空也寺のもじりであろうか。月輪寺の龍女伝説は空也抜きには成り立たないので、空也をもじって講谷とすることも可能性として考えられるであろう。文献に類例を探すと、お伽草子『ゆや物語』に、人々がゆや（熊野）のために建立した寺に、「湯谷寺（たうこくじ）」と名付けたという例のあることを知る。

一七三　頼朝配流の日付については、『尊卑』に「三月廿日進発、配㆓伊豆国比留島㆒」とあり、覚一本『平家』巻五「文覚荒行」も同様。『北条九代記』上「安徳天皇」条には「永暦元年三月十一日配㆓流伊豆国㆒」とあり、『吾妻鏡』永暦元年五月三日条には「去永暦元年三月御出京之刻」とあるなど、様々である。『公卿』文治元年（一一八五）条、『愚管抄』巻五「二条」条、「経宗・惟方遠流に処せらるる事」に引いた『清獬眼抄』によれば、三月十一日に配流先が決まっており、伊豆国への進発は『公卿』にあるように二十日であったか。

一七四　この詩の本来の形は「胡馬依北風」とあったものらしい。この場合、「胡馬は北風に身をすりよせる」の意となる。この本文を伝えるのは『文選』巻二十九「古詩」、『古文真宝』前集巻三「古詩」であるが、我が国の文学作品に引用される場合、ほとんどが「嘶」の方の本文である。『本朝文粋』巻十三所収の慶滋保胤の「為奝然上人入唐時為母修願文」に「胡馬非㆓北風㆒不㆑嘶。越鳥非㆓南枝㆒不㆑巣、雖㆓誠禽獣㆒猶思㆓郷土㆒」とあり、文明本『西行物語』、『撰集抄』巻六ノ三、謡曲『蟻通』、虎寛本狂言『牛馬』も「嘶」のほうの本文に依っている。

一七五　『逸周書』「寤敬解」、『韓非子』「難勢」、『淮南子』巻十五「兵略訓」、『韓詩外伝』巻四などに「為㆑虎傅㆑翼」、『史記』「項羽本紀」に「養㆑虎自遺㆑患」などという類似の表現が見えるが、『平治』本文のような文の所拠未詳。ただし、我が国のものでは、『太平記』巻四「備後三郎高徳事……」に「此時越ノ地ヲ不㆑取、勾践ヲ返シ被㆑遣事、千里ノ野辺ニ虎ヲ放ツガ如シ。禍可㆑在㆑近」（『三国伝記』巻六ノ十一「呉越戦事」、『曽我物語』巻五「呉越のたゝかひの事」にもほぼ同文）とあり、『盛衰記』巻十七「大場早馬」に「喩バ盗人ニ鑰ヲ預ケ、千里ノ野ニ虎ヲ放テルガ如シ」、『義経記』巻三「義経陵が館焼き給ふ事」に「此人々を助け奉りて、日本に置かれん事こそ獅子虎を千里の野辺に放つにてあれ」、『室町殿物語』巻四に「筑前を攻めほぐして捨てをかん事は千里の野に虎をはなすに似たるべし」などとある。呉越の戦いに絡んで見えることが多い点から判断すると、呉越の戦いに取材した抄物などにあった表現か。

一七六　一類本では、この夢想は建部宮で蒙った夢想とはなっていない。一類本には、「建部の社へ参り給ひぬ。夜更て、下部共いね入たる時、盛康、兵衛佐にさゝやきて申けるは、『都にて御出家有まじきよしを申しは、全、盛康が詞にあらず。正八幡大菩薩の御託宣也。其故は、京にて不思議の霊夢の告さぶらひき。君は浄衣に立烏帽子にて、石清水へ御参詣あり。盛康、御供申て候しが、君は神殿の大床、盛康は瑞籬の下に祗候し候。……』」とあり、京で、石清水に参詣した夢を見て、その折の神託となっている。ところが四類本は、守康が建部宮で、石清水に参詣した夢を見たことになっている。建部の祭神を八幡としたことと関連する改変であろう。

一七七　表記の差異を無視すると、この人物の姓は次の六種に分かれる。
①本文あるいはルビに「かうけつ」とあるもの……天・和・玄・書・蓬・元和本・京師本。

②本文あるいはルビに「かうつけ」とあるもの……竜・内・学二・東大本。
③本文あるいはルビに「うへの」とあるもの……金。
④本文あるいは傍書に「纐纈」「広結」とあるもの……杉原本・九条本・松平本・古活字本。
⑤本文あるいは傍書に「上野」とあるもの……蓬・金・学二。
⑥本文あるいは傍書に「上綱」とあるもの……監・内閣半・彰考館半（「綱」に「総カ」とする）。

以上をさらに大別すれば、纐纈・上野・上綱〈総〉ということになる。諸伝本の由来を探る上で、この異同は興味深いが、名は纐纈源五守康が正しい。纐纈→かうけつ→かうつけ→上野→うへのと変化し、一方で、かうつけ→かうつな（かつさ）→上綱〈総〉と変化したものか。おそらく纐纈という特殊な姓が思い当たらなかったからであろう。

纐纈氏は岐阜県可児市久々利に本拠を置いた清和源氏（美濃源氏）の一党であろう。『太平記』巻十四「節度使下向事」に「纐纈」の名が見える。九条本・古活字本に、後に守康が頼朝から上中村を拝領した記事が見えるが、この地は久々利の北にあたる。また、可児郡御嵩町の鬼岩温泉には纐纈源五守康の鬼退治の伝承が残る。

なお、幸若舞曲『夢あはせ』には「たんばの国のぢうにんくはうげつのげん五もりやすのちやくしあだちのとう九郎もりなが」といった、荒唐無稽な伝承も見える。

平安京

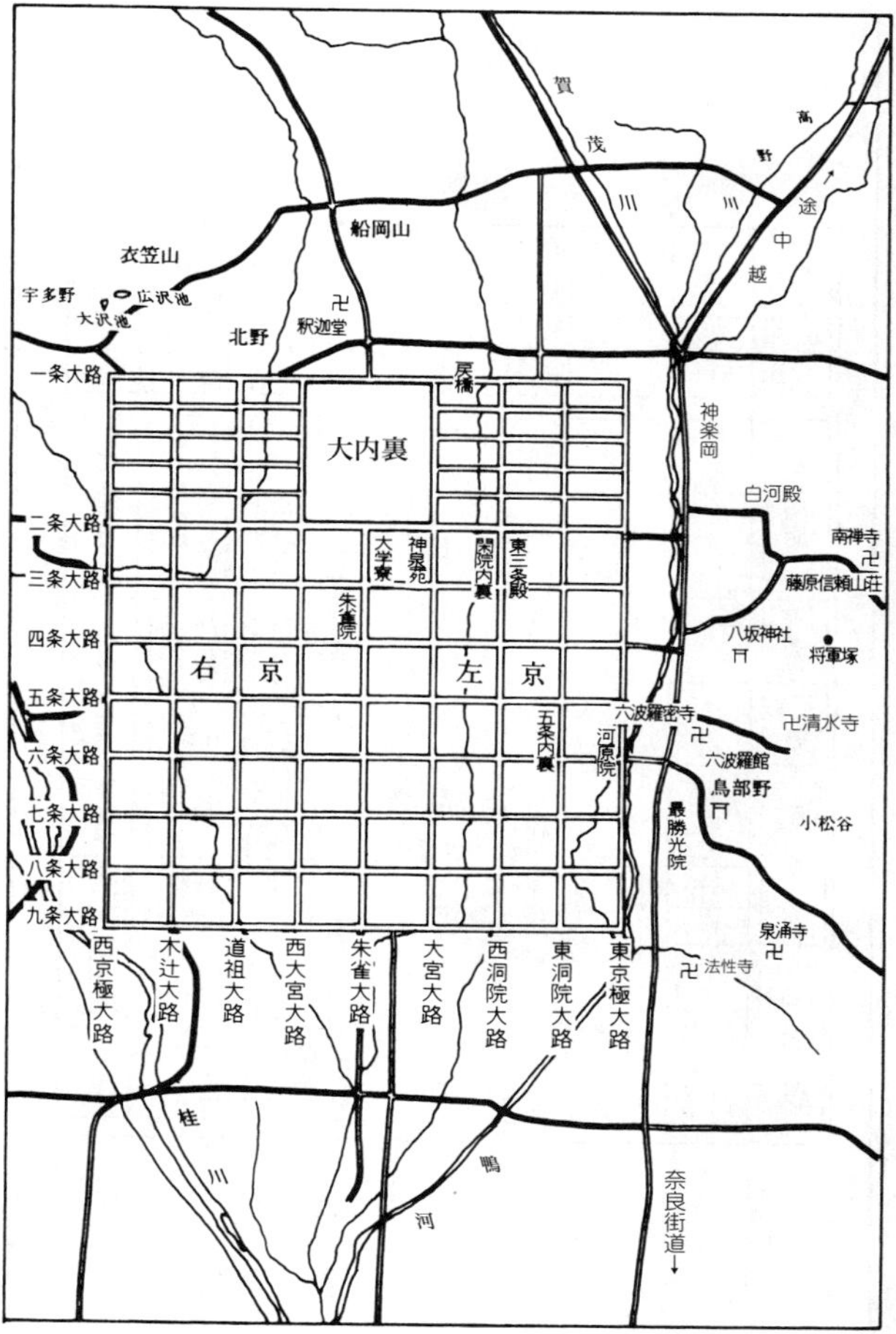
賀
茂
川
高
野
川
途
中
越
船岡山
衣笠山
宇多野
広沢池
大沢池
北野
釈迦堂
一条大路
戻橋
大内裏
神楽岡
白河殿
南禅寺
藤原信頼山荘
二条大路
三条大路
四条大路
五条大路
六条大路
七条大路
八条大路
九条大路
大学寮
神泉苑
閑院内裏
東三条殿
朱雀院
八坂神社
将軍塚
右
京
左
京
六波羅密寺
清水寺
五条内裏
河原院
六波羅館
鳥部野
最勝光院
小松谷
泉涌寺
法性寺
西京極大路
木辻大路
道祖大路
西大宮大路
朱雀大路
大宮大路
西洞院大路
東洞院大路
東京極大路
桂
川
鴨
河
奈良街道

平安京大内裏

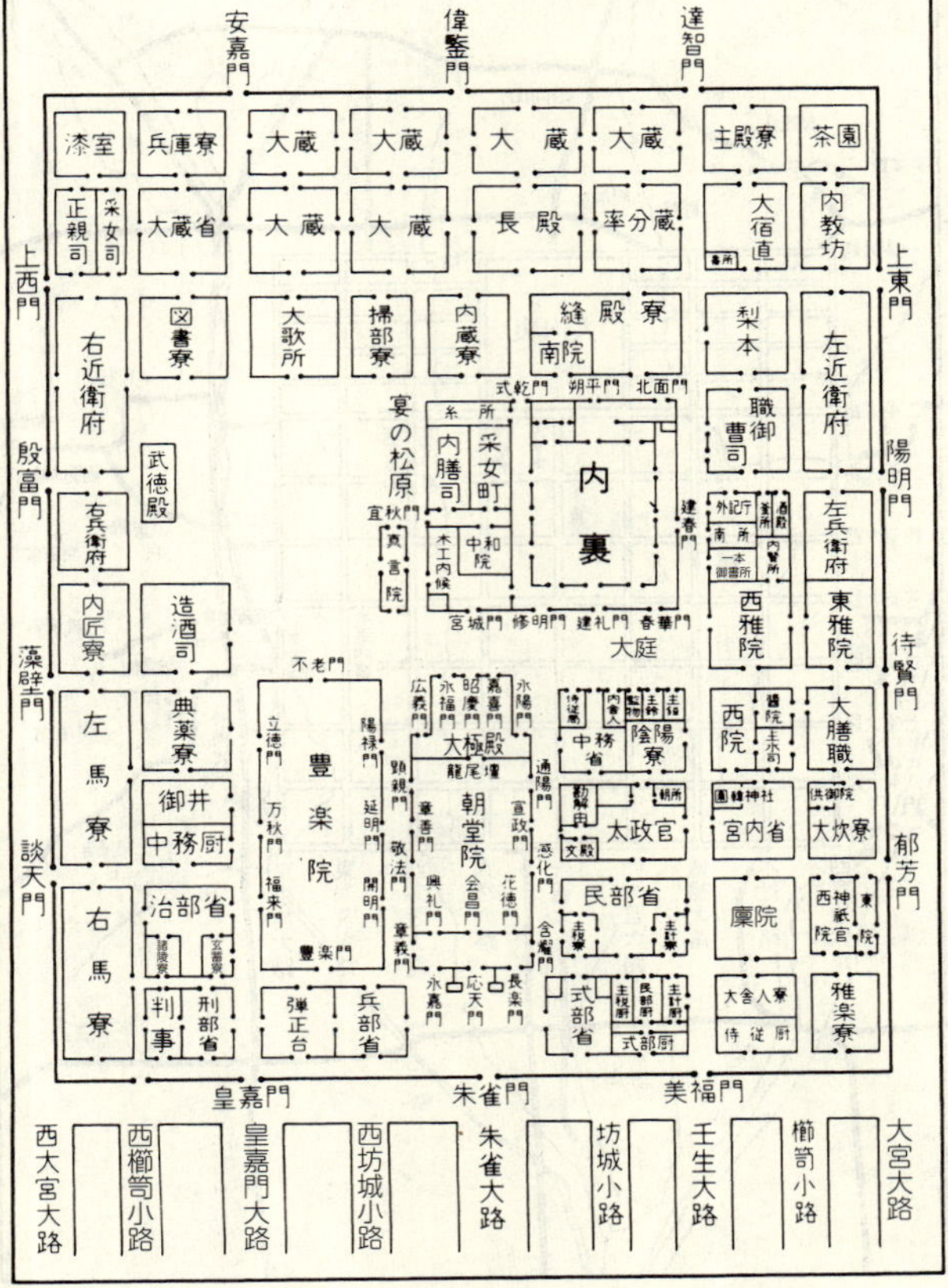

安嘉門
偉鑒門
達智門
上西門
殷富門
藻壁門
談天門
上東門
陽明門
待賢門
郁芳門
皇嘉門
朱雀門
美福門
漆室
兵庫寮
大蔵
大蔵
大蔵
大蔵
主殿寮
茶園
正親司
采女司
大蔵省
大蔵
大蔵
長殿
率分蔵
大宿直
内教坊
右近衛府
図書寮
大歌所
掃部寮
内蔵寮
縫殿寮
南院
梨本
左近衛府
職御曹司
武徳殿
宴の松原
式乾門
朔平門
北面門
内膳司
采女町
内裏
宜秋門
建春門
真言院
中和院
木工内候
外記庁
南所
一本御書所
内竪所
右兵衛府
左兵衛府
宮城門
修明門
建礼門
春華門
大庭
西雅院
東雅院
内匠寮
造酒司
不老門
左馬寮
典薬寮
御井
中務厨
右馬寮
治部省
判事
刑部省
豊楽院
立徳門
万秋門
福来門
陽禄門
延明門
開明門
豊楽門
広義門
永福門
昭慶門
嘉喜門
永陽門
大極殿
龍尾壇
顕親門
章善門
敬法門
興礼門
朝堂院
会昌門
宣政門
花徳門
章義門
通陽門
昭化門
含耀門
永嘉門
応天門
長楽門
中務省
陰陽寮
西院
大膳職
太政官
宮内省
大炊寮
民部省
主税寮
主計寮
廩院
神祇官
式部省
式部厨
大舎人寮
侍従厨
雅楽寮
弾正台
兵部省
西大宮大路
西櫛笥小路
皇嘉門大路
西坊城小路
朱雀大路
坊城小路
壬生大路
櫛笥小路
大宮大路

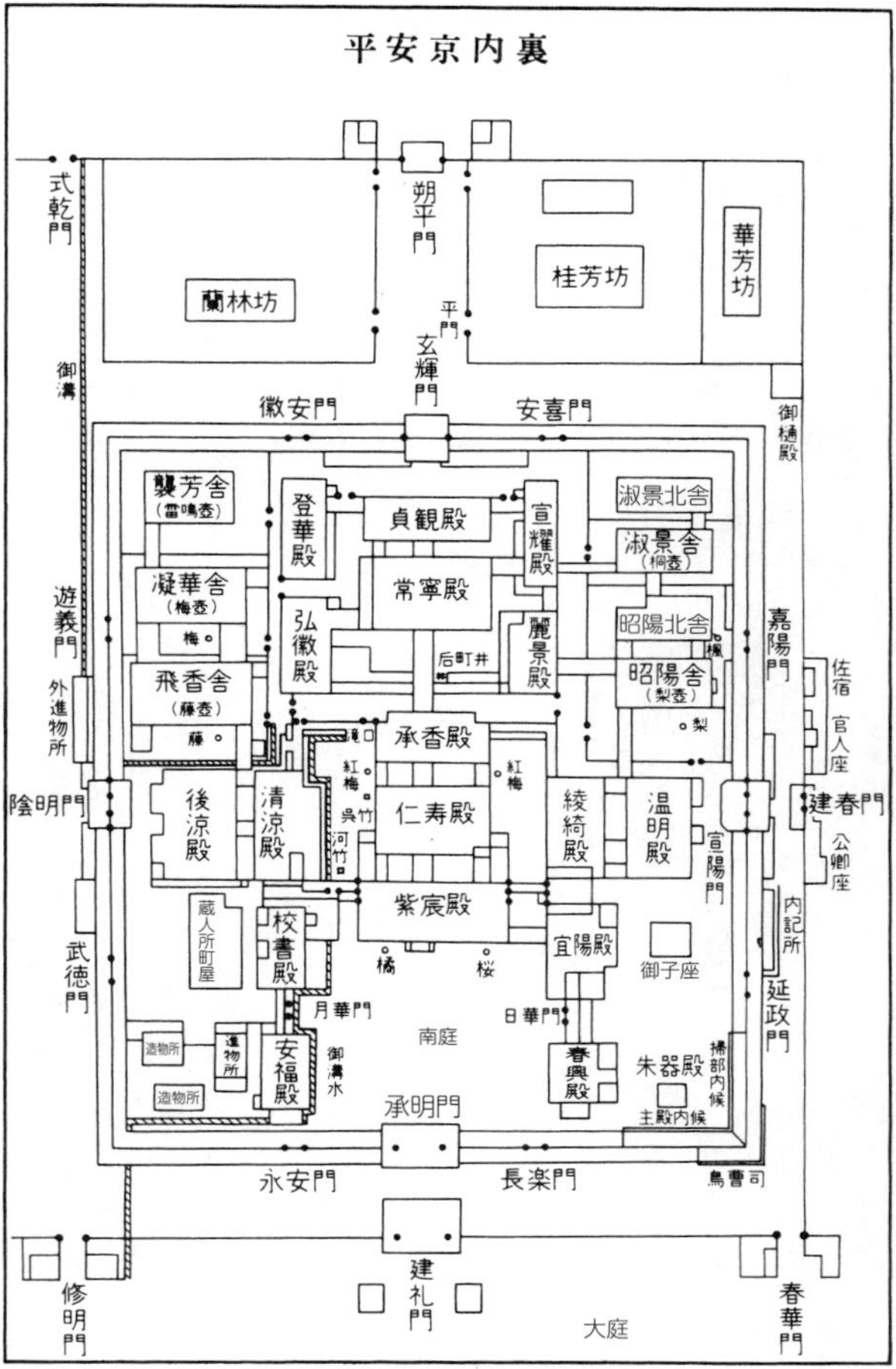
平安京内裏
朔平門
式乾門
蘭林坊
桂芳坊
華芳坊
平門
玄輝門
御溝
徽安門
安喜門
御樋殿
襲芳舎
（雷鳴壺）
登華殿
貞観殿
宣耀殿
淑景北舎
淑景舎
（桐壺）
凝華舎
（梅壺）
梅
常寧殿
弘徽殿
麗景殿
后町井
昭陽北舎
楓
昭陽舎
（梨壺）
梨
遊義門
嘉陽門
佐宿
官人座
外進物所
飛香舎
（藤壺）
藤
承香殿
滝口
紅梅
紅梅
呉竹
河竹
陰明門
後涼殿
清涼殿
仁寿殿
綾綺殿
温明殿
建春門
公卿座
宣陽門
紫宸殿
内記所
蔵人所町屋
校書殿
宜陽殿
御子座
武徳門
橘
桜
延政門
月華門
日華門
南庭
造物所
進物所
造物所
安福殿
御溝水
春興殿
朱器殿
掃部内候
主殿内候
承明門
永安門
長楽門
鳥曹司
建礼門
修明門
春華門
大庭

解説——四類本系統の『平治物語』について

谷口耕一

一　物語としての『平治物語』

『平治物語』は平治の乱を題材にした物語である。平治の乱とは、平治元年（一一五九）十二月に起こった戦乱で、藤原信頼・源義朝主導の源氏方と平清盛主導の平家方とが戦い、源氏方が敗れた戦闘である。はじめ平家方が大内裏に立て籠もる源氏方を攻撃し、敗走を装った平家を源氏が追撃し、合戦の場を六波羅に移して戦われた。合戦の規模はさほど大きくはなかったが、源氏が滅亡し、平家が覇権を握ったという点で、重要な合戦であった。この合戦に材をとったこの物語は、おおまかにいって三部構成になっている。前半では合戦までの経緯、中心部は合戦の様子、後半では戦後処理と後日譚が描かれる。そしてそのような歴史的流れのなかに、笑話や哀話などのエピソードがちりばめられ、全体として、非常におもしろい物語となっている。

平治の乱に関しては、保元の乱と異なって残る史料が少なく、平治の乱の経緯は『平治物語』の記述を除外すると、その全体像が把握できなくなってしまう。そういったことから『平治物語』はかつては歴史的史料として重要な役割を果たしてきた。一般の読者のなかには、『平治物語』は平治の乱の歴史を正確に記述したものだと思っている方もいるかも知れない。しかし物語中には多くの虚構(捏造に近いものを含め)が含まれており、歴史の史料として扱うことには慎重でなくてはならない。もちろん数ある『平治物語』には、平治の乱の歴史に比較的忠実なものから、歴史から大きく逸脱してしまっているものまで様々な諸本がある。しかし『平治物語』はあくまで物語であって、歴史書ではない。どの『平治物語』を読んでも、物語的潤色、脚色、虚構の存在は否定しがたいものがある。そのため歴史書としての『平治物語』から一歩離れて、『平治物語』を物語として味わうことがもっとも大切である。その意味で、この文庫本では、多くの種類がある『平治物語』の中で、読んでもっともおもしろいと思われる第四類本『平治物語』(以下、「四類本」、他も同じ)を採用した。

二　四類本『平治物語』のあらすじ

四類本の物語は、最初に序文にあたる部分があり、そこでは、文武二道の重要性が説かれている。文武二道とは、国家においては道徳と武力によって国家を治めていくことであり、個人としては人徳と勇武を兼ね備えていることをいう。この序文は、後に登場する藤原信頼の、臆病で能もなく芸もないという人物像をあぶり出す役割をも果たしているのである。信頼は最後まで、外面的には「太りせめたる大の男（はちきれんばかりに太った大男）」、内面的には「不覚仁（臆病者）」として造形・戯画化され、嘲笑の対象となっている。

平治元年（一一五九）十二月九日深夜、清盛の熊野参詣のすきをついて、信頼と義朝が挙兵し、二条天皇と後白河上皇を大内裏に幽閉する。信頼らは、政敵であった少納言入道信西を死に追いやり、臨時の除目を行い、功労のあった者たちに官職を授ける。義朝の長男、悪源太義平は官職を辞退し、それより帰洛する清盛を討とうと進言するが退けられた。結果として、みすみす清盛の帰洛を許してしまうことになったのである。清盛の帰洛を知った検非違使別当惟方や、大納言経宗らは、信頼を裏切り、二条天皇を皇居から脱出させる。後白河上皇も藤原成頼らの手引きで仁和寺に脱出する。

二条天皇と後白河上皇を奪還した平家一門は、いよいよ大内裏に立て籠もる信頼と義朝を攻撃する。平家方の大将軍は左衛門佐平重盛、迎え撃つ源氏方は悪源太義平。待賢門を固めていた信頼が戦わずして逃亡したので、義平が五百余騎の重盛軍を迎え撃つことになる。義平以下十七騎の武者達は、大庭の椋の木を中に立て、左近の桜・右近の橘の周りを十度に及ぶほど重盛を追い回し、重盛は耐えかねて待賢門の外にざっと引き上げる。新手五百余騎を率いて再び侵入してきた重盛を、義平はまたもや門外に追い出す。あらかじめ示し合わせてあった計画に従い、平家方は六波羅に引くが、源氏方はそれを追いかけて六波羅を攻撃する。源三位頼政の裏切りなどもあり、義平の奮戦もむなしく源氏方は東国に向け落ちていく。

義朝一行は大原を抜け琵琶湖畔に出ようとした途中、比叡山の横川法師らの襲撃を受け、そこで義朝の二男朝長が負傷し、義朝の叔父陸奥六郎義隆も矢に当たり戦死する。山法師の襲撃を撃退した義朝一行は雪の中、夜に紛れて美濃国奥波賀の宿に辿り着くが、頼朝は途中で一行からはぐれてしまう。負傷していた朝長は青墓の宿で義朝の手に掛かり短い生涯を閉じた。義朝も尾張の内海まで逃げのびるが、郎等鎌田正清とともに、年来の家人長田庄司忠致の裏切りにより、風呂場で暗殺される。北陸道に下り、軍勢を糺合しようとしていた義平は、義朝の死を知り、都に帰り平家を狙うが、石山で難波次郎経遠に捕らえられ、六条河原で処刑される。一行とはぐれた頼朝は青墓に辿り着いたものの、平家の家人弥平兵衛宗清に見つけ出され捕縛される。清盛の継母池禅尼は、頼朝が亡き我が子家盛によく似ていると聞き、清盛に頼朝の助命を願い出る。最初拒否していた清盛も人聞きをはばかって、結局頼朝を助命し流罪にする。一方、義朝の死を聞いた、愛妾常葉は三人の子供を連れて、大和国に逃亡するが、母の命を救うために、子供ともども六波羅に出頭する。常葉を一目見た清盛は、常葉との結婚と引き替えに三人の子供を助けてしまう。この子供の一人が後に源平の合戦で活躍する義経であった。頼朝は辛くも生き長らえ、伊豆の蛭が島に流され、伊東・北条がその監視役になった。四類本『平治物語』はこのように頼朝の伊豆着到を記して全巻を結ぶ。

三　『平治物語』の成立と四類本『平治物語』

『平治物語』の作者については、古くから何人かの名が挙げられてきた。たとえば葉室時長《はむろときなが》、源瑜《げんゆ》僧正などである。しかし、これらの説は裏付けが取れず、いずれも一説の域を出ないものである。そこで近年は、物語に登場する人物の周辺を探り、少納言入道信西一門にゆかりのある者、葉室家に関係する者、藤原伊通の子孫など、いくつかの説が提唱されているが、確証といったものはない。

他の軍記物語と同様、『平治物語』の成立年代も不明である。寛元四年（一二四六）に東大寺の宗性が記録した『春華秋月抄草』巻十七には、『平治物語』の一部と推察される断章が書き残されているので、この頃までには『平治物語』の一本が成立していたと考えられている。そこからどれだけさかのぼれるのかは明確でないが、現在残る『平治物語』のどの諸本も、大内裏の構造・地理に関する知識に誤りがある点から、大内裏が往年の姿を失い、大内裏の地理や構造が忘れ去られた時代以降に成立したのではないかとの推測が成り立つ。その時代を、日下力氏は西暦一二三〇年代がもっとも蓋然性が高いと推測されている。この推測によれば、『平治物語』は一二三〇年代以降、一二四六年以前の成立となる。『春華秋月抄草』に書き残された『平治物語』が現存の諸本とどのような関係にあったか、あるいはどのような内容であったかは、厳密に言えば明らかではない。現状では一部の断章しか残っていないからである。

西暦一二五〇年前後に、八帖仕立ての『平家物語』が醍醐寺にあったことが確認されており、『春華秋月抄草』の断章は東大寺にあったものである。これらの事例は、史料として残されたものに限られるので、実際は軍記物語が多く寺院で書写されていたと推測されている。このようなことから最近では、寺院と軍記物語との関係が注目されるようになった。鎌倉時代の醍醐寺や東大寺、高野山などは、鎌倉の寺院との間に人的交流も盛んで、さまざまな情報が流入してきやすい環境にあった。さらなる新資料の発掘と、本文の緻密な読解が待たれるとともに、密教寺院や禅宗の寺院などの周辺の探索も注目しなくてはならない大切な点である。

軍記物語の特徴のひとつは、一旦成立した物語が、後の時代に書き改められていくという点にある。『平治物語』もその例にもれず、多種多様な伝本（諸本）が残されている。

昭和三十六年（一九六一）に永積安明氏が、日本古典文学大系の解説の中で、基本的に成立の古いと思われる順に諸本を一類本〜十一類本に分類し、一類本をもっとも古態をとどめている本文とされた。以後この分類および一類本古態説は、その後の研究で検証され、多くの支持を受けて現在に至っている。古態とされた一類本は、岩波書店の新日本古典文学大系（日下力氏校注）に採用されて、簡単に読むことができるようになった。そのため、現在ではもっとも多く利用される本文となっている。ただ一類本の欠点は、上・中・下三巻すべてにおいて、書写者、書写時期などを同じくする本がなく、同系統の異なった本を複数とりあわせたものになっている点である。またとりあわせた伝本のあいだの異同もかなり大きい。

『平治物語』は、現在残る諸本から判断して、物語が一旦成立した後も、変貌を続けてきたことは確かである。一旦できあがった物語を、後に改作しようとするのは、かなりエネルギーの要る作業であるが、なにがそうさせるかは興味深い問題である。改作を誘引する一番大きな要因とは、一言で言って時代の要請ではなかったかと思われる。それぞれの時代に適合（迎合）した改作が求められたのであろう。それゆえ、異本といわれる各諸本は、基本的には、それが改作された時の時代状況を反映していると見なされる。その時代に対応した文体が選ばれ、文飾が施され、記事が増補され、余計な記事が削除され、登場人物が変貌させられていく。場合によってはその時代の支配的思潮までもが反映されていく。この文庫が底本とした四類本は、そのようにして、一旦できあがった『平治物語』を書き改めた痕跡を多く残している。本書が採用した四類本は、後にも述べるように、最終的には、室町時代後期に成立したのではないかと思われる。だからこの『平治物語』は、『義経記』、『曾我物語』など室町時代に成立した軍記物語、あるいは謡曲、お伽草子、幸若舞曲など、室町時代の文芸の影響を受け、それらと似通った特徴を多く備えている。戯画化された人物像造形、荒唐無稽な合戦譚、野次馬の登場、奈良絵本の詞章に見まごうばかりの常葉物語などなど。流麗で読みやすい文章、劇的に構成されている場面場面の描写など、余計な穿鑿《せんさく》さえしなければ、もっとも読んでおもしろい『平治物語』として、大きな楽しみを提供してくれる。それを知った上で、本来、歴史に取材した物語が、「先行の物語に取材した物語」に変貌している点を、特徴として読み味わっていただきたい。

四　四類本『平治物語』の成立年代

四類本『平治物語』は、それが作られた時代の特徴を多くとどめている作品である。文法的な例として挙げられるのは、文中あるいは文末に現れる「なう」という間投助詞（終助詞ともいう）である。

上「光頼卿参内の事」の中に、武士達が藤原光頼の「剛の人」ぶりを称讃する言葉の中に、

ゆゝしき剛の人かな。戦《たたかひ》の大将にたのみたらんに、よもしそんぜじなう。

という一文が見えている。この文末に見える「なう」は室町時代以降に、主に発話のなかで使われた語で、辞書類の引用例を見ると、『閑吟集』（永正十五年（一五一八）成立）や天草本『平家物語』（文禄元年（一五九二）成立）のほか、狂言や謡曲の詞章が挙げられている。特に『閑吟集』と謡曲には用例が多い。

世間《よのなか》は霰《あられ》よなふ　笹の葉の上の　さら〳〵さつと　降るよなふ　（『閑吟集』二三一）

かゝる東の終にしも、やさしき人のあるよなう。　（謡曲『宮城野』）

「なう」という助詞は、室町時代以降に盛んに使用されたものである。四類本にこの助詞が使用されていることから見て、四類本『平治物語』の室町時代改作は疑う余地がない。

永積安明氏の論は四類本の室町時代の成立をも視野に入れた論であった。永積氏は、下「常葉落ちらるる事」の章段に、「宇治の河瀬の水車、何とうき世をめぐるらん」とある点を指摘し、この歌謡は室町時代の『閑吟集』や『宗長手記』のままであり、あるいは三・四類本の形成が、この歌謡が全盛であった室町時代であることを示唆するものかもしれない、として、四類本の室町時代成立を示唆されたのである。

ここからうかがえるように、特に常葉関係の章段は、その成立が新しいらしく、室町時代に多く作られた各種「常盤物」やお伽草子の類と共通する詞章が多い。詳しくは語釈・補注・解説を参照していただきたいが、例えば、下「常葉六波羅に参る事」に見える、「異国に聞えし李夫人・楊貴妃、我朝には小野小町・和泉式部も是にはすぎじとぞみえし」という詞章は、中国の李夫人・楊貴妃を番《つが》えて美人の代表とするものであるが、この詞章は、東洋文庫本『神道集』「赤城大明神事」、お伽草子『文正さうし』、奈良絵本『いそざき』、絵巻『瓜子姫物語』、写本『鉢かづき』、古写本『千じゅ女』、奈良絵本『七草ひめ』、絵巻『賢学草子』、奈良絵本『小伏見物語』、奈良絵本『木幡狐』、奈良絵本『じぞり弁慶』、絵巻『神代小町』など、お伽草子を中心に室町時代の文芸に同様の詞章が見えている(補注一六五参照)。

これらの実例に見られるように、四類本の特徴的な詞章がお伽草子の類に頻出する。四類本の詞章が早く成立していて、これらの作品に残る詞章は、すべて四類本の文章から発していると見るわけにはいかないだろう。四類本がこれらの作品と同じような時代に同じような土壌の上に成立したことを、これらの用例が示しているように思われるのである。

永積氏の挙げられた「宇治の河瀬の水車、何と浮世にめぐるらん」という詞章が、歌謡として広まるのは室町時代後期のことであって、詞章の上で密接な関係にあるのが『閑吟集』と『宗安小歌集』と『宗長手記』である(補注一六二参照)。特に『宗長手記』に、「此比はやる小唄」とあるのが注目される。もともと、宴曲の一節であった詞章が改作され、小歌として独立し、『閑吟集』に収録されたのであろう。『閑吟集』の成立が永正十五年(一五一八)であり、『宗長手記』のこの記事が大永四年(一五二四)のものである。大永四年頃にこの小唄が広まったらしいことも『宗長手記』から言えるのではないか。四類本の成立は永正の頃である可能性もあるのである。

現在残る四類本『平治物語』の最古の写本は、年代の確かなものでは天正二十年(一五九二)に、右筆松尾監物が書写した監物本(学習院図書館所蔵)である。従って、現状の四類本は、ひとつの可能性として『閑吟集』の成立した永正十五年頃から天正二十年の間の成立ということになろうか。

た。四類本『平治物語』は江戸時代以降、四類本『保元物語』とセットになって書写されてきた。四類本『保元物語』の一本、宝徳本が宝徳三年（一四五一）の書写であるが、これは『平治物語』とセットになっていない伝本である。おそらく四類本『平治物語』の祖本のようなものは存在していたであろうが、現四類本が宝徳三年に成立していた例証にはならない。『保元物語』、『平治物語』の古態本は、古態本同士が対になっている例はない。また監物本も対になる『保元物語』はないようである。これも現状の『保元物語』と『平治物語』が一対のものとして書写されるようになったのが、江戸時代以降であったことを物語っているようである。

このように、特に常葉の物語が、最終的に現状のように潤色されたのが永正十五年から天正二十年の間であったと、現状では考えることになるが、それ以前の『平治物語』はどのようなものであったのだろうか。その点で参考になるのが、日下力氏の、『平治物語絵詞』に使用された本文は、四類本に移行する過渡期の本文であるという指摘であり、幸若舞曲『かまた』の原拠を四類本系統とし、「詞章的影響は認められないが、筋立ての上で両者の関係は否定することができない」という、麻原美子氏の指摘である。このような研究の到達点から述べるなら、筋立てで四類本に近似し、詞章の上で四類本と異なる先行の伝本があり、それが最終的に現状のような詞章に整えられたのが、室町時代後期ということになるだろう。

五　四類本『平治物語』の世界

以下、四類本『平治物語』の世界の一端を紹介する。

四類本の第一の特徴として挙げられるのが、その流麗な文体である。特に常葉関係の章段にはそれが顕著である。

1　文体の流麗さ

寺〴〵の鐘の音《こゑ》、今日も暮《くれ》ぬとうちしられて、人をとがむる里の犬、声すむ程に夜《よ》はなりぬ。柴折りくぶる民の家の煙《けぶり》たえせざりしも、田顔《たづら》を隔ててはるかなり。梅花《ばいくわ》を折《をり》て首《かうべ》にさしはさまね共、二月《じげつ》の雪衣《ころも》に落《おつ》。尾上《をのへ》の松もなければ、松が根に立《たち》てやどるべき木陰もなく、人の跡は雪に埋《うづも》れて、とふべき戸ざしもなかりけり。

奈良へ落ちる常葉が、唯一頼った叔母にも見捨てられ、降りしきる雪の中をさまよう場面。次第に更けていく夜、人跡絶えた雪の中をたどりながら、子供たちに休息の場も与えてやれない常葉の無力感と孤独感が、和歌や漢詩を引用しながら心象風景のように綴られていく。このように、和歌や漢詩、歌謡などを援用しつつ、流麗な文体で綴られる四類本の場面描写は、単に文飾にとどまらず、登場人物の心情に寄り添いつつ描かれているのである。音読がおすすめである。

2　合戦譚と人物描写

つぎに挙げたいのは、勇壮な合戦譚や的確な人物描写である。

中「待賢門の軍の事」に、大内裏の中に侵入した五百余騎の平重盛軍相手に、悪源太義平が十七騎で戦う場面がある。そこでは合戦はつぎのように描かれる。

悪源太を初《はじめ》て十七騎の兵ども、大将軍重盛ばかりに目をかけて、組まむ〳〵と、大庭《おほば》の椋《むく》の木を中に立《たて》て、左近の桜、右近の橘を五廻《いつまはり》、六廻《むまはり》、七廻《ななまはり》、八廻《やまはり》、既に十度におよぶまで、組まん〳〵とかけければ、十七騎にかけられて、五百余騎かなはじとや思ひけん、大宮面《おもて》へざッと引《ひく》。

義平は十七騎で、大庭の椋の木を中に立て、左近の桜・右近の橘のまわりを十巡りほど重盛を追い回す。実際の合戦ではありえない記述であろうが、躍動的な文体とあいまって、活劇を見ているような合戦場面を形成している。

中「待賢門の軍の事」の章段で、乱の首謀者藤原信頼の合戦に臨む様子。

人なみ〳〵に馬に乗《のら》んと引寄《ひきよせ》させたれ共、ふとりせめたる大《だい》の男の、大鎧《おほよろひ》は着たり、馬はおほきなり、たやすくも乗《のり》得ず。主《ぬし》の心はしらねども、はやりきッたる逸物《いちもつ》なり、のらんとすればつッと出《いで》〳〵はやる間、舎人《とねり》七八人寄《より》て馬をおさへたり。放《はなた》ば天へも飛《とび》ぬべし、曳《ひか》ば地へも入《いり》つべし。穆王《ぼくわう》八疋の天馬《てんば》もかくやとぞおぼえける。ある侍《さぶらひ》、「とく召《めし》候へ」とておしあげたり。骨なうやおしたりけん、弓手《ゆんで》の方《かた》へ乗越《のりこし》て、庭にうつぶッさまにどうど落《おち》給ふ。いそぎ引《ひき》おこして見奉れば、顔には砂《いさご》ひし〳〵とつき、少々口に入《いり》、鼻血流れ、殊に臆してぞみえられける。

手綱を放せば天まで駆け上り、手綱を引けばもろともに地下にもぐっていくような「はやりきッたる逸物」と、それに比較して、体だけは大きいものの、臆病風に吹かれて馬にもうまく乗れない信頼のふがいなさを対照的に描いている。臆病者信頼の「ふとりせめたる大の男」ぶりが強調され、その滑稽さが際立っている。

こういったわかりやすい人物描写や状況描写は信頼の場合だけにとどまらず、光頼の剛勇ぶりなどにもうかがえ、四類本の物語構成の特徴となっている。

3　女性説話の展開

四類本『平治物語』には印象的な女性が四人登場する。それらはいずれも愛するもののためにわが身を犠牲にする女性たちである。愛する父のためにわが身を殺害させる娘、愛する夫のために自害して後を追う妻、愛する兄のために入水する妹、愛する子供たちのために仇と結婚する母、それぞれにそれぞれの物語がある。

下「義朝内海下向の事付けたり忠致心替りの事」に、義朝と鎌田兵衛正清とが、長田庄司忠致父子によって謀殺された記事を載せ、その後に鎌田の妻女が刀で自害、夫の後を追った記事を載せる。この正清の妻女は、義朝と正清とを殺した長田忠致の娘である。実父が夫を殺害したのを知り、自分も夫の刀で自害するという、まさに貞女の鑑《かがみ》、戦前には最大級の讃辞を博した記事の一つである。しかしこの妻女の行動は、「むなしくなる共おなじ道に」と誓いあって、夫の後を追ったという美談にのみ、その本質があるのではない。同時に「親子なれ共むつましからず」という、父に裏切られたことへの怨念と、「うき世にあらば、又かゝる事をや見んずらん」という絶望感に起因する行動なのである。いかにも自らの意志で死を選んだかのように描かれるが、この女性も、結局の所、夫や実父との関係で、死を選ばざるを得ないところに追い込まれていたのである。

また四類本のなかで最も心を打つ物語のひとつが常葉の物語である。この物語は、流麗な文体からして、抒情的な雰囲気につつまれ、常葉の物語に独特の哀感を漂わせている。我が子を助けるために大和国に逃げていく途中、子を守ろうとする母の姿がくりかえし描かれる。

合戦前までは源氏の棟梁の北の方として、なに不自由ない生活をしていたものの、敗戦後は、掌を返すように叔母も関わり合いを避ける。唯一、常葉を助けたのが、ある小屋に住む老夫婦であった。

二人《ににん》のをさあい人を左右《さう》におき、一人《いちにん》ふところにいだきてくどきけるは、「あはれ、いとけなき有様かな。母なれば、我こそたすけんと思ふ共、敵《てき》とり出《いだ》しなば、情《なさけ》をやかくべき。少《すこし》おとなしければ、今若殿《いまわかどの》をばきるか、乙若殿《おとわかどの》をばさしころすか。無下《むげ》にをさなければ、牛若殿《うしわかどの》をば水にいるゝか、土にこそ埋《うづま》れんずらめ。其時《そのとき》我いかにせん」と、夜もすがら泣《なき》かなしみけり。松木柱《まつのきばしら》、竹簀《たかす》垣《がき》、敷《しき》も習はぬ菅筵《すがむしろ》、伏見の里に鳴鶉《なくうづら》、きくにつけてもかなしきに、宇治の河瀬《かはせ》の水車《みづぐるま》、何《なに》と浮世《うきよ》にめぐるらん。

やっとのことで一夜の宿を得た常葉が、子供たちを見ながら繰り言をする場面。父の敗戦はそのままその子供たちの運命を決める。あるいは斬り殺され、刺し殺され、水に沈められるのが、武士の家に生まれた男子の宿命である。なんとしてでも子供の命を守ろうとする母親としての本能と、あらがえない運命に対する無力感とがないまぜになった繰り言である。あるいは、武士の妻となって、男子をもうけたことに対する後悔の念も含まれているのかも知れない。そんな常葉の心情を、語り手は、七五調の流麗な文章で語る。松の木柱・竹簀垣・菅筵とも粗末な家を描写するときの常套語。浮世にめぐる水車とともに、常葉の落魄と悲哀、前途への不安を暗示してみごとな文章となっている。

しかし常葉は結局、平家のもとに出頭し、常葉を見初めた清盛の意向に従う。これも愛する子供の命を助けるためである。

義朝の娘、鎌田の妻、頼朝の妹、常葉など、『平治物語』の女性たちは、愛する者のために、潔く死を選び、あるいは怨敵に身をゆだね、自己を犠牲にする。しかしそれは女として生まれたための、戦乱の中で意図せず選ばされた自己犠牲であった。常葉を助けた老婆が、「高きもいやしきも女はひとつ身なり。入せ給へ」といって常葉に一夜の宿を提供した。謀反人の妻子を匿ったとして、咎められるかも知れないにも拘わらず、「女はひとつ身なり」と言い切るところに、この物語が人の心を打つ理由があるのだろう。四類本の女性説話は、子を思う気持ちや、夫との関係で、いつどのようになるかもわからない境遇などを同じくする者同士として、「高きもいやしきも女はひとつ身なり」という女性の境遇への共感に支えられた物語である。このような女性の置かれた哀しい境遇にも目配りをしているところに、四類本独自の魅力がある。

４　後世の史実に合わせた平治の乱の解釈

待賢門の合戦では、源義朝と長男義平が信頼方の中心であり、合戦の主体として頼朝はほとんど活躍をすることがない。これは、頼朝の年齢が数え年の十三歳であったということから見ても、当然のことであったろう。ところが待賢門の合戦に臨むあたりから、四類本の文章上では、頼朝の、源氏の未来を担う人物としての造形が始まる。上「源氏勢汰への事」に、鎧に産衣《うぶぎぬ》、太刀に鬚切、ことに秘蔵《ひさう》して、嫡々《ちやくちやく》に譲《ゆづり》しかば、悪源太にこそたぶべかりしを、「三男なれ共、頼朝は末代《まつだい》の大将ぞ」とみ給ひけるにや、頼朝にたびにけり。

というように、頼朝を「末代の大将」と見なす描写が現れる。

また中「義朝奥波賀に落ち著く事」の章段に、ふたたび頼朝を「末代の大将」とする記述が現れる。一行から離脱した頼朝から離脱後の武勇伝を聞いた義朝は、「いかなる者も只今かうはふるまはじものを」と頼朝をほめたたえる。悪源太義平が異議をさしはさむも、義朝はそれを退け、「あはれ末代の大将かな」といって、頼朝に一行の先頭を打たせるのである。「末代の大将」という称号とともに、頼朝が先頭に立つところに、源氏の正嫡が長男義平から三男頼朝に移ったことが象徴的に示される。これは容易に推測できるように、後に頼朝が源氏再興を成し遂げ、鎌倉幕府を樹立し、清和源氏の正嫡となったという事実の反映であり、そのような認識が四類本の頼朝関係の記事を変貌させていったと見なせるのである。

5　『平家物語』からの照り返し

四類本『平治物語』に対する『平家物語』の影響は、近年注目されるようになった。例えば久保田淳氏は「歴史と文学――前期軍記を中心として」（『日本人の美意識』講談社、一九七八年、所収）の中で、一類本の上巻末で、二人の侍を討ち取った後藤兵衛実基と平山武者所季重の名が、四類本・十一類本では実基と長井斎藤別当実盛に変更されている現象を次のように解釈している。

ここには『平家』流伝の過程において形成されてきたそれぞれの人物像を考慮して、悪役を人気者にすりかえるというような工作が施されているのではないであろうか。とすれば、文学史的成立においてはまず後れるであろうと見られる『平家物語』が、先に成ったであろう『平治物語』の世界に影響力を持ち、これを変化せしめているのである。

このような、『平家物語』から『平治物語』への影響は、『平家物語』からの「照り返し」とか、「逆照射」などと呼ばれ、ほぼ定説になったかの観がある。『平治物語』に対する『平家物語』の影響は、四類本の特徴として特筆される事柄であろう。

6　『平家物語』前史への変貌

四類本『平治物語』は、一類本に見られるような、巻末の義経を中心とする源氏再興譚を切り出して、頼朝の蛭が島着到をもって物語が閉じられる。ここには『平家物語』と重複する記事は注意深く切り出され、それに応じて『平家物語』を支える伏線が肥大化してゆく傾向が読み取れるのである。待賢門の合戦では、源氏の正嫡として悪源太義平の雄姿を活写しつつも、頼朝を末代の大将とする記述が見え始める。東国落ちの場面ではさらにその傾向が強まり、頼朝を義平の上位に置く。義平の雄姿を活写する合戦譚と、頼朝との比較上、義平を否定するかのような義朝の言動との矛盾は、頼朝によって源氏再興がなったという史的事実および『平家物語』的「事実」から、予定調和的に平治の乱が捉え直されたということである。四類本『平治物語』は、『平家物語』の前史としての位置を占めることによって、ひとつの完成形態に辿りついたということになる。一類本の終盤部は「源氏再興譚」であったのだが、四類本はその部分をすべて無視して、「平家物語前史」へとある一面で変貌を遂げていったのである。

新日本古典文学大系によって、一類本の本文が容易に読めるようになったが、そのことで、四類本の価値が下がるわけではない。むしろ、『平治物語』のみならず、軍記物語は様々な異本の存在するところがおもしろいのであり、十一類本（流布本）をも含めて、それぞれの諸本が描き分けた世界を読み味わうことが肝要であろう。特に、四類本は、もっとも洗練された文章を有すると評価されている。四類本は一時期もっとも多く享受された伝本群でもあった。流麗な文体で描かれた『平治物語』の、メリハリの利いた世界を味わっていただきたい。

参考文献

安部元雄『軍記物の原像とその展開』桜楓社、一九七六年。

飯田悠紀子『保元・平治の乱』（教育社歴史新書）、教育社、一九七九年。

日下力校注『平治物語』、『保元物語　平治物語　承久記』（新日本古典文学大系）、岩波書店、一九九二年。

日下力『平治物語の成立と展開』汲古書院、一九九七年。

河内祥輔『保元の乱・平治の乱』吉川弘文館、二〇〇二年。

信太周・犬井善壽校注・訳『平治物語』、『将門記　陸奥話記　保元物語　平治物語』（新編日本古典文学全集）、小学館、二〇〇二年。

栃木孝惟編『平治物語の成立』（軍記文学研究叢書）、汲古書院、一九九八年。

永積安明・島田勇雄校注『保元物語　平治物語』（日本古典文学大系）、岩波書店、一九六一年。

御橋悳言『平治物語注解』続群書類従完成会、一九八一年。

元木泰雄『保元・平治の乱――平清盛勝利への道』（角川ソフィア文庫）、角川学芸出版、二〇一二年。

山下宏明校注『平治物語』（中世の文学）、三弥井書店、二〇一〇年。

＊本書は、講談社学術文庫のための新訳です。

谷口耕一（たにぐち　こういち）

1947年生まれ。千葉大学人文学部人文学科卒業。専門は，日本中世文学。編著に『校訂延慶本平家物語』第三巻，第九巻などがある。

小番　達（こつがい　とおる）

1967年生まれ。千葉大学大学院社会文化科学研究科博士課程修了。現在，名桜大学教授。専門は，日本中世文学。共編著に『校訂延慶本平家物語』第八巻，『完訳 太平記』全四巻などがある。

講談社学術文庫

定価はカバーに表示してあります。

平治物語《へいじものがたり》　全訳注

谷口耕一《たにぐちこういち》・小番《こつがい》　達《とおる》

2019年９月10日　第１刷発行

発行者　渡瀬昌彦

発行所　株式会社講談社

東京都文京区音羽 2-12-21 〒112-8001

電話　編集（03）5395-3512

販売（03）5395-4415

業務（03）5395-3615

装　幀　蟹江征治

印　刷　株式会社廣済堂

製　本　株式会社若林製本工場

本文データ制作　講談社デジタル製作

ISBN978-4-06-517181-3

「講談社学術文庫」の刊行に当たって

これは、学術をポケットに入れることをモットーとして生まれた文庫である。学術は少年の心を養い、成年の心を満たす。その学術がポケットにはいる形で、万人のものになることは、生涯教育をうたう現代の理想である。

こうした考え方は、学術を巨大な城のように見る世間の常識に反するかもしれない。また、一部の人たちからは、学術の権威をおとすものと非難されるかもしれない。しかし、それはいずれも学術の新しい在り方を解しないものといわざるをえない。

学術は、まず魔術への挑戦から始まった。やがて、いわゆる常識をつぎつぎに改めていった。学術の権威は、幾百年、幾千年にわたる、苦しい戦いの成果である。こうしてきずきあげられた城が、一見して近づきがたいものにうつるのは、そのためである。しかし、学術の権威を、その形の上だけで判断してはならない。その生成のあとをかえりみれば、その根は常に人々の生活の中にあった。学術が大きな力たりうるのはそのためであって、生活をはなれた学術は、どこにもない。

開かれた社会といわれる現代にとって、これはまったく自明である。生活と学術との間に、もし距離があるとすれば、何をおいてもこれを埋めねばならない。もしこの距離が形の上の迷信からきているとすれば、その迷信をうち破らねばならぬ。

学術文庫は、内外の迷信を打破し、学術のために新しい天地をひらく意図をもって生まれた。文庫という小さい形と、学術という壮大な城とが、完全に両立するためには、なおいくらかの時を必要とするであろう。しかし、学術をポケットにした社会が、人間の生活にとってより豊かな社会であることは、たしかである。そうした社会の実現のために、文庫の世界に新しいジャンルを加えることができれば幸いである。

一九七六年六月

野間省一

日本の古典

松尾芭蕉著／ドナルド・キーン訳
英文収録　**おくのほそ道**

元禄二年、曾良を伴い奥羽・北陸の歌枕を訪い綴った文学史上に輝く傑作。磨き抜かれた文章、鏤められた数々の名句、わび・さび・かるみの心を、いかに英語にうつせるか。名手キーン氏の訳で芭蕉の名作を読む。

1814

白石良夫全訳注
本居宣長「うひ山ぶみ」

「漢意《からごころ》」を排し「やまとたましい」を堅持して、真実の「いにしえの道」へと至る。古学の扱う範囲や目的と研究方法、学ぶ者の心構え、近世古学の歴史的意味等、国学の偉人が弟子に教えた学問の要諦とは？

1943

倉本一宏訳
藤原道長「御堂関白記」（上）（中）（下）全現代語訳

摂関政治の最盛期を築いた道長。豪放磊落な筆致と独自の文体で描かれる宮廷政治と日常生活。平安貴族が活動した世界とはどのようなものだったのか。自筆本・古写本・新写本などからの初めての現代語訳。

1947〜1949

糸賀きみ江全訳注
建礼門院右京大夫集

建礼門院徳子の女房として平家一門の栄華と崩壊を目の当たりにした女性・右京大夫が歌に託した涙の追憶。『平家物語』の叙事詩的世界を叙情詩で描き出した日記的家集の名品を情趣豊かな訳と注解で味わう。

1967

馬場光子全訳注
梁塵秘抄口伝集　全訳注

今様とは何か。歌詞集十巻・『口伝集』十巻、現存すれば『万葉集』にも匹敵した中世一大歌謡集の編纂に、後白河院は何を託したのか。今様の「正統」を語りつつ心情を吐露した希代の書。「今様辞典」など付録も充実。

1996

森田　悌訳
続日本後紀（上）（下）全現代語訳

『日本後紀』に続く正史「六国史」第四。仁明天皇の即位（八三三年）から崩御（八五〇年）まで、平安初期王朝社会における華やかな国風文化や摂関政治の発達を解明するための重要史料、初の現代語訳。原文も付載。

2014・2015

日本の古典

風姿花伝　全訳注
市村　宏全訳注

「幽玄」「物学（物真似）」「花」など、能楽の神髄を語り、美を理論化した日本文化史における不朽の能楽書を、精緻な校訂を施した原文、詳細な語釈と平易な現代語訳で読解。世阿弥能楽論の逸品『花鏡』を併録。

2072

藤原行成「権記」（上）（中）（下）全現代語訳
倉本一宏訳

一条天皇や東三条院、藤原道長の信任を得、能吏として順調に累進し公務に精励する日々を綴った日記。宮廷の政治・儀式・秘事が細かく記され、平安中期の貴族の多忙な日常が見える第一級史料、初の現代語訳。

2084～2086

愚管抄　全現代語訳
慈円著／大隅和雄訳

天皇の歴代、宮廷の動静、源平の盛衰……。摂関家に生まれ、仏教界の中心にあって、政治の世界を対象化する眼を持った慈円だからこそ書きえた稀有な歴史書を、読みやすい訳文と、文中の丁寧な訳注で読む！

2113

新井白石「読史余論」現代語訳
横井　清訳（解説・藤田　覚）

「正徳の治」で名高い大儒学者による歴史研究の代表作。古代天皇制から、武家の発展を経て江戸幕府成立にいたる過程を実証的に描き、徳川政権の正当性を主張。先駆的な独自の歴史観を読みやすい訳文で。

2140

荻生徂徠「政談」
尾藤正英抄訳（解説・高山大毅）

近世日本最大の思想家、徂徠。将軍吉宗の下問に応えて彼が献上した極秘の政策提言書は悪魔的な統治術に満ちていた。反「近代」の構想か。むしろ近代的思惟の萌芽か。今も論争を呼ぶ経世の書を現代語で読む。

2149

吉田松陰著作選　留魂録・幽囚録・回顧録
奈良本辰也著・訳

至誠にして動かざる者は未だ之れ有らざるなり——。幕末動乱の時代を至誠に生き、久坂玄瑞、高杉晋作、伊藤博文らの人材を世に送り出した、明治維新の精神的支柱と称される変革者の思想を、代表的著述に読む。

2202

日本の古典

上田秋成著／青木正次訳注

新版 **雨月物語** 全訳注

崇徳院や殺生関白の無念あれば朋友の信義のために命を捨てる武士あり。不実な男への女の思い、現世への執着と愛欲を捨てきれぬ苦しみ。抑えがたい情念は幽冥を越える。鬼才・上田秋成による怪異譚。（全九篇）

2419

杉本圭三郎訳

新版 **平家物語**（一）～（四） 全訳注

「おごれる人も久しからず」――。権力を握った平清盛の栄華も束の間、源氏の挙兵により平家一門は都落ち、ついには西海に滅亡する。古代から中世へ、日本史上最も鮮やかな転換期を語る一大叙事詩。（全四巻）

2420～2423

菅野覚明・栗原 剛・木澤 景《けい》・菅原令子訳・注・校訂

新校訂 全訳注 **葉隠**（上）

「武士道と云ハ死ヌ事と見付たり」――この言葉で知られる『葉隠』には、冒頭に「追って火中すべし」（燃やしてしまえ）と指示がある。本文の過激さと思想的深さを、懇切な訳・注とともに贈る決定版！（全3巻）

2448

高橋 貢・増古和子訳

宇治拾遺物語（上）（下） 全訳注

鎌倉時代前期に成立した代表的説話集。貴族・僧、下級官人、侍、庶民、子供など多様な人物が登場、奇譚・情話・笑話など世の人の耳目をひく話を集める。古本系統『伊達本』を底本として全訳・解説。

2491・2492

A・B・ミットフォード著／長岡祥三訳
英国外交官の見た幕末維新 リーズデイル卿回想録
激動の時代を見たイギリス人の貴重な回想録。アーネスト・サトウと共に江戸の寺で生活をしながら、数々の事件を体験したイギリス公使館員の記録。徳川幕府崩壊の過程を見すえ、様々な要人と交った冒険の物語。
1349

ピーター・ミルワード著／松本たま訳
ザビエルの見た日本
ザビエルの目に映った素晴しき日本と日本人。一五四九年ザビエルは「知識に飢えた異教徒の国」へ勇躍上陸し精力的に布教活動を行った。果して日本人はキリスト教を受け入れるのか。書簡で読むザビエルの心境。
1354

エドウィン・O・ライシャワー著／田村完誓訳
円仁《えんにん》 唐代中国への旅 『入唐求法巡礼行記』の研究
円仁の波瀾溢れる旅日記の価値と魅力を語る。九世紀唐代中国のさすらいと苦難と冒険の旅。世界三大旅行記の一つ『入唐求法巡礼行記』の内容を生き生きと描写し、歴史的意義と価値を論じるライシャワーの名著。
1379

大隅和雄著（解説・五味文彦）
愚管抄を読む 中世日本の歴史観
中世の僧慈円の主著に歴史思想の本質を問う。平清盛全盛の時代、比叡山に入り大僧正天台座主にまで昇りつめた慈円。摂関家出身で常に政治的立場をも意識せざるを得なかった慈円の目に映った歴史の道理とは？
1381

網野善彦・森　浩一著（解説・岩田　晶）
馬・船・常民 東西交流の日本列島史
日本列島の交流史を新視点から縦横に論じる。馬・海・女性という日本の歴史学から抜け落ちていた事柄を、考古学と日本中世史の権威が論じ合う。常識を打ち破り、日本の真の姿が立ち現われる刺激的な対論の書。
1400

門脇禎二著
葛城と古代国家 《付》河内王朝論批判
葛城の地に視点を据えたヤマト国家成立論。統一王朝大和朝廷はどのように形成されていったか。海外の新文化の流入路であり、大小多数の古墳が残る葛城――その支配の実態と大和との関係を系統的に解明する。
1429

川合　康著（解説・兵藤裕己）
源平合戦の虚像を剝ぐ　治承・寿永内乱史研究

屍を乗り越え進む坂東武者と文弱の平家公達。我々がイメージする源平の角逐は真実だったのか？「平家物語」にもとづく通説を覆し、源平合戦の実像や中世民衆の動向、鎌倉幕府の成立過程を、鮮やかに解明する。

1988

藤堂明保・竹田　晃・影山輝國訳注
倭国伝　中国正史に描かれた日本　全訳注

古来、日本は中国からどう見られてきたか。漢委奴国王金印受賜から遣唐使、蒙古襲来、勘合貿易、倭寇、秀吉の朝鮮出兵まで。中国歴代正史に描かれた千五百年余の日本の姿を完訳する、中国から見た日本通史。

2010

内藤　昌編著
城の日本史

記紀に登場する「キ」や「サシ」に城＝「都市」の淵源を遡り、中世～近世の発達を解説。名城譜として全国二九の城の歴史的変遷、城郭の構成法、各要素の意匠と役割を、三百点以上の図版を交えて多角的に解説。

2064

石井　進著（解説・五味文彦）
中世武士団

平安末期から戦国期の終焉にかけて激動の時代を担った社会集団。「土」にねざした彼らの生活と意識、変容の過程、荘園や城下町の様子を、歴史書、文学作品、考古資料を駆使して活写する中世史研究の白眉。

2069

鳥海　靖著
逆賊と元勲の明治

西郷隆盛の「銅像建設問題」、危機の時代における「長老の役割」、政治家・明治天皇の伊藤博文への信頼と不満、山県有朋の日露開戦反対論など、先入観とフィクションを排した透徹した視線で論じる明治の群像。

2081

田中健夫著（解説・村井章介）
倭寇　海の歴史

中世の東アジア海域に猛威を振るい、歴史を変革した海民集団＝倭寇。時の政治・外交に介入し、密貿易を調停し、国際社会の動向をも左右したその実像を、国境にとらわれない「海の視点」から、浮き彫りにする。

2093